Dana Graham

Der Kuss des Zentauren

Roman

Bisher von der Autorin veröffentlichte Romane:

Greystone Saga: Mit Schwert und Feder (2012)

Greystone Saga: Das rote Band (2012)

Greystone Saga: Der Schatten im Spiegel (2014)

Sophias Krieger (2013)

Rabenfeuer. Die Flammen der Göttin (2013)

Der Kuss des Zentauren (2015)

Der Kuss des Zentauren
von Dana Graham

1. Auflage 2015
www.danagraham.de/nachricht@danagraham.de
Kontaktadresse: Anja Diegel,
Am Wiesengrund 32, 63322 Rödermark
Autorenfoto: © Silke Busch/www.bildschöpfung.de
Lektorat und Korrektorat: Daniela Pusch
www.scriptdoktor.blogspot.de
Illustration im Buch: Anja Sädler
Umschlaggestaltung: CirceCorp; circecorp@gmail.com
Unter Verwendung von Bildern von: *Pärchen* ©Alice Spiegel
(LetzteSchatten-Stock/Model-Genehmigung liegt vor);
Ornamente © Nadine Pau (DeviantArt);
Landschaft © Lauren Phan & Maja Slovenia (DeviantArt)

ISBN-13: 978-1501068683

Zur besseren Lesbarkeit wurden im vorliegenden Roman die Endungen von Eigennamen in der Genitivform ohne Apostroph belassen.

Dana Graham

Der Kuss des Zentauren

Roman

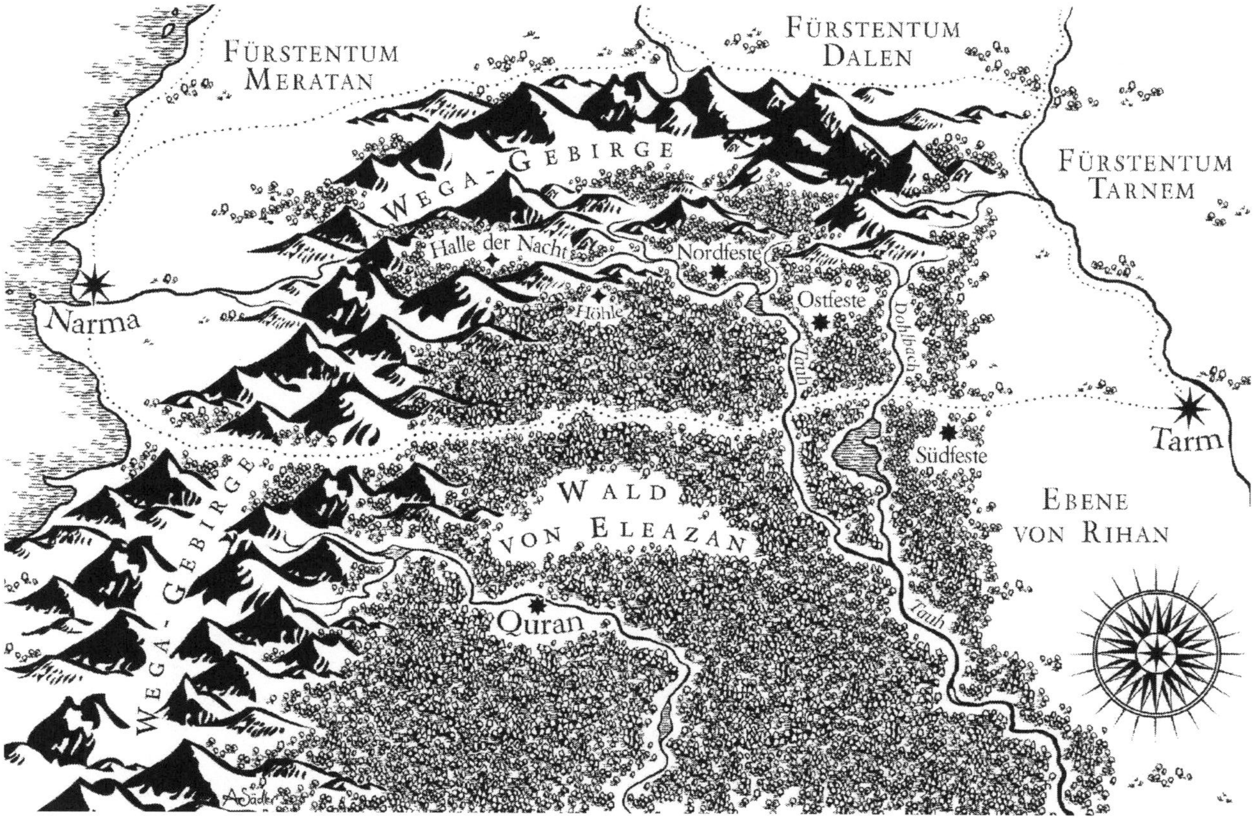
Fürstentum Meratan
Fürstentum Dalen
Fürstentum Tarnem
Wega-Gebirge
Halle der Nacht
Nordfeste
Ostfeste
Höhle
Narma
Tauh
Dohlbach
Tarm
Südfeste
Wald von Eleazan
Ebene von Rihan
Wega-Gebirge
Quran
Tauh
A. Sadler

Aus den Chroniken

Über Zentauren

Zentauren haben kein Herz. Sie verfügen über einen scharfen Verstand, besitzen große Kräfte und sind unerschrockene Krieger; Liebe zu empfinden sind sie jedoch nicht fähig – weder zu ihren Artgenossen noch zu anderen Völkern.

Wie Tiere hausen sie in den Wäldern, verschlingen rohes Fleisch und rauben Menschenfrauen, um sich an ihnen zu vergehen. Sie höhnen die Götter und foltern ihre Gefangenen auf unvorstellbar grausame Weise.

Mitgefühl, Gnade und Hilfe erwartet man von den Pferdemenschen vergebens. Zentauren kennen nur die Treue zu ihrem Herrscher. Ihm sind sie gehorsam bis in den Tod.

Betor, Chronist unter Onastor, dem elften Fürsten von Tarnem

1

Es war das erste Mal, dass sie wieder einen Zentauren sah. Das erste Mal seit dem Tag, an dem ihr Bruder getötet worden war.

Von der Aufregung mitgerissen folgte Sirja den anderen in den Innenhof der Feste. Das Triumphgeschrei der Krieger hallte von den Steinmauern wider und vermischte sich mit den Rufen der Burgbewohner. Mägde und Knechte, Kinder und Alte hatten sich versammelt, bildeten einen Ring, schrien, spuckten und streckten ihre Fäuste gen Himmel. Ihre Körper verdeckten Sirja die Sicht auf das, was sich in ihrer Mitte befand – eine Kreatur, deren Volk den Mord an ihrem Bruder Artor begangen hatte.

Sie blieb stehen. Trauer und Wut nahmen ihr fast den Atem. Was tat sie hier draußen? Es war eine Genugtuung, dass die Krieger einen dieser Bastarde hatten gefangen nehmen können, aber ein Trost war es nicht. Und den Triumph, den Schmerz über den Tod ihres geliebten Bruders in ihren Augen abzulesen, wollte sie dem Pferdemenschen keinesfalls gönnen. Sie kehrte der Menge den Rücken, lief zurück zum Herrschaftsgebäude und stieg die Freitreppe zu ihrem Zimmer hinauf.

Mit einem Mal erstarben alle Stimmen und Stille senkte sich über den Hof, nur ein einzelnes Paar Schritte war zu hören. Gebieterisch, zielstrebig. Die Schritte ihres Vaters, dem Turmherrn der Südfeste.

Gegen ihren Willen hielt Sirja auf den Stufen inne und drehte sich um. Die Burgbewohner traten beiseite und gaben den Weg für ihren Herrn frei. Ihr Vater schritt dem Zentauren entgegen und fixierte seinen Gefangenen. Auch Sirjas Blick richtete sich wie von unsichtbaren Fäden gezogen auf die regungslos verharrende Gestalt zwischen all den Menschen.

Das Fell des Zentauren glänzte in tiefem Dunkelbraun. Sein bloßer, muskulöser Oberkörper überragte alle umstehenden Männer. Der Wind spielte mit seinem langen, dunklen Haar, und gab die Sicht auf spitz zulaufende Ohren frei. Sie schätzte ihn auf Mitte zwanzig, kaum älter als sie selbst.

Sirja musterte den Zentauren weiter. Die scharf geschnittenen Gesichtszüge des Pferdemenschen wirkten wie aus Stein gemeißelt, seine Miene gab nichts von seinen Gedanken preis. Einzig ein Zucken an der Flanke und seine zu Fäusten geballten Hände verrieten seine Anspannung.

Den Festenbewohnern hingegen war die Feindseligkeit deutlich anzumerken. Die Krieger ihres Vaters würden keinen Moment zögern, die Schlingen um den Hals des Zentauren zuzuziehen – und Sirja hätte nichts dagegen. Sie standen am Vorabend eines Krieges gegen die Pferdemenschen, und die Ermordung ihres Bruders war einer der Gründe dafür.

Sirja spürte, wie eine eisige Kälte an ihr hochkroch. Sie war es gewesen, die vor einem Mond den tödlichen Überfall auf ihren Bruder und seine Eskorte im Wald von Eleazan entdeckt hatte. Die Bilder hatten sich in ihr Gedächtnis gebrannt: blutige Schwerter auf dem Waldboden, von Pfeilen durchbohrte Krieger, die mächtigen Leiber toter Zentauren und mitten unter ihnen Artor. Hasserfüllt starrte sie zu der Kreatur im Hof hinunter.

In diesem Moment hob der Zentaur den Kopf und sah sie an.

Ihr Herzschlag beschleunigte sich. Sie hatte diesen Pferdemenschen noch nie in ihrem Leben gesehen, doch in solche Augen hatte sie schon einmal geblickt – dunkelgrün und unergründlich wie der Wald. Sie hatte neben ihrem toten Bruder gekniet und ein sterbender Zentaurenkrieger hatte sie angesehen: drängend, bittend, aber vor allem …

Sirja schüttelte den Kopf, um die Erinnerung an diese Begegnung zu vertreiben. Vergeblich. Mit aller Macht kam sie in ihr Bewusstsein zurück – und mit ihr die Fragen, die sie seitdem quälten und die sie zu vergessen versuchte. Schwindel ergriff sie, ihre Finger tasteten nach der steinernen Brüstung der Treppe auf der Suche nach Halt.

Der gefangene Zentaur beobachtete sie noch immer, und es gelang ihr nicht, sich seinem Blick zu entziehen. Tiefer und tiefer versank sie in seinen Augen aus dunklem Grün …

»Sirja, kommt zu Euch!«

Von Ferne drang die Stimme ihrer Kinderfrau in Sirjas Bewusstsein. Eine Hand tätschelte ihre Wange und ein feuchtes Tuch wurde auf ihre Stirn gelegt. Mühsam hob sie ihre Lider und sah Biana neben ihrem Bett auf einem Stuhl sitzen.

»Na endlich!« Die alte Frau lächelte sie erleichtert an. »Euer Vater macht sich die größten Vorwürfe, weil er Euch nicht vor der Anwesenheit des Zentauren gewarnt hat.«

Der Zentaur. Der Blick aus seinen Augen. Ihre albtraumhaften Erinnerungen. Sie war wohl auf der Treppe ohnmächtig geworden. Etwas, das ihr noch nie zuvor passiert war. Tastend fuhr sie mit den Händen an ihrem Kopf entlang.

»Ihr seid mehr zusammengesunken als umgefallen und habt Euch nicht verletzt.« Kummerfalten erschienen auf Bianas Gesicht und ließen es noch runzliger aussehen als ohnehin schon. »Artors Tod belastet Euch mehr, als Ihr uns glauben lassen wollt, oder?«

Sirja biss sich auf die Lippe und erwiderte nichts. Biana nahm ihre Hand und streichelte sie. »Seid unbesorgt. Euer Vater hat diese Bestie im leer stehenden Bullenstall einsperren lassen.«

»Er wurde nicht getötet?« Ihre Stimme klang ungewohnt rau. Die Kinderfrau reichte ihr einen Becher Wasser, bevor sie antwortete.

»Euer Vater will Auskünfte von diesem Ungeheuer. Fürst Neidor kann jeden Hinweis über die Pläne der Pferdemenschen gebrauchen.«

»Hat der Zentaur geredet?«

Biana schüttelte den Kopf. »Er nennt nicht einmal seinen Namen.«

Sirja schwieg. Ihr Vater würde seinen Plan, den Pferdemenschen zum Sprechen zu bringen, nicht aufgeben. Der Zentaur würde demnach noch länger in der Feste gefangen sein – eine Tatsache, mit der sie sich würde abfinden müssen.

Ihre Gedanken kehrten zu dem Tag vor vier Wochen zurück, als sie ihren Bruder tot im Wald gefunden hatte. Der sterbende Zentaurenkrieger neben Artors Leiche hatte sie nicht nur angesehen, er hatte sie auch berührt und mit ihr gesprochen. Wenige, unvollendete Worte, die sie seither nicht vergessen konnte.

Sie hatte seine Botschaft ihrem Vater wiedergegeben, ebenso dem Fürsten und den anderen beiden Turmherren. Aber niemand hatte ihrem Erlebnis Wert beigemessen.

Die Pferdemenschen sind durchtrieben, Sirja, hatte ihr Vater jedes Mal gesagt, wenn sie die Sprache auf die Worte des Zentauren brachte. *Er wollte dich verwirren und beunruhigen. Denk nicht mehr daran.*

Daraufhin hatte sie erst gar nicht erwähnt, was bei der Berührung des Zentauren Seltsames passiert war – sie verstand es ja selbst nicht. Als die Finger des Pferdemenschen sich auf ihr Bein legten, war eine merkwürdige Kältewelle durch ihren Körper gejagt und im gleichen Moment war ein Bild in ihrem Kopf aufgetaucht. Unheilvoll und unerklärlich.

Bald hatte sie aufgehört, von dem sterbenden Zentauren zu reden und diese Erfahrung noch tiefer als die Erinnerungen an den blutüberströmten Leichnam ihres Bruders verdrängt. Doch die waldgrünen Augen des gefangenen Pferdemenschen unten im Hof hatten alles wieder heraufbeschworen – und ihre Fragen, die immer noch unbeantwortet waren.

Ruckartig richtete sie sich auf und ignorierte Bianas gerunzelte Stirn. Erregung mischte sich mit Neugier und eine beinahe fiebrige Hitze ergriff von ihr Besitz.

Sie schob ihre Beine aus dem Bett und suchte mit den Füßen nach ihren Stiefeln. Es konnte kein Zufall sein, dass der gefangene Zentaur ebensolche Augen besaß wie der sterbende Pferdemensch im Wald – und dass er zu ihr hochgesehen hatte. Im Nachhinein schien es, als hätte er gewusst, dass sie dort oben auf der Treppe stand.

»Ich brauche frische Luft«, erklärte sie ihrer verdutzten Kinderfrau, erhob sich und ging zur Zimmertür. Auf halbem Weg hielt sie jedoch inne. »Wie ist es den Kriegern überhaupt gelungen, den Zentauren lebend gefangen zu nehmen?«

»Die Männer stießen am Waldrand auf ihn. Er leistete keinen Widerstand.« Biana stand ebenfalls auf. »Sie warfen ihm die Schlingen um den Hals und er folgte ihnen brav wie ein Lämmchen zur Feste. Erst beim Durchschreiten des Burgtores schien er sich seiner Gefangenschaft bewusst zu werden, doch da war es für ein Entkommen zu spät.« Prüfend blickte die alte Frau sie an. »Eure Gesichtsfarbe gefällt mir nicht. Soll ich Euch begleiten?«

Sirja schüttelte den Kopf und ging weiter zur Tür. Das, was sie vorhatte, würde Biana noch viel weniger gefallen als ihre Gesichtsfarbe.

Dicht an den Gebäuden entlang eilte Sirja in Richtung der Viehställe, damit niemand sie bemerkte. Nach ihrem Ohnmachtsanfall würde ihr Vater einen Besuch bei dem Zentauren kaum erlauben. Doch sie wollte sich die Möglichkeit, die das Schicksal ihr bot, nicht entgehen lassen. Zum ersten Mal seit langem spürte sie wieder etwas von ihrer alten Abenteuerlust.

Sie schlich um die Ecke des Küchentraktes und verlangsamte ihre Schritte. Je näher sie dem Bullenstall kam, desto weniger erfolgsversprechend erschien ihr Vorhaben.

Nach dem Überfall hatte Fürst Neidor auf eine Erklärung der Zentauren gewartet. Hatten Artor und seine Begleiter etwas getan, um deren Zorn herauszufordern? Aber die Pferdemenschen waren ein verschwiegenes Volk, in dieser Angelegenheit mehr denn je. Kein Bote erschien.

Das Verhalten der Zentauren wertete der Fürst als Schuldgeständnis. Hätten die Pferdemenschen nicht Interesse daran haben müssen, ihr Volk vom Verdacht des Mordes und des Brechens des Friedensvertrages zu entlasten?

Eine Woche nach Artors Tod fand man Gerdor, den Turmherrn der Nordfeste, ebenfalls tot im Wald auf – durchbohrt von Zentaurenpfeilen. Dieses Mal wartete der Fürst nicht auf Erklärungen. Seine Männer vernichteten in den Ausläufern des Wega-Gebirges einen Trupp Zentaurenkrieger, der in Richtung Tarnem unterwegs war.

Der Vergeltungsschlag der Pferdemenschen ließ nicht lange auf sich warten. Vor dreizehn Tagen griffen sie die Ostfeste an. Die Burg wäre gefallen, wären ihr Vater und der neue Turmherr der Nordfeste den Bedrängten nicht schnell zu Hilfe geeilt.

Ob mit dieser Niederlage die Angriffslust der Zentauren beendet war, wusste niemand zu sagen. Deshalb hatte Fürst Neidor damit begonnen, sein Heer in Kriegsbereitschaft zu versetzen.

Sirja blieb stehen und starrte auf die Stalltür, die nur noch wenige Schritte entfernt war. Die jüngsten Ereignisse waren keine günstigen Voraussetzungen, um auf Rede und Antwort von dem gefangenen Zentauren zu hoffen. Nur wenige Jahre nach dem Krieg um den Wald von Eleazan war der Frieden zwischen Menschen und Zentauren wieder gebrochen; der Hass, der stets zwischen ihren Völkern geschwelt hatte, erneut aufgeflammt. Auch sie spürte die Wut auf die Pferdemenschen und ihr grausames Blutvergießen in sich lodern. Daran würde sich auch nichts ändern, wenn sie den Sinn der Worte des sterbenden Zentauren in Erfahrung bringen sollte – vorausgesetzt, sie besaßen einen.

Sirja straffte ihre Schultern, um ihren Plan endlich umzusetzen, da erklang vielstimmiges Gelächter aus dem Bullenstall. Sie fluchte. Natürlich, der Zentaur wurde bewacht!

Das Klirren von Eisenstäben mischte sich mit dem Geräusch von Hufen, die gegen Stein donnerten. Das Lachen der Männer schwoll an, und Sirja trat auf die Schwelle der offenstehenden Stalltür.

Fünf Krieger ihres Vaters standen entlang des ersten Bullenverschlages. Sie hielten Speere in den Händen, mit denen sie abwechselnd durch die Gitterstäbe hindurch in Richtung des Zentauren stachen, der in der Box eingesperrt war.

Immer noch lagen die Schlingen um den Hals des Pferdemenschen, deren Seilenden zwei der Krieger festhielten. Dadurch konnte der Zentaur den Speerspitzen kaum ausweichen, ohne dass die Stricke ihm die Kehle zuzogen. Jedes Mal, wenn ein neuer Blutfleck auf seiner Haut oder seinem Fell erschien, johlten die Krieger auf.

»Sirja, was sucht Ihr hier?« Einer der Männer hatte ihr Erscheinen bemerkt und trat auf sie zu.

Sofort senkten die Krieger die Speere und richteten den Blick auf sie. Auch der Zentaur sah sie an. Seine Miene war gezeichnet von Verachtung und Mordlust.

»Ich ... ich war auf der Suche nach meinem Vater, da hörte ich den Lärm hier drinnen.«

»Euer Vater ist in seinem Schreibzimmer. Und Ihr solltet ebenfalls Eure Räumlichkeiten aufsuchen. Dieser Ort ist nichts für Euch.« Nachdrücklich fügte er hinzu: »Gerade nicht für Euch.«

Sie wusste nicht, ob er den Überfall auf Artor meinte oder auf ihren Zusammenbruch auf der Treppe anspielte. Egal was zutraf, wie ein kleines Kind behandelt zu werden, passte ihr nicht.

»Mir geht es gut«, erwiderte sie gereizt. Sie blickte an dem Krieger vorbei zu dem Zentauren, zu seiner mit blutbesudelten Haut und den feucht glänzenden Flecken auf seinem Fell. »Was hat er getan?«

»Nichts, deshalb helfen wir ein bisschen nach.« Der Mann lachte. »Der Bastard soll endlich sprechen, und zwar schnell.«

Trotz seiner Verletzungen war die stolze Haltung des Pferdemenschen ungebrochen. Keine noch so grausame Folter würde bei ihm Wirkung zeigen. »Mit Zwang werdet ihr ihn nicht dazu bringen«, erklärte sie.

»Sollen wir ihm lieber das Fell kraulen und mit Hafer füttern?« Der Krieger schüttelte den Kopf. »Gewalt ist die einzige Sprache, die diese Kreaturen verstehen. Fürst Neidor wird ihn nicht mit Samthandschuhen anfassen, wenn er kommt.«

»Der Fürst ist auf dem Weg hierher?«

»Euer Vater hat dem Herrn von Tarnem heute Morgen wegen des Zentauren einen Tarkyr geschickt. Der Fürst hat bereits einen Botenvogel zurückgesandt und sein Kommen für morgen angekündigt.« Prüfend sah er sie an. »Was kümmert Euch der Pferdemensch, Sirja? Wärt Ihr nicht froh um jeden Tod einer dieser Bestien?«

»Sein Tod wäre in der Tat eine Freude für mich.« Allerdings erst, wenn sie mit ihm gesprochen hatte. Sie musste wohl eine bessere Gelegenheit abwarten.

Sirja nickte dem Krieger zu und drehte sich um. Bevor sie den Stall verließ, sah sie über ihre Schulter hinweg zu dem gefangenen Pferdemenschen zurück. Seine waldgrünen Augen taxierten sie immer noch. Doch nun lag nicht mehr nur Wut darin, sondern Berechnung.

2

»Du warst bei dem Zentauren?«

Sirja nickte und seufzte innerlich. Wie hatte sie glauben können, ihr Vater würde nichts von ihrem Besuch im Bullenstall erfahren? Er rückte ihr den Lehnstuhl zurecht und sie ließ sich neben ihm an der Herrschaftstafel nieder. Kaum saß sie, begann das Abendessen, das sie wie stets gemeinsam mit allen Bewohnern der Feste in der Halle einnahmen.

Während Sirja Brot in die dunkle Bratensoße tunkte, hoffte sie, dass er sie nicht weiter nach ihrem Aufenthalt im Stall befragte. Doch es zeigte sich, dass ihr Vater anderen Gedanken nachhing.

»Sirja, ich bin froh, dass es dir wieder gutgeht«, fuhr er fort. »Und damit das so bleibt, habe ich eine Entscheidung getroffen.«

Überrascht blickte sie von ihrem Speisebrett auf. Ihr Vater betrachtete sie mit ernster Miene. Er war ein gut aussehender Mann Ende vierzig und viele Leute sagten, sie wäre ihm – von der Augenfarbe abgesehen – wie aus dem Gesicht geschnitten. Sie besaßen sogar das gleiche dichte Haar, nur dass seines nicht mehr dunkelblond war, sondern sich über die Jahre schlohweiß gefärbt hatte.

Ihr Vater räusperte sich. »Fürst Neidor wird morgen wegen des Zentauren in die Feste kommen. Eine passende Gelegenheit, mit ihm etwas zu besprechen, das mir schon länger auf der Seele brennt.« Er kratzte sich am Kinn, wie immer, wenn es ihm schwerfiel, ihr gegenüber die richtigen Worte zu finden. »Wenn du nach dem Sommer am Hof von Tarm keinen Ehemann gefunden hast, will ich, dass du als Gesellschafterin von Neidors Frau den Winter am Fürstensitz verbringst.«

Sie verschluckte sich fast an ihrem Brot. »Das ist nicht dein Ernst«, stieß sie hustend hervor. »Ich will keine Hofdame werden. Wenn die Zeit der Brautschauen vorüber ist und ich nicht verheiratet bin, kehre ich zurück auf die Südfeste. Das haben du und Mutter mir versprochen!«

»Du musst dort leben, wo es sicher für dich ist, Sirja. Auch deine Mutter wird ihren Aufenthalt bei ihrer Schwester in Narma verlängern, da es in der Südfeste jetzt gefährlich werden kann.« Er seufzte. »Niemand weiß, was die Zentauren als Nächstes planen. Dich im Schutz der Burg von Tarm zu wissen, wäre eine Erleichterung.«

»Das kommt nicht infrage! Du weißt, ich ...«

»Ich lasse mich nicht umstimmen, Tochter«, fiel er ihr ins Wort. »Deine Sicherheit ist mir wichtiger als deine Abneigung gegen das Hofleben.«

Ihre Hände ballten sich zu Fäusten. »Ich bin kein wehrloses Püppchen, Vater. Wenn es sein muss, kämpfe ich wie ein Krieger.«

»Nichtsdestotrotz bleibst du mein Kind.« Ein wehmütiges Lächeln umspielte seine Mundwinkel. »Ich habe bereits Artor verloren, ich will nicht auch noch dich verlieren. In der Südfeste kann ich deine Unversehrtheit nicht garantieren, falls die Zentauren auch diese angreifen.«

Sie atmete tief durch. Es war nicht die erste Auseinandersetzung, die sie mit ihrem Vater führte, und sie war nicht bereit, so einfach nachzugeben. Wenn sie etwas von ihm geerbt hatte, dann Hartnäckigkeit. Und jetzt, da ihre Mutter nicht da war und ihm zur Seite stehen konnte, standen ihre Chancen nicht schlecht.

»Lass uns noch abwarten, bevor du deswegen mit Neidor sprichst«, schlug sie in versöhnlichem Tonfall vor. »Vielleicht haben die Zentauren aufgegeben und sich in die Tiefen des Waldes zurückgezogen.«

Auf der Stirn ihres Vaters erschien eine tiefe Furche. Er kam jedoch nicht dazu, etwas zu sagen, da in diesem Moment die Tür zur

Halle aufgerissen wurde und ein Krieger im Laufschritt hereinstürmte.

»Herr, Herr!« Atemlos blieb der Mann vor dem Tisch stehen. »Der Zentaur ist bereit, zu reden.«

Ihr Vater sprang von seinem Stuhl auf: »Ich komme sofort.«

Augenblicklich rötete sich das Gesicht des Kriegers. »Nein, Herr ...« Er knetete seine Hände. »Der Zentaur sagt, er spricht nur mit Eurer Tochter. Alleine.«

Alle Unterhaltungen um sie herum erstarben. Auch Sirja schnappte nach Luft. Es war ihr Wunsch gewesen, unbeobachtet mit dem Pferdemenschen sprechen zu können. Und nun verlangte der Zentaur genau dies?

»Dieser Bastard ist unser Gefangener«, erklärte ihr Vater. »Er hat keine Bedingungen zu stellen.«

Der Krieger trat unbehaglich von einem Bein auf das andere. »Der Zentaur sagt, er verrät, warum er sich in der Nähe der Feste aufhielt.«

»Und hat euch der Zentaur in seiner Gnade auch wissen lassen, warum er das ausschließlich meiner Tochter mitteilen will?« Die Stimme ihres Vaters tropfte vor Sarkasmus.

»*Die Tochter des Turmherrn alleine*, das waren seine Worte.« Der Krieger zuckte unglücklich mit den Schultern. »Eine Erklärung hat er keine gegeben.«

Ihr Vater schlug mit der Faust auf den Tisch und brachte das Geschirr zum Klirren. »Auf keinen Fall!«

»Ich werde zu ihm gehen.« Sirja schob den Stuhl zurück und stand auf. »Du kannst jedes Wissen über die Pläne der Zentauren gebrauchen.«

Seufzend sah er sie an. Der Widerstreit zwischen seinen Gefühlen war ihm deutlich anzusehen. »Du bist sicher, dass du das tun willst?«

»Er ist eingesperrt. Was kann passieren?« Sie würde sich auf keinen Fall noch einmal eine solche Blöße geben wie am Vormittag auf der Treppe. »Ich war bereits im Stall und bin nicht ohnmächtig geworden«, setzte sie hinzu.

Ihr Vater nickte und bot ihr seinen Arm zum Geleit. »Dann erledigen wir die Sache sofort.«

Nur eine Fackel neben der Tür erhellte das Innere des Stalls. Die Schatten der Flammen tanzten unruhig an den Wänden und Sirjas Anspannung wuchs. Sie war alleine mit dem Zentauren.

Der Pferdemensch stand regungslos in dem Verschlag, in den die Krieger ihn gesperrt hatten. Die Schlingen an seinem Hals waren straff gezogen und an den Gitterstäben festgezurrt, seine Hände waren auf den Rücken gefesselt worden. Er konnte sich keinen Schritt bewegen, ohne sich zu erdrosseln.

Langsam ging sie auf die Box zu. Bisher hatte der Pferdemensch kein Wort gesprochen, fixierte sie jedoch unablässig. Erneut loderte der Hass in Sirja auf. Hinterrücks hatten die Zentauren Artor und den Turmherrn der Nordfeste ermordet, und mit unerbittlicher Härte die Ostfeste einzunehmen versucht. Einzig ihr Wunsch, mehr über die Pläne der Pferdemenschen, den Tod ihres Bruders und die rätselhafte Botschaft zu erfahren, hielt sie im Stall und ließ sie die Gegenwart des Zentauren ertragen.

Herausfordernd sah sie ihn an. Ihr Vater, der mit seinen Männern draußen vor dem Stall stand, würde sich nicht mehr lange gedulden. Wenn der Zentaur ihr etwas mitzuteilen hatte und sie ihm anschließend noch ihre Fragen stellen wollte, mussten sie sich beeilen. »Was willst du von mir, Pferdemensch?«

Seine Stimme war dunkel und er sprach mit einem ungewohnten Akzent. »Lass mich frei, Menschentochter!«

Es war keine Bitte, es war ein Befehl. Sirja schnaubte. Ihr Vater hatte ihr gesagt, dass der Zentaur seine Freilassung für sein Entgegenkommen verlangen könnte. Dass er diese Forderung an den Anfang stellte, wunderte sie. Sie hätte ihm ein raffinierteres Vorgehen zugetraut.

Verächtlich sah sie ihn an. »Selbst wenn ich es könnte, warum sollte ich es tun?«

»Weil diese Feste sonst dem Untergang geweiht ist.«

»Weil die Zentauren dich befreien wollen?«

Er machte sich nicht einmal die Mühe, ihre Frage zu beantworten. Herablassend sah er auf sie nieder. »Euer Schicksal liegt in deiner Hand, Menschentochter.«

War sie anfangs noch nervös gewesen, ärgerte sie sich nun. Für wie einfältig hielt diese Kreatur sie? »Fürst Neidor wird morgen über deine Zukunft entscheiden.«

Er schlug mit dem Schweif, als gälte es, lästige Mücken zu vertreiben. »Du begreifst die Gefahr nicht, in der ihr schwebt. Mein Volk wird nicht mehr lange auf meine Rückkehr warten.«

»Ich begreife sehr wohl, Zentaur«, fauchte sie. »Du erzählst Lügengeschichten, um deinen Hals zu retten.« Sie musterte ihn ebenso geringschätzig wie er zuvor sie. »Aber nehmen wir an, du hättest recht: Wer bist du, dass den Pferdemenschen dein Leben angeblich so wichtig ist?«

Sein Blick fiel auf seinen linken Oberarm, als suchte er dort etwas, was nicht mehr da war. »Wer ich bin, geht dich nichts an.«

»Ihr Zentaurenbastarde seid genauso arrogant, wie alle sagen. Du glaubst, eine junge Frau könntest du für dumm verkaufen.«

»Nein.«

»Dann wäre es an der Zeit, mir die Wahrheit zu sagen.« Sie verschränkte die Arme vor ihrer Brust. »Warum forderst du deine Freilassung, wenn du dich doch heute Morgen widerstandslos zur Feste führen lassen hast?«

Zum ersten Mal blitzte Unsicherheit in seinen waldgrünen Augen auf. »Ich … kann mich nicht daran erinnern, was heute Morgen geschehen ist.«

»Es reicht!« Sie hob ihre Hände. »Entweder bist du ein Lügner oder nicht ganz bei Trost. Oder beides. Ich werde jetzt gehen und ...«

Das Scharren seines Hufes über den Steinboden ließ den Rest ihres Satzes untergehen. »Ich lüge nicht. Im Gegensatz zu dir, Menschentochter.«

»Wie bitte?«

»Du hast den Kriegern heute Nachmittag gesagt, du hättest deinen Vater gesucht. Das war gelogen.«

Woher wusste er das? »Das stimmt nicht«, erwiderte sie hastig.

»Du lügst schon wieder.«

Sie konnte nicht verhindern, dass ihr das Blut in die Wangen schoss. »Woher willst du das wissen?«

»Ich höre, dass dein Herzschlag sich beschleunigt. Ich sehe, dass deine Pupillen sich weiten. Und ich rieche deine Angst, ertappt zu werden.« Er stampfte mit dem Huf auf. »Mit anderen Worten: Ich wittere es.«

»Kannst du auch meine Gedanken lesen?« Viele Krieger behaupteten, die Pferdemenschen besäßen diese Fähigkeit. Auch in den alten Legenden wurde das Gedankenlesen erwähnt.

»Nein.« Er zögerte. »Ich nehme deinen Geruch doppelt so stark wahr wie den anderer Menschen«, ließ er sich schließlich zu einer Erklärung herab. »Deshalb habe ich trotz der großen Entfernung heute Morgen gemerkt, dass du auf der Treppe standest.« Er zuckte mit den Schultern. »Warum das so ist, kann ich mir nicht erklären. Das ist der Grund, weshalb ich mit dir sprechen wollte.«

Sie hatte sich also nicht getäuscht, sein Blick war kein Zufall gewesen! Sie versuchte ihre Aufregung so gut es ging zu verbergen. »Du hast keine Vermutung, warum du ausgerechnet mich so stark witterst?«

Er betrachtete sie mitleidig. »Glaub nicht, du seiest etwas Besonderes. Das bist du vermutlich nicht einmal nach menschlichen Maßstäben.«

Seine Überheblichkeit verschlug ihr die Sprache, aber nun wusste sie endgültig Bescheid. Er hatte nichts zu sagen, sondern trieb nur Spielchen mit ihr. Ihm ihre Fragen nach dem Tod ihres

Bruders oder der Botschaft zu stellen, wäre verschwendete Zeit. Sie drehte sich auf dem Absatz herum und stürmte auf die Tür zu.

»Wo willst du hin, Turmherrntochter?«

Sie antwortete, ohne stehenzubleiben. »Wie du siehst, verlasse ich den Stall.«

»Unser Gespräch ist nicht zu Ende!«

Seinen Worten folgte ein Krachen, das Sirja herumfahren ließ. Der Zentaur hatte sich auf die Hinterbeine gestellt, seine mächtigen Hufe schlugen gegen das Eisengitter. Die Stäbe erzitterten in ihrer Verankerung, Mörtel rieselte zu Boden. Durch das Aufbäumen hatten sich die Schlingen um seinen Hals zugezogen, doch das schien ihm nichts auszumachen. Seine Vorderhufe donnerten mit unnachgiebiger Härte gegen die Stäbe und die Mauer der Box. Steine lockerten sich, eine der Stangen, an die das Seil gebunden war, brach aus der Decke. Nicht mehr lange, und er wäre frei.

Sirja starrte den Zentauren an. Seine Kraft und die Wildheit entsetzten und faszinierten sie gleichermaßen.

»Aus dem Weg, Tochter!«

Ihr Vater stürmte herein, gefolgt von seinen Kriegern. Er lief an ihr vorbei und griff nach dem Seil an der herausgebrochenen Stange und stemmte sich dagegen.

Der Ruck brachte den rasenden Zentauren aus dem Gleichgewicht. Zornig stellte er seine Vorderbeine wieder auf der Erde ab, um nicht die Balance zu verlieren. Die Seile schnitten tief in seine Kehle, seine Augen waren geweitet und er schien kaum mehr Luft zu bekommen.

Ihr Vater gab einem der Krieger ein Zeichen, der daraufhin ein Messer zog und dem Zentauren zuwinkte. Der Pferdemensch trat neben das Gitter, hob die Hände hinter seinem Rücken nach oben und der Krieger durchtrennte ihm die Handfesseln. Kaum waren seine Hände frei, griff der Zentaur nach den Schlingen um seine Kehle.

Einen Moment lang glaubte Sirja, er würde sich beide Seilschlaufen vom Hals reißen. Doch inzwischen hatten die anderen

Krieger ihre Speere auf ihn gerichtet. Der Zentaur schob die Schlingen nur ein Stück weit auf und ließ dann seine Arme sinken.

»Sirja, geh in dein Zimmer!«, befahl ihr Vater.

Sie nickte stumm. Ihr Vater würde vom Ergebnis dieser Unterhaltung enttäuscht sein. Und sie war es auch.

Ohne einen Blick zurückzuwerfen trat sie aus dem Stall hinaus auf den Innenhof. Es gab nur eines, was sie heute Abend herausgefunden hatte: Alles, was sie je über Zentauren gehört hatte, stimmte. Hinterlistiger Abschaum, dem man nicht einen Herzschlag lang trauen konnte! Verärgert zog sie ihr Schultertuch enger um sich. An die verlogene Kreatur im Stall würde sie keinen Gedanken mehr verschwenden!

3

»Zwei Paar perlenbesetzte Schuhe, drei Tanzkleider mit Unterröcken, Haarbänder in den passenden Farben, Armreifen, silberne Ketten und Ringe ...«

Die Aufzählung der alten Kinderfrau nahm kein Ende. Abwesend nickte Sirja jedes Teil ab, woraufhin Biana es sorgsam in eine Reisekiste packte. Mit angezogenen Knien saß sie auf ihrem Lieblingsplatz in der Fensternische ihres Zimmers und sah hinaus auf die Felder und Wiesen vor der Feste.

Es war ein wolkenloser Sommertag, die Sonne strahlte vom Himmel herab, trotzdem hätte sie sich am liebsten im Bett verkrochen und die Decke über den Kopf gezogen. Heute würde sie ihr Zuhause für lange Zeit verlassen – sollte sie am Fürstenhof einen Gemahl finden, sogar für immer.

Am Abend zuvor war ihr Vater ungehalten gewesen über den Bericht ihres Gesprächs mit dem Zentauren.

»Der Kerl ist ein Scharlatan«, hatte er gewettert. »Ein jämmerlicher Versuch, seine Freiheit wiederzuerlangen. Ein hochrangiger Zentaur wäre niemals alleine unterwegs.«

»Was wird Neidor mit ihm machen?«, erkundigte sie sich, obwohl ihr die Antwort egal sein konnte.

»Erneut befragen, mit stärkeren Mitteln.« Ihr Vater zuckte mit den Schultern. »Freilassen wird der Fürst ihn nicht. Sollten weitere Auseinandersetzungen folgen, ist es gut, Geiseln zu haben, als Austausch gegen Gefangene aus den eigenen Reihen.«

»Hast du ... hast du schon einmal gehört, dass Zentauren Menschen und ihre Gefühle wittern können?«

»Unsinn!« Er vollführte eine wegwerfende Handbewegung. »Die Zentauren können besser hören als wir, aber ihre anderen

Sinne sind denen der Menschen gleich. Sie sind gute Beobachter, sie raten lediglich und treffen damit oft ins Schwarze. Mehr hat es auch mit ihrer Sterndeuterei und dem Gedankenlesen nicht auf sich.«

Der Zentaur hatte ihr also etwas vorgespielt, und sie war beinahe darauf hereingefallen.

Ihr Vater küsste sie auf die Stirn. »Schlaf gut, Tochter. Morgen wird ein anstrengender Tag.«

Sirja seufzte. Sie erwarteten Fürst Neidor zum Mittagessen, er würde den Zentauren verhören und anschließend nach Tarm reisen – mit ihr.

»... ein Reitkleid für die Jagdausflüge, ein Wollumhang ...«

Biana zählte immer noch die Bestandteile ihrer Garderobe auf. Sirjas Finger strichen an dem rauen Mauerwerk entlang. Es war genauso ein strahlender Tag wie dieser gewesen, als sie sich vor einem Mond aufgemacht hatte, ihrem heimkehrenden Bruder entgegenzulaufen. Der Tag, nach dem nichts mehr so war wie vorher.

Ihr Vater und sie hatten all ihre Kraft gebraucht, um sich mit Artors Tod abzufinden. Ihrer Mutter war es nicht gelungen mit der Trauer, der Verzweiflung und der Wut umzugehen. Der Tod ihres erstgeborenen Kindes hatte ihr Herz gebrochen. Sie hatte sich abgeschottet, jeden Tag alleine auf ihrem Zimmer verbracht und geweint. Essen hatte sie kaum angerührt. Vor zwei Wochen hatte sie ihnen dann mitgeteilt, zu ihrer Schwester nach Narma, der Hauptstadt des benachbarten Fürstentums Meratan, zu reisen.

Sirja schluckte, um das Brennen in ihrer Kehle zu vertreiben. Weder Vaters Bitten noch ihre hatten ausgereicht, ihre Mutter zum Bleiben zu überreden. Mutters Zuneigung hatte stets Artor gegolten, er war ihr Daseinszweck und Hoffnungsträger gewesen. Dass Vater und sie ihr Weggehen schmerzte, hatte ihre Mutter nicht gesehen.

Verstohlen wischte Sirja sich eine Träne aus dem Augenwinkel. Sie hatte sich immer für stark gehalten, unbesiegbar an der Seite ihres Bruders. Kein Felsen war ihr zu hoch gewesen, um nicht herunterzuspringen, kein Pferd zu wild, um nicht darauf zu reiten und keine Strafe zu hart, um sich nicht beim nächsten Mal doch wieder unerlaubt aus der Feste zu schleichen.

Aber die vergangenen Wochen hatten sie verändert. Artors Tod hatte ihre Jugend endgültig beendet und ihren Widerspruchsgeist erlahmen lassen. Vater hatte genug Leid erlebt, als dass sie ihn mit Sorgen um sich belasten musste.

Mit der Abreise ihrer Mutter hatte sie die Aufgaben der Turmherrin übernehmen müssen und sich zu einem Tagesablauf zwischen Speiseplänen, Vorratskellern und den Alltagsnöten der Festenbewohner gezwungen.

»... sowie Euren bestickten Gürtel, damit jeder der Herren in Tarm sieht, was für eine schlanke Taille Ihr habt. Haben wir etwas vergessen?«

Ihre Kinderfrau sah sie erwartungsvoll an. Erst jetzt begriff Sirja, dass Biana mit dem Packen fertig war.

»Ich ... äh ... nein«, erwiderte sie lahm.

Statt einer Antwort setzte Biana sich zu ihr in die Fensternische und legte einen Arm um ihre Schultern. »Ich weiß, wie schwer Euch der Abschied fällt, Sirja. Aber ein Ortswechsel kann eine gute Veränderung sein.« Lächelnd strich sie ihr eine Strähne aus der Stirn, die sich aus ihrem geflochtenen Zopf gelöst hatte. »Genau wie die Liebe zu einem Mann.«

Sirja stöhnte. »Ihr glaubt ernsthaft, jemand will mich zur Frau?«

»Wenn Ihr nicht zeigt, dass Ihr besser reiten und Bogenschießen könnt als mancher Mann, stehen Eure Aussichten nicht schlecht.« Die alte Frau lachte. »Und auf das Lautenspiel, Vorsingen und Kostproben Eurer Stickkunst solltet Ihr ebenfalls verzichten.« Sie legte den Kopf schief. »Tanzen solltet Ihr besser auch nicht.«

Sirja erwiderte nichts. Ihre Mutter hatte gefordert, dass sie all diese weiblichen Fertigkeiten erlernte – mit mäßigem Erfolg.

»Ich erwarte von dir, dass du eine gute Partie machst«, hatte ihre Mutter sie von Kindesbeinen an wissen lassen.

Wie sie allerdings auch nur einen einzigen Tag in raschelnden Kleidern, gepflegter Unterhaltung und Perlenschühchen am Hof überstehen sollte, wusste Sirja nicht.

»Gibt es bereits einen Mann, auf den Ihr ein Auge geworfen habt?« Neugierig betrachtete Biana sie.

Die Südfeste war ein abgeschiedener Außenposten an der Grenze zum Zentaurenreich, doch ihre Mutter hatte es nicht versäumt, jeden Sommer mit Artor und ihr einige Tage am Hof von Tarm zu verbringen. Dabei hatte ihre Mutter sie den wichtigsten Edelleuten und Rittern vorstellen lassen. Manche der Männer waren nicht unansehnlich gewesen, aber dass sie Gefühle in ihr ausgelöst hätten? Sirja schüttelte den Kopf.

Die Kinderfrau zog die Augenbrauen hoch. »Nicht einmal der Fürst gefällt Euch? Wäre ich so jung wie Ihr, würde der Schwarze Herr von Tarnem mir schlaflose Nächte bereiten, auch wenn er bereits verheiratet ist.«

Sirja verdrehte die Augen. Für eine Kinderfrau hatte Biana eine vorlaute Art – für die sie sie liebte. In ihrer Trauer war die alte Frau ihre Stütze gewesen. Biana hatte sie getröstet, aber auch zurechtgewiesen, wenn sie sich hängen ließ. Der Kinderfrau war es gelungen, dass sie aus dem tiefen Loch, in das der Tod ihres Bruders sie gerissen hatte, wieder herausgefunden hatte. Sirja wünschte, sie hätte eine ebensolche Stütze für ihre Mutter sein können.

Seufzend sah sie Biana an. Natürlich hatte ihre Kinderfrau recht. Neidor, der Fürst Tarnems, war ein gut aussehender Mann. Seine dunklen Haare und Augen hatten ihm den Beinamen *der Schwarze* eingebracht, seine breiten Schultern, seine entschlossene Art und sein Geschick als Herrscher ließen viele Frauenherzen höher schlagen und waren auch ihr nicht verborgen geblieben.

»Ja, er sieht gut aus«, erwiderte sie, um Biana zufriedenzustellen.

»Immerhin ein Anfang.« Die alte Frau lachte. »Ich hatte schon befürchtet, ich müsste bei Dyrdra einen Liebestrank für Euch bestellen, um Euch auf den Geschmack zu bringen.«

»Das lasst Ihr schön bleiben.« Sirja schnaubte. Dyrdra war eine Viehheilerin, die alleine in einer Kate im Wald wohnte und zwischen den Dörfern und Festen umherzog. Ob sie wirklich eine Zauberin war, wusste Sirja nicht. Doch wie man hörte, suchten die Leute sie nicht nur auf, um nach Heilmitteln für ihre kranken Hühner, Schafe oder Kühe zu fragen.

Ihr Vater hatte Dyrdra schon oft in die Feste gerufen, damit sie sich das Vieh ansah. Sirja mochte die ältere Frau, die eine geheimnisvolle Aura umgab. Trotzdem legte sie keinen Wert darauf herauszufinden, ob ihre Liebestränke wirkten. »Ich brauche kein Zaubergebräu«, wiederholte sie mürrisch. »Ein großer Krug Bier hilft, die Herren erträglicher zu machen.«

Biana schnalzte vorwurfsvoll mit der Zunge. »Als Dame am Hof trinkt man ausschließlich Wein und Wasser sowie ...«

Aufgeregtes Stimmengewirr und Hufgetrappel im Hof unterbrachen ihre Rede. Sirja blickte von ihrem Platz am Fenster hinab zum Burgtor.

Der Schwarze Fürst und sein Gefolge ritten in die Südfeste ein.

»Sirja, jedes Mal wenn ich Euch sehe, werdet Ihr hübscher.«

Neidor von Tarnem sprang aus dem Sattel seines Rappen, nahm ihre Hand und hauchte einen Kuss darauf. Erst danach begrüßte er ihren Vater mit einem Handschlag. Die Ritter und Krieger, die ihn begleiteten, warteten in respektvollem Abstand.

In Gedenken an das Gespräch mit Biana betrachtete Sirja den Fürsten. Er war ein schlanker, hochgewachsener Mann. Sein schwarzes Haar trug er kurzgeschnitten und seinen dunklen Augen schien nicht die geringste Kleinigkeit zu entgehen. Seine Kleidung war ebenfalls in gedeckten Farben gehalten, nur der Saum seines Umhangs war mit weißem Hermelinfell verbrämt, das Vorrecht des Herrschers von Tarnem.

Erst vor vier Jahren – zwei Jahre nach Ende des Zentaurenkriegs – hatte Neidor als Nachfolger Onastors den Thron Tarnems bestiegen. Er galt als ehrgeizig, sein Vorbild waren die großen Fürstenhöfe in Dahl und Narma. In seiner kurzen Amtszeit hatte er bereits etliche neue Gesetze erlassen und mit harter Hand durchgesetzt.

Anfangs war der Widerstand gegen ihn groß gewesen, doch der Erfolg und der wirtschaftliche Aufstieg Tarnems nahm seinen Gegnern die Argumente, zumal Neidor Treue und Folgsamkeit stets zu belohnen verstand.

Auch für die unteren Schichten tat der Fürst viel: Er hatte Schulen in Tarm errichten lassen, die jedes Kind unabhängig seines Standes kostenlos besuchen durfte. Ebenso hatte er eine tägliche Armenspeisung eingeführt sowie Krankenstuben, in denen Mittellose unentgeltlich einen Heiler konsultieren konnten. Seit seiner Thronbesteigung standen auch nicht adlig Geborenen sowie Frauen Hofämter und Führungsränge im Heer offen.

Der Fürst hatte die Begrüßung ihres Vaters beendet und bot ihr seinen Arm. Lächelnd legte sie ihre Hand darauf. Im Gegensatz zu den Vorstellungen ihrer Kinderfrau bereitete ihr Neidor von Tarnem keine schlaflosen Nächte, nichtsdestotrotz war er ein ansehnlicher Mann und nach ihrem demütigenden Erlebnis mit dem Zentauren genoss sie seine respektvolle Aufmerksamkeit.

Während er sie in die Halle zu Tisch geleitete, erkundigte sie sich nach dem Verlauf seiner Reise und dem Wohlbefinden seiner Gemahlin und seines Sohnes.

Kaum hatten sie an der Tafel Platz genommen, brachte ihr Vater sein Anliegen an Neidor vor. Nur zu bereitwillig stimmte der Fürst seiner Anfrage zu, sie als Hofdame in Tarm aufzunehmen, sollte sie nach den Brautschauen noch ohne Ehemann sein. Die Einigung zwischen beiden Männern erfolgte so schnell, dass Sirja keine Zeit fand, Einspruch zu erheben. Und dann bestimmten auch schon die Pferdemenschen und ihre verübten Schrecken das Tischgespräch.

»Was glaubt Ihr«, fragte ihr Vater den Fürsten, »werden die Zentauren einen weiteren Angriff unternehmen?«

»Ihr Sturm auf die Ostfeste liegt zwei Wochen zurück. Schwer zu sagen, ob sie sich nur neu formieren oder kapituliert haben.« Das Gesicht des Herrn von Tarnem war ernst. »Wir müssen wachsam sein, ein möglicher nächster Angriff darf uns nicht so unvermittelt treffen wie der letzte. Euer Sieg an der Ostfeste war nur knapp errungen.«

»Meine Männer behalten den Waldsaum Tag und Nacht im Auge.« Ihr Vater rieb sich mit der Hand über die Stirn. »Ich hoffe, die Pferdemenschen haben an der Ostfeste gemerkt, dass wir nicht so leicht zu bezwingen sind, und bleiben in ihrem Wald. Ich bräuchte für mein ganzes Leben keinen dieser Bastarde mehr zu sehen.«

»Wollt Ihr nicht Vergeltung für den Tod Eures Sohnes?«

Ihr Vater ließ die Hand sinken. »Kein noch so großer Sieg brächte mir Artor zurück.« Er seufzte. »Ich mag ein Ritter und der Turmherr dieser Feste sein, trotzdem sehne ich mich nicht nach Schlachten.«

»Ich verstehe.« Der Fürst nickte. »Doch selbst wenn die Zentauren keinen Angriff mehr wagen, was ist mit der Passage durch den Wald von Eleazan? Ohne diese Abkürzung ist Tarnem so gut wie abgeschnitten von Meratan und seiner Küste, Handel würde sich kaum mehr lohnen.« Er trommelte mit den Fingern auf den Tisch. »Solange diese Frage nicht geklärt ist, kann von Frieden keine Rede sein.«

»Ihr befürchtet, die Zentauren könnten Handelsreisende durch den Wald überfallen?«

»Davon gehe ich aus.«

Ihr Vater runzelte die Stirn. »Also brauchen wir einen neuen Friedensvertrag mit den Pferdemenschen.«

Neidor schüttelte den Kopf. »Diese blutlüsternen Bastarde haben bewiesen, dass sie nicht gewillt sind, sich an die Abmachungen zu halten. Nach dem Krieg um Eleazan haben wir Verträge ausgehandelt. Wie lange hat dieser Friede gehalten? Keine sechs Jahre!« Er lachte bitter auf. »Den Zentauren zu vertrauen war ein Fehler. Zu viele unschuldige Menschen sind ihretwegen schon gestorben!« Der Fürst drehte den Kopf zu Sirja. »Der Tod Eures Bruders ist nur einer von vielen.«

»Wir waren gutgläubig und haben bitter bezahlt.« Ihr Vater nickte. »Aber wenn wir Verhandlungen ausschließen, bleibt nur noch der Krieg.«

»Keine angenehme Vorstellung, ich weiß.« Neidor verschränkte die Hände ineinander. »Käme es zum Äußersten, ist Eure Tochter in meiner Burg sicher. Aber noch ist Nichts entschieden. Es wäre von Vorteil, wenn wir wüssten, welche Ziele die Pferdemenschen verfolgen oder was ihre nächsten Schritte sein werden.« Er blickte ihren Vater an. »Hat der Zentaur, den Eure Männer gefangen nahmen, geredet?«

»Nicht so, wie gehofft.«

Beschämt starrte Sirja auf ihr Essbrett hinab. Es hätte sie gefreut, wenn ihr Vater den Fürsten mit wichtigen Auskünften hätte versorgen können.

Neidor griff nach seinem Weinbecher. »Macht Euch keine Gedanken, Herdor. Ich werde den Kerl überzeugen, uns alles zu sagen, was er weiß.« Er setzte den Becher an die Lippen, hielt dann jedoch inne. »Habt Ihr in den letzten Tagen mit Jamir geredet?«

Bei dem Namen Jamir horchte Sirja auf. Jamir war der junge Turmherr der Nordfeste und ebenso wie ihr Vater ein Vasall Neidors. Sie kannte ihn ihr Leben lang; er, ihr Bruder und sie hatten als Kinder gemeinsam gespielt und die Wälder durchstreift. Vor drei Wochen war Jamirs Großvater Gerdor von Zentauren ermordet worden und er hatte das Amt des Turmherrn übernehmen müssen.

»Ich habe Jamir vor vier Tagen in der Nordfeste besucht«, antwortete ihr Vater. »Er bereitet seine Krieger wie befohlen auf einen möglichen Angriff vor.«

Neidor drehte den Zinnbecher in seiner Hand. »Wie schätzt Ihr Jamirs Loyalität ein?«

Überrascht von der Frage sah ihr Vater ihn an. »Ich zweifle keinen Augenblick an seiner Treue und Ergebenheit zu Euch und Tarnem. Fragt Ihr aus einem bestimmten Grund?«

Der Fürst zögerte einen Moment, dann erwiderte er: »Er macht auf mich einen recht ungestümen Eindruck, aber das mag seiner Jugend zuzuschreiben sein.«

Ihr Vater lächelte. »Die Verantwortung wird ihn reifen lassen, Neidor. Das tut sie mit jedem Mann.«

»Wie recht Ihr habt.« Der Schwarze Fürst prostete ihr und ihrem Vater mit dem Becher zu. »Auf die Zukunft! Möge sie Tarnem nur Gutes bringen!«

4

Erneut scharrten sich Schaulustige in einem Ring um den Zentauren, den man aus dem Stall in den Innenhof gebracht hatte. Und erneut verspürte Sirja eine Anspannung in seiner Nähe. Verärgert über ihre Befangenheit straffte sie die Schultern. Niemand sollte ihr ihre Unsicherheit anmerken, erst recht nicht der Pferdemensch.

Der Fürst hatte ihren Mut gelobt, mit dem Zentauren zu reden. Dann hatte er darauf bestanden, dass sie seiner Befragung des Pferdemenschen beiwohnte.

»Ich werde Euch zeigen, wie man mit einer solchen Bestie umgeht«, hatte er sie mit einem vielsagenden Blick wissen lassen und ihr seinen Arm zum Geleit geboten.

Sie hatte genickt und an der Seite des Herrschers die Halle verlassen. Hätte sie sich frei entscheiden können, hätte sie lieber ihr Zimmer aufgesucht. Die bevorstehende Trennung von ihrem Vater bedrückte sie und ihr stand weder der Sinn nach einer weiteren Begegnung mit dem Zentauren noch den Verhörmethoden des Fürsten. Doch nach Neidors direkter Aufforderung war es unmöglich gewesen, sich zu widersetzen.

So stellte Sirja sich mit ausdrucksloser Miene neben ihren Vater und Neidor in die erste Reihe. Den Zentauren, der nur wenige Armlängen von ihr entfernt stand, versuchte sie zu ignorieren. Wie bereits gestern konnte sie sich seinem Bann jedoch nicht entziehen, wobei sie aber den direkten Blick in seine waldgrünen Augen mied. Sein dunkelbraunes Fell glänzte in der Sonne fast schwarz und sein muskulöser Oberkörper konnte jeden Krieger neidisch machen. Nur seine mit Wunden übersäte Haut und die Scheuermale der Seile am Hals störten seine beeindruckende Erscheinung.

Auch heute lagen wieder zwei Schlingen um den Hals des Pferdemenschen, deren Enden von jeweils zwei kräftigen Männern der Wache festgehalten wurden. Zusätzlich flankierten ihn Krieger, die Speere und Schwerter kampfbereit in den Händen hielten. Auf den Mauern der Feste standen Bogen- und Armbrustschützen, ihre Waffen schussbereit erhoben. Einen Fluchtversuch würde er nicht überleben.

Obwohl zahlreiche Waffen auf ihn gerichtet waren, wirkte der Zentaur ruhig, beinahe unbeteiligt. Kein Zucken seines Fells war heute zu sehen.

Beim Anblick des Pferdemenschen zogen sich Neidors Brauen zusammen. Er musterte den Zentauren eine Zeit lang schweigend, ehe er auf ihn zutrat. »Man sagte mir, du verlangst deine Freiheit? Oder sprichst du nur mit Frauen?« Der Hohn in der Stimme des Fürsten war nicht zu überhören.

Der Zentaur verzog keine Miene. »Seid Ihr der Herr von Tarnem?«

Neidor deutete eine spöttische Verbeugung an. »Neidor, zwölfter Fürst von Tarnem. Und mit wem habe ich das Vergnügen?«

»Das Einzige, was Ihr wissen müsst, ist, dass ich einen hohen Rang bei den Zentauren von Eleazan bekleide.«

Neidor stutzte, dann begann er zu lachen. »Und das soll ich dir glauben?«

»Ihr tätet besser daran, wenn Euch Euer Leben und das Eurer Vasallen lieb ist.«

Immer noch lachend schüttelte der Fürst den Kopf. »Ich dachte immer, Zentauren besäßen keinen Humor.«

»Ich scherze nicht.«

»Und ich glaube dir nicht.« Die Erheiterung verschwand aus Neidors Gesicht. »Man nahm dich ohne Eskorte und unbewaffnet gefangen. Demnach hast du keine wichtige Stellung inne, sondern bist irgendein Tor, der Herdors Männern in die Arme lief und nun versucht, mit armseligen Tricks zu entkommen.«

Der Zentaur stampfte mit einem Vorderhuf auf. Sofort fassten die Krieger die Seile fester. »Die Zentauren werden kommen, um mich zu befreien. Wenn Ihr mich gehen lasst, verhindert Ihr eine blutige Schlacht.«

Ein mitleidiges Lächeln umspielte Neidors Mund. »Du bist schon zwei Tage und eine Nacht in der Südfeste und niemand ist erschienen, um dich zu retten.« In falschem Bedauern zuckte der Fürst mit den Schultern. »Mir scheint, dein Volk hat dich vergessen. Oder sie sind froh, dich los zu sein.« Er vollführte eine wegwerfende Handbewegung. »Hast du mir sonst etwas zu sagen?«

»Mich gehen zu lassen, wäre das einzig Richtige, was Ihr tun könnt, Menschenfürst.«

»Deine Wiederholungen langweilen mich.«

Ein kalter Ausdruck trat in die Augen des Zentauren und er schien mit sich zu ringen, ob er weitersprechen sollte. Schließlich erklärte er: »Ich war auf dem Weg zur Südfeste, um den Menschen die Verhandlungsbereitschaft der Zentauren mitzuteilen.«

Ein Raunen lief durch die Menge, auch Sirja sah den Zentauren überrascht an. Nur der Fürst schien nicht beeindruckt.

»Was bietet mir euer Herrscher an?«, fragte Neidor kühl.

»Waffenruhe.«

Im Burghof hätte man eine Münze fallen hören können.

In die aufgekommene Stille schallte das Gelächter des Fürsten. »Lass mich raten: Und jetzt soll ich dich freilassen, damit du deinem Anführer meine Antwort überbringen kannst? Für wie dumm hältst du mich, dass ich darauf hereinfalle?«

Sirjas Schultern sackten herab. Natürlich, das war nichts als ein weiterer Trick dieses Bastards!

»Ich habe genug Zeit mit dir vergeudet, Zentaur«, fuhr der Fürst fort. »Selbst von einer Folter verspreche ich mir nichts.« Er wandte sich von dem Pferdemenschen ab und ihrem Vater zu. »Tötet ihn.«

Ihr Vater riss die Augen auf. »Aber wäre der Zentaur nicht eine wertvolle Geisel, Herr?«

Neidors Brauen verengten sich. »Ihr wagt es, meinen Befehl in Frage zu stellen?«

»Nein, mein Fürst.« Ihr Vater senkte den Kopf. »Sobald Ihr mit meiner Tochter zusammen die Feste verlassen habt, werde ich Euren Befehl eigenhändig ausführen.«

Neidor entging der Unmut seines Turmherrn nicht. »Ich habe angenommen, den Pferdemenschen sterben zu sehen würde Eurer Tochter ebenso gefallen wie Euch, Herdor. Aber wie Ihr wollt.« Er reichte Sirja seinen Arm. »Ich geleite Euch zur Kutsche.«

An Neidors Seite schritt Sirja auf die Kutsche zu, die in der Nähe des Tores stand. Sie hätte nichts dagegen gehabt, der Hinrichtung des Pferdemenschen beizuwohnen. Es war die gerechte Strafe für diese erbärmliche Kreatur.

Sie blickte zu dem Zentauren. Sein Versuch, sich zu retten, war erneut gescheitert, und er schien sich in sein Schicksal ergeben zu haben. Seine Arme hingen kraftlos herunter, sein Blick war abwesend in die Ferne gerichtet. Wie hatte er nur annehmen können, der Fürst ließe sich von seinen leeren Drohungen beeindrucken? Seine Absichten waren zu durchschaubar gewesen.

»Geht weiter, Sirja.«

Mahnend drang Neidors Stimme an ihr Ohr. Sie hatte nicht gemerkt, dass sie vor dem Zentauren stehen geblieben war. Doch gerade als sie den Kopf abwandte, um der Aufforderung des Fürsten zu folgen, erwachte der Pferdemensch aus seiner Erstarrung.

Er zog mit beiden Händen an den Seilen und sprang mit einem gewaltigen Satz nach vorne auf sie zu. Sein Aufbäumen kam so plötzlich, dass es den Wachen die Stricke aus den Händen riss. In einer raschen Bewegung schlang er ihr ein Seil um den Hals und zog es zu.

Entsetzensschreie erklangen aus der Menge. Die Krieger stießen mit ihren Speeren nach dem Zentauren und die Schützen spannten die Bogensehnen, doch ein lauter Befehl ihres Vaters gebot den Männern Einhalt.

Sirja bekam kaum noch Luft. Panisch begann sie, den Zentauren zu treten und an dem Strick um ihre Kehle zu zerren.

Er schenkte ihren Befreiungsversuchen keine Beachtung. »Gebt mir den Weg frei oder sie stirbt!«, rief er Neidor und ihrem Vater zu.

»Niemals«, kam der Fürst ihrem Vater mit der Antwort zuvor. »Du Bastard hast ...«

Das Seil zog sich fester um ihre Kehle und ihre Sicht verschleierte.

»Neidor!« Die wütende Stimme ihres Vaters drang wie durch einen Nebel zu ihr. »Ich will nicht auch noch meine Tochter verlieren!«

Der Fürst zögerte, dann gab er ein Knurren von sich. »Also gut. Lasst den Pferdemenschen durch.«

Kaum hatte Neidor die Worte ausgesprochen, riss der Zentaur erst sich selbst und dann ihr das Seil vom Hals. Erleichtert schnappte Sirja nach Luft, doch ihre Freude währte nur kurz. Der Zentaur packte sie am Oberkörper und im nächsten Moment fand sie sich hochgehoben und in seinen Armen wieder. Die Festenbewohner wichen zurück, als der Pferdemensch mit ihr durch das Tor hinaus aufs offene Feld galoppierte.

Vor Fassungslosigkeit konnte sie nicht einmal mehr schreien. Der Bastard entführte sie!

Der Zentaur war schneller als jedes Pferd, das sie jemals geritten hatte. Wie ein Kind lag sie in seinen Armen, doch sein Griff war unerbittlich fest. Nicht einmal an den Dolch in der eingenähten Tasche an ihrem Rock kam sie heran.

Der Pferdemensch preschte mit ihr über Wiesen, fort von der Feste auf den Wald zu. Ließe er sie fallen, würde sie sich alle Knochen brechen. Angst stieg in ihr auf – und noch etwas anderes. Eine merkwürdige Kälte, wie eisiges Wasser, die immer mehr in ihr anschwoll. Sirja sog scharf die Luft ein. So eine unnatürliche Kälte hatte sie schon einmal in ihrem Körper verspürt, als der sterbende Zentaur seine Hand auf sie gelegt hatte!

Mit aller Macht kämpfte sie gegen die kalten Fluten an und versuchte sie zurückzudrängen. Vergeblich. Der Eisstrom umspülte ihr Herz, stieg höher und stach wie tausend feine Nadeln in ihren Kopf. Vor ihre Augen schob sich das Bild einer riesigen, mit Hainen durchzogenen Stadt. Flache Langhäuser, strahlenförmig um Feuerstellen angeordnet. Hunderte von Zentauren, die auf breiten Wegen zwischen den Bauten umherliefen. Sirja keuchte. Ein Ort, den sie niemals zuvor gesehen hatte! Das Bild war genauso in ihren Kopf aufgetaucht wie die andere Vision damals bei der Berührung des sterbenden Zentauren.

Hinter ihnen erklangen Schreie und das Donnern von Hufen. Der Zentaur schlug einen Haken und ihr gelang ein Blick zurück. Krieger verfolgten sie, an der Spitze jagte der Schwarze Fürst auf seinem Rappen heran.

Der Zentaur steigerte sein unglaubliches Tempo noch, der Saum des Waldes, auf den er zusteuerte, rückte rasch näher. Die Reiter fielen zurück, die Rufe der Männer und das Hufgetrappel wurden leiser. Dennoch würde der Herrscher von Tarnem den Pferdemenschen nicht so einfach entkommen lassen. Hoffnung und Furcht wechselten sich in Sirja ab. Vielleicht gab der Zentaur sie frei, um schneller voranzukommen. Vielleicht tötete er sie aber auch. Warum nur war sie im Hof stehengeblieben?

Ein erster Pfeil surrte dicht an ihrem Kopf vorbei. Ein unbändiger Hass auf die Menschen loderte wie ein Feuer in ihr auf.

Hass auf die Menschen? Sirja rang nach Atem.

Ein zweiter und dritter Pfeil verfehlten den Pferdemenschen nur knapp. Mit unverminderter Schnelligkeit hielt er auf den Waldrand zu, seine Kraftreserven schienen unerschöpflich.

Die Bäume waren bereits zum Greifen nah, da strauchelte der Zentaur kurz. Im gleichen Moment durchzuckte Sirja ein Schmerz. Etwas Spitzes bohrte sich in ihren Oberschenkel und brannte in ihrem Fleisch: Einer der Pfeile hatte sie getroffen!

Panisch sah sie an ihren Beinen herab, die in der Armbeuge des Pferdemenschen lagen, aber nirgendwo steckte ein Pfeil. Dennoch spürte sie, wie Blut an ihrem Bein entlang lief. Es musste ein Streifschuss gewesen sein, eine andere Erklärung gab es nicht, auch wenn der Stoff ihres hellen Kleides sich nicht rot färbte.

Der Zentaur tauchte in den Wald ein und sie barg ihr Gesicht an seiner Brust, um sich vor zurückpeitschenden Ästen zu schützen. Ob ihm die Flucht gelingen würde? Seine Geschwindigkeit war weiterhin rasant, von ihren Verfolgern war nichts mehr zu hören und die Bäume boten Schutz vor den Pfeilen. Doch die Spur seiner Hufe und die abgeknickten Zweige verrieten, welchen Weg er nahm. Neidor und seine Krieger abzuschütteln war unmöglich, außer er erreichte den Dohlbach, um seine Fährte zu verwischen.

Als Kinder hatten sie und Artor an dessen Ufer gespielt. Ihr Bruder hatte ihr in dem Waldsee, in den der Bachlauf mündete, Schwimmen beigebracht. Dort verbarg sich ein Geheimversteck: eine kleine, flach ansteigende Felsengrotte hinter einem Wasserfall. Wie oft hatte man sie am Wasser gesucht und nicht gefunden, während Artor und sie in der Grotte saßen.

Sirja blickte sich um. Wenn sie durch die Hetzjagd nicht völlig die Orientierung verloren hatte, lag der Dohlbach rechter Hand hinter dem Hang.

In diesem Augenblick wechselte der Zentaur abrupt die Richtung und ihr Kopf schlug hart gegen sein Schlüsselbein. Verfluchter Pferdemensch! In gewaltigen Sätzen galoppierte er den Hang hinauf, fast schien es, als hätte ihm etwas zusätzliche Kraft verliehen.

Von den Kriegern war weiterhin nichts zu hören.

Der Zentaur verharrte kurz auf dem Hügel und starrte in die Senke hinab. Ebenso wie er sah Sirja das Glitzern von Wasser zwischen den Bäumen. Hatte diese Kreatur gewusst, dass der Dohlbach dort verlief?

In großen Sprüngen setzte der Zentaur den Abhang hinunter, erreichte das Ufer und trabte in den Bach hinein. Wasser spritzte unter dem Schlag seiner Hufe empor und Sirja ballte die Fäuste. Wo blieben nur der Fürst und seine Männer? Wenn die Spur des

Zentauren im Bachlauf verschwand, würde Neidor die Jagd abbrechen müssen.

Der Dohlbach beschrieb eine Windung und der Pferdemensch lief weiter, ohne sein Tempo zu verringern. Das Rauschen des Wasserfalls, hinter dem sich die geheime Grotte verbarg, wurde nun hörbar.

Der Zentaur galoppierte los und das Wasser stob nach allen Seiten. Er umrundete eine Böschung und erreichte die Stelle, an welcher der Bach in den See mündete. Auf der gegenüberliegenden Seite stürzte ein Wasserfall an einer Felswand herunter. Der Pferdemensch blickte sich um, dann folgte er dem Bach in den See hinein.

Jeder seiner Schritte führte sie tiefer ins Wasser. Sirjas Kleid sog sich voll und legte sich kalt an ihren Körper. Mühsam reckte sie den Kopf nach oben, um nicht zu ertrinken.

Der Zentaur verlor den Boden unter den Hufen, begann mit den Beinen zu paddeln und näherte sich schnell dem Wasserfall. Dort angekommen verringerte er sein Tempo und spähte zwischen den spritzenden Fluten auf die Felswand.

Kannte er die Grotte?

Mit den Vorderbeinen suchte er nach Felsvorsprüngen unterhalb der Oberfläche und fand schließlich festen Halt. Das herabschießende Wasser hämmerte Sirja auf Kopf und Schultern, während er mit ihr aus dem See in die sanft ansteigende Grotte hineinwatete.

Im Inneren des Felsengewölbes setzte der Zentaur sie ab und trieb sie tiefer in die Grotte hinein. »Verhalte dich ruhig, Menschentochter!«

Mit tauben Beinen taumelte Sirja vorwärts. Auf einem Felsbrocken ließ sie sich erschöpft nieder und drückte ihr nasses Haar aus. Trotz des warmen Sommertags fror sie entsetzlich in der Kühle der Grotte. Sie schlang die Arme um ihre Knie, um sich selbst zu wärmen.

Das Knirschen von Geröll ließ sie aufsehen. Der Zentaur hatte sich am Eingang niedergelegt. Wasser floss aus seinem Fell und bedeckte den Boden mit Pfützen. Seine Beine waren angewinkelt, mit den Armen stützte er sich ab und blickte mit aufgerichtetem Oberkörper in Richtung seines Schweifs.

Sirja folgte seinem Blick und ihre Augen weiteten sich. In der Rückseite seines rechten Hinterbeins steckte ein Pfeil!

Ihr eigener Streifschuss fiel ihr wieder ein und sie sah an sich herab. Aber nirgendwo an ihrem Kleid entdeckte sie Blutflecken, auch spürte sie seltsamerweise keine Schmerzen mehr. Aber sie konnte sich doch nicht so geirrt haben? Rasch tastete sie ihre Beine nach einer Einschussstelle ab. Doch wie es aussah, hatte sie sich den Schmerz nur eingebildet. Dabei hätte sie jeden Eid geschworen, dass ein Pfeil sie verletzt hatte.

Sirja rieb sich über das Gesicht. Und was war mit der fremden Stadt, die sie gesehen hatte?, fragte sie sich immer verwirrter. Der Hass auf die Menschen, der in ihr gegen jede Vernunft entflammt war? Als wären es die Bilder und Gefühle des Zentauren gewesen und nicht ihre. Sie keuchte. Gefühle und Bilder mit jemandem auf diese Art zu teilen war unmöglich. Nicht einmal die Gerüchte um die Zauberkünste der Viehheilerin Dyrdra erwähnten eine solche Fähigkeit.

Andererseits hatte der Zentaur gesagt, er könne sie besonders gut wittern ... Sirja schüttelte den Kopf. Nein, das war eine Lüge gewesen. Zudem hatte er selbst zugegeben, keine Gedanken lesen zu können. Sie krallte die Finger in ihren nassen Rock. Oder war das die Lüge gewesen?

Fahrig sah sie den Zentauren an. Er bemerkte ihren Blick jedoch nicht. Mit einer Hand zog er sein Hinterbein so nah wie möglich an sich heran, mit der anderen versuchte er, den Pfeilschaft zu erreichen. Aber er bekam nicht einmal die Befiederung zu fassen.

Die Befiederung! Durch die Nässe hatte sie es nicht sofort erkannt, doch die Federn am Schaft waren eindeutig grün – die Pfeilspitze war in einem tödlichen Gift getränkt! Würde der Zentaur den Pfeil herausziehen, bliebe die mit Widerhaken versehene Spitze in seinem Fleisch stecken und die todbringende Substanz würde sich weiter in seinem Körper verteilen und sein Herz zum Stillstand bringen.

In Sirjas Gesicht breitete sich ein Lächeln aus. Das Einzige, was sie zu ihrer Rettung tun musste, war warten.

»Menschentochter, komm her!« Die dunkle Stimme des Zentauren hallte von den Wänden der Grotte wider. »Du musst den Pfeil samt Spitze aus meinem Fleisch herausholen.«

Wusste er, dass der Pfeil vergiftet war? Herausfordernd sah sie ihn an. »Und wenn ich nicht will?«

Ein Stein flog um Fingerbreite an ihrem Kopf vorbei. »Dann wirst du diese Grotte nicht lebendig verlassen.«

Hasserfüllt starrte sie ihn an. Ihr blieb nichts anderes übrig, als seinem Befehl zu folgen. Allerdings würde sie sich dabei so ungeschickt und langsam anstellen, dass das Pfeilgift seine Wirkung nicht verfehlte. Der Zentaur würde sterben und dann war Schluss mit seiner Durchtriebenheit, seinen Lügen und den seltsamen Bildern in ihrem Kopf!

Freilich würde sie dann niemals erfahren, was diese Bilder oder die Worte des sterbenden Zentauren zu bedeuten hatten. Oder warum Artor hatte sterben müssen.

Eine Idee durchzuckte sie wie ein Blitz. Was, wenn sie sich zum Schein in seine Gefangenschaft begäbe? Der Bastard verdiente es nicht, weiterzuleben, doch er ermöglichte es ihr, in mehr als nur einer Hinsicht Vergeltung für den Tod ihres Bruders zu üben.

Schritt für Schritt ging sie auf ihn zu. Der Zentaur würde sie mit Sicherheit in das Lager der Pferdemenschen bringen. Zeit genug, ihm ihre Fragen zu stellen sowie den Ort auszukundschaften, den noch niemals ein Mensch betreten hatte. Fürst Neidor würde diese Auskünfte bei einem möglichen Feldzug zu schätzen wissen.

Ihr Herzschlag beschleunigte sich. Konnte sie das Wagnis eingehen? Ihre Finger tasteten nach dem Dolch, der verborgen in ihrem Kleid steckte. Eine spätere Flucht aus dem Zentaurenlager würde eine Herausforderung werden, aber bestimmt machbar. Vermutlich unterschätzen die Pferdemenschen ihre Fähigkeiten ebenso, wie es die meisten Männer taten. Sollte der Zentaur allerdings herausfinden, was ihr Plan war, würde er sie auf der Stelle töten.

»Beeil dich!« Der Zentaur hob drohend seine Hand, in der ein weiterer Stein lag.

Sirja blieb stehen. Ihr Blick wanderte von dem Stein zu dem vergifteten Pfeil in seinem Körper und schließlich zu seinen waldgrünen Augen.

Dann traf sie ihre Entscheidung.

5

Der Pfeil war vergiftet und das Gift war tödlich. Daran ließ das grimmige Lächeln im Gesicht der Turmherrntochter keinen Zweifel. Schon jetzt konnte er sein rechtes Hinterbein nicht mehr spüren.

Die Spitze des Pfeils war vermutlich mit Widerhaken versehen und würde im Fleisch steckenbleiben, wenn man den Pfeil einfach herauszog. Der einzige Weg, das Geschoss zu entfernen, war, den Pfeil aus dem Körper zu schneiden.

Sein Gesicht verfinsterte sich. Alleine und ohne Messer standen die Chancen auf Erfolg schlecht, er brauchte die Hilfe der Menschenfrau. Auch wenn das Risiko groß war, dass sie die Spitze absichtlich abbrach – eine andere Wahl hatte er nicht.

Die Vorstellung, die Turmherrntochter wieder nah an sich heranzulassen, bereitete ihm Unbehagen. Eine eisige Kälte hatte ihn bei ihrer Berührung durchströmt und sich in seinem gesamten Körper verbreitet. Kurz darauf hatte er die Bilder in seinem Kopf gesehen: einen Bachlauf, einen Waldsee und eine verborgene Grotte hinter einem Wasserfall. Orte, an denen er noch nie zuvor gewesen war.

Es mussten Erinnerungen aus dem Geist der Frau gewesen sein, die mit der Kälte in ihn eingeströmt waren. Aber wie war das möglich? Stand es mit ihrem starken Geruch in Zusammenhang? Niemals zuvor hatte er einen Menschen derart heftig gewittert.

Blieb zu hoffen, dass sie nicht gemerkt hatte, dass er ihr Inneres gesehen hatte. Oder – noch schlimmer – die Menschenfrau sein Inneres in sich aufgenommen hatte!

Er legte die Stirn in Falten. Nein, mit ihren eingeschränkten Sinnen und ihrer Einfältigkeit war das sicher nicht möglich.

Bestimmt hatte sie nicht einmal mitbekommen, dass sie ihre Erinnerungen mit ihm geteilt hatte.

Dennoch blieben diese Gedankenbilder rätselhaft, ebenso wie seine Festnahme. Er hatte die Turmherrntochter im Stall nicht belogen: Er besaß keine Erinnerung daran, wie er in die Hand der Menschen geraten war. Das Letzte, was er wusste, war, mit seinem Onkel, seinem Bruder und einigen Kriegern unterwegs gewesen zu sein, um die Gegebenheiten der Südfeste als Ort für seine geplanten Verhandlungen mit den Menschen auszukundschaften. Danach war sein Gedächtnis wie ausgelöscht. Seine Erinnerung setzte erst wieder am Burgtor der Feste ein.

Ein wenig schämte er sich, die Turmherrntochter bedroht und als Geisel genommen zu haben. Unter Zentauren war es das erste Gesetz selbst in Kriegszeiten, Zentaurinnen und Fohlen zu schonen. Doch letztlich hatten die Menschen es sich selbst zuzuschreiben: Auch sie waren nicht vor Gewalt an den weiblichen Mitgliedern seines Volkes zurückgeschreckt.

Auf seine Drohung und den Steinwurf hin hatte sich die junge Frau erhoben und schritt jetzt langsam auf ihn zu. Haare und Kleidung klebten an ihrem Körper, hinterließen eine dunkle Spur auf dem felsigen Grund. Eine ihrer Hände spielte mit dem Stoff ihres Kleides, ihr Herz schlug schnell.

»Beeil dich!« Er machte sich bereit für den nächsten Wurf.

Seiner Aufforderung zum Trotz blieb sie stehen. Ihr Blick fiel auf den Stein in seiner Hand, wechselte zu dem Pfeil in seinem Bein und schließlich sah sie ihm in die Augen. Einen Moment verharrte sie regungslos, dann räusperte sie sich und deutete auf den Pfeil.

»Er ist vergiftet.«

»Erzähl mir was, das ich noch nicht weiß.«

»Also hat die Lähmung schon eingesetzt.«

Er gab ihr keine Antwort. Je weniger sie von seiner Schwäche ahnte, desto besser.

»Kanntest du die Grotte«, fuhr sie fort, »oder hast du sie in meiner Erinnerung gesehen?«

Verdammte Menschenfrau, sie hatte es also gemerkt! Noch etwas, dass er nicht gebrauchen konnte. Er drehte den Stein in seiner Hand und bemerkte zufrieden die Nervosität in ihren Augen.

»Fang an, Turmherrntochter! Euer Pfeilgift kann Zentauren nichts anhaben. Doch die Spitze ist vermutlich mit Widerhaken versehen und ich will sie nicht in meinem Körper haben.« Wenn er Glück hatte, glaubte sie ihm.

Sie bewegte sich nicht vom Fleck. Stattdessen umspielte ein spöttisches Lächeln ihren Mund. »Wenn dir das Gift nichts anhaben kann, warum liegst du dann auf dem Boden?«

»Ich ruhe mich aus.«

Sie verschränkte die Arme vor der Brust, so wie sie es am vergangenen Abend im Stall getan hatte. »Jetzt bist du es, der lügt, Pferdemensch.«

»Ach ja?« Er streckte seine Vorderbeine aus, um aufzustehen. Mit Genugtuung sah er, wie sie einen Schritt zurückwich. Siegessicher zog er sich auf die Hinterbeine, nur um im nächsten Moment in sich zusammenzusacken.

Bestürzung durchfuhr ihn. Nicht nur im rechten Hinterbein hatte er jegliches Gefühl verloren, sondern mittlerweile auch im linken.

»Bald wird das Gift deinen gesamten Körper lähmen und am Ende dein Herz«, bemerkte sie trocken.

»Nichts ist gelähmt«, fuhr er sie an, »ich bin auf dem nassen Felsenboden ausgerutscht.« Er hob die Hand, in der immer noch der Stein lag. »Suche dir einen scharfen Stein zum Schneiden!«

Doch statt seiner Aufforderung Folge zu leisten, zog sie aus einer Falte ihres Kleides einen Dolch hervor.

Seine Muskeln spannten sich an.

Sie warf den Dolch jedoch nicht, sondern kniete sich vor sein verletztes Hinterbein. »Damit wird es besser gehen als mit einem Stein.«

Er nickte und sie legte eine Hand auf sein Fell. Die Kälte schoss wie eine Springflut in seinen Körper. Schneller und stärker als beim ersten Mal breitete sie sich in seinem Inneren aus. Bilder und Gefühle der Menschenfrau stürzten auf ihn ein wie der Wasserfall in den See, ohne dass er etwas klar erkennen konnte.

Im nächsten Augenblick war es vorbei. Die Turmherrntochter hatte ihre Hand fortgezogen. Er hob den Blick und betrachtete sie prüfend. Hatte sie gemerkt, dass ihr Geist sich ihm erneut geöffnet hatte?

Ihre weit aufgerissenen Augen und ihr rasendes Herz machten seine Hoffnung zunichte, es könnte ihr entgangen sein. Doch zu seiner Verwunderung witterte er nicht nur Aufregung bei ihr, sondern auch Wut.

»Ich habe dein Inneres gespürt«, keuchte sie. »Also hör auf, mich anzulügen, Pferdemensch. Inzwischen sind deine beiden Hinterbeine gelähmt!«

Das durfte nicht wahr sein! Vor Entsetzen fiel ihm fast der Stein aus der Hand. »Du kannst auch mein Inneres sehen?«

»Sehen, hören, spüren – ich habe keine Ahnung, wie man es bezeichnen soll!«, rief sie. »Wenn wir uns berühren, strömt es in mich hinein wie eine Welle, obwohl ich es nicht will.« Sie biss sich auf die Lippe. »Das Ganze ist jetzt nebensächlich«, wechselte sie das Thema. »Wenn du nicht sterben willst, muss der Pfeil sofort raus. Und daher muss ich dich wohl oder übel anfassen.«

Er konnte nichts erwidern. Die Erkenntnis, dass seine Gedanken auch zu ihr flossen, war beinahe schlimmer als der vergiftete Pfeil. Was bei den Sternen hatte das zu bedeuten?

»Ich fasse dich jetzt an, Zentaur.«

Er beugte seinen Oberkörper zur Seite, um besser sehen zu können, was sie tat.

Die Turmherrntochter strich sich eine feuchte Haarsträhne aus der Stirn, dann senkte sich ihre linke Hand erneut auf sein Fell.

Er rüstete sich innerlich. Wie erwartet, flossen ihre Empfindungen zu ihm, kaum, dass sie ihn berührte. Die begleitende Kälte hatte erneut an Stärke zugenommen, ein Winterfrost war nichts dagegen. Er atmete mehrmals tief durch, um sich an beides zu gewöhnen.

Der Menschenfrau erging es wie ihm. Ihre merkwürdige Verbindung verwirrte sie. Er fühlte, wie sie ihre Gedanken sammelte und auf die bevorstehende Aufgabe richtete. Nach einem kurzen Zögern spannte sie mit den Fingern sein Fell rund um den Pfeil. Mit der anderen Hand setzte sie die Spitze des Dolches an die Einschussstelle. Langsam durchschnitt die Klinge sein Fell und das darunter liegende Fleisch. Trotz der Lähmung durchfuhr ihn der Schmerz und er unterdrückte ein Keuchen.

Jäh hielt die Turmherrntochter inne und blickte zu ihm.

Er wusste, warum sie unterbrochen hatte. »Ich bin kein verweichlichter Mensch«, herrschte er sie an. »Mach weiter, ich stehe es durch.«

»Aber ich brauche eine Pause.« Schweißperlen glänzten auf ihrer Stirn. Sie setzte den Dolch ab, hielt die Wunde jedoch weiterhin unter Spannung. »Ich fühle deine Schmerzen als wären es meine eigenen. Vorhin glaubte ich sogar, der Pfeil hätte mein Bein getroffen.«

Er starrte sie an. Neben Bildern und Gefühlen konnten sie auch Schmerzen teilen? »Es ist mein Leiden, nicht deines, Menschentochter«, erwiderte er barsch. »Schneide weiter.«

Ihre Antwort bestand nicht aus Worten, sondern aus Empfindungen, die zu ihm schwappten: Widerwillen, Qual und Verärgerung über seinen Tonfall.

Er stöhnte. Sie würde nicht weitermachen. Er atmete tief durch, um sich zu entspannen. »Ich komme mit dem Schmerz zurecht«, erklärte er so freundlich wie möglich. »Und du wirst es auch.«

Sie schloss die Augen und schien in sich hinein zu hören. Nach einer Weile merkte er, wie sich ihr Inneres beruhigte. Als sie aufsah, nickte sie und setzte die Spitze des Dolches wieder an die Wunde.

Nun musste er sich weiterhin um eine entspannte Stimmung bemühen. Glücklicherweise ließ die Kälte in seinem Inneren nach und wurde weniger stechend.

Er beobachtete die junge Frau. Sie arbeitete konzentriert, ihre Bewegungen wirkten geübt und sicher. Dies war nicht der erste Pfeil, den sie entfernte.

»Ich bin die Tochter des Turmherrn«, erwiderte sie, ohne aufzublicken. »Verletzte zu versorgen, gehört zu meinen Aufgaben. Allerdings habe ich noch nie ein Pferd behandelt. Das macht die Viehheilerin.«

Kaum hatte sie zu Ende gesprochen, schnellte ihr Kopf hoch. »Bei den Göttern! Du hast nicht laut gesprochen, oder?«

»Nein.« Sein Blick verfinsterte sich. Er wusste nicht, was ihn mehr ärgerte: Die Tatsache, dass sie nun auch noch seine Gedanken hören konnte oder ihre Beleidigung, ihn Pferd zu nennen. Unter normalen Umständen hätte er eine solche Kränkung nicht hingenommen.

Die Turmherrntochter überwand ihren Schreck über diese neueste Erkenntnis, beendete den Schnitt und legte den Dolch beiseite. »Das Herausziehen wird wehtun«, erklärte sie. »Aber danach ist es überstanden.«

Sie sah ihn kurz an, dann spreizte sie die Wunde mit Daumen und Zeigefinger. Langsam zog sie an dem Schaft des Pfeiles, während sein Blut über ihre Finger quoll.

Er biss die Zähne zusammen und versuchte, den Schmerz nicht zuzulassen, damit sie in ihrer Konzentration nicht gestört wurde. Stück für Stück verließ der Pfeil seinen Körper, bis sie ihn schließlich in ihrer besudelten Hand hielt.

»Es ist alles gut, die Spitze ist komplett draußen.« Auch sie atmete schwer von der Anstrengung. »Für gewöhnlich würde ich sie verbinden«, erklärte sie mit Blick auf die klaffende Wunde, »doch das Blut schwemmt das Gift aus. Der Rest in deinem Körper wird sich verteilen und durch die Verdünnung bald an Wirkung verlieren.« Ihre Mundwinkel zuckten spöttisch. »Dein Leben ist gerettet, Zentaur.«

Er wusste, was sie erwartete, doch er schwieg demonstrativ. Diesen Triumph würde er ihr nicht gönnen.

Ihre grauen Augen verdüsterten sich. »Auf ein Wort des Dankes von dir hoffe ich wohl umsonst.« Sie schnappte sich den Dolch und erhob sich.

Die Verbindung zwischen ihnen zerbrach, und einen Atemzug lang fühlte er eine eigenartige Leere.

Die Turmherrntochter trat an den Eingang der Grotte und wusch das Blut an ihren Fingern und der Dolchklinge im herabrauschenden Wasser ab. Dann drehte sie sich zu ihm und steckte den Dolch zurück in ihr Kleid. Bei nächster Gelegenheit würde er ihr die Waffe wegnehmen.

»Du solltest dir unbedingt Ruhe gönnen. Zum anderen ...« Sie schien nach den richtigen Worten zu suchen. »Was geschieht da genau, wenn wir uns berühren?«, fragte sie schließlich.

Seine Stimme war hart wie der Fels um sie herum. »Ich weiß es nicht.« Das war die Wahrheit, ob sie ihm glaubte oder nicht. Natürlich glaubte sie ihm nicht.

»Aber gestern Abend im Stall hast du gesagt, du würdest mich stärker wahrnehmen als andere Menschen.«

»Hast du mir da nicht zugehört?« Verärgert peitschte er mit dem Schweif auf den Boden. »Ich sagte dir bereits, dass ich dafür keinen Grund erkennen kann.«

»Also ist dieser ... Gefühlsstrom zwischen Zentauren nicht üblich?«

»Genauso wenig wie unter Menschen, vermute ich«, gab er bissig zurück. »Das alles ist Zufall, Menschentochter. Eine Laune der Sterne oder eher ein schlechter Scherz. In jedem Fall bedeutungslos.« Wie gut, dass sie einander nicht mehr berührten und sie um seine Beunruhigung in dieser Angelegenheit nicht wissen konnte.

Unauffällig spannte er die Muskeln in seinen Hinterbeinen an. Die Lähmung war noch da, aber sie wurde schwächer. Er sah wieder zu der Frau. Die Unzufriedenheit über seine Antworten stand ihr ins Gesicht geschrieben.

Als sie sich seines Blickes gewahr wurde, konnte er ihre Nervosität riechen.

Sie verschränkte die Arme vor der Brust. »Wenn du mir schon keine Erklärung geben willst, dann weißt du vielleicht, wer Rheos ist.«

Es fiel ihm schwer, einen gleichgültigen Gesichtsausdruck beizubehalten. »Wer hat dir diesen Namen genannt?« Weder hatte er ihn laut ausgesprochen noch während ihrer Berührungen gedacht.

»Ein Zentaur.« Sie sah ihn prüfend an. »Kennst du diesen Rheos?«

»Das kommt darauf an.«

»Ich soll ihn suchen und ihm etwas mitteilen, sagte der Zentaur.«

»Und was sollst du ihm ausrichten?«

»Der Zentaur starb, bevor er den Satz beenden konnte. Allerdings hat er mich vorher noch berührt und ... mir ein Bild gegeben.« Sie zuckte mit den Schultern. »Vielleicht weiß dieser Rheos mit den Worten und der Vision etwas anzufangen. Ich besitze für beides keine Erklärung.« Beinahe hoffnungsvoll sah sie ihn an. »Kannst du mich zu ihm bringen?«

»Nein.« Das war nichts als ein Trick, den die Menschentochter ersonnen hatte, um ihn in die Irre zu führen, auch wenn sich ihm der Zweck dahinter noch nicht erschloss. Oder woher sie den Namen kannte.

Verärgert sah sie ihn an. »Ich habe dich von dem Giftpfeil befreit, da ist es nur billig, dass du mir ...«

»Außer deinem Leben habe ich dir keine Gegenleistung versprochen«, schnitt er ihr das Wort ab.

Sie schnaubte. »Du bist ein genauso kaltherziger Bastard wie alle eures Volkes.«

»Pass auf, was du sagst.« Probeweise bewegte er seine Hinterbeine und seine Hufe scharrten über den Felsenboden. Er lächelte kalt. Er konnte seine Beine wieder spüren.

Sie bemerkte es auch. Blitzartig zog sie den Dolch heraus und wich vor ihm zurück.

Er stellte die Vorderbeine auf und drückte die Hinterbeine durch. Dieses Mal sackte er nicht zusammen, auch wenn die offene Wunde unter der Belastung wild pochte.

Jetzt musste er schnellstmöglich Verstärkung holen und zur Südfeste zurückkehren. Mit Kriegern im Rücken und der Menschenfrau als Geisel stand seine Aussicht, Fürst Neidor von einem Waffenstillstand zu überzeugen, weitaus besser als heute Morgen.

Er presste die Zähne aufeinander, bis sein Kiefer schmerzte. Die Forderung nach einer Waffenruhe entsprang nicht dem Wunsch nach Frieden mit den Menschen. Den Glauben an Frieden mit den Zweibeinern hatte er vor einem Mond verloren. Es war bittere Notwendigkeit, die ihn dazu trieb.

Der Kampf an der Ostfeste hatte unter den Zentauren zahlreiche Tote und Verletzte gefordert. Die anderen beiden Turmherren waren der bedrängten Feste schneller zu Hilfe geeilt als erwartet und die Verluste waren höher als gedacht. Durch ihr dezimiertes Heer würden sie bei einer weiteren Schlacht gegen die Menschen nicht siegreich sein können, ein Waffenstillstand war daher die einzige Chance für sein Volk. Auch wenn es ihm nach den demütigenden Erfahrungen in der Südfeste noch schwerer fiel, ihn einzufordern. Die Alternativen, die blieben, waren weitaus schlimmer.

Er ballte die Fäuste und starrte auf den silbernen Vorhang aus Wasser, der neben ihnen in den See schoss.

»Kannst du schwimmen?« Um seine Hinterbeine zu schonen, würde er die Arme brauchen und die Turmherrntochter nicht tragen können.

Sie nickte.

»Dann brechen wir auf. Versuch erst gar nicht, mir entkommen zu wollen – oder deinen Dolch nach mir zu schleudern.«

Die Turmherrntochter erwiderte nichts. Sie drehte sich um und sprang mit ausgestreckten Armen und Kopf voran durch den Wasserfall in den See.

6

Diese Missgeburt von einem Pferdemenschen, die Erde möge sich auftun und er in die Unterwelt hinabstürzen! Sirja tauchte aus dem Wasser auf und schwamm mit langen, wütenden Zügen auf das Ufer zu. Weder eine Erklärung für den mysteriösen Gefühlsstrom noch etwas zu diesem Rheos hatte sie erfahren. Ganz zu schweigen von den Hintergründen des Überfalls. Aber sie würde es ihm schon noch entlocken!

Der Zentaur schwamm keine zwei Armlängen hinter ihr. Die Pfeilwunde musste ihn schmerzen, doch auf ihr Mitleid konnte er lange warten. Immerhin wusste sie nun, dass es tatsächlich einen Zentauren namens Rheos gab. Nach all ihren Erfahrungen mit Pferdemenschen sehnte sie sich nicht danach, einen weiteren kennenzulernen. Aber dieser Rheos musste etwas über den Überfall auf Artor wissen, oder warum hatte der sterbende Zentaur sie sonst beschworen, ihn zu finden?

Unter ihren Füßen spürte sie sandigen Grund und kam zum Stehen. Ihr Kleid und ihr Umhang zogen schwer an ihr, als sie durch das brusthohe Wasser zu waten begann. Das kurze Stück zu schwimmen hatte sie erschöpft und sie blieb erneut stehen, um Luft zu holen.

Wie ihr Vater wohl ihren Plan aufnehmen würde, die Zentauren auszuspionieren? Sie seufzte. Er wäre bestimmt außer sich. Sie stapfte weiter Richtung Ufer – und verharrte. War dort am Waldsaum hinter der Kalwaneiche ein Schatten?

Im selben Moment ärgerte sie sich über ihre Schreckhaftigkeit. Wenn sie bei jedem Spiel des Lichts die Nerven verlor, würde sie mit ihren Plänen nie zum Erfolg kommen. Der Zentaur mit seinen ach so scharfen Sinnen würde jede Gefahr wittern, oder?

Sie wandte sich zu ihm um. Er hatte nun ebenfalls Boden unter den Hufen und folgte mit einigem Abstand. Seine Miene war vollkommen ausdruckslos.

Das Knacken von Zweigen ließ Sirja herumfahren. Sie konnte gerade noch hinter dem dicken Stamm der Eiche einen Mann mit einer Schleuder in der Hand ins Dickicht des Waldes verschwinden sehen. Dann traf sie etwas Hartes neben der Schläfe.

Sie versank in den Fluten des Sees und um sie herum wurde es schwarz.

Hustend kam sie zu Bewusstsein. Ihr Kopf dröhnte und ihr war schwindlig. Es gelang ihr noch, sich auf die Seite zu wälzen, ehe sie sich erbrach.

Keuchend rollte sie sich zurück auf den Rücken. Sie lag am Ufer des Waldsees, das Kleid klebte nass an ihr und Haarsträhnen hingen ihr wirr ins Gesicht. Die Sonne ging bereits unter und der Abendwind biss in ihre Haut, jagte Schauder über ihren Körper und brachte sie so sehr zum Zittern, dass ihre Zähne aufeinanderschlugen.

Ihre Hand tastete an ihrer schmerzenden Stirn entlang. Sie fühlte aufgeplatzte Haut und eine empfindliche Beule knapp oberhalb der Schläfe. Jäh erinnerte sie sich wieder. Jemand hatte auf sie geschossen! Aber warum hatte der Schütze eine Steinschleuder verwendet und keinen Bogen oder Armbrust, um sie zu töten?

Vorsichtig drehte sie den Kopf in Richtung des Waldes und erschrak. Neben ihr ragte eine riesenhafte Gestalt auf.

»Ruhig, Menschentochter. Du bist beschossen worden und fast ertrunken.« Die Stimme des Zentauren war eine Mischung aus kühler Distanz und Spott.

»Und außerdem entführt«, erwiderte sie sarkastisch. Dann musste sie sich erneut übergeben, schaffte es aber nicht, sich rechtzeitig auf die Seite zu drehen.

Der Zentaur stieß ein angewidertes Schnauben aus. »Ist alles in Ordnung mit dir?«

Zu ihrer Verwunderung schwang diesmal ein Hauch von Besorgnis in seiner Stimme mit. »In Ordnung?«, fauchte sie. »Ich wurde fast umgebracht! Dabei dachte ich, sie machen Jagd auf dich.«

»Ein Fehlschuss, offensichtlich«, antwortete er lapidar. »Was soll man von menschlichen Schützen erwarten?« Er beugte sich mit gerümpfter Nase zu ihr herunter. »Meine Frage nach deinem Zustand war ernst gemeint, Turmherrntochter«, fuhr er ungeduldig fort. »Ich kenne mich mit den zerbrechlichen Körpern von Menschen nicht aus.«

»Zerbrechlich? Leicht zu töten meinst du wohl.«

Trotz des Dämmerlichts sah sie, dass seine Miene sich verfinsterte. »Wäre es dir lieber gewesen, ich hätte dich im See ertrinken lassen?«

»Du hast mich gerettet?« Sie starrte ihn an. »Warum?«

»Lebendig bist du als Geisel mehr wert.«

Oh, natürlich!, dachte sie ironisch. Seine Worte brachten ihre Lebensgeister zurück und sie richtete sich auf, um halbwegs auf Augenhöhe mit ihm zu kommen.

Die rasche Bewegung verstärkte jedoch den Schwindel. Das Antlitz des Zentauren verschwamm vor ihren Augen und sie kippte nach hinten.

Doch statt des Aufschlags auf den Boden erwarteten sie kalte Wellen und wirre Bilder, bevor sie zum zweiten Mal an diesem Tag in die Bewusstlosigkeit hinüberglitt.

Sirja erwachte mit rasendem Herzen in Finsternis. Nur langsam kam sie zu sich, zu sehr hielten die Alpträume sie gefangen. Sie atmete tief ein und aus, um sich zu beruhigen.

Die Erinnerung kehrte mit einer Wucht zurück, die sie wünschen ließ, es wären tatsächlich Alpträume gewesen. Alles fiel ihr wieder ein: ihre Entführung, der vergiftete Pfeil, ihr gewagter Plan und die Schusswunde am Kopf. Neben ihr lag der Zentaur, einen Arm um ihre Taille geschlungen, damit sie nicht weglief.

Mit aller Macht zwang sie sich zur Ruhe. Der Pferdemensch an ihrer Seite atmete gleichmäßig. Schlief er? Probeweise bewegte sie ihre Beine und drehte ihren Oberkörper, als suchte sie eine angenehmere Lage.

Nichts geschah.

In ihrem Inneren herrschte ebenfalls Stille. Obwohl sie sich berührten, spürte sie nichts als die wohltuende Wärme seines Körpers. Offensichtlich bestand der Gefühlsstrom nur, wenn sie beide wach waren.

Da sich ein dringendes Bedürfnis bemerkbar machte, hob sie seinen Arm von sich herunter und zwängte sich unter seinem Vorderbein hervor.

Immer noch rührte sich der Pferdemensch nicht, vielleicht beeinträchtigte ihn noch das Gift. Doch sie würde diesen Umstand nicht zur Flucht nutzen. Schließlich hatte sie bisher nichts über die Hintergründe von Artors Tod erfahren, zudem wollte sie die Lage der Zentaurenstadt ausfindig machen.

Sie erhob sich leise und ging im beginnenden Morgengrauen zu einem Gebüsch. Ob Neidor und seine Krieger immer noch den Wald nach ihr durchstreiften? Sie hatte keine Ahnung, ob sie sich noch in der Nähe des Waldsees befanden oder ob der Zentaur sie längst jenseits des Grenzflusses Tauh gebracht hatte.

Nachdenklich raffte sie ihre klammen Röcke hoch und kauerte sich hinter die Hecke. Warum hatte der Mann am See eigentlich keinen zweiten Schuss auf den Zentauren abgegeben? Dass der Pferdemensch ihn nicht gewittert hatte, war vermutlich dem Gift zuzuschreiben.

Gerade als sie sich aufrichtete und ihre Röcke glatt streifte, erklang ein drohendes Knurren hinter ihr.

Sirja fuhr herum. Drei Paar gelbc Augen starrten sie an - ein Wolfsrudel auf der Jagd. Ihre Hand glitt zu der Tasche in ihrem Kleid. Sie war leer. Fluchend packte sie einen Ast vom Boden und hielt ihn abwehrend vor sich.

Die struppigen, ausgehungerten Tiere kamen mit gefletschten Zähnen näher, ohne nur einen Moment den Blick von ihr abzuwenden. Sirja ließ sie ebenfalls nicht aus den Augen und stellte sich so, dass sie einen Baumstamm im Rücken hatte. Kein großartiger Schutz, aber wenigstens etwas.

Kaum hatte sie ihre Stellung eingenommen, schoss der erste Wolf auf sie zu. Sie schlug ihm den Ast gegen die empfindliche Schnauze und er ließ von ihr ab. Sofort rückten die anderen beiden Tiere auf.

Sirja lief der Schweiß über den Rücken, ihre Finger umklammerten den Ast fester. Einer der Wölfe setzte zum Sprung an. In einem mächtigen Satz flog er auf sie zu, messerscharfe Zähne und Krallen blitzten ihr entgegen. Sie keuchte. Sein Gewicht würde sie umwerfen.

Schon senkte sich sein Körper auf sie, da riss sie etwas fort. Sie verlor den Ast aus den Händen sowie den Boden unter den Füßen, doch sie fiel nicht. Sie lag in zwei starken Armen und eine bereits vertraute Kälte flutete durch sie hindurch.

»Sie sind hungrig und werden die Jagd auf uns nicht so schnell aufgeben«, erklang die Stimme des Zentauren, während er mit ihr von den Wölfen verfolgt durch den Wald preschte.

Wie zur Antwort setzte eines der Tiere zum Sprung an. Der Wolf schaffte es nicht, sich im Pferderücken des Zentauren zu verbeißen, doch während er fiel, zogen seine Klauen tiefe Risse über die Flanke des Pferdemenschen.

Gleichzeitig mit dem Zentauren stöhnte Sirja auf. Wieder war es, als spürte sie den Schmerz selbst – und sie spürte noch mehr. Sie fühlte, dass die Kräftereserven des Pferdemenschen durch das Gift, die Verletzungen und Hunger aufgebraucht waren. So schnell zu laufen wie am vergangenen Tag war ihm nicht mehr möglich, zudem waren ihm die wendigeren Wölfe in dem Waldgelände überlegen.

»Wir müssen kämpfen«, rief sie.

Ein Strom unterschiedlichster Gefühle drang in sie ein, ehe er antwortete. »Mach dich bereit.«

Er stoppte aus vollem Galopp und setzte sie auf der Erde ab. Hastig hob sie einen Ast vom Boden auf. Der Zentaur hielt bereits etwas zur Verteidigung in der Hand: ihren Dolch.

Dieb! Neidisch blickte sie auf ihre Waffe. Für weiteres Bedauern oder gar das Herausfordern ihres Dolches blieb indes keine Zeit. Die Wölfe umringten sie und näherten sich hechelnd.

»Stell dich neben meine Vorderbeine«, befahl der Zentaur.

Ohne Widerspruch kam sie seiner Aufforderung nach und trat neben ihn, sodass sie in Richtung seines Schweifs blickte – keinen Augenblick zu früh.

»Hinter dir!«, schrie sie und sprang zur Seite, denn sie rechnete damit, dass der Zentaur sich umdrehte. Stattdessen verlagerte er sein Gewicht auf die Vorderhufe und keilte nach hinten aus. Der angreifende Wolf flog durch die Luft und blieb regungslos auf dem Waldboden liegen.

Für Freude blieb jedoch keine Zeit. Die beiden anderen Tiere kamen heran, mieden nun aber die Hinterhufe und griffen frontal an. Den ersten Wolf fing der Zentaur im Sprung ab und stieß den Dolch tief in den Körper des Raubtieres hinein.

Als das einzig verbliebene Tier daraufhin das Weite suchte, warf Sirja ihren Ast fort und ließ sich stöhnend auf den Waldboden sinken.

Dem Zentauren sah man die Erschöpfung ebenfalls an. Seine Brust und seine Flanken hoben und senkten sich rasch, neue Wunden waren hinzugekommen.

Schwerfällig stand Sirja wieder auf. Trotz ihres gemeinsamen Kampfes gegen die Wölfe war ihr Hass auf den Pferdemenschen ungebrochen, dennoch verlangte ihr Ehrgefühl, ihm zu danken. Mit verschränkten Armen stellte sie sich vor ihn.

»Ich schulde dir meinen Dank, Zentaur – sowohl für die Rettung eben als auch vor dem Ertrinken.« Sie blickte auf die am Boden liegenden Wölfe. »Du kämpfst gut.«

Verwunderung blitzte in seinen Augen auf, dann wurde seine Miene vollkommen ausdruckslos. »Wir brechen auf.«

Sirja schnaubte. Scheinbar konnte der Pferdemensch ebenso wenig Dank annehmen, wie ihn aussprechen. »Wohin bringst du mich?«

Er zögerte, ehe er antwortete: »Ich bringe dich nach Quran, in die Stadt der Zentauren.«

Das war genau das, was sie hatte hören wollen. Um sich ihre Freude nicht anmerken zu lassen, blickte sie ihn finster an. »Du willst mich in eine Stadt voll blutrünstiger Zentauren verschleppen, die nichts lieber tun, als Menschen abzuschlachten?«

Ein Muskel in seiner Wange zuckte. »An den Händen von euch Menschen klebt ebenfalls Blut. Auch ich habe Tote zu beklagen«, zischte er. »Oder willst du mir weißmachen, der sterbende Zentaur hätte dir seine Nachricht aus freien Stücken gegeben? Ihr habt ihn wahrscheinlich zu Tode gefoltert, um ihn zum Sprechen zu bringen.«

»Nein, da muss ich dich enttäuschen, Pferdemensch«, erwiderte sie kühl. »Er sagte es mir freiwillig.« Ihre Nachricht interessierte ihn also doch! »Ich dachte, der Zentaurenkrieger wäre tot, als ich ihn neben der Leiche meines Bruders liegen sah«, fuhr sie fort. »Doch dann sprach er mich an, berührte mich sogar und schließlich sah ich dieses Bild.« Die Erinnerung daran war unangenehm und sie atmete tief durch. »Er hatte dieselben waldgrünen Augen wie du«, schloss sie. »Deshalb wollte ich in der Südfeste mit dir reden.«

Er starrte sie an. »Wann ist das geschehen? Nach der Schlacht an der Ostfeste?«

»Nein, vor etwa einem Mond in der Nähe der Südfeste. Nicht weit von dem Grenzfluss auf Zentaurengebiet.«

Seine Stimme war nun kaum mehr als ein Flüstern. »Was sagte der sterbende Zentaur zu dir?«

Die Bestürzung, die sie in seinen Augen sah, überraschte sie. »Seine Worte lauteten ‚Menschentochter, suche Rheos. Sag ihm, der

Überfall war ...'« Sie zuckte mit den Schultern. »Er starb, ehe er mir mehr erklären konnte.«

»Beschreib mir das Bild!«

»Es waren unzählige rot funkelnde Augen in einem dunklen Raum.« Sie beobachtete ihn scharf, ob die Antwort eine Reaktion in ihm hervorrief.

Doch der Pferdemensch schwieg.

»Los jetzt«, befahl er schließlich in die aufgekommene Stille und wandte sich nach Nordwesten.

Irritiert sah sie ihn an. Auch wenn kein Mensch die Lage der Zentaurenstadt kannte, hatten sie stets angenommen, sie befände sich im Süden Eleazans. »Ist das der Weg nach Quran?«, platzte es aus ihr heraus.

Er hielt inne und ein kühles Lächeln umspielte seine Lippen. »Nein. Ich habe entschieden, dich erst an einen anderen Ort zu bringen.«

Ein solcher Umweg würde sie unnötig Zeit kosten! Sie wollte schnellstmöglich in die Zentaurenstadt kommen. Wenn er ihr keine Auskünfte über die Botschaft und das Bild geben konnte oder wollte, würde es dort vielleicht jemand anderes. Auch Fürst Neidor würde sich einzig für die Lage der Hauptstadt interessieren und nicht für eine zentaurische Bauernsiedlung oder wo auch immer der vermaledeite Pferdemensch vorhatte, sie jetzt hinzubringen.

Trotzig reckte sie das Kinn vor. »Was ist, wenn ich nicht mitkommen will?«

»Ich bin mir sicher, du wirst mitkommen.« Seine Augen verdüsterten sich, bis sie fast schwarz wirkten. »Ich bin Rheos. Der Zentaur, der zu dir sprach, war mein Vater.«

7

»Du bist Rheos?« Zweifelnd sah die junge Frau ihn an. »Nenne mir einen Grund, warum ich dir das glauben sollte!«

»Nenne mir einen Grund, warum ich deine Geschichte über meinen Vater glauben sollte«, erwiderte er spöttisch, damit sie nicht merkte, wie heftig ihn diese Offenbarung getroffen hatte. Ihr Körper hatte mit keinem Anzeichen auf eine Lüge hingewiesen wie damals im Bullenstall, dennoch traute er ihr nicht über den Weg.

Empört stemmte sie ihre Hände in die Taille. »Meine Erzählung ist wahr!«

»Es gäbe einen Weg, das herauszufinden.« Er zog vielsagend eine Augenbraue hoch. Auch wenn er ebenso wenig Wert darauf legte wie sie, in sein Inneres blicken zu lassen, würde ihre Erinnerung allen Zweifeln ein Ende bereiten.

Sie trat einen Schritt zurück und funkelte ihn zornig an. »Ich lüge nicht«, wiederholte sie. »Ich habe deine Frage nach den Worten deines Vaters beantwortet, jetzt sage du mir, was du über den Überfall auf meinen Bruder und seine Eskorte weißt.«

»Nichts.«

Wie erwartet, färbten sich ihre Wangen auf seine Antwort hin rot vor Wut. »Das glaube ich dir nicht.«

Nun war es an ihm, finster zu blicken. »Wir fanden meinen Vater sowie alle anderen Zentauren tot auf«, erwiderte er scharf. »Zu diesem Zeitpunkt waren die menschlichen Krieger bereits fort.«

»Warum habt ihr keinen Boten zu Neidor geschickt?«

»Um mit Mördern zu verhandeln? Zudem gab es ... anderes zu erledigen.« Es war nicht notwendig, dass sie alles erfuhr.

»Mörder?!« Ihre Augen weiteten sich. »Ihr Pferdemenschen wart es doch, die den Überfall auf den Tross begangen haben.«

Rheos schnaubte. Die Menschen verdrehten die Tatsachen, wie es ihnen passte! »Aus welchem Grund hätten wir deinen Bruder und sein Gefolge angreifen sollen?«, zischte er. »Es gab einen Friedensvertrag, an den wir uns hielten.«

Verwirrung zeichnete sich auf ihrem Gesicht ab. »Aber ... aber warum hätten mein Bruder und seine Begleiter euch attackieren sollen? Er war auf dem Rückweg in die Südfeste und nicht auf einem Feldzug.«

Er peitschte mit dem Schweif in die Luft. »Willst du damit sagen, mein Vater hat unschuldige Reisende niedergemetzelt? Haben das die überlebenden menschlichen Krieger behauptet?«

Sie schüttelte den Kopf. »Es gab keine Überlebenden.«

»Also habt ihr auf uns als Mörder geschlossen?«, höhnte er.

»Ihr doch auch!« Vorwurfsvoll sah sie ihn an. »Kein anderer Zentaur hat noch gelebt, der den Angriff bezeugen könnte.«

»Und deshalb kann ich mit der Botschaft meines Vaters genauso wenig anfangen wie du!« Er atmete tief durch. »Ich werde mit dir Xiros aufsuchen, den Obersten unserer Sterndeuter, bevor wir nach Quran gehen. Vielleicht kann er den Sinn entschlüsseln.«

Die Entscheidung, zur Halle der Nacht zu gehen, hatte er in dem Moment getroffen, als er hörte, dass die Botschaft von seinem Vater sei. Auch wenn er es hasste, Xiros um Rat bitten zu müssen, nachdem sie zuletzt im Streit auseinandergegangen waren – er musste jedem Hinweis nachgehen, der ihm einen Vorteil gegenüber den Menschen bringen könnte. Denn dass sein Vater ihm etwas Wichtiges zusagen gehabt hatte, bezweifelte er keinen Moment.

»Also gut«, stieß sie zwischen zusammengebissenen Zähnen hervor. »Ich komme mit dir.«

Rheos kniff die Augen zusammen. Für einen Moment hatte er den Eindruck, ihr Widerwillen war nicht so groß, wie sie ihm glaubhaft machen wollte. Er musste weiterhin auf der Hut sein.

»Ich brauche deine Einwilligung nicht, Turmherrntochter.« Wie zufällig spielte er mit dem Dolch in seiner Hand. »Du bist meine

Gefangene. Wenn du nicht freiwillig mit mir kommst, trage ich dich wie einen Teppich durchs Land.«

Ihre Züge verdunkelten sich, was er nicht weiter beachtete. Mit der Waffe wies er nach Nordwesten. »Sobald wir an einen Bachlauf kommen, halten wir an und du wäschst dein Kleid. Der Geruch deines Mageninhalts ist eine Qual für meine Nase.«

Hätte sie ihren Dolch noch gehabt, hätte sie ihn wohl auf ihn geschleudert. Ohne ihn eines Blickes zu würdigen, lief sie los.

Schweigend bahnten sie sich in den Strahlen der aufgehenden Sonne ihren Weg durch den Wald. Die offene Pfeilwunde an seinem Bein schmerzte, die Kratzer der Wölfe brannten und Rheos war froh, sich dem langsamen Tempo der Turmherrntochter anpassen zu müssen. Obwohl sie für eine Menschenfrau äußerst zügig lief, wie er zugeben musste.

Er hatte stets angenommen, die höhergestellten Frauen bei den Menschen würden die meiste Zeit im Haus verbringen. Auf die Tochter des Turmherrn schien dies nicht zuzutreffen, sie bewegte sich mit äußerster Geschicklichkeit durch das Unterholz. Ohne zu stürzen, sprang sie über Gräben, kletterte über umgestürzte Bäume und wich mit geübtem Blick allen Senken oder tiefhängenden Zweigen aus. Es war offensichtlich, dass sie das Laufen im Wald gewohnt war. Ein Grund mehr, sie keinen Moment aus den Augen zu lassen. Sie würde die erste sich bietende Gelegenheit zur Flucht nutzen.

Ihr Gesichtsausdruck hatte sich mittlerweile von zornig in nachdenklich verwandelt. Über was sie wohl nachsann? Mehr als einmal war er versucht, sie zu packen und ihre inneren Bilder an sich zu reißen. Vielleicht gelang es ihm sogar, ihre Gedanken zu hören, so wie sie seine in der Grotte. Doch er wusste, mit Gewalt würde er nicht zum Erfolg gelangen. Sie war stur und würde es verstehen, ihren Geist abzuschotten.

Stattdessen würde er abwarten, bis sie sich vor Müdigkeit nicht mehr auf den Beinen halten konnte. Dann war ihr Wille schwach und er könnte ohne große Gegenwehr nach ihren Geheimnissen forschen.

Befriedigt von seinem Plan setzte er den Weg durch den Wald fort. Nach einer Weile merkte er, dass die Turmherrntochter langsamer wurde. Immer öfter stolperte sie über Wurzeln und auf dem Boden liegende Äste. Skeptisch betrachtete er sie. War das Absicht, um ihn zu reizen? Oder brauchte sie eine Pause?

»Hatschi!«

Warum musste die Menschenfrau plötzlich niesen? Seine Nasenflügel blähten sich, während er tief einatmete, um herauszufinden, was sie dazu veranlasst hatte. Er konnte jedoch keinen ungewöhnlichen Geruch feststellen. »Ist dir Blütenstaub in die Nase gestiegen?«

»Nein, ich bekomme eine Erkältung.« Ihre Stimme klang merkwürdig dumpf.

»Erkältung?« Das Wort hatte er noch nie gehört. Er trabte ein paar Schritte vor, sodass er nun auf gleicher Höhe mit der Turmherrntochter lief. »Was ist das?«

Stöhnend wandte sie den Kopf zu ihm. Ihr Gesicht wirkte verquollen. »Sag bloß, du weißt es nicht?«

»Ist das eine von euren menschlichen Krankheiten?« Eine solch rote Nase und müde Augen hatte sie bisher nicht gehabt.

»Du hast es erfasst.« Sie schniefte, dann fuhr sie sich mit dem Ärmel über die Nase.

Mit einer Krankheit hatte er nicht gerechnet. »Wirst du daran sterben?«

Sie schnaubte. »Wohl eher nicht.« Erklärend fügte sie hinzu: »Meine Nase läuft, meine Augen tränen, alle meine Glieder schmerzen und mir ist kalt. In ein paar Tagen ist es vorbei.«

Erst jetzt bemerkte er, dass sie die Arme um ihren Körper geschlungen hatte. »Dann stolperst und schleichst du also nicht nur wegen Hunger und Müdigkeit, sondern weil du krank bist.« Zufrieden mit seiner Schlussfolgerung nickte er.

»Wenn du glaubst, ich bin schwach, dann irrst du dich, Pferdemensch!« Ihr zorniger Ausruf endete in einem weiteren Niesen. »Ich bin langsam, weil ich nur zwei Beine habe, keine vier. Wenn ich dir nicht schnell genug bin, kannst du mich ja auf dir reiten lassen.«

»Das wird niemals passieren, selbst wenn du über das Moos kriechst wie ein Wurm. Lieber stoße ich mir eine Klinge ins Herz, als zum Gaul eines Menschen zu verkommen.«

Sie erwiderte nichts, sondern schleppte sich weiter durch das Unterholz.

Wütend folgte er ihr. Schon den kleinsten Fohlen erzählte man von bösartigen Menschen, die Zentauren fingen, um sie wie Pferde zu reiten und vor den Pflug zu spannen. Ihr Vorschlag hatte die Furcht seiner Fohlenzeit wieder aufleben lassen: Eingesperrt in einen Stall, nicht weniger Wert als ein Stück Vieh, für ewig ein Sklave. Die Nacht im Bullenstall der Südfeste war ein Albtraum gewesen.

Er schüttelte sich und Sandkörner flogen aus seinem Fell. Ob die Menschenfrau diese Geschichten kannte und ihn hatte provozieren wollen? Zuzutrauen wäre es ihr. Dennoch gab es ein drängenderes Problem: die Erkältung. Was, wenn diese Krankheit doch lebensgefährlich war? Eine tote Geisel war nichts wert und konnte auch keine Geheimnisse mehr preisgeben.

Sein Blick bohrte sich in ihren Rücken. Die Menschenfrau wirkte am Ende ihrer Kräfte, sie keuchte beim Atmen und schien kaum mehr vorwärtszukommen. Lange würde sie nicht mehr durchhalten.

Ob Xiros sich mit den Krankheiten der Menschen auskannte und diese kurieren konnte? Allerdings war der Weg zur Halle der Nacht noch weit. Er galoppierte los, überholte die Menschenfrau und stellte sich ihr in den Weg.

Notgedrungen blieb sie stehen. »Was soll das, Pferdemensch?«

»Ich werde dich tragen.«

»Wolltest du nicht lieber sterben, als das zu tun?«, fragte sie ironisch.

Seine Brauen zogen sich zusammen. »Ich trage dich nicht auf meinem Rücken, sondern in meinen Armen.«

»Oh, wie einen Teppich!« Ihre Stimme tropfte vor Sarkasmus. »Da laufe ich doch lieber selbst.« Sie streckte das Kinn vor und lief an ihm vorbei.

Er kam nicht umhin, ihren Stolz zu bewundern. Durchgehen lassen konnte er ihn ihr jedoch nicht. Er beugte sich vor, packte sie und sprang in den Galopp.

Noch bevor seine Hufe wieder auf dem Boden aufsetzten, spülte die Kälte ihre Empfindungen in ihn hinein. Neben ihrer Wut fühlte er deutlich den veränderten Zustand ihres Körpers: die Schlaffheit der Muskeln, die Kopfschmerzen und ihr Frieren. Fast war es, als wäre er selbst krank.

Statt gegen ihre Behandlung zu protestieren, lehnte sie ihren Kopf gegen seine Brust. Ein weiterer Beweis, wie schlecht es ihr ging. Er spürte ihr weiches Haar an seiner Haut und merkte, wie ihr Atmen ruhiger und gleichmäßiger wurde. Nicht lange, und sie würde einschlafen.

Doch vorher musste er noch etwas in Erfahrung bringen. »Gibt es etwas, was man gegen diese Erkältung unternehmen kann?«

Sie antwortete nicht. Ob sie bereits schlief? Doch plötzlich schoben sich Bilder vor sein inneres Auge. Eine Bettstatt, so wie sie bei den Menschen üblich war, ein Becher mit einer heißen Flüssigkeit darin und ein prasselndes Kaminfeuer.

»Zur Südfeste bringe ich dich sicher nicht zurück«, knurrte er. Seine Frage hätte er sich sparen können und besser versuchen sollen, sie auszuhorchen.

Die Bilder der Bettstatt und des Feuers in seinem Kopf verblassten, ebenso das Gefühl krank zu sein. Die Verbindung zwischen ihnen bestand nicht mehr, sie war eingeschlafen.

Unterwegs mit einer kranken Menschenfrau im Arm. Fluchend trabte Rheos durch den Wald. Inzwischen stand die Sonne hoch am Himmel und mehr als zuvor spürte er das Knurren in seinem Magen. Er brauchte etwas zu essen – und die Turmherrntochter vermutlich auch, damit sie am Leben blieb.

Ungeduldig setzte er über einen umgestürzten Baumstamm hinweg und spürte beim Aufkommen trotz des weichen Waldbodens die Pfeilwunde in seinem Hinterbein. Unter diesen Bedingungen hatte die Verletzung keine Gelegenheit zu heilen, doch um sich zu schonen, blieb keine Zeit.

Die Entscheidung, zu Xiros zu gehen, war gewagt. Nicht nur wegen seines Streites mit dem Sterndeuter. Seine lange Abwesenheit würde in Quran für Unruhe sorgen, gerade nach den zurückliegenden Ereignissen.

Rheos drosselte sein Tempo und ging im Schritt weiter. Seine Behauptung, die Zentauren würden die Südfeste zu seiner Befreiung angreifen, war keine leere Drohung gewesen – auch wenn er es aufgrund des geschwächten Zustands des Heeres nicht gehofft hatte. Dass sein Volk nicht erschienen war, bedeutete, dass sie nichts von seiner Gefangenschaft wussten. Wie aber erklärten sie sich sein Fernbleiben dann?

Die Anspannung in ihm wuchs. Dass es trotz der Gräueltaten der Menschen notwendig war, einen Waffenstillstand zu schließen, konnten viele in Quran nicht verstehen – oder wollten es nicht. Die unzufriedenen Stimmen wurden lauter, die Verdrossenheit im Volk nahm zu. Seine Abwesenheit in dieser Situation war gefährlich.

Unwillkürlich beschleunigte er sein Tempo wieder. Er musste die Angelegenheit bei Xiros so schnell wie möglich hinter sich bringen. Mit einer wertvollen Geisel und wichtigen Auskünften nach Quran zurückzukehren, würde die Kritiker zum Schweigen bringen.

Zur Mittagsstunde erreichte Rheos einen Bach. Er beugte sich hinunter und legte die Menschenfrau auf dem mit Kieselsteinen gesäumten Ufer ab. Sie erwachte prompt, stützte sich auf die

Unterarme und blinzelte in das Sonnenlicht. Als sie ihn entdeckte, verfinsterte sich ihr Blick.

Spöttisch betrachtete er sie. »Du solltest meine Gegenwart mehr zu schätzen wissen. Ohne mich würdest du nicht mehr leben.«

»Das sagst gerade du!« Ihre Stimme klang rau. »Hätte das Rudel dich im Schlaf überrascht, wärst du in deiner Benommenheit vollkommen hilflos gewesen.«

»Soll ich dir etwa danken, dass du die Wölfe durch deine Flucht von mir abgelenkt hast?«

»Ich bin nicht geflohen, sondern habe lediglich meine Notdurft verrichtet.« Sie blickte auf sein verwundetes Hinterbein. »Hat der Wundbrand schon eingesetzt?«

»Was ist Wundbrand?«

»Das kennst du auch nicht?« Sie sah ehrlich erstaunt aus. »Die Verletzung eitert nicht und schließt sich von selbst?«

Er zögerte, andererseits würde sie die Wahrheit erkennen, da sie länger beieinanderbleiben würden. »Die Wunde heilt ohne Behandlung nicht ab.«

In ihrem Gesicht erschien eine gewisse Genugtuung. »Trink etwas!«, befahl er, um das Thema zu wechseln. »Ich will diese Pause kurz halten.«

»Deiner Laune nach müssen deine Schmerzen recht groß sein.«

Er beschränkte sich auf einen verächtlichen Blick, trabte in den Bach hinein und begann zu trinken. Die junge Frau tat es ihm vom Ufer aus gleich, gierig senkte sich ihre Hand immer wieder ins Wasser.

An ihrem kranken Anblick hatte sich nichts geändert, auf eigenen Füßen weiterzulaufen kam wohl nicht in Frage. Zum Glück ruhte ihr Gewicht mehr auf seinen Vorderbeinen als auf seinen Hinterbeinen, denn sie hatte recht: Die Schmerzen waren stärker geworden.

Rheos schritt aus dem Bach heraus. Nun, da der Durst gestillt war, blieb das zweite Problem. »Was isst du?«

»Die Frage ist wohl eher: Was finden wir?«

»Du begnügst dich mit Nüssen, Beeren und Wurzeln? Ich dachte, ihr Menschen esst nur, was in Fett gebraten, versalzen und mit den widerlichsten Gewürzen verdorben ist.«

Erstaunt betrachtete sie ihn. »Isst du nichts Gekochtes?«

»Nur Fleisch grillen wir, damit es verdaulich ist. Alles andere bleibt roh.«

»Ihr bereitet keine Suppe zu und backt kein Brot?«

»Nein, und da ich selten an eine menschliche Tafel geladen werde, brauchen wir das Thema nicht weiter zu vertiefen.« Er war ihr keine Erklärung schuldig, und die Unterhaltung mit ihr suchte er schon gar nicht. »Wasch dein Kleid ab und steh auf, damit wir etwas zum Essen sammeln können.«

Wenig später aßen sie schweigend ihr karges Mahl aus Beeren und Wurzeln. Die junge Frau saß auf der Erde und lehnte sich gegen einen Baumstamm. Auf ihrer Stirn glänzten Schweißperlen.

Kaum hatte sie das letzte Stück heruntergeschluckt, drängte er zum Aufbruch.

Sie rieb sich mit den Händen über das Gesicht. »Kann ich mich kurz hinlegen?«

»Nein, Menschentochter.«

Müde sah sie ihn an. »Mein Name ist Sirja.«

Wie sie hieß, war ihm völlig egal. »Steh auf, Frau.«

Sie erwiderte nichts, sondern erhob sich schwerfällig. Als sie stand, riss er sie in seine Arme. Den triumphierenden Blick, den er ihr trotz der stechenden Kälte dabei zuwarf, bemerkte sie nicht. Ihre Augen waren bereits geschlossen.

Er lächelte grimmig. Sie stand an der Schwelle zum Schlaf und dieses Mal würde er die Gelegenheit nutzen. »Wie war das an dem Tag, als mein Vater starb?«

Sein Plan ging auf. Vor seinem inneren Auge sah er den Weg nahe des Grenzflusses Tauh. Von Pfeilen durchbohrte Menschen, herrenlose Pferde und ein umgestürzter Wagen lagen auf der Erde. Dann erkannte er den mächtigen Leib eines Zentauren, der mit der

Menschenfrau sprach und ihr dann seine Hand auf den Unterschenkel legte.

Rheos keuchte. Nicht nur der Anblick seines sterbenden Vaters setzte ihm zu, sondern ebenso die in ihn hineinströmenden Gefühle der Turmherrntochter: Unglaube, Schmerz und Wut auf die Mörder. Die gleichen Gefühle, die auch er empfand.

»Er war tatsächlich dein Vater und du trauerst um ihn.«

Sie war noch wach! »Das geht dich nichts an«, zischte er. »Ich dachte, du schläfst.«

»Ich habe mich verstellt, weil ich genauso neugierig auf die Wahrheit bin wie du.«

Dieses hinterlistige Weib! »Ich werde der Mörder meines Vaters habhaft werden und sie töten«, erklärte er kalt.

Sie riss die Augen auf. »Ich dachte, euer Herrscher will einen Waffenstillstand. Oder war das wieder eine Lüge von dir?«

Er warf ihr einen eisigen Blick zu. »Die Bedingung für den Waffenstillstand wird die Herausgabe der Mörder sein.«

»Aber Rheos, wir Menschen haben den Überfall nicht ...«

»Schweig!«, schnitt er ihr das Wort ab. »Und wage es nicht noch einmal, mich bei meinem Namen zu nennen!« Er verstärkte seinen Griff um ihren Oberarm und ihr Bein, sodass es ihr wehtun musste.

Die Turmherrntochter presste die Lippen zusammen und wandte den Kopf ab. Rheos galoppierte los. Das unwegsame Gelände forderte seine gesamte Aufmerksamkeit – der beste Weg, um an nichts denken zu müssen.

8

»Wach auf, wir rasten hier für die Nacht.«

Die Menschenfrau in seinen Armen reagierte nicht. Unsanft legte Rheos sie im Moos neben einer kleinen Quelle ab, doch immer noch öffnete sie ihre Augen nicht. Verärgert runzelte er die Stirn. War das eine erneute Täuschung von ihr oder war ihr tiefer Schlaf dieser Erkältung geschuldet?

Er trat einen Schritt zurück und ließ sich neben ihr auf dem Waldboden nieder. Nachdenklich betrachtete er sie im Schein der untergehenden Sonne. Ihr Gesicht war gerötet und unter den Augen lagen schwarze Schatten. Die Lippen waren aufgesprungen, ein deutliches Zeichen, dass sie Durst hatte. Auch ihr Herzschlag hatte sich beschleunigt, als strenge sich ihr Körper gewaltig an. Was ihn aber am meisten irritierte, war ihr Geruch. Eine unangenehme, süßliche Note hatte sich in ihren vorher klaren Duft gemischt.

Es ließ sich nicht leugnen: Ihre Erkältung war stärker geworden. Widerwillig rüttelte er an ihren Schultern. Endlich hoben sich ihre Lider und sofort ließ er sie los.

Mit glasigem Blick sah sie ihn an. »Artor?«

Wer bei den Sternen war Artor? War sie noch in einem Traum gefangen oder war das eine neue Hinterlist?

»Bruder, sag doch etwas!«, flehte sie, da er nicht antwortete.

Ihre Stimme klang heiser und war kaum zu verstehen. Aber wenigstens wusste er nun, mit wem sie ihn merkwürdigerweise verwechselte.

»Ich bin nicht Artor«, erwiderte er. »Und du musst etwas trinken.«

»Nicht Artor?« Ihre Atmung beschleunigte sich. »Aber Bruder, ich sehe dich doch!«

In diesem Moment begriff er. Nicht der Schlaf, sondern die Erkältung benebelte ihren Verstand. Wenn er vorgab, ihr Bruder zu sein, würde er schneller zum Ziel kommen.

»Natürlich bin ich Artor«, sagte er mit um Sanftheit bemühter Stimme. Nach einem Zögern setzte er hinzu: »Das weißt du doch, Sirja.«

Augenblicklich erschien ein Lächeln auf ihrem Gesicht und Rheos zwang sich, es zu erwidern. »Kannst du dich aufsetzen?«, fragte er.

Kaum merklich schüttelte sie den Kopf.

Nun musste er sie auch noch bedienen! Er unterdrückte ein Knurren, schöpfte mit einer Hand Wasser aus der Quelle und hob mit der anderen ihren Kopf an. Kaum berührten ihre trockenen Lippen seine Hand, schossen drei Empfindungen gleichzeitig auf ihn ein.

Das eine war der inzwischen vertraut gewordene Gefühlsstrom. Doch die Bilder und Empfindungen waren ein einziges Durcheinander – ein Abbild ihres verwirrten Verstandes.

Das Zweite, was er spürte, war eine wohltuende Wärme in seinem Inneren und nicht die Kälte, die ihre Berührung gewöhnlich begleitete – so wie kurzzeitig in der Grotte.

Was ihn stutzen ließ, war jedoch die Körpertemperatur der jungen Frau. Ihre Haut glühte. Das konnte kein gutes Zeichen sein.

Er wartete, bis sie ausgetrunken hatte, dann nahm er seine Hand fort. Mit dem Gefühlsfluss erlosch auch die Wärme.

»Geht es dir besser?«, erkundigte er sich in der Rolle des liebenden Bruders.

»Nein.« Gequält sah sie ihn an. »Ist das Fieber sehr hoch?«

»Es ... es geht«, erwiderte er ausweichend. Wie viele menschliche Krankheiten gab es denn noch? »Was würde dir helfen?«

»Ach, Artor!« Ein schwaches Lächeln huschte über ihr Gesicht. »Von Krankenpflege hast du noch nie etwas verstanden. Hole am besten Mutter.«

»Wir sind im Wald. Alleine.« Zu seiner Verwunderung hinterfragte sie diese Antwort nicht, im Gegenteil, sie schien damit völlig zufrieden. Ob das an diesem Fieber lag? Er räusperte sich. »Was muss ich tun?«

»Wadenwickel.«

Was war das schon wieder?

Sie musste die Frage von seinem Gesicht abgelesen haben. »Wickle feuchte Stoffstreifen um meine Unterschenkel und lege auch einen auf meine Stirn.« Sie seufzte. »Und zwinge mich, viel zu trinken.« Dann schloss sie die Augen.

Im gleichen Moment erlosch das gespielte Lächeln in seinem Gesicht. Er war stolz auf jeden einzelnen Menschen, den er getötet hatte. Und nun musste er alles daransetzen, dieser Frau das Leben zu retten.

Einen Atemzug lang war er versucht, aufzustehen und sie ihrem sicheren Tod zu überlassen. Dann nahm er jedoch ihren Dolch, schnitt aus ihrem Umhang einige Stücke Stoff heraus, und befeuchtete sie in der Quelle. Den ersten Streifen legte er auf ihre Stirn und wandte sich danach ihren Beinen zu. Er schob ihren Rock bis zu den Knien hoch, schlug den Schaft ihrer Stiefel um und schlang die ausgewrungenen Stoffstücke um ihre Waden.

Da sie kaum in der Lage zur Flucht sein würde, erhob er sich, um nach etwas Essbarem zu suchen. Dabei gingen ihm die Krankheiten der Menschen nicht aus dem Kopf. Für Zentauren gab es nur das Leben und den Tod. Man starb durch einen Unfall, ehrenvoll auf dem Schlachtfeld oder wurde von den Sternen nach einem erfüllten Dasein gerufen. Krankheiten, die die Menschen dahinrafften wie die Fliegen, waren ihnen fremd.

Mit einer mageren Ausbeute ließ er sich eine Weile später wieder neben der schlafenden Menschenfrau nieder. Prüfend legte er seine Hand an ihre Wange. Die Hitze ihrer Haut hatte abgenommen und er kam nicht umhin, ein wenig Stolz zu fühlen, das Fieber zurückgetrieben zu haben. Was war nun zu tun? Viel trinken, hatte sie gesagt. Er schüttelte sie an der Schulter, bereit, erneut in die Rolle ihres Bruders zu schlüpfen.

Sie kam schnell zu sich, doch der fiebrige Glanz in ihren Augen war nicht verschwunden.

»Du musst etwas trinken«, forderte er sie auf.

Sie nickte schwach und gleich darauf führte er seine mit Wasser gefüllte Hand an ihre Lippen. Ihr Inneres wirbelte immer noch wirr durcheinander, statt der Kälte fühlte er erneut Wärme in sich. Doch für die Turmherrntochter schien diese innere Wärme nicht auszureichen. Sie zitterte am ganzen Körper. Und das war erst der Anfang der Nacht – ein Feuer zu machen war wegen möglicher Verfolger zu gefährlich.

Rheos stöhnte. Am vergangenen Abend war er nicht mehr in der Lage gewesen, Fesseln aus Zweigen herzustellen und hatte sie voll Abneigung in seinen Armen festgehalten. Wie es aussah, stand ihm nun eine weitere Nacht Seite an Seite mit der Menschenfrau bevor.

Er schob sich über den Waldboden näher zu ihr und zog sie an sich. Vertrauensvoll schmiegte sie sich an seine Brust und legte ihren Kopf auf seine Armbeuge.

»Wenn du bei mir bist, habe ich vor nichts Angst, Artor«, flüsterte sie im Halbschlaf.

Rheos verzichtete auf eine Erwiderung und legte seinen anderen Arm und ein Bein über sie. Er war nicht Artor und sie hätte allen Grund, seine Nähe zu fürchten. Sobald das Fieber vorüber war, würde ihr dies wieder bewusst werden.

Das Fieber sank nicht. Er hatte erwartet, am Morgen eine rebellierende, ihn beschimpfende Menschenfrau in seinen Armen vorzufinden. Stattdessen war es kaum möglich, sie zu wecken, geschweige denn, ihr Wasser einzuflößen.

Nach einem Frühstück, das den Namen nicht verdiente, brach er auf. Die Nachtruhe hatte der Verletzung an seinem Hinterbein gut getan und er kam trotz seines Hungers und der bewusstlosen Menschenfrau in seinen Armen schneller voran als am Vortag.

Unermüdlich flogen seine Hufe über Wurzeln, Laub und Steine, gegen Mittag sah er bereits die grauen Gipfel des Wega-Gebirges über den Bäumen aufragen. In den Ausläufern des Gebirges, das den Wald von Eleazan nach Norden und Westen hin begrenzte, befand sich die Halle der Nacht. Am Nachmittag, so schätzte er, würde er auf den Pfad stoßen, der ihn zu Xiros bringen würde.

Damit war es an der Zeit, sich Gedanken zu machen, was er dem Sterndeuter erzählen wollte. Es war noch nicht lange her, dass er mit dem alten Zentauren gesprochen hatte. Damals hatte er Xiros Fähigkeiten, die Sterne richtig zu lesen, in Frage gestellt. Aufgrund seiner Stellung musste Xiros ihn empfangen, ob er ihm allerdings zu helfen gewillt war, war eine andere Frage. Und was der Sterndeuter davon halten würde, dass er eine Menschenfrau als Geisel mit sich führte, ahnte er.

Aber sobald Xiros diesen seltsamen Gefühlsstrom, der von der Menschenfrau ausging, ebenfalls gespürt hatte, würde er sein Anliegen verstehen. Gemeinsam würden sie die letzten Worte seines Vaters und das Geheimnis des Bildes entschlüsseln. Ebenso wie die Rolle, welche die Menschenfrau in dieser Geschichte spielte ...

Die Strahlen der untergehenden Sonne tauchten die Halle der Nacht in goldenes Licht. Rheos verharrte auf dem Pfad und blickte hinauf zu dem von Marmorsäulen getragenen, runden Bau am Rande des Felsplateaus. Oft genug hatte er in klaren Nächten dort oben gestanden und den Sternenhimmel betrachtet.

Diesmal würden ihm die Sterne keinen Rat geben können. Möglicherweise aber Xiros, der nicht nur der Oberste Sterndeuter, sondern auch Wächter der Bibliothek war, in der das Wissen des Zentaurengeschlechts über die Jahrhunderte zusammengetragen worden war.

Er galoppierte los und erreichte kurz darauf den Platz unterhalb des Felsplateaus, der von mehreren Ordans umgeben war. Wie alle

Gebäude der Zentauren waren die länglichen Wohn- und Arbeitshäuser ebenerdig errichtet. In ihnen befanden sich die Schlafstätten der Sterndeuter und ihrer Bediensteten, die Küche und Räume für Gäste sowie die Büchersammlung, auf die er all seine Hoffnungen setzte.

Rheos warf einen Blick auf die Frau in seinen Armen, die fest in ihren Umhang gewickelt schlief. Ihr Gesicht unter der Kapuze wirkte furchtbar bleich. Auf ihrem Weg durch die Gebirgsausläufer war ihr Herzschlag immer schwächer geworden. Inzwischen war er nicht mehr überzeugt, dass sie überleben würde. In den knappen Pausen, die er eingelegt hatte, hatte er ihr feuchte Umschläge gemacht und sie zum Trinken genötigt. Doch das meiste Wasser war aus ihrem Mund herausgelaufen und das Fieber nicht wieder gesunken. In ihren wenigen wachen Momenten hatte sie ihn nicht einmal mehr als ihren Bruder erkannt. Wenn Xiros kein Heilmittel kannte, würde er bald keine Geisel mehr besitzen.

Er packte die junge Frau fester und trabte auf den Platz. Er hatte ihn noch nicht halb überquert, da trat Xiros aus dem Eingang des Bibliotheksordans und schritt auf ihn zu. Vor ihm angekommen, kreuzte der alte Zentaur mit dem Fell eines Falben die Arme vor der Brust und verbeugte sich, wobei sein langer, weißer Bart den Erdboden streifte.

»Sei gegrüßt in der Halle der Nacht, Rheos. Möge der Frieden der Sterne mit dir sein.« Seine Worte verrieten Wiedersehensfreude trotz ihrer zurückliegenden Auseinandersetzung.

Rheos schnaubte. Wenn Xiros sich einbildete, er wäre gekommen, um ihn um Verzeihung zu bitten und sich seinen Wünschen zu fügen, irrte er sich. Er neigte knapp den Kopf und wählte die kürzeste aller Begrüßungsformeln.

»Xiros.«

Mit keiner Regung verriet der Sterndeuter, ob er sich über seine kühle Erwiderung ärgerte oder nicht. Stattdessen wies er mit der Hand auf das Bündel in seinem Arm. »Wer ist das?«

Rheos schob die Kapuze zurück, sodass man das Gesicht der Menschenfrau sehen konnte. »Das ist die Tochter des Turmherrn der Südfeste. Sie ist meine Gefangene.«

Nun sah Rheos deutlich die Missbilligung in Xiros Augen. Zu seiner Verwunderung sagte Xiros jedoch nichts, sondern kam näher an ihn heran und betrachtete die junge Frau eingehend.

»Was ist mit ihr?«

»Sie hat die Erkältungskrankheit und Fieber«, antwortete er beiläufig, als sei es nichts Besonderes für ihn, sich mit menschlichen Leiden auszukennen.

Xiros wollte etwas erwidern, doch in diesem Moment schlug die Menschenfrau die Augen auf. Im gleichen Atemzug durchströmten Rheos Gefühle und Bilder, chaotisch wie immer, seit ihre Krankheit begonnen hatte – und statt der Wärme wieder die Kälte.

»Wie lange fiebert sie schon, Rheos?«

Bevor Rheos ihn warnen konnte, legte Xiros seine Hand auf die Stirn der Menschenfrau.

Rheos hielt den Atem an. Was würde Xiros zu dem Gefühlsfluss und dem Kältestrom sagen?

Der Sterndeuter zog seine Finger wieder zurück und seine Stirn legte sich in Falten. »Ihr Fieber ist gefährlich hoch.«

Es dauerte einen Moment, bis Rheos seine Worte begriff. »Und ihr Inneres?«

»Was meinst du, Rheos?«

Er starrte Xiros an. Der Strom an Empfindungen, die Kälte und die Bilder konnten dem alten Zentauren unmöglich entgangen sein, ebenso wie ihr unnatürlich starker Geruch, der wie dichter Nebel in der Luft waberte.

»Ich finde, sie riecht auffällig«, teilte er Xiros seine Beobachtung mit.

Der Sterndeuter nickte wissend. »Krankheiten können den Geruch von Menschen verändern. Ebenso kann das Fieber ihren Geist verwirren und sie zusammenhangsloses Zeug reden lassen.«

»Aber ... du bemerkst nichts Seltsames an ihr?«

»Nein, bis auf ihre Krankheit fällt mir nichts Besonderes an der Menschenfrau auf.« Xiros warf ihm einen prüfenden Blick zu. »Was sollte deiner Meinung nach mit ihr nicht stimmen?«

Xiros spürte und roch nichts! Rheos keuchte. Bisher hatte er angenommen, der Grund für den Geruch und den Gefühlsstrom läge in der Turmherrntochter begründet und jeder andere Zentaur würde es ebenfalls wahrnehmen. Eine böse Ahnung beschlich ihn. »Ruf einen deiner Diener«, ordnete er an. »Er soll mir die Frau abnehmen.«

Der Sterndeuter klatschte in die Hände und kurz darauf stand ein Zentaur mit hellgrauem Fell und blondem Haar vor ihnen. Ohne jegliche Erklärung legte Rheos ihm die Frau in die Arme. Die Verbindung zwischen ihnen brach ab. Rheos starrte in das Gesicht des Dieners und wartete auf eine Reaktion. Doch der Zentaur blieb stumm und schien auf weitere Befehle zu warten.

Rheos Herzschlag beschleunigte sich. Wie es aussah, bestand der Gefühlsfluss nur zwischen der Turmherrntochter und ihm! Was bei den Sternen hatte das zu bedeuten?

Er öffnete den Mund, um Xiros diese Frage zu stellen und entschied sich im letzten Moment dagegen. Wenn er dem Sterndeuter offenbarte, welche Verbindung zwischen ihm und der Menschenfrau bestand, würde Xiros es nur als Beweis nehmen, dass er in ihrem Streit falsch lag.

Nein, er musste das Ganze verschweigen und trotzdem einen Weg finden, zu seinen Antworten zu kommen. »Ich brauche ein Quartier, etwas zu essen und jemanden, der die Wunde an meinem Hinterbein versorgt«, erklärte er. »Xiros, du kümmerst dich um die Frau. Lass sie aber keinen Moment aus den Augen, sie ist gewieft und darf keinesfalls entkommen.«

Die Skepsis in Xiros Blick wuchs. »Was hast du mit ihr vor?«

»Sie als Geisel nach Quran bringen.«

Der Sterndeuter seufzte. »Du hast deine Meinung nicht geändert?«

Rheos Lippen wurden schmal. »Meine Entscheidung steht fest. Solltest du der Frau zur Flucht verhelfen, wird selbst dein Rang dich nicht vor meinem Zorn schützen können.«

»Was würde dein Vater zu deiner Entscheidung sagen?«

Wie oft wollte Xiros ihm diese Frage noch stellen? »Erfülle meine Befehle«, zischte er. »Alles andere geht dich nichts an.«

Der alte Zentaur neigte den Kopf. »Ganz wie du meinst, Rheos. Du bist der Te'Ral.«

9

Stöhnend kam Sirja zu sich, jeder Muskel ihres Körpers schmerzte. In ihrem Kopf herrschte Benommenheit, doch wenigstens schien das Fieber verschwunden. Dafür hatte sie furchtbaren Durst. Ihr Mund war wie ausgetrocknet, ihre Zunge ein pelziger Klumpen. Sie öffnete die Augen mit dem Wunsch nach Wasser – und vergaß für einen Moment ihr Unwohlsein. Zu fremd war der Ort, an dem sie sich befand.

Sie lag in einem länglichen Gebäude aus hellem Marmor, in dem sich keinerlei Möbel befanden. Im oberen Drittel waren die Mauern mit Luken versehen, durch welche die Morgensonne hereinfiel. Vor dem Eingang hingen schwere Vorhänge, die mit geflochtenen Kordeln zurückgebunden waren. Der Teppich, auf den sie gebettet war, wies kunstvolle Muster auf. Staunend fuhr Sirja mit den Fingern über das Knüpfwerk. Auf dunkelrotem Grund schlängelten sich gelbe und orangefarbene Linien wie die Schlingen eines Flusses, trennten und vermischten sich mit größter Genauigkeit. Solche Webmuster hatte sie noch nie gesehen, der Teppich zeugte von meisterhafter Handwerkskunst.

Das unangenehme Kratzen in ihrem Hals erinnerte sie an ihren Durst. Vorsichtig drehte sie den Kopf und entdeckte neben ihr einen Tonkrug und einen Becher. Zwar wusste sie nicht, wo sie sich befand, aber sie musste trinken.

Sie stützte sich auf ihrem Unterarm ab, griff zittrig nach dem Krug und goss Wasser in den Becher. Das Plätschern verstärkte ihren Durst. Hastig setzte sie den Krug ab, nahm den Becher und trank in gierigen Schlucken. Das kühle Wasser war eine Wohltat, mit jedem Schluck fühlte sie sich lebendiger und klarer im Geist. Der Becher war schnell geleert und sie füllte ihn weitere Male, bis das

Brennen in ihrer Kehle nachließ. Mit einem zufriedenen Seufzer ließ sie sich auf den Teppich zurücksinken.

Der Wandteppich, der an der Mauer gegenüber hing, zeigte eine Gruppe von Zentauren, die im Kreis aufgestellt, zu den Sternen des Himmels emporsahen. Einer der Pferdemenschen hatte beide Arme erhoben und schien den anderen etwas zu erklären.

Sie war also immer noch Gefangene des Zentauren und er hatte sie tatsächlich zu einem Sterndeuter seines Volkes gebracht. Ob dieser Xiros die geheimnisvollen Worte und das Bild enträtseln konnte?

Nachdenklich sah Sirja zu den geöffneten Vorhängen am Ausgang. Erst jetzt fiel ihr auf, dass zwei bewaffnete Zentauren in einigem Abstand davor Wache hielten. Sie schüttelte den Kopf. Selbst wenn sie gewollt hätte, wäre in ihrem geschwächten Zustand an ein Entkommen nicht zu denken.

Ein Geräusch ließ sie in ihren Gedanken innehalten. Hufgetrappel näherte sich dem Gebäude und sie hörte zwei Zentauren, die sich unterhielten. Eine der beiden Stimmen kannte sie nur zu gut. Schnell schloss sie die Augen und stellte sich schlafend.

Die beiden Zentauren betraten ihre Unterkunft, ihre Hufe klangen hell auf dem mit Steinplatten bedeckten Boden wider. In einiger Entfernung vor ihrem Lager blieben sie stehen.

»Ist die Menschenfrau wieder gesund?« Rheos Tonfall war ebenso ungeduldig wie unfreundlich.

»Als ich heute Morgen nach ihr sah, war das Fieber verschwunden«, erwiderte der andere Zentaur. Seiner Stimme nach schien er älter zu sein und im Gegensatz zu Rheos um ihr Wohlergehen ehrlich besorgt. »Wir werden mit ihr sprechen, wenn sie erwacht.«

Rheos gab ein Knurren von sich. »Das wird hoffentlich bald sein.«

Einen Moment herrschte Schweigen, dann ergriff Rheos wieder das Wort. »Hast du inzwischen eine Idee, was es mit der Botschaft meines Vaters auf sich haben könnte, Xiros?«

»Nein, leider nicht.«

Enttäuschung machte sich in Sirja breit. Auch der Sterndeuter wusste keinen Rat. Damit waren ihre Nachforschungen am Ende angelangt, Rheos Vater hatte sein Geheimnis mit ins Grab genommen.

»Aber was sagen die Sterne?« Rheos ließ nicht locker. »Ich war gestern Abend in der Halle der Nacht und habe den Himmel betrachtet. In der Nähe meines Sterns ist ein neuer aufgetaucht, der bei meinem letzten Besuch noch nicht da war. Was hat er zu bedeuten?«

Sirja horchte auf. Hatte sie die Hoffnung zu früh aufgegeben?

»Die Sterne weisen die Zukunft. Sie verraten nichts über die Vergangenheit, denn diese ist uns bekannt.« Xiros seufzte. »Was den neuen Stern betrifft, weiß ich noch nichts zu sagen.«

Ein wütendes Stampfen erklang, das vermutlich von Rheos stammte. »Aber Vaters Botschaft muss wichtig sein«, beharrte er. »Sonst hätte er sich niemals dieser Menschenfrau anvertraut.«

»Vielleicht lügt sie.«

»Nein.«

»Wie kannst du dir so sicher sein? Du hast selbst gesagt, die Menschen seien durchtrieben und ihnen wäre nicht zu trauen.«

Obwohl er leise sprach, hörte Sirja die feine Ironie in Xiros Stimme.

Rheos bemerkte sie auch und schnaubte. »Als sie es mir sagte, achtete ich auf ihren Herzschlag und ihre Pupillen. Es gab keine Anzeichen dafür, dass sie nicht die Wahrheit sagte.«

Nanu? Warum erzählte er dem Sterndeuter nichts von dem Gefühlsfluss zwischen ihnen?

Der Sterndeuter schien ebenfalls nicht mit Rheos Antwort zufrieden zu sein. »Wieso hat dir die Menschenfrau überhaupt davon berichtet? Hast du sie mit Gewalt dazu gebracht?«

»Sie erzählte es von sich aus.« Er zögerte. »Sie erhoffte sich Aufschluss über die Hintergründe des Überfalls. Ihr Bruder wurde dabei getötet.«

»Sie erhoffte sich Aufschluss?« Sirja konnte beinahe sehen, wie der alte Zentaur die Stirn runzelte. »Wenn jemand Fragen zu diesem unglückseligen Tag beantworten kann, dann die Menschen.«

Jetzt war es an ihr, sich zu wundern. Das hier klang gerade so, als hätten die Zentauren den Überfall wirklich nicht begangen.

»Rheos, sobald die Frau erwacht, müssen wir mit ihr über diesen Überfall reden.«

»Sobald sie erwacht, breche ich mit ihr nach Quran auf«, entgegnete er harsch. »Über den Überfall gibt es nichts mehr zu sagen. Die Menschen haben bewiesen, zu welchem Grauen sie fähig sind. Mein Vater hat sich in ihnen getäuscht.« Er schnaubte. »Ich nehme an, mein Vater wollte mir die Namen der Anführer nennen, damit ich ihn rächen kann. Doch da du mir nicht helfen kannst, brauche ich hier nicht länger meine Zeit zu verschwenden.«

Schritte näherten sich ihrem Lager. Sofort erklang ein weiterer Hufschlag, der sich ebenfalls in ihre Richtung bewegte.

»Rheos, im Namen deines Vaters bitte ich dich, die Menschenfrau in die Südfeste zurückzubringen und freizulassen.«

Rheos lachte höhnisch auf. »Warum sollte ich auf meine Geisel verzichten?«

»Die junge Frau zurückzugeben wäre ein erster Schritt in Richtung eines Friedens mit den Menschen und nicht nur einer Waffenruhe.«

»Diesen Frieden wird es niemals geben, die Menschen wollen ihn nicht«, fuhr Rheos ihn an. »Mein Vater hat sich geirrt.«

War Xiros Stimme zuerst bittend gewesen, so klang sie nun schärfer. »Ionaos hat stets an eine Versöhnung zwischen Menschen und Zentauren geglaubt – aller Feindseligkeit und allen Hasses zum Trotz. Ich dachte, sein Sohn und Nachfolger würde es auch.«

»Diese Zeiten sind vorbei«, zischte Rheos. »Wie kann ich nach all der Gewalt, Brutalität und Mordlust der Menschen auf Frieden hoffen?«

»Indem du ihnen vergibst und Mut und Weitsicht beweist! Nur wahrer Friede mit den Menschen wird das Überleben unseres Volkes auf Dauer sichern.«

»Vergebung ist unmöglich.« Die Kälte in Rheos Worten erschreckte Sirja. »Weitsicht und Mut beweise ich durch das Angebot eines Waffenstillstandes, während mein Herz sich danach sehnt, jeden einzelnen dieser zweibeinigen Ungeheuer abzuschlachten.«

Alle Menschen töten? Bastard von einem Zentauren!

Der Sterndeuter seufzte. »Ich verstehe deinen Wunsch nach Vergeltung. Trotzdem bitte ich dich, deine Pläne zu überdenken. Du bist der Anführer der Zentauren von Eleazan. Das Wohl deines Volkes steht über allem.«

Fast hätte Sirja die Augen aufgerissen. Rheos war der Herrscher der Zentauren? Zu seinem Benehmen passte es, ebenso zu seiner Drohung, die Pferdemenschen würden seinetwegen die Südfeste erstürmen. Dennoch konnte sie es kaum glauben: Er war zu jung, und schließlich hatte niemand versucht, ihn zu befreien.

Da Rheos auf Xiros Erwiderung nicht reagierte, fuhr der Sterndeuter fort: »Gib die Frau als Zeichen unseres guten Willens zurück. Verlange eine Unterredung mit dem Fürsten von Tarnem, ohne dass du dabei Schlingen um deinen Hals trägst. Mache deinen Fehler gut, nach dem Mord an deinem Vater nicht das Gespräch mit Fürst Neidor gesucht zu haben.«

»Mein Fehler?« Ein Schweif peitschte durch die Luft. »Die Menschen hätten zu uns kommen müssen! Zudem war ich in Trauer und die Ernennungszeremonie zum Te'Ral musste vollzogen werden«, entgegnete Rheos scharf. »Und was die Turmherrntochter betrifft, so ist ihre Freilassung unmöglich.«

»Warum?«

»Sie besitzt ein gefährliches Wissen.«

»Ich dachte, sie weiß nichts über die Bedeutung der Botschaft?«

»Es geht nicht um die Botschaft, sie kann durch ...« Er brach ab. »Sie kommt mit nach Quran, dabei bleibt es.«

»Was verheimlichst du mir, Rheos?«

»Nichts.«

»Dann gib sie zurück.«

»Schweig, Xiros!« Rheos Stimme war zu einem gefährlichen Flüstern geworden. »Ich verbiete dir jede weitere Kritik an meinen Entscheidungen.«

»Du lässt dich von Zarkos beeinflussen«, erwiderte der Ältere ruhig. »Der Weg deines Vaters ist der richtige, nicht der deines Onkels.«

»Ich lasse mich von niemandem beeinflussen«, brach es im Zorn aus Rheos heraus, »auch nicht von dir. Es bleibt bei einem Waffenstillstand, und die Frau ist mein Unterpfand! Zur Mittagsstunde nehme ich sie mit, egal in welchem Zustand.«

Hufschläge ertönten und entfernten sich. Rheos musste das Haus verlassen haben.

Sirja lag auf ihrem Teppich und versuchte ruhig weiterzuatmen. Warum verschwieg Rheos dem Sterndeuter die Gefühlsverbindung? Erst jetzt fiel ihr auf, dass er auch das Bild mit den rot funkelnden Augen nicht erwähnt hatte.

Und weshalb wollte Rheos einen Waffenstillstand, wenn er nach eigener Aussage alle Menschen hasste? Dafür konnte es nur eine Erklärung geben: Das Heer der Zentauren musste durch die Schlacht an der Ostfeste stark geschwächt sein und Rheos fürchtete eine Niederlage bei einem erneuten Kampf.

Sirja unterdrückte ein Lächeln. Fürst Neidor würde begeistert sein. Denn besser als ein Waffenstillstand mit den Zentauren wäre ihre Vernichtung. Wer konnte wissen, ob Rheos – oder sein Nachfolger – in ein paar Jahren erneut Kriegspläne hegte, sobald sein Heer wieder schlagkräftig war?

Xiros, der das Haus nicht verlassen hatte, näherte sich ihr und ließ sich neben ihrer Lagerstatt niedersinken. Der Unterhaltung zufolge hatte er ihre Versorgung übernommen, ihm verdankte sie also ihre Genesung. Und, was noch viel interessanter war: Er hatte Rheos zu überreden versucht, sie zur Südfeste zurückzubringen, um statt eines Waffenstillstandsangebots Friedensverhandlungen zu führen.

Ihr inneres Lächeln wurde breiter. Offensichtlich gab es unter den Zentauren verschiedene Meinungen, wie in den Auseinandersetzungen mit den Menschen zu verfahren war. Eine Uneinigkeit, die ihnen ebenfalls nur zugutekommen konnte!

Ein Lufthauch streifte über Sirjas Gesicht und im nächsten Moment legte sich Xiros Hand auf ihre Stirn. Bisher war jede Berührung durch einen Zentauren unangenehm gewesen und sie rüstete sich für die Kälte und den Gefühlsstrom. Doch nichts dergleichen geschah. Keine Bilder, keine Gefühle und erst recht keine stechende Kälte. Sie spürte lediglich die Wärme seiner Haut auf ihrer.

Was hatte das zu bedeuten? Entweder hatte das Fieber die Fähigkeit des Gefühlsflusses zerstört, oder aber ... Bei den Göttern! Deshalb hatte Rheos geschwiegen: Die Verbindung bestand nur zwischen ihnen beiden! Und aus irgendeinem Grund wollte er, dass diese Tatsache geheim blieb.

Vor Überraschung über diese Erkenntnis schlug sie die Augen auf, und blickte in ein runzliges, gebräuntes Gesicht, das sie freundlich anlächelte.

»Guten Tag, Tochter des Turmherrn der Südfeste«, begrüßte sie der Zentaur. Sein Haar war ergraut und ein langer weißer Bart wippte bei jedem Wort. »Willkommen im Gästeordan der Halle der Nacht. Mein Name ist Xiros.«

Entgegen ihrer Absicht erwiderte sie sein Lächeln. Er war ein Zentaur und damit ein Feind, doch in seinen dunklen Augen schimmerten Güte und Weisheit.

»Wie heißt du?«, erkundigte er sich.

Rheos hatte es nicht für nötig befunden, ihren Namen zu nennen? »Man ruft mich Sirja.«

»Du hattest hohes Fieber. Wie fühlst du dich?«

»Mir geht es besser.«

»Das freut mich. Ich habe noch nie einen kranken Menschen behandelt, obgleich ich einige eurer Heilkundebücher gelesen habe. Doch eine Freundin hat mich mit ihren Anweisungen zu deiner Behandlung unterstützt.«

»Ich danke dir«, erwiderte sie aufrichtig.

Der Blick des alten Zentauren richtete sich in die Ferne und er schien ihre Gegenwart für einen Moment zu vergessen. Leise murmelnd bewegte er die Lippen, als spräche er mit einer Person, die sie nicht sehen konnte.

Eine Windbö stob durch die offenen Vorhänge in das Haus hinein und Sirja zog die Decke enger um sich.

»Die Sterne weisen uns die Richtung, doch sie verraten uns nicht den Weg«, hörte sie Xiros sagen, doch es war, als redete er nicht mit ihr.

Schweigend wartete sie darauf, dass er fortfuhr. Doch Xiros blieb stumm, als lauschte er im Wehen des Windes einer Antwort.

»Ja, Rheos wird Hilfe brauchen«, sagte er schließlich. Ein geheimnisvolles Lächeln umspielte den Mund des Sterndeuters. »Mehr, als ihm lieb ist.«

Xiros ließ ihr Essen bringen sowie ein Tablett mit einem Krug heißen Wassers, einer Schüssel, Seife, Tücher und einem Holzkamm.

Bei dem Anblick der Mahlzeit knurrte Sirjas Magen laut: getrocknete Pflaumen, ein Brei aus Getreide sowie ein Stück gegrilltes Hühnerfleisch. Gierig schlang sie alles hinunter und ignorierte die Fadheit der Speisen. Dem Fleisch fehlten eindeutig Salz, Gewürze und Butterschmalz, der Brei war zäh und beinahe ungenießbar. Warum mischten die Zentauren nicht Milch, Honig oder Beeren darunter? Dieses schale Zeug konnte ihnen doch unmöglich schmecken!

Nachdem sie aufgegessen hatte, zog der Sterndeuter sich zurück und schloss die Vorhänge am Eingang hinter sich. Sirja schob ihr Kleid von den Schultern und wusch sich. Anschließend griff sie nach dem Kamm und betrachtete ihn skeptisch. Bearbeiteten die Zentauren damit ihre Kopfhaare oder ihren Schweif? Vorsorglich säuberte sie den Kamm mit der Seife, ehe sie ihn benutzte.

Das Entwirren ihrer Haare dauerte eine Ewigkeit. Offen reichten sie ihr bis zur Taille und waren durch das Schwimmen, das Schwitzen im Fieber und die Kapuze ihres Umhangs furchtbar verknotet. Endlich hatte sie alle Knoten gelöst und ihr Haar zu einem ordentlichen Zopf geflochten. Zum Schluss säuberte sie noch Beine und Füße und legte danach alle Gegenstände zurück auf das Tablett. Dabei entdeckte sie hinter der Waschschüssel ein Holzkästchen, das sie vorher übersehen hatte.

Neugierig öffnete sie die Box und fand zu ihrer Freude Nadel und Faden darin. Nicht, dass sie gerne gestickt oder genäht hätte. Doch die Risse in ihrem Kleid mussten dringend ausgebessert werden, auch ihr Umhang, der neben ihrem Schlafteppich lag, musste genäht werden. Fast schien es, als hätte jemand am unteren Ende Stoff abgeschnitten, entlang dieser Stellen franste das Gewebe nun aus. Sie biss ein Stück Faden von der Rolle ab und fädelte ihn in das Nadelöhr. Das konnte nur der Zentaur mit ihrem Dolch gewesen sein. Was hatte er sich bloß dabei gedacht?

Ihre Nähkünste waren nicht überwältigend, aber mit dem Ergebnis war sie schließlich zufrieden. Mit einem Gähnen legte sie Nadel und Faden zurück ins Kästchen und streckte sich auf ihrem Lager aus. Das Fieber hatte sie mehr geschwächt als gedacht, wenn sogar diese einfachen Tätigkeiten sie erschöpften. Ihre Augen fielen wie von selbst zu, mehr schlafend als wach zog sie die Decke über sich und ergab sich ihrer Müdigkeit.

10

Ein Rütteln an ihrer Schulter beendete Sirjas Schlaf unsanft. Verärgert öffnete sie die Augen und ärgerte sich sogleich noch mehr. Neben ihr stand Rheos hünenhafte Gestalt. Der Zentaur traktierte sie ungeduldig mit seinem Huf.

»Ich bin schon wach«, zischte sie.

»Dann steh auf, wir gehen weiter.«

»Rheos.« Die ruhige Stimme des Sterndeuters erklang. »Gönn ihr noch einen Tag Ruhe, sonst wird sie den Weg nicht überstehen.«

»Lass das mein Problem sein«, erwiderte er, ohne sich zu dem alten Zentauren umzudrehen. »Komm, Menschenfrau.«

Schwerfällig erhob sie sich. Ein Tag der Erholung wäre herrlich gewesen. Sich Rheos zu widersetzen würde jedoch keinen Erfolg bringen. Auch Xiros würde ihr nicht zu Hilfe kommen, wenngleich er sie sorgenvoll betrachtete.

»Ich habe einen Trank zur Stärkung für dich eingepackt, Sirja«, erklärte er und wies auf Rheos Flanke. »Trink dreimal täglich zwei Schlückchen davon.«

Um seinen Pferdeleib trug Rheos einen Ledergurt, an dem auf beiden Seiten Packtaschen befestigt waren, zudem ein Langbogen, ein Schwert, ein Messer und ihr Dolch. Sie verzog das Gesicht. Mit Waffen war er ihr noch unsympathischer als vorher.

Rheos wandte sich zum Ausgang um und sie entdeckte einen Pfeilköcher, den er an einem Riemen auf dem Rücken trug. Alle Pfeile darin waren mit den rotgelb gesprenkelten Federn des Perlfasans versehen – eine Befiederung, die ausschließlich die Zentauren verwendeten.

Hass flammte in ihr auf. Ein solcher Pfeil hatte ihrem Bruder das Leben genommen.

»Beeil dich«, befahl Rheos über die Schulter hinweg und setzte sich in Bewegung.

Sie warf ihm einen wütenden Blick hinterher, legte ihren Umhang um die Schultern und folgte ihm. Schon nach ein paar Schritten blieb sie wieder stehen. Ihr Herz raste, Schweiß trat auf ihre Stirn und ihre Sicht verschwamm.

Bevor sie etwas sagen konnte, fuhr Rheos herum und hob sie hoch. Erneut fand sie sich in seinen Armen wieder.

Xiros trat an sie heran, sein Blick bekümmerter denn je. »Pass gut auf sie auf, Rheos. Trage Sorge dafür, dass niemand in Quran ihr etwas antut.«

»Ich bin der Te'Ral«, zischte er. »Niemand wird es wagen, meinen Befehlen zuwiderzuhandeln.«

Sirja hörte die Wut in Rheos Stimme, doch durch ihre Verbindung nahm sie noch etwas anderes wahr: einen Hauch von Unsicherheit.

»Sei dennoch wachsam.«

Rheos blickte den Alten spöttisch an. »Du wärst der Erste, der in Jubelrufe ausbricht, wenn ich nicht mehr der Anführer der Zentauren von Eleazan wäre.«

Der Sterndeuter schüttelte den Kopf. »Dein Untergang ist nicht das, was ich mir wünsche. Deshalb meine Ermahnungen, vorsichtig zu sein.«

»Ermahnungen?« Rheos lachte bitter auf. »Drohungen wäre das bessere Wort.«

Statt einer Erwiderung hob Xiros die Hand. »Mögen die Sterne deinen Weg erleuchten.«

»Möge ihr Glanz immer über deinem Haupte sein.« Rheos nickte ihm zu, dann schritt er mit ihr aus dem Gästehaus heraus. Kaum befanden sie sich im Freien, galoppierte er los und sie ließen die Anhöhen mit der Halle der Nacht rasch hinter sich.

Sirja sah zu den wolkenverhangenen Gipfeln des Wega-Gebirges. Den Legenden zufolge befand sich auf dem höchsten Gebirgsgipfel der Maham, der ewige Sitz der Götter. Der Berg war für die Menschen eine heilige Stätte, nicht so für die Zentauren. Die Pferdemenschen waren Ketzer, die den Göttern nicht huldigten. Das war einer der Gründe für den vergangenen Krieg um den Wald von Eleazan gewesen, freier Zugang zum Fuße des Berges.

Rheos setzte über einen Graben hinweg und Sirja klammerte sich an seinen Armen fest. Er kam sicher auf der anderen Seite auf und galoppierte in unverminderter Schnelligkeit weiter. Ihr Gesicht verfinsterte sich. Von ihm getragen zu werden war mehr als entwürdigend und ihr vom Fieber ermatteter Körper und die stechende Kälte in ihrem Inneren machten es nicht besser.

»Wie lange dauert die Reise nach Quran?«, fragte sie missgelaunt.

»Morgen werden wir da sein. Auch ich bin froh, wenn ich dich nicht mehr tragen muss.«

»Du hättest von Xiros einen Diener verlangen können, der das für dich übernimmt.«

»Und dem du in einem geeigneten Moment entschlüpfen kannst?«

»Du meinst, weil der Diener nicht in mein Inneres sehen kann?«

Es dauerte einen Moment, bis er antwortete. »So scheint es.«

»Warum hast du Xiros die Verbindung zwischen uns verschwiegen?«

»Sag mir lieber, warum du sie ihm verschwiegen hast, Menschentochter.«

»Ich weiß nicht«, gab sie zu. »Vermutlich, weil du nichts gesagt hast.«

Er erwiderte nichts und es war schwer, die wirre Flut an Gefühlen und Bildern zu entschlüsseln, die zu ihr drangen. Zudem wurde sie schon wieder müde. Schlafen war das Beste, was sie tun konnte. Sie schloss die Augen und der Strom an Gefühlen in ihr ebbte ab.

Am Abend rasteten sie in einem kleinen Wäldchen. Durch den Wind, der ständig über die Anhöhen strich, waren die Bäume klein gewachsen und boten wenig Schutz. Froh, wieder Boden unter den Füßen zu haben, vertrat Sirja sich unter dem wachsamen Blick des Zentauren die Beine. Verstohlen betrachtete sie ihn dabei im Schein der untergehenden Sonne. Rheos musste erschöpft sein, doch er wirkte nicht müde, der Staub in seinen dunklen Haaren und in seinem Fell war das einzige Anzeichen für die zurückgelegte Strecke.

Während ihres Weges hatten sie kaum miteinander gesprochen. Zwischen ihnen gab es nichts zu sagen, zum anderen hatte sie viel geschlafen. Aber in ihren Wachphasen hatte sie seine Gefühle deutlich gespürt: seine Unruhe, seine Eile und seine Anspannung. Durch den ständigen Körperkontakt hatte sich die Nervosität des Pferdemenschen allmählich auf sie übertragen. Sie war daher froh, wenn sie bei ihren Pausen für kurze Zeit Abstand zu ihm halten konnte.

Bei einem ihrer wenigen Gespräche hatte sie sich nach seiner Pfeilwunde erkundigt, da sie diese bei ihren Verbindungen nicht mehr wahrnahm.

Xiros habe sie genäht und versorgt, lautete seine Antwort.

Ob er Xiros verraten hatte, wer den Giftpfeil entfernt hatte, sagte er nicht.

Nachdem Sirja alle ihre Muskeln wieder spürte, setzte sie sich auf die Erde und Rheos, der sich ebenfalls niedergelassen hatte, reichte ihr schweigend ein in ein Tuch eingeschlagenes Päckchen. Hungrig öffnete sie das Proviantpaket. Das Essen bestand aus Käse, Fleisch und einem getrockneten Klumpen des faden Getreidebreis, den Rheos mit Wasser aus dem Trinkschlauch übergoss.

»Das nennt sich Kerdlos und ist sehr nahrhaft«, erklärte er, als er ihren kritischen Blick auf den aufgeweichten Breiklumpen bemerkte.

Zögernd biss sie hinein. Kerdlos mochte sättigen, aber er blieb furchtbar geschmacklos.

Im Anschluss an das Nachtmahl sah Rheos sie an. »Xiros hat gesagt, du brauchst Wärme. Du wirst die Nacht in meinen Armen verbringen.«

Vor Empörung über diesen Vorschlag verschlug es ihr die Sprache, was ihm nicht entging. »Wenn es dir lieber ist, fessele ich dich an einen Baumstamm.« Er griff in eine der Packtaschen und zog einen Strick heraus.

Sie schnaubte. Nochmals krank zu werden konnte sie sich nicht leisten, sonst würde ihr später die Flucht aus Quran niemals gelingen.

Auf seine auffordernde Handbewegung hin rutschte sie zu ihm heran und streckte sich zum Liegen aus. Allerdings drehte sie ihm demonstrativ den Rücken zu, woraufhin er sein schweres Vorderbein auf sie legte.

Zentaurenbastard!, dachte sie und es war ihr egal, ob er ihre Wut wahrnahm oder nicht. Sie schloss die Augen und verfluchte zum wiederholten Male ihren Hang zu Neugier und Abenteuer. Hätte sie auf ihre Mutter gehört und artig Tanzen, Sticken und Singen geübt, wäre sie längst verheiratet und säße jetzt auf einer schönen Burg vor einem knisternden Kaminfeuer und würde ihren Gemahl mit ihren Gesangskünsten erfreuen. Stattdessen lag sie umschlungen von einem Zentauren halb krank auf einem zugigen Hügel weitab jedes menschlichen Lebens.

Am Morgen ließen sie die Anhöhen des Wega-Gebirges hinter sich. Der Wald um sie herum wurde dichter, was Rheos zu erleichtern schien. Wie am Vortag trug er sie in seinen Armen, auch wenn sie sich inzwischen bedeutend besser fühlte. Ob dies an dem Stärkungstrank des Sterndeuters lag, wusste sie nicht.

»Wer hat Xiros darüber beraten, wie er mich behandeln muss?«, erkundigte sie sich bei Rheos, während er über den weichen Waldboden trabte.

»Ich weiß es nicht, und es kümmert mich nicht.« Er galoppierte unvermittelt los und setzte über einen umgefallenen Baumstamm.

Sie hasste es inzwischen, wenn er das tat. Auf einem Pferd sitzend scheute sie kein Hindernis, doch hilflos auf ihn vertrauen zu müssen, gefiel ihr nicht.

Als er wieder in eine langsamere Gangart wechselte, stellte sie eine weitere Frage, die sie ebenfalls schon länger beschäftigte. »Warum hast du dir von Xiros keine Eskorte mitgeben lassen?«

»Xiros befürwortet meine Pläne nicht.«

»Aber du bist doch der ...«, sie versuchte sich an das zentaurische Wort für Herrscher zu erinnern, »der Te'Ral. Als Anführer kannst du es ihm befehlen.«

Mit kräftigen Sprüngen erklomm er einen Anhang. »Auch ein Befehl wäre ein Zeichen von Schwäche vor Xiros gewesen.«

»Mir schien der Sterndeuter dir gegenüber sehr wohlgesonnen zu sein.«

Eine Woge von Zorn flutete zu ihr herüber. »Du hast keine Ahnung, Menschenfrau!«

Ja, sie hatte keine Ahnung. Eine Tatsache, die sie langsam aber sicher verrückt machte. »Seit wir die Halle der Nacht verlassen haben, spüre ich deine Wut, deine Erregung und deine Anspannung«, platzte es aus ihr heraus. »Und soweit ich es beurteilen kann, hat das nichts mit mir, der Verbindung zwischen uns oder der geheimnisvollen Botschaft deines Vaters zu tun, sondern mit der Rückkehr nach Quran.« Sie holte tief Luft. »Du bist der Te'Ral. Was im Namen der Götter beunruhigt dich?«

»Noch ein Wort, Frau«, zischte er, »und ich schlage dich bewusstlos.«

»Also habe ich recht: Etwas sorgt dich.«

Er blieb so ruckartig stehen, dass ihr Kopf gegen seine Brust geschleudert wurde. Mit finsterem Blick stellte er sie auf dem Waldboden ab und löste eine Hand von ihr.

Sirja versteifte sich. Warum hatte sie ihren vorlauten Mund nicht gehalten?

Doch Rheos holte nicht zum Schlag aus. Er zog sein Schwert aus dem Gurt an seinem Pferdeleib, den Blick in die Ferne gerichtet – etwas schien ihn seine Drohung völlig vergessen zu lassen.

Ein flaues Gefühl machte sich in ihr breit. »Was ist los?«, raunte sie ihm zu. Er schüttelte nur knapp den Kopf und sie sah, wie seine Nasenflügel sich blähten. Ohne Vorwarnung zog er sie wieder in seine Arme und galoppierte nordwärts, das Schwert fest in seiner Hand haltend.

Die vorbeiziehenden Äste schlugen ihr ins Gesicht und mehr als einmal stolperte Rheos über eine Wurzel, so rasant war sein Tempo. Sirja konzentrierte sich und lauschte auf sein Inneres. Vor ihrem geistigen Auge erkannte sie Feuer und Rauch. Ein großer Brand, doch mehr schien auch Rheos nicht zu wissen.

Unermüdlich jagte der Zentaur durchs Unterholz und durch die Furt eines Flusses. Nach schier endloser Zeit drosselte er sein Tempo und kam hinter den tiefhängenden Zweigen einer Weide zum Stehen.

Stickiger Brandgeruch erfüllte die Luft und nahm Sirja fast den Atem. Lautlos setzte Rheos sie am Boden ab, seine Hand hielt sie mit eisernem Griff am Oberarm fest, in der anderen trug er sein erhobenes Schwert. Mit der Klinge schob er die Äste beiseite und ihre Augen weiteten sich vor Schreck.

Vor ihnen auf der Lichtung befand sich ein Bauerndorf, fast alle Gebäude niedergebrannt bis auf die Grundmauern. Das Feuer konnte noch nicht lange her sein, denn der Qualm stieg noch aus den verkohlten Höfen auf. Die Laute von verängstigtem Vieh drangen zu ihnen herüber.

Schritt für Schritt näherten sie sich der Unglücksstelle. Als sie die ersten Katen erreichten, entdeckte Sirja die Toten, die verstreut zwischen den Hütten lagen. Doch nicht das Feuer hatte die Menschen das Leben gekostet. In jedem Körper steckte ein Pfeil.

Ihre Hände ballten sich zu Fäusten. Das war kein Unglück gewesen, sondern ein bestialischer Überfall. Wer im Namen der Götter konnte so etwas Grausames tun? Fassungslos sah sie auf die Leichen der Männer, Frauen und Kinder. Ihr Blick blieb an den Pfeilen hängen, die aus ihren leblosen Körpern ragten.

Rotgelb gesprenkelte Perlfasanfedern schmückten die Schäfte.

11

Wie von Sinnen wirbelte die Turmherrntochter zu ihm herum und begann, auf ihn einzuschlagen.

»Verdammt, was soll das?«, fuhr er sie an. Hatte sie den Verstand verloren, so laut zu sein? Die Männer, die den Brand gelegt und den Überfall auf das Menschendorf verübt hatten, konnten sich noch immer in der Nähe befinden.

»Mörder!«, schrie sie und trommelte weiter auf seine Brust. »Heimtückische Meuchelmörder seid ihr alle! Habt ihr kein Ehrgefühl, wehrlose Bauernleute abzuschlachten?«

Mit jedem Schlag ihrer Fäuste flutete ihr Hass in ihn hinein und Kälteblitze durchfuhren ihn. Verärgert steckte er sein Schwert zurück in den Waffengurt, packte sie mit beiden Armen und hielt sie auf Abstand.

»Jetzt weiß ich, warum du es so eilig hattest«, tobte sie weiter und wand sich unter seinem Griff. »Du wolltest hier dabei sein und mit den anderen Zentauren zusammen deine Mordlust stillen.«

Sollte er sie durch einen Schlag ins Gesicht zur Besinnung bringen? »Dieser Überfall wurde nicht von Zentauren begangen«, stieß er hervor, »sondern von Menschen.«

Es dauerte einen Augenblick, bis seine Worte zu ihr durchdrangen und sie in noch größere Rage versetzten. »Und die Perlfasanenfedern?« Ihre Stimme bebte vor Zorn. »Diese Befiederung wird nur von euch Zentauren benutzt.«

»Scheinbar nicht.« Er fixierte sie scharf. »Wären Zentauren hier gewesen, würde ich es riechen. Aber hier stinkt es nur nach Mensch.«

»Riechen?« Sie lachte bitter auf. »Deine einzige Ausrede besteht darin, dass du nichts riechen kannst?«

Seine Brauen zogen sich zusammen. »Ich weiß, du sähest uns gerne als Täter.« Mit dem Kopf wies er auf den Boden. »Aber betrachte die Hufspuren, Menschentochter. Das sind eindeutig Abdrücke von Hufeisen.«

Er winkelte ein Vorderbein nach hinten, sodass sie die Unterseite seines Hufes sehen konnte. »Wir Zentauren lassen uns nicht beschlagen, wie ihr es mit euren Gäulen tut.«

Sie öffnete den Mund, schloss ihn wieder und betrachtete mit zusammengekniffenen Augen die aufgewühlte Erde um sie herum.

»Du hast recht«, gab sie widerwillig zu. »Aber das beweist nichts. Weshalb überfallen Menschen auf solch brutale Weise ein Dorf?«

»Die Beweggründe von euch Zweibeinern interessieren mich nicht. Wir verschwinden jetzt von hier, ehe die für diese Bluttat verantwortlichen Männer zurückkehren.« Er zog sie vorwärts, doch sie stemmte sich mit aller Macht gegen ihn.

»Du irrst dich!«, beharrte sie. »Menschen sind zu einer solchen Gräueltat nicht fähig.«

»Ach ja?« Seine Stimme war erfüllt von Hohn.

»Allerdings. Du wirfst mir vor, nur das zu sehen, was ich will. Doch du reimst dir die Wahrheit zusammen, wie sie dir passt, Rheos!«

»Hör auf, mich beim Namen zu nennen. Es kommt jedes Mal einer Beleidigung gleich.«

Wütend funkelte sie ihn an. »Hat dir schon mal jemand gesagt, wie arrogant du bist, *oh großer Te'Ral der Zentauren*?«

»Widerwärtig, verlogen und rücksichtslos hast du vergessen«, zischte er, riss sie an sich und hob sie hoch. Sobald sie genug Abstand zum Dorf hatten, würde er sie knebeln. Auf den Hinterbeinen sprang er herum – und blickte geradewegs in eine gespannte Armbrust.

»Keinen Schritt weiter, Zentaur«, befahl die alte Frau hinter der Waffe, »und lass deine Gefangene frei.«

»Dyrdra!« In seinen Armen begann die Menschenfrau zu zappeln. Er packte die Tochter des Turmherrn fester und hielt sie wie einen Schutzschild vor sich.

»Sirja?« Die Alte blinzelte, trotzdem senkte sie ihre Armbrust nicht.

Er nutzte den Moment, um seine Gegnerin abzuschätzen. Sie trug ein mit Schlammspritzern bedecktes graues Kleid und darüber einen schwarzen Umhang. Ihr schneeweißes Haar fiel in Locken auf ihre schmalen Schultern. Auf den ersten Blick wirkte sie zart und gebrechlich, doch er würde nicht den Fehler begehen, sie zu unterschätzen. Schon gar nicht, solange sie eine gespannte Armbrust auf ihn richtete.

»Ein Schuss, alte Frau, und die Menschentochter stirbt.«

Dyrdra schnaubte. »Es gibt schon genug Tote an diesem Ort, Zentaur. Hätte ich dich töten wollen, hätte ich dich erschossen, während du mir den Rücken zugewandt hast.«

Sein Gesicht verfinsterte sich. Durch das Gebrüll der Turmherrntochter hatte er die Alte nicht gehört und durch den Qualm nicht gerochen. »Wenn du glaubst, ich gebe meine Geisel frei, irrst du dich.«

Ihre Lippen kräuselten sich. »Wir werden sehen.« Mit einer Kopfbewegung wies sie zu dem niedergebrannten Dorf. »Ich will dich etwas fragen.«

Überrascht sah Rheos sie an. »Wie es scheint, verlangen in letzter Zeit alle Menschen Auskünfte von mir«, höhnte er.

Dyrdra überging seinen Spott. »Du hast gute Sinne, Zentaur«, fuhr sie fort. »Riechst du den Duft der Menschen, die dieses Dorf überfallen haben? Oder siehst du etwas, das meiner Wahrnehmung entgangen sein könnte?«

Für einen Moment war er verblüfft. Mit solchen Fragen hatte er nicht gerechnet.

Der Tochter des Turmherrn schien es ähnlich zu ergehen. »Du glaubst ebenfalls, Menschen haben den Überfall begangen, Dyrdra?«, rief sie.

Die Alte nickte. »Ich glaube nicht, ich weiß es. Die Hufspuren verraten es ebenso wie die schlecht nachgemachten Zentaurenpfeile.«

Triumphierend sah Rheos auf die junge Frau in seinen Armen herab. »Da siehst du es. Selbst die Alte erkennt, dass hier keine Zentauren am Werk waren.«

Seine Augen richteten sich auf den Waldrand. Jeder weitere Moment an diesem Ort war vergeudet und gefährlich. Er hatte den Umweg nur auf sich genommen, weil er beim Geruch des Feuers einen Trupp Zentauren vermutet hatte, die auf der Suche nach ihm in Kampfhandlungen verwickelt worden waren – und nicht, um Spürhund für eine Menschenfrau zu spielen!

Sein Blick kehrte zu der Alten zurück, die mit ihrer Armbrust vor ihm stand. Sie würde nicht schießen und damit das Leben der jungen Frau riskieren, die sie sogar zu kennen schien. Er presste die Turmherrntochter fester an sich und begann, rückwärts von der Alten fortzugehen.

»Halt, Zentaur!« Dyrdra sprang mit einer für ihr Alter unerwarteten Schnelligkeit auf ihn zu. »Ich brauche deine Hilfe. Fürst Neidor ist auf Kampf gegen die Zentauren eingestellt. Die Leute, die dieses Dorf entdecken, werden sich nicht die Mühe machen, die Spuren ordentlich zu lesen. Sie werden die Zentauren für schuldig erklären.« Beschwörend sah sie ihn an. »Wir müssen herausfinden, wer für diese Schreckenstat verantwortlich ist – und warum.«

Widerwillig hielt er inne. »Eure menschlichen Angelegenheiten interessieren mich nicht. Mir ist es sogar recht, wenn ihr euch gegenseitig niedermetzelt.«

Dyrdra stieß einen Seufzer aus. »Man hat mich gewarnt, dass es nicht leicht mit dir wird«, murmelte sie. »Doch von einem Anführer hätte ich mehr Verantwortungsgefühl erwartet.«

Seine Augen verengten sich zu Schlitzen. »Wer hat dir von mir erzählt?«

»Der Wind.«

Sie lachte auf, als sie sein verdutztes Gesicht sah, wurde aber sofort wieder ernst. »Du musst mir helfen, die Spur der Brandstifter zu verfolgen«, wiederholte sie, »damit Neidor sie bestrafen kann und sie nicht unbehelligt davonkommen.«

Ihre Worte brachten das Blut in seinen Adern zur Wallung. Wer wollte ihm noch alles vorschreiben, was er zu tun hatte?

»Ich muss nichts, alte Frau!« Er richtete sich auf den Hinterbeinen auf und seine Vorderhufe schlugen in Richtung des Kopfs der Alten.

Die Turmherrntochter keuchte vor Entsetzen auf, Dyrdra allerdings rührte sich nicht von der Stelle. Mit unbewegtem Blick betrachtete sie ihn.

»Du spielst mit dem Schicksal deines Volkes, Te'Ral.«

»Auf deine leeren Drohungen falle ich nicht herein.« Es war Zeit, diese Posse hier zu beenden. Seine Hufe näherten sich Dyrdras Kopf auf Fingerbreite, doch ein Geräusch ließ ihn seine Vorderbeine im nächsten Moment wieder auf der Erde absetzen. In der Ferne erklangen Hundegebell und das Donnern von Pferdehufen, das sich aus verschiedenen Richtungen dem Dorf näherte. Es mussten Wachen aus einer der benachbarten Menschenfesten sein, die aus allen Seiten zum Dorf eilten.

Eilig sah er sich um. Für eine Flucht war es zu spät. Die Hunde würden seine Spur aufnehmen und ihn hetzen, bis sie ihn gestellt hatten, die Krieger würden sich keine Zeit nehmen, ihm zuzuhören. Rheos presste den Kiefer aufeinander. Das Bellen und die Hufschläge wurden lauter. Er musste eine Entscheidung treffen.

Voll Abscheu betrachtete er die Alte. »Wenn du meine Hilfe willst, brauche ich ein Versteck.«

Ein Lächeln umspielte ihre Lippen, als hätte sie diese Forderung erwartet. »Komm mit, Zentaur.«

»Dyrdra, nein!« Die Turmherrntochter versuchte sich mit aller Macht aus seinen Armen zu befreien. »Dem Zentauren ist nicht zu trauen. Lass die Männer ihn gefangen nehmen, er ist eine wertvolle Geisel.«

Die Alte schüttelte den Kopf. »Wir brauchen ihn, Sirja.«

Ohne weiter auf den verständnislosen Gesichtsausdruck der Jüngeren zu achten, lief sie los in Richtung einer Scheune, die als eines der wenigen Gebäude nicht den Flammen zum Opfer gefallen war.

»Ich hoffe, du weißt, was du tust«, zischte Rheos der Alten zu und folgte ihr. »Die Hunde werden meine Spur hierher verfolgen.«

»Vertrau mir, Zentaur«, erwiderte sie, ohne den Kopf zu ihm zu drehen.

Da die Rufe der Krieger bereits zu hören waren, blieb ihm nichts anderes übrig.

An der Scheune angekommen, öffnete die alte Frau einen der beiden Torflügel. »Geh hinein.«

Vorsichtig betrat er den Schuppen. Im Halbdunkel erkannte er Wagen, Pflüge und Fässer entlang der Wände, nichts davon groß genug, um sich dahinter zu verstecken. Auch gab es keinen zweiten Ausgang und damit keine andere Fluchtmöglichkeit.

Seine Lippen wurden schmal. Die Alte hatte ihn nicht in ein Versteck geführt, sondern in eine Falle.

»Wenn die Krieger mich töten, stirbt die Turmherrntochter mit mir«, erklärte er kalt.

»Dazu wird es nicht kommen, wenn du tust, was ich sage.« Sie nickte ihm zu. »Stell dich in die Mitte der Scheune und lass Sirja herunter.«

Widerwillig setzte er die Tochter des Turmherrn auf der Erde ab, legte jedoch sofort seine Hände um ihren Hals. Wie so oft spürte er die Gefühle der jungen Frau in sich hineinschwappen wie Wasserfluten, die gegen Klippen brachen. Doch selbst ohne die Verbindung war es klar, was sie sich wünschte: dass die Fremden ihn finden würden.

Ihr Wunsch würde sich vermutlich bald erfüllen. Die Reiter waren im Dorf angekommen, und in die Entsetzenslaute der Männer mischte sich das Ziehen ihrer Schwerter. Nicht mehr lange, und sie würden die Scheune auf der Suche nach Überlebenden betreten und er wie eine Zielscheibe vor ihnen stehen.

»Wo soll ich hin, alte Frau?«, drängte er.

»Bleib genau dort, wo du bist. Und jetzt schweig, ich muss mich konzentrieren.«

Er spürte, wie seine Atmung sich beschleunigte. Auch die Unruhe der Menschentochter wuchs, sie trat von einem Bein aufs andere, wagte jedoch keinen Fluchtversuch.

Rheos Blick bohrte sich in das Tor, das die Alte hinter ihnen geschlossen hatte.

Schritte näherten sich der Scheune. Bellen erklang, und die Pfoten von Hunden kratzten am Holz.

Wie dumm war er gewesen, sich auf das Wort eines Menschen zu verlassen! Hasserfüllt sah Rheos zu der Alten, die mit halb geschlossenen Augen eine Armlänge vor ihm stand. Sie würde nichts zu seiner Rettung unternehmen.

Er löste eine Hand vom Hals der Menschenfrau und zog sein Schwert aus dem Waffengurt. Die Turmherrntochter als Schutzschild zu benutzen, war der einzige Weg, mit dem Leben davon zu kommen.

»Ist jemand dort drinnen?« Eine Männerstimme drang durch das Tor zu ihnen. »Fürchtet euch nicht! Wir sind Burgwachen der Nordfeste und wollen euch helfen.«

Jeder Muskel in seinem Körper spannte sich an. Er setzte die Schwertspitze auf die Brust der jungen Frau, die schwer atmend vor ihm stand. Wenn er sterben musste, würde er es nicht alleine.

Einer der Torflügel schwang auf und zusammen mit dem Tageslicht fiel die aufgeregte Hundemeute in die Scheune ein. Im selben Moment begann der Schwindel. Der Raum um ihn fing an, sich zu drehen, das Gleichgewicht zu halten wurde unmöglich. Vergeblich klammerte er sich an der Menschentochter fest.

Graue Schleier schoben sich vor seine Augen und das Schwert fiel ihm aus der Hand.

12

Sirja starrte auf den Eingang der Scheune. Fünf Männer der Burgwache traten ein, die Schwerter kampfbereit gezogen. Um ihre Beine sprangen Hunde, hechelnd und kläffend.

Der Griff des Zentauren um ihren Hals wurde fester.

Sie biss sich auf die Lippen. Gleich würden die Männer Rheos bemerken und damit ihren Tod besiegeln. Dass die Krieger ihn lebendig davon kommen ließen, glaubte sie nicht einen Moment. In Erwartung ihres Endes schloss sie die Augen. Doch statt sich in ihren Leib zu bohren, fiel Rheos Schwert klirrend herab. Seine Hand löste sich von ihrem Hals und im nächsten Moment schlug sein Körper hinter ihr auf den Boden auf.

Erschrocken fuhr sie herum und blickte zu ihm, ebenso wie Dyrdra und die eintretenden Männer.

Was sie sah, verschlug Sirja die Sprache. Sie rieb sich über die Augen, blinzelte, doch das Bild, das sich ihr bot, änderte sich nicht. Stumm vor Schreck starrte sie auf Rheos, der regungslos zu ihren Füßen lag.

»Seid ihr verletzt?«, fragte einer der Krieger, doch Sirja war unfähig, zu antworten. Fassungslos wechselte ihr Blick zwischen Rheos und Dyrdra hin und her.

Die Männer der Burgwache traten zu ihr, ihre Waffen weiterhin kampfbereit vor sich. Da er keine Antwort auf seine Frage erhalten hatte, räusperte sich der Krieger.

»Es geht uns gut.« Dyrdra ging auf die Männer zu. »Wir haben uns versteckt, weil wir dachten, die Angreifer kämen zurück.«

Der Mann, der gesprochen hatte, steckte sein Schwert in den Waffengürtel. »Wer hat das Dorf überfallen?«

»Wir wissen es nicht.« Dyrdra schüttelte den Kopf. »Wir sind keine Dorfbewohner, sondern waren auf dem Weg zur Nordfeste, als wir den Rauch sahen.«

Der Krieger wies auf Rheos. »Was ist mit ihm?«

»Er wollte nachsehen, ob sich noch Menschen in den brennenden Hütten befinden«, erwiderte Dyrdra. »Der Rauch nahm ihm das Bewusstsein. Deshalb mussten wir ihm auch seine Hose und Hemd ausziehen, der Qualm hatte sich darin festgesetzt.« Sie wies in eine dunkle Ecke der Scheune, als würde sich seine Kleidung dort befinden.

Sirja hörte das Gespräch, doch weder konnte sie es glauben noch etwas einwenden. Ihre Gedanken wirbelten im Kreis. Was sie sah, war keine Sinnestäuschung, sonst hätte der Krieger anders reagiert. Auch die Hunde, die hereingestürmt waren, hatten sich beruhigt. Verwirrt schnüffelten sie überall herum. Die Zentaurenspur, die sie aufgenommen hatten, hatte sich verloren.

Oder besser gesagt, sich in Luft aufgelöst.

Der Krieger kratzte sich am Kinn. »Ich kann euch keine Hilfe anbieten, wir müssen die Spur derer verfolgen, die den Überfall begangen haben. Aber wir schicken Knechte aus dem Nachbardorf her, um die Toten zu begraben. Sie sollen euch danach zur Nordfeste bringen.«

Dyrdra neigte den Kopf. »Das ist ein gütiges Angebot.«

Als sie den Blick wieder hob, erkannte Sirja ein Funkeln in den Augen der Alten. Im Gegensatz dazu klang die Stimme der Viehheilerin jedoch beiläufig, als sie hinzusetzte: »Wer glaubt ihr, hat den Überfall begangen?«

Ein harter Ausdruck trat in das Gesicht des Kriegers. »Zentauren. Wer sonst?« Er nickte ihnen zu und verließ mit seinen Männern und den Hunden die Scheune.

Kurz darauf erklang das Geräusch sich entfernender Hufe.

Mit dem Weggehen der Männer löste sich Sirjas Erstarrung. Tausend Fragen stiegen in ihr auf – und Furcht. Hastig wandte sie sich zu der Viehheilerin um und öffnete den Mund, doch die alte Frau bedeutete ihr zu schweigen.

»Zuerst muss ich sehen, ob Rheos noch lebt.« Sie beugte sich zu ihm hinunter und hielt ihre Finger vor seinen Mund. Nach einem kurzen Moment nickte sie. »Hilf mir, ihn auf den Rücken zu drehen!«

Rasch kam Sirja der Aufforderung nach und ging neben der Viehheilerin in die Knie. Die alte Frau besaß eine Macht, von der sie nicht geglaubt hatte, dass sie wirklich existierte – und der sie sich nicht entgegenzustellen wagte.

Gemeinsam packten sie Rheos an Schulter und Oberschenkel und drehten ihn auf den Rücken. Kopfschüttelnd sah Sirja an ihm herab. Immer noch war es zu unglaublich, um wahrhaft geschehen zu sein.

Vor ihr lag kein Zentaur mehr.

Vor ihr lag ein nackter Mann.

»Seine Blöße bedecken wir vorerst mit meinem Umhang.« Dyrdra löste die Schnalle von dem dicken Stoff, zog ihn sich von den Schultern und breitete das Tuch über Rheos Unterleib aus. »Und jetzt hoffen wir, dass er bald zu sich kommt. Eine solch große Wandlung habe ich noch niemals vollzogen.«

Sirjas Herzschlag beschleunigte sich. »Wer ... was bist du?«, flüsterte sie.

»Das erkläre ich dir, sobald Rheos wach ist.« Dyrdra lächelte. »Ihn interessiert es bestimmt auch.«

Ja, das würde es ohne Zweifel. Sie starrte auf den ohnmächtigen Mann vor ihnen. In seiner alten Gestalt war Rheos ihr an Kraft, Stärke und Schnelligkeit überlegen gewesen, jetzt allerdings ... »Wir müssen ihn fesseln, solange er bewusstlos ist«, platzte es aus ihr heraus.

»Nein.«

»Aber er ist ein wertvoller Gefangener! Er darf uns nicht entkommen.« Sie konnte Fürst Neidor nicht wie erhofft die Lage der Stadt Quran verraten, aber sie konnte ihm etwas ebenso

Wichtiges geben: den Herrscher der Zentauren. Damit wäre ihr gewagter Plan nicht umsonst gewesen, wenngleich sie nichts über den Mord an ihrem Bruder herausgefunden hatte.

»Ich will ihn nicht als Gefangenen«, erwiderte Dyrdra. »Ich will ihn als Freund.«

Als Freund? Hatte die alte Frau den Verstand verloren? Vor Fassungslosigkeit vergaß sie für einen Moment ihre Furcht vor Dyrdras Zauberkräften. »Wie kannst du ihm Vertrauen schenken wollen?«

»Weil ich seine Fähigkeiten brauche, wie ich bereits sagte.«

»Du glaubst ernsthaft, dass Menschen hinter dem Überfall auf dieses Dorf stecken?«

Dyrdra nickte. »Der Überfall wurde als Täuschung ausgeführt. Ich will herausfinden, warum.«

»Und was, wenn die Zentauren uns getäuscht haben? Vielleicht haben sie beschlagene Pferde mit sich geführt, um uns genau das glauben zu lassen.«

»Nein. Rheos hat durch seinen Geruchssinn meinen Verdacht bestätigt.«

Wie konnte Dyrdra nur so blauäugig sein? Sirja sprang auf und lief in der Scheune auf und ab. »Er erzählt Lügen zu seinem eigenen Vorteil. Zentauren sind alle miteinander verschlagen, verlogen und falsch, das weiß jedes Kind.«

Dyrdra seufzte. »Das stimmt nicht. Du wirst es auch noch begreifen, so hoffe ich.«

»Er wird dir nicht helfen, egal was er versprochen hat«, beharrte Sirja. Sie blieb stehen und vollführte eine Handbewegung, die Rheos gesamte Gestalt einschloss. »Und wenn er merkt, was mit ihm geschehen ist, erst recht nicht.«

Dyrdra entgegnete darauf nichts, sondern winkte sie heran. »Setz dich wieder«, bat sie. »Er scheint aufzuwachen.«

Widerwillig ließ Sirja sich erneut auf den Boden nieder. Diesmal allerdings nicht neben Dyrdra, sondern auf der anderen Seite, wo Rheos Waffen lagen. Die Gurte, in denen sie verstaut gewesen waren, waren ihm vom Leib gerutscht und hingen nun zu seinen Füßen, sein Schwert, das ihm aus der Hand gefallen war, lag daneben.

Rasch zog sie ihren Dolch aus den Riemen und ließ die kleine Waffe zurück in die Tasche ihres Kleides gleiten. Rheos Schwert legte sie griffbereit neben sich.

Dyrdra beobachtete ihr Tun mit gerunzelter Stirn, sagte jedoch nichts.

Zum Schluss nahm Sirja noch den Köcher mit den Pfeilen und warf ihn unter einen der Wagen. Dann richtete sie ihre Aufmerksamkeit auf den ehemaligen Zentauren. Zum ersten Mal seit seiner Verwandlung betrachtete sie ihn genauer.

Noch waren seine Augen geschlossen, doch er hatte angefangen, sich zu bewegen. Seine Gesichtszüge wirkten angespannt und sein Brustkorb hob und senkte sich schwer wie unter großer Anstrengung. Die Adern an seinem Hals traten pochend hervor und auf seiner Stirn glänzten Schweißperlen. Seine Haut wirkte fahl und kränklich weiß.

Es ging ihm nicht gut. Ein Umstand, der sie eigentlich glücklich machen sollte.

Rheos Husten hinderte sie daran, ihre Begutachtung fortzusetzen. Er riss die Augen auf, seine Pupillen waren unnatürlich geweitet.

»Bleib ruhig liegen und atme tief ein und aus«, sprach Dyrdra ihn an. Doch ihr besänftigender Tonfall zeigte keine Wirkung.

Unkontrolliert bewegten sich die Füße des einstigen Zentauren hin und her, seine Finger zuckten wie unter Krämpfen. Die Panik in seinen Augen nahm zu.

»Was ist ... mit mir geschehen?« Die Worte kamen stoßweise, seine Stimme klang heiser und gehetzt. »Wo sind die Krieger und die Hunde?«

Dyrdra lächelte. »Sie sind fort, du bist in Sicherheit.«

Er schien kaum zu begreifen, was sie sagte. »Wo ist die Menschentochter?«

»Ich bin hier.«

Rheos Kopf flog zu ihr herum, aber es dauerte einen Moment, bis seine Augen sie fanden und fixieren konnten.

»Warum haben die Männer mich nicht getötet?«, keuchte er.

Ein Anflug von Mitleid überkam Sirja. Rheos hatte noch nicht begriffen, was mit ihm geschehen war. Wie sollte er auch? Sie selbst konnte es immer noch kaum glauben.

Da Dyrdra auf seine Frage hin schwieg, war es wohl an ihr, ihn aufzuklären. »Die Krieger haben dich nicht getötet, weil ...«

»... weil du ihnen verraten hast, dass ich der Te'Ral bin?« Der Hass in seiner Stimme war trotz des Flüstertons unüberhörbar. »Dank dir bin ich also jetzt ihr Gefangener.«

Ihre Lust, ihm die Wahrheit schonend beizubringen, schwand. »Weder habe ich dich verraten noch bist du ihr Gefangener. Die Männer ließen dich in Frieden, weil sie hier in der Scheune keinen Zentauren entdeckt haben.«

Seine Augen flackerten. »Du lügst. Ich stand mitten im Raum. Sie mussten mich sehen.«

»Das haben die Männer auch«, ergriff Dyrdra das Wort. »Doch du warst nicht der, nach dem sie Ausschau hielten.« Sie neigte den Kopf zur Seite und betrachtete ihn prüfend. »Merkst du nicht, dass du auf dem Rücken liegst?«

Rheos Kopf schnellte zu ihr herum. »Natürlich weiß ich das. Wie sonst könnte ich ...« Seine Worte erstarben. Mit sichtlicher Anstrengung stützte er sich auf die Unterarme und starrte an seinem Körper entlang.

»Nein ...«, murmelte er. »Nein, das kann unmöglich sein!«

Er griff den Umhang, der die Mitte seines Leibes bedeckte, und riss ihn fort. Sein Gesicht wurde aschfahl. Er blinzelte, schloss die Augen und riss sie wieder auf. Doch der menschliche Körper, den er sah, verschwand nicht.

In einer verzweifelten Geste fuhr er sich über Gesicht und Haar, dann drehte er sich schwer atmend auf die Seite zu Dyrdra. »Was hast du mit mir gemacht, Weib?«

Dyrdras Miene blieb unverändert freundlich. »Ich tat das, worum du mich gebeten hast: Ich habe dich versteckt.«

»Du hast mich in einen Menschenbastard verzaubert!« Seine Schultern bebten vor Zorn.

»Ich habe dich nicht verzaubert, ich habe dich verwandelt.«

»Es ist mir egal, wie du es nennst«, zischte er. »Gib mir meine richtige Gestalt zurück!«

»Das werde ich, ich verspreche es. Aber erst, wenn du dich würdig erweist.«

»Würdig für was?« Er spie die Worte beinahe aus.

»Würdig, in deinem Handeln als Te'Ral«, erwiderte sie ruhig.

Sirja sah, wie der Schweiß in Rinnsalen über Rheos Rücken lief. Doch trotz seines mitgenommenen Zustandes würde er sich seinem Schicksal nicht widerstandslos fügen. Langsam bewegte sie ihre Hand in Richtung des Dolches in ihrer Tasche.

»Du hattest mich um meine Mithilfe angefleht«, zischte Rheos in Dyrdras Richtung. »Solange ich in diesem Menschenkörper gefangen bin, bekommst du sie nicht.«

»Die Bedingung für die Rückkehr in deine Zentaurengestalt habe ich dir genannt.« Ungeachtet seines drohenden Tonfalls sprach die Viehheilerin weiter freundlich mit ihm. »Trotz deines Unmuts über deine Wandlung hoffe ich auf deine Unterstützung.«

»Dann hoffst du vergebens«, erwiderte er mit vor Wut flacher Stimme. Seine Hände pressten sich auf den festgetretenen Erdboden, während er sich auf seine Arme stützte, um sich in eine sitzende Position hochzustemmen. Vor Anstrengung zitterte sein Körper, seine Muskeln waren bis aufs Äußerste gespannt. »Aber vielleicht ändert das deine Meinung, Alte ...« Er warf sich zu Sirja herum, packte sie an den Schultern, riss sie zu Boden und kniete sich über sie. »Die Turmherrntochter stirbt, wenn du den Zauber nicht löst.«

Weder überraschte Sirja sein Angriff noch stellte er eine Bedrohung dar. Blitzschnell zog sie ihr Knie an und rammte es in seinen Unterleib.

Rheos Antlitz verzerrte sich vor Schmerz, er fiel zur Seite wie ein Kornsack und landete auf dem Rücken. Ehe er sich wehren konnte, saß sie auf seinem Bauch, fixierte seine Arme mit ihren Beinen und hielt ihm die Klinge ihres Dolches an die Kehle.

»Du bist jetzt ein Mann, Zentaur«, zischte sie, »und solltest in Zukunft besser auf dein Gemächt aufpassen.« Sie wartete eine Antwort von ihm nicht ab, sondern sah zu Dyrdra hinüber. »Er hat bewiesen, dass ihm nicht zu trauen ist. In seinen Packtaschen befindet sich ein Seil. Gib es mir, damit ich ihn fesseln kann.«

Bevor die Viehheilerin etwas erwidern konnte, stieg ein Knurren aus Rheos Kehle auf. »Was hast du mit mir vor, Turmherrntochter?«

»Ich bringe dich zu Fürst Neidor. Er wird erfreut sein zu erfahren, wer du wirklich bist, und dir interessiert zuhören, wenn du ihm über die Verfassung der zentaurischen Streitkräfte berichtest.«

In seinen Augen funkelte der blanke Hass, und Sirja rüstete sich innerlich für einen weiteren Kampf.

Doch Rheos blieb ruhig. »Den Weg zu eurem Herrscher kannst du dir sparen«, erklärte er. »Töte mich hier und jetzt.« Seine Mundwinkel verzogen sich spöttisch. »Oder fehlt dir der Mut?«

»Lebendig nutzt du Neidor am meisten.«

Er stieß ein heiseres Lachen aus. »Ich nutze deinem Fürsten noch weniger als bei meiner letzten Gefangenschaft: Geheimnisse gebe ich selbst unter Folter nicht preis und die Zentauren legen keinen Wert auf einen Te'Ral, der aussieht wie ein Mensch.«

»Dyrdra wird dich zurückverwandeln, das hat sie versprochen.«

»Aber vermutlich nur, wenn ich ihr helfe, die Spuren zu verfolgen. Und das kann ich nicht mehr, selbst wenn ich es wollte.«

»Wieso?« Nun hatte er es doch geschafft, sie zu verunsichern.

Statt einer Erwiderung drehte er den Kopf zur Seite, sodass sie sein Ohr sehen konnte. Dieses lief oben nicht mehr spitz zusammen, sondern war nun gerundet wie bei einem Menschen.

Sirja runzelte die Stirn. »Was ist mit deinen anderen Sinnen?«

Er rollte den Kopf zurück und sein finsterer Gesichtsausdruck war Antwort genug.

Rasch sah Sirja zu Dyrdra hinüber, die der Verlust von Rheos Fähigkeiten ebenfalls zu überraschen schien.

Rheos bemerkte es und lachte auf. »Du hast dich ins eigene Fleisch geschnitten, alte Frau. In dieser jämmerlichen Menschengestalt bin ich für alle Seiten nutzlos, also verwandle mich endlich zurück.«

»Nein. Du bleibst vorerst, was du bist.«

Die Viehheilerin stand auf, nahm ihren Umhang und Rheos Schwert an sich und trat zu Sirja. »Ich muss zur Nordfeste und dem Turmherrn unsere Entdeckungen hier schildern.«

Vom Boden aus starrte Rheos die Viehheilerin an. »Und was geschieht mit mir?«

»Es steht dir frei, zu tun und zu lassen, was du willst.« Dyrdra trat zu Sirja und legte eine Hand auf ihre Schulter. »Begleitest du mich zu Jamir?«

»Ich ... nun ...«, stammelte sie. Wie konnte die Viehheilerin jemanden von Rheos Wichtigkeit einfach zurücklassen wollen? Auch wenn der einstige Zentaur sich stur stellte, mit Hilfe von Dyrdras Zaubermacht sollte es doch ein Leichtes sein, alle zentaurischen Geheimnisse aus ihm herauszubekommen und ihn durch Rückverwandlung zu einer wertvollen Geisel zu machen.

Sirja verzog das Gesicht. Allerdings war es genau diese Zaubermacht, die sie daran hinderte, den Anweisungen der Alten zu widersprechen. Das Letzte, was sie wollte, war Dyrdras Zorn heraufzubeschwören und möglicherweise als Rotkehlchen zu enden.

Sie steckte ihren Dolch in die Tasche ihres Kleides zurück, erhob sich und warf einen letzten Blick auf Rheos. Er schien kaum zu bemerken, dass keine Klinge mehr auf seine Kehle gerichtet war. Regungslos lag er auf der Erde, blass und von Schweiß überströmt.

»Ihr lasst mich hier zurück? Ich ... ich weiß nicht einmal, ob ich in diesem Körper laufen kann.«

»Mich angreifen konntest du«, spottete Sirja. »Du wirst schon zurechtkommen.«

Dyrdra hob die Hände. »Du hast die Wahl: Entweder du wartest hier auf das Erscheinen der Bauernknechte oder du kommst mit uns.«

Zischend stieß Sirja die Luft aus. Das war es also, worauf Dyrdra es die ganze Zeit über abgesehen hatte.

Rheos Kiefer mahlten und seine Augen blitzten vor Zorn. Es war ihm deutlich anzusehen, dass ihm keine der beiden Möglichkeiten gefiel.

»Da in deiner Nähe zu bleiben meine Chance auf eine Rückverwandlung erhöht«, stieß er schließlich hervor, »gehe ich mit euch.«

Dyrdra nickte. »Du weißt, was ich dabei von dir erwarte.«

Seine Augen verengten sich zu Schlitzen. »Ich schwöre, bei der Ehre meiner Ahnen, dass ich weder dir noch der Turmherrntochter Leid zufügen werde«, presste er zwischen zusammengebissenen Zähnen hervor. »Möge das Licht der Sterne über mir erlöschen, sollte ich diesen Eid brechen.«

13

Was hatte er getan? Rheos ließ seinen Kopf zurück auf den Scheunenboden sinken. Sein Zentaurenherz rebellierte gegen den neuen Körper, er fühlte sich schwach, seine Sinne waren abgestumpft und er war kaum imstande, sich zu bewegen. Verflucht war die Alte! Es war von Anfang an ihr Plan gewesen, ihn in diese demütigende Lage zu bringen. Er lag vor Menschen im Staub, hilflos wie ein verwundetes Tier.

Schritte und ein Lufthauch an seiner Wange ließen ihn aufsehen. Die alte Frau war zu ihm gekommen und betrachtete ihn prüfend.

»Du musst etwas zu dir nehmen, Rheos. Dann wird der Schwindel schneller vergehen.« Ihr Blick fiel auf die Packtaschen zu seinen Füßen. »Sirja wird dir beim Essen helfen. Ich hole mein Pferd, es steht versteckt im Wald.«

Ohne eine Entgegnung von ihnen abzuwarten, drehte sie sich um und verließ die Scheune.

Rheos blickte zur Turmherrntochter, die mit verschränkten Armen neben dem Tor stand. »Du kannst deinen Triumph über mein Schicksal ruhig offen zeigen, Menschentochter.«

»Ein Triumph wäre es für mich, dich Neidor zu übergeben«, zischte sie. »Deine Verwandlung gefällt mir nicht.«

»Du wusstest nicht, dass die Alte zu solchem Zauber in der Lage ist?«

»Ich kenne Dyrdra als Viehheilerin. Aber jetzt weiß ich, warum sie jedes noch so kranke Tier heilen kann.«

Sie kam zu ihm, nahm die Packtasche mit dem Proviant vom Boden auf und ließ sich neben seinem Kopf nieder. Dabei ließ sie so viel Abstand zu ihm wie möglich. Sie öffnete die Verschlüsse der

Taschen, nahm den Trinkschlauch und die eingewickelte Nahrung heraus und legte beides auf ihren Schoß.

Beim Anblick des ledernen Wasserbeutels wurde Rheos gewahr, wie viel Durst er hatte. Gierig streckte er die Hand nach dem Schlauch aus – und griff ins Leere.

Die Turmherrntochter war aufgesprungen und stand mit gezogenem Dolch vor ihm. Wasserbeutel und das eingewickelte Essen purzelten auf den Boden.

Rheos rollte mit den Augen. Er konnte ihr die Reaktion nicht verdenken, trotzdem ärgerte sie ihn. »Ich habe geschworen, euch nichts zu tun.«

»Deine Worte sind nichts wert.« Grimmigen Blickes steckte sie ihre Waffe zurück in die Tasche ihres Kleides. Doch statt sich wieder neben ihm niederzulassen, zog sie ihren Umhang aus und breitete ihn über seiner Körpermitte aus.

Auch ohne nachzufragen, wusste er, warum sie seinen Leib unter dem Stoff verbarg. Die Alte hatte ihn nicht nur in einen Menschen verwandelt, sie hatte ihn in einen gnadenlos hässlichen Menschen verwandelt. Der Anblick seines Leibes musste abstoßend sein, wenn sowohl die Turmherrntochter als auch die Alte ihre Umhänge benutzten, um den Blick darauf zu versperren.

»Soll ich den Handwagen dort hinten heranschieben, damit du dich dagegen lehnen und aufsetzen kannst?«

Rheos zögerte. Sitzen war eine Position, die für einen Zentauren nur selten von Nöten war und auch unangenehm. »Ist es ... für Menschen besser, in sitzender Haltung zu essen?«

Einen Moment lang schien sie verdutzt über seine Frage, dann nickte sie. »Im Liegen verschluckt man sich leicht.«

»Dann werde ich sitzen.«

Nach einem weiteren Nicken ging sie los und kurz darauf stand der Handwagen hinter ihm.

Rheos stützte sich auf seine Arme und hievte seinen Oberkörper hoch. Alleine diese Bewegung glich einer gewaltigen Anstrengung. Doch vor der Turmherrntochter wollte er sich keine weitere Blöße geben. Schlimm genug, dass er Fragen stellen musste wie ein unwissendes Fohlen.

Die junge Frau schob den Wagen ein Stück näher an ihn heran und verhinderte damit, dass er umkippte. Erschöpft lehnte er sich gegen die hölzernen Streben. Nur allmählich ließ der Schwindel in seinem Kopf nach.

Sie bemerkte es und drückte ihm den Wasserschlauch in die Hände, wobei sich ihre Finger streiften. Hastig öffnete er den Verschluss, setzte die Öffnung an die Lippen und trank in langen Zügen.

Als er den Beutel nach einer Weile absetzte, fiel ihm auf, dass sie ihn nachdenklich ansah. »Was ist los, Menschentochter?«

»Es ist fort. Diese merkwürdige Kälte, immer wenn wir uns berührten, ist nicht mehr da. Und ebenso die Bilder und Empfindungen.« Sie sah ihn prüfend an. »Oder hast du davon etwas bemerkt, seit du ein Mensch bist?«

»Nein. Aber dann hat dieser Zauber wenigstens etwas Gutes.«

Die Turmherrntochter erwiderte nichts. Schweigend packte sie den Proviant aus und reichte ihm eine Kugel Kerdlos.

Rheos goss etwas Wasser über den Breiklumpen und biss gierig hinein. Prompt verzog er das Gesicht.

»Ist dir übel?«

»Nein, alles gut.« Alles, bis auf die Tatsache, dass der Kerdlos fade schmeckte. Er hielt sich das Stück unter die Nase und roch daran. Sein jetziges Riechvermögen war nur ein schwaches Echo dessen, zu was er einst in der Lage gewesen war und der Duft, den er wahrnahm, kaum als solcher zu erkennen. Er brach ein Stück von der Breikugel ab und gab es der jungen Frau. »Ist der Getreidebrei verdorben?«

Sie roch ebenfalls daran, dann steckte sie es in den Mund, kaute vorsichtig und schluckte es schließlich hinunter. »Der Brei ist einwandfrei.« Sie nahm sich Käse aus dem Proviant und begann zu essen.

Rheos runzelte die Stirn, kaute aber weiter.

Nach einer Weile näherten sich Schritte der Scheune, begleitet von Hufschlägen. Er straffte den Rücken. Ein Torflügel öffnete sich und Dyrdra trat mit einer Schimmelstute am Zügel ein. Nachdem sie das Pferd an einem der Wagen angebunden hatte, wandte sie sich ihm zu.

»Wie geht es dir? Kannst du aufstehen?«

Das Letzte, was er tun würde, war vor den beiden Frauen Schwäche zu zeigen. »Ja«, erwiderte er und legte den Wasserschlauch und den Kerdlos beiseite. Er würde aufstehen, egal wie.

Mit den Händen tastete er an dem Wagen hinter sich, bis er eine geeignete Stelle zum Abstützen fand, dann drückte er sich mit aller Kraft nach oben. Sein Gesäß hob sich, mit zitternden Beinen stemmte er seine Füße gegen den Boden – und fluchte. Er hing zwischen Wagen und Erde und kam nicht weiter. Schweiß lief ihm in Strömen von der Stirn. Hastig versuchte er mit den Füßen näher zu dem Fuhrwerk zu kommen, aber seine Beine verfingen sich in dem Umhang, der von seiner Leibesmitte heruntergerutscht war.

Die Turmherrntochter erhob sich. Um ihren Mund zuckte es belustigt. »Brauchst du Hilfe, Zentaur?«

Nein, sagte sein Stolz. Ja, sagte seine Vernunft. Erneut vor ihr im Dreck zu liegen wäre weit demütigender als ihre Unterstützung anzunehmen.

»Halte mich am Arm fest«, erwiderte er, ohne sie eines Blickes zu würdigen.

Ihre Finger schlossen sich um seinen Oberarm. Ihr Griff war fest, aber nicht grob.

Kurz darauf stand er schwankend auf seinen Füßen. Die Turmherrntochter hielt ihn weiterhin am Arm fest, den anderen streckte er zum Leiterwagen aus und umklammerte ihn mit der Hand, um nicht erneut die Balance zu verlieren. Wie konnte man auf nur zwei Beinen das Gleichgewicht halten?

Verärgert sah er zu seinen Füßen herab, doch er konnte sie nicht sehen, da der Umhang sie verdeckte. Mit einem Bein wollte er den Stoff wegschleudern, doch ein verdächtiges Schwanken sowie der strafende Blick der Turmherrntochter hielten ihn davon ab.

»Ein zweites Mal helfe ich dir nicht auf«, erklärte sie. »Bleib still, ich befreie dich von dem Umhang.«

Ihre Finger lösten sich vorsichtig von seinem Arm, dann ging sie vor ihm auf die Knie. Mit wenigen Handgriffen nahm sie den Stoff von seinen Füßen fort und legte ihn sich über die Schultern.

Als sie wieder nach oben kam, fiel Rheos auf, dass ihre Wangen gerötet waren und ihr Blick demonstrativ an ihm vorbei ging.

»Dyrdra?« Die Turmherrntochter räusperte sich. »Rheos braucht Kleidung. Zumindest eine Hose.«

»Ja, das stimmt.« Die Viehheilerin ging in eine Ecke der Scheune und kehrte mit zwei leeren Mehlsäcken und einem alten Sattel über dem Arm zurück.

Die junge Frau runzelte die Stirn. »Du willst ihn in Säcke kleiden? Vielleicht finden wir in den verbliebenen Hütten noch ...«

Die Alte schüttelte den Kopf. »Die Kleidung der Bauern würde Rheos nicht passen.« Sie wies an ihm herab. »Er ist groß und hat die Statur eines Kriegers.«

Verächtlich sah Rheos die Alte an. »Erstens werde ich keine Menschenkleidung tragen. Zudem ist das«, er zeigte auf die in seiner Leibesmitte befindliche Männlichkeit, »kaum groß zu nennen.«

Bei seinen Worten schoss der Turmherrntochter erneut das Blut in die Wangen.

Der Ärger in Rheos wich Verwirrung. Fast schien es, als errötete die junge Frau aus Scham. Dabei war er in ihrer Gegenwart bisher immer nackt gewesen.

»Rheos, du wirst Kleidung tragen«, bestimmte Dyrdra. »Alles andere ist undenkbar. Unbekleidet herumzulaufen, widerspricht Sitte und Anstand bei den Menschen. Nur beim Baden ist es erlaubt, bei Krankheit oder ...«, ein amüsiertes Lächeln umspielte ihren Mund, »wenn ein Mann und eine Frau das Bett miteinander teilen.«

Das war es also! So wie kein Zentaur außerhalb des Schlachtfeldes ein Hemd tragen würde, war es bei den Menschen verpönt, sich vor anderen nackt zu zeigen. Besonders vor dem anderen Geschlecht. Rheos spürte, wie auch in seine Wangen die Hitze schoss. Die beiden Frauen hatten ihm den Umhang nicht übergelegt, weil der Bau seines Körpers sie anekelte, sondern um seine Blöße zu bedecken!

Er räusperte sich. Auch wenn er kein Mensch sein wollte, dieser Regel würde er sich beugen. »Wie soll ich die Säcke anlegen?«

»Gar nicht. Du bekommst angemessene Kleider von mir.« Ohne auf seinen oder den fragenden Blick der Turmherrntochter zu achten, legte Dyrdra die Mehlsäcke übereinander auf dem Boden aus und den Sattel daneben. Sie löste die Steigbügel aus den Riemen, schnallte den Sattelgurt ab und platzierte sie neben Sattel und Säcken. Schließlich trat sie einen Schritt zurück und senkte die Augenlider.

Die Turmherrntochter sog scharf die Luft ein und auch er hielt den Atem an: Die Alte würde einen weiteren Zauber wirken. Angespannt starrte er auf die Gegenstände am Boden.

Die Luft um die Säcke, den Sattel, den Gurt und die Steigbügel begann zu flimmern, wie bei großer Hitze. Als das Flimmern erlosch, lagen vor ihm auf dem Boden eine Hose aus Leder, ein Stoffhemd in der Farbe der Mehlsäcke und ein Waffengürtel, wie menschliche Krieger ihn trugen. Dort, wo sich die Steigbügel befunden hatten, standen ein Paar lederne Stiefel, deren umgekrempelter Schaft mit metallenen Nieten beschlagen war.

Obwohl er die Zauberkräfte der Alten am eigenen Leib erfahren hatte, starrte Rheos mehrere Atemzüge lang auf die verwandelten Gegenstände. »Wie ... hast du das gemacht?«, brachte er schließlich hervor.

»Da Sirja mich das bereits fragte, will ich es euch grob beantworten. Doch dann müssen wir uns sputen, denn die Knechte werden bald hier sein.« Dyrdra holte tief Luft. »Ich bin keine Zauberin, ich bin eine Wandlerin. Ich erschaffe keine Dinge aus dem Nichts, sondern brauche immer eine Vorlage, die in Größe und

Beschaffenheit möglichst dem gewünschten Gegenstand entspricht.«

Sie beugte sich hinab und hob die Hose auf. »Die Beinkleider sind aus Leder, so wie zuvor der Sattel. Das Hemd hingegen«, sie nahm das Kleidungsstück ebenfalls auf, »ist wie die Säcke aus gewebtem Stoff und ...«

»... Stiefel und Gürtel sind aus Leder und Metall gemacht«, beendete die Turmherrntochter staunend den Satz.

In plötzlicher Erkenntnis stöhnte Rheos auf. »Dann hättest du vorhin also auch ein Pferd aus mir machen können?«

»Ja, aber das wäre wenig hilfreich gewesen.« Dyrdra lächelte. »Oder hättest du diese Gestalt bevorzugt?«

Rheos erwiderte nichts. Seine Hände klammerten sich um das Holz des Leiterwagens. Die Vorstellung, haarscharf der Verwandlung in einen Gaul entgangen zu sein, war keine angenehme.

»Gibt es noch andere Wandler außer dir?«, fragte die Turmherrntochter.

»Ja, einige wenige. Aber sie leben verborgen, unser Wissen und Können stirbt aus. Das Zeitalter der Magie ist lange vorbei, Menschen wie Zentauren fürchten sich davor, statt den Segen zu erkennen, der darin liegt.«

»Segen?«, zischte Rheos. »Es ist richtig, die Magie zu fürchten und zu verbannen, denn sie bringt nichts als Unheil.«

Dyrdra schüttelte traurig den Kopf. »Mit der Magie verhält es sich wie mit jeder anderen Macht auch: Sie setzt Verantwortung voraus.«

Er schnaubte. »Nennst du dein Handeln an mir etwa verantwortungsvoll?«

»Hätte ich nicht deine Gestalt verändert, wärst du jetzt tot.«

»Das wäre mir lieber als in einem Körper zu stecken, der meinen Geist einengt und mich meiner Sinne und Kräfte beraubt.«

Dyrdra schwieg kurz, dann nickte sie. »Wir helfen dir beim Ankleiden.« Sie trat zu ihm, kniete sich vor ihn auf den Boden und nahm die Hose von ihrem Arm. »Heb deinen Fuß vom Boden und stecke ihn hinein.« Sie hielt das Hosenbein zusammengerafft vor ihn.

Vorsichtig, um nicht das Gleichgewicht zu verlieren, folgte Rheos ihrer Aufforderung. Mehr noch als das unangenehme Gefühl des Leders störte ihn die Tatsache, behandelt zu werden wie ein unselbständiges Fohlen. »Ich schaffe den Rest alleine«, erklärte er brüsk. Obwohl er erneut bedenklich ins Straucheln geriet, gelang es ihm, in das zweite Hosenbein zu steigen, die Hose hochzuziehen und die Bänder unterhalb des Bundes zuzuschnüren.

Keuchend hielt er sich nach getanem Werk wieder am Leiterwagen fest. »Was jetzt?«

Die Alte reichte ihm das Hemd und Rheos betrachtete das Kleidungsstück. Unter den Kettenhemden trugen die Zentaurenkrieger Hemden, es anzuziehen, war ihm daher vertraut.

Kaum saß das Hemd richtig an seinem Körper, legte Dyrdra ihm den ledernen Waffengürtel um die Hüfte, dem einzigen Kleidungsstück, dem er halbwegs zustimmen konnte, wenn auch keine Waffe darin steckte.

Die Alte erriet seine Gedanken. »Du bekommst dein Schwert, sobald du sicher laufen kannst. Alles andere wäre zu gefährlich.«

»Selbst wenn er laufen kann, wäre es immer noch gefährlich«, hörte er die Turmherrntochter murmeln.

Missmutig starrte Rheos auf die Stiefel. Bei dem Gedanken, seine Füße dort drinnen einzusperren, schüttelte er sich. Die Kleidung, die er bereits trug, reichte ihm völlig. Wie konnten die Menschen sich darin nur bewegen, geschweige denn arbeiten und kämpfen?

Die Hose zwängte ihn ein, das Hemd war weit geschnitten, aber ohne das schwere Kettenhemd darüber flatterte der Stoff wie ein Vogel um ihn herum. Ein Gefühl, das ihn jetzt schon verrückt machte.

Die Alte war seinem Blick zu den Stiefeln gefolgt. »Für den Anfang kannst du die Schuhe auslassen. Du wirst erstmal sowieso nur reiten.«

»Reiten?« Sein Gesicht verfinsterte sich. »Hältst du mich für zu dumm, laufen zu lernen wie ein Mensch?«

»Nein, aber du möchtest sicher nicht, dass zwanzig Bauernknechte dir dabei zusehen, oder?«

Rheos schluckte die harsche Antwort, die ihm auf der Zunge lag, hinunter. »In Ordnung, Wandlerin, ich steige auf den Gaul.«

Die Alte wandte sich der Turmherrntochter zu. »Hole die Leiter, die dort hinten zum Boden hinaufführt, und stelle sie an die Wand. Ich führe meine Stute dann direkt daneben.«

Er ignorierte das spöttische Grinsen der jungen Frau, während sie die Leiter anstellte, und sah sie auch dann nicht an, als sie auf Geheiß der Alten seinen Oberarm packte.

Die Wandlerin trat auf seine andere Seite, ergriff ebenfalls seinen Arm und betrachtete ihn prüfend.

»Wir führen dich jetzt zur Wand. Bereit, deine ersten Schritte als Mensch zu machen, Rheos?«

Statt einer Erwiderung hob er den rechten Fuß.

»Du musst nun dein Gewicht auf dein vorderes Bein verlagern«, wies ihn die Alte an.

»Das weiß ich«, zischte er. Das Problem war, das alles in ihm verlangte, sein linkes Hinterbein anzuheben. Doch da war keines. Er presste die Lippen zusammen, lehnte seinen Oberkörper nach vorne und schob die Hüfte nach. Sein Verstand wehrte sich dagegen, dennoch löste sich sein linker Fuß wie von selbst vom Boden.

»Das war sehr gut.«

Rheos holte tief Luft und wagte den nächsten Schritt. Das Gefühl, etwas Grundlegendes verkehrt zu machen, blieb. Doch wenigstens fiel er nicht um.

»Respekt, Zentaur«, sagte die Turmherrntochter. »Du stakst wie ein Storch auf der Wiese, aber unter den gegebenen Umständen ist das gar nicht schlecht.«

In ihrer Stimme schwang Anerkennung mit, aber Rheos war sich nicht sicher, ob diese echt war oder nur gespielt.

»Halte dich an den Streben der Leiter fest«, erklärte Dyrdra, als sie die Wand erreicht hatten. »Ich hole meine Stute.« Raschen Schrittes durchmaß sie die Scheune, löste die Zügel des Schimmels von dem Wagen und kehrte mit dem Pferd zurück.

Die Schimmelstute befand sich eine gute Armlänge von ihm entfernt, als das Tier unvermittelt stehen blieb.

»Schneeglanz wittert die Verwandlung«, erklärte die Wandlerin das Verhalten der Stute.

Die Turmherrntochter runzelte die Stirn. »Wird sie ihn aufsitzen lassen?«

»Ja. Pferde haben Respekt vor Zentauren. Schneeglanz wird gehorsam sein, um Rheos zu erfreuen.«

Na, wenigstens einer in diesem Stall wusste, wie er sich ihm gegenüber zu benehmen hatte! Rheos streckte die Hand nach der Stute aus und strich dem Pferd über die Nüstern.

Schneeglanz schnaubte und trat auf die Leiter zu, wo sie regungslos verharrte.

Die Alte ließ die Zügel los und stellte sich hinter ihn. »Sirja und ich stützen dich beim Hinaufsteigen.«

Rheos nickte, hob ein Bein an und setzte seinen Fuß auf die unterste Leiterstrebe.

»Zieh dich mit den Armen hinauf«, riet ihm Dyrdra.

»Und wenn du fällst, fangen wir dich auf, Zentaur«, setzte die Turmherrntochter hinzu.

Rheos schnaubte. Dieses Mal stand es außer Frage, dass sie es spöttisch meinte. Er zwang seine Aufmerksamkeit zurück zur Leiter. Seine Finger umklammerten die Holme und er zog sich hoch. Tatsächlich folgte sein zweiter Fuß dem anderen auf die erste Strebe. Er fasste mit den Händen nach und erklomm mit einem mulmigen Gefühl im Bauch die zweite und schließlich sogar die dritte Stufe des Holzgestells.

»Das reicht«, ließ ihn die Wandlerin wissen. »Jetzt löse dein rechtes Bein von der Leiter ab. Sirja wird dir helfen, es über den Sattel zu heben.«

Unbeweglich, wie aus Stein gemeißelt, stand das Pferd dicht neben der Leiter. Kaum hatte er den Fuß von der Strebe genommen, ließ die Turmherrntochter seinen Oberarm los, packte sein Bein, winkelte es nach hinten an und schob es über den Sattel. Die Wandlerin stützte ihn an der Flanke und drückte seinen Körper in Richtung des Pferdes.

Rheos ließ die Leiter los, griff mit beiden Händen an das Sattelhorn und zog sich hoch. Wenige Atemzüge später saß er im Sattel, und die beiden Frauen steckten je einen seiner bloßen Füße in einen Steigbügel.

Von seinem Platz auf dem Rücken der Stute aus sah Rheos sich um. Die Höhe und der Blickwinkel waren ihm vertraut – alles andere nicht. Das Eisen der Steigbügel unter seinen Fußsohlen war kalt, das Leder der Hose rieb an den Knien und das Sitzen mit gespreizten Beinen war völlig ungewohnt.

Die Wandlerin ergriff die Zügel des Pferdes und wies Sirja an, die Stiefel und seine anderen Habseligkeiten am hinteren Teil des Sattels zu befestigen. Kaum war alles verschnallt, führte sie die Stute auf die offene Scheunentür zu.

Rheos Hände schlossen sich fester um das Sattelhorn, als der Schimmel sich in Bewegung setzte. Den Blick starr auf das Scheunentor gerichtet, versuchte er sich auf den rhythmischen Schritt des Tieres einzulassen. Ein Rhythmus, der einst sein eigener gewesen war.

Schweigend ließen sie das Dorf hinter sich. Die Bauernknechte waren noch nicht eingetroffen, trotzdem führte Dyrdra die Stute zügig voran. Erst als sie ein Stück weit in den Wald hineingekommen waren, verlangsamte sie das Tempo.

Rheos öffnete den Mund, um der Alten zu sagen, dass sie auf ihn keine Rücksicht nehmen musste, auch wenn er sich alles andere als wohl auf dem Rücken des Pferdes fühlte. Doch dann fiel sein Blick auf die Turmherrntochter. Nicht er, oder zumindest nicht ausschließlich er, war der Grund für die langsame Geschwindigkeit. Die Tochter des Turmherrn lief mit gesenktem Kopf neben dem Pferd her, ihre Schultern fielen kraftlos herab und mehr als einmal stolperte sie über Wurzeln. Die Nachwirkungen des Fiebers forderten immer noch ihren Tribut. Xiros Bitte, ihr Ruhe zu gönnen, war berechtigt gewesen.

»Halt das Pferd an, Wandlerin«, befahl er. »Die Turmherrntochter ist durch ihr vergangenes Fieber noch geschwächt und soll an meiner Stelle reiten.« Zudem war es eine wunderbare Gelegenheit, von diesem Gaul abzusteigen, um endlich richtig laufen zu lernen.

Verächtlich sah die junge Frau ihn an. »Du willst doch nur herunter, damit du wegrennen kannst.«

»Selbst wenn ich rennen könnte, wohin sollte ich gehen?«, erwiderte er verärgert. »Auch wenn du nicht krank wärest, ist es nicht richtig, dass ich ausruhe, während du läufst.«

Auf ihren verwirrten Blick hin erklärte er: »Man lässt keine Zentaurin Holz hacken, wenn man ein Feuer haben will.«

Statt der erhofften Erkenntnis zogen sich ihre Brauen zusammen. »Erwartest du, dass ich dir das glaube?«

»Das war keine Lüge. Das Ansehen einer Zentaurin ist das zweite Gesetz, gleich nach dem Schutz der Fohlen.«

»Leicht zu behaupten, da es keine Zentaurinnen gibt«, höhnte sie.

Wollte sie ihn für dumm verkaufen? »Wer hat dir so einen Unsinn erzählt?«

Die Turmherrntochter stemmte die Arme in die Seiten. »Es wurden noch niemals welche gesehen. In keiner Chronik ist etwas über Zentaurinnen verzeichnet, in keiner Darstellung sind ihre Abbildungen zu finden und auch die ältesten Legenden schweigen darüber.«

So viel Einfalt war unglaublich! »Und wenn es keine weiblichen Zentauren gibt, wie vermehren wir uns dann?«

»Ihr paart euch mit Pferden.« Sie ignorierte seinen angewiderten Gesichtsausdruck und fuhr ungerührt fort: »Oder ihr vergeht euch an Menschenfrauen, die ihr aus Dörfern raubt.«

Beinahe wäre er aus dem Sattel gefallen. Welch widerwärtiges Bild besaßen die Menschen von seinem Volk? »Zentauren treiben es genauso wenig mit Pferden wie ihr Menschen«, erwiderte er mit vor Wut flacher Stimme. »Und was das Begatten von Menschenfrauen angeht: Selbst wenn sich der Samen fruchtbar vereinen würde, wäre es unmöglich, dass eine Frau ein Zentaurenfohlen gebiert. Ein Fohlen würde niemals durch das Becken passen.«

»Ihr schneidet den Frauen den Bauch auf, nehmt das Fohlen heraus und lasst sie verbluten.«

Rheos atmete mehrmals tief durch, bis er in der Lage war, weiterzusprechen. »Zu solch grausamen Gedanken sind bloß Menschen in der Lage«, erwiderte er kalt. »Allerdings weiß ich jetzt, wie der Überfall vor den Anhöhen des Wega-Gebirges geschehen konnte.«

»Was redest du da?« Mit zusammengekniffenen Augen sah sie ihn an. »Ich weiß um diesen Kampf. Neidors Krieger haben einen Trupp schwer bewaffneter Zentaurenkrieger getötet, der nach Tarnem unterwegs war.«

Es fiel ihm schwer, sich ob dieser Antwort zu beherrschen. »Es waren keine Krieger«, stieß er hervor. »Sie haben eine Gruppe Zentaurinnen und junger Fohlen abgeschlachtet, die sich auf dem Weg zu einem Ritual in der Halle der Nacht befanden. Die Gruppe hatte nur wenig Begleitschutz dabei, weil wir so weit im Westen niemals mit einem Angriff der Menschen gerechnet hatten.« Mit der Erinnerung kehrte die Fassungslosigkeit zurück und der Hass. »In dem menschlichen Geschlecht steckt nichts Gutes«, zischte er. »Eure Männer sind brutale Mörder, und ihr Frauen seid nicht besser, wie ich jetzt weiß. Meisterinnen im Verhöhnen, Lügen und

Erniedrigen. Kein Wunder, dass jegliche Art von Respekt dich misstrauisch macht – du weißt gar nicht, was das ist.«

Mit Genugtuung sah er sie erblassen. Ihr das Prinzip von Achtung und Ehre erklären zu wollen, war eine vergebliche Mühe gewesen. Aber Verständnis zu erwarten von der Angehörigen eines Volkes, das seine Frauen ohne zu zögern in eine Schlacht schickte, war von vornherein zum Scheitern verurteilt. Er wandte den Blick von ihr ab und starrte auf den Mähnenkamm der Stute.

Mit einem Ruck brachte die Wandlerin das Tier zum Stehen. »Sirja, steig zu dem Te'Ral aufs Pferd. Er hat recht, du darfst dich nach dem Fieber nicht überanstrengen.«

Und er hatte geglaubt, seine Lage könnte nicht schlimmer werden! Einzig das Entsetzen im Gesicht der Turmherrntochter bereitete ihm kurzzeitige Befriedigung. Die Wandlerin unterband den Protest der jungen Frau mit einem Handzeichen und kurz darauf saß die Turmherrntochter hinter dem Sattel auf Schneeglanz Rücken.

Rheos Augen schweiften den Waldpfad entlang. Er hatte schon vielen Gefahren getrotzt, Schlachten überlebt und Niederlagen überwunden. Immer hatte es für ihn einen Weg gegeben, immer hatte er gewusst, was sein Ziel war. Heute war der erste Tag seines Lebens, an dem er es nicht wusste. Er besaß keinen Plan, was zu tun war, sondern klammerte sich einzig an die Hoffnung, wieder zu dem zu werden, was er einst gewesen war. Wie ein Holzstöckchen trieb er auf einem Fluss, unfähig, seinen Kurs selbst zu bestimmen. Er war in allen Belangen abhängig von seinen Begleiterinnen, die ihm und seinem Volk nichts als Hass entgegenbrachten. Und er selbst fühlte in seinem Inneren nichts anderes.

Sein Blick verlor sich zwischen den Bäumen. Fortan würde er nicht mehr mit ihnen sprechen. Sollten sie ihn aus Ärger darüber töten, umso besser. Vorhin hatte ihn die Vorstellung, die Wandlerin hätte ihm auch die Gestalt eines Pferdes geben können, erschreckt. Inzwischen bedauerte er, dass Dyrdra es nicht getan hatte. Denn als

Pferd hätte er nicht nur seine Zentaurengestalt verloren, sondern auch seinen Geist.

14

Sirja nahm den Sattel von Schneeglanz Rücken und legte ihn auf der Lichtung ab, auf der sie zur Mittagszeit rasten wollten. Dyrdra war Brennholz suchen, Rheos lehnte an einem Baumstamm und starrte mit grimmiger Miene vor sich hin.

Nachdem er ihnen die Lügengeschichten über die Zentaurinnen erzählt hatte, hatte der einstige Pferdemensch kein Wort mehr gesprochen. Nicht, dass sein Schweigen sie stören würde. Auf seine Beleidigungen, sein Rumkommandieren und seine Märchengeschichten konnte sie verzichten. Und ebenso darauf, ihm aus dem Sattel zu helfen und wie ein kleines Kind beim Laufen zu stützen.

Sie tätschelte der Stute das Fell und führte das Tier zu einem nahen Bachlauf. Rheos Vorschlag, sie reiten zu lassen, war hingegen nicht verkehrt gewesen – die Nachwehen des Fiebers spürte sie noch deutlich. Allerdings hätte sie so viel Mitgefühl von ihm nicht erwartet. Ob das an seiner neuen menschlichen Gestalt lag? Kein Wunder, dass er so finster dreinblickte. Empfindungen wie Mitleid, Barmherzigkeit und Einfühlungsvermögen waren einer Kreatur wie ihm unbekannt und mussten ihn verwirren.

Am Bach angekommen, senkte Schneeglanz ihren Kopf zum Wasser. Sirja ließ sich neben der Stute auf die Knie nieder, schob die Ärmel ihres Kleides zurück und wusch sich das verschwitzte Gesicht. In der Nordfeste würde sie um ein Bad bitten. Bei der Vorstellung an einen Zuber mit heißem Seifenwasser entwich ihr ein Seufzer, ein Geräusch neben ihr riss sie jedoch gleich wieder aus ihren Träumen. Die Stute hatte ihren Durst gestillt und widmete sich nun dem Gras am Ufer.

Du musst dem Zentauren auch Wasser anbieten, mahnte eine Stimme in ihrem Kopf. Sirja stöhnte. Sie war es leid, seine Dienerin zu spielen. Widerwillig erhob sie sich, um seinen Trinkschlauch zu holen und mit frischem Wasser zu füllen – und erstarrte mitten in der Bewegung. Der Platz, an dem Rheos gelehnt hatte, war leer. Ihre Hand fuhr zu dem Dolch in der Tasche. Mochte Dyrdra den Versprechungen dieses Bastards glauben, sie tat es nicht.

Mit gezogener Waffe blickte sie sich auf der Lichtung um. Rheos Schwert und Bogen waren noch am abgelegten Sattel befestigt, ebenso der Trinkschlauch, die Stiefel und die Proviantpäckchen.

Merkwürdig, diese Sachen hätte er doch auf einer Flucht mitgenommen? Irritiert schweifte ihr Blick weiter und schließlich entdeckte sie ihn. Er saß unweit des Baumes am Bach und hielt den Blick unbeweglich auf das Wasser gerichtet.

Mit dem Dolch kampfbereit in der Hand näherte Sirja sich ihm. Doch selbst als sie zwei Schritte entfernt neben Rheos stehen blieb, drehte er nicht den Kopf. Nun erkannte sie, was er tat: Er betrachtete sein Spiegelbild!

»Dein Gesicht sieht aus wie vorher«, sagte sie, da die Spiegelung durch die Wasserbewegung nicht gut war. »Deine Augen sind weiterhin waldgrün und deine Gesichtszüge – bis auf die Ohren – unverändert.«

Nun wandte er den Kopf zu ihr. »Soll ich dankbar vor der Alten auf die Knie fallen, dass sie mich nicht in einen hässlichen Menschenmann verwandelt hat?«, erwiderte er finster.

»Ich dachte, es beruhigt dich zu hören, dass dein Äußeres sich nicht völlig verändert hat.« Sie sah zum Baum und zurück zu ihm. »Wie bist du zum Ufer gekommen? »

Wenn das überhaupt möglich war, so verdunkelte sich sein Gesicht noch stärker. »Ich bin auf Händen und Knien hierher gelangt.«

»Du bist gekrabbelt?«

»Wenn man das so nennt, ja.«

»Es geht dir sehr schlecht, oder?« Die Frage entschlüpfte ihr, ehe sie es verhindern konnte. Weder interessierte sie sein Zustand noch würde sie eine ehrliche, geschweige denn freundliche Antwort erhalten! Sie war auf sein neues Erscheinungsbild hereingefallen und musste aufpassen, dass ihr das nicht wieder passierte. Ohne eine Erwiderung abzuwarten, wandte sie sich ab, um nach Schneeglanz zu sehen.

»Ich weiß jetzt, wie sich krank sein anfühlt«, erklärte er unvermittelt. »Man ist schwach – so wie du, als du in deinem Fieber nicht einmal mehr alleine trinken konntest.«

Abrupt blieb sie stehen. Die Erkenntnis traf sie wie ein Blitz: Den Weg zu Xiros hätte sie kaum überlebt, wenn Rheos sich nicht um sie gekümmert hätte! Damit verdankte sie ihr Leben nicht nur dem alten Sterndeuter, sondern auch ihm.

Langsam drehte sie sich zu dem einstigen Zentauren um. »Wie hast du es geschafft, dass ich überlebt habe?«

Er zuckte mit den Schultern. »Viel Wasser und Wärme in der Nacht. Da ich kein Feuer entzünden konnte, musste ich dich mit meinem Körper wärmen.«

Sirjas Augen weiteten sich. Doch so unerfreulich der Gedanke an Rheos Hilfe auch war, sie würde sich nicht in Ausflüchte stürzen. »Ich stehe in deiner Schuld und werde mich dafür erkenntlich zeigen.«

»Dann töte mich.«

»Damit ich – sobald Dyrdra dein Ableben entdeckt –, als Dachs weiterleben kann?« Sie schüttelte den Kopf. »Ich werde das Gegenteil tun.«

Sie ignorierte seinen fragenden Blick und holte Rheos Provianttaschen. Nach einigem Suchen zog sie die Phiole des Sterndeuters heraus und hielt sie ihm entgegen. »Der Trank hat mich wieder auf die Beine gebracht, vielleicht hilft er dir ebenfalls.«

»Vielleicht ist das Zeug für Zentauren aber auch giftig«, erwiderte er verächtlich.

»Erstens bist du kein Zentaur mehr und zweitens willst du doch gerne sterben«, spottete sie. »Was hast du zu verlieren? Schlimmer kann es kaum werden.«

Mit einem Knurren nahm er das Fläschchen, setzte es an die Lippen und nahm zwei Schlucke.

Sirja nickte. »Na also, du siehst noch sehr lebendig aus.« Sobald er wieder bei Kräften war und alleine laufen konnte, wäre ihre Schuld ihm gegenüber abgetragen und Rheos alleine Dyrdras Problem.

Die Suppe, die Dyrdra aus Beständen ihrer Satteltaschen gekocht hatte, roch köstlich und Sirja lief das Wasser im Mund zusammen. Ihr Blick schweifte zu Rheos, der immer noch am Bachlauf kauerte und ins Gras starrte. Er hatte abgelehnt, mit ihnen zu essen und stattdessen schweigend an dem Proviant aus seinen Packtaschen herumgekaut.

»Sirja, die Suppe ist fertig.« Die Wandlerin reichte ihr eine gefüllte Schale.

Zögernd nahm Sirja das Gefäß entgegen. So groß ihr Hunger war – konnte sie unbedenklich von der Suppe essen?

Ihr Gesichtsausdruck musste ihre Gedanken verraten haben, denn auf dem Antlitz der alten Frau erschien ein Lächeln. »Von mir droht dir keine Gefahr.«

Sirjas Stirn legte sich in Falten. »Ich bin ebenso wie Rheos deine Gefangene«, erwiderte sie bitter.

Die Wandlerin schüttelte den Kopf. »Ihr seid beide freiwillig mit mir gekommen und könnt tun und lassen, was euch gefällt.«

Ihre Verärgerung wuchs. Warum nannte Dyrdra die Dinge nicht beim Namen? »Du würdest es zulassen, wenn ich zu Fürst Neidor ginge und ihm verriete, wer Rheos ist?«

»Wenn es das ist, was dein Herz dir rät, würde ich dich gehen lassen.«

Vor Wut hätte Sirja fast die Suppenschale von sich geschleudert. »Seit mein Bruder ermordet wurde, sehne ich mich nach Vergeltung für diese Tat! Und Rheos ist der Schlüssel dazu.«

»Rheos Tod gäbe dir Befriedigung?« Prüfend sah Dyrdra sie an.

»Nein ... ich meine ...« Der Blick der Alten brachte sie ganz durcheinander!

»Aber wenn du Rheos an Neidor verrätst, wäre sein Tod die unausweichliche Folge.«

»Doch vorher hätte er wichtige Auskünfte über die Lage der Zentaurenstadt, den Zustand ihres Heeres sowie den Überfall auf Artor gestanden.«

Dyrdras Augen wurden groß. »Rheos war an der Ermordung deines Bruders beteiligt?«

»Nein.«

»Wie kannst du dir da so sicher sein?«

Waren sie bei einem Verhör? »Er hat es gesagt.«

»Und du glaubst ihm?« Dyrdra zog verwundert die Augenbrauen hoch. »Sagtest du nicht, Zentauren lügen grundsätzlich?«

»Ich ...« Sirja biss sich auf die Lippen. Sie würde Dyrdra nichts von der Verbindung zwischen ihr und Rheos verraten – vor allem, da diese nun nicht mehr existierte. »In diesem Fall glaube ich ihm«, erwiderte sie schließlich und setzte die Schale an ihre Lippen, um die Unterhaltung zu beenden. Mochte die Wandlerin behaupten, was sie wollte: Sobald sie etwas tat, was der alten Frau missfiel, würde sie es zu spüren bekommen. In der Nordfeste musste es ihr gelingen, heimlich eine Botschaft an den Schwarzen Fürsten zu schicken. Oder besser noch, selbst nach Tarm zu fliehen und Neidor Bericht zu erstatten.

Nach Beendigung der Mahlzeit forderte Dyrdra Sirja auf, mit Rheos laufen zu üben, während sie sich um das Kochgeschirr und das Löschen des Feuers kümmern wollte.

Missmutig schritt Sirja auf den verwandelten Zentauren zu. »Dyrdra sagt, ich soll dir auf die Beine helfen, Te'Ral«, erklärte sie spöttisch, als sie neben ihm stand. Wieder einmal sah er bei ihrem Kommen nicht auf, sondern war in die Betrachtung seiner nackten Füße vertieft.

»Ich glaube nicht, dass ich mit diesen verkrüppelten Gliedmaßen jemals dazu in der Lage sein werde.«

»Was soll an deinen Füßen verkrüppelt sein?«

»Die Finger sind viel zu kurz.« Zur Verdeutlichung seiner Worte hielt er eine Hand neben seine Füße.

»Das sind keine Finger, das sind Zehen. Die sehen bei allen Menschen so aus.« Sie ließ sich neben ihm auf der Wiese nieder, zog einen ihrer Stiefel aus und streckte ihm ihren bloßen Fuß entgegen. »Das Ende des Fußes nennt man Ferse«, fuhr sie fort. »Den unteren Teil Sohle und das oben heißt Spann.« Sie zeigte auf die jeweilige Stelle.

»Deine Belehrungen werden mir kaum beim Laufenlernen helfen«, knurrte er.

»Das würden aber deine Stiefel«, erwiderte sie schnippisch. »Obwohl, für den Anfang ist es sinnvoller, wenn du den Boden gut spürst«, fügte sie ehrlicherweise hinzu. »Das vermittelt dir ein besseres Gefühl.«

»Wenn es so viel besser ist, warum tragt ihr Menschen dann Stiefel?«

Statt einer Antwort piekte sie mit dem Fingernagel in seine Fußsohle.

Hastig zog er ihn zurück. »Da lobe ich mir das Horn meiner Hufe.« Verärgert sah er sie an. »Die sind nicht so empfindlich.«

»Aber mit Hufen kannst du nichts vom Boden aufheben.« Sie sprang auf, nahm mit ihren Zehen ihren Stiefel auf und schwenkte ihn durch die Luft.

»Sehr beeindruckend, Menschentochter«, höhnte er. »Zeigst du mir jetzt, wie man läuft?«

Eingebildeter Bastard! »Als Erstes zeige ich dir, wie man ohne Hilfe aufsteht.« Sie schnappte sich den Stiefel und zog ihn wieder an. »Dreh dich auf die Seite, winkle ein Bein an und drück dich mit den Armen hoch.«

Wider Erwarten folgte er ihrer Anweisung sofort. Zwar schaffte er es noch nicht alleine, in den Stand zu kommen, doch es war weit besser als das erste Mal in der Scheune.

Sirja nickte anerkennend, während sie ihn am Oberarm festhielt. »Wir laufen zu dem Baum, an dem du vorhin gelehnt hast.«

Statt einer Erwiderung machte Rheos einen ersten, wackeligen Schritt.

»Strecke deinen anderen Arm zur Seite, dann wird es leichter für dich, die Balance zu halten.«

Tatsächlich gelang es ihm, im Gleichgewicht zu bleiben und seine Schritte folgten rascher aufeinander.

»Noch zwei Tage und du gewinnst jedes Wettrennen.«

»Lache nur über mich, Turmherrntochter. Ich möchte dich auf vier Beinen erleben.« Grimmig sah er sie an. »Aber vielleicht hat die Alte Mitleid mit dir und verwandelt dich in eine Blindschleiche.«

Er stampfte mit dem Fuß auf und ließ Sirja einen Moment lang wieder den Zentauren in ihm sehen. »Halte den Mund und konzentriere dich auf deinen Gang«, befahl sie ihm.

Oh, wie sehnte sie den Moment herbei, wenn ihr Gewissen ihr erlaubte, ihre Schuld als getilgt anzusehen. Er war und blieb eine Bestie, für die sie nie etwas anderes als Abscheu empfinden würde.

15

Eine Weile später waren sie wieder unterwegs. Sirja saß auf der Schimmelstute und Rheos lief neben dem Pferd her. Dyrdra hatte seinem Wunsch zugestimmt, sich weiter im Gehen zu üben und sie waren übereingekommen, mit dem Reiten abzuwechseln.

Rheos Gangbild wurde langsam sicherer, inzwischen trug er auch seine Stiefel. Das Aufsteigen auf Schneeglanz bereitete ihm ebenfalls zunehmend weniger Schwierigkeiten und seine selbstzufriedene Miene bewies, dass ihm seine Fortschritte bewusst waren.

Sirja warf einen prüfenden Blick zu Rheos Schwert, dem Bogen sowie dem Pfeilköcher, die am Sattel festgebunden waren. Je geschickter er beim Laufen wurde, desto größer wurde die Gefahr, dass er seinen Schwur vergaß und die Waffen gegen sie richtete.

Die Wandlerin, die auf der anderen Seite der Stute ging, fasste in die Zügel und stoppte das Tier. »Zeit für den nächsten Wechsel«, bestimmte sie.

Mit einem stillen Seufzer zog Sirja ihre Füße aus den Steigbügeln, schwang ihr rechtes Bein über den Pferderücken und glitt aus dem Sattel. Die Fußmärsche ermüdeten sie, was sie jedoch niemals zugeben würde. Rheos musste nicht wissen, dass sie im Falle seines Angriffs kaum Gegenwehr würde leisten können. »Du bist an der Reihe, Zentaur«, erklärte sie, »bevor du vor Erschöpfung zusammenbrichst.« Sie trat beiseite, doch Rheos bewegte sich nicht von der Stelle.

Dyrdra sah ihn über den Sattel hinweg fragend an.

»Bevor ich wieder hinaufsteige, muss ich ...« Er verstummte und eine leichte Röte zierte seine Wangen.

Die Wandlerin nickte. »Du kannst dich hinter dem Gebüsch dort erleichtern.«

»Aber vergiss nicht, dabei ab sofort deine Hände zu benutzen.« Sirja hob bedeutungsvoll die Augenbrauen. »Sonst werden deine Hose und deine Stiefel nass.«

Könnten Blicke töten, hätte sie wohl ihren letzten Atemzug getan. Mit verächtlichem Gesichtsausdruck wandte sich Rheos von ihr ab und verschwand hinter den Hecken.

»Du solltest mir dankbar sein«, rief sie ihm hinterher. »Ich bewahre dich vor großer Peinlichkeit.«

»Was kann schlimmer sein, als in einem Menschenkörper zu stecken und deine Gegenwart ertragen zu müssen?«, tönte es aus dem Gebüsch zurück.

Sie verzichtete auf eine Antwort und wollte einen Schluck aus dem Wasserschlauch nehmen, da sah sie Dyrdras Gesicht. Warum wirkte die Wandlerin auf einmal so enttäuscht?

Rheos kehrte aus dem Gebüsch zurück, würdigte sie keines Blickes und stieg mit einer erstaunlichen Schnelligkeit in den Sattel. Dyrdra ergriff die Zügel und schweigend setzten sie ihren Weg entlang dem Kamm einer Anhöhe fort.

Wie bin ich froh, wenn wir in der Nordfeste ankommen, dachte Sirja. Dort war wenigstens Jamir, ihr Freund seit Kindertagen, der ihre Gegenwart zu schätzen wusste. Ob der junge Turmherr von ihrer Entführung durch den Zentauren erfahren hatte? Vermutlich ja, ihr Vater hatte bestimmt längst einen Tarkyr ...

Schreie und der Klang von Schwertern rissen sie aus ihren Überlegungen. In ihrer Nähe musste ein Kampf toben! Hektisch sah Sirja sich um.

»Die Schlacht muss unten auf dem Hohlweg stattfinden«, erklärte Dyrdra, welche die Lage ebenfalls erfasst hatte. »Lasst uns nachsehen.«

Die Wandlerin wartete keine Antwort ab, sondern führte das Pferd eiligen Schrittes weiter. Sirja schielte zu Rheos, der mit unbeweglicher Miene im Sattel saß. Ob er insgeheim auf eine Fluchtmöglichkeit hoffte?

Der Kampflärm nahm zu und ihr blieb keine Zeit, weiter darüber nachzudenken. Sie mussten sich nun genau oberhalb des Gefechtes befinden. Dyrdra brachte Schneeglanz zum Stehen und zog mit der Hand ein paar Äste zur Seite.

Das Bild, das sich Sirja durch die Bäume hindurch bot, ließ sie erstarren. Unten auf dem Hohlweg befanden sich knapp ein Dutzend Krieger der Nordfeste, die sich erbittert gegen eine Übermacht an Angreifern wehrten.

»Wer sind diese Männer?«, flüsterte Sirja der Wandlerin zu. Im Gegensatz zu den Wachen der Nordfeste trugen sie kein Wappen auf ihren Umhängen und den Wämsern über ihren Kettenhemden.

»Ich weiß es nicht. Vielleicht sind es dieselben, die das Dorf niedergebrannt haben.«

Besorgt betrachtete Sirja das Kampfgeschehen. »Wer immer die Angreifer sind, die Männer der Nordfeste sind ihnen unterlegen. Wir müssen ihnen zu Hilfe kommen, ich kann mit Schwert und Bogen umgehen!«

Dyrdra schüttelte den Kopf. »Selbst wenn wir uns in die Schlacht stürzen, würde das kaum etwas ändern. Ihre Übermacht ist zu groß und wir würden für nichts unser Leben riskieren.«

»Kannst du nicht einen Zauber wirken? Wenn die Fremden das Dorf auf dem Gewissen haben, sollen sie nicht auch noch diese Burgmannen töten!«

»Nichts, was ich beherrsche, würde ihnen helfen.«

Sie konnte es nicht fassen. »Du willst tatenlos zusehen, wie diese Unbekannten die Männer der Nordfeste ...?« Ein Geräusch hinter ihr ließ sie herumfahren.

Rheos war aus dem Sattel gestiegen. »Wir könnten den Angreifern vorgaukeln, wir hätten sie umzingelt.«

Sirjas Brauen zogen sich zusammen. »Wie meinst du das, Zentaur?«

»Wir stellen uns in einigem Abstand voneinander auf dem Hügelkamm auf und nehmen sie unter Beschuss.«

Sie starrte ihn an, dann lachte sie auf. »Du glaubst wirklich, wir sind so dumm, dir deinen Bogen in die Hand zu geben? Statt den Burgwachen zu helfen, würdest du doch auf alles schießen, was sich dort unten bewegt. Und am Ende dann auf uns.«

Seine Miene blieb ausdruckslos. »Auch wenn ich äußerlich jetzt ein Mensch bin, gehe ich nicht zu euren Sitten über, meine Eide zu brechen. Zum anderen«, er wandte den Kopf in Richtung des Gefechtes, »wenn wir nichts unternehmen, sterben die Wachen auf jeden Fall. Vier liegen bereits am Boden, und jeder, der noch steht, kämpft gegen zwei bis drei Gegner gleichzeitig.«

Ein Blick auf den Hohlweg bestätigte seine Aussage. »Selbst wenn wir wollten«, erwiderte sie zögernd, »wir haben nur eine Armbrust und nur einen Bogen.«

»Einen zweiten Bogen herzustellen ist kein Problem.« Dyrdra hob einen Ast vom Waldboden auf. »Rheos Idee ist einen Versuch wert.«

Sirja verschränkte die Arme vor der Brust. »Hast du nicht gesagt, wir dürfen unser Leben nicht riskieren? Was, wenn einige der Angreifer den Hügel herauf stürmen?«

»Wenn du so gut mit Waffen umgehen kannst, wie du behauptet hast, Turmherrntochter, sollte ihnen das nicht gelingen.« Rheos zeigte mit dem Arm zum Schlachtfeld. »Wir sollten schnell eine Entscheidung treffen.«

Die Lage der Burgwachen hatte sich verschlechtert, fast die Hälfte lag nun tot oder verwundet am Boden. Die verbliebenen Männer wehrten sich verbissen, allen voran der Anführer des Trupps, erkennbar an seinem roten Mantel. Der hochgewachsene Krieger, der mit dem Rücken zu ihnen stand, focht gegen drei Angreifer gleichzeitig.

Sirja biss sich auf die Lippen. Die Situation für die Burgwachen wurde immer aussichtsloser, doch Rheos eine Waffe zu geben war ...

In diesem Moment fuhr der Anführer der Wachen im Kampf herum und sie erkannte sein Gesicht unter dem Helm: die markanten Züge, seine blauen Augen und die hellbraunen Haarsträhnen, die sich aus seinem Zopf im Nacken gelöst hatten. Eine eisige Hand legte sich um ihr Herz.

»Dyrdra, stelle einen zweiten Bogen her«, keuchte sie. »Der Anführer der Burgwachen ist Jamir!«

»Der Turmherr persönlich?« Die Wandlerin verlor keinen Augenblick. Sie zog ein Messer aus ihrem Gürtel, trat zu der Stute und schnitt ein paar Haare aus ihrem Schweif. Zusammen mit dem Ast legte sie diese auf den Boden und warf noch ein paar Stöcke und Steine dazu.

Sirja hörte sie murmeln und einen Wimpernschlag später lagen ein Bogen und zwei Dutzend Pfeile auf der Erde.

Ohne zu zögern, nahm sie die Waffen auf und sah aus den Augenwinkeln, dass Rheos seinen Bogen und Pfeilköcher vom Sattel abschnallte.

Inzwischen hatte auch Dyrdra ihre Armbrust vom Sattel genommen und sah Rheos an. »Was sollen wir tun?«

»Du bleibst beim Pferd, die Turmherrntochter und ich gehen ein Stück weiter des Weges«, erwiderte er und hängte sich den Pfeilköcher um die Schulter. »Geschossen wird erst, wenn ich das Kommando gebe.«

»Wie Ihr befehlt, oh mächtiger Te'Ral.« Sirja neigte spöttisch den Kopf vor ihm, folgte dann aber seiner leicht schwankenden Gestalt. Es ärgerte sie, dass er die Führung an sich gerissen hatte, andererseits war er mit Kampfsituationen weitaus vertrauter als sie oder Dyrdra.

Einige Augenblicke später hielt Rheos inne. »Ich bleibe hier stehen, du gehst noch zwanzig Schritte weiter. Gib mir ein Zeichen, sobald dein Bogen gespannt ist.«

Sie nickte und lief weiter, bis sie den passenden Abstand erreicht hatte, und stellte sich hinter dem mächtigen Stamm einer Kalwaneiche auf. Von hier aus hatte sie eine gute Sicht, stand geschützt und konnte ihre Pfeile griffbereit auf einer Astgabel platzieren. Sie nahm einen der Pfeile, legte ihn in den Bogen, spannte die Sehne und sah hinüber zu Rheos.

Er war ebenfalls zum Schuss bereit und gab nun seinerseits Dyrdra ein Signal. Dann sah Sirja, wie er die Sehne seines Bogens noch ein Stück weiter spannte und der Pfeil sich löste.

Augenblicke später ertönte ein Schrei. Einer der drei Fremden, der mit Jamir focht, brach zusammen.

»Nicht schlecht, Zentaur«, murmelte sie, dann sirrte ihr eigener Pfeil durch die Luft. Jamirs zweiter Gegner brach ebenfalls zusammen.

Rasch sah sie zu Rheos, der bereits den nächsten Pfeil abschoss. Auch Dyrdra hatte mit dem Beschuss begonnen. Sirja nahm einen weiteren Pfeil von der Astgabel und konzentrierte sich auf ihre Aufgabe. Mittlerweile hatten nicht nur die Männer der Burgwache gemerkt, dass sie Unterstützung bekamen, sondern auch ihre Angreifer. Einige lösten sich aus dem Kampf und erklommen mit gehobenen Schilden den Hang zu ihnen hinauf.

Fluchend schoss Sirja Pfeil um Pfeil, doch nicht jeder ihrer Schüsse traf sein Ziel – im Gegensatz zu Rheos. Mit unglaublicher Geschwindigkeit schnellte ein Pfeil nach dem anderen aus seiner gespannten Sehne und bohrte sich in die hinaufstürmenden Männer.

Er hätte sie alle alleine töten können, dachte Sirja nicht ohne Neid. Hoffentlich kam er nicht auf die Idee, sich auch gleich Dyrdra und ihrer zu entledigen ... Aber es gab jemanden, der sie nicht nur vor Rheos schützen, sondern diesen auch gefangen nehmen konnte: Jamir!

Ohne weiter nachzudenken, schnappte sie die Pfeile und rannte den Abhang hinunter. Kein Angreifer kam ihr mehr entgegen. Die letzten überlebenden Fremden hatten erkannt, dass sie in der Falle saßen, und suchten zu Fuß oder zu Pferd das Weite.

Die noch stehenden Burgmannen sahen ihren fliehenden Feinden nach. Auch Jamir schien die überraschende Wende, die der Kampf genommen hatte, kaum glauben zu können. Mit sichtlich erstauntem Gesichtsausdruck suchte er den bewaldeten Hang nach seinen unerwarteten Helfern ab. Seine Augen weiteten sich, als er sie zwischen den Bäumen auf ihn zurennen sah.

»Sirja!?« Ungläubig lief er ihr entgegen. »Dein Vater sagte, du wärst von einem Zentauren entführt worden. Wie bei den Göttern ...?«

Sie schüttelte den Kopf und kam atemlos vor dem jungen Turmherrn zum Stehen. Für lange Erklärungen war jetzt keine Zeit. »Jamir, hör zu«, keuchte sie. »Du musst tun, was ich sage, auch wenn du es nicht verstehst, ja?«

Er nickte und sie fuhr fort: »Ich bin in Begleitung eines Mannes unterwegs. In Wahrheit ist er jedoch ...« Ein Zentaur, hatte sie sagen wollen. Doch Rheos Warnruf unterbrach ihre Worte.

»Sirja, runter!«

Instinktiv folgte sie seiner Anweisung. Im nächsten Augenblick sirrte ein Pfeil an ihrem Kopf vorbei. Ihr Blick folgte der Flugbahn und sie erstarrte. Hinter ihr und Jamir stand ein letzter Angreifer, das Schwert zum Schlag hoch erhoben.

In der Brust des Mannes steckte Rheos Pfeil.

Sirjas Knie wurden weich. Wäre Rheos nicht gewesen, hätte der Mann sie und Jamir getötet. Nun starrte der Fremde sie mit aufgerissenen Augen an. Sein Schwert fiel ihm aus der Hand und röchelnd brach er zusammen.

»Sirja, bist du in Ordnung?« Jamirs Hand legte sich auf ihren Oberarm. Seiner Stimme hörte man den Schrecken ebenfalls an. »Den Göttern sei Dank hat dein Begleiter den Kerl noch rechtzeitig bemerkt.«

Sie erwiderte nichts.

Rheos stand mit bebender Brust und dem Bogen in der Hand am Fuße des Abhangs. Seine Hose hatte Flecken, sein Hemd Risse und in seinen offenen Haaren hingen Blätter und Zweige. Beim Hinablaufen musste er gestürzt sein.

Sirja biss sich auf die Lippe. Für Jamir und seine verbliebenen Krieger wäre es ein Leichtes, den einstigen Zentauren zu überwältigen. Der Köcher auf seinem Rücken war leer. Rheos hatte seinen letzten Pfeil dazu verwendet, sie und den Turmherrn vor dem Tod zu bewahren.

»Sirja, was wolltest du mir Dringendes erzählen?«

Das war ihre Chance. Sie konnte Rheos gefangen nehmen lassen und an Fürst Neidor ausliefern. Worauf wartete sie also noch?

Jamir betrachtete sie besorgt, Rheos hingegen musterte sie kühl. Auch ohne die Verbindung zu ihr schien er zu wissen, was in ihrem Kopf vor sich ging.

Sirja schoss das Blut in die Wangen. Ihr Blick fiel auf den rotgelb gesprenkelten Pfeil in der Brust des Angreifers. Sie schluckte, um den bitteren Geschmack in ihrem Mund zu vertreiben. Rheos würde auch nicht zögern, jede sich bietende Möglichkeit schamlos zu seinen Gunsten auszunutzen!

»Jamir, das ist Rheos«, stieß sie hervor, ehe sie es sich noch anders überlegte. »Er ist ...« Sie räusperte sich, doch das schlechte Gewissen verschwand nicht. »Er ist ...« Sie verzog das Gesicht und erklärte mit Nachdruck: »Rheos hat mich aus den Fängen des Zentauren befreit.«

16

Das Schicksal hatte Sinn für Ironie, das hatte er schon immer gewusst. Wie anders ließ es sich erklären, dass der Turmherr der Nordfeste ihn nun mit einer Begeisterung begrüßte, mit der er ihn sonst umgebracht hätte?

Rheos ließ Jamirs Schulterklopfen ruhig über sich ergehen. Etwas anderes wäre ihm auch nicht möglich gewesen, denn er hatte größte Schwierigkeiten sich überhaupt noch auf den Beinen zu halten.

Von seinem Versteck im Wald hatte er gesehen, wie einer der Angreifer sich vom Boden aufgerappelt hatte und zu dem jungen Turmherrn geschlichen war. Ein Schuss vom Hang aus war nicht möglich gewesen, da der Angreifer in einem ungünstigen Winkel gestanden hatte. So hatte er sich an den Abstieg gemacht, was mit zwei Beinen weit schwieriger war als gedacht. Er war mehr hinuntergerollt, als gelaufen.

Erst als er am Fuß des Hanges angekommen war, hatte er Sirja auf den Turmherrn zulaufen sehen. Obwohl er ahnte, was sie dem Herrscher der Nordfeste mitteilen wollte, hatte er den Bogen gespannt und den Angreifer getötet – auch wenn er damit sein eigenes Todesurteil unterzeichnete.

Die Erklärung der Turmherrntochter an Jamir, wer er wäre, überraschte ihn immer noch. Ihrem Gesichtsausdruck nach schien die Turmherrntochter ihre eigenen Worte selbst nicht glauben zu können.

Der Herr der Nordfeste bemerkte von ihrer beider Verwirrung allerdings nichts. »Ich danke dir, Rheos. Du schießt besser als ein Zentaur.«

Rheos zog eine Augenbraue hoch. »Das würde ich nicht behaupten.«

»Keine falsche Bescheidenheit!« Der Blick des Turmherrn wanderte zu Rheos Bogen. »Du hast dem Zentaurenbastard seinen Bogen abnehmen können? Wenn sich die Pferdemenschen auf etwas verstehen, dann auf den Bau dieser Waffen. Schade, dass sie niemals bereit waren, damit Handel zu treiben.« Jamir zuckte mit den Schultern. »Was ist mit dem Zentauren geschehen, Rheos? Ist er tot?«

»Er konnte fliehen.«

Ein kalter Ausdruck trat in die Augen des Turmherrn. »Diese Bestie hätte den Tod verdient. Aber Hauptsache, Sirja ist in Sicherheit.« Anerkennend sah Jamir ihn an. »Begleitest du uns als mein Ehrengast zur Nordfeste?«

»Ja«, erwiderte Rheos knapp. Welche Wahl hatte er? Vielleicht konnte er die Situation sogar zu seinen Gunsten nutzen.

Jamir nahm seine Antwort zufrieden zur Kenntnis. »Ich muss mich um meine Männer kümmern. Sobald wir auf dem Weg zur Nordfeste sind, will ich mehr über dich erfahren.« Er nickte ihm zu und wandte sich ab.

Rheos Lächeln währte nur so lange, bis der Herr der Nordfeste ihn nicht mehr sah. Dann fixierte er mit kaltem Blick die Turmherrntochter. »Warum hast du mich nicht an Jamir verraten?«

»Weshalb hast du den Angreifer getötet?«

Das war eine gute Frage. War es sein Stolz gewesen, auch unter schwierigsten Umständen sein Ziel nie zu verfehlen? Oder die Befürchtung, dass Dyrdra ihn sonst nicht mehr zurückverwandelte?

»Meine Gründe gehen dich nichts an, Menschentochter. Verrate mir lieber, was ich dem Turmherrn sagen soll, wenn ich ihm gleich Rede und Antwort stehen muss.«

Ihre Brauen gingen nach oben. »Du bittest mich um Hilfe?«

»Du hast mich in diese Lage gebracht.« Spöttisch setzte er hinzu: »Außerdem habe ich dich aus den Fängen des Zentaurenbastards befreit.«

Sie schnaubte. »Die Götter müssen meinen Verstand verdunkelt haben, als ich das sagte.«

»Dann hoffe ich, deine Götter haben die Dunkelheit inzwischen wieder von dir genommen. Denn sonst wird Jamir bald merken, dass etwas nicht stimmt.«

»Das ist mir auch klar.« Ihre Stirn legte sich in Falten, und kurz darauf nickte sie. »Wir sagen, du kommst aus Dahl, der Hauptstadt des Fürstentums Dalen. Jamir ist dort nie gewesen. Du bist Söldner und nach Tarnem gekommen, weil du dich in Neidors Heer verdingen willst. Auf dem Weg dorthin hast du mich in der Hoffnung auf eine Belohnung befreit.«

Ihre Geschichte klang nicht schlecht, allerdings gab es einen Haken. »Wie erkläre ich, dass ich als vermeintlicher Krieger nicht reiten und kaum laufen kann? Von allen anderen menschlichen Angelegenheiten ganz zu schweigen?«

»Du hattest einen Unfall im Kampf, deshalb ist dein Gang noch holprig«, erwiderte sie prompt. »Reiten kannst du nicht gut, weil du dir kein Pferd leisten kannst.« Sie zuckte mit den Schultern. »Alles andere müssen wir improvisieren.«

»Klingt nach einem überzeugenden Plan, Menschentochter«, erwiderte er trocken.

»Als Erstes solltest du aufhören, mich Menschentochter zu nennen. Auch nicht Turmherrntochter, so gestelzt spricht niemand. Rede mich mit meinem Namen an.« Sie grinste. »Oder, wie es sich für deinen Stand gehören würde, mit Herrin.«

»Soweit kommt es noch! Aber wenn wir schon bei diesem Punkt sind: Vergiss nicht, dich mir gegenüber freundlich und zuvorkommend zu verhalten. Schließlich verdankst du mir deine Rettung.«

Ein Funkeln trat in ihre Augen. »Natürlich«, erwiderte sie sarkastisch. »Ab jetzt bist du mein bester Freund.«

Er enthielt sich einer Antwort. Es war Zeit, das Thema zu wechseln, ehe einer der anwesenden Männer ihr Gespräch belauschte. »Wo ist Dyrdra?« Er konnte die Wandlerin nirgendwo entdecken.

Suchend sah Sirja sich um, dann wies sie mit der Hand auf die Stelle, wo der Weg eine Biegung beschrieb. »Dort kommt sie.«

Rheos blickte in die angedeutete Richtung. Dyrdra saß auf der Stute und galoppierte auf sie zu. Sie musste einen Pfad gesucht haben, auf dem die Stute sicher den Hang hinabgelangen konnte.

Das Herannahen der Viehheilerin blieb auch den Männern der Nordfeste nicht verborgen. Jamir, der neben einem schwer verwundeten Mann gekniet hatte, stand auf und trat auf sie zu.

»Ist das Dyrdra, die Viehheilerin? Sie kommt wie gerufen!«

Inzwischen war die alte Frau bei ihnen angekommen, hielt Schneeglanz an und stieg aus dem Sattel.

»Rheos und ich sind Dyrdra begegnet, kurz nachdem er mich von dem Zentauren gerettet hat«, erklärte Sirja Jamir. Sie sprach absichtlich laut, damit Dyrdra jedes Wort hörte. »Die Viehheilerin hat mit zu eurer Rettung hier beigetragen.«

Rheos runzelte die Stirn. Ob die Wandlerin mitspielte, blieb abzuwarten.

»Sirja, Rheos und ich trafen uns an dem niedergebrannten Dorf«, bestätigte die Wandlerin jedoch sogleich Sirjas Aussage. »Dort war niemandem mehr zu helfen.« Sie blickte zu den Verletzten. »Hier wie es scheint schon.«

Jamir nickte. »Für deine Hilfe wäre ich dir dankbar, Viehheilerin. Wir müssen die Verwundeten auf die Pferde bringen, ebenso die Toten. Über alles andere sprechen wir in der Nordfeste.«

»Dann lass uns keine Zeit verlieren.« Dyrdra schnallte eine Ledertasche vom Sattel ab und Sirja schob die Ärmel ihres Kleides nach oben.

Rheos drehte sich um und ging hinüber zu den Toten, die von den Männern an eine Stelle des Weges getragen worden waren. So gut es ihm möglich war, folgte er den Anweisungen der Krieger, um mit ihnen gemeinsam die Gefallenen auf die Pferde zu hieven.

»Du bist also ein Söldner aus Dahl.«

Jamir musterte ihn interessiert und Rheos gab sich alle Mühe, einen entspannten Gesichtsausdruck beizubehalten. Keine leichte Aufgabe, da er einen Großteil seiner Aufmerksamkeit brauchte, in einer einigermaßen anständigen Haltung auf dem Rücken des ihm zugeteilten Pferdes zu bleiben.

Aufgrund der Toten und Verletzten, die sie mit sich führten, ritten sie nur im Schritt. Ein Umstand, für den er dankbar war. Andererseits erlaubte das langsame Tempo ausführliche Gespräche. Blieb zu hoffen, dass Jamirs Neugier sich in Grenzen hielt, denn ihre ersonnene Geschichte war nicht besonders stichhaltig.

»Bei deinem Talent als Bogenschütze wundert es mich, dass du nicht auf einer Feste arbeitest«, fuhr Jamir fort. »Jeder Turmherr wüsste deine Dienste zu schätzen.«

»Ich liebe meine Freiheit.«

»Verstehe. Aber wünscht sich nicht jeder Mann, einmal sesshaft zu werden und eine Familie zu gründen?« Jamirs Blick schweifte zu Sirja hinüber, die auf seiner anderen Seite ritt. »Wie alt bist du, Rheos?«

Eine Auskunft, die er glücklicherweise ohne Weiteres geben konnte. »Ich bin sechsundachtzig.«

Statt einer Erwiderung starrte der Turmherr ihn ungläubig an.

Rheos ärgerte sich. Musste er sich nun auch vor den Menschen für sein junges Alter rechtfertigen? Es reichte, wenn einige Zentauren des Ältestenrates deswegen ihm gegenüber voreingenommen waren. Als ob er sich danach gesehnt hätte, mit nicht einmal neunzig schon den Titel des Te'Rals zu tragen!

Doch ehe er etwas zu seiner Verteidigung hervorbringen konnte, bemerkte er das hektische Kopfschütteln der Turmherrntochter.

»Du willst mir weismachen, dein Alter sei sechsundachtzig?«, fand Jamir seine Sprache wieder.

»Rheos scherzt nur«, antwortete die Turmherrntochter an seiner Stelle. »Das macht er öfters. Mit sechsundachtzig wäre er ja ein Greis und dem Tode nah.« Sie lachte und blinzelte ihm dabei zu.

Endlich begriff er. Er hatte vergessen, dass die Lebenserwartung von Zentauren und Menschen sich wesentlich voneinander unterschied! »Das war nur ein Witz«, stotterte er. »In Wahrheit bin ich erst ...« Hilfesuchend sah er zur Turmherrntochter hinüber.

»Rheos ist fünfundzwanzig«, sprang sie ihm bei, »genau wie du, Jamir.« Leise setzte sie hinzu: »Und wie Artor, wenn er noch leben würde.«

Jamir hob die Hand und strich ihr über den Rücken. »Artor weilt jetzt glücklich und zufrieden in Maham. Du weißt, wen die Götter lieben, den holen sie jung zu sich.«

Rheos atmete erleichtert auf. Über das Trösten der Menschenfrau schien Jamir den scheinbaren Witz über sein Alter vergessen zu haben. Er straffte die Schultern und rüstete sich für Jamirs nächste Frage. Doch wie es aussah, hatte die Turmherrntochter es geschafft, den Herrn der Nordfeste in eine Unterhaltung zu verwickeln.

»Rheos!«

Er wandte den Kopf. Glücklicherweise war es nicht Jamir, der eine Fortsetzung ihres Gesprächs wünschte, sondern Dyrdra. Die Wandlerin gab ihm ein Zeichen, auf sie zu warten. Rheos zog die Zügel und hielt sein Pferd an, bis Dyrdra mit ihrer Stute an seiner Seite war.

»Sirja lenkt Jamir ab«, sagte sie im gedämpften Tonfall. »Diese Gelegenheit müssen wir nutzen.« Sie lächelte. »Dich als ihr Retter auszugeben ist eine gute Idee, die dir aber einiges abverlangen wird.«

Rheos deutete auf sein Pferd. »Das tut sie bereits.«

Dyrdra ignorierte seine Bemerkung. »Du darfst keinesfalls die Kontrolle über dich verlieren, egal was du in der Nordfeste über Zentauren hören wirst.«

Das hatte er auch nicht vor. Er war an allen Auskünften interessiert, die er bekommen konnte.

»Des Weiteren müssen wir vorsichtig sein, was unsere Annahme über den Dorfbrand anbelangt«, fuhr sie fort. »Ich schätze Jamir als offenen Menschen ein, sicher bin ich mir jedoch nicht. Schließlich glaubt nicht einmal Sirja daran, dass Menschen den Überfall verübt haben.«

Rheos schwieg. Der Brand war für ihn nicht von Interesse.

»Glaubst du, die Unbekannten, die Jamir und seine Männer attackiert haben, waren dieselben, die das Dorf niedergebrannt haben? Ich weiß«, fügte Dyrdra rasch hinzu, »du hast deinen Geruchssinn eingebüßt, aber konntest du trotzdem etwas wahrnehmen? Oder siehst du irgendeinen Zusammenhang?«

Nein, wollte er entgegnen, doch dann fiel ihm etwas ein. Das Dorf war niedergebrannt, aber nicht geplündert worden. Auch Jamir schien nichts Wertvolles mit sich zu führen, das einen Raubüberfall rechtfertigen würde. In beiden Fällen schien das Motiv einzig mit Rache oder Blutdurst begründet zu sein. Rasch teilte er der Wandlerin seine Mutmaßung mit.

»Du könntest recht haben«, erwiderte sie. »Wir müssen uns bei Jamir danach erkundigen.«

»Wie sehen deine weiteren Pläne aus?«, fragte er.

»Ich werde Jamirs Gastfreundschaft annehmen, solange sie währt.«

»Und was ist mit mir?«

»Du solltest dasselbe tun.« Sie hob beschwörend die Hand. »Rheos, es gibt Geheimnisse, die aufgedeckt werden müssen. Tief in deinem Inneren ist dir das auch bewusst.« Sie wies mit dem Finger auf die Turmherrntochter. »Und Sirja ebenso.«

Er schnaubte. »Du verbirgst etwas vor uns.«

»Auch ihr beide verbergt etwas vor mir. Oder täusche ich mich?«

Kurz überlegte er, ihr damit zu drohen, sie als Wandlerin an Jamir zu verraten. Doch was würde es nützen? Je mehr er sie gegen sich aufbrachte, desto weniger würde sie gewillt sein, ihr Versprechen zu halten, ihn zurückzuverwandeln.

»Weder sehe ich Geheimnisse noch verbergen wir etwas«, erwiderte er barsch. »Ich bleibe mit dir in der Burg und spiele vor diesem Menschenpack Sirjas Retter. Als Dank erwarte ich, dass du deine Zusage hältst, mich zurückzuverwandeln.«

Dyrdra nickte. »Du bekommst deine alte Gestalt wieder, sobald du dich als wahrer Te'Ral erweist.«

17

Am späten Nachmittag kam die Nordfeste in Sicht. Die Burg lag auf einer gerodeten Lichtung im Wald, umgeben von einem Wassergraben. Eine hohe Mauer schützte die Anlage, von der Rheos ein dreistöckiges Gebäude erkennen konnte, an dessen rechter Seite ein Turm angebaut war.

Aufmerksam sah er sich um. Auf der Wehrmauer patrouillierten Wachen, kampfbereit mit Kettenhemden, Helmen und Bögen ausgestattet. Auch die Zugbrücke und das Eingangstor waren bewacht. Der Angriff der Zentauren auf die Ostfeste hatte die Menschen unerwartet getroffen. Wie es aussah, wollten sie eine solche Überrumpelung nicht noch einmal erleben.

Er runzelte die Stirn. Zu Beginn hatte es nach einem schnellen Sieg für ihn und seine Krieger ausgesehen, da die Ostfeste kleiner war als ihre Schwestern im Norden und Süden und keinen Graben besaß. Das Überraschungsmoment ausnutzend, hatten ihre brennenden Pfeile die Ostfeste in Brand gesetzt und die Bewohner waren panisch ins Freie gerannt. Dadurch hatten die Burgmannen die Tore nicht schließen können, die Zentaurenkrieger waren in den Innenhof gestürmt und hatten den Kampf eröffnet.

Sein Gesicht verdunkelte sich. Mit dem Erscheinen der Truppen der Nord- und Südfeste hatte sich ihr Schlachtenglück gewendet, die Erstürmung der Feste hatte in einem Desaster für sein Heer geendet. Viele seiner Krieger waren getötet worden, die anderen schwer verletzt. Sollten die Menschen Quran entdecken, hätten sie nicht mit viel Widerstand zu rechnen. Deshalb hatte er sich auf den Weg gemacht, um über den Turmherrn der Südfeste einen Waffenstillstand mit dem Fürsten von Tarnem auszuhandeln.

Seine Hände schlossen sich fester um die Zügel. Er musste unbedingt aus Jamir herauslocken, welche Schritte der Fürst plante. Die Vorstellung eines baldigen Vernichtungsfeldzuges gegen die Zentauren, während er in Menschengestalt feststeckte, machte ihn wahnsinnig. Er fuhr sich mit der Hand über die Stirn, auf der sich Schweiß gebildet hatte. Wenn er nicht bald zurückkehrte, musste der Ältestenrat gemäß ihren Gesetzen seinen Onkel Zarkos zum Te'Ral ernennen, da sein Bruder erst in zehn Jahren das erforderliche Alter erreichen würde.

Seine Kiefer pressten sich zusammen. Er vertraute seinem Onkel, aber sie waren nicht immer einer Meinung – vor allem nicht in strategischen Fragen. Würde sein Onkel seine Abwesenheit nutzen, den Ältestenrat für seine eigenen Ideen zu gewinnen? Bis jetzt hatten Zarkos und er ihre Auseinandersetzungen stets hinter geschlossenen Vorhängen ausgetragen und nach außen Einheit demonstriert. Doch wenn sein Onkel nun zum Herrscher ernannt wurde ...

Rheos hörte das Knirschen seiner Zähne. Hoffentlich ließ ihn diese Viehheilerin nicht allzu lange auf seine Rückverwandlung warten!

Mittlerweile war ihr Trupp an der Feste angekommen. Die Hufe der Pferde hallten auf der hölzernen Zugbrücke wider, die unter der Last zu schwingen begann. Entsetzt nahmen die Torwachen die Gefallenen und Verletzten wahr, die sie mit sich führten. Jamir gab einem der herbeilaufenden Männer Befehle und ritt in den Burghof, wo er sie alle absitzen hieß.

Vorsichtig glitt Rheos vom Pferderücken und hielt sich am Sattel fest, bis er sich seines Gleichgewichts sicher war. Ein Junge kam heran und führte sein Reittier fort. Dyrdra und die Turmherrntochter, deren Pferde man ebenfalls weggebracht hatte, stellten sich zu ihm und kurz darauf kam auch Jamir.

»Ich muss die Versorgung der Verletzten und die Bestattung der Toten regeln«, erklärte der Turmherr. Er wies auf eine ältere

Frau mit einer weißen Schürze, die aus der Tür des größten Gebäudes heraustrat. »Masla wird sich um euch kümmern.«

»Wenn Ihr gestattet, Jamir«, wandte Dyrdra ein, »helfe ich gerne weiter bei der Betreuung der Verwundeten und sehe mir danach die Verletzungen der Pferde an.«

Jamir nickte und ging in Begleitung der Wandlerin über den Innenhof davon.

»Meine Dame, mein Herr.« Masla knickste vor ihnen. »Wenn Ihr mir folgen wollt?« Sie lächelte der Turmherrntochter zu. »Obwohl Ihr Euch ja bestens auskennt, Herrin. Euer Lieblingsraum wird gerade gerichtet.«

»Danke, Masla.« Die Turmherrntochter gab der Dienerin ein Zeichen, voranzugehen. Dann blickte sie zu ihm und hob dabei ihren rechten Arm in einem merkwürdigen Winkel an.

»Führe mich hinein, Rheos«, flüsterte sie. »Das Pflaster im Hof ist uneben, die Treppenstufen im Inneren der Feste ausgetreten.« Sie feixte. »Nicht, dass mein edler Retter vor allen Augen auf seinen Allerwertesten fällt.«

Widerwillig umschloss er ihr Handgelenk.

»Nein, nicht so!«, erklang es empört aus ihrem Mund. »Ich bin keine Gefangene, die du hinter dir herzerren willst. Eine Dame führt man anders.«

Er ließ sie los, sein Schuldbewusstsein hielt sich jedoch in Grenzen. Als Edeldame hatte er die Turmherrntochter bisher nicht gesehen.

»Winkle deinen Arm an und strecke ihn nach vorne«, befahl sie. Kaum war er der Aufforderung gefolgt, platzierte sie ihren Unterarm auf dem seinen und legte ihre Finger locker auf seine Hand. »Im Notfall kannst du meine Hand greifen«, raunte sie ihm zu.

Tatsächlich war es schwierig, auf den in den Boden gedrückten Steinen zu laufen. Ein um das andere Mal musste er die Hand der Turmherrntochter haltsuchend fassen, während er an ihrer Seite über den Hof auf das große Steingebäude zuschritt, welches er vom Wald aus gesehen hatte.

Erleichtert atmete er auf, als sie das Gebäude betraten, wo der Boden durch ausgelegte Bretter ebener war. In einer großen Halle standen Tische und Bänke entlang der langen Seiten. Der Tisch an der kurzen, dem Eingang gegenüberliegenden Seite war mit dem versehen, was die Menschen Stühle nannten. Geweihe, Wandteppiche und Waffen schmückten die Mauern, Wandfackeln und hoch angebrachte Fenster spendeten Licht.

Mehr Zeit zum Umsehen blieb ihm nicht, denn die Turmherrntochter führte ihn zu einer Treppe neben dem Eingang. Misstrauisch beäugte er die Holzstufen, die zum ersten Stock hinaufführten. Die Dienerin war bereits hinaufgestiegen und aus seinem Blickfeld verschwunden.

»Leg deinen freien Arm auf das Geländer«, wies ihn die Turmherrntochter an. »Die Treppe ist breit genug, damit wir nebeneinander hinaufsteigen können.«

Er hatte die Leiter in der Scheune bestiegen, also würde er auch diese Treppe meistern. Rheos stellte den rechten Fuß auf die erste Stufe, dann zog er den linken nach.

Neben ihm stöhnte die Turmherrntochter genervt auf. »Nur kleine Kinder benutzen eine Treppe so«, erfolgte ihre Belehrung. »Erwachsene treten mit jedem Fuß auf eine Stufe.« Sie winkte mit ihrer freien Hand ab. »Aber das üben wir später. Falls jemand fragt, schieben wir es auf deinen angeblichen Unfall.«

Rheos nickte und wandte seine Aufmerksamkeit wieder seinen Füßen und den Stufen zu.

Nach einer gefühlten Ewigkeit hatten sie das Ende der Treppe erreicht. Sie standen am Anfang eines düsteren, schmalen Ganges. Nur am kurzen Ende befanden sich Fenster, durch welche die Nachmittagssonne hereinfiel.

»In diesem Stockwerk liegen die Räume von Jamir.« Die Turmherrntochter wies auf drei Holztüren. »Die Gästezimmer befinden sich noch einen Stock höher. Wir kommen über die Treppe dort hinten hinauf.«

Rheos Blick folgte ihrer Geste und er entdeckte am Ende des Ganges einen engen Durchgang. Zusammen mit der Turmherrntochter ging er darauf zu, vorbei an Wandteppichen, die auf vielfältige Weise zeigten, wie Menschen Zentauren töteten.

Angewidert wandte er seine Augen ab und sah den nächsten Schrecken. Die Treppe hinter dem Durchgang wand sich wie ein Schneckenhaus nach oben. Ihre steinernen Stufen waren schmal, statt eines Geländers lief ein dickes Seil an der Wand entlang.

»Das ist eine Wendeltreppe.« Sie sah ihn prüfend an. »Wirst du hinaufkommen?«

»Bleibt mir etwas anderes übrig?«

»Wenn du nicht wie ein niederer Gast in der Halle übernachten willst, nein.«

Er seufzte. »Wer geht zuerst?«

»Eigentlich steigt die Dame voran, damit der Herr sie bei einem Sturz auffangen kann.« Sie grinste. »Da es jedoch wahrscheinlicher ist, dass du stolperst ...«

»Du gehst voran«, schnitt er ihr das Wort ab. »Weder könntest du mich auffangen noch sollst du dich totlachen, wenn du mir dabei zusiehst.«

Zu seiner Verwunderung erschien ein verständnisvoller Ausdruck auf dem Gesicht der Turmherrntochter.

»Als Kind hatte ich Angst vor Wendeltreppen. Meine Kinderfrau hat mir geraten, auf allen Vieren hinaufzuklettern.« Ohne ein weiteres Wort ging sie an ihm vorbei und erklomm die Treppe.

Einen Moment sah Rheos ihr nach, dann setzte er seine Hände in Brusthöhe auf die Stufen und begann mit dem Aufstieg. Tatsächlich schaffte er es ohne Sturz ins nächste Stockwerk.

Der Gang dort ähnelte dem des Geschosses darunter: ein schmaler Flur mit mehreren Türen. Die Wendeltreppe selbst führte noch weiter nach oben, doch die Turmherrntochter winkte ihn zu sich in den Gang. Er richtete sich wieder auf zwei Beine auf und schritt zu ihr. »Deine Kinderfrau ist eine schlaue Frau.«

»Ich werde es Biana ausrichten. Es kann nicht jeder von sich behaupten, einen Zentauren eine Wendeltreppe hinaufbekommen zu haben.« Sie schien noch etwas hinzufügen zu wollen, doch in diesem Moment trat Masla aus der mittleren Zimmertür in den Gang.

»Herrin, für Euch ist wie stets das vordere Zimmer gerichtet. Euer Begleiter erhält das Fürstenquartier.«

Die Dienerin lächelte ihn an und auf den sanften Druck der Turmherrntochter ging Rheos auf Masla zu. Mit einem letzten Blick auf die junge Frau betrat er den Raum, aus dem die Dienerin gerade gekommen war.

Das Zimmer war unerwartet groß, doch was ihn am meisten beeindruckte, war die Aussicht aus den Fenstern. Er eilte so hastig darauf zu, dass er ins Stolpern geriet und sich an der Mauer abstützen musste, um nicht zu fallen. Gebannt starrte er durch das Fenster hinaus auf den Wald. Er befand sich auf Höhe der Baumwipfel. Natürlich hatte er schon auf Bergen und Anhöhen gestanden, aber in einem Gebäude mit einer solchen Höhe war er noch nie gewesen.

Sein Blick fiel nach unten auf den Burghof und Schwindel überkam ihn. Schnell sah er wieder in die Ferne.

»Gefällt Euch der Ausblick, Herr?«

Rheos wandte sich zu der Dienerin um, die noch an der Tür stand. »Er ist überwältigend.« Und das war nicht gelogen.

Masla zeigte auf einen Holzbottich in einer Ecke des Zimmers. »Bis die Mägde das heiße Badewasser bringen, kann ich Euch rasieren und beim Entkleiden helfen.«

Entkleiden? Er starrte sie an. Dyrdra hatte erklärt, dass ein Mann und eine Frau sich ihrer Kleider entledigten, wenn sie sich paaren wollten. War das eine übliche Art, Ehrengäste zu empfangen? Er begann zu schwitzen. Eine Paarung mit dieser Menschenfrau war das Letzte, was er wollte. Ohne ein Wort zu sagen, stürmte er an ihr vorbei, stützte sich an der Wand ab, um nicht zu fallen, lief in den Gang hinaus und riss die Tür zum Zimmer der Turmherrntochter auf.

Die junge Frau stand vor einem hohen, eckigen Holzkasten mit zwei Türen und besah sich etwas in dessen Inneren. Bei seinem Hereinkommen hob sie verwundert den Kopf.

»Die Dienerin sagt, sie will mich entkleiden«, stieß er hervor. »Bin ich gezwungen, mich darauf einzulassen, um Jamir und seine Gastfreundschaft nicht zu beschämen?«

Sie blickte ihn verwirrt an, dann schien sie zu begreifen. »Keine Sorge, Zentaur. Masla hat dich nicht eingeladen, das Bett mit ihr zu teilen. Es gehört zu ihren Aufgaben als Dienerin, dir zur Hand zu gehen. Für das fleischliche Vergnügen sind andere Frauen in der Feste zuständig.«

Ihre Antwort erleichterte ihn, dennoch blieb sein Unbehagen. »Ich weiß nicht, wie ich mich richtig verhalten soll. Sie sprach von einer Rasur und Badewasser ...« Er verstummte und hob die Hände.

»Ich denke, bei Masla kommen wir mit Ehrlichkeit am Weitesten.«

Sie sah, wie sich seine Brauen zusammenzogen, und fuhr schnell fort. »Natürlich verraten wir ihr nicht dein Geheimnis. Sag ihr, dass du eine solche zuvorkommende Behandlung nicht gewohnt bist, aber sehr zu schätzen weißt.« Sie lächelte. »Masla wird sich das ohnehin schon denken, da du ohne Gepäck reist. Aber wenn du es ansprichst, kann sie offen damit umgehen.«

»Du hast recht. Es macht keinen Sinn, den Krieger zu spielen, wenn man noch auf Fohlenbeinen stakst.«

Interesse blitzte in ihren Augen auf. »Ist das eine zentaurische Redewendung?«

»Ja, wir benutzen gerne Bildwörter.« Er räusperte sich. »Danke für deine Auskünfte.«

Das Leuchten in ihren Augen verschwand. »Ich halte mich lediglich an unsere Abmachung.«

»Wir sind alleine in diesem Raum. Dein Hohngelächter hätte niemand gehört.«

»Lass dich wegen meines mangelnden Spotts nicht täuschen. Ich übe nur, damit ich später in der Halle meine Rolle als dankbare Gerettete richtig spielen kann.« Sie verzog den Mund. »Schließlich muss ich die Suppe auslöffeln, die ich mir eingebrockt habe.«

Er stutzte, dann zog er eine Augenbraue hoch. »Ist das ein menschliches Bildwort? Sehr einprägsam.«

Seine Belustigung missfiel ihr. »Geh in dein Zimmer zurück. Sonst denkt Masla noch, du wolltest dich bei mir über ihre Dienste beschweren.«

Er wollte etwas erwidern, besann sich jedoch eines Besseren und verließ den Raum. Auch wenn ihm seine guten Sinne abhandengekommen waren – sich ihm gegenüber freundlich zu verhalten fiel der Turmherrntochter nicht so schwer, wie sie ihm glaubhaft machen wollte.

Das warme, angenehm nach Lavendel riechende Wasser reichte ihm bis zur Brust. Mit angezogenen Beinen saß Rheos in dem Holzzuber und entgegen seinen Erwartungen genoss er dieses Baderitual. Seine Muskeln, die von den ungewohnten menschlichen Bewegungen schmerzten, begannen sich zu lockern und der Duft des Lavendels entspannte seinen Geist.

Masla hatte sich zurückgezogen, um im Zimmer der Turmherrntochter die Arbeit der anderen Mägde zu überprüfen. Sie würde bald wiederkommen, um sein Haar zu waschen und ihm aus dem Zuber herauszuhelfen. Über Letzteres war er froh, denn schon beim Einsteigen hatte er ihre Hilfe gebraucht.

Er hatte sich an den Rat der Turmherrntochter gehalten und vor Masla bekannt, dass ihm der Luxus einer eigenen Dienerin fremd war – zumindest unter Menschen, hatte er in Gedanken hinzugefügt. Des Weiteren hatte er erklärt, sich nach einem Unfall nicht mehr gut bewegen zu können.

Wider Erwarten hatte ihn Masla auf dieses Geständnis hin nicht abfällig angesehen, sondern nur noch freundlicher behandelt. Jeden ihrer Schritte hatte sie erläutert und nach seinem Einverständnis gefragt, sodass für ihn keine Missverständnisse mehr entstanden waren.

Auch der Rasur hatte er zugestimmt. Eine Prozedur, die er als Zentaur noch nicht erlebt hatte. Es war selten, dass einem Zentauren vor dem Erreichen von einhundert Jahren ein Bart wuchs. Kurz hatte er mit dem Gedanken gespielt, durch einen Bart einen älteren Eindruck zu erwecken, doch da die Turmherrntochter ihm schon ein Alter zugeschrieben hatte, wäre dies sinnlos. Zudem war er froh, dass die kratzenden Stoppeln verschwunden waren. Sein Körper hatte sich genug verändert, da konnte sein Gesicht wenigstens so bleiben, wie es war.

Rheos fuhr mit der Hand von seiner Flanke hinab zu seinem Oberschenkel. Es war ungewohnt, seine Beine ohne Fell zu fühlen. Die jämmerlichen Haare, die dort wuchsen, waren kein Vergleich.

Seine Finger glitten weiter, bis er seine Füße erreicht hatte. Das war wohl die größte Veränderung: statt hartem Huf nun eine Ferse und Zehen zu besitzen. Er hob einen Fuß aus dem Wasser und studierte eingehend die Sohle – kleine rote Punkte befanden sich dort. Beim barfüßigen Laufen auf der Waldlichtung war er auf Steine und Ästchen getreten. Aufzuschreien hatte er sich verboten, doch bei jedem spitzen Gegenstand, der sich in seine Haut bohrte, hatte er das Gesicht verzogen.

Recht schnell war er bereit gewesen, sich in die Stiefel zu zwängen. Anfangs hatte er sich furchtbar eingeengt darin gefühlt. Doch der Vorteil, schmerzlos auftreten zu können, bewog ihn, sie anzubehalten. Überhaupt hatte er sich schnell an seinen neuen Körper gewöhnt. Das Gefühl, dass die Hälfte seines Leibes fehlte, verblasste zunehmend. Nur die Kleidung störte ihn weiterhin, auch wenn sie wärmte. Durch den Verlust des Fells schien er schneller zu frieren - ein Zustand, den er als Zentaur nur an bitterkalten Wintertagen kannte.

An der Tür erklang ein Klopfen. Rheos ließ seinen Fuß zurück ins Wasser gleiten und legte seine Arme auf den Rand des Badezubers. Masla trat in sein Zimmer ein, in der einen Hand ein großes Tuch, in der anderen ein Hemd.

»Ich habe mir erlaubt, Euch ein neues Hemd mitzubringen.« Sie lächelte entschuldigend. »Euer Altes war so zerrissen, selbst wenn man es nähen würde, hinge es nur noch wie ein Mehlsack an Euch.«

Rheos unterdrückte ein Grinsen. Masla hatte keine Ahnung, wie nah sie der Wahrheit kam. »Ich danke dir«, erwiderte er.

Erleichtert, dass er ihre Entscheidung guthieß, kam sie auf ihn zu. »Dann lasst mich Euch aus dem Zuber helfen und Euch für das Abendessen ankleiden.«

Eine Weile später stand Rheos vor der geschlossenen Tür der Turmherrntochter. Seine Hand lag bereits auf der Klinke, da fiel ihm etwas ein. Einfach einzutreten, wie er es vorhin in seiner Aufregung getan hatte, war offensichtlich eine Unhöflichkeit. Der Blick der Turmherrntochter hatte es ihm nur zu deutlich zu verstehen gegeben.

Also tat er das, was auch Masla bei ihrer Rückkehr in sein Zimmer getan hatte. Er nahm die Hand von der Klinke und klopfte gegen die Tür.

»Ja, bitte«, ertönte es aus dem Inneren.

Rheos nahm dies als Zeichen, dass sein Eintreten willkommen war. Er öffnete die Tür, trat in den Raum und wollte ihn sofort wieder verlassen. Hatte er das falsche Zimmer erwischt?

Doch die Menschenfrau am Fenster war tatsächlich die Turmherrntochter. Ihr Äußeres war jedoch vollkommen verändert. Ihr dunkelblondes, saubergewaschenes Haar fiel offen auf ihre Schultern herab und wurde von einem silbernen Stirnreif aus ihrem Gesicht gehalten, dessen Mitte ein Salwen zierte. Der grüne Edelstein war in einen kunstvollen Knoten aus Silberschlingen eingelassen und funkelte im Licht der Kerzen.

Auch ihr Kleid war ein anderes. Der glänzende Stoff schimmerte in derselben Farbe wie das Juwel und schmiegte sich eng an ihren Körper. Um ihren Hals lag eine silberne Kette mit demselben verschlungenen, edelsteinbesetzten Knoten wie der Stirnreif. Der weite Ausschnitt des Kleides gab den Blick auf das Dekolleté der Turmherrntochter frei und betonte ihren Busen, der sich unterhalb des Stoffes verbarg. Ihr Anblick war äußerst wohlgefällig und weitaus erträglicher als in den vergangenen Tagen.

Kaum wurde er sich seiner Gedanken gewahr, ärgerte Rheos sich. Seit wann interessierte ihn das Aussehen der Turmherrntochter? Statt sie anzustieren wie ein Fohlen seinen ersten Bogen, sollten sie beide überlegen, was sie Jamir zu seiner Person Genaueres erzählen wollten.

Er wollte die Turmherrntochter an dieses Vorhaben erinnern, da erklang ein Räuspern hinter ihm. Rheos fuhr herum. Im Türrahmen stand eine Dienstmagd.

Die Dienerin knickste. »Der Turmherr erwartet Euch zum Abendessen in der Halle. Darf ich ihm Euer Kommen ankündigen?«

Rheos unterdrückte einen Fluch. Für ein Gespräch blieb keine Zeit. Er winkelte seinen Arm und bot ihn der Turmherrntochter zum Geleit, so wie sie es ihm erklärt hatte.

Gemeinsam verließen sie hinter der Magd das Zimmer. Dass der Blick der Turmherrntochter über diesen unerwarteten Aufbruch ebenfalls angespannt wirkte, machte die Sache nicht besser. Was, wenn Jamir dahinterkam, dass er nicht der einfache Söldner war, für den er sich ausgab?

Wie die Menschen mit zentaurischen Feinden umgingen, wusste er. Darauf, herauszufinden, wie sie mit Verrätern des eigenen Volkes verfuhren, legte er keinen Wert.

18

»Rheos, Sirja!«

Jamirs Ruf übertönte das Stimmengewirr in der vollbesetzten Halle. Der Turmherr erhob sich von seinem Platz an der Stirnseite des Raumes und winkte sie zu sich, kaum hatten sie das Ende der Holztreppe erreicht.

Sirja spürte, wie Rheos neben ihr sich noch mehr verspannte als beim Treppabgehen. Sein Gang wurde stockender, während sie entlang der Tischreihen auf die gegenüberliegende Seite des Saales zuschritten. Ihr entging auch nicht, wie Jamir bei Rheos Anblick die Stirn runzelte. Offensichtlich waren dem Turmherrn dessen Schwierigkeiten beim Laufen zuvor nicht aufgefallen.

Jamirs Stirnrunzeln vertiefte sich, als Rheos sich umständlich auf den ihm zugewiesenen Ehrenplatz zu seiner Rechten niederließ, die Hände fest um die Armlehnen gekrallt.

»Hast du heute eine Verletzung davongetragen?«, fragte er auch sogleich.

Sirja hielt die Luft an. Durch das Erscheinen der Magd war ihnen keine Zeit geblieben, zu besprechen, welche Leiden Rheos angeben sollte.

»Nein, es sind die Folgen eines Unfalls bei einem Übungskampf.« Er zuckte mit den Schultern. »Es wird langsam besser.«

Gut gemacht, Zentaur, dachte sie und nahm an Jamirs linker Seite Platz.

Jamir lehnte sich zurück, sodass sie und Rheos trotz der Lautstärke in der Halle seine Worte gut verstehen konnten.

»Ich hätte unsere Rettung sowie Sirjas Befreiung gerne mit einem Fest gefeiert«, erklärte er ihnen. »Doch der Respekt vor den Toten und den Verwundeten verbietet es.«

Rheos nickte und auch Sirja bekundete ihr Verständnis für diese Entscheidung.

»Dyrdra lässt sich entschuldigen«, fuhr Jamir fort. »Sie kümmert sich gemeinsam mit dem Burgheiler um die Verletzten.« Der junge Turmherr wandte den Blick zu ihr. »Ich habe deinem Vater einen Tarkyr geschickt, damit die Tage der Angst um dich für Herdor vorbei sind.«

Sirja unterdrückte ihr erneut aufkommendes schlechtes Gewissen ihrem Vater gegenüber und dankte ihm.

»Ich schrieb ihm auch«, fuhr Jamir fort, »dass du einige Tage auf der Nordfeste bleiben wirst, bevor ich dich mit einer Eskorte zu ihm zurückschicke.«

Sie verzog das Gesicht. Ihr Vorhaben, sich heimlich auf den Weg zu Fürst Neidor zu machen, hatte sich damit erledigt. Sie würde dem Schwarzen Fürsten einen Tarkyr schicken müssen. Zwar hatte sie Jamir Rheos Geheimnis verschwiegen, aber das bedeutete nicht, dass sie ihr Wissen dem Herrscher von Tarnem vorenthalten musste!

Jamir interpretierte ihren Unmut falsch. »Ich weiß, du sehnst dich nach einem Wiedersehen mit deinem Vater. Aber du musst dich von den Strapazen deiner Entführung erholen.«

Hinter dem Rücken des Turmherrn zog Rheos spöttisch eine Augenbraue hoch, was nicht zur Besserung ihrer Stimmung beitrug.

»Ich will nicht wissen, was dieser Zentaurenbastard dir alles angetan hat«, sprach Jamir weiter und seine Augen verdüsterten sich. »Wie gerne würde ich ihm einen Speer in sein Herz jagen!«

Rheos Lippen wurden schmal und Sirja hielt die Luft an. Sie hatte keine Ahnung, wie lange er sich Beleidigungen anhören und dabei ruhig bleiben würde.

»Der Zentaur hat mich recht gut behandelt«, entgegnete sie hastig. Zu ihrem Erstaunen stellte sie fest, dass dies der Wahrheit entsprach. Abgesehen davon, dass er sie ihrer Freiheit beraubt und ihr fades Essen gegeben hatte, hatte Rheos ihr nichts Böses getan.

Jamir nickte. »Ich verstehe, wenn du noch nicht darüber sprechen kannst.« Er verschränkte die Hände ineinander und betrachtete sie nachdenklich. »Was hatte der Zentaur eigentlich so weit im Norden zu suchen? Wir hatten angenommen, er würde dich zum Zentaurenlager verschleppen, das wir im Süden Eleazans vermuten.«

Sirja zuckte zusammen. Dass Jamir diese Frage stellen würde, war ihr nicht in den Sinn gekommen. Ein Blick zu Rheos verriet, dass auch ihn diese Frage ebenso überraschte, wie missfiel.

»Der Zentaur hat sich mit mir in einer Grotte nahe der Südfeste versteckt«, stammelte sie. »Danach kann ich mich an nichts erinnern, weil ich Fieber bekommen habe.«

Bestürzt sah Jamir sie an. »Du warst krank?«

»Die Grotte lag hinter einem Wasserfall, man konnte sie nur schwimmend erreichen. Die Tage in der klammen Umgebung haben mir nicht gutgetan. Nach meiner Rettung durch Rheos trafen wir bald auf Dyrdra, die mich mit Hilfe ihrer Kräutertränke rasch kurieren konnte.«

Jamir stieß einen tiefen Seufzer aus und wandte sich zu Rheos. »Mein Freund, Sirja hat dir bestimmt schon tausendmal gedankt, doch ich muss dir einfach auch nochmals danken.«

»Ja, Sirja dankt mir mehrmals am Tag«, besaß Rheos die Dreistigkeit zu erwidern. »Doch jeder andere Mann wäre ihr ebenfalls zu Hilfe geeilt.«

»Aber nicht jeder Mann hätte den Mut gehabt, sich einem Zentauren in den Weg zu stellen.« Jamir legte seinen Arm um Sirjas Schulter. »Du musst keine Angst mehr haben, Sirja. Solange ich bei dir bin, wird keine dieser Bestien es wagen, sich dir mehr als hundert Schritte zu nähern.«

Rheos Mundwinkel zuckten belustigt. Als Jamir sich ihm erneut zuwandte, hatte er sein Mienenspiel jedoch sofort wieder im Griff.

»Rheos, wie ist es dir gelungen, den Pferdemenschen im Kampf zu besiegen?«

Nicht noch eine heikle Frage! »Jamir, erzähle du doch erst einmal, welche Männer das waren, gegen die ihr heute gekämpft habt«, warf sie ein.

»Nicht hier in der Halle«, erwiderte Jamir mit gesenkter Stimme. »Ich wollte mit dir – und auch mit Rheos – darüber sprechen, wenn wir alleine sind.«

Jamirs Tonfall gefiel ihr nicht. Aber ehe sie weiter überlegen konnte, zeigte der junge Turmherr auf die eintretenden Mägde und Knechte, die Speisen auf großen Platten aus der Küche in die Halle trugen.

»Zwar kann ich euch kein Festmahl bieten«, Jamirs Stimme klang nun wieder normal, »aber das beste Kaninchen in Zwiebelsoße, das ihr je gegessen habt.«

Eine der Mägde stellte eine Servierplatte vor ihnen auf den Tisch und der würzige Duft zog Sirja in die Nase. Augenblicklich lief ihr das Wasser im Mund zusammen. Welch herrliches Essen! Doch was sollte Rheos zu sich nehmen? Das Kaninchen war sicher nicht nach seinem Geschmack.

»Jamir?« Sie berührte den Turmherrn am Arm. »Rheos bevorzugt anderes Essen. Nach seinem Unfall ...«

»... hatte ich lange Zeit Schwierigkeiten mit meinem Magen«, fiel Rheos ihr unerwartet ins Wort, »doch inzwischen geht es besser. Ich probiere gerne von dem Gericht, es riecht verlockend.«

Sirja traute ihren Ohren nicht. Hatte er ihr nicht erklärt, wie sehr ihn das fetttriefende, gesalzene Essen der Menschen anekelte? Zudem kannte sie seine Begeisterung für diesen faden Zentaurenfraß.

Rheos ignorierte ihren Blick und widmete sich voll Interesse der Kaninchenbrust und den Zwiebelringen, die Jamir ihm auf sein Essbrett lud.

Voll Staunen beobachtete Sirja, wie ein Bissen nach dem anderen in Rheos Mund verschwand. Wenn sie es nicht besser wüsste, hätte sie gesagt, er aß mit Appetit!

Kopfschüttelnd wandte sie sich ihrem eigenen Speisebrett zu. Hauptsache, ihm wurde nachher nicht schlecht.

Nach Beendigung der Mahlzeit sah Rheos zufrieden von seinem Essbrett auf. »Das war das beste Kaninchen in Zwiebelsoße, das ich je in meinem Leben gegessen habe«, erklärte er feierlich.

Es war auch dein Erstes, setzte Sirja in Gedanken hinzu, verkniff sich aber eine Bemerkung.

Jamir hingegen freute sich über das Lob. Er prostete Rheos mit seinem Becher zu, in dem sich aus Respekt für die Gefallenen heute Abend für alle nur Wasser und kein Wein befand. Dann wurde sein Gesichtsausdruck ernst. »Es ist unhöflich, gleich nach einer guten Mahlzeit aufzuspringen, doch ich würde gerne ungestört mit euch reden.«

Sirja erhob sich. Rheos stand ebenfalls auf, bot ihr seinen Arm und sie folgten dem Turmherrn quer durch die Halle in Richtung der Treppe.

Sirja fasste unauffällig Rheos Hand, um ihm beim Hinaufsteigen Halt zu geben. Nach ein paar Stufen stellte sie jedoch fest, dass er ihre Stütze kaum mehr benötigte. Die Gewöhnung an seinen menschlichen Körper ging weitaus schneller, als sie vermutet hätte.

Im oberen Stockwerk angekommen, öffnete Jamir die erste der drei Türen und ließ sie eintreten. Sirja kannte den kleinen, spärlich möblierten Raum von früheren Besuchen, er diente dem Turmherrn als Schreibzimmer. Auf dem runden Tisch in der Mitte lagen Landkarten verstreut, auf denen verschiedenfarbige Kieselsteine wichtige Punkte markierten.

In dem Regal neben dem Kamin entdeckte sie Pergament, Schreibfedern, Tintenfässchen sowie die kleinen Lederkapseln, die man den Tarkyren an ihre blutroten Beine band, um Nachrichten zu senden. Sie lächelte versonnen. Alles, was sie für ihre Nachricht an den Fürsten benötigte, befand sich in diesem Raum. Am besten verfasste sie die Botschaft noch heute Nacht, damit sie den Vogel morgen früh schicken konnte.

Jamir schloss die Tür und bat sie, Platz zu nehmen. Sirja ließ sich auf einem Stuhl nieder und blickte ihn neugierig an. Was hatte er ihnen mitzuteilen, dass er es nicht in der Halle tun konnte?

Sie warf einen raschen Seitenblick auf Rheos, der ebenfalls am Tisch Platz genommen hatte. Auch er sah Jamir gespannt an. Trotzdem entging ihr nicht, dass seine Augen immer wieder zu den Landkarten wanderten.

Darum hatte dieser durchtriebene Bastard so bereitwillig in den Überfall eingegriffen! Er hatte nur seine Vorteile im Sinn gehabt. Ihr Blick verfinsterte sich. Sie durfte ihn ab jetzt keinen Moment aus den Augen lassen! Jamir konnte ihm jederzeit wichtige Auskünfte preisgeben, ohne es zu merken.

Mit einem Mal war sie über Jamirs Entscheidung, sie noch ein paar Tage auf seiner Feste zu behalten, nicht mehr böse. Was nützte es, dem Fürsten Geheimnisse über die Zentauren zu überbringen, wenn Rheos unbemerkt wichtige strategische Pläne erfuhr!

Am liebsten hätte sie den verwandelten Zentauren aus dem Zimmer geworfen. Für Jamir war Rheos jedoch ihr Retter, dem er volles Vertrauen entgegenbrachte. Innerlich kochend zwang Sirja sich zu einem freundlichen Gesichtsausdruck. Im Augenblick konnte sie nichts ausrichten. Morgen früh allerdings würde sie als erstes Dyrdra aufsuchen. Diesen gefährlichen Nebeneffekt hatte die Wandlerin bestimmt nicht bedacht.

Mit einem Seufzen ließ Jamir sich ebenfalls am Tisch nieder. »Ich will gleich zur Sache kommen. Für diesen Angriff heute habe ich keine Erklärung.« Er hob die Hände. »Unter den Menschen Tarnems herrscht Frieden, und auch mit den benachbarten Fürstentümern Dalen und Meratan sind die Beziehungen gut. Einzig mit den Zentauren gibt es Probleme.« Er grinste schief. »Doch diese Krieger waren definitiv keine Pferdemenschen.«

»Hast du etwas Wertvolles mit dir geführt?«, erkundigte sich Rheos.

Jamir schüttelte den Kopf. »Nein, aber ich war auf der Suche nach etwas Wertvollem.« Er warf einen bedeutungsvollen Blick auf Sirja und lächelte.

»Die Angreifer gingen mit äußerster Brutalität vor«, fuhr Rheos unbeirrt fort, wofür Sirja ihm dankbar war. Jamirs Lächeln machte sie verlegen.

»Hätte jemand Vorteile von deinem Tod, Jamir?«, fragte Rheos. »Vielleicht die Aussicht, selbst Turmherr der Nordfeste zu werden?«

»Der Titel des Turmherrn ist erblich. Erlischt die Linie, bestimmt der Fürst einen neuen Titelträger. Doch nach dem Schicksal der Ostfeste ist niemand besonders interessiert, Herr eines Außenpostens zu werden.« Er sah Rheos offen an. »Du bist als Söldner viel herumgekommen. Hast du etwas von einer herumstreunenden Räuberbande gehört?«

Ah, deshalb hatte Jamir Rheos bei diesem Gespräch dabeihaben wollen! Schade nur, dass Rheos nichts Erhellendes dazu beitragen konnte.

Doch entgegen ihrer Vermutung hatte Rheos etwas in dieser Sache zu sagen. »Gehört habe ich nichts von einer solchen Bande. Allerdings könnte ich mir vorstellen, dass diese Männer es waren, die heute Morgen das Bauerndorf niedergebrannt haben.«

Jamir starrte ihn an. »Für das Feuer und das Morden im Dorf waren Zentauren verantwortlich.«

»Nein.«

Die Überzeugung, mit der er das Wort aussprach, ließ Sirja ihre Zweifel, die sie selbst an dieser Behauptung hatte, einen Moment lang vergessen.

Jamir irritierte Rheos Selbstsicherheit ebenfalls. »Woher willst du das wissen?«

»Die Spuren, die ich im Dorf sah, waren die beschlagener Pferde.« Er wies zur Tür. »Befrage Dyrdra, sie teilt meine Meinung.«

»Aber überall steckten Pfeile mit der rotgelb gesprenkelten Befiederung der Zentauren«, wiederholte Sirja. »Außerdem sagte ich dir und Dyrdra bereits, dass die Zentauren beschlagene Pferde zur Täuschung mitgeführt haben könnten.«

Rheos warf ihr einen eisigen Blick zu. »Wenn dem so wäre, müsste man eine Menge Hufabdrücke finden, beschlagene und unbeschlagene. Im Dorf selbst wird mittlerweile jede Spur durch die Nordfestenkrieger und die Bauernknechte zerstört sein, aber im Umkreis ...« Ruckartig hob er den Kopf. »Woher wussten deine Männer eigentlich von dem Brand, Jamir? Das Dorf ist zu weit von der Nordfeste entfernt, als dass man den Rauch hätte sehen können.«

Gegen ihren Willen sah Sirja Rheos bewundernd an. Auf diese Unstimmigkeit war sie nicht gekommen.

»Im Morgengrauen klopfte ein Mann an unser Tor«, erwiderte Jamir, »der berichtete, die Zentauren hätten ein Dorf angegriffen.«

Rheos Stimme wurde schneidend. »Hat der Mann die Zentauren mit eigenen Augen gesehen?«

»Das weiß ich nicht«, gab Jamir zu. »Der Mann sprach mit einer Torwache. Ich gab umgehend den Befehl, einen Trupp dorthin zuschicken. Dann fiel mir ein, dass Sirja vielleicht bei den Zentauren sein könnte und ich brach ebenfalls auf.«

Rheos zog eine Augenbraue hoch. »Mit diesen wenigen Männern hättest du dich den Zentauren entgegenstellen wollen?« Er machte sich nicht die Mühe, den Spott in seinem Tonfall zu unterdrücken.

Glücklicherweise verstand Jamir nicht die volle Bedeutung seiner Worte. »Wenn nötig, hätte ich mich ihnen ganz alleine gestellt, um Sirja zu befreien«, entgegnete er ruhig. »So wie du.«

»Du hast recht«, stimmte Rheos zu. »Wenn das Ziel stimmt, ist es egal, wie hoch der Einsatz ist.«

Einen Moment lang herrschte Schweigen, dann kam Jamir auf ihr ursprüngliches Thema zurück. »Der Überfall bleibt weiterhin rätselhaft.«

»Du solltest den Fürsten darüber in Kenntnis setzen«, schlug Sirja vor, um wenigstens etwas Sinnvolles beizutragen. Jamir wirkte niedergeschlagen, sie hätte ihm zu gerne geholfen.

»Das werde ich, aber erst morgen früh.« Er erhob sich und nickte ihnen zu.

Gedankenverloren stand Sirja von ihrem Stuhl auf. Sie kannte Jamir ihr Leben lang, er konnte ihr selten etwas vormachen. Ihm lag noch etwas auf dem Herzen. Sie würde ihn morgen unter vier Augen darauf ansprechen, ohne die Gegenwart eines zentaurischen Spions.

Zum zweiten Mal an diesem Tag erklomm Sirja mit Rheos zusammen die Wendeltreppe. Seine Finger krallten sich um das Seil, das als Geländer diente, aber immerhin krabbelte er nicht mehr auf allen Vieren hinauf.

Als sie in der oberen Etage angekommen waren, sprach sie aus, was sie schon die ganze Zeit beobachtete: »Du lernst schnell.«

»Ich muss das Beste aus meiner Lage machen.«

»Das habe ich gemerkt«, erwiderte sie trocken. »Ich habe deine verstohlenen Blicke auf die Landkarten gesehen. Du willst uns auskundschaften.«

»Hast du nicht das Gleiche vor?«

Sie schnaubte. »Vor dir muss ich mich nicht rechtfertigen! Ich werde verhindern, dass du Jamir aushorchst oder ihm falsche Auskünfte gibst.«

Er zuckte mit den Schultern. »Er würde mir genausowenig glauben wie du. Selbst wenn ein ganzes Menschenheer dieses Bauerndorf niedergetrampelt hätte, würdet ihr in eurer Ignoranz noch immer behaupten, dass es Zentauren waren.«

Ehe sie etwas erwidern konnte, wandte er ihr den Rücken zu und ging auf sein Zimmer.

Arroganter, selbstgefälliger Pferdemensch! Ihr Blick bohrte sich in die Tür, die er hinter sich geschlossen hatte. Er würde sie nicht manipulieren, eher wuchsen ihr vier Beine und ein Schweif!

19

Die Klinge des Schwertes drückt gegen ihre Kehle, Schweiß läuft über ihr Gesicht.

Triumph in Jamirs Augen. »Lass deine Waffe fallen, Sirja, dieses Mal habe ich gewonnen.«

»Eher heirate ich, als dass ich mich von dir besiegen lasse!« Sie hebt ihr Bein und tritt ihm mit Wucht auf den Fuß.

Jamir stöhnt, die Klinge an ihrem Hals lockert sich.

Ihr Bruder, der das Duell beobachtet hat, lacht. Plötzlich wird sein Gesichtsausdruck ernst.

»Was ist los?«, raunt sie. »Zentauren?«

Artor weist zwischen den Bäumen hindurch.

Ihre Kinderfrau Biana, die nach ihr sucht. Biana darf sie nicht finden, sonst muss sie den restlichen Tag in ihrem Zimmer sitzen und sticken, statt mit Artor und Jamir durch den Wald zu streifen! Sie dreht sich auf dem Absatz um. Nichts wie fort!

Die Hand ihres Bruders, die sie zurückhält, seine Worte, die sie auffordern, zu Biana zu gehen.

Sie schüttelt seine Hand ab. »Was denkst du dir dabei, mich zurückschicken zu wollen?«

»Die Zeiten ändern sich …«

Die Zeiten ändern sich?

Er zeigt an ihrem Körper herab. »Du bist eine Frau geworden.«

Sie zerrt ihr Kleid zurecht, als könnte sie damit die Rundungen ihres Körpers verbergen.

Artor, der ihr mit unglücklichem Blick zusieht. »Manchmal kommt es anders, als man plant.«

Jamir räuspert sich. »Ich bin gekommen, um mit Artor morgen nach Narma aufzubrechen.«

Der Hof der Fürstin von Meratan?! Mit keinem Wort hat ihr Bruder seine Pläne erwähnt. Fassungslos blickt sie zwischen ihm und seinem Freund hin und her.

Jamirs Finger streichen über ihren Oberarm, seine Stimme dringt wie aus großer Ferne zu ihr. »Beste Kriegerausbildung … neue Freunde kennenlernen … gute Verbindungen wichtig, wenn Artor und ich einst Turmherren sein werden …«

Sie lässt sich nichts vormachen! »Ihr wollt euch Ehefrauen suchen.«

Artor senkt den Kopf.

Enttäuschung, Bitterkeit, Wut. »Was ist mit unserem Schwur? Wir beide wollten niemals heiraten.«

»Wir sind keine Kinder mehr, Sirja.«

Wie benommen steht sie zwischen den beiden Männern. »Wenn ich heirate, muss ich die Südfeste verlassen. Jagen, kämpfen und schwimmen wird mein Gemahl mir nicht gestatten.«

Artor erwidert nichts, Jamir schweigt.

Ringen um Fassung. »Wie lange bleibt ihr in Narma?«

»Ein Jahr.«

Eine endlose Zeit.

Vorsichtig hebt Artor den Blick. »Verzeihst du mir mein Schweigen, damit ich in Frieden ziehen kann?«

Schmerz, dann: »Ich werde meinen Weg finden.«

Artor küsst sie auf die Stirn. »In meinen Gedanken bin ich stets bei dir, kleine Schwester.«

Noch befangen von ihrem Traum stieg Sirja am nächsten Vormittag zusammen mit Rheos die Treppen zur Halle hinunter. Doch nicht nur die Erinnerung an den letzten gemeinsamen Tag mit ihrem Bruder bedrückte sie. Sie war gestern Abend eingeschlafen, kaum hatte ihr Kopf das weiche Kissen berührt. Hinauszuschleichen, um eine Botschaft an Neidor zu schicken, war nicht möglich gewesen – ein Versäumnis, das sie heute schnellst möglich nachholen musste.

In der Halle angekommen, war es diesmal nicht Jamir, der ihr Erscheinen bemerkte, sondern einer der Diener.

Beflissen trat der Mann auf sie zu und verbeugte sich. »Der Turmherr hat bereits gefrühstückt. Er ist noch vor Sonnenaufgang zu einem Erkundungsritt aufgebrochen. Sobald ihr gegessen habt, erwartet er euch beide im Schreibzimmer.«

Auf Rheos verdutztes Nicken ging der Diener an ihnen vorbei die Treppe hinauf.

Sirja spürte Rheos fragenden Blick. »Vielleicht ist Jamir zu den abgebrannten Höfen geritten?«

Er erwiderte nichts. Stattdessen ging er zielstrebig auf die Herrschaftstafel zu und ließ sich – weitaus eleganter als am Tag zuvor – auf einem der Stühle nieder.

Das Frühstück stand bereits auf dem Tisch. Sirja nahm sich eine Scheibe Brot, bestrich sie mit Süßrahm und träufelte aus einer kleinen Karaffe Fruchtmus darauf. Bevor sie in das Brot biss, tippte sie mit ihrem Zeigefinger in das dunkelrote Mus und leckte ihn ab. Gesterbeeren mit Honig. Genießerisch schloss sie die Augen. Die Köchin der Nordfeste war eine wahre Meisterin auf ihrem Gebiet.

Als sie wieder aufsah, merkte sie, dass Rheos sich noch nichts auf sein Speisebrett geladen hatte, sondern sie aufmerksam beobachtete.

»Ich schaue dir zu, um zu lernen, wie Menschen frühstücken«, erklärte er und blickte demonstrativ auf ihren Zeigefinger.

Sirja schoss das Blut in die Wangen. »Ich liebe Fruchtmus«, verteidigte sie ihren Moment der Schwäche, »besonders süße Gesterbeeren.« Sie nahm die Karaffe und stellte sie vor ihn. »Probiere es selbst.«

In seinen Augen blitzte es auf. »Mit dem Finger oder auf einem Stück Brot?«

»Das überlasse ich dir«, erwiderte sie so würdevoll wie möglich und widmete sich ihrer Brotscheibe, um nicht mehr seinen spöttischen Gesichtsausdruck sehen zu müssen.

»Das Mus schmeckt wirklich gut«, erklang kurz darauf seine Stimme.

Nun wandte sie ihm doch wieder den Kopf zu. »Kennt ihr so etwas nicht?«, fragte sie mit gesenkter Stimme.

»Wir essen die Beeren nur frisch oder getrocknet. Aber bei meiner Rückkehr werde ich die Herstellung eines solchen Muses anregen.«

»Vielleicht magst du es in deiner Zentaurengestalt nicht mehr.«

»Darauf würde ich es ankommen lassen.«

Nachdenklich sah sie ihn an. »Du gibst die Hoffnung nicht auf, dass du wieder zu deinem Volk zurück kannst, oder?«

»Welcher Anführer wäre ich, wenn ich nicht daran glaubte?«

Der Blick aus seinen waldgrünen Augen war ruhig, doch sie sah den Schmerz und die Sehnsucht dahinter. Gebannt in eine Gestalt, die er abgrundtief hasste, war es ihm unmöglich, in seine Heimat zurückzukehren. Sein Menschsein band ihn fester als jede Fessel oder jedes Kerkergitter.

Gegen ihren Willen verspürte sie Bewunderung für ihn. Es brauchte innere Stärke, nicht der Verzweiflung zu erliegen, sondern sich so einer Herausforderung zu stellen.

Bei ihrem Erscheinen im Schreibzimmer ließ Jamir Dyrdra dazurufen. Die Viehheilerin setzte sich neben Sirja an den Tisch, Rheos lehnte mit verschränkten Armen an der Wand und Jamir stand vor dem Kamin, die Hände auf den Sims gestützt und starrte in das Feuer.

Der junge Turmherr hatte von seinem Erkundungsritt schlechte Nachrichten mitgebracht: Niemand aus den umliegenden Siedlungen hatte die Botschaft über das brennende Dorf in die Nordfeste gebracht.

Keiner der Einwohner hatte in der Nacht oder den Tagen zuvor Zentauren in der Gegend gesehen.

Einzig eine unbeschlagene Hufspur hatte in das niedergebrannte Dorf geführt, jedoch nicht wieder hinaus.

Sirja umklammerte einen Becher mit Wasser, bis ihre Knöchel weiß hervortraten. Sie wusste, wer diese Spur verursacht hatte.

Natürlich konnte sie es Jamir nicht verraten, doch an den Tatsachen hätte es sowieso nichts geändert. Rheos hatte den Brand nicht gelegt, und genauso wenig war es ein anderer Zentaur gewesen. Diese grausame Tat hätte nicht von einem Pferdemenschen alleine verübt werden können, einen einzelnen Zentauren hätten die Bauern überwältigt.

Damit gab es für die Vorkommnisse nur eine bittere Erklärung. Sirja setzte den Becher an ihre Lippen und trank ihn in einem Zug aus. Es hatte keinen Sinn, die Wahrheit zu leugnen.

»Welche Männer überfallen ein Dorf, ohne es zu plündern?«, durchbrach sie das drückende Schweigen im Zimmer mit der Frage, auf die Jamir trotz sorgfältiger Untersuchung aller Spuren keine Antwort gefunden hatte.

Jamir nahm eine Hand vom Kamin und drehte sich zu ihnen um. »Diejenigen, die einen Boten mit einer falschen Nachricht zu mir schicken?«

»Das sehe ich ebenso.« Rheos verharrte in seiner Pose am Fenster, während er sprach. »Und ich behaupte, es waren auch diejenigen, die dich und deine Krieger angegriffen haben.«

»Du glaubst, alles hängt zusammen?«, fragte Jamir.

Rheos nickte. »Hinter den drei Ereignissen steht der gleiche Beweggrund.«

Jamir und Dyrdra sahen Rheos neugierig an und auch Sirja wartete gespannt auf seine Erklärung.

Rheos löste sich vom Fenster und trat einen Schritt in den Raum. »Alles geschah, um den Verdacht auf die Zentauren zu lenken: die Pfeile im Dorf, die falsche Botschaft, und der Versuch, Jamir und seine Krieger zu töten. Wären er und seine Männer gestorben, gäbe es keine Zeugen und alle kämen wohl zu dem gleichen Schluss: Es war das Werk von Zentauren.«

Sirja runzelte die Stirn. »Aber wer will den Verdacht von sich ablenken? Und warum?«

»Das weiß ich nicht«, erwiderte Rheos, »dafür kenne ich mich in menschlichen ... in dieser Gegend nicht aus.« Er sah zu Jamir. »Du sagtest, du hättest weder Feinde noch Neider. Aber irgendjemand will dir schaden. Oder deinem Herrn, dem Fürsten.«

Jamir erwiderte nichts, sondern wandte sich wieder zum Kamin. Von ihrem Platz aus konnte Sirja die tiefen Furchen sehen, die bei Rheos letzten Worten auf der Stirn des Turmherrn erschienen waren.

Er verheimlicht uns etwas, dachte sie erneut. Und was immer ihn belastete, schien über die gegenwärtigen Ereignisse hinauszugehen. Schon lag ihr auf der Zunge, ihn danach zu fragen, da fiel ihr Rheos Gegenwart ein.

Seine treffenden Schlussfolgerungen hatten sie erstaunt, doch noch mehr erstaunte sie sein Verhalten. Warum triumphierte Rheos nicht darüber, recht behalten zu haben? Wie ungünstig, dass sie ihn genauso wenig wie Jamir offen danach fragen konnte!

»Ich muss euch etwas sagen.« Jamir stieß sich vom Kamin ab und kam zu ihnen herüber. Seine blauen Augen blickten verzweifelt.

»Worauf willst du hinaus?«, fragte sie. Sollte Jamir ihnen Geheimnisse anvertrauen wollen, würde sie einschreiten müssen, indem sie eine Ohnmacht vortäuschte. Für einen guten Zweck konnte sie sich auch einmal benehmen wie eine echte Dame.

»Nehmen wir einmal an, Rheos hat mit seiner Vermutung über die Täter recht. Wäre es möglich, dass dies nicht ihre ersten Schandtaten waren?« Jamir legte die Hände auf den Rücken und begann im Zimmer auf und ab zu gehen. »Es klingt aberwitzig, dennoch ...« Er blieb stehen. »Was, wenn nicht Zentauren, sondern diese Männer Gerdor umgebracht haben?«

Sirja starrte ihn an. Sie hatte Jamirs Großvater gemocht, seine Ermordung nur wenige Tage nach Artors Tod hatte sie tief getroffen.

»Hat jemand beobachtet, wie die Zentauren diesen Mord begangen haben?« Rheos Stimme war schneidend wie ein Winterwind.

Jamir schüttelte den Kopf. »Es gab keine Augenzeugen, mein Großvater und seine zwei Begleiter starben. Rotgelb gesprenkelte

Pfeile töteten sie und wir fanden Dutzende von Hufspuren. Damals war es Beweis genug für mich für die Schuld der Zentauren, doch heute ...«

»Wo genau kam dein Großvater ums Leben?«, wollte Rheos wissen.

»In den Hügeln westlich der Nordfeste. Er wollte einen Erkundungsritt unternehmen.«

Prüfend sah Rheos ihn an. »Was suchte er? Zentauren?«

»Nein, bis zu diesem Zeitpunkt hatten wir so weit nördlich seit dem Krieg keine Pferdemenschen mehr gesehen.« Jamir strich sich über das Kinn. »Wonach mein Großvater Ausschau hielt, weiß ich nicht. Ihn schien in den Tagen zuvor etwas zu beschäftigen, doch leider zog er mich nicht ins Vertrauen. Die Einzigen, die etwas hätten wissen können, sind mit ihm gestorben.«

»Könnte er sich an Fürst Neidor gewandt haben?«, schlug Sirja vor.

Jamir winkte ab. »Das können wir ausschließen. Mein Großvater mochte Neidor nicht, die Politik des Fürsten machte ihn von Anfang an misstrauisch.« Er lächelte entschuldigend, als schäme er sich für Gerdors Einstellung.

»Zeigst du mir den Ort, an dem dein Großvater den Tod fand?«, bat Rheos.

Ruckartig hob Sirja den Kopf. Was führte Rheos im Schilde? Gestern Morgen hatte er verkündet, es wäre ihm gleichgültig, wenn die Menschen sich gegenseitig abschlachteten. Und nun wollte er nach Spuren suchen?

»Warum interessiert dich das so, Rheos?«, fragte sie, nur mit Mühe die Schärfe in ihrer Stimme unterdrückend.

Sein Blick durchbohrte sie beinah. »Ich bin neugierig zu erfahren, wer die Zentauren als Schuldige darstellt, um von sich selbst abzulenken.«

»Ich kann dich gleich dorthin bringen«, durchbrach Jamir ihr Blickduell. »Allerdings wird man nach dieser Zeit keine Hinweise mehr auf die Täter finden.« Er fuhr sich mit der Hand über das

Gesicht. »Du zweifelst also auch daran, dass es Zentauren gewesen waren, Rheos?«

»Ich ... ich weiß es nicht.«

Er log. Sirjas Atmung beschleunigte sich. Rheos war der Te'Ral, er hätte den Befehl geben müssen, den Herrn der Nordfeste zu ermorden. Aber dass er es nicht getan hatte, sah sie in seinen Augen. Also waren die Zentauren nicht Gerdors Mörder! Sie hielt sich mit der Hand an der Tischkante fest, so ungeheuerlich war diese Erkenntnis. Glücklicherweise bemerkte Jamir ihren Schrecken nicht.

Mit verschränkten Armen stand er vor ihnen, sein Gesicht vor Wut gerötet. »Inzwischen weiß ich nicht, wen ich mehr hasse«, stieß er hervor, »die zentaurischen Bestien oder diese Männer.« Er trat einen Schritt auf Rheos zu und legte ihm die Hand auf die Schulter. »Vielleicht entdeckst du etwas, das uns entgangen ist – so wie bei diesem Dorfbrand.« Jamir lächelte. »Auf jeden Fall danke ich den Göttern, dass dein Weg dich zu uns geführt hat. Kluge und mutige Männer wie du sind selten.«

Dass Rheos mit einem gezwungenen Lächeln nickte, nahm Sirja kaum mehr wahr. Der Raum um sie herum begann zu schwanken. Oder war es nur ihr Kopf, in dem alles durcheinanderwirbelte? Sie hätte jeden Eid auf die Schuldigkeit der Zentauren geschworen und nun ...

»Sirja, trink etwas.« Dyrdra, deren Anwesenheit sie vergessen hatte, goss Wasser in ihren leeren Becher.

Dankbar nippte Sirja an dem Gefäß. Als sie den Becher absetzte, bemerkte sie Jamirs besorgten Blick.

»Es ist alles in Ordnung«, erklärte sie rasch und erhob sich. Wenn er sie für krank hielt, würde er ihr nicht erlauben, mitzukommen.

Jamir betrachtete sie noch einen Moment lang skeptisch, dann nickte er. »Sobald du deinen Umhang und Rheos sein Schwert geholt hat, brechen wir auf.« Er ging voran und öffnete die Tür.

Rheos trat an ihre Seite und reichte ihr seinen Arm. Gemeinsam verließen sie den Raum, gefolgt von Dyrdra, die sie nicht begleiten, sondern sich weiter um die Verletzten kümmern wollte.

Durch den von Sonnenlicht erhellten Gang lief Sirja neben Rheos zur Wendeltreppe und wagte nicht ihn anzusehen. Er hatte mit seiner Vermutung recht behalten – eine Tatsache, mit der sie erst noch fertig werden musste. Ebenso wie mit der Vorstellung, dass er sie unterstützen wollte, Gerdors Mörder zu finden.

Ihre Hände ballten sich zu Fäusten. Wenn es der Suche nach der Wahrheit half, mit einem Zentauren zusammenzuarbeiten, dann würde sie ihren Hass beiseiteschieben und genau das tun!

20

Hose, Stiefel, Hemd, Wams und die Haare zum Zopf gebunden. Rheos schnallte seinen Waffengürtel um und betrachtete sich stirnrunzelnd in dem Standspiegel, der in einer Ecke seines Zimmers stand. Er sah aus wie ein Mensch. Nichts verriet den Zentauren, der er einst gewesen war.

Leider bewirkte sein perfektes Äußeres nicht, dass er sich in der menschlichen Kleidung wohl fühlte. Zentauren trugen keine Kleider. Die Notwendigkeit, Kettenhemden in einer Schlacht anzulegen, hatte sich erst in dem zurückliegenden Krieg ergeben. Menschen hatten diese Rüstungen seit jeher getragen und waren den Zentauren gegenüber daher im Kampf im Vorteil gewesen.

Zu Beginn hatten sie die Kettenhemden toten Menschenkriegern abgenommen. Inzwischen waren ihre Schmiede in der Lage, sie selbst herzustellen – wenn auch nicht in solch vollendeter Qualität wie die Menschen. Da die Metallringe des Hemdes auf der bloßen Haut unangenehm waren, hatten sie ihren Stolz überwunden und Hemden zum Darunterziehen angefertigt.

Die Verluste waren durch das Tragen der Kettenpanzer stark zurückgegangen, daher hatte sein Vater befohlen, dass kein Zentaur mehr ohne diesen Schutz in eine Schlacht ziehen durfte. Trotzdem war Rheos nach jedem Gefecht froh gewesen, sich Hemd und Kette entledigen zu können.

Und nun stand er hier, von oben bis unten eingeengt in Kleidung. Die Stiefel waren wider Erwarten das geringste Problem. Den Boden nur grob zu spüren, war er durch seine Hufe gewohnt. Am verhasstesten war ihm die Hose. Am liebsten hätte er sich diese Beinkleider vom Leib gerissen und aus dem Fenster geworfen. Das feste Leder engte ihn ein, das Reiben des Stoffes auf seiner Haut machte ihn nervös. Doch ohne Hose herumzulaufen, schien in der Menschenwelt tatsächlich undenkbar. Einige Krieger hatte er im Hof mit bloßem Oberkörper gesehen, ohne Hosen jedoch niemanden.

Und nur Menschen niederer Stellung schienen barfuß zu laufen, alle anderen trugen Schuhe aus Leder oder Holz. Soweit er es beurteilen konnte, war er für menschliche Verhältnisse einem Krieger angemessen angezogen.

Die Falten in seiner Stirn vertieften sich. Angemessen war nicht nur seine Kleidung, sondern auch die Behandlung, die ihm in der Nordfeste zukam. Jamir erwies ihm große Gastfreundschaft und behandelte ihn mit Respekt. Eine solche Freundlichkeit hätte er den Menschen ehrlicherweise nicht zugetraut. Für ihn waren sie stets Götzen huldigende, verfressene und Unzucht treibende Bastarde gewesen.

Rheos schüttelte den Kopf und wandte sich vom Spiegel ab. Vermutlich bildete die Nordfeste eine Ausnahme. Sie lag so weit abseits aller großen menschlichen Siedlungen, dass das liederliche Leben nicht bis hierher vorgedrungen war.

Während er zur Tür schritt, kehrten seine Gedanken zu der geheimnisvollen Räuberbande zurück. Indem er Jamir half, verfolgte er vor allem ein Ziel: Die Menschen davon zu überzeugen, dass es eine Bedrohung gab, die nicht von den Zentauren ausging. Wenn Jamir – oder besser noch ganz Tarnem – Feinde in den eigenen Reihen hatte, war dies für die Zentauren von Vorteil. Neidor würde einem Waffenstillstand gegenüber aufgeschlossener sein.

Dass es ihn selbst interessierte, wer seinem Volk die Schuld geben wollte, war nebensächlich. Noch unwesentlicher war, dass er Jamirs Wunsch nach Rache an den Mördern seines Großvaters verstand.

Rheos blieb stehen. Was war überhaupt mit Jamirs Eltern geschehen? Weder hatte er sie gesehen noch war von ihnen die Rede gewesen. Damit musste Jamir ein Kind der Schande sein; verstoßen von den Eltern hatte sich nur der Großvater seiner erbarmt. Er musste unbedingt die Turmherrntochter danach fragen. Doch vermutlich würde sie ihm keine Antwort geben, weil sie sich für den geringen Familiensinn der Menschen schämte. Oder sie würde seine Frage nicht verstehen, weil es bei den Menschen üblich war, sich nicht um ihre Kinder zu kümmern.

Rheos öffnete die Tür und ließ sie hinter sich ins Schloss fallen. Wie es aussah, herrschten in der Nordfeste dieselben Unsitten wie überall in der Menschenwelt.

»Jamirs Eltern?« Die Stimme der Turmherrntochter, die hinter ihm die Wendeltreppe hinabstieg, nahm einen traurigen Klang an. »Sie starben am roten Fieber, als Jamir ein kleiner Junge war. Sein Großvater übernahm die Verantwortung für ihn, sodass Jamir in der Nordfeste bleiben konnte.«

»Was wäre sonst mit ihm geschehen?« Inzwischen konnte er zu seinem Stolz die Wendeltreppe ohne Festhalten hinuntersteigen.

»Die Schwester seiner Mutter hätte ihn aufgenommen. Eine nette Frau, doch das Leben in Tarm hätte Jamir nicht gefallen. Er liebt die Wälder.«

Rheos erwiderte nichts. Dass die Verhältnisse in der Nordfeste besser waren als im Rest der Menschenwelt, musste er wohl hinnehmen.

Am Ende der Stufen angekommen trat er aus dem Treppenturm hinaus und wartete auf die Turmherrntochter, um ihr Geleit zu geben.

Sie ignorierte seinen dargebotenen Arm jedoch und fixierte ihn stattdessen scharf. »Die Zentauren haben Jamirs Großvater nicht umgebracht.«

»Ebenso wenig wie sie das Dorf in Brand gesetzt haben«, erwiderte er trocken.

Wie erwartet verfinsterte sich ihr Blick. »Ja, ich habe mich geirrt«, zischte sie. »Zufrieden?«

Er nickte und bot ihr erneut seinen Arm an, doch sie schüttelte den Kopf.

»Glaubst du wirklich, du kannst etwas entdecken, was Jamir und seine Männer übersehen haben?« Aus ihrer Stimme war nicht zu entnehmen, ob sie dies erhoffte oder nicht.

»Lassen wir es darauf ankommen. Jamir hat sich seinen eigenen Worten nach nicht die Mühe gemacht, sich genauer umzusehen.«

Sie blickte ihn einen Moment an, dann nickte sie und legte ihre Hand auf seinen Arm.

Doch nun war er es, der verharrte. »In einem Punkt hat Jamir sich übrigens geirrt.« Ein kühles Lächeln umspielte seine Lippen. »Es waren zu diesem Zeitpunkt Zentauren in der Nähe der Nordfeste.«

Die Turmherrntochter riss die Augen auf. »Also habt ihr doch den Mord an Gerdor verübt!«

»Und damit der Besatzung der Nordfeste unsere Anwesenheit verraten? Für wie dumm hältst du uns?« Er stampfte mit dem Fuß auf. »Meine Späher haben mir damals vom Tod des Turmherrn berichtet. Dass wir als Schuldige bezeichnet wurden, wussten sie nicht. Sie sahen nur, dass die Anzahl der Wachen auf der Mauer erhöht wurde. Daraufhin änderte ich meinen Plan.« Seine Stimme senkte sich zu einem Flüstern. »Wir griffen die Ostfeste an.«

Der Wagen rumpelte durch den Wald und Rheos hoffte, dass sie den Platz des Überfalls bald erreichten. Die Fahrt auf diesem Fuhrwerk war eine Qual, jedes Schlagloch ließ ihn zusammenzucken – und Schlaglöcher gab es auf diesem Weg reichlich. Wie hatte er annehmen können, auf einem Pferd zu reiten sei eine Zumutung? In einem Sattel zu sitzen wäre eine Wohltat gegen dieses Geschaukel!

Unauffällig sah er sich um. Den anderen auf dem Wagen schien das Geholper nichts auszumachen. Die Turmherrntochter war in die Betrachtung ihrer Hände vertieft, Jamir und die fünf Burgwachen beobachteten aufmerksam die Umgebung. Außer den Kriegern im Fuhrwerk begleiteten sie noch zehn bewaffnete Männer zu Pferd.

»Ich gehe kein Risiko ein«, hatte Jamir im Burghof erklärt und dabei in die Richtung der Turmherrntochter gesehen.

Glücklicherweise währte die Fahrt nicht allzu lange. Eine Weile nachdem sie eine Brücke über den Fluss Tauh überquert hatten, hielt der Kutscher die Pferde an.

Jamir und die Krieger sprangen aus dem Wagen, Rheos bewegte sich langsamer. Die wackelnde Wagenfläche machte ihm nur zu bewusst, dass er in seinem menschlichen Körper noch nicht so sicher war, wie er gedacht hatte. Beim Absteigen hielt er sich mit beiden Händen an der Umrandung des Wagens fest und war froh, als er endlich wieder festen Boden unter den Füßen hatte.

Jamir half der Turmherrntochter beim Hinuntersteigen, dann wies er zwischen den Bäumen hindurch. »Wir müssen dort entlang.«

Flankiert von den Burgwachen drangen sie in den Wald ein. Rheos konnte sich indes nicht darauf konzentrieren, wohin Jamir sie führte. Zu sehr beanspruchte der Waldboden seine Aufmerksamkeit: Wurzeln, die wie Fußangeln aus dem Boden ragten, Steine und Anhäufungen vermoderten Laubs.

»Hilfst du mir beim Laufen, Rheos?«

Er blieb stehen und hob den Kopf. Die Turmherrntochter stand neben ihm und streckte ihm ihren Arm entgegen. Rasch nickte er und ergriff ihre Hand.

»Danke«, murmelte er, überrascht von ihrem Angebot. Nach seinem Geständnis an der Treppe, ursprünglich die Nordfeste angegriffen haben zu wollen, hatte sie kein Wort mehr mit ihm gesprochen.

Sie bemerkte seine Verwunderung. »Du hast bereits auf dem Wagen nicht glücklich ausgesehen. Wie willst du gleich Spuren finden, wenn der Weg dich deine gesamte Kraft kostet?«

Er zog eine Augenbraue hoch. »Du wünschst dir also, dass ich etwas finde? Wäre es dir nicht lieber, ich würde erfolglos bleiben und Jamir zu der Annahme zurückkehren, dass es doch Zentauren waren?«

»Ich weiß um die Wahrheit. So unangenehm sie ist, ziehe ich sie der Lüge vor.«

»Diese Einstellung ehrt dich. Nicht jeder denkt so.« Die Turmherrntochter schien kompromisslos bei allem, was sie tat. Den einfachen Weg zu wählen, kam für sie nicht infrage.

Sie sah ihn offen an. »Ich wünsche mir, die wahren Täter zu finden, damit Jamir den Tod seines Großvaters rächen kann.« Sie räusperte sich. »Wir beide sind alles andere als Freunde, aber bei diesem Unternehmen kannst du dich auf meine Unterstützung verlassen.«

Nach einem Moment des Erstaunens neigte Rheos den Kopf. »Ich danke dir.« Und für den Bruchteil eines Augenblicks wünschte er sich, eine brauchbare Spur zu entdecken. Nicht, um den Menschen neue Feinde zu bescheren, sondern um ihretwillen.

Die Lichtung wies keinerlei Besonderheiten auf. Genau genommen war es nicht einmal eine Lichtung, sondern ein schmaler Streifen Wiese, der sich entlang karger Felswände schlängelte, als wollte er den Wald auf Abstand von den Steinen halten.

»Sind das Ausläufer des Wega-Gebirges?«, erkundigte Rheos sich bei Jamir. Er war sich sicher, dass es sich so verhielt, doch es war nicht verkehrt, den Ortsunkundigen zu spielen.

Der Turmherr nickte. »Wir fanden ihre Leichen nahe dieser Felsen. Ihre Pferde sind zur Feste zurückgelaufen und unsere Hunde haben ihre Spur hierher verfolgt.«

Rheos unterdrückte ein Stöhnen. An Jamirs Hundemeute hatte er keine guten Erinnerungen. Er vollführte eine weitläufige Handbewegung. »Wir sollten die Wiese nach Überbleibseln des Kampfes absuchen.«

Jamir gab seinen Männern ein Zeichen und alsbald liefen alle durch das Gras, die Augen angestrengt nach unten gerichtet. Bereits nach kurzer Zeit erklang ein Aufschrei. Einer der Burgwachen stürmte auf Jamir zu, in der Hand einen Pfeil.

Rheos ging gemeinsam mit der Turmherrntochter zu ihnen.

»Schaut, Herr«, rief der Mann und streckte Jamir den Pfeil entgegen. »Ich fand ihn am Fuß des Felsens. Er trägt eine rotgelb gesprenkelte Befiederung, demnach ist er eindeutig zentaurischer Herkunft.«

Rheos schnappte sich den Pfeil, ehe Jamir danach greifen konnte, und drehte ihn prüfend in den Fingern. »Das ist kein Zentaurenpfeil, dafür ist er viel zu schlecht gearbeitet. Außerdem verfehlt kein Zentaur sein Ziel.«

Er spürte den Tritt an sein Schienbein im gleichen Moment, indem er selbst begriff einen Fehler gemacht zu haben. »Ich meine«, fügte er hastig hinzu, »das mit den Schießkünsten der Zentauren erzählt man sich so.«

Jamir maß seinen Worten glücklicherweise keine größere Bedeutung zu. »Du hast recht«, erwiderte er. »Aber auch in unseren Reihen gibt es Meister am Bogen.« Er lachte und klopfte ihm auf die Schulter.

Rheos überging Jamirs Lob. »Wohin wollte dein Großvater?«

»Ich weiß es nicht. Hier in der Umgebung gibt es nichts, nur Wald und dieses Felsmassiv. Nicht einmal ein Dorf liegt in der Nähe.«

»Dann bleiben zwei Möglichkeiten.« Rheos strich am Schaft des Pfeiles auf und ab. »Entweder war der Mord an deinem Großvater ein Zufall, oder jemand wollte verhindern, dass er dort ankommt, wo er hinwollte.«

»Schade, dass er dieses Geheimnis mit ins Grab genommen hat.«

Rheos sah Jamir eindringlich an. »Dein Großvater war nur mit zwei Begleitern unterwegs. Sehr wenig, wenn man bedenkt, dass Tage zuvor Sirjas Bruder getötet worden ist.«

Sirja, die bis jetzt schweigend zugehört hatte, hob den Kopf. »Möglicherweise verzichtete er auf eine größere Anzahl Krieger, um nicht aufzufallen.«

»Das könnte ein Grund gewesen sein«, stimmte Rheos ihr zu. »Es gäbe aber noch einen anderen: Sein Ziel lag nicht weit von der Nordfeste entfernt.«

Jamir öffnete den Mund, doch Rheos hob die Hand und sprach weiter. »Zu welcher Tageszeit ist dein Großvater damals aufgebrochen? Und wollte er abends wieder zurück in der Burg sein?«

Jamir fluchte und schlug sich gegen die Stirn. »Verdammt, warum habe ich nicht selbst daran gedacht! Großvater brach erst nach dem Mittagessen auf. Er sagte, er wollte vor Sonnenuntergang wieder zurück sein. Was immer er suchte, kann nicht weit entfernt sein.«

»Jamir, ich will dir keine falschen Hoffnungen machen«, gab Rheos zu bedenken. »Es kann sein, dass ich mich täusche und wir nichts finden.«

Ein wehmütiges Lächeln umspielte den Mund des Turmherrn. »Die letzten Tage seines Lebens war mein Großvater aufgeregt gewesen, irgendetwas beschäftigte ihn. Inzwischen bin ich mir sicher: Weder die Pferdemenschen noch ein paar kleine Strauchdiebe steckten hinter seinen Sorgen.« Seine Hand fuhr zu seinem Waffengürtel und legte sich um den Griff seines Schwertes. »Der Mord an meinem Großvater war beabsichtigt. Und wir werden herausfinden, warum.«

Rheos Augen schweiften zwischen dem Saum des Waldes zu seiner Rechten und der schroffen Felswand zu seiner Linken hin und her, während er an der Seite von Jamir und der Turmherrntochter den Trupp anführte.

Was hatte Jamirs Großvater in dieser Einöde gesucht? Und warum hatte er seinen Enkelsohn und Erben nicht in seine Unternehmung eingeweiht? Inzwischen hatte ihn der Jagdtrieb gepackt. Er wollte etwas finden. Allein, um sich zu beweisen, dass er auch in diesem Körper etwas Wert war – ohne seine geschärften

Sinne, ohne seine Schnelligkeit und ohne seine Stellung als Herrscher.

Seine Augen behielten weiterhin die Umgebung im Blick, doch seine Gedanken schweiften ab. Nach ihrer Rückkehr in die Nordfeste musste er unbedingt mit Dyrdra sprechen. Obwohl ihre Zimmer nebeneinanderlagen, sah er sie kaum. Stets war sie beschäftigt: mit der Versorgung der Verletzten, der Heilung kranken Viehs und den Sorgen der Festenbewohner. Auch wenn Dyrdra sich eine Viehheilerin nannte, so hatte er doch beobachtet, dass die Menschen ihre Nähe suchten, um sie um Rat zu bitten.

Sie spürten, dass Dyrdra mehr war als sie vorgab, dachte er. Hoffentlich war sie auch in der Lage, ihm seine richtige Gestalt wiederzugeben. Ob ihre Bedingung, er müsse sich würdig erweisen, erfüllt war, wenn er Jamir half, das Geheimnis seines Großvaters zu entdecken?

Seine Finger schlossen sich um den gefälschten Pfeil in seiner Hand. Er musste dringend zurück nach Quran, und das nicht auf zwei Beinen! Daran denken, wie sein Volk auf sein Erscheinen in Menschengestalt reagieren würde, wollte er nicht. Die Schande wäre für seinen Bruder, seinen Onkel und seine Ahnen unerträglich – und erst recht für ihn.

Zwischen seinen Fingern erklang das Knacken des Pfeilschafts. Rheos Gesicht verfinsterte sich. Wenn er nicht bald wieder zum Zentauren wurde, würde er alles verlieren: seinen Titel als Te'Ral, seine Familie und sein bisheriges Leben.

Er öffnete die Hand und warf den zerbrochenen Pfeil ins Gras. Für den Moment konnte er an seiner Lage nichts ändern. Statt sich auszumalen, mit welchen Schmährufen er in Quran als Mensch begrüßt werden würde, sollte er sich auf seine Aufgabe konzentrieren. Mit zusammengekniffenen Augen folgte er dem Verlauf der Wiese und stieß gleich darauf keuchend den Atem aus. »Dort vorne ist das Gras niedergetrampelt.«

Jamir erwiderte nichts, sondern lief auf die Stelle zu, dicht gefolgt von der Turmherrntochter.

Rheos zögerte, dann begann er ebenfalls zu rennen. Wobei rennen nicht das richtige Wort war, stolpern hätte es besser getroffen. Wo waren seine vier Beine für einen guten Galopp?

Die Burgwachen waren ebenfalls in einen Laufschritt verfallen und überholten ihn von beiden Seiten. Rheos presste die Lippen zusammen und hielt weiter auf Jamir zu. Bei einem Wettlauf hinten zu liegen, war eine neue Erfahrung für ihn.

Keuchend traf er als Letzter bei den anderen ein. Jamir warf ihm einen besorgten Blick zu, doch Rheos winkte ab und betrachtete stattdessen den Pfad vor ihm, der vom Wald zum Felsmassiv führte. Das Gras war mehr als eine Armspanne breit niedergetrampelt, die Abdrücke deutlich in den blanken Erdboden eingegraben.

»Die Pferde waren beschlagen, demnach waren es keine Zentauren«, erklärte er. »Der Pfad wird schon länger benutzt, das letzte Mal vor ein paar Tagen. Es war kein einzelner Reiter, sondern eine Gruppe.«

Jamir nickte. »Wir sind auf der richtigen Fährte. Lasst uns herausfinden, wohin die Spuren führen.« Er gab Anweisung, die Gegend zu bewachen, dann wandte er sich in Richtung der Felsen.

Rheos folgte ihm voll Neugier. Was mochte sich am Fuße des Felsmassivs verbergen?

Als sie sich der Steinwand mehrere Schritte genähert hatten, stieß er einen verwunderten Pfiff aus. Auch Jamir und die Turmherrntochter blieben überrascht stehen. Die Hufspuren führten auf das Felsmassiv zu und verschwanden dann hinter einem Felsvorsprung!

Rasch eilten sie näher und ihre Augen weiteten sich. Seitlich des Felsvorsprungs war ein schmaler Durchgang, gerade breit genug für Pferd und Reiter, den man von der Wiese aus nicht hatte sehen können. Sie schritten hindurch und fanden sich in einem kleinen Kessel wieder, kaum mehr als fünf Armspannen breit. Um sie herum ragten die Felswände steil auf – und vor ihnen lag der Eingang zu einer Höhle.

»Das ist unfassbar. Von der Existenz dieser Höhle wusste ich nichts.« Jamir drehte sich einmal um sich selbst. »Sie haben ihre Pferde hier stehen lassen und sind zu Fuß in den Berg.« Die Aufregung in seiner Stimme war nicht zu überhören. »Kommt mit, wir finden heraus, was sich im Inneren der Höhle verbirgt.«

Er wartete ihre Antwort nicht ab, sondern stürmte mit seinen Männern in das dunkle Loch in der Felswand hinein.

Rheos starrte ihm hinterher. Er spürte, dass dort drinnen der Schlüssel zu ihren Fragen verborgen war. Alles in ihm brannte danach, nachzusehen, dennoch ...

»Worauf wartest du, Zentaur?«

Leise drang die Stimme der Turmherrntochter an sein Ohr. Er wandte den Kopf zu ihr und schnitt eine Grimasse. »Zentauren betreten Höhlen nicht gerne. Die Gefahr, dass man die Raummaße falsch einschätzt und irgendwann stecken bleibt, ist zu groß. Zudem bieten sie keine Fluchtwege.« Er wies auf das Geröll, das am Eingang der Höhle verstreut lag. »Der steinige Untergrund ist gefährlich. Wir haben zwar Hufe, sind aber keine Ziegen.«

Auf ihrem Gesicht erschien ein Schmunzeln. »Dann wird das jetzt eine gänzlich neue Erfahrung für dich: Als Mensch bist du kleiner, wendiger und kannst klettern.«

»Meine Erfahrung beim Rennen eben reicht mir für heute«, knurrte er.

Sie lächelte. »Es sah nicht so schlimm aus, wie du vielleicht vermutest.« Ihr Lächeln wurde breiter. »Obwohl es schon recht amüsant war.«

Er rollte mit den Augen. »Ob du schon einmal in einer Höhle warst, brauche ich wohl nicht zu fragen.«

»Ja, aber nicht in dieser. Mein Bruder und ich haben ...«

»Herrin! Rheos!« Eine der Burgwachen kam aus der Höhle heraus auf sie zu. In seinen Händen hielt er zwei brennende Fackeln. »Der Turmherr wartet. Er sagt, ihr müsst euch das unbedingt ansehen.« Er reichte Rheos eine Fackel. »Diese lagen in einem Korb am Höhleneingang, mit Feuersteinen daneben.«

Auffordernd sah der Krieger sie beide an.

Rheos atmete tief durch, nickte und schritt voran. Wie es aussah, war eine weitere neue Erfahrung an diesem Tag unausweichlich.

21

Das Licht der Fackeln tanzte an den Felswänden entlang und tauchte die Höhle in ein geheimnisvolles Licht. Wie eine große Schlange wand sich der Gang immer tiefer in das Innere des Felsmassivs, inzwischen waren sie so weit in den Berg eingedrungen, dass die Eingangsöffnung kaum mehr zu sehen war.

Sorgsam beleuchtete Rheos den Weg vor ihm. Dort, wo der Feuerschein nicht hintraf, verschluckte die Schwärze alles. So unangenehm ihm das Laufen durch die Dunkelheit der Höhle war, spürte er doch ein angenehmes Kribbeln in sich. Sirja hatte recht: Wenn er schon in eine Menschengestalt gebunden war, sollte er deren Vorteile ausnutzen. Dabei wäre dieser Gang bis jetzt auch für einen Zentauren bequem begehbar – mehr als zwei Mann hoch und drei Armspannen breit, zudem war der Weg von Geröll befreit worden.

Neugierig ging er weiter. In der Höhle war es still, kein Wind wehte und die Luft war modrig und kühl. Wasserrinnsale liefen an den Wänden herab, vom Boden und von der Decke ragten bizarre Gebilde, wie er sie noch nie zuvor gesehen hatte: große und kleine Spitzen, manche zusammenhängend wie Vorhänge, andere geformt wie ein Bienenstock.

Vorsichtig berührte er eine dieser seltsamen Steinformationen. Die Oberfläche fühlte sich feucht und kalt an. Wären sie alleine gewesen, hätte er Sirja nach der Herkunft dieser seltsamen Felsen gefragt, doch so setzte er seinen Weg schweigend fort.

Hinter ihm erklangen die Schritte der Turmherrntochter und der Burgwache, und irgendwo in der Finsternis vor sich hörte er die Stimmen von Jamir und seinen Männern. Wie weit sie wohl noch laufen mussten?

Kaum gedacht sah er den Fackelschein. Der Gang beschrieb eine Kurve und Rheos fand sich in einem riesigen Raum wieder. Jamirs Männer standen verteilt, sodass der Schein ihrer Fackeln die Ausmaße dieser gewaltigen Felsenhalle erahnen ließ. Höher und länger als der Saal der Nordfeste erstreckte sich eine Höhle vor ihm, die ihn für einen Augenblick den Mund offen stehen ließ.

»Das ist unglaublich.« Die Stimme der Turmherrntochter hallte durch den steinernen Raum. Auch sie schien etwas Derartiges noch nicht gesehen zu haben.

»Das ist noch nicht alles.« Jamir, der in einiger Entfernung vor einer Wand stand, winkte sie zu sich. »Seht selbst.«

Während sie sich näherten, hielt er die Fackel gesenkt. Kaum standen sie bei ihm, hob er die Fackel vor die dunkle Wand. Hunderte von glänzenden Steinen funkelten ihnen wie rote Augen in allen Größen entgegen.

»Sind das ... Edelsteine in den Felsen?«, keuchte Rheos.

Jamir nickte. »Zarakine. In dieser Höhle steckt ein Vermögen.« Sein Gesicht verfinsterte sich und er wies auf die Spitzhacken und Körbe vor der Wand. »Ein Vermögen, für das jemand zu töten bereit war.«

Rheos starrte auf den Felsen. Der Anblick war unbeschreiblich, das Glitzern der Steine geheimnisvoll und verführerisch. Ohne Zweifel war dieser Ort das Ziel von Jamirs Großvater gewesen.

Das Ächzen der Turmherrntochter neben ihm ließ ihn herumfahren. Selbst im Fackelschein erkannte er, dass das Gesicht der jungen Frau aschfahl geworden war. Wie gebannt betrachtete sie die Wand, doch in ihrem Blick lag keine Faszination, sondern Angst und Schrecken. Ein Zittern durchlief ihren Körper und sie schien sich kaum mehr auf den Beinen halten zu können.

Rheos warf seine Fackel fort und fing sie auf, ehe ihr Körper auf dem Boden aufschlug. So behutsam es ihm möglich war, kniete er sich mit ihr hin. »Sirja, was ist los?«

Auf seine Frage erhielt er keine Antwort. Die Turmherrntochter hatte das Bewusstsein verloren.

»Das ist die Anstrengung der letzten Tage und die schlechte Luft hier drinnen.« Jamir beugte sich zu ihm herab. »Sie muss sofort nach draußen.«

»Wir müssen alle so schnell wie möglich wieder nach draußen.« Rheos sah Jamir ernst an. »Wer immer diese Höhle vor uns entdeckt hat, kann jederzeit zurückkehren. Bei einem Kampf säßen wir in der Falle.«

»Ich sage meinen Männern, sie sollen unsere Spuren verwischen.« Jamir ging zu den Burgwachen, die überall in der Höhle verteilt standen und fassungslos auf die prächtigen Zarakine in den Wänden starrten.

Rheos Blick fiel wieder auf die junge Frau in seinen Armen. Waren es wirklich Überanstrengung und schlechte Luft, die diese Ohnmacht ausgelöst hatten? Sirja zählte nicht zu den empfindsamen Naturen, dazu hatte er sie in den vergangenen Tagen zu gut kennengelernt. War das Fieber zurückgekommen?

Er legte seine Finger auf ihre Stirn. Die Haut war normal warm. Langsam glitten seine Fingerspitzen an ihrem Gesicht entlang. Wie zart ihre Haut war, wie fein geschnitten ihre Züge! Warum war ihm das bisher nicht aufgefallen?

Weil sie dich meistens beschimpft und bedroht hat und dich am liebsten geknebelt und gefesselt Fürst Neidor vorwerfen würde. Er lachte leise. Wüsste sie, dass sie gerade in seinen Armen lag, würde sie vermutlich sofort vor Empörung aufspringen. Doch ihre Bewusstlosigkeit hielt sie gefangen.

Seine Hand legte sich an ihre Wange, sanft bewegte er ihren Kopf. »Sirja, komm zu dir. Wir müssen hier fort.«

Unter normalen Umständen hätte er sie in seine Arme genommen und hinaus getragen. Unter normalen Umständen hätte er allerdings vier Beine und würde nicht ständig stolpern und beide Hände benötigen, um vom Höhlenboden aufzustehen.

So blieb ihm nichts anderes, als ihren Oberkörper ein Stück weit aufzurichten, sie zu streicheln, um ihr Blut wieder in Fluss zu bringen und auf sie einzusprechen, um ihren Geist zu erwecken.

Nach einigen Momenten begannen ihre Lider zu flattern. »Rheos?«

»Es ist alles in Ordnung«, beruhigte er sie. »Wir befinden uns noch in der Höhle. Du hast das Bewusstsein verloren.«

Seine Worte schienen sie aus ihrer Benommenheit zu reißen. Ihr Kopf fuhr zu den Zarakinen herum und sogleich beschleunigte sich ihr Atem.

»Der Felsen mit den Steinen! Ich habe diese Wand schon einmal gesehen, obwohl ich noch nie hier war.« Aufgeregt sah sie ihn an. »Unzählige rote Augen in einem dunklen Raum. Erinnerst du dich nicht an meine Worte? Rheos, es war die Vision, die dein Vater mir gegeben hat!«

Nun war es an ihm, nach Luft zu ringen. »Das kann nicht sein!«

»Warum nicht?« Das Leben war vollständig in sie zurückgekehrt. »Dass eine solche Gedankenverbindung möglich ist, wissen wir. Und der Gang zu dieser Höhle ist breit und hoch, ein Zentaur könnte ihn passieren.« Mit der Hand umfasste sie seinen Unterarm, ihr Blick durchbohrte ihn beinahe. »Rheos, dein Vater war hier.«

Das Pferdefuhrwerk rumpelte zurück zur Nordfeste, doch dieses Mal nahm Rheos das Schaukeln des Wagens und das Klackern der Räder kaum wahr. Die Worte der Turmherrntochter versetzten ihn in Aufruhr. Bisher war er überzeugt gewesen, dass sie dieses Gedankenbild seines Vaters erfunden hatte, aber jetzt kamen ihm Zweifel. Leider war keine Gelegenheit mehr gewesen, mit ihr alleine zu sprechen. Nachdem sie ihre Spuren verwischt und die Höhle verlassen hatten, waren sie im Laufschritt zu dem Wagen und den Pferden zurückgeeilt. Erst, als sie den Fluss überquert und genug Abstand zu dem Felsenmassiv gebracht hatten, hatten sie gewagt, laut zu reden.

Es fiel ihm schwer, den Mutmaßungen der anderen über die unbekannten Männer, den Mord an Jamirs Großvater und den unglaublichen Wert der Edelsteine zuzuhören. Seine Gedanken kreisten um die Behauptungen der Turmherrntochter. Doch er musste davon ablassen und sich an den Gesprächen beteiligen, um keinen Verdacht zu erregen. Er hob den Kopf und wandte sein Gesicht Jamir und der Turmherrntochter zu, die ihm gegenübersaßen.

»Wer immer die Zarakine aus der Höhle holt, hat meinen Großvater getötet«, erklärte Jamir. Der Herr der Nordfeste hatte seinen Arm um die Turmherrntochter neben ihm gelegt. Die junge Frau hatte ihre Gesichtsfarbe wiedererlangt, der Schrecken war ihr aber immer noch anzusehen.

»Ebenso würde ich jeden Eid schwören, dass diese Männer das Dorf niedergebrannt und mich überfallen haben«, fuhr Jamir fort, »auch wenn wir keine Beweise besitzen.«

Rheos nickte und blickte nachdenklich auf Jamirs Handfläche, in der ein Zarakin lag. Der Edelstein sah im hellen Tageslicht aus wie ein Tropfen Blut. Blut, das seinetwegen vergossen worden war.

»Meinst du«, meldete sich die Turmherrntochter zu Wort, »dein Großvater wusste schon länger von der Höhle?«

»Ja, das würde seine Anspannung in den letzten Tagen seines Lebens erklären. Vermutlich hat er die Höhle entdeckt, als keiner der Männer dort war – so wie wir heute. Um herauszufinden, wer dahinter steckt, wollte er den Eingang beobachten. Deshalb nahm er nur zwei Begleiter mit.«

»Für diese Annahme spricht auch«, ergänzte Rheos, »dass Jamir nicht eingeweiht wurde. Sein Großvater wollte erst mehr wissen, ehe er ihn ins Vertrauen zog.«

Jamir seufzte. »Die Männer haben sein Kommen bemerkt und ihn getötet.«

Die Turmherrntochter ergriff Jamirs Hand und drückte sie. »Es tut mir so leid wegen deines Großvaters. Diese Kerle müssen unbedingt gefasst werden!«

»Darauf könnt ihr euch verlassen.« Ein entschlossener Ausdruck trat in Jamirs Augen. »Rheos, ich danke dir erneut dafür, mich auf die richtige Spur gebracht zu haben. Diese Männer sind gerissen. Indem sie den Verdacht auf die Zentauren lenkten, habe ich keine weiteren Nachforschungen über Gerdors Tod angestellt. Doch das wird sich ändern.«

»Was hast du vor?«, erkundigte sich die Turmherrntochter.

»Ich schicke Neidor eine Nachricht. Der Fürst muss Bescheid wissen, schließlich war Gerdor einer seiner Turmherren.«

»Aber gibt es denn nichts, was wir tun können?«

Jamir lächelte, als er die Enttäuschung in ihren Augen sah. »Hab Geduld, Sirja. Wir brauchen einen Plan, wenn wir dieser Männer habhaft werden wollen. Kampfgeist alleine reicht nicht.«

Der Wagen, der die Zugbrücke und das Festentor passiert hatte, kam mit einem Ruck im Burghof zum Stehen. Rheos und die Wachen stiegen von dem Fuhrwerk herab, Jamir half der Turmherrntochter. Kaum stand die junge Frau auf der Erde, baute Jamir sich vor ihr auf und sah sie streng an.

»Sirja, ich werde dich an allen meinen Unternehmungen teilhaben lassen. Aber jetzt gehst du auf dein Zimmer und ruhst dich aus.«

Zu Rheos Erstaunen widersetzte sie sich nicht, sondern nickte fügsam. Allerdings glitzerten ihre Augen verdächtig.

Sichtlich zufrieden wandte sich der Turmherr ihm zu. »Du solltest dir auch eine Pause gönnen, mein Freund.« Jamirs Blick glitt an seinen Beinen entlang. »Der Nachmittag hat dich angestrengt.«

Rheos wollte widersprechen, doch hinter Jamirs Rücken sah er, wie die Turmherrntochter ihn auffordernd ansah.

»Ein wenig Ruhe täte meinen alten Verletzungen gut«, stimmte er daher zu. »Wie geht es dir, Jamir?« Kaum hatte er die Worte ausgesprochen, stutzte Rheos. Er hatte nicht vorgehabt, dem Turmherrn diese Frage zu stellen. Doch Jamirs angenehmes Wesen machte es ihm zunehmend schwerer, Hass für den Turmherrn zu empfinden.

»Ich werde mich ebenfalls kurz zurückziehen. Es gibt vieles, worüber ich nachdenken muss.« Die Maske des beherrschten Anführers, die Jamir den Tag über getragen hatte, fiel von ihm ab und Rheos erkannte Trauer und Sorge im Gesicht des jungen Burgherrn.

Wie von selbst legte sich seine Hand auf Jamirs Schultern. »Wenn du meine Hilfe brauchst, kannst du weiterhin auf mich zählen.« Rheos zuckte zusammen. Was bei dem Licht der Sterne tat und sagte er da? Seit wann führten sein Körper und seine Zunge ein derartiges Eigenleben? Verärgert über sich selbst zog er seine Hand von Jamirs Schulter fort.

Jamir bemerkte von seiner Bestürzung nichts. Auf den Lippen des jungen Turmherrn erschien ein Lächeln.

»Ich schätze deine Unterstützung sehr, Rheos. Überlege dir, ob du nicht in meine Dienste treten willst. Einen Bogenschützen und Berater wie dich könnte ich gebrauchen. Vor allem, wenn es zu einer erneuten Schlacht gegen die Zentauren kommt.«

Das hatte er nun von seinem Benehmen! »Ich ... ich denke darüber nach.« Er neigte den Kopf vor Jamir, damit dieser nicht sah, wie er nach Luft schnappte. »Dein Angebot ehrt mich«, fügte er schnell noch hinzu. Was sollte man auch sagen, wenn man von seinem Feind eine Vertrauensstellung angeboten bekam?

Die Turmherrntochter stand an einem Fenster ihres Zimmers. Vertieft in den Ausblick bemerkte sie sein Eintreten nicht, obwohl er gemäß den Sitten der Menschen geklopft hatte.

Rheos schloss die Tür hinter sich, doch nicht einmal dieses Geräusch holte sie aus ihrer Gedankenversunkenheit. Regungslos verharrte sie an der Fensteröffnung. Sie hielt sich gerade, und das einfallende Licht betonte ihre schlanke Taille. Unwillkürlich fragte er sich, was wohl die menschlichen Ideale für Schönheit waren.

Bei einer Zentaurin hätte er auf den Schwung ihres Rückens geachtet, auf gerade Beinlinien und einen vollen Schweif. Bei den Menschenfrauen waren Einzelheiten ihrer Figur unter all den Kleidern nur zu erahnen.

Wie wohl die Menschenmänner ihre Auswahl trafen? Schauten sie bloß auf Gesicht, Haare und Silhouette der Frau? Rheos zuckte mit den Schultern. Er wusste wenig über die Werbe- und Paarungsrituale der Menschen. Und das, was er wusste, ekelte ihn an. Kein Wunder, dass die Menschenmänner so schlechte Kämpfer und Bogenschützen waren, wenn sie ihre Zeit ständig mit Liebesspielen mit wechselnden Frauen verbrachten, anstatt ihre Fähigkeiten als Krieger zu verbessern!

Bei der Vorstellung, seine Gemahlin ständig begatten zu wollen, sträubte sich ihm das nicht mehr vorhandene Fell. Außerhalb des Frühlingsmondes verspürten Zentauren kein Verlangen nach intimem Zusammensein. Ein günstiger Umstand, denn so herrschte über weite Teile des Jahres Ruhe in den Familien, vor allem unter deren ungebundenen Mitgliedern.

Rheos räusperte sich, und dieses Mal nahm die junge Frau ihn wahr und fuhr herum.

»Ich habe dein Eintreten nicht gehört, ich war in Gedanken.« Sie wies auf einen Tisch mit zwei Stühlen. »Wir müssen reden. Willst du dich setzen?«

Er schüttelte den Kopf und beschloss, sofort zum Kern der Sache zu kommen. »Du behauptest also, mein Vater war in dieser Zarakinenhöhle?«

»Ich habe keine andere Erklärung dafür, diesen Ort in meinem Kopf schon einmal gesehen zu haben.«

Da er nichts sagte, fuhr sie fort. »Ich weiß, wir beide haben jeden Grund, einander zu hassen und zu misstrauen, dennoch ...« Sie hob die Hände und ließ sie in einer hilflosen Geste wieder fallen. »Was haben wir zu verlieren?«

Nichts, außer dem Glauben an das Vertrauen seines Vaters. Warum hatte ihn dieser nicht in die Existenz der Höhle eingeweiht? Hatte er an seiner Verschwiegenheit oder seiner Loyalität gezweifelt?

»Nehmen wir einmal an, ich wäre bereit dir zu glauben«, erwiderte er zögernd. »Wenn du tatsächlich die Wahrheit sprichst, wollte mein Vater mir vor seinem Tod eine Botschaft übermitteln.« Sein Gesicht verfinsterte sich. »Die Frage ist nur, welche. Denn ebenso wie Jamirs Großvater hat er mir von dieser Höhle nichts berichtet.«

Wider Erwarten lachte sie ihn wegen seiner Unkenntnis nicht aus. »Vielleicht wollte er ebenso wie Gerdor erst mehr herausfinden. Oder aber ... er kam nicht mehr dazu, es dir mitzuteilen.«

»Wie meinst du das?«

»Rheos, ich weiß nur, dass dein Vater in der Höhle war. Aber nicht, wann.« Beschwörend sah sie ihn an. »Es könnte Jahre her sein, es könnte aber auch an seinem Todestag gewesen sein.«

An seinem Todestag.

Die Erkenntnis traf ihn wie der Blitz. »Gerdor ist ermordet worden, weil er die Höhle entdeckt hat. Was, wenn mein Vater aus demselben Grund sterben musste?« Aufgeregt stampfte er mit dem Fuß auf. »Mein Vater befand sich auf einem Kontrollgang, um sicherzustellen, dass die Menschen die im Friedensvertrag vereinbarten Grenzen achten.«

»Bei den Göttern!«, flüsterte sie. »Die Zarakinenhöhle liegt jenseits des Grenzflusses, also auf Zentaurenland. Laut Vertrag dürfen wir dort die Hauptwege zur Durchreise benutzen, aber ...« Sie schlug die Hand vor den Mund. »Die Höhle gehört euch. Es ist Menschen überhaupt nicht erlaubt, sich Zarakine von dort zu holen, das ist Vertragsbruch!«

Das Blut rauschte in seinen Ohren und sein Mund wurde trocken. Er fühlte die Wahrheit, ohne sie beweisen zu können. »Mein Vater hat den verbotenen Abbau entdeckt. Die Männer müssen ihn dabei beobachtet haben. Sie verfolgten ihn und töteten ihn.« Er atmete tief durch. »Die letzte Chance meines Vaters war, dir seine Entdeckung weiterzugeben, was ihm jedoch nicht vollständig gelang.«

Auf seine Worte breitete sich Stille im Zimmer aus. Schließlich durchbrach die Turmherrntochter das Schweigen. »So könnte es gewesen sein. Aber was ist mit Artor? Weshalb wurde er getötet?«

Rheos hob den Kopf. »Warum war dein Bruder an diesem Tag im Wald unterwegs?« Sein Blick verhärtete sich. »Könnte er etwas mit der Höhle zu tun haben?«

»Niemals! Artor war ein anständiger, ehrlicher Mensch, der kein Unrecht duldete!« Wütend funkelte sie ihn an. »Er kam zurück von seinem einjährigen Aufenthalt am Hofe von Narma.«

Mit blitzenden Augen stand sie vor ihm, die Wangen gerötet und einige widerspenstige, dunkelblonde Strähnen umtanzten ihr Gesicht. Die Verbundenheit zu ihrem Bruder sprach aus ihrer gesamten Haltung, ebenso wie ihr unerschütterlicher Glaube an dessen Unschuld.

Rheos presste die Kiefer aufeinander. Durfte er ihr vertrauen? »Wenn dein Bruder nicht in Verbindung mit der Zarakinenhöhle stand, wie du behauptest, dann gibt es für seinen Tod nur eine Erklärung.«

Er sah, wie sie gebannt den Atem anhielt und darauf wartete, dass er weitersprach. »Dein Bruder war zur falschen Zeit am falschen Ort.«

Ihre Augen weiteten sich. »Wie bitte?«

»Artor musste sterben, weil er Zeuge des Überfalls auf die Zentauren geworden war. Wer immer diese Räuberbande anführte, handelte schnell und klug. Er tötete deinen Bruder und wusste es so darzustellen, dass ihr annahmt, es wären Zentauren gewesen.«

Zum zweiten Mal an diesem Tag verlor das Gesicht der Turmherrntochter jegliche Farbe. »Nein ...« Ihre Stimme zitterte. »Wer könnte so kaltblütig sein?«

»Sirja.« Er trat zu ihr und fasste sie an den Oberarmen. »Diese Männer haben Gerdor und meinen Vater getötet, sie haben ein Dorf mit Unschuldigen niedergebrannt, und sie waren bereit, Jamir und seine Krieger zu töten, hätten wir nicht eingegriffen.«

Ihr Antlitz verzog sich in Qual. »Mein Bruder musste wegen der Gier einiger Männer nach Edelsteinen sterben?«

»Sie alle mussten wegen der Zarakine sterben«, erwiderte er leise.

Sie schloss die Augen und senkte den Kopf. Die Tränen, die über ihre Wange zu laufen begannen, sah er dennoch.

»Ich habe Artor geliebt.« Ihre Schultern bebten. »Er fehlt mir so unendlich.«

Bevor er wusste, was er tat, zog er sie an sich. Seine Arme schlangen sich um ihren Körper und drückten sie an sich. Er verstand ihren Schmerz nicht nur, er teilte ihn. »Die Mörder werden nicht ungestraft davonkommen, Sirja. Das schwöre ich beim Licht der Sterne.«

Er wusste nicht, ob sie seine Worte gehört hatte. Ihr Kopf lehnte an seiner Brust, und er vernahm nur ihr ersticktes Schluchzen. Vorsichtig hob er eine Hand und streichelte über ihr Haar. In seinen Augen brannten ebenfalls Tränen.

Er musste nicht nur Sirja Halt geben, sondern auch sich selbst.

22

Die Finger ihrer Mutter strichen an der bestickten Borte des Kleides entlang. Winzige Kreuzstiche in Rot- und Grüntönen ergaben ein kompliziertes und äußerst gefälliges Rosenmuster. Zumindest sollten sie es. Doch da diese Stickarbeit von ihr stammte, ähnelte das Ganze mehr einem zertrampelten Blumenbeet denn feinblättrigen Blüten.

Sirja saß auf der Fensterbank in ihrem Zimmer in der Südfeste und wippte ungeduldig mit dem Fuß. Ihr war egal, ob die Handarbeit ihrer Mutter zusagte oder nicht. Sie wollte endlich das Zimmer verlassen und nach draußen gehen. Die Sonne schien warm vom blauen Himmel, die Bäume und Sträucher erstrahlten in frischem Grün und die Vögel zwitscherten ohne Unterlass. Doch es war nicht der herrliche Sommertag, der sie ins Freie lockte – es war die Rückkehr ihres Bruders.

Artors einjährige Ausbildung am Fürstenhof von Narma war beendet. Vor ein paar Tagen hatte ein Bote eine Nachricht überbracht, in dem ihr Bruder seine Ankunft für den heutigen Tag angekündigt hatte. Am liebsten wäre sie aufgesprungen und hinunter zum Tor gelaufen, um dort auf ihn zu warten. Stattdessen verharrte sie auf ihrem Platz. Warum musste Mutter ihre Stickarbeiten ausgerechnet jetzt kontrollieren, wo sie doch wusste, wie sehr sie auf das Wiedersehen mit ihrem Bruder brannte?

Mit einem Seufzen zog sie ihre Beine auf die Fensterbank und lehnte sich gegen das Mauerwerk. Die Kühle der Steine in ihrem Rücken beruhigte sie und für einen Moment schloss sie die Augen.

Artor hatte ihr im zurückliegenden Jahr mehr gefehlt, als sie befürchtet hatte. Daran hatten die zahlreichen Briefe, die sie sich geschrieben hatten, nichts geändert. Immer wieder hatte sie ihre Mutter gebeten, nach Narma reisen und ihn und Jamir besuchen zu dürfen. Doch jedes Mal hatte ihre Mutter ihre Bitte abgelehnt. Auch die Überzeugungsversuche ihres Vaters hatten sie nicht erweichen können.

Du bist noch nicht reif für das Leben am großen Hof von Narma, war stets ihre Begründung gewesen.

Sirja war sich nicht sicher, ob ihre Mutter damit ihren Ehrgeiz wecken oder sie bestrafen wollte für die unzähligen Male, die sie sich in Artors Abwesenheit alleine in den Wald geschlichen hatte. Vielleicht wollte ihre Mutter auch verhindern, dass sie mögliche Bräute für Artor vergraulte. Sie grinste. Eine Befürchtung, die nicht von der Hand zu weisen war.

»Dein Lachen ist unangebracht, Sirja.«

Sie öffnete ihre Augen und sah zu ihrer Mutter, die eine Armlänge entfernt vor ihr stand. Ihr leicht ergrautes Haar war zu einem strengen Knoten aufgesteckt, und ihr hochgeschlossenes, dunkelblaues Kleid betonte ihre hagere Figur unvorteilhaft. Im Gegensatz zu ihr war ihre Mutter von den Göttern nicht mit weiblichen Rundungen gesegnet worden, sondern besaß trotz ihrer beiden Kinder eine geradezu knabenhafte Figur. Dennoch hätte man sie eine schöne Frau nennen können, wenn sie sich um einen freundlicheren Gesichtsausdruck bemüht hätte. Doch ihre Mutter lächelte nie. Jedenfalls nicht in ihrer oder in der Gegenwart ihres Vaters. Artor war der Einzige in der Familie, der ihr ein Lächeln abringen konnte. Aber auch ihm gelang das nicht immer.

Das Einzige, was sie von ihrer Mutter geerbt hatte, waren deren graue Augen, mit denen ihre Mutter sie gerade missbilligend betrachtete. Sirja setzte sich auf und straffte den Rücken. Es war unverkennbar: Ihre Mutter war mit ihren Stickkünsten nicht zufrieden.

»Was soll nur aus dir werden, Tochter?« Mit spitzen Fingern legte sie das Kleid auf dem Tischchen vor dem Fenster ab. »Kein Mann wird dich zur Frau nehmen, wenn du so schlampig arbeitest.«

Wie so oft forderten die Worte ihrer Mutter ihren Widerspruch heraus. »Und ich nehme keinen Mann zum Gemahl, der mich nur will, weil ich Rosenmuster sticken kann!«

Die ohnehin schon schmalen Lippen ihrer Mutter verzogen sich zu einem Strich. »Es geht nicht um deine Kunst mit der Nadel. Es geht um Eigenschaften wie Genauigkeit, Ausdauer und Geschmack.«

Mit einem Satz sprang Sirja von der Fensterbank hinunter. »Aber diese Fähigkeiten besitze ich doch. Sie zeigen sich nur nicht bei der Handarbeit.«

»Keinen Mann interessiert es, ob du mit Pfeil und Bogen schießen oder wie wild du auf einem Pferd reiten kannst. Sie wollen eine Ehefrau, mit der sie sich bei Hofe nicht blamieren.« Ihre Mutter verschränkte die Arme vor ihrer Brust. »Wenn du die Ansprüche der hohen Herren nicht erfüllen kannst, bleibt dir nur die Heirat mit einem Hinterwäldler. Dann wirst du den Rest deines Lebens auf einer winzigen Feste verbringen, jenseits aller höfischen Annehmlichkeiten.«

»So wie du hier bei Vater?«

Die Hand ihrer Mutter traf schallend auf Sirjas Wange. Dann verschränkte ihre Mutter die Arme erneut vor ihrem Körper. Die Gefühle, die Sirja in ihren Augen hatte aufblitzen sehen, verschwanden hinter der Maske aus kühler Distanz.

Der Abdruck der Finger brannte auf ihrer Haut, aber Sirja widerstand dem Bedürfnis, über die Stelle zu streichen. Trotzig sah sie ihre Mutter an. »Es ist mein Leben, nicht deines. Meine Wünsche sollten zählen.«

»Und was genau wünschst du dir?« Die Mundwinkel ihrer Mutter verzogen sich spöttisch. »Wie eine fette Spinne in der Südfeste zu sitzen und der zukünftigen Frau deines Bruders das Leben zur Hölle zu machen, bis sie geht und du ihren Platz als Turmherrin einnehmen kannst?«

Sirja presste ihre Lippen zusammen und schwieg.

Ihre Mutter seufzte. »Das Leben ist nicht so einfach, wie du es dir vorstellst. Schon gar nicht für eine Frau.« Ihre Stimme nahm einen traurigen Tonfall an. »Niemand fragt nach unseren Wünschen oder was wir uns für unser Lebensglück erhoffen. Ich bereite dich auf das vor, was ich als das Beste für dich erachte. Ein reicher Ehemann wird dir ein angenehmeres Dasein bieten als ein Mittelloser.«

»Vater liebt dich und versucht alles, um dich glücklich zu machen. Das ist doch mehr wert als jeder Fürstenhof!«

»Für mich nicht.« Ihre Mutter ignorierte ihren empörten Blick. »All meine Hoffnungen ruhen auf Artor. Er kennt meine Wünsche und wird sich in Narma eine Braut aus einer hohen Familie ausgesucht haben, die mir den Weg zurück an den Hof ermöglicht – und dir den Eintritt.«

Sirjas Unterlippe zitterte vor Wut. »Artor hat nichts von einer Heiratskandidatin geschrieben.«

»Er ist mein Sohn. Er wird meine Erwartungen nicht enttäuschen.«

»Freust du dich überhaupt auf seine Rückkehr oder bist du nur auf seinen Brautbericht aus?«, erwiderte sie bissig.

»Vertraue darauf, dass ich ihn liebevoll empfangen werde. Was dich betrifft«, sie nahm das Kleid und wies auf die verunglückte Rosenborte, »wirst du Artor erst zu Gesicht bekommen, wenn die Blüten am Saum als solche zu erkennen sind.«

Sirjas Augen weiteten sich vor Entsetzen. »Ich habe Tage dafür gebraucht! Du kannst mir nicht verbieten, meinen Bruder zu sehen.«

»Ich verbiete es dir nicht. Ich stelle lediglich eine Bedingung.« Ihre Mutter drückte ihr das Kleid in die Hände, ging zur Tür und zog den Schlüssel ab, der innen im Schloss steckte.

Immer noch fassungslos sah Sirja sie an. »Warum tust du mir das an, Mutter? Hasst du mich so sehr?«

»Ich will ein besseres Leben für dich, Tochter. Mein Handeln mag dir kaltherzig erscheinen, aber du wirst es eines Tages verstehen.«

»Wenn du mich lieben würdest, würdest du mich verstehen.«

Ein trauriges Lächeln umspielte den Mund ihrer Mutter. »Man kann sein Herz zu nichts zwingen. Es gehorcht seinen eigenen Gesetzen, egal, wie sehnlich man sich wünscht, dass es anders wäre.«

Sie starrte ihre Mutter an. Waren es Tränen, die sie in ihren Augen sah?

Ihre Mutter öffnete die Tür und trat hinaus auf die Freitreppe. Sirja hörte das Drehen des Schlüssels im Schloss und die Schritte ihrer Mutter auf den Stufen nach unten. Dann herrschte Stille in ihrem Zimmer. Stille, die in ihren Ohren dröhnte.

Sie nahm das Kleid und schleuderte es in die Ecke. Niemand würde ihr verbieten, ihren Bruder heute in die Arme zu schließen. Nicht einmal ihre Mutter.

Die Sonne fiel durch das Laubwerk der Bäume und malte Muster aus Gold auf den Weg vor ihr. Ungeduldig lief Sirja tiefer in den Wald von Eleazan hinein. Das Gefühl, etwas Verbotenes zu tun, ignorierte sie. Nicht nur, dass sie sich Mutters Verbot widersetzt hatte, als sie sich – wie so oft – am Seil aus dem Fenster ihres Zimmers geschmuggelt hatte. Sie hatte den Grenzfluss Tauh überschritten, der das Fürstentum Tarnem vom Gebiet der Zentauren trennte.

Wenn ihr Vater wüsste, dass sie sich alleine in Zentaurengebiet wagte, wäre der Zorn der Pferdemenschen jedoch ihr geringstes Problem.

Verstohlene Blicke ins Unterholz werfend ging Sirja weiter. Inzwischen war der Wald dichter geworden, das Sonnenlicht erreichte kaum mehr den Boden. Sie schlang ihre Arme um den Körper und setzte ihren Weg fort. In Gedanken malte sie sich das Wiedersehen mit Artor aus. Hoffentlich brachte er wirklich keine Frau vom Hof mit! Dass er nur der Sohn eines Turmherren war, hätten viele Damen bei seinem guten Aussehen bestimmt vergessen ...

Sie verzog das Gesicht. Vielleicht ließ Artor sich den Erwartungen ihrer Mutter zum Trotz doch Zeit mit der Wahl einer Gemahlin. Dann blieben ihnen wenigstens noch einige gemeinsame Wochen, bis ihre Mutter sie zu den Brautschauen am Fürstenhof verfrachten würde.

Wütend kickte sie mit dem Fuß einen Stein vom Weg. Oh, was gäbe sie dafür ein Mann zu sein! Dann müsste sie die Südfeste nicht verlassen, um zu heiraten, sondern könnte als Krieger an Artors Seite bleiben. Sie wollte ihren Ärger erneut an einem Stein auslassen, als das Donnern von Hufen sie aufsehen ließ. Ein Grauschimmel galoppierte auf sie zu, mit flatternden Zügeln und Steigbügeln. Ihre Brauen zogen sich zusammen. Das war Artors Hengst, aber niemand saß im Sattel.

Mit erhobenen Händen stellte sie sich in die Mitte des Weges. »Ho, Wintersturm, ho!«, rief sie dem Pferd beruhigend zu.

Das Tier erkannte ihre Stimme und verlangsamte sein Tempo, bis es vor ihr zum Stehen kam. Entschlossen griff sie die Zügel und streichelte dem Hengst den Hals. Sein Fell war schweißnass und Schaum tropfte aus seinem Maul.

»Wo ist Artor?«, flüsterte sie ihm zu. »Was ist passiert?«

Wintersturm gab ein Schnauben von sich und rieb seinen Kopf an ihr. Sie klopfte ihm erneut den Hals, wischte den Schaum vom Ärmel ihres Kleides und saß auf. Rasch wendete sie das große Tier und trabte den Weg zurück, den es gekommen war. Ihr Herz hämmerte in ihrer Brust und ihr Gefühl verschlechterte sich mit jedem Stück, das sie zurücklegten. Auf das, was sie hinter der Biegung erwartete, war sie jedoch nicht vorbereitet.

Das Erste, was sie sah, war ein umgestürzter Wagen, verteilte Reisekisten und am Boden liegende Pferde. Dann erkannte sie die Krieger ihres Vaters, die Artor eskortiert hatten. Die zehn Männer lagen verstreut über den Weg. Pfeile ragten aus ihren Körpern, die mit den rotgelb gesprenkelten Federn der Perlfasane versehen waren.

Ihr Magen verkrampfte sich. Sie sprang aus dem Sattel und bahnte sich den Weg durch die Unglücksstelle. Mit jedem Schritt wuchs ihr Entsetzen. Keiner der Männer hatte überlebt, ihre Kettenhemden, Schwerter und Schilde hatten sie nicht vor den Zentauren schützen können. Vier dieser Bastarde hatten ebenfalls ihr Leben gelassen, ihre Leichname entdeckte sie hinter dem Wagen.

Wo war ihr Bruder? Hektisch sah Sirja sich um. Seinen Blondschopf konnte sie nirgendwo zwischen den Gefallenen entdecken. Hoffnung stieg in ihr auf. Hatte er sich retten können?

Ihr Blick schweifte zum Waldrand und sie erstarrte. Vor einer Dornenhecke lag er auf der Erde. Dicht neben ihm der mächtige Leib eines weiteren Zentauren.

»Artor!« Sie rannte los und ließ sich vor ihm auf die Knie fallen. Ein Pfeil hatte den Hals ihres Bruders durchbohrt, der Boden um ihn herum war blutgetränkt.

»Nein«, rief sie mit erstickter Stimme. Mit zitternden Fingern umfasste sie sein Gesicht, zuerst sanft, dann immer fester schüttelte sie seinen Kopf.

»Bruder, verlass mich nicht.« Sie schrie, obwohl sie wusste, dass es zu spät war. Ihr geliebter Bruder war tot, heimtückisch ermordet.

Hasserfüllt sah sie auf den Pferdemenschen, der neben Artor lag. Unzählige Pfeile steckten in seinem Leib. In ihre Trauer mischte sich die Genugtuung, dass die Krieger noch eine dieser Bestien mit in den Tod hatten nehmen können. Sie wandte sich wieder ihrem Bruder zu, da hörte sie ein Geräusch und hob den Blick.

Waldgrüne Augen starrten sie an. Der Zentaur, den sie für tot gehalten hatte, lebte noch. Schwerfällig stützte er sich auf einem Unterarm ab und sah sie an.

Sirja riss den Dolch aus der Tasche in ihrem Kleid.

Doch der Zentaur erhob sich nicht. »Menschentochter«, flüsterte er kaum hörbar, »suche Rheos.« Seine Atmung ging stoßweise und aus seinem Mund floss Blut. »Sage ihm, der Überfall war ...«

Sein Gesicht verzerrte sich im Schmerz, Krämpfe schüttelten seinen Körper. Er schloss seine Lider und schien seine letzten Kräfte zu sammeln. Dann öffnete er die Augen wieder, streckte den Arm vor und seine Finger legten sich auf ihren Unterschenkel, als wollte er die Dringlichkeit seiner Worte unterstreichen.

Drohend hob sie den Dolch, doch eine stechende Kälte, die in ihren Körper fuhr, ließ sie innehalten. Mit der Kälte schossen Schmerzen in sie ein und in ihre Gedanken schob sich ein Bild. Unzählige rot funkelnde Augen in einem dunklen Raum.

Sie keuchte auf.

Der Zentaur ließ sie los. Im selben Moment verschwanden die Kälte, der Schmerz und das Bild. Verwirrt starrte sie den Pferdemenschen an. Auch in seinen Zügen spiegelte sich Erstaunen, dann umspielte jedoch ein wissendes Lächeln seinen Mund. Einen Atemzug später weiteten sich seine Pupillen, seine Muskeln erschlafften und sein Oberkörper fiel leblos auf den Waldboden.

Für einen Moment saß Sirja regungslos zwischen dem Zentauren und ihrem Bruder. Dann sprang sie auf, lief zu Wintersturm und jagte auf dem Rücken des Pferdes nach Hause. Tränen rannen über ihre Wangen.

Ihr Bruder war tot. Und mit ihm ein Teil von ihr.

»Sirja?«

Eine ruhige, dunkle Stimme holte sie zurück in die Gegenwart. Es dauerte einen Herzschlag lang, bis sie wieder wusste, wo sie sich befand – und wer mit ihr sprach.

Sirja erstarrte. Sie stand eng umschlungen mit Rheos, den Kopf an die Brust des Zentaurenherrschers geschmiegt!

Hastig trat sie einen Schritt zurück und ein weiterer Schrecken durchfuhr sie. Die Stelle an Rheos Hemd, an der ihr Gesicht gelegen hatte, war nass: Sie hatte geweint. Verschämt wischte sie sich mit dem Ärmel ihres Kleides die Tränen aus den Augen. »Ich ...«, sie räusperte sich, um ihre belegte Stimme loszuwerden, »ich war in Gedanken bei meinem Bruder.«

»Tränen über die Toten zu vergießen ist kein Zeichen von Schwäche«, erwiderte er sanft, »sondern eines von Liebe und Verbundenheit.«

Erstaunt blickte sie zu ihm auf. »Worte des Mitgefühls aus dem Mund eines Zentauren?«

Rheos hob eine Braue. Eine Gewohnheit von ihm, die ihr inzwischen so vertraut war. »Was erscheint daran so seltsam, dass Zentauren Gefühle haben?«

»Ich hielt euch immer für herzlose Bestien.« Sie spürte, wie ihr das Blut in die Wangen schoss.

»Und jetzt?«

Sirja atmete tief durch. »Nun muss ich erkennen, dass mein eigenes Volk grausamer ist, als ich es den Zentauren jemals zugetraut hätte.« Es auszusprechen schmerzte, doch es war die bittere Wahrheit. Und wenn Rheos Spott jetzt über sie hereinbrach, hatten sie und das Menschengeschlecht es verdient.

»In jeder Gemeinschaft gibt es einzelne, auf die niemand stolz sein kann.«

Es brauchte einen Moment, bis sie begriff, was er gesagt hatte. »Danke«, flüsterte sie.

»Wofür?«

»Das weißt du genau.« Sie hob die Hände. »Du hast allen Grund, mich zu verhöhnen: meine Überheblichkeit, meine Uneinsichtigkeit, meine Behauptung, dass ...«

Er schüttelte den Kopf. »Ich kann dir nicht vorwerfen, was ich selbst falsch gemacht habe.«

Nun war es an ihr, fragend die Brauen zu heben.

»Ich hielt die Menschen stets für erbarmungslose Ungeheuer. Aber seit ich Jamir kenne, fällt es mir schwer, diese Meinung aufrechtzuerhalten.«

Sie lächelte schmerzlich. »Also hat es wenigstens Jamir geschafft, dich von der Anständigkeit der meisten Menschen zu überzeugen.«

»Es war nicht alleine Jamir.« Rheos streckte seine Hand aus, berührte sachte ihre Wange und strich eine Haarsträhne aus ihrem Gesicht. »Du bist eigensinnig, Turmherrntochter, lästiger als eine Klette im Schweif, aber gleichzeitig voll Mut und Rechtschaffenheit.

Nur wenige stehen so offen zu ihren Fehlern und kämpfen so vehement für diejenigen, die ihnen am Herzen liegen, wie du.«

Er lächelte sie an und Sirjas Herzschlag beschleunigte sich. Der Blick aus seinen waldgrünen Augen war intensiv wie nie zuvor und jagte einen Schauder über ihren Rücken.

»Sirja? Rheos!«

Jamirs Stimme schallte durch den Raum.

Sirja fuhr zu dem Turmherrn der Nordfeste herum. Wie es schien, hörte sie heute überhaupt nicht, wenn sich die Tür ihres Zimmers öffnete! Dem Ausdruck in Jamirs Augen und den Furchen auf seiner Stirn nach gefiel dem jungen Turmherrn Rheos Anwesenheit in ihrem Zimmer gar nicht.

»Was gibt es, Jamir?«, erkundigte sie sich in gespielter Unbefangenheit und trat unauffällig einen Schritt von Rheos weg.

»Ich wollte nachsehen, wie es dir geht«, erwiderte er kühl. »Aber wie es scheint, ist Rheos mir zuvorgekommen.«

Rheos neigte den Kopf in Jamirs Richtung. »Sirja war durcheinander.«

Sirja sammelte sich kurz, ehe sie Jamir antwortete: »Wir glauben, dass der Überfall auf Artor ebenfalls mit der Zarakinenhöhle in Verbindung steht.«

Womit Jamir auch gerechnet haben mochte, damit nicht. Der junge Turmherr starrte sie an, und Sirja nutzte seine Sprachlosigkeit aus, ihm von ihren Vermutungen zu berichten.

»Die Zentauren als Opfer der Räuberbande? Und Artor als unliebsamer Zeuge?« Jamir fuhr sich mit beiden Händen über das Gesicht. »Das klingt weit hergeholt, dennoch wäre es denkbar. Nach den Vorfällen der letzten Tage scheint nichts mehr unmöglich.« Er seufzte. »Dass die Zarakinenhöhle auf Zentaurenland liegt, haben wir bisher tatsächlich außer Acht gelassen. Dieser Umstand macht die Angelegenheit ungleich schwieriger. Die Beziehung zu den Pferdemenschen ist angespannt genug.«

Sirja nickte. Da sie Jamir nicht alles erzählen konnten, wirkte ihr Bericht wenig glaubwürdig. Trotzdem war es richtig gewesen, Jamir auf diese Spur hinzuweisen. Er durfte die Gefährlichkeit dieser Männer keinesfalls unterschätzen.

Ihr Blick schweifte zu Rheos. Er hatte wenig gesagt und war ihr bei ihren Ausführungen nur beigesprungen, wenn sie ins Stocken geraten war. Natürlich passte diese Zurückhaltung zu der Rolle, die er spielen musste. Als fremder Söldner konnte er wenig über den Überfall auf Artor wissen. Doch seine Schweigsamkeit schien eher darin begründet zu liegen, dass er Jamir nicht weiter reizen wollte. Rheos hatte ebenso wie sie bemerkt, dass ihre Zweisamkeit dem Turmherrn nicht gefallen hatte. Ein Umstand, der sie ärgerte. Jamir ging es nichts an, mit wem sie zusammen war. Doch nach Artors Tod fühlte er sich scheinbar berufen, den Platz ihres großen Bruders einzunehmen.

Im Moment jedoch kreisten die Gedanken des jungen Turmherrn alleine um die Männer von der Edelsteinhöhle. »Wenn diese Kerle auch noch für Artors Tod verantwortlich sein könnten, wäre die Bedrohung, die von ihnen ausgeht, größer als gedacht.« Seine Finger trommelten auf seinen Oberschenkel. »Der Fürst muss davon ebenfalls erfahren, auch wenn es ihm nicht gefallen wird – schließlich könnten die Zentauren jederzeit angreifen. Ich gehe und verfasse ein weiteres Schreiben an ihn.«

Gemeinsam mit Rheos verließ Jamir das Zimmer.

Sirja starrte auf die Tür, die sich hinter den Männern schloss. Nur wenige Tage hatten ausgereicht, ihre Welt vollständig auf den Kopf zu stellen.

Die Zentauren waren unschuldig an Artors und Gerdors Tod.

Und Rheos ...

Sie schloss die Augen und für einen Moment spürte sie wieder seine Hand an ihrer Wange. Ein warmes Gefühl stieg in ihr auf, gemischt mit einer schmerzlichen Sehnsucht.

Bei den ewigen Göttern! Erschrocken über sich selbst riss sie die Augen wieder auf. Rheos war ein Zentaur, egal was Dyrdra aus ihm gemacht hatte und wie hilfsbereit er sich im Moment auch zeigte. Wie konnte es sein, dass sie sich so leicht täuschen ließ und vergaß, dass er ihr Feind war?

Mit einem Seufzen setzte sie sich auf ihr Bett. Sie war übermüdet, einsam und voll Trauer. Da war es nur zu verständlich, dass sie in Rheos Armen Trost gesucht hatte, beruhigte sie sich.

Leider erklärte es nicht, warum sich seine Nähe so gut angefühlt hatte.

23

Die Sehne des Bogens war bis zum Anschlag gespannt. Seine rechte Hand hielt den Pfeil, die linke umfasste den Bogen – glatt und warm lag das Taulanholz in seiner Hand. Es war nicht sein eigener Bogen – die Sterne mochten wissen, wo dieser sich befand –, dennoch war ihm die Bauart der Waffe vertraut, die Xiros ihm aus der Halle der Nacht mitgegeben hatte.

Ruhigen Blickes maß Rheos die Entfernung zu der Zielscheibe am Ende des Burghofes. Unter normalen Umständen würde er diese Schussdistanz als lächerlich empfinden, doch mit der Verschlechterung seiner Sehkraft wollte er kein Risiko eingehen. Schließlich standen Jamir und er an diesem Morgen längst nicht mehr alleine im Innenhof der Feste. Zahlreiche Mägde und Knechte hatten sich eingefunden, um diesem freundschaftlichen Duell zuzusehen.

Er korrigierte den Winkel des Bogens ein wenig, atmete aus und ließ los. Der Pfeil schnellte von der Sehne auf sein Ziel zu. Gebannt verfolgte Rheos die Flugbahn. Als der Pfeil sich in die Mitte der Zielscheibe bohrte, lächelte er.

Um ihn herum brandete Applaus auf, auch Jamir klatschte in die Hände. Der Pfeil des Burgherrn hatte nur den äußeren Ring auf der Scheibe getroffen.

»Erneut in die Mitte!« Jamir schüttelte den Kopf. »Deine Augen sind scharf wie die eines Bergadlers.«

Rheos zog es vor, nichts darauf zu erwidern, sondern mit einem Lächeln dem Burgherrn Platz zu machen.

Jamir war ein geübter Schütze, dennoch traf sein Pfeil auch bei diesem Versuch nur den Rand der Scheibe. Der Turmherr war jedoch kein schlechter Verlierer und nahm seine erneute Niederlage gelassen hin.

»Mein Kompliment, Rheos. Ein Treffer auf diese Entfernung ist unglaublich.«

Es war nicht Jamir, der ihm dieses Lob aussprach.

Rheos Kopf flog zu Sirja herum. »Ich hatte einen guten Lehrer«, erklärte er mit rauer Stimme. Seit gestern Nachmittag hatte er sie nicht mehr gesehen – seit er sie in die Arme geschlossen und ihr die Haare aus dem Gesicht gestrichen hatte. Was war über ihn gekommen, ihr eine solche Nähe zu gewähren? Vermutlich war seine neue Gestalt schuld an dieser unerklärlichen Handlung.

Jamir blickte Sirja prüfend an. »Geht es dir heute besser? Ich habe dich nicht wecken lassen, um dir genug Ruhe zu gönnen. Aber Rheos zentaurengleicher Schuss ist dir ja trotzdem nicht entgangen.«

»Ich fühle mich sehr gut«, erwiderte sie.

Rheos sah, dass Sirja ein Grinsen unterdrückte.

»Das freut mich.« Jamir lächelte. »Der Fürst ist nun über alles in Kenntnis gesetzt, doch solange ich keine Anweisungen von ihm erhalte, will ich nichts unternehmen. Da die letzten Tage aufreibend waren, sollten wir die Zeit nutzen, uns zu entspannen.« Sein Lächeln wurde breiter. »Wie ginge das besser als bei einem Bankett mit Musik und Tanz?«

Sirja öffnete den Mund, doch Jamir hob die Hände. »Nichts Großartiges, ich will die Trauer um die Toten nicht stören. Aber wir müssen auch an uns denken. Rheos sieht das bestimmt genauso.«

Die grauen Augen der Turmherrntochter richteten sich auf ihn und er erkannte den Zweifel, der darin lag.

Doch nach Jamirs Ankündigung kam er aus der Sache nicht mehr heraus. »Zu jeder Schlacht gehört im Anschluss ein Fest, um die Taten der Gefallenen und der Lebenden zu feiern«, wiederholte Rheos die Worte seines Vaters. »Alle angestauten Gefühle – Angst, Hass, Wut, Trauer, Stolz und Leid – müssen einen Weg nach draußen finden, sonst gehen Körper und Geist daran zugrunde.«

Für einen Moment herrschte Schweigen. Nicht nur Sirja blickte ihn verblüfft an, sondern auch Jamir.

»Das hast du gut gesagt, Rheos.« Der Turmherr nickte ihm anerkennend zu. »Willst du heute Abend nach mir ein paar Worte zu den Anwesenden sprechen?«

Rheos erstarrte. Nur aus den Augenwinkeln nahm er wahr, dass Sirja erneut ein Kichern unterdrückte. »Für mich als Fremden wäre es ... eine Ehre«, stammelte er. Dann murmelte er eine Entschuldigung und machte sich auf die Suche nach Dyrdra.

»Die Viehheilerin ist im Stall bei dem kranken Hengst des Turmherrn.«

Rheos nickte dem Knecht zu und ging in der angezeigten Richtung weiter. Gestern Nachmittag hatte er entgegen seinem Vorhaben nicht mit der Wandlerin reden können, da sie einen Besuch in einem der umliegenden Dörfer unternommen hatte.

Je mehr er sich in seinem menschlichen Körper einlebte, desto weniger gefiel es ihm. Und mit jedem Tag, der verstrich, stieg seine Sorge um Quran. Er war der Te'Ral, er musste bei seinem Volk sein! Natürlich gab es seinen Onkel, doch die Verantwortung lag in seinen Händen.

Außer, sie hätten ihn inzwischen schon für tot erklärt.

Nein! Seine Hände ballten sich zu Fäusten. Bevor das geschah, mussten die Ältesten Xiros aufsuchen. Der Sterndeuter würde ihnen sagen, dass er am Leben war – zumindest, dass es sich vor drei Tagen noch so verhalten hatte.

Rheos schluckte, um den bitteren Geschmack aus seinem Mund zu vertreiben. Wenn man ihn für tot und Zarkos zum neuen Te'Ral erklärt hatte und er kehrte zurück ... Es konnte immer nur einen Te'Ral geben, so lautete das Gesetz seines Volkes. Sollte es je zwei Zentauren geben, die rechtmäßig Anspruch auf den Titel erhoben, blieb nur ein Weg.

Entschlossen trat er in den Pferdestall ein. Es musste ihm gelingen, Dyrdra zu seiner Rückverwandlung zu bewegen!

Es dauerte einen Moment, bis seine Augen sich an das Dämmerlicht im Stall gewöhnt hatten. In einer großen Box lag ein Pferd im Stroh. Die Viehheilerin kniete neben dem Tier und streichelte sein braunes Fell.

Rheos beobachtete die Szene einen Moment. Auf den ersten Blick wirkte der mächtige Braune gesund, doch seine Augen blickten matt und unbeteiligt, sein Fell hatte seinen Glanz verloren. Jamir hatte ihm erzählt, dass er begonnen hatte, den Hengst einzureiten und große Hoffnungen auf ihn setzte. Der Turmherr war über die nun schon mehrere Tage währende Teilnahmslosigkeit des Pferdes bestürzt.

»Setz dich zu mir ins Stroh, Rheos«, erklang Dyrdras leise Stimme.

»Woher weißt du, dass ich es bin?« Die Viehheilerin saß mit dem Rücken zu ihm.

»Mondschatten hat es mir gesagt.« Dyrdra drehte den Kopf zu ihm und klopfte auffordernd neben sich auf den strohbedeckten Boden. »Er freut sich über deine Gegenwart. Er weiß, wer du bist.«

Rheos atmete tief durch, dann öffnete er die Boxentür und ließ sich neben Dyrdra nieder. »Du kannst mit Tieren reden?«

»Reden ist nicht das richtige Wort, denn Tiere beherrschen unsere Sprache nicht. Sie schicken mir Bilder.« Sie lächelte wissend. »Wie das geht, weißt du ja.«

Seine Brauen zogen sich zusammen. »Ich habe keine Ahnung, worauf du hinauswillst.«

Ein trauriger Ausdruck huschte über Dyrdras Gesicht. »Du und Sirja habt nicht darüber gesprochen, was diese Fähigkeit zwischen euch bedeuten könnte?«

»Wir haben über vieles gesprochen«, fuhr er sie an, sodass der Hengst erschrocken die Ohren anlegte, »aber nicht über Belanglosigkeiten.« Seine Augen verengten sich zu Schlitzen. »Eine Höhle mit Zarakinen ist schuld am Tod meines Vaters, Sirjas Bruder und Jamirs Großvater. Genug, worüber man sich Gedanken machen kann. Da braucht es nicht noch Magie.«

Ihr Blick verhärtete sich. »Du weißt, dass diese grausamen Morde noch nicht alles sind. Oder?«

»Wenn du darauf anspielst, dass immer noch gefährliche Spannungen zwischen Menschen und Zentauren herrschen und ich als Te'Ral seit acht Tagen nicht mehr in Quran war, ja.« Nur mit Mühe gelang es ihm, die Beherrschung zu behalten. »Du musst mir meine Gestalt zurückgeben, Dyrdra! Mein Volk braucht mich. Ich habe meinen guten Willen bewiesen und Jamir und Sirja unterstützt. Deine Bedingung ist erfüllt.«

»Sie lautete, dass du dich als wahrer Te'Ral erweist.«

Er musste sich zwingen, nicht zu schreien. »Solange ich zwei Beine habe, kann ich das aber nicht!«

»Dann kann ich auch nichts für dich tun.«

Sein Atem ging schwer in seiner Brust. »Du verdammst mich zu einem Leben in Menschengestalt?«

Sie erwiderte nichts, sondern schien dem Rauschen des Windes zu lauschen, der draußen über den Burghof strich.

»Du musst dich überwinden und auf dein Herz hören«, antwortete sie schließlich.

Sie würde ihm seine wahre Gestalt nicht zurückgeben! Wie betäubt erhob er sich vom Boden, um den Stall zu verlassen.

»Warte!« Dyrdra hielt ihn am Arm zurück. »Mondschatten bittet dich um deinen Segen.«

»Warum?«

»Es gibt ihm Hoffnung. Pferde empfinden Respekt vor euch Zentauren, wie ich bereits sagte. Das Wohlwollen des Te'Rals wäre ihm eine Ehre.«

»Dank dir bin ich kein Zentaur und erst recht kein Te'Ral mehr«, zischte er. »Nur eine armselige Kreatur auf zwei schwachen Beinen.«

»Wenn du es so siehst.« Sie seufzte und schien noch etwas hinzufügen zu wollen. Doch dann schüttelte sie den Kopf und wies auf den Hengst: »Bitte, erfülle ihm den Wunsch.«

Rheos biss sich auf die Lippen. Die Wut in ihm war ohnegleichen, am liebsten wäre er aus dem Stall gestürmt und hätte seine Enttäuschung herausgeschrien. Doch der Anblick des geschwächten Tieres hielt ihn zurück.

Er ließ sich wieder auf die Knie nieder und legte seine Hand auf Mondschattens Hals. Unter dem glanzlosen Fell spürte er den Herzschlag des Hengstes. »Weißt du, woran er leidet?«

»Er frisst nicht und steht nicht mehr auf«, antwortete Dyrdra. »Eine Krankheit habe ich nicht entdecken können.«

Rheos fuhr mit den Fingern über den Hals zum Rücken des Hengstes. Welche Worte sollte er wählen? Sein Vater hatte oft solche Segnungen vorgenommen, er selbst jedoch noch nie.

Er räusperte sich, um seine Unsicherheit zu vertreiben, und platzierte seine Hand auf der Stirn des Pferdes. »Mein Segen begleitet dich, Mondschatten«, hob er an, »möge das Licht der Sterne stets hell über dir leuchten.«

Rheos wartete einen Augenblick, dann zog er seine Hand fort, nickte Dyrdra zu und stand auf. Er wusste nicht, ob er den Erwartungen gerecht geworden war und seine Tat etwas bewirken würde. Mit langsamen Schritten ging er auf die Boxentür zu. Hinter ihm erklang ein Schnauben und er wandte sich um.

»Mondschatten dankt dir. Er sagt, du bist der Te'Ral, auch wenn dir zwei Beine fehlen«, übersetzte Dyrdra. Ein geheimnisvolles Lächeln erschien auf ihrem Gesicht. »Rheos, bist du wirklich überzeugt, dass du in einen Zentauren zurückverwandelt werden willst? Vielleicht würdest du dir eines Tages wünschen, du wärst wieder ein Mensch.«

»Freiwillig ein Mensch sein wollen?«, höhnte er. »Nie im Leben!«

Die Viehheilerin wiegte den Kopf. »Wir werden sehen. Aber sei dir über eines im Klaren: Ein zweites Mal werde ich dich nur in einen Menschen verwandeln, wenn du mich ausdrücklich darum bittest.«

Verärgert starrte Rheos sie an. Dann drehte er sich wortlos um und verließ den Stall.

Was war das für ein Kleidungsstück? Mit gerunzelter Stirn betrachtete Rheos die lange, eine Hand breite Stoffbahn auf seinem Bett. Sie war dunkelgrün und aufwändig mit einem Muster aus Blättern und Ranken bestickt.

Bei der Rückkehr in sein Zimmer hatte er einen Stapel Kleidung auf seinem Bett vorgefunden. Es war ihm schnell klar geworden, dass es sich um eine besondere Festkleidung handeln musste, denn Hose und Hemd waren von feinster Machart. Nur wickelte man das Ding um den Hals, oder trug man es wie einen Gürtel um die Hüften?

Er verzog das Gesicht. Das Einzige, was bei dieser Sache sicher war, war, dass er sich zum Gespött machte, wenn er die Stoffbahn falsch anzog. Dummerweise hatte er Masla bereits entlassen. Sie hatte ihm beim Baden geholfen und danach hatte er ihr erklärt, er käme alleine zurecht. Daher blieb ihm nur eine Möglichkeit.

Rheos nahm die bestickte Stoffbahn, verließ sein Zimmer und ging hinüber zu Sirjas Tür. Er klopfte an und trat auf ihre Aufforderung hin ein.

Von einem knappen Tuch um ihre Hüften abgesehen, stand Sirja unbekleidet im Raum. In ihren Händen hielt sie ein nachtblaues Kleid, von dem zahllose Bänder herabhingen.

»Gut, dass du kommst«, erklärte sie, ohne aufzusehen. »Ich verzweifle an dieser Verschnürung. Ohne Hilfe schaffe ich das nicht.«

»Ich weiß nicht, ob ich der Richtige bin, aber ich kann es versuchen.«

Sirjas Kopf schnellte hoch. »Rheos?!« Ihre Wangen färbten sich feuerrot und hastig versuchte sie mit dem Kleid ihre Blöße zu verdecken. »Dreh dich gefälligst um!«

»Warum?« Sie hatte doch gerade um seine Hilfe ersucht.

»Weil du ein Mann bist!«

»Ich bin kein Mann, ich bin ein Zentaur.«

»Du bist auf jeden Fall nicht weiblich!«

Er wandte sich um. Er hatte die menschliche Sitte vergessen, nach der eine Frau sich einem Mann nicht nackt zeigen durfte, solange sie nicht verheiratet waren. »Ich habe kaum etwas von deinem Körper gesehen«, beruhigte er sie. »Und das, was ich sah, muss dir nicht peinlich sein.«

Er hörte ihr Keuchen. »Wie meinst du das?«

»Deine Beine sind gerade, deine Fesseln schlank und dein Busen ist wohlgerundet. Das gefällt mir.«

Ihr Keuchen verwandelte sich in ein empörtes Schnauben. Scheinbar war es ebenso verboten über den unbedeckten Körper einer Frau zu sprechen wie ihn anzusehen.

»Was willst du eigentlich hier?«, fauchte sie.

Ohne sich umzudrehen, hob er das Stoffband in seiner Hand hoch. »Ich weiß nicht, wie man dieses Kleidungsstück trägt.«

»Das ist eine Schärpe. Lege sie über eine Schulter und binde sie über der gegenüberliegenden Hüfte zusammen.«

»Danke.« Er räusperte sich. »Soll ich dir mit dem Kleid doch behilflich sein?«

»Nein«, erwiderte sie genervt. »Und jetzt raus, bevor Jamir dich erneut bei mir im Zimmer erwischt.«

»Jamir dürfte dich doch ebenfalls nicht unbekleidet sehen, oder?«

»Nein, dürfte er nicht. Aber da du es noch viel weniger darfst, würde er dich vermutlich zum Duell fordern, um meine Ehre zu verteidigen.«

»Du erwartest nicht, dass ich das verstehe.«

Sie stieß einen Seufzer aus. »Jamir war Artors bester Freund und meint nun, mir den großen Bruder ersetzen zu müssen.«

»Ich begreife.« Da Sirja sein Gesicht nicht sah, gestattete er sich ein Grinsen, während er zur Tür ging. Dass der Turmherrntochter Jamirs Beschützerdrang missfiel, war unüberhörbar.

»Rheos!«

Er blieb stehen. »Ja?«

»Gefällt dir mein Körper wirklich? Ich meine ...«, stotterte sie, »damals, als wir zum ersten Mal miteinander gesprochen haben, hast du etwas anderes gesagt.«

Nun wandte er sich doch wieder zu ihr um. »Damals war ich ein Gefangener deines Vaters und stand angebunden im Viehstall.«

»Aber du hast behauptet, du lügst nicht.«

»Zu diesem Zeitpunkt war es keine Lüge. Du hast mich ebenso angewidert wie alle anderen deines Volkes.«

»Und jetzt?« Ihre Stimme war leise und es schien ihr im Gegensatz zu vorher nichts auszumachen, dass er sie ohne Kleidung erblickte.

»Ich weiß es nicht«, gab er zu. »Die Grenzen verschwimmen. Vielleicht, weil ich meinen eigenen Körper verloren habe.«

»Das hast du nicht. Dyrdra verwandelt dich zurück.«

Er schüttelte den Kopf. »Sie wird es nicht tun, das hat sie mir vorhin gesagt.«

Erschrocken sah Sirja ihn an. Was sie erwiderte, hörte er jedoch nicht mehr. Er trat hinaus auf den Gang und zog die Tür hinter sich zu. Erst jetzt, da er es ausgesprochen hatte, wurde ihm die Endgültigkeit dieser Tatsache bewusst.

Er war zum Menschen geworden und würde es für immer bleiben.

24

Rheos griff zu dem Becher mit Wein, der vor ihm auf der festlich geschmückten Tafel stand. Entschlossen setzte er das Gefäß an die Lippen – zum ersten Mal in seinem Leben nahm er Alkohol zu sich. Die dunkelrote Flüssigkeit umspülte seine Zunge und stieg in seine Nase.

Seit er auf der Nordfeste angekommen war, hatte er stets zu Wasser gegriffen. Zentauren vertrugen nichts Alkoholisches, es zerstörte ihren Magen und ihre Därme. Nach großen Mengen war der Tod die unausweichliche Folge. Doch er war kein Zentaur mehr. Und alles, was er über den Genuss von Wein und Bier wusste, bestärkte ihn darin, den Becher bis zur Neige zu leeren.

Menschen in betrunkenem Zustand waren nicht mehr Herr ihrer Sinne, sie vergaßen alles und verhielten sich, als gäbe es nur noch diesen Moment. Genau das brauchte er. Er wollte nicht über sein Schicksal nachdenken, über seine Verpflichtungen und über sein Scheitern. Er wollte vergessen. Und wenn ihm dieser Wein dabei half, umso besser.

Der letzte Tropfen rann seine Kehle hinunter und er stellte den Becher auf dem Tisch ab. Der Wein schmeckte ihm nicht, ja, er brannte sogar in seinem Hals. Doch vielleicht wurde es mit steigender Menge besser. Bestimmt musste er sich erst an den Geschmack gewöhnen, schließlich tranken die Menschen das Zeug in rauen Mengen.

Eine Wirkung merkte er auf jeden Fall schon. Seine Körpermitte fühlte sich wohlig warm an, und in seinem Kopf breitete sich ein angenehmer Nebel aus. Es wurde Zeit für einen zweiten Becher, um diese Wirkung zu verstärken. Er griff nach dem Weinkrug, doch jemand kam ihm zuvor und nahm den Krug weg.

»Ein Becher reicht fürs Erste.« Sirja sah ihn von ihrem Platz aus streng an. »Du hast doch gesagt, dass du aufgrund deines Unfalls nichts trinken darfst.«

Jamir, der zwischen ihnen saß, lachte. »Heute wird gefeiert, Sirja. Ein Becher wird Rheos nicht umbringen.« Er griff nach dem Krug, um ihn ihr abzunehmen, aber Sirja war schneller und verbarg das Gefäß hinter ihrem Rücken.

»Willst du, das Rheos einen Rückfall erleidet und dir bei der Jagd auf die unbekannten Männer nicht helfen kann?«

»Natürlich nicht«, erwiderte der Turmherr. Er wandte sich zu Rheos. »Vielleicht wartest du mit dem nächsten Becher bis zum Ende des Abends.«

»Das meine ich auch«, erwiderte Sirja. »Jetzt sollten wir das Essen genießen. Wer Wein trinkt, braucht eine ordentliche Grundlage im Bauch.«

Sie sah ihn auffordernd an und gehorsam lud Rheos sich Fleisch, Soße und Gemüse von der Platte auf sein Speisebrett. Auch ohne einen zweiten Becher spürte er die Wirkung des Weines sich verstärken. Sirjas Empfehlung, etwas zu essen, war vermutlich nicht verkehrt. Allerdings musste er sich sehr darauf konzentrieren, den Schöpflöffel gerade zu halten, damit nichts von der Soße auf dem Tischtuch landete. Sollte Jamir ihn jetzt zum Bogenschießwettbewerb fordern, würde er schon daran scheitern, den Pfeil einzulegen.

Nachdem die Speisen ohne größere Verluste auf seinem Essbrett gelandet waren, begann er zu essen. Je öfter er die menschlichen Gerichte zu sich nahm, desto besser schmeckten sie ihm. Wie hatte er jemals annehmen können, in Fett gebratenes Fleisch schmecke nicht? Und nichts ging über eine gut gewürzte und gesalzene Soße, in die man frischgebackenes Brot tunken konnte! Genussvoll leckte er sich die Lippen und füllte sein Speisebrett erneut.

Heute gab es Musik zum Essen und seine Füße zuckten im Takt der Lieder. Die Melodien der Menschen waren ungewohnt in seinen Ohren, der Klang faszinierte ihn und erfüllte ihn gleichzeitig mit Traurigkeit. Er würde nie wieder die Lieder seines Volkes hören. Sein Appetit verging und er schob das Essbrett beiseite. Der Nebel in seinem Kopf hatte sich durch die Mahlzeit tatsächlich verflüchtigt, dafür verspürte er nun ein anderes, äußerst dringendes Bedürfnis.

Er erhob sich vom Stuhl, doch kaum tat er die ersten Schritte, stellte er fest, dass die Wirkung des Weines nicht vollkommen verflogen war. Er fühlte sich schummrig, und auch das warme Gefühl in seiner Körpermitte war stärker geworden.

Vorsichtig bahnte er sich seinen Weg zwischen Bänken und Wand entlang zum Halleneingang. Die Männer und Frauen im Saal machten ihm bereitwillig Platz, sie lächelten ihn an und riefen ihm Grußworte zu. Das Wohlwollen, das Jamir in ihn setzte, schien sich auf alle Festenbewohner zu übertragen. Ob sie, und vor allem Jamir, ihn noch schätzen würden, wenn sie wüssten, wer er wirklich war?

Rheos öffnete einen Türflügel der Halle und trat in den Innenhof der Feste hinaus. Es war besser, dass Jamir nie erfuhr, wie sehr er hintergangen worden war.

Bei seiner Rückkehr in den Saal waren die Essensplatten bereits abgetragen worden. Die Männer und Frauen hatten sich von den Bänken erhoben und standen in Gruppen in der Halle zusammen und plauderten. Einige hatten sich in der Mitte des Raumes zum Tanzen zusammengefunden.

Auf dem Weg zu seinem Platz beobachtete Rheos die sich zur Musik bewegenden Menschen interessiert. Versunken in die Betrachtung wäre er beinahe mit einer Frau zusammengestoßen. »Entschuldige.« Er trat einen Schritt beiseite, doch die Frau blieb vor ihm stehen und lächelte ihn an. Sie besaß einen drallen Körper und ihr schwarzes Haar war zu einem Knoten aufgesteckt. Um ihren Hals hing eine Kette, deren Anhänger auf ihrem Busen zu liegen kam. Ein üppiger Busen, den der Ausschnitt ihres leuchtend roten Kleides kaum zu fassen vermochte.

Sie bemerkte, wo sein Blick hängen geblieben war, und ihr Lächeln wurde breiter. »Gefällt Euch, was Ihr seht, Herr?«

Schlagartig fielen Rheos die Sittenregeln der Menschen ein. Er hob den Kopf und sah ihr in die Augen. Sie waren von einem wässrigen Blau, jedoch waren die Lider mit schwarzer Farbe stark umrandet, sodass ihr Blick intensiver wirkte, als er eigentlich war.

»Mein Name ist Zola«, stellte sie sich vor. »Und Ihr seid Rheos?«

Er nickte und wollte weitergehen, aber sie legte ihre Hand auf seinen Oberarm und hielt ihn zurück.

»Dann habe ich gefunden, wen ich suchte.« Ihre Finger glitten an seinem Arm zu seiner Hand und ein vielsagender Ausdruck trat in ihre Augen. »Der Turmherr schickt mich.«

Verständnislos sah er die Frau an. Sie war ihm noch nie zuvor in der Burg aufgefallen und auf ihre Worte konnte er sich keinen Reim machen. »Mit welcher Nachricht?«

»Oh, der Turmherr hat mich beauftragt, mich um Euch zu kümmern.« Ihre Stimme senkte sich zu einem Flüstern. »Ihr könnt Euch wünschen, was immer Ihr wollt.«

Rheos stand vor einem Rätsel. Er hatte keine Ahnung, was diese Frau von ihm wollte. Hastig versuchte er eine passende Antwort zu finden, doch der Wein in seinem Kopf machte das Denken schwer.

Sie schien seine Unsicherheit zu bemerken. »Ich habe gehört, dass Ihr ein Mann von Tugend seid, doch bei mir könnt Ihr Eure Grundsätze ablegen – und nicht nur diese.« Ihre Hand löste sich von seiner und kam auf seinem Hosenbund zu liegen. Ihre Finger begannen mit den Schnürbändern zu spielen, und immer wieder strich ihre Hand dabei wie zufällig über seinen Unterleib.

Die Hitze, die nun in ihm aufstieg, konnte nichts mehr mit dem Wein zu tun haben. Sie kam auch nicht aus seinem Magen, sondern aus seiner Lendengegend. Es brauchte einen Augenblick, bis er das Verlangen, das damit einherging, zuordnen konnte. Er keuchte. Es war nicht die Zeit des Frühlingsmondes, und dennoch ...

Sie trat einen Schritt näher zu ihm und verstärkte den Druck ihrer Hand.

Seiner Kehle entrang sich ein Stöhnen. Nun gab es nichts mehr schönzureden. Frühlingsmond hin oder her, sein Körper war bereit für diese Frau. Ein Umstand, der ihr nicht entging.

Zola nahm die Schultern zurück, sodass ihr praller, spärlich bedeckter Busen sich ihm entgegenstreckte. »Wir können hinauf in Euer Zimmer gehen, Herr«, säuselte sie, »doch wenn Ihr es nicht mehr bis dorthin schafft ...«, ihre Finger kneteten seine gehärtete Männlichkeit, »gehen wir auf den Burghof hinaus.«

Ihr Blick war eine Verheißung und sein Körper drängte in einem Maß nach Erfüllung, wie er es noch nie zuvor verspürt hatte. Die Treppen würde er in diesem Zustand nicht mehr schaffen, und der Burghof oder eine Ecke der Halle waren so gut wie jeder andere Ort. Er lächelte Zola an. »Ich ziehe es vor«, erwiderte er heiser, »dass ...«

»Dass Rheos hier im Saal bleibt!«

Mit in die Hüfte gestemmten Fäusten stand Sirja vor ihnen. Die Röcke ihres nachtblauen Kleides wogten um ihre Beine.

Sprachlos starrte Rheos sie an, doch Zola ließ sich von ihrem Auftauchen nicht einschüchtern. »Verzeiht, Herrin, der Turmherr gab mir den Auftrag, mich um seinen Gast zu kümmern.«

»Das übernehme ich ab sofort.« Ihre Augen sprühten Funken. »Such dir einen anderen Mann, den du bezirzen kannst.«

Zola schien widersprechen zu wollen, überlegte es sich aber anders und neigte den Kopf vor Sirja. »Wie Ihr wünscht, Herrin.«

Mit Bedauern sah Rheos, wie Zola zu einer Gruppe Männer am anderen Ende des Saales ging. Seine Lenden pochten immer noch voll Verlangen, doch dass Sirja gekommen war, um sich anstelle Zolas mit ihm zu vereinigen, war eher unwahrscheinlich.

»Was sollte das?«, fragte er gereizt, da das unerfüllte Verlangen in ihm schmerzte.

»Das sollte ich wohl besser dich fragen.« Ihre Stimme bebte vor unterdrücktem Zorn. »Erst muss ich dich davon abhalten, dich zu betrinken, und dann, mit einer Dirne ins Bett zu steigen.«

Trotzig wie ein halbwüchsiges Fohlen sah er sie an. »Jamir billigt beides.«

»Jamir weiß auch nicht, dass du in Wahrheit vier Hufe und einen Schweif hast!«

»Was spielt das noch für eine Rolle?«, stieß er hervor. »Da ich für immer ein Mensch bleiben werde, sollte ich schleunigst anfangen, mich euren Sitten anzupassen.«

»Indem du der Trunksucht und der Hurerei verfällst?«

»Das machen doch alle Männer bei euch!«

»Ach ja? Woher weißt du das?«

Er verschränkte die Arme vor der Brust. »Eure Männer bespringen jede Frau. Um die Kinder, die daraus entstehen, kümmern sie sich nicht, ebenso wenig wie um die Mutter. Ihr schlechtes Gewissen, wenn sie denn eines verspüren, ertränken sie in Wein.«

Ungläubig schüttelte sie den Kopf. »Bist du mit geschlossenen Augen durch die Nordfeste gelaufen? Denn so schlecht kann deine Sehkraft nicht geworden sein, um die Wirklichkeit nicht zu erkennen.«

Er sah sie an und wusste nichts zu erwidern. Sirja hatte recht. In der Nordfeste hatte er weder einen vom Wein berauschten Mann gesehen noch einen, der es mit einer Frau getrieben hätte. Nur er wäre beinahe mitten in der Halle über eine hergefallen.

»Rheos, ich verstehe deine Verzweiflung«, sprach sie mit sanfter Stimme weiter. »Ich werde mit Dyrdra sprechen und sie überzeugen, die Verwandlung zurückzunehmen.« Sie lächelte aufmunternd. »Ohne dich hätten wir die Zarakinenhöhle nie entdeckt.«

»Ich habe sie schon auf meine guten Taten hingewiesen«, erwiderte er bitter. »Es interessiert die Viehheilerin nicht.«

»Ich werde sie dennoch darum bitten.«

Einen Moment schwiegen sie beide, dann sah sie ihn fragend an. »Wenn du ein Mensch bleiben müsstest, würdest du Jamirs Angebot annehmen und in seinen Dienst treten?«

»Um an seiner Seite irgendwann in einen Krieg gegen die Zentauren zu ziehen?«

»Das habe ich nicht bedacht.« Sie zögerte. »Kannst du nicht ... als Mensch zu deinem Volk zurück? Immerhin bist du der Te'Ral.«

»Würdet ihr Fürst Neidor noch Anerkennung zollen, wenn er aussähe wie ein Zentaur?«

Statt einer Antwort senkte sie den Kopf. Als sie den Blick wieder hob, wirkte ihr Gesicht angespannt. »Was würden sie mit dir machen? Dich töten?«

»Die Gnade des Todes wird nur bei geringen Vergehen gewährt.«

»Aber du hast keine Schuld auf dich geladen! Für deine Verwandlung kannst du nichts und zudem hast du Jamir und mir das Leben gerettet.«

»Zwei Menschen vor dem Tod bewahrt zu haben, würde man aus zentaurischer Sicht kaum als Verdienst ansehen.«

»Was würden sie mit dir machen?«, wiederholte sie. »Dich für den Rest deines Lebens in einen Kerker einsperren?«

Sie ahnte nicht, wie nahe sie der Wahrheit kam. »Wir besitzen keine Kerker, denn diese haben einen erheblichen Nachteil.«

Fragend sah sie ihn an, und er sprach weiter, obwohl ihm die Worte zunehmend schwerer fielen. »Kerker befinden sich hinter Mauern. Die Gefangenen sind nicht sichtbar und geraten bald in Vergessenheit. Und vergessen zu werden ist eine ebensolche Erlösung wie der Tod.«

»Welche Strafe erwartet dich dann?« Ihre Frage war kaum mehr als ein Flüstern.

»Der Pferch.«

»Wie kann das schlimmer sein als eine Todesstrafe?«

Sein Blick richtete sich auf einen fernen Punkt im Raum. »Man vegetiert vor allen Augen dahin, mit Abfällen am Leben erhalten und daran gehindert, sich selbst zu erlösen. Du siehst die Gemeinschaft, lebst mitten unter ihnen und bist doch ausgeschlossen. Freunde und Familie gehen an dir vorbei und sehen durch dich hindurch. Dein Name wird zum Fluch, ein Schrecken für ungezogene Fohlen. Jahrzehnt um Jahrzehnt, bis die Sterne dich rufen.«

Er sah wieder zu ihr. In ihrem Gesicht spiegelte sich Entsetzen wider. »Würde mich der Tod erwarten, ich würde keinen Moment zögern zurückzugehen.« In seiner Jugend hatte er als Strafe für seine Unvernunft einige Tage den Pferch ertragen müssen. Eine Erinnerung, die ihn immer noch in seinen Träumen heimsuchte. Lebenslang in den Pferch geschickt zu werden, würde er nicht aushalten. Er hatte ein großer Herrscher werden wollen, ein würdiger Nachfolger seines Vaters. Ein Dasein in Schande in Quran war unvorstellbar.

»Mein Leben hat jegliche Bedeutung verloren«, schloss er dumpf. »Sowohl für mich als auch für mein Volk.«

Ihre Hand legte sich auf seinen Arm. »Es tut mir leid, Rheos.«

Er zog eine Augenbraue hoch. »Mitleid mit einem Zentaurenbastard?«

»Du bist kein Bastard.«

Trotz seines Elends musste er lächeln. »Woher dieser Meinungsumschwung, Menschentochter?«

»Du hast dein Urteil über mich doch auch geändert, oder?«

»Ja, aber das ...« Er schüttelte den Kopf. »Lass uns über etwas anderes sprechen«, erklärte er. »Dieser Abend sollte doch dazu dienen, alles Unangenehme für eine Weile zu vergessen.«

Sie stimmte zu, doch der Ausdruck in ihrem Gesicht zeigte, dass das Gehörte sie noch beschäftigte.

Er wies mit der Hand auf die Mitte des Saales, in der sich Männer und Frauen zu einem Kreis aufgestellt zur Musik bewegten. »Wie nennt sich dieser Tanz?«

»Das ist der Springvogel. Ein Bauerntanz, der auch beim niederen Adel beliebt ist. An den Fürstenhöfen ist er dagegen verpönt.«

»Was tanzt man dort?«

»Den Silber-Reigen.« Sie verzog das Gesicht. »Hunderte komplizierter Abfolgen, die sich niemand merken kann.«

»Komplizierte Schrittfolgen machen das Ganze doch erst interessant.«

Ihre Brauen zogen sich zusammen. »Was verstehst du schon vom Tanzen?«

»Eine Menge. Zentauren tanzen gerne.«

»Mit vier Beinen?« Sie starrte ihn an. »Du machst dich über mich lustig!«

Ihr fassungsloser Gesichtsausdruck amüsierte ihn. »Mit vier Beinen kann man wunderbar tanzen. Ich frag mich die ganze Zeit, wie man es nur mit zwei Beinen schafft.«

»Tanzende Zentauren.« Sie schüttelte den Kopf. »Das würde mir keiner glauben.«

»Warum nicht? Beim Tanz erfährt man größte Glückseligkeit.«

»Glückseligkeit?« Sie schnitt eine Grimasse. »Vom Springvogel abgesehen, ist Tanzen für mich wie die Qualen der Unterwelt.«

»Dann hattest du eine schlechte Ausbildung. Wer hat dir das Tanzen beigebracht?«

»Meine Mutter. Üben musste ich mit meinem Bruder.« Sie seufzte. »Artor hat mich jedes Mal zur Strafe gezwickt, wenn ich ihm auf die Zehen getreten bin.«

»Zentauren haben keine Zehen.«

Sie lachte. »Das könnte das Geheimnis sein, warum ihr so gerne tanzt.«

Entschlossen legte er seinen Arm um ihre Taille. »Lass es uns versuchen, Turmherrntochter.«

»Was versuchen?«

Er machte eine Geste in die Saalmitte. »Den Springvogel zusammen zu tanzen.«

Ihre Augen weiteten sich. »Das ist nicht dein Ernst!«

»Doch.«

Sie schien die Ernsthaftigkeit seiner Absicht nicht glauben zu wollen. »Trotz Zehen, meiner Unfähigkeit und deinen fehlenden zwei Beinen willst du mit mir tanzen?«

Er grinste. »Soll ich Zola bitten, meine Tanzpartnerin zu sein?«

»Bestimmt nicht! Trotzdem ist das eine verrückte Idee. Vermutlich hat der eine Becher Wein dich schon betrunken gemacht.«

»Das wäre möglich.«

»Du weißt, dass Menschen sich nach dem Genuss von zu viel Alkohol erbrechen können?« Sie vollführte eine Handbewegung, die veranschaulichte, was sich hinter dem ihm unbekannten Wort verbarg.

Angewidert verzog er das Gesicht. »Nein, das wusste ich nicht.«

»Das ist auch keine Erfahrung, auf die du Wert legen würdest.«

Er lachte auf. »Die Gespräche mit dir, Sirja, sind immer wieder erhellend. Aber jetzt komm.« Er schob sie in Richtung der Tanzenden.

Zu seiner Überraschung sträubte sie sich nicht weiter. Scheinbar hatte seine Drohung mit Zola sie überzeugt. Sie hielt ihm ihre Hand hin und er bot ihr für den restlichen Weg seinen Arm zum Geleit.

Die tanzenden Männer und Frauen hatten einen Kreis gebildet und sich bei den Händen gefasst. Bei ihrem Näherkommen öffneten sie den Kreis und sie reihten sich ein.

»Wir machen kleine Laufschritte, und jedes Mal, wenn der laute Trommelschlag ertönt, einen Sprung«, ließ Sirja ihn wissen.

Kaum gesagt setzte sich der Kreis in Bewegung und zog ihn mit. Es war gut, dass er rechts von Sirja und links von einer anderen Frau an den Händen gehalten wurde, denn er stolperte mehr als das er lief.

Den ersten Trommelschlag verpasste er prompt, doch sein Fehler fiel nicht auf. Das Vergnügen stand im Vordergrund, nicht die perfekt ausgeführte Schrittkombination. Nachdem sich die Abfolge mehrmals wiederholte, war er im Laufen sicherer und ahnte den kommenden Sprung voraus.

»Jetzt gehen wir alle zusammen in die Kreismitte«, raunte Sirja ihm zu. »Dort heben wir die Arme nach oben und stampfen dreimal mit dem rechten Fuß auf.«

»Verstanden«, flüsterte er zurück. Die Musik verlangsamte das Tempo und kündigte damit den Formationswechsel an. Er wandte sich wie alle anderen um und marschierte in den Kreis hinein, stampfte und ging rückwärts wieder auf seine Ausgangsposition zurück. Nach dreimaliger Wiederholung änderte sich der Rhythmus erneut.

»Fass mich an der Taille und wirble mich herum.«

Er löste seine Hände und legte sie an ihre Seite.

»Zieh mich näher an dich, dann geht es leichter und schneller.«

Seine Hände zogen sie enger zu sich und schon drehten sie sich im Kreis, er auf der Stelle und Sirja mit flinken Sprüngen um ihn herum.

»Sieh mir ins Gesicht, dann wird dir nicht schwindlig, Rheos.«

»Ich kenne diesen Trick«, konnte er sich nicht verkneifen.

Sie lächelte. »Das ist gut, denn die Musik wird schneller werden.«

Tatsächlich steigerte sich das Tempo. Anfangs kaum merklich riss die Musik sie immer rascher mit. Erneut erklang ein Trommelschlag, der einen Richtungswechsel einleitete und jedes Mal das Jauchzen der wild wirbelnden Paare nach sich zog, die aus dem Schwung heraus eine Kehrtwendung vollführen mussten.

Auch er lachte, wenn die Musik sie zwang, die Richtung zu ändern. Und Sirja lachte ebenfalls. Ihre grauen Augen strahlten, wie er es noch nie zuvor bei ihr gesehen hatte. Sie hatte die Hände auf seine Schultern gelegt, um bei dem rasanten Tempo mehr Halt zu finden, und er fasste sie fester an der Taille, damit sie nicht stürzte.

Die Musik hatte ein atemberaubendes Tempo erreicht. Der Saal und die anderen Tanzpaare verschwammen vor seinen Augen. Das

Einzige, was er klar sah, war Sirjas Gesicht: ihre geröteten Wangen, ihr unbeschwertes Lachen und ihre Fröhlichkeit, die sie wie ein helles Licht umgab.

Sie ist glücklich, schoss es ihm durch den Kopf. Und im gleichen Atemzug wurde ihm bewusst, dass er es auch war. Für den Moment existierte nichts außer ihr, ihm und der Musik. Er ergab sich dem Rhythmus und hörte auf zu denken. Seine Arme wirbelten Sirja herum, seine Füße bewegten sich wie von selbst und ein Gefühl tiefer Zufriedenheit durchströmte ihn.

Schneller und schneller wurde der Rhythmus, riss sie mit wie ein unwiderstehlicher Sog, steigerte sich ins Ekstatische und endete mit einem letzten, lauten Schlag.

Sirja hielt an, kam ins Trudeln und fiel gegen seine Brust. Haltsuchend schlang sie ihre Arme um ihn.

Er spürte das Klopfen ihres Herzens und die Wärme ihres Atems. Wie von selbst legten seine Arme sich um sie und drückten sie fest an ihn. Er wollte weiter mit ihr tanzen, sie sollte sich niemals wieder von ihm lösen ...

Erschrocken über seine Gedanken zog er die Hände von ihr fort und trat einen Schritt zurück. Es musste der Wein sein, der ihm solche unsinnigen Wünsche eingab!

Sirja hob den Kopf, strich sich eine Strähne aus der Stirn und lächelte ihn an. »Wie gefällt dir der Springvogel?«

»Sehr gut«, antwortete er wahrheitsgemäß. »Anders, als alle Tänze die ich kenne, dennoch amüsant.« Dass er nichts dagegen einzuwenden hätte, eine zweite Runde zu tanzen, verschwieg er.

Sie nickte. »Du hast dich tapfer geschlagen. Aber das scheinst du ja immer zu tun.« Sie bemerkte seinen fragenden Blick und fügte erklärend an: »Ich meine beim Bogenschießen, beim Spuren lesen und darin, dich wie ein Mensch zu benehmen. Du bist sehr ehrgeizig in allem, oder?«

Er antwortete, ohne nachzudenken. »Ich hasse es, zu versagen.«

Einen Moment lang betrachtete sie ihn, dann nickte sie. »Dein Volk kann stolz sein, dich zum Te'Ral zu haben.«

Zu seiner Erleichterung vertiefte sie dieses Thema nicht, sondern winkte eine Küchenmagd heran, die mit einem Tablett voller Becher zu den Tanzenden gekommen war. Nach dem schwungvollen Springvogel hatten die Musiker eine Pause eingelegt und alle griffen dankbar nach den Getränken.

Sirja nahm zwei Becher vom Tablett, nicht ohne vorher zu prüfen, dass es sich bei dem Inhalt nur um Wasser statt um Wein handelte, und reichte ihm ein Gefäß.

Die Tanzenden prosteten einander zu und auch er beteiligte sich an dem Trinkritual. Während er seinen Becher nach allen Seiten hob, fiel sein Blick zum Herrschaftstisch hinüber. Jamir saß dort alleine und stierte verdrossen in seinen Becher.

»Auf Jamir scheint die gute Stimmung des Abends nicht übergegriffen zu haben«, bemerkte er und vollführte eine unauffällige Geste in Richtung des Turmherrn.

Zu seiner Verwunderung lachte Sirja. »Es ist weniger der Gedanke an die Räuber, der ihn belastet, als sein Fehlschlag mit Zola. Jamir war nämlich nicht nur um dein Wohlergehen besorgt, sondern er hatte vor allem meines im Sinn.«

Er konnte ihr nicht folgen. »Wie meinst du das?«

Ein schelmisches Lächeln umspielte ihren Mund. »Ich sagte doch, dass er gern meinen großen Bruder spielt. Zola sollte dich von mir ablenken.« Sie schüttelte den Kopf. »Soll Jamir nur mürrisch gucken. Ich lasse mir nicht vorschreiben, welchem Mann ich meine Gunst schenke.«

Ihre Worte jagten ihm einen Schauder über den Rücken. Der Wunsch, ihr Gesicht in seine Hände zu nehmen und sie zu küssen, überkam ihn unvermittelt.

»Sirja, ich bin dein Feind«, sagte er rau, ehe er etwas tat, das er bereuen würde.

Ein schmerzlicher Ausdruck trat in ihre Augen. »Fühlt es sich für dich noch so an?«

Er presste die Lippen zusammen. In Gegenwart von Zola hatte er Lust verspürt, doch wenn Sirja ihn so ansah wie jetzt, löste das etwas ganz anderes in ihm aus. Rheos senkte den Kopf, um ihrem Blick auszuweichen. Er wusste, was dieses Gefühl in seinem Inneren bedeutete. Ebenso, wie er wusste, dass es nicht sein durfte.

»Ich ... ich habe heute Abend zu viel Wein getrunken«, erklärte er schroff. »Du hattest recht, es war keine gute Idee, zu tanzen.«

»Verstehe.«

Die Enttäuschung in ihren Augen versetzte ihm einen Stich.

In diesem Moment flogen die Türen der Halle auf. Fremde Krieger betraten den Saal – an ihrer Spitze Neidor, der Schwarze Fürst von Tarnem.

25

Neidor war in die Nordfeste gekommen! Wie erstarrt blickte Sirja auf den Fürsten, während Rheos sich unauffällig in die Menschenmenge hinter ihnen zurückzog. Was sollte sie jetzt tun? War ihr vor wenigen Tagen alles so klar erschienen, war nun alles kompliziert geworden. Sie biss sich auf die Lippen. Rheos an Jamir auszuliefern war ihr unmöglich gewesen, doch durfte sie auch den Fürsten hintergehen?

Er ist der Feind, mahnte eine Stimme in ihrem Kopf. *Du musst handeln!*

Jamir war von seinem Stuhl aufgesprungen und eilte auf den Herrscher zu, der mit seinen Männern in der Mitte der Halle stehengeblieben war.

»Willkommen, mein Fürst.« Der junge Turmherr verbeugte sich tief. »Ich hatte nicht mit Eurer Ankunft gerechnet, sonst hätte ich Euch einen würdigeren Empfang bereitet.«

Neidor, wie stets in Schwarz gekleidet, bedeutete ihm mit einer knappen Geste, sich wieder aufzurichten. Wohlwollend sah er Jamir an. »Die Feste macht einen hervorragenden Eindruck. Ich bin sehr zufrieden mit Euch und weiß, Euer Großvater wäre es auch.«

Der Herr von Tarnem bedachte das stolze Lächeln, das auf Jamirs Gesicht erschien, mit einem Nicken und ließ seine Augen durch den Saal schweifen – bis sich sein Blick mit dem ihren kreuzte und er sie heranwinkte.

Sirja blieb nichts anderes übrig, als seiner Aufforderung zu folgen. Während sie auf Neidor zuging, blickte sie unauffällig über ihre Schulter zurück. Von Rheos war nichts mehr zu sehen, wie sie erleichtert feststellte. Würde der Schwarze Fürst ihn entdecken, würde er ihn trotz seiner Menschengestalt wiedererkennen und Rheos kein zweites Mal entkommen lassen.

Du bist die Tochter eines Turmherrn und Neidor zur Treue verpflichtet, erklang die Stimme in ihrem Kopf erneut. *Rheos Wissen wird uns in einem möglichen Krieg Vorteile verschaffen. Er könnte Neidor und seine Streitmacht zu der Zentaurenstadt führen, die von einem vermutlich geschwächten Heer kaum mehr geschützt werden kann!*

Unsicher ging Sirja weiter. Wie würde Dyrdra reagieren, wenn sie Rheos an Neidor verriet?

Die Viehheilerin wird es nicht wagen, dir vor den Augen des Fürsten ein Leid anzutun, hörte sie die Worte in ihrem Kopf. *Und als Rheos dich entführte, hat ihn dein Wohlergehen auch nicht gekümmert. Er war es, der zuerst Schuld auf sich geladen hat.*

Aber Neidor wird ihn foltern und am Ende töten!, hielt sie der Stimme in ihrem Inneren entgegen.

Und wenn es so wäre: Er ist nur ein Zentaur. Jede dieser Kreaturen verdient den Tod.

Aber nicht er!

Warum nicht?

Sie zwang sich zu einem gelassenen Gesichtsausdruck und lief weiter. Es waren nicht nur ihre Schuldgefühle und ihre Dankbarkeit, die sie davon abhielten, Rheos auszuliefern. Aus ihrem grenzenlosen Hass auf den Zentauren war Zuneigung geworden.

Bei ihrem gemeinsamen Tanz hatte sie sich so unbeschwert gefühlt wie seit Wochen nicht mehr. Auch ihn hatte sie heute zum ersten Mal fröhlich erlebt. Die Erinnerung an sein warmes, dunkles Lachen und seine Berührung ließ ihr Herz schneller schlagen.

Glaubst du wirklich, er empfindet auch etwas für dich?, höhnte die Stimme. *Der Tanz heute Abend war seiner Weinseligkeit geschuldet, seine Freundlichkeit der Rolle, die er zu spielen hatte. Ohne dein Dazwischentreten hätte er sich mit der Dirne eingelassen.*

In diesem Punkt musste sie ihrer inneren Stimme recht geben: Sie wusste nicht, was Rheos für sie empfand. Vielleicht war es sein Plan gewesen, ihre Zuneigung zu seinem Vorteil zu erschleichen.

Und sei es nur, dass sie sich bei Dyrdra für ihn einsetzte, so wie sie es vorhin gesagt hatte. Dennoch ... Da war etwas in seinen Augen gewesen, ein Tonfall in seiner Stimme, eine Sanftheit in seiner Berührung, die sie hoffen ließ, dass auch sie ihm nicht gleichgültig war.

Dann wirst du wählen müssen zwischen dem wertlosen Leben eines Zentauren und dem Wohlergehen deines Volkes.

Nein, das musste sie nicht! Ihre Hände ballten sich zu Fäusten. Sie musste einen Weg finden, Rheos Leben zu schonen und trotzdem ihre Pflicht gegenüber dem Fürsten zu erfüllen!

»Sirja!«, begrüßte Neidor sie mit einem Lächeln, als sie vor ihm zu stehen kam. »Den Göttern sei gedankt für Eure Rettung aus den Klauen des Zentauren.«

Sie öffnete ihre Fäuste und wollte den vorgeschriebenen Knicks ausführen, doch die Hand des Fürsten hielt sie zurück.

»Ich hätte mich vor Euch zu verneigen, als Entschuldigung, dass ich in der Südfeste nicht besser auf Eure Sicherheit geachtet habe.« Der Herrscher sah sie offen an. »Zwar hat einer meiner Krieger behauptet, er hätte diese Bestie mit einem vergifteten Pfeil getroffen, doch scheinbar ging der Schuss daneben.«

Sirja schluckte. Jetzt wäre Gelegenheit, Neidor zumindest einen Teil der Wahrheit zu sagen. Doch nicht einmal das brachte sie über sich.

»Zum Glück haben die Götter Euch einen Retter geschickt«, fuhr der Fürst fort, der ihre Beklemmung nicht zu bemerken schien. »Jamir, wo steckt dieser Mann, damit ich ihn belohnen kann?«

Suchend sah Jamir sich in der Halle um, dann zuckte er mit den Schultern. »Vorhin habe ich ihn noch gesehen.« Er blickte zu ihr. »Weißt du, wo Rheos sich befindet?«

»Ich weiß nicht«, stammelte sie. »Der Wein und der Tanz haben ihm Übelkeit verursacht. Er … er wollte hinaus an die frische Luft. Wenn es ihm besser geht, kommt er bestimmt wieder«, setzte sie hinzu, ehe Jamir die Feste wegen Rheos auf den Kopf stellen ließ.

Sichtlich unzufrieden, Sirjas Retter nicht präsentieren zu können, runzelte Jamir die Stirn. Dann wies er mit der Hand zu den Tischen. »Nehmt Platz, mein Fürst. Ich werde die Diener beauftragen, Euch und Euren Männern etwas zu essen und zu trinken zu bringen.«

Der Herr von Tarnem schüttelte den Kopf. »Meine Krieger können Eure Gastfreundschaft genießen, ich will sofort mit Euch und Sirja sprechen – ungestört.«

Kurz darauf saß Sirja mit den beiden Männern am Tisch im Schreibzimmer im oberen Stockwerk. Die Gegenwart des Herrschers machte sie nervös, sie faltete ihre Hände und legte sie in ihren Schoß. Weder musste Neidor sehen, dass ihre Finger zitterten noch dass sie feucht waren von Schweiß.

Es ist nicht zu spät. Du kannst Rheos noch verraten sowie deinen Verdacht über das zentaurische Heer äußern – die Anerkennung und das Lob des Fürsten sind dir gewiss.

Oh, wie hasste sie diese Stimme inzwischen! Selbst die Schwäche des Zentaurenheeres Neidor gegenüber anzudeuten erschien ihr plötzlich falsch, von Rheos Auslieferung ganz zu schweigen.

Sie atmete tief durch und bemühte sich um einen entspannten Gesichtsausdruck. Bildete sie es sich ein, oder taxierte der Fürst sie mit hintergründigem Blick?

Ruhig Blut, sprach sie sich selbst Mut zu. Niemand außer ihr kannte die Wahrheit über Rheos.

Niemand außer dir und Dyrdra. Kannst du ihr vertrauen?

Glücklicherweise begann Jamir in diesem Augenblick das Gespräch und Sirja richtete ihre Aufmerksamkeit auf seine Worte.

»Es ist eine Ehre, Herr, dass Ihr persönlich kommt, um Euch mit der Zarakinenhöhle und den Räubern zu befassen.«

»Wegen Edelsteinen und Strauchdieben habe ich den Weg hierher nicht auf mich genommen«, erwiderte Neidor ernst. »Ich bin erschienen, um Euch und Eure Truppen mitzunehmen für die Schlacht gegen die Zentauren.«

Fassungslos sah Sirja den Fürsten an. Natürlich hatten alle Zeichen auf einen drohenden Krieg hingewiesen. Aber sobald? Und war er nach ihren Entdeckungen überhaupt noch notwendig? Unwillkürlich sah sie Rheos und Jamir vor sich, die sich schwer bewaffnet in gegnerischen Heeren gegenüberstanden, um einander zu töten.

»Ist etwas vorgefallen«, fragte Jamir, »das einen sofortigen Angriff erforderlich macht?«

Obwohl er beherrscht sprach, entgingen ihr die Erschütterung und der Unglaube in seiner Stimme nicht. Jamir war ebenso bestürzt über die Ankündigung des Herrschers wie sie.

Der Schwarze Fürst schüttelte den Kopf. »Ich habe mich entschieden, diesen Bastarden zuvorzukommen. Auch wenn wir den Sieg an der Ostfeste davon getragen haben, werde ich mich kein zweites Mal überrumpeln lassen. Es wird Zeit, diese Kreaturen auszurotten.«

In Sirjas Magen bildete sich ein Knoten. »Wie soll das gelingen? Selbst die langen Jahre des zurückliegenden Krieges haben nicht ausgereicht, die Zentauren vernichtend zu schlagen.«

»Unser Fehler war stets, uns im Wald auf Gefechte mit den Pferdemenschen einzulassen«, erwiderte Neidor. »Um erfolgreich zu sein, müssen wir die Schlacht auf das offene Feld verlegen, wo unsere Katapulte ihre volle Wirkungskraft entfalten und unsere Krieger in geschlossenen Reihen marschieren können. Zudem werden uns Streitkräfte aus Meratan unterstützen.« Der Fürst legte eine kurze Pause ein, ehe er in seinen Ausführungen fortfuhr. »Wir werden sowohl die Nordfeste als auch die Ost- und Südfeste räumen. Wenn die Zentauren den Kampf wollen, müssen sie sich aus ihrem Wald hinauswagen.«

»Und wenn sie nicht kommen?«, platzte es aus ihr heraus.

Für einen Wimpernschlag lang glomm Ärger in den Augen des Fürsten. »Seid versichert, Sirja, ich werde sie aus ihrem verdammten Wald zu treiben wissen.«

Sie nickte hastig und der Zorn in Neidors Blick verschwand so schnell, wie er gekommen war.

»Mein Fürst, Ihr wollt die drei Festen den Zentauren preisgeben?« Jamirs Stimme bebte. Das Entsetzen über dieses Vorhaben stand ihm ins Gesicht geschrieben.

»Es ist notwendig, um sie zur Schlacht auf die Ebene von Rihan zu locken.«

Der Blick des jungen Turmherrn flackerte. »Die Pferdemenschen werden die Festen aus Zorn in Brand setzen. Kein Stein wird von ihnen übrigbleiben.«

»Nach dem Kampf gegen diese Bastarde werden wir keine Festen mehr benötigen, die unsere Grenzen schützen, Jamir. Ohne die Zentauren werden in Tarnem Ruhe und Frieden herrschen.« Der Fürst klopfte ihm auf die Schulter. »Seid unbesorgt. Ihr, Sirjas Vater und der Turmherr der Ostfeste werdet neues Land und Besitz erhalten.«

Die Worte des Herrschers lösten bei Sirja eine Gänsehaut aus. Einst hätte sie dem Krieg jubelnd zugestimmt, als Vergeltung für Artors Tod. Aber seit sie wusste, dass ihr eigenes Volk dafür die Verantwortung trug, war ihr Rachedurst erloschen. Das Wort Krieg barg für sie nur noch Schrecken und Tod.

Rheos Erklärung kam ihr in den Sinn, warum er sich in der Nähe der Südfeste aufgehalten hatte. Damals hatten sie alle es für einen Vorwand gehalten, damit er seine Freiheit wiederbekam, doch nun ... Sie biss sich auf die Lippe. Sollte sie Neidor an Rheos Worte erinnern? Vielleicht könnte sie Neidor damit von der geplanten Schlacht abbringen.

»Was ist«, nahm sie ihren Mut zusammen, »wenn die Zentauren keinen Krieg wollen, sondern Interesse an einer Waffenruhe haben?«

Der Kopf des Herrschers fuhr zu ihr herum. Sein Blick war geradezu stechend. »Wie meint Ihr das?«

Ihr Atem beschleunigte sich. Ihr erneuter Widerspruch gefiel dem Fürsten nicht, doch jetzt konnte sie nicht mehr zurück. »Der Zentaur, der mich entführte, hatte das behauptet, als Ihr ihn im Hof der Südfeste verhört habt.«

Der Herrscher stieß ein Schnauben aus. »Der Wunsch nach einer Waffenpause war nichts als eine Lüge, Sirja. Ich halte Euch für eine kluge Frau und es wundert mich, dass Ihr die Worte eines Zentauren als wahr in Betracht zieht.«

Der Tadel des Fürsten ließ ihr das Blut in den Kopf schießen. »Damals glaubte ich ihm ebenfalls nicht«, beeilte sie sich zu sagen. »Aber mittlerweile bin ich mir nicht mehr sicher.« Sie holte tief Luft. Wenn der Fürst das Thema von sich aus nicht ansprechen wollte, musste sie es tun. »Jamir hat Euch von der Entdeckung der Zarakinenhöhle geschrieben. Und darüber, dass wahrscheinlich nicht Zentauren, sondern eine Räuberbande für den Tod seines Großvaters verantwortlich war ... und vielleicht auch für den meines Bruders Artor.«

Die Brauen des Fürsten verengten sich und eine steile Falte erschien auf seiner Stirn. »Worauf wollt Ihr hinaus?«

Sie begann zu schwitzen. Der Fürst reagierte nicht, wie sie es erhofft hatte. »Nun, möglicherweise beschuldigen wir die Pferdemenschen für Verbrechen, die sie nicht verübt haben.« Sie wischte ihre Hände am Rock ihres Kleides ab. »Vielleicht solltet Ihr Verhandlungen mit Ihnen führen, Herr, bevor Ihr gegen sie in den Krieg zieht.«

Neidor starrte sie an. Sirja spürte, wie ihr der Schweiß vom Hals zwischen den Brüsten entlang rann. War sie in ihrem Vorschlag zu weit gegangen?

Nach einem schier endlosen Augenblick verschwand der ungehaltene Ausdruck in der Miene des Herrschers. Der Fürst beugte sich nach vorne und berührte in väterlicher Geste ihre Hand.

»Ich weiß, Ihr vermisst Euren Bruder ebenso wie Jamir seinen Großvater. Doch Euer Schmerz darf Euch nicht blind machen für die Wirklichkeit. Die Zeit der Verhandlungen ist vorbei.«

»Aber die Höhle existiert«, sprang Jamir ihr bei. »Ebenso diese Räuberbande!«

»Und um beides werde ich mich kümmern, sobald die Pferdemenschen besiegt sind.« Der Fürst warf Jamir einen strengen Blick zu. »Sollte tatsächlich eine Räuberbande des Mordes an Eurem Großvater schuldig sein, dann – so schwöre ich bei den Göttern – wird ihre Strafe furchtbar sein.« Neidor wandte den Blick wieder ihr zu. »Gerdor könnte von den Räubern getötet worden sein«, erklärte er mit einfühlsamer Stimme, »doch Artor ist mit Sicherheit ein Opfer der Zentauren geworden. Und für diese heimtückische Tat werden die Pferdemenschen bezahlen.«

In ihrem Schoß ballten sich Sirjas Hände zu Fäusten. Sie musste Neidor überzeugen! Zwar besaß sie für die Räuber als Artors Mörder keine Beweise, die sie dem Fürsten vorlegen konnte, für ihre anderen Entdeckungen hingegen schon. Natürlich war es nicht geschickt, dem Herrscher erneut zu widersprechen, aber die Ergebnisse ihrer Nachforschungen waren eindeutig, das musste er doch anerkennen!

»Was ist mit dem niedergebrannten Dorf?«, fragte sie vorsichtig. »Die Räuber haben einen Zentaurenüberfall vorgetäuscht.«

Neidor sah sie an, als wäre sie ein unverständiges Kind. »Warum hätten sie diesen Aufwand betreiben sollen?« Er legte seine Hand unter das Kinn. »Nehmen wir einmal an, es waren diese Männer. Welchen Vorteil brächte ihnen ein zerstörtes Dorf? Sie müssten davon ausgehen, dass Jamir die Kontrollen verstärkt und ihre Höhle schneller entdeckt wird. Diese Aufmerksamkeit konnten sie unmöglich wollen.«

»Deshalb haben sie ja vorgetäuscht, dass es Zentauren waren«, beharrte sie. »Jamir sollte sich auf die Pferdemenschen konzentrieren und somit von der Höhle abgelenkt werden.«

Der Fürst wollte etwas entgegnen, schien es sich aber anders zu überlegen und stellte ihr stattdessen eine Frage: »Welche Beweise habt Ihr, dass das Dorf von Menschen überfallen wurde?«

»Beschlagene Hufe, gefälschte Pfeile und ein unbekannter Bote. So, wie ich Euch schrieb, mein Fürst«, antwortete Jamir an ihrer Stelle und Sirja warf ihm einen dankbaren Blick zu.

»Zentauren beherrschen die Schmiedekunst.« In der Stimme des Fürsten schwang Ungeduld mit. »Was hindert sie daran, sich für einen Überfall beschlagen zu lassen? Ebenso können sie ihre eigenen Pfeile schlecht angefertigt aussehen lassen.« Er legte die Fingerspitzen aneinander. »Der Bote war ein Tagelöhner, der unterwegs zu einer neuen Anstellung den Überfall beobachtete.«

Sirja starrte den Fürsten an. Auch Jamir schienen die Worte zu fehlen.

»Ich habe noch eine weitere Frage«, fuhr der Fürst fort. »Ihr sagtet, ihr wart in dieser Höhle. Ist sie groß genug für Zentauren?«

Sie schnappte nach Luft. Doch es blieb ihr nichts übrig, als diese Frage wahrheitsgemäß zu beantworten. »Ja, Zentauren könnten sie betreten.«

Sichtlich zufrieden lehnte sich Neidor auf seinem Stuhl zurück. »Wie gerne ich an eine Räuberbande und den Waffenstillstandswunsch der Zentauren glauben würde: So ist es nicht.« Er vollführte eine weitläufige Handbewegung. »Welcher Räuber würde es wagen, eine Höhle auf Zentaurenland auszubeuten und den Zorn der Pferdemenschen auf sich zu ziehen? Es sind die Zentauren selbst, welche die Zarakine abbauen. Als Jamirs Großvater die Höhle entdeckte, töteten sie ihn. Das niedergebrannte Dorf war nichts als eine Warnung, die Grenzen zu achten.«

Alles in Sirja schrie auf. So richtig sich diese Erklärung anhören mochte, sie war falsch! »Und wie«, stieß sie hervor, »erklärt Ihr den Überfall auf Jamir und seine Männer, Herr?«

Der Fürst überging ihren aufsässigen Tonfall. »Strauchdiebe«, erwiderte er mit einem Schulterzucken. »Harmlose Halunken, die es auf die Rüstungen, Waffen und Pferde abgesehen hatten, die man auf Märkten teuer verkaufen kann.«

Sirjas Schultern fielen herab. Auf alles besaß der Fürst eine logische und nachvollziehbare Antwort!

Verstohlen sah sie zu Jamir hinüber. Mit vor Scham geröteten Wangen saß er am Tisch und wagte kaum, seinen Lehnsherrn anzusehen. Es war offensichtlich, dass er es bereute, Rheos so viel Gehör geschenkt zu haben. Sie konnte seine Reaktion jedoch verstehen. Neidors Widerlegung ihrer Vermutungen war lückenlos. Wüsste sie es nicht besser, würde auch sie denken, sich geirrt zu haben. Mit einem Mal fühlte sie sich schuldig, Jamir in diese Situation gebracht zu haben. Rheos und sie hätten ihn nicht einweihen dürfen, aber nun war es zu spät.

Neidor entging Jamirs Beschämung ebenfalls nicht. »Macht Euch keine Vorwürfe, Jamir. Ihr seid jung und der Feind ist gewieft. Die Zentauren werden für ihre Taten bezahlen. Wir werden ihre Stadt zerstören und ihnen alles nehmen, was sie lieben.«

Sirjas Kopf flog zu dem Fürsten herum. »Ihr wisst, wo Quran liegt?«

»Quran?« Neidors Stimme klang mit einem Mal kalt wie Stahl. »Hat der Pferdemensch, der Euch entführte, Euch diesen Namen genannt?«

Ihr wurde heiß und kalt. Erneut verfluchte sie ihre Angewohnheit, erst zu sprechen und dann zu denken. »Ja, so nannte er den Stützpunkt der Zentauren«, gab sie zu. »Aber er hat nichts über die Lage gesagt.«

»Was zu erwarten war. Doch das macht nichts.« Neidor vollführte eine wegwerfende Geste. »Nach der Schlacht werden wir Eleazan durchkämmen, den Sitz der Zentauren finden und dem Erdboden gleichmachen. Nie wieder werden die schmutzigen Hufe der Pferdemenschen den Boden Tarnems berühren.«

»Eine Zukunft, von der wir alle träumen, mein Fürst.« Jamir neigte den Kopf.

Sirja beeilte sich, es ihm gleichzutun. Nicht, um Neidors Plan Hochachtung zu zollen, sondern um ihre Gefühle zu verbergen. Wie Jamir müsste sie Vorfreude empfinden, stattdessen verspürte sie Angst. Angst um das Leben des jungen Turmherrn, um das ihres Vaters und das von Rheos.

»Sirja?«

Sie hob den Blick und sah den Fürsten an. »Ja, Herr?«

»Hat der Zentaur Euch noch etwas erzählt?« Neidor beobachtete sie scharf, während er auf eine Antwort wartete.

»Ich ... der Zentaur sagte noch andere Dinge, aber ich ... ich weiß nicht, ob ich mir alles richtig merken konnte, weil ich Fieber hatte und ...«

Der Fürst hob die Hand und hieß sie schweigen.

Sirja hielt den Atem an. Wusste Neidor, dass sie log?

Doch statt Unmut erschien ein mildes Lächeln auf seinem Gesicht. »Grämt Euch deswegen nicht, Sirja. Ich bin mir sicher, dass alles, was diese Kreatur Euch sagte, gelogen war.« Er legte die Hände auf die Tischplatte und verschränkte die Finger ineinander. »Wenn dieser Mann Euch nicht befreit hätte, hätte der Pferdemensch Euch vermutlich laufen lassen in der Hoffnung, dass Ihr mir falsche Kunde überbringt.«

Mit offenem Mund sah sie den Fürsten an. Neidor würde ihr nicht glauben, selbst wenn sie ihm die Wahrheit verraten würde?

Der Herrscher missverstand ihren Gesichtsausdruck. »Geiseln falsche Auskünfte zu geben und sie anschließend entkommen zu lassen, ist eine alte Kriegslist«, erklärte er. »Ich bin mir sicher, diese Zentaurenstadt heißt nicht Quran.«

Sie schloss ihren Mund wieder. Die Erkenntnis traf sie wie ein Schlag. Sie könnte Rheos Geheimnisse nicht an Neidor verraten, selbst wenn sie es wollte! Vermutlich würde der Fürst nicht einmal Rheos glauben, wenn er diesem Angesicht zu Angesicht gegenüberstehen würde. Eine Welle der Erleichterung durchlief sie. Gut, dass sie den Zentaurenherrscher nicht ausgeliefert hatte.

»Wie ich vorhin sagte«, hob Neidor wieder an, »muss die Nordfeste geräumt werden. Und zwar morgen, ebenso die umliegenden Dörfer. Nur das Wichtigste darf mitgenommen werden, wir brechen sobald wie möglich zur Fürstenburg nach Tarm auf.«

Sie mussten die Feste morgen verlassen? »Was ist mit mir?«

»Ich bringe Euch an meinen Hof. So, wie es vorgesehen war, ehe Euch diese Bestie entführt hat. Euer Vater weiß Bescheid, er wird die Südfeste in ein paar Tagen ebenfalls räumen.«

Sirja erbleichte. »Und was geschieht mit Rheos?«

Jamir schüttelte den Kopf. »Wenn er sich uns im Kampf gegen die Zentauren anschließen will, gerne. Wenn er seine eigenen Wege gehen will, werde ich ihn nicht aufhalten. Das Gleiche gilt für Dyrdra.«

Er hatte freundlich gesprochen, doch sie hatte das Gefühl, dass Jamir es nicht bedauern würde, wenn Rheos nicht mitkäme.

Der Fürst erhob sich von seinem Stuhl und lächelte sie an. »Geht nun schlafen, Sirja. Ihr seht blass aus.«

Seine Worte waren deutlich. Ihre Anwesenheit war nicht länger erwünscht.

Sie nickte den beiden Männern zu und verließ das Schreibzimmer. Die Tür fiel hinter ihr ins Schloss und der Schlag hallte in ihrem Inneren wider.

26

Sie tanzte den Springvogel mit Rheos. Seine kräftigen Arme hielten sie fest, sein Blick war zärtlich auf sie gerichtet. Wilder und wilder wurde die Musik, immer öfter verlangte der Trommelschlag den Wechsel der Tanzrichtung, bis die Schläge der Trommel überhaupt nicht mehr enden wollten ...

Sirja riss die Augen auf. Sie lag in ihrem Bett, dämmriges Licht umgab sie. Die Musik in ihrem Kopf verhallte, nur das Trommeln war weiterhin zu hören. Verwundert blickte sie sich um. Rheos war nicht bei ihr, stattdessen hämmerte jemand an die Tür.

»Herrin, seid Ihr wach?«, ertönte die Stimme einer Dienstmagd. »Der Turmherr schickt mich zu Euch.«

Einen Moment erlaubte Sirja sich noch, ihrem Traum nachzuhängen, hörte die Klänge, sah Rheos Gesicht. Dann blinzelte sie beides fort. Sie strich sich die Haarsträhnen aus dem Gesicht, richtete sich im Bett auf und rief die Magd herein.

Mitten in der Nacht hatte sie sich zu Rheos Zimmer geschlichen und an seine Tür geklopft. Er hatte nicht geantwortet und die Tür war verschlossen gewesen. Entweder ließ ihn der Wein so fest schlafen, dass er sie nicht gehört hatte, oder er hatte sich davon geschlichen und die Tür von außen versperrt.

Schwerfällig erhob sie sich aus dem Bett und überließ sich der Fürsorge der Dienerin. Zu ihrer Erleichterung bemerkte die Frau, dass sie nicht an einer Unterhaltung interessiert war, und verrichtete rasch ihr Werk.

Wo Rheos wohl steckte? In seinem Zimmer bestimmt nicht. Vermutlich hatte er sich ein Versteck gesucht, von dem aus er Fürst Neidor beobachten konnte – und Dyrdra. So niedergeschlagen er gestern gewirkt hatte, die Hoffnung an seine Rückverwandlung hatte er bestimmt nicht aufgegeben.

Sie wollte ans Fenster treten und sich von oben nach ihm umschauen, da erklangen im Burghof laute Stimmen. Jamir und der Fürst gaben Befehle für die Räumung der Nordfeste.

Was sollte sie nun tun? Mit Jamir zu sprechen war vorerst nicht möglich, zudem wollte er bestimmt nichts mehr von Rheos Theorien wissen. Aber sie konnten die Erkenntnisse doch nicht ignorieren! Eine Bande Männer hatte Gerdor und Artor umgebracht und die Gefahr war groß, dass sie trotz Neidors Absichtserklärung in den Wirren des drohenden Krieges entkam.

Sirjas Blick fiel auf ihren Dolch, der auf dem Tisch lag. Der Herrscher hatte sich gegen Verhandlungen ausgesprochen. Aber was würde geschehen, wenn die Zentauren sich nicht auf ein Gefecht einließen? Nach Aussage des Fürsten waren die Menschen ihnen innerhalb des Waldes unterlegen. Würden sich die Zentauren nicht aus dem Wald locken lassen, so wie Neidor es plante, blieb dem Herrn von Tarnem nichts anderes übrig, als doch in Verhandlungen zu treten!

Sie nahm den Dolch vom Tisch und ihren Umhang vom Haken, wies die Magd an, ihre wenigen Habseligkeiten in Satteltaschen zu packen und eilte aus dem Zimmer. Rheos musste von dem Vorhaben des Fürsten erfahren! Er war der Te'Ral. Auf seinen Befehl hin würden die Zentauren in den Krieg ziehen – oder nicht.

Ihr Plan erfasste sie wie ein Fieber. Sie durchquerte den Gang, hastete die Treppen hinunter und aus der Halle hinaus ins Freie.

Im Innenhof der Feste angekommen blieb Sirja stehen. Auf dem Hof ging es zu wie in einem Ameisenhaufen, jeder Burgbewohner schien eine Aufgabe zu haben. Knechte beluden Pferdewagen, Mägde holten das Vieh aus dem Stall, selbst die Kinder halfen mit und fingen die Hühner und Enten ein, um sie in Käfige zu sperren.

Von Rheos und auch von Dyrdra war nichts zu entdecken. Sirja überquerte den Hof, kämpfte sich einen Weg durch eine Ziegenherde, die von zwei Jungen zum Tor getrieben wurde, und betrat den Pferdestall. Irgendwo musste sie mit dem Suchen beginnen.

Der Stall war bereits geräumt worden, nur noch ein Pferd befand sich in einer Box. Mondschatten, Jamirs Lieblingshengst, stand über seine Futterraufe gebeugt und fraß. Jamir hatte mit dem Einreiten des riesigen Hengstes begonnen, es dann aber wegen zunehmender Teilnahmslosigkeit des Tieres aufgeben müssen.

Sirja ging zu dem Verschlag und spähte hinein. Mondschatten hob den Kopf und lugte neugierig zurück.

»Wie es aussieht, geht es dir wieder besser, mein Hübscher.« Sie streckte die Hand aus und streichelte die Stirn des Braunen.

Mondschatten kam näher und rieb seine Nüstern an ihrer Schulter.

Sie lachte. »Was ist los, mein Großer? Hast du Angst, man könnte dich zurücklassen?«

»Es sieht beinahe so aus.«

Sirja fuhr herum. Im Eingang des Stalls stand Jamir. Seine breiten Schultern beanspruchten fast den gesamten Türrahmen. Ein Eindruck, der durch das Kettenhemd, das er übergezogen hatte, noch verstärkt wurde.

»Ich wollte Mondschatten holen.« Der junge Turmherr räusperte sich. »Es tut mir leid, dass ich vergangenen Abend im Schreibzimmer so kurz angebunden war, aber ...« Er ließ den Satz in der Luft hängen und lächelte sie entschuldigend an.

Sie winkte ab. »Ich verstehe schon.«

»Rheos Ideen waren einleuchtend, doch ich hätte sie mehr hinterfragen müssen«, erklärte Jamir. »Der Fürst hat wohl recht damit, dass man sich in seiner Trauer leicht in Sachen hineinsteigert.« Er zuckte mit den Schultern. »Immerhin hat Neidor seinen Hauptmann im Morgengrauen ausgesandt, damit dieser sich bei der Zarakinenhöhle umsieht – vorausgesetzt, er kann sie nach meinen Beschreibungen finden.«

Erneut fühlte Sirja sich furchtbar schuldig. Sie wies mit dem Kopf in Richtung des Hengstes. »Wenigstens hat Mondschatten sich gut erholt«, sagte sie, um Jamir aufzumuntern. »Dyrdra hat wunderbare Arbeit geleistet.«

»Dyrdra wusste keinen Rat, es war Rheos gewesen.« Jamirs Miene wurde säuerlich. »Hoffen wir, seine Heilkünste sind von längerer Dauer als seine Annahmen über Räuberbanden.«

Tröstend legte Sirja ihre Hand an seine Wange. »Rheos hat es gut gemeint. Er wollte uns helfen.«

»Vermutlich.« Jamir hob seine Hand und legte sie auf ihre. »Trotzdem ist es besser, dass er zurück in seine Heimat aufgebrochen ist.«

»Rheos ist fort?« Ihre Hand fiel herab und sie starrte ihn an. »Woher weißt du das?«

Jamir blickte bedauernd auf ihre Hand, dann erklärte er: »Ein Wachtrupp hat ihn bei Sonnenaufgang im Wald getroffen. Rheos war nach Norden unterwegs.«

»Das ... kann nicht sein.«

»Warum nicht?« Jamir sah sie scharf an. »Er ist ein Söldner.«

Er ist ein verwandelter Zentaur!, wollte sie entgegnen, doch sie schwieg. Hatte Rheos die Hoffnung auf seine Rückverwandlung tatsächlich aufgegeben? Gerade jetzt, wo Neidor einen Krieg plante und die Zentauren ihren Te'Ral benötigten? Sie rieb sich über das Gesicht.

»Sirja, was ist mit dir? Ist es wegen Rheos?«

Die Traurigkeit, die in seiner Stimme lag, schnitt ihr ins Herz. »Nein«, erwiderte sie hastig. »Sein Weggehen bedeutet mir nichts.«

Wenn es nur so wäre! Stattdessen wütete die Enttäuschung in ihr. Rheos hatte sich fortgeschlichen, ohne ein Wort zu sagen. Damit war jegliche Hoffnung, den Krieg verhindern zu können, vernichtet. Inzwischen war er zu weit von der Feste entfernt, und wenn er die Wege im Wald verlassen hatte, wäre eine Suche erst recht sinnlos – außer …

Sirja sog scharf die Luft ein. Dyrdras Stute hatte Rheos trotz seiner Menschengestalt als Zentaur erkannt und war ihm sehr ergeben gewesen. Vielleicht verhielt es sich bei Mondschatten ebenfalls so? Immerhin hatte Rheos den Hengst sogar geheilt und besaß dadurch eine besondere Verbindung zu dem Tier.

Mit in die Hüfte gestemmten Armen sah sie den jungen Turmherrn an. »Mir geht es wirklich gut. Kann ich helfen? Ich könnte mich um Mondschatten kümmern.«

Jamir blickte sie prüfend an, dann nickte er. »Du kannst ihn satteln, aufzäumen und zum Tor bringen. Dort wird ein Knecht den Hengst in Empfang nehmen.«

»Das erledige ich gerne«, erwiderte sie, froh, dass er so bereitwillig zugestimmt hatte.

Nachdem Jamir den Stall verlassen hatte, betrachtete Sirja Mondschatten hoffnungsvoll. »Weißt du, dass Rheos in Wirklichkeit auch vier Beine hat?«

Sie schrak zusammen, als ihr der Hengst seinen Atem ins Gesicht pustete.

»Ist das ein Ja?«

Als Antwort erhielt sie ein tiefes Schnauben.

Gepriesen seien die Götter! Lächelnd öffnete sie die Tür der Box. »Du musst mir helfen, Mondschatten. Es geht um Rheos.«

Der große Hengst stand regungslos, als sie ihm Sattel und Trense anlegte. Danach ließ er sich willig auf den Hof hinaus führen, wo noch immer Durcheinander herrschte, und weiter zum Tor der Feste. Dort gab es ebenfalls ein ständiges Kommen und Gehen. Einzig einen Knecht, der ihr den Hengst abnehmen sollte, sah sie nicht. Sirja lächelte. Besser könnte es nicht passen!

Sie führte Mondschatten über die Zugbrücke, überquerte den Weg, auf dem schon einige beladene Wagen und Viehherden standen, und ging mit ihm weiter zum Waldrand. Dort wendete sie das Tier, sodass sie den Eingang der Feste und die Zugbrücke im

Blick hatte. Immer noch war niemand erschienen, der aussah, als suchte er nach dem Pferd.

Einen Moment lang beobachtete Sirja den stetig größer werdenden Tross vor der Burg. Es würde noch eine Weile dauern, bis Jamir und der Fürst das Zeichen zum Aufbruch geben konnten. Viel Zeit blieb ihr dennoch nicht. Sie schwang sich in den Sattel und beugte sich zum Kopf des Pferdes vor. »Bring mich so schnell wie du kannst zu Rheos!«

Mondschatten schnaubte, dann preschte der junge Hengst mit ihr zwischen den Bäumen davon.

27

Die Luft flimmerte vor seinen Augen und der Schweiß lief ihm in Strömen über das Gesicht. Kein Windhauch strich über das vertrocknete Gras, vom wolkenlosen Himmel brannte die Sonne auf ihn nieder. Der Bogen rutschte in seinen feuchten Händen, immer wieder musste er den Winkel korrigieren. Endlich stimmte die Position. Rasch ließ er die gespannte Sehne los, bevor ihm das Holz erneut durch die Finger glitt.

Der Pfeil schnellte durch die Luft, überwand die Entfernung bis zur Zielscheibe im Bruchteil eines Wimpernschlags und bohrte sich tief in die rot markierte Mitte des Strohrades.

Befriedigt ließ er den Bogen sinken und wischte sich mit der Hand über die Stirn. Zehn Mal hintereinander hatte er ins Rote getroffen. Allerdings erwartete man vom Sohn des Te'Rals nichts anderes, auch wenn er gerade erst als Anwärter in die Kriegergarde aufgenommen worden war.

Er nahm einen weiteren Pfeil aus dem Köcher und sah sich auf der Wiese um. Rechts und links von ihm standen knapp zwanzig andere junge Zentauren, die mit dem Bogen angestrengt ihre Zielscheiben anvisierten. Dunkle Flecken hatten sich auf ihren Fellen gebildet, bei vielen zeigten sich Rötungen auf Schultern und Armen.

Mit zusammengebissenen Zähnen legte er den Pfeil ein. Bei einer solchen Hitze sollte man sich im Ordan oder im Schatten der Bäume aufhalten.

»Die Menschen werden keine Schlacht abbrechen, nur weil euch zu heiß ist«, hatte Zarkos gedonnert, als das Murren über die sengende Sonne begann. Der Bruder seines Vaters war ihr Ausbilder, er wählte die zum Krieger geeigneten Zentauren aus.

Rheos spannte die Sehne, fixierte die Mitte der Scheibe und ließ den Schaft los. Auch dieser Pfeil verfehlte sein Ziel nicht.

»Rheos, ich wünschte, ich hätte nur eine Handbreit deines Talents.« Panos neben ihm schnitt eine Grimasse.

Rheos blickte auf die vielen Pfeile, die rings um die Strohscheibe seines Freundes im vertrockneten Gras lagen. »Kein Zentaur ist mit einem Bogen in der Hand auf die Welt gekommen«, tröstete er ihn. »Du wirst besser werden.«

Panos schnaubte. »Zarkos ist nicht davon überzeugt.«

»Die Prüfung findet erst im kommenden Frühjahr statt. Bis dahin wirst du es können.«

»Oder vor Hitze gestorben sein.« Durch sein schwarzes Fell setzte ihm die Sonne besonders zu. Panos blickte über Rheos Rücken hinweg zu einem Zentauren mit hellblondem Haar und schneeweißem Fell. »Ich beneide Meonaos nie um seine Fellfarbe, aber heute ist es so weit.«

Rheos lachte. »Warte ab, bis wir die erste Nachtübung machen. Da muss er sich vorher im Schlamm wälzen, damit ihn keiner zwischen den Bäumen durchschimmern sieht.«

»Das habe ich gehört.« Grinsend sah Meonaos zu ihnen herüber. Bis auf zwei Ausnahmen steckten alle seine Pfeile in der Mitte der Scheibe. »Ich bin aber auch froh, wenn das hier vorbei ist.«

Rheos erwiderte nichts, sondern sah nachdenklich zu Panos hinüber. Der schwarze Zentaur konnte seinen Onkel nicht leiden – eine Haltung, die leider auf Gegenseitigkeit beruhte. Zarkos machte keinen Hehl daraus, dass er den Sohn eines Korbflechters nicht für würdig hielt, ein Krieger zu werden.

Tatsächlich waren es Meonaos und er gewesen, die Panos dazu gedrängt hatten, sich mit ihnen gemeinsam um die Aufnahme in die Kriegergarde zu bewerben. Seit Fohlentagen waren sie unzertrennlich, und das sollte sich nicht ändern.

Rheos griff nach dem nächsten Pfeil, doch ein Pfiff ließ ihn innehalten und wie die anderen seinen Bogen senken.

Zarkos verließ seinen Beobachtungsplatz am Rande der Wiese und galoppierte vor die Gruppe. »Die Übungszeit ist vorbei. Sammelt die Pfeile ein und geht zurück in eure Unterkünfte.«

Erleichtertes Aufatmen war die Antwort.

»Rheos!«, erklang die schneidende Stimme seines Onkels erneut. »Du bleibst hier. Ich habe eine weitere Übung für dich vorgesehen.«

Rheos biss sich auf die Lippe und blieb stehen. Panos und Meonaos hielten ebenfalls inne, doch Zarkos bedeutete ihnen mit einer Geste, zu verschwinden. »Was gibt es, Onkel?« Seine Stimme klang rau vor Trockenheit.

Statt einer Erklärung führte Zarkos ihn zu einer Kalwaneiche, die abseits des Übungsplatzes stand. Dankbar trat Rheos in den Schatten des Baumes und sah mit gerunzelter Stirn zu, wie sein Onkel eine aus Sackleinen und Stroh gefertigte Menschenpuppe an den Stamm der Eiche lehnte. Auf der Brust der Puppe befand sich ein faustgroßer, roter Kreis.

»Das ist das Herz.« Zarkos lächelte kalt. »Wir müssen vorbereitet sein, Rheos. Der Krieg wird nicht mehr lange auf sich warten lassen.«

Empört sah er seinen Onkel an. »Mein Vater ist gerade bei den Menschen, um eine friedliche Lösung zu finden.«

»Die Menschen werden sich ebenso wenig freiwillig aus dem Wald zurückziehen wie wir. Doch für beide Völker ist Eleazan zu klein.«

Rheos Brauen zogen sich zusammen. »Ein Krieg bedeutet viele Opfer.«

»Ich höre deinen Vater aus dir sprechen.« Zarkos schnaubte. »Ich habe Ionaos bereits gesagt, wie wir diesen Krieg gewinnen können.«

»Und er hat deinen Vorschlag abgewiesen«, erwiderte er scharf.

Zarkos Lippen wurden schmal. »Deshalb solltest du dich umso mehr darin üben, Menschen zu töten. Denn früher oder später wird es zum Krieg kommen.« Er wies auf die Strohpuppe. »Fünfzig Längen Abstand. Fünf Pfeile in den Kopf, fünf ins Herz – in Folge. Danach wiederholst du es mit hundert Längen.«

Rheos nickte. Seine Kehle brannte, und die Aussicht, noch weitere Zeit in der Sonne zu verbringen, machte es nicht besser. Doch sein Onkel sollte nicht denken, er wäre ein Schwächling.

Zarkos nahm seine Zustimmung mit einem zufriedenen Lächeln zur Kenntnis. »Ich habe in Quran eine Unterredung mit einem der Ra'Wene. Ich werde bald zurück sein.«

Sein Onkel galoppierte davon und schon bald verschwammen Zarkos Konturen in der flimmernden Hitze. Rheos atmete tief durch und trat aus dem Schatten des Baumes heraus. Die Hitze legte sich über ihn wie eine Decke und das trockene Gras unter seinen Hufen knisterte, während er die fünfzig Längen Abstand abschritt.

Er wischte sich den Schweiß von der Stirn, zog einen Pfeil aus dem Köcher und legte ihn ein. Er war der Sohn des Te'Rals, der nächste Herrscher der Zentauren Eleazans.

Er würde nicht aufgeben.

Hufschläge näherten sich. Kehrte Zarkos bereits zurück? Immer noch stand er nur fünfzig Längen von der Eiche entfernt. Seine Arme waren lahm, sein Kopf dröhnte und es schien unmöglich, fünf Mal hintereinander zu treffen. Er senkte den Bogen, wappnete sich für Tadel und drehte sich um.

Doch es war nicht sein Onkel, der auf ihn zu galoppierte, sondern Panos mit einem Wasserschlauch über der Schulter. Schnaufend kam der schwarze Zentaur neben ihm zum Stehen und hielt ihm den Trinkschlauch hin.

Obwohl alles in ihm nach Wasser lechzte, griff er nicht danach. »Verschwinde Panos! Wenn Zarkos nur ein Schweifhaar von dir sieht, stehst du als Nächstes hier!«

Ein verschwörerisches Grinsen erschien im Gesicht seines Freundes. »Dein Onkel wird so schnell nicht kommen. Meonaos hat ihn abgefangen und in eine Diskussion verstrickt.«

Rheos griff nach dem Trinkschlauch. »Gesegnet sei Meos Redegabe.«

»Entscheidend ist wohl eher die Tatsache, dass er aus einer der ältesten Kriegerfamilien Qurans stammt.« Mit gerunzelter Stirn sah Panos zu, wie er den Wasserschlauch hastig leerte. »Dein Onkel quält dich. Irgendwann bringt er dich mit seinem Ehrgeiz noch um.«

Rheos setzte den Schlauch ab. »Zarkos meint es nur gut. Die Menschen werden auch keine Rücksicht nehmen.«

»Mittlerweile glaube ich nicht, dass ein Heer Menschen schlimmer sein kann als dein Onkel. Du bist ebenso wie wir noch in der Ausbildung.«

»Aber ich bin der Sohn des Te'Rals. Ich darf die Ehre meines Vaters nicht beschmutzen. Deshalb nimmt Zarkos mich so hart ran.«

Panos schlug mit dem Schweif. »Du kennst meine Meinung zu den Absichten deines Onkels.«

»Du hast mir sie oft genug mitgeteilt«, erwiderte er harscher als gewollt.

»Als dein Freund werde ich auch nicht damit aufhören, bis du es endlich einsiehst.« Er nahm ihm den Wasserschlauch aus der Hand und galoppierte davon.

Rheos erreichte Quran mehr stolpernd als trabend kurz vor Sonnenuntergang. Seine Arme und Schultern waren rot und auf seiner Nase und seinen Wangen spürte er ebenfalls ein unangenehmes Spannen. Er wollte nur noch Trinken, Essen, ein Bad im Fluss und sein Schlaflager. Genau in dieser Reihenfolge.

Ein dunkles Grollen ließ ihn zum Himmel aufsehen. Über dem Wald brauten sich dunkle Wolken zusammen. Welch Ironie! Den ganzen Tag hatte er in der Sonne geschmort und kaum hatte er seine Aufgabe beendet, zogen Regenwolken auf.

Verärgert lief er weiter. Lieber als seinem Onkel jetzt seine Rückkehr zu melden würde er Kalame einen Besuch abstatten. Doch auf einen verschwitzten, geröteten und staubbedeckten Zentauren legte sie bestimmt keinen Wert, selbst wenn er der Sohn des Te'Rals war.

Vor dem Ordan seines Onkels blieb er stehen und wartete darauf, dass ein Diener seine Ankunft Zarkos meldete. Als Kriegeranwärter galten für ihn die gleichen Regeln wie für alle anderen – Zarkos war zuallererst sein Ausbilder, und dann erst sein Onkel.

Glücklicherweise ließ Zarkos ihn nicht lange warten. Rheos trat durch den dicken Vorhang in den vorderen Bereich des Ordans ein, der öffentlichen Angelegenheiten vorbehalten war.

»Heute bei Sonnenuntergang wird ein Wettlauf durch den Wald für die Kriegeranwärter stattfinden«, eröffnete ihm sein Onkel ohne jegliche Begrüßung. »Ich werde am Ziel stehen und erwarte dich dort als Ersten. Alles andere ist nicht akzeptabel.«

Rheos schluckte alle Widerworte hinunter, neigte den Kopf und verließ das Ordan.

»Das ist Wahnsinn, Rheos!« Wütend schritt Panos in dem Kriegerordan auf und ab, das sie beide und Meonaos miteinander teilten. »Sag deinem Onkel, du nimmst nicht an dem Wettlauf teil.«

»Und wie soll ich das begründen?«, erwiderte er trocken. »Dass ich keine Lust habe, im dunklen Wald herumzuirren und mich stattdessen lieber auf meiner Schlafstätte ausruhe?«

»Indem du ihm sagst, dass du erschöpft bist«, erwiderte Meonaos ruhig.

Rheos verschränkte die Arme vor der Brust. »Dieser Wettlauf wird mich schon nicht umbringen.«

Der weiße Zentaur schüttelte den Kopf. »Darum geht es auch nicht. Sondern darum, wie Zarkos dich behandelt.«

Rheos Brauen zogen sich zusammen. »Fängst du jetzt auch schon an wie Panos?«

»In dieser Sache bin ich mit ihm absolut einer Meinung.«

»Zweifelt ihr an mir und meinen Fähigkeiten?«, fragte Rheos scharf.

Panos stieß ein Schnauben aus. »Nein, aber du zweifelst an dir! Sonst würdest du Zarkos gegenüber bestimmter auftreten.«

»Ich bin sein Neffe und Zögling.«

Meonaos stieß mit dem Huf auf. »Du wirst einst sein Te'Ral sein!«

»Und eurer auch!«, zischte Rheos, riss den Vorhang zur Seite und trat aus dem Ordan hinaus in den beginnenden Regen.

Wassermassen prasselten auf die trockene Erde nieder, welche durch die tagelange Trockenheit die Fluten nicht aufnehmen konnte. Riesige Pfützen bildeten sich mit enormer Schnelligkeit auf dem Heerfeld, wo der Wettlauf beginnen sollte.

Rheos stand huftief im Wasser, Rinnsale flossen aus seinem Fell, sein Haar klebte auf seinem Rücken. Den anderen Kriegeranwärtern erging es nicht anders. Was in der letzten Zeit an Regen gefehlt hatte, ergoss sich nun auf sie alle.

Panos lachte. »Jetzt bin ich wiederum froh, schwarzes Fell zu haben. Meo sieht aus, als hätte er sich tatsächlich im Schlamm gewälzt.«

Rheos blickte zu Meonaos hinüber, dessen weißes Fell über und über mit Dreck besprenkelt war, und grinste. Zu seiner Erleichterung trugen ihm seine Freunde sein ruppiges Verhalten nicht nach.

»Lass es uns schnell hinter uns bringen«, hatte Panos lediglich gesagt, als Meonaos und er sich neben ihm am Start aufgestellt hatten.

Zarkos betrat das Heerfeld, in der Hand Pfeil und Bogen. »Jeder von euch muss ein Band holen, das an den Ästen der alten Weide im Steinbruch hängt. Welchen Weg ihr wählt, ist euch überlassen. Wir erwarten eure Rückkehr in der Arena.« Sein Onkel spannte seinen Bogen und zielte in den dunklen Himmel. Sein Blick war jedoch auf ihn gerichtet, als er rief: »Möge der Beste gewinnen!«

Zarkos Pfeil schnellte von der Sehne und sie galoppierten hinaus in die Nacht.

»Welchen Weg nehmen wir?«, schrie Meonaos ihm und Panos durch Regen und Wind hinweg zu.

»Den Kürzesten.« Rheos wies nach Norden. »Sobald wir das Palisadentor passiert haben, halten wir uns im Wald rechts.«

Panos Blick folgte der angezeigten Richtung. »Dann kommen wir aber oberhalb des Steinbruches raus. Die Weide steht unten, wir müssten den Abhang hinunter.«

Selbst in der Dämmerung konnte Rheos die Anspannung in seinem Gesicht sehen. »Das haben wir schon oft gemacht«, beruhigte er ihn.

»Aber nicht bei Regen.«

Fragend sah Rheos zu Meonaos hinüber.

»Wir sehen es uns an«, schlug Meonaos vor. »Falls es zu riskant erscheint, nehmen wir den Weg außen herum.«

Panos nickte und Rheos setzte sich an die Spitze und erhöhte das Tempo. Selbst wenn sie den Abhang nicht nehmen konnten – gewinnen musste er trotzdem.

»Ich bin dafür, außen herumzugehen.« Skeptisch sah Meonaos den Abhang hinunter. Ein Meer von Steinen breitete sich vor ihnen bis zum Boden des Steinbruchs aus. Die regennassen Felsbrocken glänzten in der Dunkelheit.

Meonaos Vorschlag war vernünftig, doch Rheos hörte bereits den Hufschlag der anderen. »Geht ihr außen herum, ich nehme den Abhang.«

Panos packte ihn am Arm. »Das ist Wahnsinn!«

»Du wiederholst dich«, fuhr er ihn an. »Ich weiß, was ich tue.«

»Das tust du nicht.« Empört sah Panos ihn an. »Hat Zarkos dir wieder eingeredet, alles andere als der erste Platz sei dem Sohn eines Te'Rals nicht würdig?«

Er schüttelte Panos Hand von seinem Arm und setzte den Huf auf den ersten Stein.

»Wenn du hinabsteigst, folge ich dir«, erklärte Meonaos.

»Und ich auch«, setzte Panos hinzu.

»Wollt ihr mich erpressen?«

Meonaos seufzte. »Wir sind deine Freunde und lassen dich nicht alleine.«

»Also seid ihr genauso wahnsinnig wie ich.«

»Vermutlich noch viel mehr«, knurrte Panos. »Wer ist verrückter: der Wahnsinnige, oder der, der ihm folgt?«

»Spar dir deinen Atem fürs Hinabklettern.« Mit dem zweiten Vorderhuf tastete Rheos nach dem nächsten Stein. Er setzte den Huf jedoch nicht auf, sondern zog ihn zurück und wandte sich wieder zu Meonaos und Panos. »Danke.« Er lächelte schief. »Im Moment bin ich wohl schwer erträglich.«

»Du warst schon netter.« Panos grinste. »Und jetzt lass uns diesen Abstieg hinter uns bringen, das verdammte Band holen und endlich ins Trockene kommen.«

Der schwarze Zentaur suchte sich eine Stelle in einigem Abstand zu ihm und begann mit dem Abwärtsklettern. Meonaos nickte und begann ebenfalls mit dem Abstieg.

Durch den Regen waren die Felsen rutschig und boten ihren Hufen wenig Halt. Viele Steine waren lose, immer wieder brach Geröll heraus und rollte den Abhang hinunter. Rheos biss die Zähne zusammen. Sie hatten bereits die Mitte des Hangs erreicht, umzukehren war genauso gefährlich wie weiter abzusteigen.

Er hielt inne und sah sich nach seinen Freunden um. Meonaos war auf der gleichen Höhe wie er, Panos befand sich ein Stück weiter oberhalb.

Der schwarze Zentaur spürte seinen Blick und hob den Kopf. »Ich beeile mich, Rheos.«

Mit zusammengezogenen Brauen beobachtete Rheos, wie Panos unsicher mit dem Huf nach einem Stein suchte, der ihm ein verlässliches Aufsetzen ermöglichte. Er hätte niemals zulassen dürfen, dass Panos über den Hang abstieg! Doch für Reue war es zu spät. »Mach langsam«, rief er Panos zu. »Es ist unwichtig, ob wir gewinnen oder nicht.«

Aus den Augenwinkeln sah er, wie Meonaos zustimmend nickte. Zeitdruck war das Letzte, dem sie Panos aussetzen durften.

Panos hingegen lachte auf. »Du lügst, Rheos. Das rieche ich gegen den ...«

Der Fels unter seinen Vorderbeinen brach aus dem Hang. Panos Worte verwandelten sich in einen Aufschrei. Verzweifelt suchte der schwarze Zentaur Halt, doch seine Vorderhufe traten ins Leere. Das Gewicht seines Körpers riss ihn nach vorne, vergeblich versuchte er mit den Armen den Sturz abzubremsen.

Hilflos sah Rheos zu, wie Panos sich mehrfach überschlug und bewegungslos am Fuße des Hangs liegen blieb.

Das Band an der Weide und der Wettbewerb verloren jede Bedeutung. So schnell er es auf dem tückischen Untergrund wagen konnte, stieg er zu Panos hinab. Ein entsetztes Keuchen hinter ihm verriet, dass Meonaos ihm folgte.

Es schien Rheos eine Ewigkeit, bis er bei Panos ankam. Die Augen seines Freundes waren geschlossen. Blut strömte aus zahllosen Schürfwunden und wurde vom Regen davongespült.

»Panos!«, rief er. »Hörst du mich?«

Stille. Dann endlich schlug Panos die Augen auf. »Mein Bein ...«

Rheos sog scharf die Luft ein. Oberhalb des Fesselgelenks lag Panos linkes Vorderbein in einem unnatürlichen Winkel abgeknickt.

»Es ist gebrochen, oder?«, keuchte Panos.

Er nickte. Meonaos, der bei ihnen angekommen war, fluchte.

»Macht ohne mich weiter.« Panos wies zur Weide, die keine zehn Längen von ihnen entfernt stand. Die ersten Zentauren waren bereits angekommen und knoteten die Bänder von den Zweigen ab. »Ihr könnt den Sieg noch holen.«

Rheos stieß ein Knurren aus. »Du hast dir scheinbar auch stark den Kopf angeschlagen. Glaubst du, wir lassen dich hier schwer verletzt liegen?«

»Holt mich nachher.«

Meonaos schnaubte. »Damit dich in der Zwischenzeit die Wölfe fressen?« Er beugte sich zu Panos hinunter und packte ihn am Arm.

Rheos tat es ihm gleich. »Versuche aufzustehen.«

Panos nickte, presste die Lippen aufeinander und kam mit ihrer Hilfe zum Stehen. Trotz der Kühle der Nacht und des Regens roch Rheos den

Schweiß auf Panos Haut. »Lege deine Arme auf unsere Schultern und stütze dich auf uns ab.«

Zwischen ihnen hängend schleppten sie Panos vorwärts. Der schwarze Zentaur sprach nicht, das Laufen schien ihn alle Kraft zu kosten. Mühsam setzte er einen Huf vor den anderen, das gebrochene Bein hing wenige Fingerbreit über dem Boden.

Panos würde lange Wochen liegen müssen, eine Tortur für jeden Zentauren. Eine Tortur, der er – Rheos – sich klaglos unterziehen würde, könnte er Panos Unfall damit ungeschehen machen.

»Es tut mir leid, Panos«, sagte er. »Ich trage dafür die Verantwortung.«

»Es war meine Entscheidung.« Panos schnaufte. »Niemand hat mich gezwungen, dir zu folgen.«

Rheos erwiderte nichts. Panos mochte ihn von seiner Schuld freisprechen, er selbst konnte sich nicht vergeben.

Sie erreichten Quran mitten in der Nacht. Inzwischen hing Panos mit seinem gesamten Gewicht an ihren Schultern, jeder Schritt war für ihn zur Qual geworden.

»Wir bringen ihn zum Häuserrund der Knochenheiler«, bestimmte Rheos. Im Gegensatz zu den Menschen kannten sie keine Krankheiten, von denen sie kuriert werden mussten – gebrochene Knochen hingegen schon.

Die Heiler waren es gewohnt, zu allen Tages- und Nachtzeiten geweckt zu werden. Mit geübten Griffen halfen sie ihnen, Panos, der kaum mehr bei Bewusstsein war, auf dem Boden abzulegen.

»Ich bleibe bei Panos«, erklärte Meonaos. »Geh du zu Zarkos.«

Bei dem Gedanken an seinen Onkel spürte Rheos ein Ziehen in seinem Bauch. Mit einem letzten Blick auf Panos verließ er das Ordan.

Obwohl auch ihn seine Beine kaum mehr trugen, trabte er los. Der Regen hatte aufgehört, doch auf den Wegen stand das Wasser noch hoch und spritzte unter seinen Hufen. Aber darauf kam es nicht mehr an. Sein Fell starrte vor Dreck, Erdklumpen klebten in seinem Schweif und seine Haare hingen schwer vor Regen und Schweiß auf seinen Schultern.

Noch während er auf das Ordan seines Onkels zuhielt, trat Zarkos heraus.

»Du besitzt wirklich Mut, bei mir aufzutauchen, Rheos!«

»Ich kann es erklären«, erwiderte er fest.

»Das wirst du auch. Aber nicht mir.«

Ohne ein weiteres Wort schritt Zarkos an ihm vorbei. Rheos blieb nichts anderes übrig, als ihm zu folgen.

Sein Onkel führte ihn geradewegs zu dem Ordan des Te'Rals, in dem Rheos als Sohn des Herrschers bis zu seiner Kriegeranwartschaft gelebt hatte.

Rheos runzelte die Stirn. Was wollte Zarkos dort? Momentan lebte nur sein jüngerer Bruder Thanos in diesem Ordan. Ihre Mutter war bei Thanos Geburt gestorben und ihr Vater war bei Verhandlungen mit den Menschen.

Schweigend zogen die Eingangswachen den Vorhang zurück und ließen sie eintreten. Rheos Augen weiteten sich. An einem der Tische im Vorraum stand sein Vater, versunken in die Betrachtung von Landkarten!

Sein Vater hob den Blick und seine waldgrünen Augen ruhten einen Moment lang auf ihm, ehe er sprach. »Ich war in der Arena, um dem Sieg meines erstgeborenen Sohnes beizuwohnen.«

Rheos öffnete den Mund, doch sein Vater hieß ihn mit einer Geste zu schweigen.

»Dein Onkel erzählte mir, dass du sowohl deine Ausbildung als auch deine Stellung nicht ernst nimmst«, fuhr er fort. »Statt mehr zu trainieren, würdest du dich mit deinen Freunden herumtreiben und dich von ihnen ablenken lassen.«

»Meonaos und Panos lenken mich nicht ab«, platzte es aus ihm heraus.

Sein Vater hob eine Augenbraue. »Panos? Das ist der Sohn des Korbflechters, oder?«

»Dieser Narr hat sich als Anwärter zur Kriegergarde gemeldet«, beantwortete Zarkos die Frage. Dann sah er Rheos streng an. »Kein Beinbruch verheilt folgenlos. Panos wird den Ansprüchen nicht mehr gewachsen sein – wenn er es denn jemals war.«

Rheos starrte ihn an. »Woher weißt du das?«

»Einige der anderen haben euch am Steinbruch beobachtet und es mir mitgeteilt.« Zarkos schüttelte den Kopf. »Wie konntest du Panos dermaßen überfordern? Ich hätte dir mehr Vernunft zugetraut.«

Sein Herz hämmerte in seiner Brust. »Ja, ich habe einen Fehler gemacht!«

»Und für diesen Fehler wirst du geradestehen, mein Sohn«, unterbrach ihn sein Vater, »und nicht nur für diesen.« Er trat hinter dem Tisch hervor. »Für deine Verantwortungslosigkeit Panos gegenüber wird Zarkos eine angemessene Strafe für dich finden. Danach wirst du Quran verlassen.«

Es kostete ihn jegliche Kraft, sich seine Bestürzung nicht anmerken zu lassen. »Wo schickst du mich hin?«

»Zu den Zentauren der Steppe.« Die Stimme seines Vaters war ausdruckslos. »Du wirst dort deine Kriegerausbildung durchlaufen und erst zurückkehren, wenn du sie bestanden hast.«

»Das ... das kann nicht dein Ernst sein!«

Mit einem Seufzen kam sein Vater zu ihm und legte die Hand auf seine Schulter. »Die Bürde eines Te'Rals ist keine leichte, Rheos. Das wirst du merken, wenn du einst an meiner Stelle stehst. Noch fehlen dir das Verantwortungsbewusstsein und die Bereitschaft für diese Aufgabe. Doch ich bin sicher, du wirst es lernen.« Er beugte sich zu ihm und küsste seine Stirn. »Eines Tages werde ich stolz auf dich sein können, mein Sohn.«

Der Raum um Rheos begann sich zu drehen. Tausend Worte lagen ihm auf der Zunge, doch seiner Kehle entrang sich kein Laut. Hinter dem zweiten Vorhang sah er Thanos stehen. Das Gesicht seines Bruders spiegelte das Entsetzen wider, das er fühlte. Sein Vater verbannte ihn aus Quran.

»Du wirst fünfzehn Tage und Nächte im Pferch bleiben, Rheos.« Zarkos hob den Balken aus der Verankerung, öffnete den Korral und trat hinein. »Denn fünfzehn andere kamen vor dir ins Ziel.«

Mit zusammengezogenen Brauen folgte Rheos ihm. »Ich dachte, die Strafe wäre für meinen Leichtsinn und Panos gebrochenes Bein?« Dafür würde er den Pferch mit Freuden auf sich nehmen, nicht jedoch für die Entscheidung, seinen Freund gerettet zu haben.

Ein dünnes Lächeln umspielte Zarkos Mund. »Für Panos Beinbruch verdienst du keine Strafe, sondern eine Belobigung. Schließlich hast du dem Korbflechtersohn endlich seine Grenzen aufgezeigt.«

Rheos schnaubte. »Warum hast du das nicht in der Anwesenheit meines Vaters gesagt?«

»Ionaos hat hohe Moralvorstellungen, die ich nicht teile. Mit ihm darüber zu streiten führt zu nichts, zumal er Quran noch vor dem Morgengrauen wieder verlassen wird.« Zarkos schritt zu dem Stein in der Mitte des Pferches, an dem eine Eisenkette mit einem Halsring befestigt war. »Dir wird die Zeit im Pferch Möglichkeit bieten, über deine Einstellungen nachzudenken.«

Mit einem zufriedenen Ausdruck in den Augen bog Zarkos die beiden Teile des Rings auseinander und hielt sie ihm entgegen.

Der Eisenring schloss sich um seinen Hals, knirschend drehte sich der Schlüssel im rostigen Schloss. Zarkos verließ den Pferch, legte den Balken zurück in die Verankerung und entfernte sich.

Stille senkte sich über den Korral und Rheos schluckte hart. Morgen früh würde Quran erfahren, dass man den Sohn des Te'Rals in den Pferch gesperrt hatte.

Er lag auf der Seite, den Kopf auf seinen Oberarm gelegt. Den schlammigen Untergrund nahm er ebenso wenig wahr wie den kalten Eisenring um seinen Hals. Er hatte auf allen Ebenen versagt: als Freund, als Sohn, als zukünftiger Te'Ral. Die Enttäuschung in den Augen seines Vaters würde er niemals vergessen.

Zu den Steppenzentauren geschickt zu werden erschien ihm inzwischen nicht mehr als Strafe, sondern als Geschenk. Wie konnte er nach vergangener Nacht noch irgendjemandem in Quran ins Gesicht sehen? Vor allem nicht Panos Eltern. Die beiden waren stets stolz gewesen, dass ihr Sohn der Freund des zukünftigen Te'Rals war.

»Rheos!«

Schwerfällig hob er den Kopf. In der Morgendämmerung sah er Meonaos am Korral stehen.

»Ich war bei Zarkos, weil ich dich nirgendwo gefunden habe.« Meonaos stampfte mit dem Huf auf. »Warum bist du im Pferch?«

»Weil ich verantwortungslos gegenüber Panos gehandelt habe und mich Zarkos Aussage nach bei meiner Kriegerausbildung nicht genug anstrenge.«

Meonaos rollte mit den Augen. »Das ist Unsinn.«

»Es ist noch nicht alles.« Er seufzte. »Mein Vater war heute Abend überraschend in Quran. Wenn die fünfzehn Tage im Pferch vorüber sind, muss ich zu den Steppenzentauren gehen und dort meine Ausbildung absolvieren.«

»Bei den Steppenzentauren das Kriegshandwerk lernen?« Fassungslos starrte Meonaos ihn an. »Die Steppenzentauren töten ihre Gegner nicht, sie massakrieren sie! Du musst deinen Vater davon abbringen.«

»Er hat Quran bereits wieder verlassen. Außerdem will ich ihn nicht noch mehr enttäuschen, indem ich mich vor einer Strafe drücke.«

Meonaos schüttelte den Kopf. »Aber diese Strafe ist überzogen!«

»Mein Vater will nur mein Bestes.«

»Dann sollte er deine Ausbildung übernehmen. Ionaos ist der großartigste Bogenschütze, den die Zentauren je gesehen haben.«

Aufgeregt schritt der weiße Zentaur am Korral auf und ab. »Ich würde jeden Eid schwören, dass es dein Onkel war, der deinen Vater auf die Idee mit den Steppenzentauren gebracht hat. Nicht genug, dass er ihm die Lüge erzählt hat, du würdest dich nicht anstrengen.« Er schnaubte. »Wie immer unternimmt Zarkos alles, um dir zu schaden.«

»Das stimmt nicht! Zarkos will mir nur helfen.«

»In dem er dich erst in den Pferch sperrt und dann zu den Ungeheuern in die Steppe?«

Rheos sprang auf und trat zu Meonaos an den Zaun. Die eiserne Kette um seinen Hals klirrte bei jeder Bewegung. »Ich muss lernen, dass ich als Te'Ral keine Fehler machen darf«, entgegnete er aufgebracht.

Besänftigend legte Meonaos ihm die Hand auf die Schulter. »Ja, im Nachhinein war es falsch, den Weg über den Steilhang zu wählen. Das Entscheidende aber ist, dass du Panos dort nicht hast liegen lassen, um deinem Sieg entgegenzueilen.«

Trotzig sah er ihn an. »Wäre ich das Rennen von Anfang an alleine gelaufen, wäre Panos nicht zu Schaden gekommen.«

»Aber dann wärst du vielleicht gestürzt.«

»Was?«

In Meonaos Augen trat ein ernster Ausdruck. »Wie wir dir bereits sagten: In deinem erschöpften Zustand war der Lauf ein Risiko für dich.«

»Meonaos, du redest zu viel«, schnappte er. »Meine Ohren werden die Zeit bei den Steppenzentauren genießen.« Er wollte sich abwenden, doch der weiße Zentaur hielt ihn zurück.

»Lass nicht zu, dass sie dort dein Wesen verändern, Rheos. Du wirst ein guter Te'Ral werden, auch wenn du einmal nicht als Erster durchs Ziel kommst.« Er lächelte. »Wenn Panos hier wäre, würde er dir das Gleiche sagen.«

Einen Moment lang blickte Rheos seinen Freund noch finster an, dann erwiderte er sein Lächeln. »Ich vermisse euch beide jetzt schon.«

28

Norden. Eine andere Richtung gab es für ihn nicht.

Verbissen lief Rheos durch das Unterholz des Waldes, Bogen und Pfeile auf dem Rücken, sein Schwert im Waffengürtel. Mit Neidors Ankunft war ein Verbleiben in der Feste unmöglich geworden – das Risiko, dass der Fürst oder einer seiner Männer ihn erkannte, war zu hoch.

Die Nacht hatte er in Mondschattens Box verbracht, vor Sonnenaufgang seine Waffen geholt und die Nordfeste verlassen. Er war kein Te'Ral mehr, nicht einmal mehr ein Zentaur. Dyrdra hatte ihr Versprechen gebrochen und er würde sein Volk niemals wieder sehen.

Sein Fuß verhakte sich an einer Wurzel, wütend trat er dagegen und setzte seinen Weg fort. Seinem Onkel würde es sicherlich gelingen, mit Neidor in Verhandlungen zu treten. Durch Jamirs Bericht käme dem Fürsten ein Waffenstillstand gelegen, um Gerdors und Artors Mörder zu finden. Und Zarkos konnte die Zeit nutzen, die Streitkräfte der Zentauren neu aufzubauen, um dann ...

Er blieb stehen. Weiterzukämpfen, das war das Wort, das er gesucht hatte. Doch in ihm regte sich Widerstand. Das Verlangen nach Vergeltung hatte ihn damals die Ostfeste angreifen lassen. Die Schlacht hatte in einer herben Niederlage geendet – Verhandlungen mit den Menschen führen zu wollen war kein Herzenswunsch gewesen, sondern ein überlebensnotwendiges Übel. Aber durch die vergangenen Tage hatten sich seine Ansichten geändert. Statt sich zurückzuziehen oder zu kämpfen, mussten die Zentauren Neidor ihre Unterstützung anbieten, um die Räuber zu finden.

Rheos schnaubte. Ein Bund mit den Menschen? Undenkbar! Oder jedenfalls beinah. Hatte er nicht Jamir das Leben gerettet? Ihn unterstützt und an seiner Tafel gegessen?

Verärgert stapfte er weiter. Sein Vater war ein Verfechter des Friedens mit den Menschen gewesen. Dass er damals die Friedensverträge unterzeichnete, hatte ihm innerhalb Qurans viel Missmut eingebracht. Doch Ionaos Vision war immer ein Miteinander zwischen Menschen und Zentauren gewesen.

Ein Wunsch, der sich nicht erfüllt hatte. Ebenso wie sich seiner nicht erfüllen würde, seinem Volk den Mörder seines Vaters zu präsentieren, dachte er bitter. Sein einziger Trost war, dass es Jamir und Sirja mit Hilfe des Fürsten gelingen würde, die Männer zu finden.

Er – Rheos – würde es nur niemals erfahren.

Rheos verließ das Dickicht des Waldes und kehrte auf den Weg zurück. Er war nun so weit von der Nordfeste entfernt, dass niemand mehr nach ihm suchen würde – falls es überhaupt jemand getan haben sollte. Das Zusammentreffen mit einem Wachtrupp der Nordfeste vorhin war nur ein Zufall gewesen. Jamir war mit dem Fürsten beschäftigt und Sirja ... Er schüttelte den Kopf. Die Turmherrntochter würde sein Verschwinden begrüßen.

Allerdings war die Abscheu in den letzten Tagen aus ihrem Gesicht verschwunden. Immer öfter hatte sie in seiner Gegenwart gelächelt. Und je mehr sie es getan hatte, desto stärker hatte er sich nach ihr gesehnt.

Du bist durch und durch zum Menschen geworden!, schalt er sich. Wie sonst konnte er seine Gefühle für Sirja erklären? Hätte Dyrdra ihn zurückverwandelt, wären seine Empfindungen für die Turmherrntochter erloschen wie eine Flamme im Wind.

Er beschleunigte seine Schritte. Statt über Sirja nachzudenken, sollte er sich Gedanken über seine erbärmliche Zukunft als Mensch machen ... Oder über das Geräusch sich nähernder Hufe hinter ihm.

Rheos riss sein Schwert aus der Scheide, kroch in eine Hecke, die zwischen mächtigen Kalwaneichen wucherte, und spähte durch die Zweige. Inwieweit er seinen Schwertkampffähigkeiten als Mensch trauen konnte, wollte er nur im Notfall herausfinden.

Ein Reiter galoppierte den Weg entlang und wurde zu seiner Verwunderung langsamer. Auf Höhe seines Verstecks brachte der Mann sein Tier zum Stehen. Er trug einen schwarzen Umhang und eine Kapuze verhüllte weite Teile seines Gesichtes. Doch von dem wenigen, das Rheos sah, erkannte er ihn als einen Krieger des Fürsten.

Rheos fasste den Griff seines Schwertes fester. Hatte der Mann ihn entdeckt? Mit zusammengekniffenen Augen beobachtete er, wie der Krieger aus dem Sattel seines braunen Pferdes sprang, eine Gepäcktasche öffnete und einen Wasserschlauch herausholte.

Seine Anspannung ließ nach. Der Fremde legte nur eine Pause ein.

Der Mann nahm einige Züge aus dem Schlauch, ehe er den Wasserbeutel wieder verstaute. Doch statt aufzusitzen und weiterzureiten, blieb er neben seinem Pferd stehen.

Der Krieger wartete auf etwas, und Rheos musste nicht lange ausharren, bis er herausfand, was es war. Das Knacken von Ästen und das Geräusch von Hufen kündeten von einem weiteren Reiter.

Der Ankömmling hatte ebenfalls sein Gesicht unter einer Kapuze verborgen. Er lenkte seinen Rappen neben das Reittier des Ersten und glitt aus dem Sattel.

»Wie lauten meine Befehle?«, begann der Neuankömmling das Gespräch ohne jede Begrüßung oder ein anderes Zeichen des Erkennens.

»Ihr greift in drei Tagen an.«

»Früher als gedacht.« Seine Stimme verriet Vorfreude.

»Es gab unerwartete Entwicklungen.« Der Reiter des Braunen zuckte mit den Schultern. »Neidor ist bereits in der Nordfeste. Die Burg wird noch heute geräumt.«

Der Neuankömmling lachte. »Ich wäre zu gerne dabei, wenn die Zentaurenbastarde entdecken, dass alle Festen leer stehen.«

»Du hast dein Vergnügen mit den Pferdemenschen, also beschwere dich nicht. Und die Vernichtungsschlacht steht auch bevor. Die Verstärkungstruppen aus Meratan sind bereits unterwegs.« Der Mann schwang sich wieder in den Sattel. »Ich muss weiter. Der Fürst will, dass ich mich in einer Höhle umsehe, die Jamir entdeckt hat.« Höhnisch fügte er hinzu: »Seine Wegbeschreibung hätte der Turmherr sich sparen können.«

Der andere lachte erneut, wurde dann aber ernst. »Hat Jamir Verdacht geschöpft?«

Der erste Reiter vollführte eine wegwerfende Handbewegung. »Er ist genauso ein Dummkopf wie die anderen beiden Turmherren und wird keine Schwierigkeiten machen.«

»Umso besser. Und sollte er wider Erwarten stur sein ...«, der Mann fuhr mit der Hand an seiner Kehle entlang, »dann ergeht es ihm nicht besser als seinem Großvater, dem alten Narren.«

Der Krieger auf dem Braunen schnaubte. »Sieh zu, dass du deine Aufgabe ordentlich erfüllst, dann wird das nicht nötig sein.«

»Wie Ihr befehlt, mein Herr«, höhnte der Zweite. Er deutete eine spöttische Verbeugung an, stieg in den Sattel und preschte grußlos auf seinem Rappen in den Wald davon.

Einen Moment sah ihm der Erste nach, dann nahm er die Zügel auf und galoppierte ebenfalls los.

Rheos hockte in der Hecke, unfähig sich zu bewegen. Die Worte der Männer dröhnten in seinen Ohren. Der Anführer der Bande war ein Krieger des Fürsten und nutzte die Vorhaben des Herrschers für eigene Pläne aus!

Was der zweite Mann in drei Tagen angreifen sollte, war ihm nicht klar. Nur eines war sicher: Es würde sich gegen die Zentauren richten. Und nicht nur das. Fürst Neidor plante ebenfalls eine Schlacht, er traf bereits Vorkehrungen.

Seine Finger umklammerten den Griff seines Schwertes, bis seine Knöchel weiß hervortraten. Sollten tatsächlich Truppen aus Meratan unterwegs sein, würde nicht einmal mehr der Wald von Eleazan die Zentauren lange schützen können. Einem solchen geballten Ansturm würde ihr geschwächtes Heer nicht standhalten. Dringender denn je musste er mit Neidor einen Waffenstillstand aushandeln.

Er?

Rheos erstarrte. Es war Zarkos, der verhandeln musste. Er war ein Mensch, sein Erscheinen in Quran würde ihm nur den Pferch einbringen.

Er biss sich auf die Lippe und schmeckte im gleichen Moment Blut. Zarkos hasste die Menschen seit jeher, mit den Friedensplänen seines Vaters war sein Onkel nie einverstanden gewesen. Auch seine – Rheos – Waffenstillstandsabsichten hatte Zarkos missbilligt. Sein Bruder Thanos war unerfahren und ein Heißsporn, er würde ihren Onkel nicht zur Vernunft mahnen, und im Ältestenrat herrschten geteilte Meinungen. Was, wenn alle Zarkos zu einem Krieg rieten?

Jemand musste ihnen klarmachen, dass eine Schlacht ihr Untergang sein würde. Klarmachen, dass nicht Fürst Neidor, sondern eine Bande Räuber hinter dem Mord an seinem Vater steckte. Räuber, die sogar den Fürsten betrogen und einen seiner Turmherren ermordet hatten! Und jemand musste bei den Verhandlungen auf Jamir als Unterhändler bestehen, da dieser alle Beweise gesehen hatte.

Jemand?

Rheos stieß sein Schwert in den Boden. Der Einzige, der über alles Bescheid wusste, war er. Doch Zarkos und die anderen würden ihm in seiner Menschengestalt kaum zuhören.

Aber er musste es wenigstens versuchen, sie zu warnen …

In seinem Kopf hörte er bereits das Hohngelächter, fühlte die Eisenkette um seinen Hals. Kalter Schweiß überzog seine Haut. Niemals wieder würde jemand ihn in den Pferch stecken! Nicht als Zentaur und nicht als Mensch!

Ein Te'Ral, der sein eigenes Wohlergehen über das seines Volkes stellte?

Rheos keuchte. Mehrmals musste er tief durchatmen, um die Gedanken an seine einstige Strafe zu vertreiben. Dann straffte er den Rücken. Als Zarkos ihn damals in den Pferch eingesperrt hatte, war er kaum dem Fohlenalter entwachsen gewesen, starr vor Scham und Schuld. Jetzt war er erwachsen. Dieses Mal würde der Pferch keine Bestrafung sein, sondern eine bewusste Entscheidung. Weder sein Stolz noch seine albtraumhaften Erinnerungen durften ihn davon abhalten, das Richtige zu tun. Er würde handeln wie ein Te'Ral, selbst wenn sein Körper der eines Menschen war. Lieber ertrug er eine Eisenkette um den Hals als das Wissen, sein Volk im Stich gelassen zu haben.

Rheos kroch unter der Hecke hervor und steckte das Schwert zurück in die Scheide.

Dann rannte er los.

Keuchend umklammerte er den Baumstamm. Sein Herz hämmerte in seiner Brust, seine Beine zitterten und Krämpfe durchzuckten seine Waden. Wie oft er gefallen und über den Waldboden gerollt war, wusste er nicht. Blätter und Zweige hingen in seinen Haaren, Hose und Hemd waren dreckig und feucht vor Schmutz. Seine Fußsohlen brannten ebenso wie seine Lungen.

Er ließ den Stamm los und presste seinen Rücken gegen die harte Rinde. Wenn er weiter so langsam vorankam, würde er Quran erst in Wochen erreichen.

Ein paar Mal atmete er tief ein und aus, dann umfasste er mit beiden Händen seinen rechten Oberschenkel und begann die Muskeln zu massieren. Sie waren steinhart, an ausdauerndes Laufen war nicht mehr zu denken. Er verzog sein Gesicht. Im Pferch hätte er genug Zeit sich auszuruhen – wenn Quran bei seiner Ankunft überhaupt noch existierte.

Mit gesenktem Kopf knetete er seine Beine weiter. Immer wieder musste er sich den Schweiß von der Stirn streichen, damit er nicht in seine Augen lief. Eine Windbö kam auf und brachte das alte Laub auf dem Boden zum Tanzen. Er genoss die Luft, die über seinen erhitzten Körper strich, und schloss die Augen. Der Wind war angenehm warm, beinahe liebkosend strich er über seine Haut.

Zentaur, Zentaur, Zentaur ...

Ein Prickeln überlief seinen Körper, er riss die Augen wieder auf. Hatte jemand mit ihm gesprochen?

Suchend sah er sich um. Um ihn herum flimmerte die Luft. Das Kribbeln verstärkte sich, ergriff seine Beine, seinen Rumpf und zog sich hinauf bis zu seinem Kopf. Rauschen in seinen Ohren, ein Stechen in seiner Nase, Funken vor seinen Augen.

War das die Überanstrengung? Hitzewellen durchzuckten seine Muskeln, Stoff riss. Sein Rücken bog sich nach hinten, er verlor das Gefühl für seine Füße. Er schrie auf, streckte seine Arme aus, um den Fall abzufangen. Doch er fiel nicht.

Er stand sicher auf vier Hufen.

Seine Hände fuhren zu seinen Ohren, tasteten die altvertraute, spitze Form. Er sog die Luft ein und seine Nase schien vor Gerüchen zu explodieren. Er blinzelte, und seine Augen erfassten jedes noch so winzige Blättchen in seiner Umgebung.

Immer noch ungläubig strichen seine Hände über seinen Unterleib. Als er Fell tastete, breitete sich ein Lächeln in seinem Gesicht aus. Schnell wandte er den Kopf. Rücken, Beine, Schweif – alles war so, wie es sein sollte!

Mit einer Bewegung zog er den Umhang von seinen Schultern, mit einer weiteren riss er sein Hemd auf und schleuderte es von sich. Er war kein Mensch mehr, er war wieder ein Zentaur!

Wenn du dich als wahrer Te'Ral erweist …

Hastig sah er sich um. Weder entdeckte er die Viehheilerin noch konnte er sie wittern. Nur der Wind strich unablässig um ihn.

Doch letztlich war es ihm völlig egal, wie seine Rückverwandlung geschehen war. Wie ein übermütiges Fohlen stemmte er sich auf die Vorderbeine und keilte nach hinten aus, nur um im nächsten Moment auf den Hinterbeinen zu stehen und die Vorderhufe in die Luft zu schlagen.

Lachend setzte er seine Beine wieder auf den Waldboden auf. Seine Kraft war wieder da, seine Sinne zurück! Er würde in Quran eingaloppieren, schneller als der Wind, und niemand würde ihn einsperren!

Mit fliegenden Fingern überprüfte er den Sitz von Waffengürtel, Bogen und Pfeilköcher. Dann warf er einen verächtlichen Blick auf den Waldboden, wo Umhang, Hemd und die Lederfetzen lagen, die einst Hose und Stiefel gewesen waren.

Die Erinnerung an seine Tage als Mensch würde er abstreifen wie eine Schlange ihre Haut, sie vergessen wie einen schlechten Traum nach dem Erwachen. Und mit ihr seine Gefühle für Sirja.

Bedauern beschlich ihn, das er jedoch sofort unterdrückte. Er würde die Turmherrntochter niemals wiedersehen, und das war gut so.

Ohne sich noch einmal umzusehen, galoppierte er los. Seine Hufe berührten kaum den Boden, fast schien er zwischen den Bäumen hindurch zu fliegen.

Er war der Te'Ral und er kehrte zu seinem Volk zurück.

29

Weit über Mondschattens Hals gebeugt jagte Sirja durch den Wald. Längst hatte sie jegliches Zeitgefühl verloren, Zweige schlugen ihr ins Gesicht und der Wind trieb ihr die Tränen in die Augen. Die Kraftreserven des jungen Hengstes schienen unerschöpflich, mit gewaltigen Sprüngen setzte er über umgestürzte Bäume und Wassergräben hinweg, stürmte tiefer und tiefer mit ihr nach Eleazan hinein. Inzwischen besaß sie auch keine Orientierung mehr, ihre Muskeln waren steif und Durst brannte in ihrer Kehle. Einzig der Wunsch, Rheos zu finden, ließ sie durchhalten. Aber hätten sie ihn nicht längst einholen müssen?

Ein Pfeil, der sich knapp vor Mondschatten in die Erde grub, beendete jäh ihren Ritt. Erschrocken hielt der Hengst aus vollem Galopp an und stieg auf die Hinterbeine.

Sirja fehlte die Kraft, sich im Sattel zu halten. Ihr Körper schlug hart auf dem Waldboden auf, graue Schleier schoben sich vor ihre Augen. Die Gestalt, die sich ihr näherte, nahm sie nur noch am Rande ihres Bewusstseins wahr …

»Wir bringen die Menschenfrau nach Quran.«

Die Stimme riss Sirja aus ihrem umdämmerten Zustand. Sie blinzelte und starrte geradewegs in das Gesicht eines Zentaurenkriegers, der ein Seil um ihre Handgelenke schlang.

Hoffnung stieg in ihr auf. War Rheos hier? Mühsam blickte sie sich um, konnte ihn jedoch nicht entdecken. Stattdessen sah sie drei weitere Zentauren, die einen Halbkreis um sie bildeten. Ihre Hoffnung erlosch. Mondschatten hatte sie nicht zu Rheos gebracht, sondern lediglich zu anderen seines Volkes.

Doch für Enttäuschung blieb keine Zeit. Der Zentaur hatte den Dolch in ihrem Kleid entdeckt und zog ihn heraus. Ohne ein Wort zu sagen, griff er nach ihrem Rock.

Sirja keuchte und ihr Körper versteifte sich. Wollte dieser Bastard ihr Gewalt antun, ehe er sie verschleppte?

Wenn er ihre Panik bemerkte – wovon sie ausging – zeigte er es nicht. Er setzte die Klinge ein Stück weit vom Saum an und schnitt zwei lange Stoffstreifen heraus. Dann griff er ihren Arm, zog sie auf die Füße und verband ihr mit einem Streifen die Augen und knebelte sie mit dem anderen.

Eine Welle der Erleichterung durchflutete sie.

Der Zentaur packte sie an der Taille und hob sie auf Mondschattens Rücken. Der Hengst stand wie versteinert. Erst als Sirja ihn mit den Fingern am Mähnenkamm kraulte, entspannte sich das Tier wieder. Mondschatten hatte Respekt vor den Pferdemenschen. Und sie auch.

Die Waffen, die sie an den Zentaurenkriegern gesehen hatte, gefielen ihr nicht. Neben Bogen und Köcher auf dem Rücken trugen alle Waffengürtel, in denen sich nicht nur Schwerter, sondern auch Dolche und Messer befanden. Seile und Steinschleudern ergänzten ihre Ausrüstung.

Der Zentaur, der sie gefesselt hatte, schien der Anführer der Gruppe zu sein. An seinem linken Oberarm hatte eine silberne Spange geprangt, während die anderen nur bronzene Reifen trugen. Zusätzlich war an seinem Gürtel ein Horn befestigt, dessen spitz zulaufendes Ende ein golden schimmerndes Mundstück aufwies. Ein Kriegshorn, mit dem sich die Zentauren bei Schlachten verständigten. Viele ältere Menschen erzählten, wie der Schall des Horns sie noch immer in ihren Träumen heimsuchte.

Neben ihr erklangen Huftritte und Mondschatten setzte sich ebenfalls in Bewegung. Hastig hielt sie sich in seiner Mähne fest. Hoffentlich dachten die Zentauren daran, einen Weg zu wählen, der nicht unter tief hängenden Ästen vorbeiführte, dachte sie zynisch.

Doch ein Sturz von Mondschattens Rücken war wohl ihre geringste Sorge.

Statt Rheos zu treffen, ihn zu warnen und schleunigst in die Nordfeste zurückzukehren, befand sie sich als Gefangene auf dem Weg nach Quran. Sie hatte keine Ahnung, ob man dort ihren Erklärungen glauben würde. Oder ob sie überhaupt lang genug leben würde, um sprechen zu dürfen.

Die Geräusche um sie herum veränderten sich. Stimmen drangen von überall her an ihr Ohr, das Blöken von Schafen, in der Ferne ein Hammer, der auf einen Amboss schlug. Der Hufschlag wurde nicht mehr von weichem Waldboden geschluckt, sondern klang nun hart auf ausgetretenen Wegen und hallte von Wänden wieder. Sie roch Feuer und den Duft von gegrilltem Fleisch.

Sie waren in Quran angekommen.

Sirjas Herz begann zu klopfen. Das Stimmengewirr um sie herum nahm zu, ihre Ankunft schien sich herumgesprochen zu haben. Sie vernahm Unmutsbekundungen, verächtliches Zischeln und unverhohlen geäußerte Abneigung. Der Anführer des Kriegertrupps gab eine Anweisung und sie hörte davongaloppierende Hufe.

Seine Worte hatte sie nicht verstanden, aber sie ahnte, um was es ging: Ein hochrangiger Befehlsführer sollte über ihre Gefangennahme in Kenntnis gesetzt werden. Sie presste die Lippen aufeinander und versuchte so aufrecht wie möglich zu sitzen. Irgendwie musste sie die Zentauren davon überzeugen, dass sie eine wertvolle Geisel war!

Nach einer Weile hielt ihr Trupp an. Jemand zerrte sie von Mondschattens Rücken, stellte sie unsanft auf die Erde und riss ihr Knebel und Augenbinde ab. Ehe sie sich in der Abenddämmerung orientieren konnte, bekam sie einen Stoß in den Rücken und fiel nach vorne. Mit ihren gefesselten Händen fing sie sich im sandigen Boden ab, um nicht auf Bauch und Gesicht zu landen.

Vorsichtig sah Sirja auf. Die Krieger, die sie gefangen hatten, umzingelten sie. Sie befanden sich auf einem großen, rechteckigen Feld, das von einer mannshohen Steinmauer begrenzt wurde. An den langen Seiten ragten treppenförmig angeordnete Zuschauerränge auf, die kurze Seite, auf die sie blickte, war offen. Zwei hohe Säulen mit Statuen steigender Zentauren bildeten dort ein Tor.

Was war das für ein Ort?

Von dem Torbogen her erklangen Hufschläge. Zwei Zentauren galoppierten auf sie zu. An ihren Oberarmen trugen sie silberne Spangen, in deren Mitte ein kleiner Edelstein eingelassen war. Das Grün der Salwene leuchtete im Licht der untergehenden Sonne.

Der erste Zentaur hielt so knapp vor ihr, dass Sirja Sand ins Gesicht spritzte. Mit den Fingern wischte sie sich den Dreck aus den Augen, dann sah sie zu ihm auf – und keuchte.

Der junge Zentaur besaß ein fuchsfarbenes Fell, rote Haare und dunkle Augen. Seine Gesichtszüge waren ihr jedoch so vertraut, dass es schmerzte. Es musste Rheos Bruder sein, der sie so hasserfüllt anstarrte.

»Was hast du so nahe bei Quran zu suchen, Frau?«, fragte er kalt.

Sie bemühte sich, ihre Stimme fest klingen zu lassen. »Ich habe eine Nachricht für euren Befehlsführer.«

Der Widerwille im Gesicht des fuchsfarbenen Zentauren verstärkte sich. »Der Te'Ral verschwendet seine Zeit nicht mit Menschenpack.«

Es gab bereits einen neuen Te'Ral? Sie versuchte, sich ihren Schrecken nicht anmerken zu lassen. Selbstbewusster, als ihr zumute war, hielt sie dem Blick von Rheos Bruder stand. »Meine Botschaft ist wichtig, es geht um Fürst Neidors Pläne.«

»Eine Menschenfrau, die ihren Herrn verrät?« Verächtlich sah er sie an.

Sie rang mit sich. Rheos Bruder war ihr nicht sympathisch, dennoch musste sie ihn warnen. »Neidor will eine

Entscheidungsschlacht in wenigen Tagen«, erwiderte sie. »Er lässt Unterstützung aus Meratan ...«

»Schweig!« Sein Huf donnerte vor ihren Knien auf den Boden. »Was du sagst, ist uns längst bekannt.«

Sie zuckte zusammen, was er sichtlich genoss. »Woher ...?«

»Wir Zentauren sind nicht so dumm, wie ihr Menschen es in eurer Überheblichkeit gerne glauben wollt«, schnitt er ihr erneut das Wort ab. »Dein Erscheinen ist nichts als eine Kriegslist des Fürsten.« Er deutete auf den Zentauren, der sie mit seinen Kriegern gefunden hatte. »Tötet sie auf der Stelle.«

»Nicht so schnell, Thanos!«, erklang eine Stimme.

Hinter Rheos Bruder trat der zweite Zentaur hervor. Die Strahlen der Abendsonne schimmerten auf seinem schneeweißen Fell, sein Haar leuchtete in hellem Blond.

»Ehe du das Todesurteil fällst«, fuhr Thanos Begleiter fort, »sollte der Te'Ral von ihrem Erscheinen erfahren.« Er hob die Hand und einer der umstehenden Krieger galoppierte aus dem Stand davon.

Die Wut auf Thanos Gesicht war unübersehbar. »Du nimmst dir zu viel heraus, Meonaos.«

»Ich bin ebenso wie du ein Ra'Wen. Es ist mein Recht, deine Entscheidungen in Frage zu stellen.« Er wandte sich an den Anführer der Zentaurenkrieger. »Wo habt ihr sie gefunden?«

»Wir holten sie unweit der Flussbiegung von ihrem Pferd, Ra'Wen Meonaos.«

»Die Menschenfrau war alleine unterwegs?«

Der Zentaur nickte und wollte zu einer Erwiderung ansetzen, doch sich nähernde Hufschläge ließen ihn innehalten. »Der Te'Ral kommt«, erwiderte er stattdessen, senkte den Kopf und überkreuzte seine Arme vor der Brust. Die anderen Zentauren taten es ihm mit Ausnahme von Thanos gleich.

»Zeig Achtung, Frau!«, zischte Thanos. Er drückte ihren Kopf mit der Hand unsanft nach unten, sodass sie nichts als den sandbedeckten Boden sah.

In ihre Furcht mischte sich Wut. Sie konnte Rheos Bruder mit jedem Augenblick weniger ausstehen.

Der Hufschlag wurde lauter, im nächsten Moment kam der Te'Ral mehrere Schritte vor ihr zum Stehen. Durch ihre gebeugte Haltung sah sie nur seine Beine, deren dunkelbraunes Fell von Schlammspritzern übersät war.

»Warum habt ihr mich rufen lassen, Thanos?«

Die dunkle Stimme des Te'Rals durchschnitt die aufgekommene Stille. Eine Stimme, die sie unter tausenden wiedererkannt hätte. Ihr Herzschlag beschleunigte sich. Sie vergaß Thanos Befehl und riss den Kopf hoch.

Vor ihr stand Rheos. Gewaltig. Kraftvoll. Mächtig.

Ungläubig betrachtete sie ihn. Dyrdra musste ihm wider Erwarten seine Zentaurengestalt zurückgegeben haben! Sein verschwitzter Oberkörper und die dunklen Flecken im Fell verrieten, dass er nicht lange vor ihr in Quran angekommen sein konnte.

Obwohl sie immer noch im Sand kniete, spürte sie Erleichterung. Wenn Rheos da war, drohte ihr keine Gefahr mehr. Wie gut, dass dieser Meonaos darauf bestanden hatte, ihn zu rufen!

Hinter Sirja erklang ein freudiges Wiehern – Mondschatten begrüßte Rheos. Sie unterdrückte ein Lächeln. Sie hatte dem Hengst Unrecht getan, er hatte sie zu Rheos gebracht. Ein warmes Kribbeln überlief sie. Jetzt, da ihre Furcht nachließ, kehrte etwas anderes in ihr Herz zurück. Wiedersehensfreude und der Wunsch, nach diesem Schrecken von ihm in die Arme genommen zu werden.

Sie hob das Kinn und suchte in Rheos Augen nach Anzeichen, dass er sich ebenso freute wie sie. Vergeblich. Sein Blick war auf Thanos gerichtet, seine Miene so versteinert wie damals, als sie ihn im Hof der Südfeste zum ersten Mal gesehen hatte.

Sirja schluckte ihre Enttäuschung hinunter. Er will sich vor Thanos und den anderen nicht anmerken lassen, dass er mich kennt, beruhigte sie sich.

»Die Krieger haben eine menschliche Spionin gefangen, Bruder«, beantwortete Thanos die an ihn gerichtete Frage. »Ich werde sie töten lassen.«

Rheos blickte auf sie herab, als würde er sie in diesem Moment zum ersten Mal bemerken, dann wandte er sich wieder Thanos zu. »Tu das.«

Sirja benötigte einen Augenblick, bis sie begriff, dass er ihrem Tod zugestimmt hatte. Und das metallische Rasseln, als Thanos sein Schwert zog, ließ keinen Irrtum zu.

Entsetzt starrte sie zu Rheos, der bereits im Begriff war, den Platz zu verlassen. Sie wollte schreien, doch der Anblick der Klinge vor ihrem Gesicht lähmte ihre Kehle. Kalter Schweiß brach ihr aus. Rheos nahm ihren Tod billigend in Kauf, sie bedeutete ihm nichts.

Thanos holte mit dem Schwert aus und Sirja schloss die Augen.

»Warte, Thanos!«

Rheos Stimme hallte zu ihnen herüber. Zitternd am ganzen Leib öffnete sie ihre Augen wieder, der Stoff ihres Kleides klebte feucht an ihrer Haut.

Rheos kam zu ihnen zurückgetrabt. »Wir lassen die Menschenfrau am Leben. Sie kann uns nützlich sein.«

Thanos Blick wechselte finster zwischen seinem Schwert und Rheos hin und her. »Neidor hat sie geschickt, um uns zu verwirren.« Er holte erneut aus und ließ die Waffe auf sie niederfahren.

Die Klinge von Rheos Schwert fing den Schlag ab. »Wage es nicht, meine Befehle infrage zu stellen!« Er zog sein Schwert zurück und setzte es an die Kehle seines Bruders.

»Du willst ihr erbärmliches Leben schonen?« Thanos lachte auf. »Hat dich deine Gefangenschaft unter Menschen weichgemacht?«

Rheos Augen verengten sich. »Wärst du nicht mein Bruder, würde längst dein Blut fließen.« Er nahm die Klinge von Thanos Hals und trat auf Sirja zu. Mit der Schwertspitze hob er ihren Kopf an und betrachtete sie aus kalten Augen.

»Weiß der Turmherr der Südfeste, dass du hier bist?«

Sie sog scharf die Luft ein und das war für Rheos Antwort genug.

»Sie mag Neidors Spionin sein«, erklärte er an alle gerichtet, »doch sie ist auch die Tochter des Turmherrn der Südfeste.« Er fixierte Thanos. »Ihr Vater wird Druck auf Neidor ausüben, um ihr Leben zu retten.«

Ein verschlagener Ausdruck trat in Thanos Augen. »Du kennst diese Menschenfrau also.«

Rheos reagierte nicht auf den süffisanten Ton. »Sie war bei meiner Flucht meine Geisel.« Er schenkte ihr ein kühles Lächeln. »Und wie es aussieht, ist sie es wieder.«

Sein Blick wandte sich von ihr ab zu seinen Kriegern. »Sie bleibt als Gefangene in Quran. Wer sie entkommen lässt, stirbt. Wer Hand an sie legt, auch.« Er drehte sich auf den Hinterbeinen um und galoppierte auf das Säulentor zu.

Wie betäubt sah Sirja ihm hinterher. Rheos hatte gerade ein gefährliches Spiel gespielt. Wenn es denn eines gewesen war ... Nein! Nach allem, was sie gemeinsam entdeckt hatten, konnte sie ihm vertrauen.

»Packt sie!«

Thanos Stimme riss sie aus ihren Gedanken. Zwei Zentaurenkrieger traten zu ihr, zogen sie an den Oberarmen auf die Füße und lösten ihre Handfesseln. Das Blut schoss unangenehm in ihre tauben Gelenke zurück.

Meonaos, der weiße Zentaur, stellte sich vor sie. »Ein Vorratsordan wäre ein gutes Gefängnis für sie.«

Thanos schnaubte verächtlich. »Rheos hat bestimmt, dass sie am Leben bleibt – aber nicht wo. Ganz Quran soll sehen, welchen Gast er beherbergt.«

Auf Meonaos Stirn erschienen Furchen. »Du machst es deinem Bruder unnötig schwer.«

»Es war Rheos Entscheidung, sie als Geisel zu behalten«, zischte Thanos. »Er hat Tage als Gefangener unter Menschen verbracht und verfolgt trotzdem noch die gleichen unsinnigen Pläne!«

»Es waren auch die Pläne eures Vaters.«

»Und wir haben gesehen, wohin sie führten!« Thanos stieß mit dem Huf auf. »Geh aus dem Weg, Meonaos!«

Der weiße Zentaur zögerte, doch dann trat er zu Sirjas Bedauern beiseite. Thanos galoppierte los und die beiden Zentaurenkrieger folgten ihm. Wie eine Strohpuppe trugen die Pferdemenschen sie fort, hilflos hing sie zwischen ihren Leibern, die mächtigen Vorderhufe nur knapp neben ihren Beinen. Der Boden flog unter ihr davon, manchmal vergrößerte sich der Abstand zwischen den Zentauren und sie hatte Angst, dass sie ihr die Arme aus dem Körper rissen. Kaum konnte sie erkennen, wohin sie gebracht wurde, nur verschwommen nahm sie Fackeln und Häuser wahr. Sie schwitzte, gleichzeitig war ihr eiskalt. Wind schlug ihr entgegen, aufgewirbelte Erde und Steine trafen ihren Körper, der Zug auf ihre Armgelenke wurde unerträglich.

Mitten aus dem Galopp heraus kamen die Zentauren zum Stehen. Sie ließen ihre Arme los und Sirja fiel auf den Boden. Sie strich sich über die schmerzenden Schultergelenke und wischte mit dem Ärmel über ihr Gesicht.

Ihre beiden Träger traten zurück und machten Platz für Thanos. Doch statt vor ihr stehen zu bleiben, ging der Zentaur an ihr vorbei.

Ihr Blick folgte ihm, und was sie im Halbdunkel sah, nahm ihr den Atem. Sie kniete in einem runden Korral, der einen Durchmesser von sechs Armspannen besaß. In der Mitte lag ein Stein, in den eine Eisenkette eingelassen war. Am Ende der Kette befand sich ein Ring – groß genug, als dass er um einen Hals passte.

Eine grauenvolle Ahnung stieg in ihr auf. Sie war noch nie zuvor hier gewesen, dennoch wusste sie, wo sie sich befand. Sie war im Pferch. Vor ihrem inneren Auge tauchte Rheos Gesichtsausdruck auf, als er ihr von diesem Gefängnis erzählt hatte.

Wir besitzen keine Kerker, denn sie haben einen erheblichen Nachteil. Kerker befinden sich hinter Mauern.

Pein hatte in seinen Augen gelegen – und Furcht. Mit einem Mal begriff sie: Er war einst hier angebunden gewesen. Und nun würde sie es auch sein.

Ihr Magen begann zu rebellieren. Meonaos hätte sie in ein Vorratshaus gesperrt, Thanos hingegen hatte den Ort der größten Schmach für sie gewählt: die Öffentlichkeit. Nichts, was sie tat, würde verborgen bleiben.

Erneut erfasste sie Wut auf Rheos Bruder. Doch vor ihm zu betteln war das Letzte, was sie tun würde.

Der fuchsfarbene Zentaur nahm den Eisenring am Ende der Kette und drehte einen Schlüssel, der darin steckte. Knarrend glitt der Ring auseinander. Unwillkürlich richtete Sirja sich auf und trat einen Schritt zurück, doch der warme Pferdeleib eines Kriegers beendete ihren Rückzug.

Mit einem selbstzufriedenen Lächeln kam Thanos auf sie zu. Der zweite Zentaurenkrieger griff ihr Haar und hielt es hoch, sodass Thanos den Eisenring um ihren Hals legen konnte. Das Schloss schnappte zu und mit einer eleganten Bewegung zog Thanos den Schlüssel ab.

Sie funkelte ihn an. »Der Te'Ral wird nicht mit meiner Unterbringung zufrieden sein!«

»Der Te'Ral hat im Moment andere Sorgen als dich, Menschenfrau!« Er wandte sich den beiden Kriegern zu und drückte einem von ihnen den Schlüssel in die Hand. »Ihr haltet Wache. Wenn ihr mit ihr sprecht, leistet ihr der Frau im Pferch Gesellschaft.«

Er warf ihr einen verächtlichen Blick zu und verschwand in der Dunkelheit.

Ihre Hände tasteten nach dem eisernen Ring, der wie Blei um ihren Hals lag. Obwohl noch zwei Finger breit Platz war, schien er ihr die Luft abzudrücken. Keuchend ließ sie sich auf der Erde nieder und zog ihren Umhang um sich.

Ihre einzige Hoffnung war, dass Meonaos Rheos verriet, wohin sein Bruder sie gebracht hatte. Rheos würde nicht zulassen, dass sie hierblieb. Nicht, wo er selbst den Schrecken dieses Ortes kannte.

Sie zog die Füße an, lehnte sich mit dem Rücken gegen den Stein und legte den Kopf auf die Knie. Rheos würde kommen – etwas anderes wagte sie nicht zu denken.

30

»Lebt das Menschenweib noch?«

Steif vom Sitzen und der Kälte der Nacht drehte Sirja den Oberkörper in Richtung der Stimme, die sie geweckt hatte. Zwei Zentauren standen in der Morgendämmerung am Zaun und sahen zu ihr herüber. Thanos erkannte sie sofort, doch der war es nicht gewesen, der gesprochen hatte.

Die abfällige Stimme gehörte zu einem Pferdemenschen, der das gleiche dunkelbraune Fell besaß wie Rheos. Allerdings war sein Haar schwarz, zudem war er um etliches älter. An seinem Oberarm prangte eine silberne, mit zwei Salwenen besetzte Spange.

Ihre Wächter überkreuzten die Arme vor der Brust und neigten den Kopf.

»Ja, Son'Ral«, erwiderte einer der beiden. »Sollen wir ihr Essen und Trinken holen?«

Der Zentaur, den sie mit Son'Ral angesprochen hatten, sah Thanos fragend an. »Hat der Te'Ral angeordnet, dem Weib Nahrung und Wasser zukommen zu lassen?«

»Nein.« Thanos machte sich nicht die Mühe, sein Vergnügen über Rheos Versäumnis zu verbergen.

Der Son'Ral blickte zu den Wächtern. »Ihr habt die Antwort gehört.«

Erneut neigten die beiden Zentauren den Kopf und nahmen wieder ihre regungslose Haltung ein.

Mit einem verschwörerischen Blick wandte sich der dunkelbraune Zentaur Thanos zu. »Hat Rheos Anweisungen gegeben, was mit ihr passieren soll?«

»Niemand darf Hand an sie legen, der nicht selbst sterben will«, gab Thanos Rheos Befehl in spöttischem Tonfall wieder.

Der Son'Ral legte Daumen und Zeigefinger ans Kinn, als überlege er angestrengt. Dann erschien ein falsches Lächeln auf seinem Gesicht. »Hand an sie legen werden wir nicht, Spaß haben hingegen schon. Mir fallen vielerlei Beschäftigungen ein, die sie allesamt überleben würde.« Sein Lächeln wurde breiter. »Mehr oder weniger.«

Sirja richtete sich mit Hilfe des Steins zum Stehen auf, was nach der unangenehmen Nacht und der Kette um ihren Hals nicht einfach war. Zeige deinem Gegner nie, wie geschwächt oder ängstlich du bist, hatte Artor ihr eingebläut. Das steigert deine Chancen, zu überleben.

»Leere Drohungen, Zentaur«, schleuderte sie dem Son'Ral entgegen und schickte ein Stoßgebet zu den Göttern, dass ihr Bruder mit diesem Rat nicht falsch gelegen hatte. »Das wird der Te'Ral nicht dulden!«

»Das wird der Te'Ral nie erfahren, Weib.«

Sie bemühte sich um eine furchtlose Miene, obwohl es vergebens war. Er konnte ihren Herzschlag hören und ihre aufsteigende Panik riechen.

Der Son'Ral deutete eine höhnische Verbeugung an. Er wusste nur zu gut um ihre wahre Gemütslage. »Ich überlege mir etwas für dich, um deinen Aufenthalt bei uns unvergesslich zu gestalten.«

Gemeinsam mit Thanos trabte er davon und sie sah ihm fassungslos hinterher. Wollte dieser Son'Ral sie nur erschrecken, oder hatte er wirklich vor, seinen Hass auf Menschen an ihr auszulassen?

Sie sah zu ihren Wächtern. Die beiden Zentauren standen mit starrer Miene am Zaun, als hätten sie nichts von der Drohung des Son'Rals mitbekommen. Sirjas Unbehagen wuchs. »Ihr habt den Te'Ral gestern gehört«, rief sie ihnen zu. »Ihr sollt mich nicht nur bewachen, ihr müsst mich auch schützen.«

Schweigen war die einzige Antwort, die sie bekam. Sie verbarg ihr Gesicht in den Händen, doch ihre Finger konnten die Tränen nicht zurückhalten. Niemand würde ihr zur Seite stehen, und Rheos würde nichts davon erfahren – er wusste vermutlich noch nicht einmal, dass sie im Pferch saß.

Ein Zittern erfasste Sirja und sie kauerte sich wieder auf den Boden, den Stein als einzigen Schutz im Rücken. Der Son'Ral hatte ihre Angst neu entfacht. Und das Einzige, was sie tun konnte, war warten.

Um die Mittagszeit näherte sich ein Zentaur dem Pferch. Sein Fell war pechschwarz, ebenso seine lockigen Haare. Den Blick auf sie fixiert, glommen seine dunklen Augen wie Kohle. Doch es war nicht sein Gesicht, das ihre Aufmerksamkeit auf sich zog, sondern sein verformtes linkes Vorderbein. Der Zentaur belastete es nicht, wodurch sein Gang abgehackt wirkte.

Ein Schauder überlief sie. Sein Hinken und das düstere Aussehen erinnerten sie an den Henker von Tarm. Ohne Zweifel hatte der Son'Ral ihn geschickt, um sie zu holen.

Einer der Wächter händigte dem schwarzen Zentauren den Schlüssel zur Kette aus, der andere öffnete den Eingang des Korrals.

Keine Schwäche zeigen, gebot sie sich und erhob sich so rasch es möglich war. Der grimmige Ausdruck auf dem Gesicht des Zentauren gefiel ihr ebenso wenig wie das Seil, das er in seinen Händen hielt.

Sie räusperte sich und musste prompt husten. Ihre Kehle war staubtrocken, ihre Zunge glich einer pelzigen Raupe. Wie sollte sie stark wirken, wenn sie keine Stimme mehr besaß? Aber vielleicht half es schon, wenn sie das Zittern ihrer Beine in den Griff bekam.

Schweigend betrat der Zentaur den Pferch und schritt auf sie zu. Er war stämmiger als die Pferdemenschen, die sie bisher gesehen hatte. Sie ging rückwärts, doch statt ihr nachzukommen, griff der Pferdemensch nach der Eisenkette und zog sie zu sich.

Widerwillig schritt sie auf ihn zu. Kaum stand sie vor ihm, legte er das Seil in einer Schlaufe um ihren Hals. Erst danach schloss er den Eisenring auf und ließ ihn samt Kette achtlos zu Boden fallen.

Sirjas Finger fuhren zu ihrem Hals, um die vom Metall malträtierte Haut zu reiben. Doch der schwarze Zentaur ließ ihr keine Gelegenheit dazu. Er nahm das Seilende auf und setzte sich in Bewegung. Der Strick spannte sich – wenn sie nicht erdrosselt werden wollte, musste sie ihm folgen.

Die rauen Fasern rieben an ihrer aufgeschürften Haut, mehr als einmal ließen ihre steifen Glieder und ihre Schwäche sie beinahe stürzen. Den Zentauren kümmerte ihr Stolpern nicht. Unbeirrt setzte er seinen Weg fort, ohne sich nur ein einziges Mal nach ihr umzusehen.

Er führte sie in einen Hain hinein, der sich nahe des Pferchs befand. Vom Pferch aus konnte man sie nun nicht mehr sehen, Bäume versperrten die Sicht. Sirjas Handflächen wurden feucht. Hier mit diesem dämonenhaften Zentauren allein zu sein, gefiel ihr nicht.

»Du brauchst dich vor mir nicht zu fürchten, Menschenfrau.« Die tiefe Stimme des schwarzen Zentauren war überraschend freundlich. »Aber es wäre besser, wenn es nach außen hin den Anschein hätte.«

Sie starrte ihn an. War das ein Trick, um sie in falscher Sicherheit zu wiegen?

»Rheos hat mich geschickt«, fuhr er fort. »Ich soll dir die Lage so erträglich wie möglich machen.« Sein Tonfall wurde schärfer. »Wenn du diese Vergünstigung zur Flucht nutzt, werde ich dich töten.«

»Sagt Rheos das auch?«, stieß sie hervor, die Stimme rau vom Durst.

»Nein, das sage ich. Er hat genug Schwierigkeiten und ich lasse nicht zu, dass du ihm noch mehr bescherst.«

Ihr Erstaunen wuchs. Einer Eingebung folgend blickte sie zu seinem linken Oberarm. Er war bar jeder Spange noch sonstigen Abzeichens. »Du bist keiner seiner Krieger.«

Er schnaubte und hob kurz sein missgestaltetes Vorderbein. »Dass ich kein Krieger bin, ist unschwer zu übersehen.« Wieder eine

Spur freundlicher fuhr er fort: »Mich um dich zu kümmern, war kein Befehl, sondern eine Bitte. Man kann von keinem Zentauren verlangen, für das Wohl eines Menschen zu sorgen.«

Sie wollte etwas erwidern, doch ein Husten, das ihre Kehle schmerzen ließ, nahm ihr die Worte.

Der Zentaur runzelte die Stirn. »Hast du seit deiner Ankunft etwas zu trinken bekommen?«

Sie schüttelte den Kopf.

»Dann besorgen wir dir als erstes Wasser. Allerdings habe ich dich hierhergeführt, weil ich dachte ...« Er ließ das Ende des Satzes in der Luft hängen und sah sie verlegen an.

Da ihr nicht klar war, worauf er hinaus wollte, hob sie fragend die Brauen.

Sein Huf scharrte über die Erde. »Ich ... ich weiß wenig über die Sitten der Menschen, doch bei bestimmten Bedürfnissen zieht ihr vermutlich ebenso wie wir Abgeschiedenheit vor.«

Sie stutzte, dann lachte sie auf, was zu einem neuen Hustenanfall führte. Als sie wieder durchatmen konnte, nickte sie.

Er nahm die Schlaufe von ihrem Hals. »Versuche nicht zu fliehen, Menschenfrau.«

»Das werde ich nicht, ich verspreche es.« Sie zögerte, dann fügte sie hinzu: »Mein Name ist Sirja.«

»Ich weiß. Rheos ist dein Name mehrmals herausgerutscht. Zum Glück nur in meiner Gegenwart.«

»Was ist daran so schlimm? Er hat vor allen zugegeben, mich zu kennen.«

»Schlimm ist«, erwiderte der Zentaur trocken, »dass er deinen Namen benutzt wie den eines Freundes.«

Ihr Herz machte einen Sprung.

Der Zentaur sah sie einen Augenblick prüfend an, dann wies er auf die Baumstämme. »Beeil dich.«

Sie ging los, blieb dann aber stehen und drehte sich zu ihm um. »Bringst du mich zu Rheos?«

»Nein, erst wenn er dich mit zu den Verhandlungen nimmt.«

»Aber Rheos weiß nicht alles! Es ist weitaus komplizierter als es den Anschein hat.«

Der Zentaur seufzte. »Das vermute ich auch, doch mehr will ich nicht wissen.« Er sah die unausgesprochene Frage in ihrem Gesicht und fügte an: »Weil ich es sonst Zarkos sagen müsste, wenn er mich fragt. Er ist der Son'Ral – Rheos Onkel und sein Stellvertreter.«

Der Son'Ral war Rheos Onkel? Wie es schien, konnte sie niemanden aus Rheos Familie leiden. »Warum ist nicht Thanos der Stellvertreter?«, flüsterte sie, um ihre Kehle nicht noch mehr zu reizen.

»Rheos Bruder ist noch zu jung für die Son'Rals Würde – und auch für die des Te'Rals. Sollte Rheos sterben, wird Zarkos übergangsweise Herrscher, bis Thanos das passende Alter erreicht hat.«

Der düstere Ausdruck in den Augen des Zentauren verriet, dass sie nicht die Einzige war, die Rheos Onkel und Bruder wenig Sympathie entgegenbrachte.

31

Staunend lief Sirja durch Quran, der Anblick der riesigen Siedlung mitten im Wald ließ sie sogar ihren Hunger und Durst vergessen.

Ehe sie den Hain verlassen hatten, hatte der schwarze Zentaur ihr wieder die Schlinge um den Hals gelegt. Doch dieses Mal hatte er ihr das Seilende nur locker umgebunden. Außerdem lief er nun langsam, sodass sie nicht mehr stolperte und ihre Aufmerksamkeit ihrer Umgebung widmen konnte.

Wie in der Halle der Nacht waren die Häuser der Zentauren länglich gebaut, besaßen ein gewölbtes Dach und hoch angebrachte Fensterluken. Das untere Drittel war aus Steinen errichtet, die Wände darüber aus Fachwerk. Doch kein schlichtes Fachwerk, wie sie es aus Tarm kannte, sondern kunstvoll bearbeitete Balken, die Kreise, Bögen und Blumenmuster bildeten. Den Lehm in den Fächern hatte man in Grüntönen gestrichen und mit goldenen Ornamenten bemalt. Das mit Schindeln gedeckte Dach war ein Kunstwerk in sich. Es wirkte wie aus einem Stück gefertigt und saß in einem perfekten Bogen über dem Gebäude.

Vier bis acht solcher Langhäuser bildeten strahlenförmig ein so genanntes Häuserrund, wie ihr Begleiter sie wissen ließ. Die mit Vorhängen versehenen Eingänge wiesen in die Lagermitte, in der sich eine Feuerstelle befand.

Beeindruckt von der zentaurischen Baukunst, die sich nicht nur auf eine bedeutungsvolle Stätte wie die Halle der Nacht beschränkte, ging Sirja hinter dem schwarzen Zentauren her. In den Erzählungen hieß es, die Pferdemenschen lebten in Verschlägen oder vegetierten in Höhlen oder armseligen Unterständen. In Wahrheit waren die Baumeister der Zentauren den menschlichen überlegen, zumindest, was den ebenerdigen Bau anging. Denn kein Gebäude besaß ein zweites Stockwerk.

Von Schmutz und Dreck konnte ebenfalls keine Rede sein, die Gebäude waren in einem hervorragenden Zustand. Zwischen den Mauern hingen Teppiche an Leinen, aber auch Tierfelle und Stofftücher zum Lüften und Trocknen.

Da die einzelnen Häuserrunds weit auseinanderstanden und sich immer wieder Baumhaine dazwischen befanden, roch es angenehmer, als sie es von Tarm in Erinnerung hatte. In den winzigen Gassen mit den hohen Häusern war sie oft versucht gewesen, sich die Nase zuzuhalten, da die Menschen Abfälle einfach auf die Straßen warfen.

Gerne hätte sie ihren Begleiter über das Alltagsleben in der Zentaurensiedlung befragt, doch sie musste ihre Kehle schonen.

Als hätte er ihre Gedanken gelesen, erklang die tiefe Stimme des Pferdemenschen. »Wir sind gleich da. Dort liegt die Küche dieses Quartiers.«

Die Zentauren führten eine Gemeinschaftsküche? Neugierig sah sie an ihm vorbei. Auf den ersten Blick ähnelte das Häuserrund den bisherigen. Dann fiel ihr auf, dass nur die Hälfte der sechs Gebäude Langhäuser waren. Die anderen waren von Steinsäulen getragene offene Hallen. Darin stand jeweils eine lange Reihe seltsamer hölzerner Gestelle. Erst beim zweiten Blick erkannte Sirja, dass es sich um Tische handelte. Die Zentauren benötigten für die Tischplatte eine andere Höhe als Menschen – und natürlich keine Stühle.

In der Mitte der Gebäude befanden sich Feuerstellen, über denen Bratgestelle errichtet waren. Der gesamte Platz war sorgfältig aufgeräumt und niemand war zu sehen.

Ihr Begleiter führte sie zu einem überdachten Brunnen zwischen den Küchenhäusern. Der schwarze Zentaur zog den Schöpfeimer herauf, nahm eine Kelle, die am Dachgebälk hing, und reichte sie ihr.

Gierig tauchte Sirja den Schöpfer in den Eimer und trank. Das Wasser tropfte vor lauter Hast auf ihr Kleid, doch es störte sie nicht. Kelle um Kelle leerte sie, bis ihr Durst gestillt war. Sie wischte sich den Mund an ihrem Ärmel ab und gab dem Zentauren die Kelle zurück. »Danke.« Endlich klang ihre Stimme wieder normal und sie fühlte sich zunehmend lebendiger.

Er nickte. »Wir gehen jetzt zu den Zentaurinnen in den Küchenordans.«

Verblüfft sah sie ihn an. Es gab wirklich Zentaurenfrauen?

Die Mundwinkel des Pferdemenschen zuckten amüsiert. »Rheos sagte mir bereits, welch interessante Vorstellungen du zu unserer Fortpflanzungsweise hast.«

Das Blut schoss ihr in die Wangen.

»Sei unbesorgt, ich werde den Zentaurinnen nichts davon verraten.« Er lachte und bedeutete ihr, ihm zu folgen.

Das erste Haus diente als Vorratslager. Neugierig spähte Sirja hinein. Auf Regalen standen Tonschüsseln und Krüge, an denen beschriftete Pergamentstücke hingen. Sie schluckte ein weiteres Vorurteil hinunter. Selbst die Köchinnen schienen lesen zu können.

Und dann sah sie zum ersten Mal eine Zentaurin.

Selbst im Dämmerlicht des Hauses verschlug ihr Anblick Sirja die Sprache. Nie zuvor hatte sie solch perfekt geschwungene Lippen gesehen, strahlend blaue Augen und hohe Wangenknochen. Das hellbraune Haar floss wie Seide an dem makellosen Gesicht der Zentaurin herab, bedeckte ihre Schultern und legte sich wie ein Kleidungsstück über ihren festen Busen. Dass ihr Oberkörper nackt war, wirkte nicht unzüchtig, es betonte vielmehr die Schönheit der Zentaurenfrau.

Mit einem Mal fühlte Sirja sich furchtbar hässlich. Dass Rheos in der Nordfeste behauptet hatte, sie bräuchte sich ihres Körpers nicht zu schämen, war nichts als eine höfliche Lüge gewesen. Wer konnte sie schön nennen, wenn er dieses Wesen kannte?

Die Zentaurin hatte sie bemerkt und kam zu ihnen hinaus. Sirjas Begleiter neigte den Kopf. »Kalame, ich benötige Essen für diese Menschenfrau«, bat er.

Kalames hohe Stirn kräuselte sich. »Das erwartest du nicht ernsthaft von mir, Panos?« Selbst mit dem abfälligen Tonfall darin klang ihre Stimme wie das Singen einer Nachtigall.

»Es ist Rheos Wunsch.«

»Ein weiterer, den ich nicht verstehe.« Kalame maß Sirja demonstrativ von oben bis unten und schaffte es, dass sie sich noch minderwertiger fühlte. »So wie diese Frau aussieht und riecht, isst sie gewöhnlich mit dem Vieh im Stall.«

Sirja starrte zu Boden. Sie wusste um ihren verschwitzten Leib, ihr zerzaustes Haar und den erbärmlichen Zustand ihrer Kleidung – ebenso wie sie um den guten Geruchssinn der Zentauren wusste.

Kalame schritt vor ihnen auf und ab, das Sonnenlicht schimmerte auf ihrem beigefarbenen Fell und betonte ihre schlanke Silhouette. »Wenn Rheos meine Hilfe wünscht, muss er es mir selbst sagen.« Mit einem vernichtenden Blick – der sowohl Sirja als auch dem schwarzen Zentauren galt – schritt Kalame an ihnen vorbei und verließ das Häuserrund.

Panos sah ihr kurz nach, dann seufzte er. »Probieren wir es eben direkt bei den Köchinnen.«

»Ist Kalame keine?«

Er lachte auf. »Hast du sie dafür gehalten?«

»Nun ja ...«

»Kalame stammt aus einer angesehenen Kriegerfamilie. Zudem deutet alles darauf hin, dass Rheos sie zu seiner Favoritin ernennen wird.« Er zuckte mit den Schultern. »Seine Abwesenheit hat sie als persönliche Beleidigung gewertet.«

Den letzten Satz hörte Sirja kaum. Favoritin? Bedeutete das, Rheos war so gut wie verlobt?

Was soll das, schalt sie sich. Rheos war ein Zentaur, und da es tatsächlich Zentaurinnen gab, würde er folglich eine von ihnen heiraten! Sie schüttelte den Kopf, um ihre Bestürzung darüber zu vertreiben, doch die Beklemmung in ihrem Herzen blieb.

Als sie wieder zu Panos sah, fiel ihr der ungläubige Blick in seinen Augen auf. Doch beim nächsten Blinzeln war dieser Eindruck verschwunden. »Rieche ich wirklich so unangenehm?«, fragte sie vorsichtig.

»Du riechst nicht anders, als man es von einer Gefangenen erwartet«, erwiderte er diplomatisch und wandte sich zum nächsten Gebäude.

Das zweite Haus war eine Küche. Sie glich einer menschlichen mehr, als Sirja es erwartet hatte. Große Arbeitstische, steinerne Feuerstellen und Schüsseln zum Waschen des Geschirrs, daneben Regale mit Messern, Rührlöffeln und allerlei Gerätschaften, die sie in ähnlicher Form kannte.

Gleich am vordersten Tisch stand eine Zentaurin und trocknete eine Tonschüssel ab. Kaum sah sie auf, zerstörte sich Sirjas Hoffnung, dass Kalames Schönheit eine Ausnahme unter den Zentaurinnen bildete.

Das Gesicht der Köchin war nicht von der Eleganz Kalames, doch es war anmutig und strahlte so viel Liebreiz und Wärme aus, dass Sirja sich umgehend wünschte, die Zentaurin zur Freundin zu haben. Allerdings war davon auszugehen, dass diese sie ebenso hasste wie Kalame.

»Panos, was kann ich für dich tun?«

Die Köchin lächelte den schwarzen Zentauren an und entblößte eine Reihe makellos weißer Zähne. Sirja stöhnte. Hätte sie ein Erdloch gefunden, sie wäre hineingekrochen.

Inzwischen hatte die Zentaurin sie bemerkt und kam hinter dem Tisch hervor. Auch sie war barbusig, ihre blonden Locken lagen wie ein goldener Schleier auf ihrem Dekolleté.

»Ist das die Menschenfrau, von der alle in Quran erzählen?« Ihre Stimme glich einem Singsang. Ein Lied von ihren Lippen zu hören, musste ein Genuss sein.

»Der Te'Ral wünscht, das sie etwas zu essen erhält.«

Die Zentaurin verschränkte die Arme vor dem Bauch und ihre Miene wurde abweisend. »Ich weiß nicht, was Menschen zu sich nehmen.«

»Ich esse gegrilltes Fleisch«, meldete sich Sirja zu Wort, denn ihr Hunger erlaubte keine weitere Abweisung. »Ebenso Käse und zur Not auch diesen Köldosbrei.«

Aus den Tiefen des Küchenhauses erklang ein zweistimmiges Kichern. »Köldos! Das heißt doch Kerdlos.«

Die Zentaurin wandte den Kopf in die Richtung der Stimmen. »Es ist unhöflich, zu lauschen. Und ebenso unhöflich, jemanden auszulachen.«

»Aber sie ist doch nur ein Mensch«, tönte es aus dem Inneren zurück. »Dürfen wir sie näher betrachten, Mama?«

»Oh ja!«, jubelte eine zweite Stimme. »Ich habe noch nie einen Menschen gesehen. Sind sie wirklich so hässlich?«

Die Zentaurin schritt in das Haus hinein und kehrte in Begleitung zweier kleiner Zentauren zurück, die sie jeweils an einem spitzen Ohr gepackt hielt.

Die Empörung über diese Behandlung war den Kleinen anzusehen, doch je näher sie kamen, desto mehr wich ihr Unmut Begeisterung.

»Sie ist wirklich echt.« Das größere der beiden Zentaurenkinder strahlte Sirja an. Ein Junge mit braunen Haaren und Fell, der Panos gerade bis zur Brust reichte.

Das zweite Zentaurenkind war ein Mädchen mit den gleichen goldenen Locken wie ihre Mutter. »Kann ich sie anfassen, Mama?«

»Wenn ich etwas zu essen bekomme, lasse ich mich auch streicheln«, erwiderte Sirja trocken.

Neben ihr erklang Panos Lachen. »Ihr habt es gehört, Fohlen! Besorgt der Menschenfrau Käse, Fleisch und Kerdlos, dann dürft ihr mit ihr spielen.«

Geschickt wanden sich die Fohlen aus dem Griff ihrer verdutzten Mutter und preschten auf staksigen Beinen zurück in die Küche.

»Im Ordan wird nicht galoppiert, das habe ich euch schon hundert Mal gesagt!«, rief die Zentaurin ihrem Nachwuchs hinterher. Dann sah sie Panos verärgert an. »Ich hoffe, du hast die Gefangene im Griff.«

»Ich werde deinen Kindern nichts tun, das verspreche ich«, erklärte Sirja.

Mit zusammengezogenen Brauen blickte die Zentaurin zu ihr. »Menschlichen Versprechungen ist nicht zu trauen«, erwiderte sie kühl. »Zudem weiß ich nicht, was Kinder sind.«

»Bei uns Menschen nennt man die Fohlen Kinder. Und meine Versprechen habe ich noch nie gebrochen.«

Die Rückkehr ihrer Fohlen entband die Zentaurin von einer Antwort. Die beiden Kleinen stellten eine irdene Platte mit Käse und Fleisch sowie eine Schüssel mit dem Getreidebrei in sicherer Entfernung vor ihr auf dem Boden ab.

Sirja ließ sich mit überkreuzten Beinen auf der Erde nieder und griff nach den Speisen. Dem Fleisch fehlte wie immer das Salz, und der Getreidebrei war genauso geschmacklos, wie sie ihn in Erinnerung hatte, doch es kümmerte sie nicht.

»Sind das deine Hufe?« Der Zentaurenjunge wies auf ihre Stiefel, die unter dem Saum ihres Kleides hervorlugten.

Ohne mit dem Kauen aufzuhören, schüttelte sie den Kopf. »Das sind Schuhe.« Sie schluckte den Bissen hinunter. »Meine Füße stecken darin.«

»Wie sehen Füße aus?«

Frag mal deinen Te'Ral, war sie versucht zu antworten. Stattdessen steckte sie sich noch ein Stück Fleisch in den Mund, zog ihre Stiefel aus und wackelte mit den Zehen.

Die beiden Fohlen kicherten und kamen einen Schritt näher.

Ungläubig sah das Zentaurenmädchen sie an. »Ich kann mir nicht vorstellen, wie man auf zwei Beinen vorwärtskommen kann.«

»Ich kann auf zwei Beinen laufen!«, rief der Junge. Er stellte sich auf die Hinterbeine, schlug mit den Vorderbeinen in die Luft und machte ein paar Schritte vorwärts.

Sirja lobte ihn und er kam mit stolz geschwellter Brust wieder auf allen Vieren zum Stehen.

Das Zentaurenmädchen hatte sich mittlerweile neben sie auf die Erde gelegt und strich vorsichtig über ihre Fußsohle.

Lachend zog Sirja den Fuß fort. Erschrocken über ihre hastige Bewegung zuckte die Kleine zurück.

»An den Fußsohlen sind Menschen kitzlig«, erklärte Sirja rasch.

Das Gesicht des Zentaurenmädchens entspannte sich. Ebenso wie das ihrer Mutter, die sie weiterhin argwöhnisch beobachtete.

Mutig strich die kleine Zentaurin nun über die andere Sohle und freute sich diebisch, als Sirja kichernd den Fuß wegzog. Dann blickte die Kleine sie jedoch tadelnd an. »Deine Füße sind lustig, aber sie stinken.«

Aus den Augenwinkeln sah Sirja, wie auf dem Gesicht der Mutter ein verwirrter Ausdruck erschien. Sollte sie ihre Tochter für diese unhöfliche Bemerkung zur Ordnung rufen oder waren Frechheiten gegenüber Menschen tatsächlich zu vernachlässigen?

»Ich bräuchte in der Tat dringend ein Bad.« Sirja strich mit der Hand über ihren staubigen und mit Dreckspritzern besudelten Rock. »Und ein frisches Kleid.«

Der Zentaurenjunge starrte sie an. »Du kannst dein Fell wechseln?«

»Strohkopf!«, schimpfte seine Schwester. »Das ist doch nur ihre Kleidung. Menschen ziehen sie an und aus, so wie unsere Krieger das Kettenhemd an- und ablegen.«

Das Zentaurenmädchen sprang auf die Beine, trat zu ihrer Mutter und flüsterte ihr etwas ins Ohr. Auf ihre Antwort hin winkte die Kleine ihren Bruder zu sich und die beiden Zentaurenkinder galoppierten davon. Die Zentaurin selbst verschwand in die Küche.

Mit einem Lächeln auf den Lippen sah Sirja den Kleinen nach. »Sie sind niedlich«, sagte sie zu Panos.

Der schwarze Zentaur, der den beiden ebenfalls nachgesehen hatte, nickte. »Ein eigenes Fohlen zu haben ist das größte Geschenk.«

Er hatte leise gesprochen, trotzdem entging ihr der traurige Unterton in seiner Stimme nicht. Unwillkürlich blickte sie auf sein missgestaltetes Bein. Ob es damit für ihn schwer war, eine Zentaurin als Partnerin zu gewinnen?

Kurz darauf waren die Köchin und ihre Kinder wieder bei ihnen. Der Junge hielt ein Tuch in der Hand, das Mädchen einen Kamm und die Zentaurin eine Schüssel mit dampfendem Wasser.

»Vielleicht willst du dich nach dem Essen waschen«, erklärte die Mutter fast schüchtern. Sie stellte das Gefäß vor ihr auf den Boden, ihre Kinder legten Kamm und Tuch daneben.

Überrascht sah Sirja die Zentaurin an. »Danke für deine Großzügigkeit.«

»Mein Bild von Menschen war immer ein anderes. Doch scheinbar ist nicht alles wahr, was man erzählt bekommt.«

»Ich weiß.« Tränen stiegen Sirja in die Augen. »Manchmal ist die Wahrheit eine ganz andere.«

Die Zentaurin schenkte ihr ein Lächeln, schön wie die aufgehende Sonne. Doch plötzlich erbleichte sie. »Der Te'Ral ist da«, flüsterte sie und überkreuzte beide Arme vor der Brust.

Die beiden Fohlen sprangen an die Seite ihrer Mutter und nahmen die gleiche ergebene Haltung ein, Panos ebenso.

Sirja wandte den Kopf in die Richtung, in welche die Pferdemenschen ehrfürchtig starrten. Neben dem Vorratshaus stand Rheos in Begleitung von Zarkos und einiger Krieger und beobachtete sie.

Bei Rheos Anblick begann ihr Herz schneller zu schlagen. Freudig sprang sie auf und machte einen Schritt auf ihn zu. Im nächsten Augenblick war Zarkos neben ihr. Ein Stoß traf sie an der Brust und sie fand sich auf dem Erdboden wieder.

»In Gegenwart des Te'Rals hast du dich nicht zu erheben, Menschenweib.« Der Son'Ral spuckte vor ihr aus, dann warf er Panos einen vernichtenden Blick zu.

»Panos, bring die Menschenfrau zurück in den Pferch«, erklang Rheos Stimme.

Sein gleichgültiger Tonfall erschreckte Sirja. Er wusste, wo sie untergebracht war und wollte nichts daran ändern?

Zarkos wandte sich der Zentaurin zu und wies auf die restlichen Speisen am Boden. »Wirf dieses Essen fort. Es ist besudelt.«

Die Zentaurin senkte den Kopf tiefer. »Ich könnte es der Menschenfrau mitgeben, Son'Ral.«

»Das Weib ist eine Gefangene«, donnerte Zarkos, »nicht unser Gast!« Er hob ein Bein und zertrümmerte mit dem Huf das Geschirr am Boden. »Untersteh dich, ihr jemals wieder etwas zu geben, wenn dein Sohn in die Kriegergarde aufgenommen werden soll.«

Die Zentaurin nickte hastig.

Rheos, sag doch etwas!, flehte Sirja in Gedanken. Nicht ihretwegen – wie konnte er zulassen, dass sein Onkel so mit der Zentaurin umging? Fassungslos, dass er diese Ungerechtigkeit duldete, sah sie zu ihm. Doch sein Blick ging durch sie hindurch, als wäre sie Luft. Einzig das Zucken an seiner Flanke verriet, dass er nicht so ruhig war, wie es den Anschein hatte.

»Pass in Zukunft auf, welchen Umgang deine Fohlen haben«, wies Rheos mit beherrschter Stimme die Zentaurin an. Dann richtete sich sein Blick auf Panos. »Ich erwarte dich in meinem Ordan.« Zusammen mit seinen Begleitern verließ er das Häuserrund.

Sirja starrte auf die Tonscherben und das zertretene Essen am Boden, dann sah sie zu der Zentaurin auf. »Es tut mir leid.«

Die Köchin nickte nur, als fürchtete sie, Rheos oder Zarkos könnten sie hören, wenn sie auch nur ein Wort spräche.

Mühsam richtete Sirja sich auf und staunte, als Panos sich zu ihr hinabbeugte und ihr beim Aufstehen half. Schweigend nahm er danach das Seilende, um sie wieder zum Pferch zu bringen.

Ehe sie zwischen den Gebäuden hindurch schritten, sah Sirja zurück. Hinter dem Leib ihrer Mutter winkten ihr zwei Fohlenhände nach.

32

Sirjas Hände spielten mit der eisernen Kette. Mit den Fingern fuhr sie die Glieder nach, nur um wieder am Anfang zu beginnen, wenn sie das Ende erreicht hatte.

Der Nachmittag war ereignislos verstrichen. Zentauren hatten sich am Pferch eingefunden, sie angestarrt und auch beschimpft. Sie hatte es wortlos über sich ergehen lassen. Hauptsache, Zarkos und Thanos kamen nicht.

Seit der Dämmerung war es ruhig geworden, außer ihren Wächtern war niemand mehr da. Sie war alleine in ihrem Leid und mit ihren Gedanken.

Mit einem Seufzen drehte sie die Kette hin und her. Rheos war wieder zum Zentauren geworden – warum nur beschleunigte sich ihr Herzschlag bei seinem Anblick immer noch? Es war gegen jede Vernunft, selbst wenn Friede zwischen ihren Völkern herrschen würde.

Sobald du am Hof von Tarnem bist und in den Armen eines Mannes liegst, wird es vergehen, sagte sie sich. Doch die einzigen Arme, nach denen sie sich sehnte, waren die von Rheos.

Sie erhob sich vom Boden und lief im Kreis um den Stein. Statt in sinnlosen Gedankenspielen zu versinken, sollte sie überlegen, wie man Neidor doch noch von der Schuld der Räuberbande überzeugen konnte. Ein Gespräch am Zaun ließ sie jedoch in ihren Schritten innehalten. Panos stand bei einem der Wächter.

»Ich bringe dich zu den Küchenordans«, erklärte der schwarze Zentaur knapp und betrat mit einem Seil in der Hand den Pferch.

Fackeln erleuchteten die Wege und die Feuer in der Mitte der Häuserrunds brannten. Dennoch konnte Sirja keinen anderen Zentauren entdecken.

»Wo sind sie alle?«, erkundigte sie sich.

»In der Arena.« Panos verlangsamte seine Schritte, sodass er nun nicht mehr vor, sondern neben ihr lief. »Heute Abend findet eine Feier zu Ehren von Rheos Rückkehr statt.«

Wie zur Bestätigung seiner Worte setzte in der Ferne eine unbekannte Melodie ein, von Trommeln, Flöten und einem Saitenklang, den sie in dieser Art noch nie gehört hatte.

»Wird auch getanzt?«, fragte sie unschuldig.

»Unbedingt. Rheos liebt den Tanz. Als einer der wenigen beherrscht er alle unsere siebenundsiebzig Tänze fehlerfrei.«

»Und jetzt auch den Springvogel«, murmelte sie grinsend.

»Was ist der Springvogel?«

Wie konnte sie nur das exzellente Gehör der Zentauren vergessen? »Der Springvogel ist ein Menschentanz.«

»Und wieso sollte Rheos ihn beherrschen?«

»Ich ... ich habe ihm den Tanz vorgeführt.«

»Während er mit dir als Geisel vor den Kriegern Neidors geflohen ist?« Panos sah sie skeptisch an, doch er sagte nichts weiter dazu.

Gedankenverloren stapfte Sirja neben ihm her. »Darf ich mir einen Tanz der Zentauren ansehen?«, fragte sie schließlich.

»Das entspricht wohl kaum Zarkos Vorstellungen, wie man«, Panos Stimme nahm den abfälligen Tonfall des Son'Rals an, »ein gefangenes Menschenweib behandelt.«

»Warum weist Rheos seinen Onkel nicht in die Schranken?«, platzte es aus ihr heraus.

»Das frage ich mich schon seit Jahren.« Panos Augen verdüsterten sich.

»Du kannst den Son'Ral nicht leiden.«

»Und er mich auch nicht.« Der schwarze Zentaur seufzte. »Wenn es nach Zarkos ginge, dürfte ich den Schafstall ausmisten, statt Rheos Diener zu sein.«

»Weil Zarkos weiß, dass du nicht sein Diener, sondern sein Freund bist.«

Panos lachte, was bei seiner tiefen Stimme wie das Aufziehen eines Gewitters klang. »Du hast bei deiner Geburt keinen Huf an den Kopf bekommen, Sirja.«

»Ich nehme das als Kompliment«, erwiderte sie lächelnd und blieb neben ihm stehen. »Darf ich zuschauen?«

Verborgen hinter Panos Pferdeleib erklomm Sirja den Hang, der die Arena an drei Seiten umgab. Oben auf dem Wall angekommen stieß sie einen anerkennenden Pfiff aus.

Unter ihnen lagen terrassenförmig angeordnete Steinplateaus, die über Treppen mit langgezogenen, flachen Stufen erreichbar waren. Hunderte von Zentauren standen dort und folgten dem Geschehen in der Arena – dem Ort, an den man sie bei ihrer Ankunft in Quran zuerst gebracht hatte.

Auf der gegenüberliegenden Seite der Arena befanden sich ebenfalls Zuschauerränge. Auf dem untersten Plateau entdeckte sie die Musiker. Zu gerne hätte sie das Saiteninstrument, das von einer Zentaurin gespielt wurde, näher betrachtet. Von fern ähnelte es einer Laute, doch etwas musste daran anders sein, denn die Töne klangen nicht gezupft, sondern zusammenhängend wie das Trillern eines Vogels.

Interessiert blickte sie sich weiter um. An der rechten kurzen Seite der Arena befand sich das Eingangsportal mit den Steinsäulen, auf der linken war nur ein einziges großes Steinplateau in den Hang hineingebaut. Sirja sah genau hin, konnte aber auf dem Plateau keinen Zentauren entdecken. Warum blieb diese Zuschauerterrasse leer? Ein Blick hinab in die von Fackeln erleuchtete Arena ließ sie ihre Frage jedoch vergessen.

Auf dem Sandfeld hatten sich männliche Zentauren in zwei Reihen gegenüber aufgestellt. Die Musik setzte einen Atemzug lang aus, und umso gewaltiger wieder ein.

Der Tanz der Zentauren begann.

Die beiden Gruppen näherten sich im Galopp, sodass es aussah, als würden sie aufeinanderprallen. Im letzten Moment brach die eine Gruppe nach links, die andere nach rechts aus – nur um sich sofort wieder aufeinander zuzubewegen.

Die Pferdemenschen verharrten voreinander und fast schien es, als galoppierten sie am Fleck. Der Takt der Musik wechselte, die beiden Reihen verwoben sich und gruppierten sich zu ineinander angeordneten Kreisen.

Sirja wurde schon beim Zuschauen schwindlig. Plötzlich stoben die Zentauren des äußeren Kreises in alle Richtungen davon, die Tänzer des mittleren Kreises beugten sich auf die Vorderbeine hinab und die Pferdemenschen des inneren Kreises sprangen über sie hinweg. Das alles geschah gleichzeitig und sie fragte sich, was passierte, wenn einer der Tänzer seinen Einsatz verpasste.

Gebannt beobachtete sie die Formationen und ihr Respekt wuchs. Keine der Schrittfolgen wiederholte sich. Gegen diesen Tanz war der Silber-Reigen ein Kinderspiel!

Inzwischen zeichneten sich dunkle Flecken auf dem Fell der Tänzer ab, und Schweiß glänzte ihnen auf der Stirn. Der Tanz war nicht nur Vergnügen, sondern auch ein Beweis von Ausdauer, Stärke und Konzentration.

Gleich zu Anfang hatte sie Ausschau gehalten, ob Rheos unter den Tänzern war. Doch er war es nicht. Stattdessen hatte sie Meonaos entdecken können, der mit seinem weißen Fell und hellblondem Haar deutlich herausstach.

Je länger der Tanz andauerte, desto öfter bemerkte Sirja, dass einzelne Zentauren Fehler machten – ein Galoppsprung zu viel, eine Wendung in die falsche Richtung. Solche Patzer wurden von den Zuschauern lautstark mit Unmutsbekundungen bedacht.

Der Tanz und die Musik endeten schließlich so abrupt, dass sie zuerst überhaupt nicht begriff, dass es vorbei war. Das Lied hatte ihrem Empfinden nach keinen erkennbaren Schluss gehabt.

Die Tänzer bildeten nun eine Reihe und schritten auf die kurze Seite mit dem leeren Steinplateau zu. Knapp davor blieben sie stehen und stießen einen wilden Schrei aus.

Fackeln flammten auf dem Plateau auf und erleuchteten einen einzelnen Zentauren, der nun am Rand der steinernen Terrasse stand. Er erhob sich auf die Hinterbeine und zog ein Schwert aus einer Halterung an seinem Rücken. Der mit Edelsteinen besetzte Griff der Waffe glitzerte im Lichterschein, als er es gen Himmel stieß.

Die Pferdemenschen auf den Rängen schlugen beide Arme vor die Brust und neigten den Kopf. Der Zentaur auf der Plattform war niemand anderes als Rheos!

Die Musik setzte wieder ein, majestätische Klänge schallten durch die Arena. Rheos setzte die Vorderhufe ab, und bedeutete seinem Volk, sich zu erheben. Hunderte von Hufen stampften auf Stein und vereinigten sich zu einem Rhythmus, der den Hang unter den Schlägen erzittern ließ.

Wie ein Fels stand Rheos auf dem Plateau und nahm die Ehrenbezeugungen entgegen. Sirja kniff die Augen zusammen, um ihn besser sehen zu können.

Sein Äußeres hatte sich verändert. Sein Körper glänzte, als wäre er mit flüssigem Gold überzogen. Jeder Muskel schimmerte, ein Zeichen purer Kraft und Vitalität. An seinem linken Oberarm prangte eine goldene Spange, in deren Mitte ein riesiger Salwen gefasst war. Im Schein der Fackeln schien der grüne Edelstein von innen heraus zu leuchten.

Ihr Mund wurde trocken. Rheos Anblick war überwältigend, die Macht, die er ausstrahlte, beinahe greifbar.

»Ist alles in Ordnung, Menschenfrau?«, hörte sie Panos Stimme an ihrem Ohr. »Dein Herz rast.«

Sie fuhr zusammen. Die Gegenwart des schwarzen Zentauren hatte sie vollkommen vergessen. Sie räusperte sich. »Es geht mir gut.«

Ein Trugschluss, wie sich im nächsten Moment herausstellte. Auf einen Wink von Rheos betrat eine Zentaurin die Plattform.

Kalame.

Die Zentaurin ergriff Rheos dargebotene Hand und stellte sich neben ihn. Wie zufällig berührten sich ihre Flanken.

Ein Raunen ging durch die Menge, doch Sirja hörte es kaum. Ihre Kehle war wie zugeschnürt. Die Stelle, an der ihr Herz schlagen sollte, glich einem Eisklumpen. Rheos schien sich nun vor aller Augen für Kalame als Favoritin ausgesprochen zu haben.

»Für wen sonst?«, murmelte sie.

Sie sah auf und bemerkte, dass Panos sie mit demselben nachdenklichen Blick musterte, den sie heute schon mehrmals bemerkt hatte. Er schien sie etwas fragen zu wollen, erklärte dann jedoch lediglich: »Ich muss dich bald zurück in den Pferch bringen, Sirja.«

Die Aussicht, die Nacht wieder an den Stein gekettet zu verbringen, ließ sie erschauern. Rasch sah sie wieder hinunter in die Arena, wo sich zwei Zentauren vor dem Herrscherplateau aufgestellt hatten. An ihrem linken Arm prangte jeweils eine silberne Spange.

»Wer sind die beiden?«, fragte sie Panos.

»Verdiente Truppenanführer. Sie wurden als zwei von drei Streitern für die Kampfspiele ausgewählt.«

»Und wer ist der dritte Kämpfer?«

Ihre Frage beantwortete sich von selbst. Mit einem gewaltigen Satz sprang Rheos vom Podest hinunter in die Arena.

Hufgescharre brandete von den Rängen auf. Die zentaurische Art Applaus zu spenden, wie es schien.

Sirja runzelte die Stirn. »Wird die Teilnahme am Wettstreit von ihm als Herrscher erwartet?«

»Nein, allerdings ...« Der schwarze Zentaur schien mit sich zu ringen, ob er weitersprechen sollte. »Rheos ungeklärte Abwesenheit hat in Quran für Unruhe gesorgt – und für Gerüchte«, sprach er schließlich weiter. »Die Teilnahme ist sein Beweis, dass er noch über seine geistigen und körperlichen Fähigkeiten verfügt.«

Mehrere Zentauren, von denen einer drei Speere trug, kamen in die Arena. »Welche Gerüchte meinst du?«

»Rheos hat das Kriegerhandwerk bei den Steppenzentauren gelernt, die für ihre überragenden Kampffertigkeiten gefürchtet sind.« Panos hob die Hände. »Viele fragen sich, wie es den Menschen gelungen ist, ihn zu überwältigen.«

»Rheos ließ sich von unseren Kriegern ohne Gegenwehr zur Südfeste führen«, gab sie die Worte ihrer Kinderfrau wieder.

»Genau das haben Rheos Begleiter auch beobachtet.« Mit Grabesstimme fügte er hinzu: »Deshalb kam in Quran die Meinung auf, er habe hinter dem Rücken des Ältestenrates und des Son'Rals einen geheimen Pakt mit den Menschen geschlossen – sich am Seil abführen zu lassen sei nur Tarnung gewesen.«

»Das stimmt nicht. Fürst Neidor hätte Rheos getötet, wenn er mich nicht als Geisel genommen hätte. Zudem hat Rheos damals nicht verraten, dass er der Te'Ral ist.«

Der schwarze Zentaur kratzte sich am Kinn. »Warum aber hat er euren Kriegern keinen Widerstand geleistet? Rheos sagt, er kann sich an nichts erinnern.«

»Die Männer meinten, er hätte im Wald abwesend gewirkt und erst beim Passieren des Burgtores begonnen, sich gegen seine Gefangennahme zu wehren.«

Panos runzelte die Stirn. »Das alles klingt seltsam, dennoch vertraue ich Rheos. Er ist kein Lügner.«

Nachdenklich verfolgte Sirja die Vorbereitungen in der Arena. »Du hast gesagt, Rheos Begleiter hätten alles beobachtet. Unsere Männer haben jedoch keine weiteren Zentauren erwähnt.«

»Thanos und Zarkos haben Rheos zur Südfeste begleitet, ebenso einige Krieger. Sie beobachteten die Burg von verschiedenen

Stellen im Wald. Als eure Männer auftauchten, sahen sie fassungslos, wie Rheos auf seinem Platz verharrte und sich kampflos gefangen nehmen ließ.« Panos zuckte mit den Schultern. »Seine Waffen und die Te'Rals-Spange fanden sie in einem Gebüsch, er muss sie noch vor dem Erscheinen der Menschen ausgezogen haben.«

»Das ist merkwürdig.«

»Das ist vor allem nicht gut.« Ein sorgenvoller Ausdruck erschien in Panos Gesicht. »Ohne eine plausible Erklärung kann Rheos die Gerüchte nicht ausräumen. Sein angebliches Geheimbündnis mit den Menschen war auch der Grund, warum Zarkos und der Ältestenrat entschieden, ihn nicht aus der Südfeste zu befreien. Sie befürchteten, es wäre eine Falle.«

»Das ist Unsinn«, erwiderte Sirja. Doch wenn das Zentaurenheer tatsächlich geschwächt war, war diese Entscheidung nachvollziehbar.

Auf den Rängen wurde es still und Sirja blickte hinunter in die Arena. Der erste der drei Zentauren schleuderte seinen Speer in Richtung des Säulenportals. Die Spitze der Waffe bohrte sich in den Boden und begeistertes Hufgescharre erschallte.

Staunend schätzte sie den Abstand zwischen Zielpunkt und dem Werfer ab. Es war weiter als ein Mensch einen Speer je hätte schleudern können.

Rasch wandte sie den Blick wieder zu Panos, ehe Rheos als letzter Werfer an der Reihe war. »Sind Rheos und Thanos zerstritten?«, sprach sie den Verdacht aus, den sie hegte, seit sie die Brüder zum ersten Mal zusammen erlebt hatte.

»Der Tod ihres Vaters hat sie entzweit. Vorher standen sie sich sehr nahe.«

»Was war der Grund für ihren Streit?«

Panos schlug mit dem Schweif. »Du stellst viele Fragen, Menschenfrau.«

Sie erwiderte nichts, denn sie wollte es sich mit Panos nicht verderben. Zudem war Rheos nun an der Reihe. Mit ruhigem Blick maß er die Wurfleistung seiner Konkurrenten, dann hob er den Arm, seine Muskeln spannten sich an, und er schleuderte den Speer.

Sirja hielt den Atem an – und lächelte, als der Speer sich vor die seiner Kontrahenten setzte.

Hufgescharre begleitete den Triumph des Te'Rals. Die Helfer entfernten die Speere und trugen ein Sprunghindernis in die Mitte des Platzes. Doch warum hatte man die Stange in der Mitte mit Tüchern umschlungen?

Ein Zentaur hielt eine Fackel gegen die Stoffbahnen. Die Tücher, die vermutlich in Öl getränkt worden waren, gingen sofort in Flammen auf. Um dem Feuer zu entgehen, war trotz der niedrigen Höhe ein gewaltiger Sprung notwendig.

»Wer die Stange herunterreißt, scheidet aus«, ließ Panos sie wissen. »Der Letzte, der einen Sprung geschafft hat, gewinnt.«

Und zog sich dabei vermutlich übelste Verbrennungen zu. Sie biss sich auf die Lippe. Inzwischen kannte sie Rheos Ehrgeiz zur Genüge. Es war klar, dass er nicht passen würde.

Der Wettkampf begann. Rheos war als Erster an der Reihe und setzte mit Kraft und Eleganz über die lodernde Stange.

Sirja stieß den Atem aus, den sie unbewusst angehalten hatte. Zwischen ihm und den Flammen war viel Spielraum gewesen, er würde auch die nächsten beiden Erhöhungen mit Leichtigkeit bewältigen. Leider galt das auch für seine Mitstreiter.

Der vierte Durchgang begann und sie ertappte sich, wie sie an ihrem Daumennagel zu kauen begann. Rheos startete in einem größeren Abstand zu dem Hindernis als die vorangegangenen Male, sein Tempo war deutlich erhöht. Sie hielt den Atem an, als seine Vorderbeine sich in die Luft hoben, und stöhnte erleichtert auf, als er unversehrt auf der anderen Seite aufsetzte.

Dem zweiten Teilnehmer gelang ebenfalls ein sicherer Sprung, nur der dritte Zentaur streifte mit dem rechten Hinterbein die Flammen. Sein Gesicht verzog sich vor Schmerz, er stellte sich jedoch sofort wieder neben den anderen beiden auf.

Die Helfer legten die Stange in die fünfte Halterung ein. Zu ihrer Erleichterung glückte Rheos der Sprung, auch wenn der Abstand zu den Flammen nicht mehr groß war.

Der zweite Zentaur meisterte den Sprung ebenfalls. Als der letzte Zentaur losgaloppierte, wurde es still auf den Rängen. Ebenso wie ihr fiel allen auf, dass er das rechte Hinterbein leicht nachzog. Mit angespanntem Gesicht setzte er zum Sprung an, aber der Schmerz schien ihm die Kraft zu nehmen. Die Flammen züngelten an seinen Flanken und an seinem Schweif empor.

Aufschreie erklangen von den Tribünen, Sirja presste ihre Hand vor den Mund.

Der Zentaur warf sich zu Boden und wälzte sich im Sand. Schließlich stand er auf, trottete zu Rheos und neigte den Kopf.

»Er zieht zurück«, flüsterte sie.

»Nur für diesen Wettbewerb. Bei der letzten Aufgabe wird er wieder dabei sein.«

»Aber seine Verbrennungen!«

»Werden danach behandelt. Wegen Lappalien verlässt niemand ein Schlachtfeld.«

»Es ist doch nur ein Wettkampf.«

Panos schüttelte den Kopf. »Die beiden Zentauren haben sich um den Titel eines Ra'Wen beworben. Wer aufgibt, wird ihn auf keinen Fall bekommen.«

Sie erwiderte nichts und starrte hinunter zu Rheos, der mit gleichmütiger Miene beobachtete, wie die Helfer die Stange erneut nach oben setzten.

»Zieh auch zurück, du Sturkopf«, murmelte sie. »Du hast doch den ersten Wettbewerb gewonnen.«

Noch während sie sprach, galoppierte er los. Ihre Zähne bohrten sich in die Fingerknöchel, als Rheos Hufe im Sprung das Feuer streiften. Er setzte jedoch ohne Verbrennungen auf der anderen Seite auf.

Sirja atmete mehrmals tief durch, um sich zu beruhigen.

»Du scheinst sehr um das Wohlergehen des Te'Rals besorgt.« Panos sah sie an.

Neben ihrem rasenden Herzen versuchte sie auch ihre Gefühle in den Griff zu bekommen, damit Panos ihr nicht auf die Schliche kam. »Wenn Rheos in Flammen aufgeht, wird Zarkos Te'Ral. Dann bin ich so gut wie tot«, erwiderte sie.

Er nickte. »Ich bin auch froh, wenn Rheos es unbeschadet übersteht. Er war sehr müde, aber die Teilnahme war unabdingbar.«

Nochmals wurde die Stange höher gelegt und Rheos vergrößerte den Abstand zum Hindernis erneut. Selbst von ihrem entfernten Platz sah sie die Schweißtropfen auf seiner Stirn. Er galoppierte los, seine Haare und sein Schweif wehten im Wind. Immer schneller näherte er sich dem flammenden Sprung – fast schon zu schnell.

Nervös knetete sie ihre Hände. Dicht vor dem Hindernis hob er mit einem gewaltigen Satz ab, zog Vorder- und Hinterbeine an den Körper und flog knapp über den Flammen hinüber.

Schwer setzten seine Hufe auf dem Boden auf, Staub wirbelte empor und sie wollte erleichtert aufatmen, da knickte sein linkes Vorderbein ein. Rheos konnte den Schwung nicht mehr auffangen, verlor das Gleichgewicht und stürzte.

Sirja schrie auf.

Rheos mächtiger Pferdeleib rutschte über den Boden, sein Kopf schlug auf die Erde und für einen Moment blieb er regungslos auf der Seite liegen.

Neben ihr hörte sie Panos aufkeuchen. Schon näherten sich die Helfer ihrem Te'Ral. Sie waren noch nicht bei ihm angekommen, da streckte Rheos die Vorderbeine aus und sprang wieder auf alle Viere.

Aus den Augenwinkeln sah Sirja, wie Panos sich mit beiden Händen über das Gesicht fuhr. Auch ihr fiel ein Stein vom Herzen, bis ihr dämmerte, dass der Wettbewerb noch nicht vorbei war. Einen weiteren Sprung von Rheos würde sie nicht ertragen, doch wegzusehen war ebenso undenkbar.

In der Arena galoppierte Rheos verbliebener Kontrahent los. Grimmigen Blickes hielt er auf das Hindernis zu und verstärkte sein Tempo. Wenn er es schaffte, würde Rheos trotz seines Sturzes nochmal springen müssen.

Beschwörend bewegte sie die Lippen. Sie wünschte dem Zentauren nichts Böses, dennoch ... Könnte er nicht verweigern, wie Pferde es manchmal taten?

Doch entgegen ihrer Hoffnung setzte er zum Sprung an. Ebenso wie Rheos zog er die Hufe eng an seinen Körper, allerdings einen Hauch zu spät. Seine Hinterhufe berührten die Stange und rissen sie aus der Halterung. Mit einem dumpfen Schlag landete sie im Sand.

Jubelnd riss Sirja die Arme hoch. »Bei den Göttern war das spannend!«

Auch Panos stand die Freude über Rheos zweiten Sieg ins Gesicht geschrieben. »Ja, dramatischer ist kaum möglich.« Er lachte. »Ich bringe dich jetzt zurück, sonst wirst du ...«

Das Geräusch von Hufen ließ sie beide herumfahren. Hinter ihnen auf dem Wall stand Rheos Onkel in Begleitung dreier Krieger.

»Wie überaus praktisch, die Menschenfrau ausgerechnet hier vorzufinden.« Ein kaltes Lächeln umspielte Zarkos Mund.

Sirjas Begeisterung erlosch und ihr Magen verkrampfte sich.

»Ich werde sie sofort zurück in den Pferch bringen, Son'Ral«, erklärte Panos. Er griff nach dem Seil, das lose von ihrem Hals herabhing, doch Zarkos war schneller.

»Ich kümmere mich um das Menschenweib.« Mit einem Ruck am Seil riss er sie von Panos Seite fort.

Keuchend stolperte Sirja auf ihn zu.

»Ich hoffe, dir gefällt unser Fest.« Zarkos beugte sich zu ihr herab und sie spürte seinen Atem in ihrem Gesicht. »Denn du wirst dabei gleich im Mittelpunkt stehen.«

33

Es war ein Wettkampf wie jeder andere, und nicht einmal der Schwerste. Dennoch war die Herausforderung nie größer gewesen. Er musste nicht nur den Sieg davontragen, er musste das Vertrauen seines Volkes zurückgewinnen.

Rheos sah zu seinen beiden Gegnern. Leveros blonde Locken verdeckten kaum die Wut in seinem Gesicht über den Abwurf der Stange. Charos wirkte ebenfalls wütend. Er presste die Lippen aufeinander und starrte geradeaus. Aber vielleicht verbarg er hinter seinem Zorn auch Schmerzen. Die Flammen hatten seinen Schweif sowie seine Hinterbeine übel in Mitleidenschaft gezogen, von seinem hellbraunen Fell war dort nichts mehr zu sehen. Doch Charos würde weitermachen – wie er auch.

Rheos ignorierte das Brennen in den Sehnen seines Vorderbeins. Der dritte und letzte Wettkampf war das Bogenschießen, seine Beine brauchte er dafür nicht, nur Ruhe und Konzentration. Von beidem war allerdings nach den vergangenen Tagen nicht mehr viel übrig. Vor allem nicht, seit Sirja in Quran aufgetaucht war.

Er scharrte mit dem Huf über den Boden. Wie hatte sie wissen können, dass er hier war, wer hatte ihr den Weg gewiesen? Und was hatte Sirja sich überhaupt dabei gedacht? Es war völlig unmöglich, einen Menschen in Quran wie einen Gast zu beherbergen. Etwas anderes, als sie zur Geisel zu erklären, und ihr Panos zur Seite zu stellen hatte er nicht tun können – und selbst das nicht ohne Risiko.

Dass er in ihr keine Feindin mehr sah, würde niemand hier verstehen. Er konnte es ja selbst kaum. Seine Gefühle für sie waren freundschaftlich, in manchen Augenblicken sogar ... Rheos atmete scharf ein und verbot sich jeden weiteren Gedanken. Er brauchte all seine Gelassenheit für den Wettbewerb.

Das flammende Hindernis war hinausgetragen worden, nun standen drei brusthohe Steinsäulen nebeneinander in der Arena. Auf jeder Säule lag eine Homele. Die hellroten, süßen Früchte von der Größe einer geballten Faust stellten bei dem abschließenden Bogenschießwettbewerb die Ziele dar.

Einer Legende nach hatte ein rachsüchtiger Zentaur einst eine vergiftete Homele seinem Te'Ral zum Geschenk gemacht. Der Son'Ral, der das schändliche Vorhaben erahnte, verhinderte mit einem gezielten Schuss seines Bogens, dass der Herrscher in die Frucht hineinbiss und starb.

Ein Helfer reichte Rheos seinen Bogen samt Pfeilköcher und seine Hand schloss sich um das vertraute Holz. Selbst als Mensch hatte er sich auf seine Fähigkeiten als Schütze verlassen können, dies sollte für ihn die leichteste der Prüfungen werden.

Charos, der nun als Erster an der Reihe war, spannte seinen Bogen und binnen eines Atemzuges riss sein Pfeil die Homele von der Säule.

Hufgescharre erklang, ebbte ab und brandete erneut auf, als auch Leveros Pfeil die Frucht in den Sand des Arenabodens herunterriss.

Als Letzter zog Rheos einen Pfeil aus dem Köcher, legte ihn ein – und erstarrte in der Bewegung. Durch das Säulenportal trabte Zarkos auf den Platz. Hinter sich her zog er Sirja an einem Seil um den Hals, die kaum mit ihm Schritt halten konnte.

Er ließ Bogen und Pfeil sinken und seine Brauen zogen sich zusammen. Dass sein Onkel vor allen versammelt hier auftauchte, war kein Zufall. Doch was immer er im Schilde führte, er musste gleichgültig wirken. Ganz Quran beobachtete seine Reaktionen.

»Was gibt es, Zarkos, dass du den Wettbewerb störst?«

Sein Onkel blieb vor ihm stehen und neigte den Kopf. »Ich habe eine Idee, wie wir das Bogenschießen interessanter gestalten können.«

Rheos Blick fiel auf Sirja. Sie war geknebelt und ihre Hände gefesselt, Furcht glomm in ihren Augen. »Sprich!«, forderte er Zarkos auf.

»Mit deiner Erlaubnis, Neffe, zeige ich es dir.« Zarkos schritt auf die Säule zu, auf der die letzte Homele lag, und führte Sirja hinter sich her wie ein Lamm zur Schlachtbank. Er band das Seil an der Säule fest und drückte Sirja die Frucht in die gefesselten Hände.

Die Zentauren auf den Rängen johlten auf, als sie sein Vorhaben erkannten. Rheos erstarrte das Blut in den Adern. Um die Homele zu treffen, musste er auf Sirja zielen. Sollte sein Pfeil auch nur knapp daneben gehen ...

Natürlich könnte er seine Macht als Te'Ral nutzen und Zarkos befehlen, Sirja zurück in den Pferch zu bringen. Doch damit würde er offenbaren, dass die Menschenfrau ihm wichtiger war, als er es zeigen durfte. So nickte er Zarkos zu und ignorierte Sirjas vor Entsetzen geweitete Augen.

Mit zufriedenem Blick verließ sein Onkel die Arena. Zarkos hatte gewusst, dass er nicht widersprechen konnte, ohne neue Gerüchte heraufzubeschwören.

Langsam hob Rheos den Bogen wieder und fixierte die Homele.

Sirja erblasste und ihre Hände begannen zu zittern.

Halte still!, beschwor er sie in Gedanken. Mehrfach korrigierte er den Winkel, dann klärte er seine Gedanken, zog die Sehne nach hinten und ließ los.

Der Pfeil sirrte durch die Luft und bohrte sich in die Mitte der Homele. Der Saft spritzte in Sirjas Gesicht und auf ihr Kleid, ihre Finger krallten sich in die Frucht.

Rheos verbarg seine Erleichterung und gab den Helfern einen Wink, die Säulen weiter nach hinten zu tragen. Das Einzige, was er für Sirja tun konnte, war diesen Wettbewerb so schnell wie möglich zu beenden.

Charos hatte bereits einen Pfeil angelegt und eröffnete den zweiten Durchgang mit einem Treffer. Anerkennendes Hufgescharre erklang.

Als Nächster war Leveros an der Reihe, doch der Zentaur machte keine Anstalten, seinen Bogen zu heben. Höhnisch sah er zu Sirja hinüber, die mit bleichem Gesicht vor der Säule stand. »Das Menschenweib stinkt nach Angst.«

»Wir warten auf deinen Schuss«, erwiderte Rheos scharf.

Leveros richtete seine Aufmerksamkeit auf seine Säule, atmete tief ein und öffnete seine Finger. Sein Pfeil flog durch die Luft, bohrte sich in die Homele und fegte die Frucht von der Säule.

In das Scharren der Hufe hinein setzte Rheos seinen zweiten Schuss. Er wollte Sirja nicht mit langem Zielen beunruhigen, noch war die Distanz für ihn keine Schwierigkeit.

Erneut rückten die Helfer die Säulen nach hinten und verdoppelten den Abstand. Charos, der wieder als Erster schießen musste, stand die Anspannung ins Gesicht geschrieben. Er war beim Sprungwettbewerb Letzter geworden, beim Speerwurf Zweiter. Dieser Wettbewerb würde entscheiden, ob er oder Leveros den Rang des Ra'Wen einnehmen durfte.

Auf den Rängen wurde es still, nur das Knistern der Fackeln war zu hören. Charos Pfeil schnellte durch die Luft und traf in die Homele. Die Gesichtszüge des Zentauren entspannten sich und Rheos nickte ihm anerkennend zu. Leveros hingegen schnaubte.

»Sei dir deiner Sache nicht zu gewiss, Charos«, zischte er und hob den Bogen. Lange fixierten Leveros Augen die Frucht, das flackernde Licht erschwerte das Ausrichten des Pfeils. Leveros blinzelte, korrigierte den Bogen ein klein wenig und schoss.

Der Pfeil flog über die Homele hinweg und ungläubig sah Leveros zu, wie sein Pfeil weit hinter der Säule im sandigen Boden landete. Für einen Moment stand er regungslos, dann riss er einen weiteren Pfeil aus dem Köcher, legte ihn in den Bogen und fuhr herum.

»Vorbeigeschossen«, presste er zwischen zusammengebissenen Zähnen hervor, »doch es gibt ein weit lohnenderes Ziel in der Arena.« Er spannte die Sehne und richtete den Pfeil auf Sirja.

Mit einem Sprung war Rheos neben ihm. Seine Faust traf Leveros Gesicht, er spürte das Nasenbein unter seinen Fingerknöcheln brechen. »Mein Befehl lautete, dass niemand die Menschenfrau tötet.« Doch es war nicht nur Leveros Ungehorsam, der seinen Zorn schürte. »Sich an Wehrlosen zu vergehen, ist unter der Würde eines Kriegers.«

Leveros senkte den Blick zu Boden und wischte das Blut weg, das ihm über Mund und Kinn strömte. »Die Menschenbrut hat nicht gezögert, unsere Mütter, Schwestern und Fohlen bestialisch abzuschlachten«, keuchte er. »Zahlen wir es ihnen heim, indem wir ihnen dieses Weib massakriert zurückbringen.«

»Du bist nicht der Einzige, der Verluste zu beklagen hat, Leveros«, erwiderte Rheos kalt. »Einen Ra'Wen, der Befehle missachtet, um seinen Rachegelüsten zu folgen, kann ich nicht gebrauchen.« Er riss die silberne Spange von Leveros Oberarm. »Du wirst deines Rangs als Krieger enthoben und als Diener arbeiten, bis du wieder Gehorsam gelernt hast.« Mit der Hand wies er zum Säulenportal. »Hinaus!«

Leveros starrte ihn hasserfüllt an. Dann drehte er sich um und galoppierte aus der Arena.

Rheos wandte sich zu Sirja und spannte den Bogen als wäre nichts geschehen. Inzwischen zitterten mehr als nur ihre Hände. Hätte er einen Moment zu spät reagiert, hätte Leveros Pfeil ihren Leib durchbohrt.

Er atmete tief durch, um sich zu beruhigen. Noch einmal korrigierte er den Winkel seines Bogens, dann schnellte sein Pfeil durch die Luft und grub sich tief in die Homele ein.

Hufgescharre schallte durch die Arena, begleitet von Jubelrufen. Er tat, als kümmerte es ihn nicht.

Erneut wurden die Säulen nach hinten gerückt. Charos zielte genau, doch Rheos roch seine Nervosität. Der Pfeil des Zentauren löste sich aus der Sehne und schoss knapp an der Homele vorbei.

Rheos spannte seinen Bogen und fixierte mit zusammengekniffenen Augen die Frucht in Sirjas Händen. Schweiß lief ihm den Rücken hinunter, als seine Finger den Pfeil losließen. Das Geschoss schnellte durch die Luft und bohrte sich mitten in die Homele.

Rheos stieß den Atem aus. Der Wettbewerb war entschieden.

Unter Jubelrufen galoppierte er zu Sirja, riss ihr die durchbohrte Homele aus den Fingern, zog den Pfeil heraus und warf ihn zu Boden. Mit gespielter Verachtung sah er auf sie herab, während er die Frucht mit seinen Händen abrieb, um die Spuren ihrer Berührung zu entfernen.

Im nächsten Moment drehte er sich um und preschte auf das Herrscherpodium zu. Mit einem gewaltigen Satz sprang er hinauf, kam neben Kalame zum Stehen und bot ihr die Homele mit einer Verbeugung dar.

Ein Lächeln zauberte sich auf das Gesicht der Zentaurin. Sie hielt die Frucht einer kostbaren Trophäe gleich in die Luft, dann biss sie zur Begeisterung der Zuschauer genüsslich hinein.

»Hab Dank, Rheos«, gurrte sie und wischte sich mit dem Zeigefinger einen kleinen Spritzer vom Mund, den der Saft der Homele hinterlassen hatte.

»Es ist mir eine Freude, dich glücklich zu sehen.« Er trat an den Rand des Podiums, streckte die Arme nach oben und sah auf sein Volk, das nun seinen Namen rief. Alle Augen waren auf ihn, ihren Herrscher, gerichtet.

Niemand beachtete die Helfer, die Sirja von der Säule losbanden. Niemand sah, wie ihre Kraft sie verließ und sie auf den Boden der Arena hinabsank. Niemand bemerkte, wie Panos herangaloppierte, sie hochhob und forttrug.

Die Musik setzte ein, Ankündigung für einen weiteren Tanz. Zentaurinnen mit ihren Fohlen trabten in die Arena, die Kleinen dicht an ihre Mütter gepresst. Es war ihr erster öffentlicher Auftritt, die Aufregung spiegelte sich in ihren großen Augen wider.

Im Publikum kehrte Ruhe ein. Wohlwollend ruhten alle Augenpaare auf den jungen Tänzern an den Händen ihrer Mütter, unter denen Rheos auch die Zentaurin aus der Küche und ihre Tochter wiedererkannte.

Wie unbefangen die beiden Fohlen heute Morgen mit Sirja umgegangen waren! Schmerz durchzog seine Brust. War es denkbar, dass zwischen Zentauren und Menschen eines Tages nicht nur Waffenstillstand, sondern gar Freundschaft herrschte? Und wenn Freundschaft zwischen ihren Völkern möglich wäre, war es dann auch ... Liebe?

Kalame trat neben ihn an den Rand der Empore und reichte ihm ein gefülltes Trinkhorn. Dabei streiften ihre Finger wie zufällig die seinen. »Du siehst glücklich aus, Rheos. Woran denkst du?«

Er fluchte innerlich. Waren seine Gefühle eben so stark gewesen, dass Kalame sie hatte wittern können? Er musste vorsichtiger sein. Oder besser solch törichten Gedanken überhaupt nicht mehr nachhängen!

»Ich habe an den kommenden Frühlingsmond gedacht«, erwiderte er. »Und an dich.« Rheos setzte das Horn an seine Lippen und nahm einen tiefen Schluck, damit Kalame die Lüge in seinen Augen nicht sah.

Nachdem er das Trinkhorn abgesetzt hatte, ließ er seine Hand durch ihr Haar gleiten. Der hellbraune Ton hatte ihn stets fasziniert, jetzt erschien er ihm merkwürdig farblos.

Verwirrt wickelte er sich eine Strähne um den Finger, roch daran und wartete auf das Entzücken und die Vorfreude, die ihr Duft in ihm stets geweckt hatte. Nichts geschah. Kein einziger wohliger Schauder rann über seinen Rücken. Seine Verwirrung wuchs. Hatte sein Menschsein seinen Geruchssinn beschädigt?

Hastig ergriff er mehr Strähnen, schnupperte und ließ sie ungläubig wieder aus seinen Fingern gleiten. Kalames Geruch bedeutete ihm nichts mehr.

»Nun hast du wieder denselben Gesichtsausdruck wie beim Bogenschießwettbewerb.« In ihrer Stimme schwang ein vorwurfsvoller Unterton.

Er zwang sich zu einem Lächeln. »Ich bin enttäuscht über Leveros Verhalten.«

Ihre Finger strichen über seine Wange. »Viele in Quran würden die Menschenfrau ebenfalls am liebsten tot sehen.«

»Wir brauchen sie für die Verhandlungen.«

Kalames Hand fuhr an seinem Hals entlang zu seiner Brust. »Es gäbe einen Weg jenseits aller Verhandlungen.«

Seine Brauen verengten sich. »Haben mein Onkel und mein Bruder dich in ihre Dienste genommen?«, fragte er schärfer als beabsichtigt.

Seufzend nahm sie ihre Hand fort. »Zarkos und Thanos haben recht, wenn sie dich an unsere Brüder in der Steppe erinnern.«

»Aber sie vergessen eines: Vor dem Krieg mit den Menschen kämpften wir gegen die Steppenzentauren. Nur mit Mühe konnten unsere Großväter sie damals aus Eleazan vertreiben. Wenn wir sie rufen, werden sie eine Belohnung verlangen und ich bin sicher, ihre Forderungen würden uns nicht gefallen.« Beschwörend fuhr er fort: »Kalame, ich habe Jahre unter den Steppenzentauren gelebt. Für uns ist der Krieg gegen sie längst Geschichte, doch sie haben ihre Niederlage nie vergessen. All ihre Lieder und Tänze drehen sich um eine Vergeltung dieser Schmach.«

»Du fürchtest dich vor ihnen?«

Der leichte Spott in ihren Worten entging ihm nicht. »Lieber schließe ich einen Waffenstillstand mit den Menschen, als in der Schuld der Steppenzentauren zu stehen«, entgegnete er ruhig.

Verächtlich sah Kalame ihn an. »Besser in der Schuld unserer Brüder stehen als vor den Menschenbastarden um Gnade zu winseln!«

»Beides wird nicht passieren.«

»Weil du einen geheimen Pakt mit den Menschen geschlossen hast, so wie alle sagen?« Abscheu blitzte in ihren blauen Augen auf.

»Du willst Zentauren als Arbeiter an die Menschen verschachern und dir damit die Waffenruhe sichern.«

»Also hast du doch mit Thanos und Zarkos gesprochen«, stellte er fest.

Sie trat von einem Huf auf den anderen. »Dieses Gerücht hört man überall in Quran.«

»Und du vertraust lieber Gerüchten anstatt mir?« In seinem Mund machte sich ein schaler Geschmack breit.

Trotzig hob sie den Kopf. »Du hast dich seit deiner Rückkehr verändert, Rheos. Ich weiß nicht, was es ist, aber du hast es.«

Er presste seine Lippen aufeinander und schluckte die harsche Antwort hinunter, die ihm auf der Zunge lag. Genauso wenig wie mit seinem Onkel und mit seinem Bruder konnte er es sich im Moment mit Kalame verderben. Die aus einer angesehenen Familie stammende Zentaurin gerade jetzt zur Favoritin gewählt zu haben war durchaus Kalkül gewesen.

Rheos nahm einen Schluck aus dem Trinkhorn. Übermorgen würde er zur Südfeste aufbrechen und mit Sirja als Geisel Fürst Neidor zu Verhandlungen zwingen. Mit dem Waffenstillstand und der Ergreifung der Mörder seines Vaters würde endlich Ruhe in Quran einkehren – und in sein Herz. An der Seite von Kalame würde ihm ein langes, erfülltes Leben als Te'Ral bevorstehen mit Dutzenden Fohlen, die um seine Beine sprangen. Sirja käme zurück in die Obhut ihres Vaters und die schrecklichen Erinnerungen an ihre Gefangenschaft in Quran würden verblassen. Ebenso wie ihre Erinnerungen an ihn.

Der Schmerz in seiner Brust flammte erneut auf. Nur am Rande nahm er wahr, dass Kalame immer noch auf eine Erwiderung von ihm wartete.

»Ich werde von meiner Entscheidung nicht abweichen«, erklärte er in beherrschtem Tonfall. »Ein Waffenstillstand ist der einzige Weg. Unser Heer ist geschwächt, einen erneuten Krieg – egal ob gegen Steppenzentauren oder Menschen – würden wir nicht überstehen.«

Sie erblasste. Scheinbar hatten sein Onkel und sein Bruder ihr diesen Teil der Wahrheit verschwiegen.

»Wir sind zu schwach, sagst du?«, stieß sie hervor. »So redet kein Te'Ral, so redet nur ein Feigling!«

Seine Augen verengten sich zu Schlitzen und sein Schweif peitschte durch die Luft.

Kalame wich einen Schritt zurück. Ihr Blick verriet, dass sie begriff, zu weit gegangen zu sein. »Wirst du an mir jetzt ebenso ein Exempel statuieren wie vorhin an Leveros?« Ihre Stimme klang spöttisch, doch ihm entging das Beben darin nicht.

»Nein.« Er hob mit der Hand ihr Kinn und zwang sie, ihn anzusehen. »Aber von meiner Favoritin erwarte ich Unterstützung. Und nicht, dass sie mir in den Rücken fällt.«

»Verzeih mir, Rheos.« Sie lächelte ihn versöhnlich an. »Lass uns die Trinkhörner füllen und meine Dummheit vergessen.« Sie schenkte ihm den strahlenden Blick, mit dem sie ihn stets für sich hatte einnehmen können. Er prallte an ihm ab wie Wasser, das man gegen eine Wand schüttete.

Er schüttelte den Kopf und ließ sie los. »Genieße noch den Abend.«

Kalame starrte ihn an. »Du willst das Fest verlassen?« Die Verunsicherung, dass ihr verlockender Blick keine Wirkung auf ihn hatte, stand ihr ins Gesicht geschrieben.

»Ich habe noch Vorbereitungen für die Verhandlungen mit Fürst Neidor zu treffen«, erwiderte er knapp. »Falls Panos hier auftaucht, schicke ihn zu mir.«

Er wandte sich von ihr ab und galoppierte los. Die Wachen und Diener am hinteren Rand des Plateaus sprangen gerade noch rechtzeitig zur Seite, als er durch den Tunnel im Wall die Arena verließ.

Von Unruhe getrieben jagte er zurück zu seinem Ordan. Der heutige Abend hatte ihm in schockierender Weise vor Augen geführt, was er seit Tagen zu verdrängen suchte – seine Gefühle für Sirja. Doch diese Empfindungen konnten unmöglich echt sein. Er war ein Zentaur, er konnte keine Liebe für eine Menschenfrau empfinden!

Diese Gefühle waren lediglich eine Nachwirkung von Dyrdras Zauber, von denen er sich befreien musste, ehe sie noch größeren Schaden anrichteten. Und dafür gab es nur einen Weg: Er musste sich von ihrer Falschheit überzeugen.

34

Sirja schreckte aus ihrem unruhigen Schlaf auf, weil jemand ihr den Eisenring vom Hals nahm. Panisch hob sie den Kopf. Soweit sie es im Licht der Fackeln erkennen konnte, befreite nicht Panos sie von der Kette, sondern einer ihrer Wächter.

Sie wollte fragen, was er mit ihr vorhatte, doch Furcht lähmte ihre Stimme. Würde man sie zurück in die Arena schleifen?

Immer noch spürte sie das Zittern ihrer Knie, als Rheos den Bogen spannte und der Pfeil direkt auf sie zuflog. Ihr Vertrauen zu ihm war auch in diesem Moment ungebrochen gewesen, dennoch wollte sie dergleichen nicht noch einmal durchstehen müssen.

Der Anschlag auf sie durch den anderen Zentauren hatte ihr dann den Rest gegeben. Was, wenn Rheos dessen Absicht nur einen Hauch später bemerkt hätte? Allein die Vorstellung reichte aus, dass sich ihr erneut der Magen umdrehte.

Ihr zentaurischer Wächter nahm keine Rücksicht auf ihre elende Verfassung. Grob zog er sie am Arm hoch und zerrte sie aus dem Pferch. Dort packte der zweite Wächter sie am anderen Arm und erneut wurde sie zwischen Pferdeleibern eingeklemmt durch die Nacht davongetragen.

Kurz darauf war die Tortur zu Ende. Die beiden Zentauren ließen ihre Arme los und Sirja stürzte zu Boden. Keuchend stützte sie sich mit den Händen ab und fühlte festgetretene Erde unter ihren Fingern. Was immer man mit ihr vorhatte, viel Kraft es durchzustehen, besaß sie nicht mehr.

Ein Huf traf sie am Rücken. »Hoch mit dir, Menschenfrau, du wirst erwartet.«

Schwerfällig rappelte sie sich auf. Die Mühe, ihr Kleid zu richten oder ihr Haar zu glätten, machte sie sich nicht mehr.

Einer ihrer Wächter trat hinter sie und schob sie vorwärts. Mehr taumelnd als laufend bewegte Sirja sich auf ein Ordan zu, das doppelt so breit war wie alle anderen Langhäuser. Es lag erhöht, Feuerschalen beleuchteten den Eingang, den Wachen mit gekreuzten Speeren versperrten.

Lass es nicht das Haus des Son'Rals sein, schickte sie ein Stoßgebet zu den Göttern. Ein weiteres Zusammentreffen mit Rheos Onkel war das Letzte, was sie verkraften würde.

Die Zentauren am Eingang zogen ihre Speere zurück und an der Seite ihres Wächters trat sie durch den Vorhang in das Ordan.

Sie fand sich in einem Vorraum wieder, der an der Rückseite von Ledervorhängen begrenzt wurde. Im Licht unzähliger Feuerschalen sah sie Pergamentrollen, Tonfläschchen und Gänsekiele in den Regalen entlang den Wänden. Ein Tisch, dessen Platte sich auf der Höhe ihrer Schultern befand, war beladen mit Karten und beschrifteten Pergamentseiten.

Einen Augenblick lang war sie trotz ihrer Furcht fasziniert. Sie befand sich in einem zentaurischen Schreibzimmer! Wäre der Tisch nicht so hoch, hätte sie sich in einer menschlichen Feste gewähnt. Wie verblendet hatte das Menschengeschlecht sein können, die Zentauren für ungebildete Barbaren zu halten? Deren Kultur war der ihren in so vielem ähnlich, teilweise sogar überlegen!

Das Flappen des Ledervorhangs riss sie aus ihren Gedanken. Doch ehe sie in die Richtung des Geräuschs sehen konnte, drückte der Wächter ihren Kopf brutal nach unten, sodass ihr Kinn beinah auf ihr Brustbein aufschlug. Dann kreuzte er beide Arme vor dem Körper.

Vorsichtig hob Sirja ihren Kopf ein wenig. Bitte nicht Zarkos oder Thanos! Doch vor ihr stand, mit derselben steinernen Miene wie den ganzen Abend über, Rheos.

Erneut spürte sie ein Zittern in ihren Beinen, diesmal allerdings vor Erleichterung.

»Lass mich mit der Menschenfrau alleine«, befahl Rheos ihrem Wächter.

Ihr Begleiter neigte den Kopf und zog sich aus dem Ordan zurück.

Rheos wartete, bis der Vorhang hinter dem Zentauren zugefallen war. Dann wandte er sich um, schob mit der einen Hand den Ledervorhang beiseite und wies mit der anderen weiter ins Innere.

Stumm kam Sirja seiner Aufforderung nach und betrat den hinteren Teil des Ordans, welcher der private Wohnbereich zu sein schien. Eine Ecke war mit Teppichen, Fellen und Kissen ausgelegt, in der anderen hingen Schwerter und der schwere, aufwändig gearbeitete Bogen, den Rheos beim Wettbewerb benutzt hatte, an Haken an der Mauer. Auf einem Regal lag ein Kettenhemd.

Ihr Blick fiel auf ein weiteres Regal und sie stutzte. Mehr noch als eine Laute aus hellem Kmanholz, die statt mit drei einfachen mit vier Doppelsaiten bespannt war, überraschte sie der Anblick von Büchern! Breite, in Leder gebundene Folianten, deren dunkle Patina verriet, dass sie oft zur Hand genommen wurden.

»Erstaunt dich das Instrument oder eher die Tatsache, dass ich Bücher besitze, Turmherrntochter?«

Sie wirbelte zu Rheos herum, der ihr in den hinteren Teil des Raumes gefolgt war. »Du hast gesagt, dass du den Tanz liebst«, stotterte sie, »aber dass du auch ein Musikinstrument beherrschst und gerne Bücher liest … »

»... hast du mir nicht zugetraut«, beendete er ihren Satz kühl.

Sirja schnaubte. »Hast du mich zu dir bringen lassen, um mich auf dein Interesse an den schönen Künsten hinzuweisen?«

»Nein.« Sein Blick verfinsterte sich, während er sie von oben bis unten maß.

Unwillkürlich musste Sirja an Kalames Schönheit denken und an die vernichtenden Worte der Zentaurenfrau über ihre Erscheinung.

Ein tiefes Schnaufen von Rheos verhinderte jedoch weitere Selbstzweifel. Sein Brustkorb hob und senkte sich schwer, seine Hände waren zu Fäusten geballt.

»Ist mit dir alles in Ordnung?«, erkundigte sie sich trotz ihres Ärgers.

Er stampfte mit dem Huf auf. »Das sollte ich wohl eher dich fragen! Was hat dich auf die verrückte Idee gebracht, nach Quran zu kommen?«

»Ich wollte nicht nach Quran«, verteidigte sie sich, »ich wollte zu dir. Jamir hat mir von einem Wachtrupp erzählt, der dich auf dem Weg nach Norden gesehen hat.« Sie hob die Hände und ließ sie wieder fallen. »Ich habe Mondschatten gebeten, mich zu dir zu bringen. Dass ich in Quran landen würde, ahnte ich nicht.«

»Und was wolltest du von mir, wenn du doch glaubtest, ich ginge nach Norden?«, fragte er harsch.

»Dich zur Rückkehr nach Quran bewegen. Oder zumindest dazu, deinem Volk eine Nachricht über Neidors Pläne zukommen zu lassen.«

Er erwiderte nichts, sondern funkelte sie geradezu feindselig an.

Wütend starrte Sirja zurück. Wie einfältig war sie gewesen anzunehmen, die Nähe zwischen ihnen hätte seiner Rückverwandlung standgehalten! Für ihn war sie nichts weiter als eine Geisel. Panos hatte er lediglich zu ihr geschickt, um sie am Leben zu erhalten. Es war kein Freundschaftsdienst gewesen, wie sie geglaubt hatte, und schon gar kein Zeichen von ... Sie verbat sich den letzten Gedanken. Wie lächerlich wollte sie sich noch machen?

»Und ich habe gedacht, du wüsstest mein Kommen zu schätzen«, fauchte sie. »In der Nordfeste haben wir doch zusammengearbeitet.«

»Die Zeit in der Nordfeste hat keinerlei Bedeutung mehr für mich. Damals war ich ein Mensch und demnach nicht bei klarem Verstand.«

»Ach ja?« Spöttisch betrachtete sie ihn. »Ich habe deinen menschlichen Verstand als äußerst scharf in Erinnerung. Aber vielleicht hat Fürst Neidor recht, und alles, was du uns über die Räuberbande erzählt hast, war Lug und Trug.«

Auf seiner Stirn bildete sich eine steile Falte. »Ich habe jede meiner Behauptungen bewiesen.«

»Neidor glaubt sie trotzdem nicht. Und Jamir glaubt dir auch nicht mehr.«

Rheos verschränkte die Arme vor der Brust. »Und was ist mit dir, Menschentochter? Hältst du mich jetzt auch wieder für einen verlogenen Zentaurenbastard?«

»Nein. Aber das konnte ich dem Fürsten schlecht sagen.« In versöhnlichem Tonfall fuhr sie fort: »Neidor will eine Entscheidungsschlacht. Um die Zarakinenhöhle will er sich erst danach kümmern.«

»Und was erwartest du von mir?«

»Dass du Verhandlungen mit Neidor führst, wie du es vorhattest.«

Sein Gesicht nahm einen verschlossenen Ausdruck an. »Dann ist es ja von Vorteil, dass ich dich als Geisel mitbringe, um meine Argumente für eine Waffenruhe zu stärken.«

Die Frostigkeit seiner Stimme ließ sie schaudern.

Er schritt an ihr vorbei zum Ledervorhang und schob ihn beiseite. Ein unmissverständliches Zeichen, dass ihre Audienz bei ihm beendet war.

Sie ging auf ihn zu und blieb trotzig vor ihm stehen. »Dass du dich vor deinem Volk verstellen musst, ist mir klar. Aber warum auch hier drinnen?«, brach die Enttäuschung über seine Abweisung aus ihr heraus. »Erinnere ich dich so sehr an dein verhasstes Dasein als Mensch, dass du mich nicht einmal mehr mit Namen ansprechen kannst?«

Fast schien es, als zuckte er vor ihren Worten zurück. »Du gehst jetzt besser.«

»Natürlich«, wütend schritt sie an ihm vorbei, »zurück in den Pferch, in den mich dein Bruder gesteckt hat.«

Rheos folgte ihr in den Vorraum, erwiderte aber nichts, was sie nur noch zorniger machte. Sie fuhr zu ihm herum und griff seine Hand.

»Ich gratuliere dir übrigens zur Wahl deiner Favoritin«, erklärte sie zynisch. »Mit ihrer zuvorkommenden Art passt Kalame perfekt zu ...«

Die Worte erstarben in ihrem Mund, als durch die Berührung ihrer Hände die Kälte und Rheos Gefühle in ihren Körper strömten. Die Verbindung war wieder da!

Überrascht sahen sie einander an, unfähig, ihre Hände voneinander zu lösen.

Sie stand im Wald und ihr Körper wurde wieder zu dem eines Zentauren.

Ihr Körper? Sirja keuchte. Die Flut von Rheos Empfindungen war so stark, dass sie nun nicht nur seine Gedanken lesen konnte, sondern seine Erinnerungen zu den ihren wurden ...

Seine Rückkehr nach Quran. Das Misstrauen gegen ihn, auch wenn es keiner offen aussprach.

Verhandlungen mit den Menschen waren der einzige Weg, aber Thanos und Zarkos wollten es nicht begreifen. Streit, als er von den Räubern und der Zarakinenhöhle erzählte.

‚Menschen haben deinen Vater getötet, deine Entdeckungen ändern nichts an dieser Tatsache', höhnte Zarkos.

Verwirrung, weil er immer noch nicht wusste, wie er in Menschenhand geraten war.

Kalame begrüßte ihn. Sie wirkte kühl. Müsste sie sich nicht mehr freuen?

Sirja saß am Boden mit Fohlen um sich. War wahrer Frieden möglich, wie sein Vater stets geglaubt hatte?

Er zielte mit seinem Pfeil auf Sirja. Ein Fehlschuss bedeutete ihren Tod. Sein Magen rebellierte – und sein Herz. Sirja stürzte in der Arena. Der Wunsch, sie aufzuheben und in seinen Armen davonzutragen.

Kalames Haar in seinen Fingern, bedeutungslos. Er wollte jemand anderen berühren ...

Sirjas Gefühle fluteten sein Inneres und mit ihnen kam die Kälte. Er sollte seine Hand von ihr fortziehen, doch er schaffte es nicht.

Verzweiflung, Traurigkeit und Enttäuschung über Rheos Verschwinden.

Rheos riss die Augen auf, doch dann begriff er. Er las ihre Gedanken, sah, was sie gesehen hatte, und fühlte, was sie empfunden hatte.

Sie musste ihn finden. Mondschatten, der durch den Wald jagte. Quran. Schrecken – und Erleichterung. Rheos! Atemberaubend schön auf dem Steinplateau. Kalame. Eifersucht. Sie wollte an seiner Seite stehen, wollte wieder seine Umarmung spüren ...

Statt seine Hand von Sirja fortzunehmen, umschlossen seine Finger sie fester.

Ihre freie Hand legte sich auf seine Brust. Der Gedankenstrom schwoll an. Doch statt sich wie sonst dagegen zu wehren, ließ er ihn zu – und erschauerte über die Veränderung.

Die Veränderung war so unerwartet, dass Sirja aufkeuchte, und ihre Verwunderung spiegelte sich in Rheos Augen wider. Die Verbindung zwischen ihnen war nun nicht mehr kalt und unangenehm, sondern warm und prickelnd, eine Quelle sprudelnder Kraft.

Sie trat näher an ihn heran und schmiegte ihren Kopf an seine Brust. Was sie in seinem Inneren gesehen hatte, ließ ihr Herz schneller schlagen und sie hoffen, was bisher unmöglich schien.

»Sirja ...«

Sie wusste nicht, ob er wirklich sprach oder ob sie seine Stimme nur im Geist hörte.

Behutsam begann er, über ihren Rücken zu streichen, und sie genoss seine Nähe, seine Berührung und die lebendige Wärme zwischen ihnen.

»Du Bastard von einem Verräter!«

Noch bevor Sirja reagieren konnte, schob Rheos sie an seine Flanke und riss sein Schwert aus der Halterung am Rücken. Vor ihnen im Ordan standen Zarkos und Thanos und sahen sie hasserfüllt an.

»Du spendest der Menschenfrau Trost?« Empörung blitzte in Thanos Augen auf. »Wie weit willst du noch sinken, Bruder?«

»Thanos hat recht«, zischte Zarkos. »Töte das Weib, und wir vergessen, was wir sahen.«

Sirjas Hand lag auf Rheos Fell und sie spürte seine Verärgerung wachsen. »Mein Befehl war deutlich«, erklärte er kühl. »Sie ist meine Geisel und wird am Leben bleiben.«

Die Stirn seines Onkels legte sich in Falten. »Dann frage ich mich, ob du überhaupt noch in der Lage bist, die richtigen Befehle zu erteilen.« Er zog sein Schwert aus dem Waffengürtel.

Rheos Züge verhärteten sich. »Du stellst meine Herrschaft infrage?«

»Ich habe das Wohl unseres Volkes im Blick. Im Gegensatz zu dir, Neffe.«

»Die Steppenzentauren werden uns ebenso überrennen wie die Menschen, wenn wir es zum Krieg kommen lassen.« Rheos Stimme war kalt wie die Klinge in seiner Hand. »Was versprichst du dir davon, Zarkos? Was ist dein wirkliches Ziel?«

Die schwarzen Augen des älteren Zentauren waren unergründlich. »An der Seite unserer Brüder aus der Steppe werden wir siegen. Ihr Preis für ihre Hilfe wird gering sein gegen das, was die Menschen uns antun werden: Die Zentauren von Eleazan vollständig ausrotten.« Zarkos kam näher, die Waffe drohend auf Rheos gerichtet. »Aber du hast noch nie begriffen, was Verantwortung bedeutet – oder das Wohl deines Volkes.«

Vor Sirjas innerem Auge flammte ein Bild auf. Rheos, der den schwerverletzten Panos schleppte. Enttäuschung in den Augen seines Vaters. Der Pferch.

Sie spürte das Zittern, das ihn durchlief.

»Du warst nie würdig, Te'Ral zu werden«, fuhr Zarkos unbarmherzig fort. »Mein Unterricht und meine Kraft waren an dir verschwendet. Statt den Tod deines Vaters zu rächen, bist du zum Sklaven der Menschen verkommen.«

»Es reicht!« Rheos Erschütterung verschwand ebenso schnell, wie sie gekommen war. »Du bist mein Onkel, aber ich bin dein Te'Ral.«

Zarkos starrte ihn einen Augenblick lang an, dann spuckte er vor ihm aus. »Du bist nicht länger unser Te'Ral!«

Rheos hob die Waffe. »Thanos, geh zur Seite!«

»Nein, Bruder.« Der fuchsfarbene Zentaur zog ebenfalls sein Schwert und trat dicht an seinen Onkel heran. »Zarkos hat recht. Es wird Zeit, dass du deine Macht verlierst.«

Rheos Schock hätte Sirja auch ohne Gedankenverbindung gespürt. »Du stellst dich gegen mich, Bruder?«

Sie konnte die Bitterkeit seiner Frage in ihrem Mund schmecken. Hätte Artor einen solchen Verrat an ihr begangen, es hätte sie schlimmer getroffen als sein Tod.

Thanos wich keinen Schritt von der Stelle. »Die Menschenfrau wird jetzt sterben«, wiederholte er stur die Worte seines Onkels.

»Dann wirst du mich ebenfalls töten müssen.« Rheos sah seinen Bruder herausfordernd an. »Denn freiwillig werde ich weder sie noch meine Herrschaft abgeben.«

Unsicherheit flackerte in Thanos Augen, dann hatte er sich wieder im Griff. »Du kommst in den Pferch. Wir entscheiden später, was mit dir ...«

Krachend traf Rheos Schwert auf das seines Bruders. »Niemand wird mich jemals wieder in den Pferch sperren!«, brach es aus ihm hervor. »Schon gar nicht mein eigener Bruder.«

Sirja, bring dich in der Ecke in Sicherheit!, erklang seine Stimme plötzlich in ihren Gedanken.

Sie fuhr herum, hechtete zu der Schlafstätte und starrte in den Vorraum.

Zarkos hatte ebenfalls den Kampf aufgenommen, sodass Rheos gegen zwei Gegner auf einmal zu fechten hatte. Mit einer unglaublichen Schnelligkeit verteilte er seine Schwerthiebe auf seinen Bruder und seinen Onkel, verhinderte, dass einer der beiden an ihm vorbei zu ihr gelangen konnte.

Ihr Herz schlug bis zum Hals. Warum war sie nicht in die andere Ecke gerannt? Dort befanden sich Rheos Waffen. Mit einem Schwert in der Hand hätte sie ihm beistehen können.

Vor dem Ordan erklangen Hufschläge und aufgeregte Stimmen. Der Vorhang am Eingang wurde aufgerissen und ein Zentaur mit der silbernen Spange eines Ra'Wen am Arm stürmte herein.

»Te'Ral!«, schrie er. »Ihr müsst nach draußen kommen und ...« Seine Stimme erstarb, als er den Kampf bemerkte. Entsetzt blickte er zwischen Rheos, Zarkos und Thanos hin und her.

»Was gibt es?«, rief Rheos, ohne sein Schwert zu senken.

»Quran wird angegriffen«, keuchte der Zentaurenkrieger.

Ein letztes Mal klirrten die Schwerter aneinander, dann herrschte Stille. Rheos, Thanos und Zarkos starrten durch den Eingang hinaus ins Freie.

Sirja reckte den Hals und sah ebenfalls hinaus. Feurige Pfeile erhellten den Nachthimmel, in der Ferne loderte ein Ordan in Flammen.

Das Nächste, was sie wahrnahm, war, in Rheos Armen zu liegen. Mit einem Satz sprang er an seinem Bruder und Onkel vorbei.

»Bringt die Fohlen und Zentaurinnen in den südlichen Wald«, befahl er dem Krieger. »Die Ra'Wene sammeln ihre Truppen auf dem Heerfeld und warten dort auf meine weiteren Anweisungen.«

Dann jagte er mit ihr hinaus in den Feuerregen.

35

Die menschlichen Kriegstrommeln hallten zwischen den Bäumen wider. Seine Hufe gruben sich tief in den Waldboden, während er angestrengt in die Dunkelheit lauschte. Weder konnte er sagen, wo die Angreifer sich verbargen noch wie viele es waren.

Wohin bringst du mich?

Sirjas Stimme erklang in seinem Inneren. In Gedanken miteinander sprechen zu können musste die veränderte Verbindung mit sich gebracht haben, die weiterhin warm und belebend zwischen ihnen bestand.

Er antwortete ihr ebenfalls im Geiste. *In ein Versteck. Panos wird dich holen, sobald ich die Lage in Quran unter Kontrolle gebracht habe. Wenn niemand kommt, schlag dich nach Tarnem durch.*

Glaubst du, es ist Neidor?

Rheos dachte an das belauschte Gespräch.

Sirja sog scharf den Atem ein, als sie seine Erinnerung las. *Aber seitdem sind noch keine drei Tage vergangen. Und würde es eine Handvoll Räuber wagen, Quran anzugreifen?*

Das werde ich herausfinden, sobald ich dich in Sicherheit weiß.

Was ist mit Zarkos und Thanos?

Seine Kiefer mahlten. *Ich hoffe, der Angriff bringt sie dazu, Einheit zu wahren.*

Er galoppierte zwischen den Bäumen hindurch, die wie dunkle Schatten neben ihnen aufragten. Der alte Steinbruch war nicht mehr weit. In den einstigen Werkstätten der Steinmetze würde Sirja Unterschlupf finden. Er steigerte sein Tempo – und stemmte jäh alle Hufe in die Erde.

Im Silberlicht des Mondes ragte vor ihm eine Wand aus Schilden und Speeren auf. Menschen! Der Wind wehte in die falsche Richtung, er hatte sie nicht wittern können.

»Lass die Frau frei, Zentaur!«, befahl eine Männerstimme hinter dem Schildwall.

Flucht war unmöglich, ihre Speere waren schneller als er. Fluchend setzte er Sirja ab.

»Verschränke die Arme vor der Brust und lege dich hin, Pferdemensch!«

Sirja sah ihn panisch an. Sie berührten einander nicht mehr, und so konnte er nicht mit ihr in Gedanken sprechen, sondern ihr nur unmerklich zunicken.

Dann knickte er mit den Beinen ein und kam auf dem Waldboden zu liegen. Im gleichen Moment vernahm er das Geräusch von Pfeilen, die aus den Köchern gezogen wurden.

Mit ausgebreiteten Armen sprang Sirja vor ihn. »Ihr dürft ihn nicht töten.«

Hinter der Schildwand erklang ein verärgertes Knurren. »Störrisch wie immer!«, ertönte eine zweite Männerstimme. »Muss ich dich eigenhändig aus der Schusslinie ziehen, Sirja?«

Rheos traute seinen Ohren nicht. Neben ihm keuchte Sirja auf, sie hatte die Stimme ebenfalls erkannt.

Die Schildwand öffnete sich und heraus trat mit gezogenem Schwert – Jamir.

»Bleib, wo du bist, Jamir!«, schrie Sirja. »Nie hätte ich gedacht, dass du zu der Räuberbande gehörst! Wie konnte ich mich bloß so in dir täuschen!«

»Was?!« Wie angewurzelt blieb der junge Turmherr stehen. »Ich bin hier, um dich aus der Zentaurenstadt zu befreien.«

Sie riss die Augen auf. »Woher wusstest du ...?«

»Spuren«, erwiderte Jamir lapidar. »Mondschattens Hufabdrücken im weichen Waldboden zu folgen war nicht schwer.«

Er wies mit dem Schwert auf Rheos. »Und jetzt geh aus dem Weg, Sirja, damit wir diese Bestie erschießen können.«

Bei dem Hass in Jamirs Augen beschleunigte sich ihr Herzschlag. »Nein!«

»Nenne mir einen Grund, warum ich das Leben dieser Kreatur schonen sollte«, verlangte er ungeduldig.

Ehe sie den Mund öffnen konnte, erklang hinter ihr eine Antwort. »Weil ich dir auch schon einmal das Leben gerettet habe, Jamir.«

Wäre ein Blitz vor Jamir in den Boden eingeschlagen, seine Überraschung hätte nicht größer sein können. »Was bei den Göttern ...?« Ungläubig kam er einen Schritt näher, dann wandte er den Kopf zu seinen Männern. »Bringt mir eine Fackel!«

Augenblicke später flammte Licht auf und einer der Krieger drückte Jamir eine Fackel in die Hand. Stück für Stück näherte sich Jamir ihnen.

Sirja trat beiseite und gab ihm den Blick frei.

Mit aufgerissenen Augen starrte Jamir den liegenden Zentauren an. »Rheos?« Er blinzelte, als versuchte er, ein Trugbild zu verscheuchen. »Wie ... wie ist das möglich?«

Mit einem Satz war Rheos wieder auf seinen Beinen. »Das lässt du dir in Ruhe von Sirja erklären. Ich muss zurück nach Quran.«

Jamirs Versteinerung verschwand und er richtete seine Klinge drohend auf Rheos. »Du gehst nirgendwo hin, bis nicht alle meine Fragen beantwortet sind.«

Rasch schob Sirja sich zwischen die Schwertspitze und Rheos. »Bitte, Jamir. Rheos muss dringend nach Quran zurück.«

»Ach ja?«, höhnte Jamir. »Warum?«

»Die Stadt wird angegriffen«, erwiderte Rheos kühl.

»Nicht mehr.« Jamir schüttelte den Kopf. »Als wir euch kommen sahen, haben wir den Beschuss eingestellt.«

Jetzt war es an Rheos und ihr, verwirrt zu schauen.

»Ihr seid nur zehn«, zischte Rheos. »Quran wird von einem Heer belagert.«

Aus der Schildwand löste sich eine weitere Gestalt und trat in den Schein der Fackel. »Vielleicht kann ich das Rätsel lösen.«

»Dyrdra!« Sirja starrte die Viehheilerin an.

»Ich habe mich Jamir angeschlossen, er und seine Männer wissen nun um mein Geheimnis.« Die alte Frau lächelte. »Ich habe einen Zauber gewirkt, der die Zahl unserer Pfeile in den Augen unserer Gegner vervielfacht hat. In der Nacht gelingt die Täuschung gut.«

»Wir wollten Quran in Aufruhr versetzen, um unbemerkt hineinzuschleichen und Sirja zu retten.« Jamir sah Rheos kalt an. »Sie von dir gebracht zu bekommen ist natürlich weitaus einfacher und ungefährlicher.«

»Das ist es nicht.« Rheos hob den Kopf und seine Nasenflügel blähten sich. »Zentauren kommen auf uns zu.«

Jamir fluchte. Ehe Sirja etwas sagen konnte, hob Rheos die Hand.

»Du und Dyrdra verbergt euch hinter uns. Wenn wir sie nicht aufhalten können, steigt auf die Pferde und flieht.«

»Wir?« Jamir trat zu Rheos heran. »Was soll das heißen, Zentaur?«

Spöttisch zog Rheos eine Augenbraue hoch. »Sirja darf ihnen nicht in die Hände fallen – und du und deine Männer solltet es ebenso wenig.« Er vollführte eine Geste zu den Kriegern. »Wenn es zum Kampf kommt – wovon ich ausgehe – haltet Abstand zu meinen Hinterbeinen.«

Er zog sein Schwert aus der Halterung und reihte sich unter den ungläubigen Blicken der Männer am Ende der Schildreihe ein. »Löscht die Fackel.«

Jamir öffnete den Mund, um zu widersprechen. Dann schien er sich an die drohende Gefahr zu erinnern, zog Sirja und Dyrdra mit sich und schloss die Lücke in der Reihe seiner Krieger.

Dicht an Dyrdra gepresst kauerte Sirja hinter der Schildwand und lauschte. Außer dem angespannten Atmen der Männer und dem Schnauben der Pferde, die hinter einem Gebüsch an Bäume gebunden waren, war nichts zu hören. Doch sie wusste, dass Rheos sich nicht geirrt hatte. Regungslos stand er da, sein Schwert kampfbereit erhoben.

Augenblicke verstrichen und Sirja war sicher, dass man ihren Herzschlag durch den ganzen Wald hören konnte. Das Warten auf einen Angriff war schlimmer als ein Kampf. Unruhig schweifte ihr Blick hin und her.

Zwischen den Bäumen schimmerte etwas Helles auf und im gleichen Moment hörte sie das Donnern der Hufe. Die Männer fassten ihre Bogen und Speere fester. Der Wind hatte gedreht und die Zentauren mussten sie inzwischen gewittert haben, das Geräusch der Hufe näherte sich.

»Wartet auf mein Kommando«, zischte Rheos den Kriegern zu.

Jamir stieß ein Knurren aus und sie legte ihm beschwichtigend die Hand auf die Schulter. »Bitte, vertrau ihm.«

»Also gut«, erwiderte er zwischen zusammengebissenen Zähnen. »Der Zentaur übernimmt den Befehl – vorerst.«

Hinter den Bäumen zeichnete sich nun deutlich die Silhouette eines Pferdemenschen ab. Er hatte sein Tempo verlangsamt, fast schien es, als zögerte er weiterzugehen. Wartete er auf Verstärkung? Oder hatte er erkannt, in der Unterzahl zu sein und drehte ab?

Kaum hatte sie den Gedanken zu Ende gebracht, sprang der Zentaur mit einem gewaltigen Satz vor. Sein weißes Fell glänzte im Mondlicht. Neben ihm landete ein weiterer Zentaur, den sie wegen seines schwarzen Fells in der Dunkelheit nicht wahrgenommen hatte.

Die Bogenschützen zielten auf die Pferdemenschen und warteten auf Rheos Kommando.

Doch warum sagte Rheos nichts?

Jamir schien sich dasselbe zu fragen. Sirja biss sich auf die Lippe. Wenn Rheos nicht bald etwas unternahm, würde der junge Turmherr wieder den Befehl übernehmen.

Doch statt das Zeichen zum Angriff zu geben, steckte Rheos sein Schwert zurück in die Halterung auf seinem Rücken.

Jamir stieß einen Fluch aus. »Dein Zentaur steht uns nicht bei, er hat uns verraten, Sirja!«

»Das habe ich nicht.« Rheos trat einen Schritt vor die Wand aus Schilden. »Vielleicht ist dir aufgefallen, Jamir, dass die beiden keine Waffen in den Händen halten.«

»Das ist nichts als ein Trick.« Jamir warf ihm zwischen den Schilden hindurch einen wütenden Blick zu, ohne aus der Deckung zu gehen. »Wenn sie uns nicht angreifen wollen, warum sind sie dann gekommen?«

Rheos seufzte. »Die gleiche Frage stelle ich mir auch.« Er verschränkte die Arme vor der Brust. »Panos, Meonaos, was führt euch hierher?«

Panos, Meonaos? Sirja sprang auf, lief hinter der Reihe der Männer entlang und trat ebenfalls vor die Schildmauer. Jamirs wütenden Schrei und seinen Befehl, sofort wieder zurückzukommen, ignorierte sie und stellte sich an Rheos Seite.

Der schwarze Zentaur lächelte bei ihrem Erscheinen. »Schön, dich wohlbehalten wiederzusehen, Sirja.«

»Spar dir deine Koketterie für die Zentaurinnen beim Frühlingsmond auf«, fuhr Rheos seinen Freund an. »Warum seid ihr hier?«

Es war Meonaos, der antwortete. »Dein Onkel hat sich zum Te'Ral ernannt.«

Rheos Wangenmuskel zuckte. »Hat Zarkos euch geschickt, um mir das auszurichten?«, fragte er mit vor Wut flacher Stimme.

Meonaos schüttelte den Kopf. »Panos und ich mussten Quran verlassen, weil wir ihm den Treueschwur verweigert haben.«

»Er hat den Treueschwur verlangt, obwohl ich noch am Leben bin?« Rheos Miene verfinsterte sich.

»Dein Onkel hat dich zum Verräter erklärt«, erwiderte Panos. »Er sagte, du hast dich auf die Seite deiner Menschenfreunde geschlagen, statt an der Spitze unserer Krieger Quran zu verteidigen.«

»Genau das scheine ich ja getan zu haben«, entgegnete Rheos trocken und vollführte eine ausladende Handbewegung zu den Männern hinter ihm.

Meonaos öffnete den Mund, doch Rheos bedeutete ihm mit einer Geste zu schweigen. »Hat jeder in Quran Zarkos den Treueschwur geleistet?«

Der weiße Zentaur nickte. »Alle haben es getan, einschließlich deines Bruders und Kalame.« Bedauernd hob er die Hände. »Zarkos hatte leichtes Spiel. Deine lange, ungeklärte Abwesenheit, dein scheinbares Paktieren mit den Menschen, dein Festhalten am Waffenstillstand, dein Befehl, die Menschenfrau am Leben zu lassen ...«

Ein bitterer Zug erschien um Rheos Mund. »Und ihr wolltet Zarkos keine Treue schwören – bei all diesen guten Gründen gegen mich?«

»Wir sind deine Freunde, Rheos!«, erwiderte Panos empört. »Langsam solltest du uns kennen.«

»Und was hat euch die Freundschaft zu mir bisher eingebracht?« Rheos peitschte mit dem Schweif. »Dir ein gebrochenes Bein und Meonaos viel zu oft den Unmut meines Onkels. Und jetzt seid ihr meinetwegen noch zu Verrätern geworden.«

»Hör auf, jedes Schweifhaar einzeln zu kämmen.« Meonaos trat vor und legte Rheos die Hand auf die Schulter. »Wir drei kennen uns, seit wir gemeinsam als Fohlen über die Wiesen gestakst sind. In all dieser Zeit hast du nie etwas getan, das auch nur ansatzweise verwerflich gewesen wäre.«

»Vielleicht habe ich es ja jetzt?« Rheos sah ihn böse an. »Haben Zarkos und Thanos euch nicht verraten, wobei sie mich in meinem Ordan überrascht haben?«

Sirja spürte, dass Rheos ebenso wie sie die Luft anhielt, während er auf die Antwort seiner Frage wartete.

Meonaos zuckte mit den Schultern. »Du hast der Menschenfrau Ehre erwiesen, die ihr nicht zusteht.«

Sie stieß unhörbar den Atem aus, doch Rheos fixierte seine Freunde weiterhin scharf. »Damit haben mein Bruder und mein Onkel recht.«

»Erzähle uns etwas Neues!« Panos drängte sich an Meonaos vorbei und blickte Rheos entnervt an. »Dass du mit Sirja befreundet bist, wissen wir längst. Warum das so ist, würden wir natürlich gerne erfahren. Aber nicht jetzt.« Der dunkle Zentaur sah über die Schulter in die Richtung, in der Sirja Quran vermutete. »Dein Onkel gab den Befehl, dich zu verfolgen. Zudem versteckt sich ein menschliches Heer im Wald.«

»Letzteres ist falsch.« Rheos zeigte auf Jamir und seine Männer. »Das sind alle Angreifer.«

Meonaos zog die Augenbrauen hoch. »Diese Handvoll Männer hat es gewagt, Quran anzugreifen?«

»Diese Handvoll Männer und eine Wandlerin«, ergänzte Rheos trocken. Er vollführte eine knappe Verbeugung. »Darf ich euch einander vorstellen: Jamir, Turmherr der Nordfeste und Dyrdra, Viehheilerin und Magiekundige. Meonaos, Krieger im hohen Rang eines Ra'Wen sowie Panos, mein Freund.«

Meonaos starrte auf Jamir und seine Männer, die ihre Schilde inzwischen hatten sinken lassen. »Ihr wolltet wirklich Quran einnehmen?«, wiederholte er fassungslos.

»Wir wollten Sirja retten.« Verärgert trat Jamir vor.

Für einen Moment zuckten Rheos Mundwinkel amüsiert. »Auf solche undurchdachten Rettungsaktionen um Sirjas Willen begibt sich Jamir öfters.«

Jamir wollte auffahren, doch Meonaos kam ihm zuvor. »Dein Verschwinden mit der Menschenfrau war auch alles andere als durchdacht, Rheos.«

Die kurzzeitige Heiterkeit in Rheos Gesicht verschwand. »Wir hätten Sirja in Quran nicht mehr schützen können.«

Panos trat von einem Huf auf den anderen. »Und wie soll es weitergehen?«

»Du weißt, dass mir nur ein Weg bleibt.«

Meonaos schüttelte den Kopf. »Das Katkal allein wird nicht ausreichen.«

»Ich weiß.« Ein ernster Ausdruck trat in Rheos Augen. »Ehe ich nach Quran zurückkehre, muss ich Xiros in der Halle der Nacht aufsuchen – zusammen mit Sirja und Dyrdra. Es gibt Fragen, auf die ich vorher dringend Antworten brauche.«

Sirja ahnte, was er von dem alten Sterndeuter wissen wollte, und nickte. Auch die Viehheilerin zeigte ihr Einverständnis.

»Meo und ich kommen ebenfalls mit«, erklärte Panos.

»Und ich auch.« Jamir stieß die Spitze seines Schwertes in den Boden. »Ich habe keine Ahnung, wohin ihr wollt, aber ich lasse Sirja nicht mit einer Gruppe Zentauren durch die Wälder streifen. Zudem habe ich immer noch Fragen an dich, Rheos«, setzte er finster hinzu.

»Ich werde sie beantworten, aber nicht hier.«

»Was ist mit Neidor, Jamir?«, fragte Sirja. »Der Fürst erwartet dich doch zurück.«

Der junge Turmherr schüttelte den Kopf. »Ich habe einen Tarkyr dabei und werde ihm mitteilen, dass sich meine Rückkehr um ein paar Tage verzögert.« Er streckte die Hand nach ihr aus. »Komm jetzt.«

Im ersten Moment begriff sie nicht, was er von ihr wollte. Dann verstand sie und Bedauern breitete sich in ihr aus. Sie sollte zu Jamir aufs Pferd steigen. Rasch sah sie zu Rheos. Der steinerne Ausdruck hatte sich wieder über sein Gesicht gelegt.

»Jamir hat recht, wir müssen uns beeilen.« Rheos wandte den Blick von ihr zu seinen Freunden. »Meonaos, du übernimmst die Spitze, Panos deckt die Flanke und ich bilde den Schluss.«

Jamir ergriff ihre Hand, um sie zu seinem Pferd zu führen. Doch noch war sie nicht bereit, ihm zu folgen.

»Rheos, was ist das Katkal?«

»Das Katkal wird durchgeführt, wenn zwei Zentauren Anspruch auf den Titel des Te'Rals erheben.«

Sie runzelte die Stirn. »Also ist es eine Art Gerichtsverhandlung?«

Rheos Nicken war kaum als solches zu erkennen, ehe er an ihr vorbei an das Ende ihres Trupps trabte.

36

Wie geisterhafte Schatten galoppierten sie durch den Wald. Meonaos führte die Menschenkrieger sicher durch das unebene Gelände, seinen scharfen Augen entgingen auch bei Nacht weder Wurzeln noch Senken. Sie hätten ein schnelleres Tempo anschlagen können, doch sie mussten sich den Pferden anpassen, die ihre schwerbewaffneten Reiter zu tragen hatten.

Immer wieder blitzte der Mond zwischen den Wolken auf und schien auf die Krieger vor ihm. Er hatte nicht umsonst das Ende des Trupps gewählt – so musste er Sirja und Jamir wenigstens nur von hinten sehen. Der junge Turmherr hielt sie vor sich auf dem Pferd, seinen Arm fest um ihren Körper geschlungen.

Ein Stich durchfuhr ihn. Er hatte Sirja am Abend zu sich rufen lassen, um sich von seinen irrigen Gefühlen zu ihr zu lösen. Stattdessen war das Gegenteil geschehen. Panos hatte es Freundschaft genannt. Was würde sein Freund sagen, wenn er wüsste, dass es weit mehr war? Was würde sein Volk sagen? Eine Menschenfrau als Gemahlin des Te'Rals – er wusste, dass es unmöglich war. Einzig sein Herz sagte etwas anderes.

Rheos schob den Gedanken an Sirja beiseite und verstärkte seinen Galopp, bis er auf Höhe von Panos war. »Schließe zu Meo auf und sage ihm, wir sind weit genug entfernt, um eine Rast einzulegen.«

Sein Freund nickte und preschte davon. Er ließ sich wieder ans Ende des Trupps zurückfallen. Ehe er sich weitere Gedanken um seine Zuneigung zu Sirja machen konnte, sollte er über das Katkal nachdenken. Ihrer Annahme, es wäre eine Gerichtsverhandlung, hatte er nicht widersprochen. Wenn man es recht betrachtete, endete das Katkal tatsächlich mit einem Urteil – nur, dass es nicht mit Worten gefällt wurde.

»Sattelt die Pferde ab«, rief Jamir seinen Männern über die kleine Lichtung hinweg zu, während er Sirja vom Pferd half. »Danach teile ich die Wachposten ein.«

»Wir übernehmen die Wache«, entgegnete Rheos. »Wir sehen, hören und riechen besser als ihr.« Er ignorierte sowohl Jamirs Arm, der schützend um Sirjas Schultern lag, als auch die Tatsache, dass er mit diesem Befehl erneut den Führungsanspruch des jungen Turmherrn untergrub.

Jamir funkelte ihn an. »Ein Zentaur und zwei Männer werden Wache halten.«

»Wie du meinst.« Rheos rief Meonaos und Panos herbei und wies auf Jamir, Dyrdra und die Krieger. »Prägt euch ihren Geruch ein.«

Die Nasenflügel seiner Freunde blähten sich kurz, ebenso wie seine.

Misstrauisch sah Jamir sie an. »Was soll das?«

»So stellen wir sicher«, antwortete Meonaos, »dass wir euch sofort zuordnen können, auch wenn wir euch nicht sehen.« Er grinste. »Sonst halten wir euch fälschlicherweise noch für Feinde, nur weil ihr austreten musstet.«

Jamir schnaubte und benannte zwei seiner Männer, die zusammen mit Meonaos die erste Wachschicht übernehmen sollten.

Die restlichen Krieger hatten bereits ihre Decken ausgerollt und bedienten sich aus ihren Proviantbeuteln und Wasserschläuchen. Auf Fackeln und ein wärmendes Feuer mussten sie aus Vorsicht verzichten.

Sirja saß ebenfalls schon auf einer Decke. Jamir ließ sich neben ihr nieder und schlug eine Wolldecke um sie beide.

Rheos Hände ballten sich zu Fäusten, doch Jamirs Blick lenkte ihn von seiner Eifersucht ab. Das Misstrauen im Gesicht des jungen

Turmherrn war weiterhin unübersehbar – und es hatte nichts mit Sirja zu tun.

»Wie sieht es aus, Zentaur«, hob Jamir herausfordernd an, »beantwortest du mir nun meine Fragen?«

»Es wäre geschickter, wenn Rheos und ich dir gemeinsam die Geschichte erzählen«, wandte Sirja ein. Dunkle Schatten lagen unter ihren Augen, doch ihre Stimme klang fest.

»Einverstanden«, knurrte Jamir. »Ich höre.«

Sirja begann mit dem Erzählen und schon nach ihren ersten Sätzen lauschten Jamir, seine Krieger, Panos und Dyrdra gebannt. Wenn Sirja ins Stocken geriet, half Rheos ihr weiter, oder fügte seine Sicht der Dinge hinzu, wie das belauschte Gespräch der Räuber nahe der Nordfeste.

Nach und nach verschwand der abweisende Ausdruck aus Jamirs Augen. Nachdem Sirja mit der Flucht aus Quran endete, herrschte einen Moment lang Schweigen.

»Du wolltest wirklich einen Waffenstillstand mit Neidor aushandeln?«, fragte Jamir in die aufgekommene Stille.

»Ja, und es ist noch immer mein Ziel. Jetzt mehr denn je.«

Jamir rieb sich das Kinn. »Wenn alles stimmt, gäbe es kaum noch einen Grund für einen Krieg.«

Dyrdra nickte. »Zarkos muss gestoppt und Fürst Neidor überzeugt werden.« Sie sah Rheos an. »Xiros aufzusuchen ist eine weise Entscheidung. Dass eine solche Gedankenverbindung zwischen euch existiert, habe ich geahnt, erklären kann ich sie mir dennoch nicht.«

Rheos fiel auf, dass ein erleichterter Ausdruck auf Jamirs Zügen erschienen war. Fragend zog er eine Augenbraue hoch.

Der Herr der Nordfeste lächelte. »Wenigstens muss ich mir jetzt keine Gedanken mehr machen, weil ich gegen dich im Bogenschießen verloren habe.«

Panos grinste. »Das müsstest du auch nicht, wenn du ein Zentaur wärst, Jamir. An Rheos kommt keiner vorbei.«

»Darüber bin ich nicht erst seit heute Abend froh«, stöhnte Sirja. »Sonst wäre Zarkos Plan aufgegangen und statt der Homele hätte Rheos Pfeil mein Herz durchbohrt.«

»Dieser Zarkos ist tatsächlich Euer Onkel, Rheos?«, erkundigte sich einer der umsitzenden Krieger.

Auf sein Nicken hin schüttelte der ältere Mann fassungslos den Kopf. »Immer der gleiche Ärger mit der missgünstigen Verwandtschaft. Aber tröstend zu wissen, dass es euch Zentauren nicht anders ergeht als uns Menschen.«

Ein bärtiger Wachmann neben dem Krieger lachte auf. »Karlor musste vor einigen Jahren seine verwitwete Schwägerin unter seinem Dach aufnehmen. Eine wahre Furie, der nichts recht zu machen ist.«

»Nach unseren Sitten hätte sie nicht in Karlors Ordan einziehen dürfen«, erklärte Rheos.

Karlor gab ein gequältes Stöhnen von sich. »Vielleicht sollte ich mich in einen Zentauren verwandeln lassen.«

»Was wäre in Quran mit der Schwägerin geschehen, Rheos?« Jamir sah ihn neugierig an.

Zufrieden nahm Rheos zur Kenntnis, dass Jamir ihn wieder mit Namen ansprach. »Sie ginge in eine Ordangemeinschaft mit verwitweten Zentauren und Zentaurinnen.«

»Man stößt sie aus ihrer Familie aus?«, empörte sich Sirja.

»Sie hat dort neue Aufgaben. Und ihre Söhne, Töchter und Enkel werden sie lieber mögen, wenn sie zufrieden und ausgeglichen ist.« Er hob die Hände. »Fohlen müssen ihr Familienordan ebenfalls verlassen, sobald die Geschlechtsreife eintritt. Sie leben dann mit Gleichaltrigen zusammen, bis sie einen Partner wählen.«

Der bärtige Krieger riss die Augen auf. »Ihr lasst Unverheiratete ohne Aufsicht zusammenleben?«

»Unser Paarungsverhalten ist anders als das eure. Es ist strikt auf die Nacht des Frühjahrsmondes beschränkt.«

Das Lachen des bärtigen Kriegers erklang erneut. »Überlege dir, Karlor, ob du wirklich ein Zentaur werden willst, wenn du nur einmal im Jahr deiner Lust freien Lauf lassen darfst.«

Karlor schnitt eine Grimasse. »Öfter lässt mich mein Weib auch nicht ran.«

Das Lachen der Krieger dröhnte über die Lichtung. Auch Jamir fiel mit ein, ebenso Sirja, Dyrdra, Panos und Rheos selbst.

Karlor stand auf, trat auf ihn und Panos zu und hielt ihnen seinen Proviantbeutel entgegen. »Meine Frau mag mir im Bett nicht zu Willen sein, aber sie ist eine hervorragende Köchin. Bedient euch – wie ich sehe, habt ihr nichts dabei.«

Rheos hörte, wie Jamir sich verlegen räusperte. Nicht einer seiner Krieger, sondern er hätte die Einladung zum Mahl aussprechen müssen.

»Ich danke dir, Karlor«, erwiderte Rheos und neigte den Kopf. »Doch wir vertragen das menschliche Essen nicht.«

»Aber Wasser ist bestimmt möglich.« Jamir erhob sich, ging zu ihm und reichte ihm seinen Trinkschlauch.

Während Rheos einen tiefen Zug nahm, raunte der Turmherr ihm zu: »Jetzt weiß ich endlich, warum dir schon ein einziger Becher Wein so zugesetzt hat.«

»Du hast Wein getrunken?« Interessiert kam Panos einen Schritt näher. Jamir hatte leise gesprochen, doch nicht leise genug für zentaurisches Gehör.

Rheos drückte seinem Freund den Wasserschlauch in die Hand. »Die Möglichkeit, sich betrinken zu können, ist ein Vorteil am Menschsein.«

Wenn er gehofft hatte, Panos setze den Schlauch an die Lippen und hielt den Mund, hatte er sich geirrt. Neugierig beugte sich der schwarze Zentaur zu Jamir hinunter. »Was hat Rheos als Mensch noch angestellt?«

Auf Jamirs Gesicht erschien ein verschwörerischer Ausdruck. »Er liebte Kaninchen in Zwiebelsoße, hatte Freude am Tanzen und ein deutlich sichtbares Interesse daran, mit einer Dirne ins Bett zu steigen.«

Panos grinste. »Hört sich an, als hättest du als Menschenmann Spaß gehabt, Rheos.«

»Sollte eines dieser Dinge in Quran bekannt werden, hast du einen Pfeil in deinem Hinterteil, mein Freund«, zischte er.

Mit einem verräterischen Lächeln, das bewies, dass sie das Gespräch gehört hatte, gesellte sich Sirja zu ihnen. »Am besten berichtest du in Quran darüber, Panos, wie Rheos laufen gelernt hat – oder Treppen steigen. Amüsant war auch die Geschichte mit der Magd und dem Badezuber sowie ...«

Sein Knurren unterbrach sie. »Die Nacht ist bald vorbei. Wenn ihr überhaupt noch etwas Schlaf bekommen wollt, legt euch gefälligst hin.«

»Bei Gelegenheit darfst du mir das gerne ausführlich erzählen, Sirja.« Panos zwinkerte ihr zu. »Und Meo auch.«

Unter seinem giftigen Blick trollte sich sein Freund zu Meonaos, um ihn von der Wache abzulösen.

Rheos machte einen Schritt auf Sirja zu und streckte die Hand nach ihr aus, doch Jamir legte den Arm um Sirja und führte sie sanft, aber bestimmt, zu ihrem Schlaflager. Dort breitete der Turmherr die Decke über die junge Frau und streckte sich dicht hinter ihr zum Liegen aus.

Der Schmerz traf Rheos Herz wie ein Pfeil. Sirja war nur eine Armspanne von ihm entfernt, und doch unerreichbar. Jamir wusste nun um die Gedankenverbindung und hatte Sirja eben bewusst auf Abstand zu ihm gehalten.

Sein Blick brannte sich in die beiden Menschen unter der Decke. Sirjas Kopf lag auf Jamirs Arm, der andere Arm des Turmherrn schmiegte sich um ihre Hüften.

Er presste die Kiefer zusammen. Nein, nicht der Wein war das Beste am Menschsein gewesen, sondern ein Körper, der zu Sirjas passte.

Noch vor Sonnenaufgang erhob sich Jamir und entfernte sich leise von ihrem Nachtlager. Trotz ihrer bleiernen Müdigkeit entging Sirja sein Fortgehen nicht. Seufzend schlug sie die Decke zurück und verließ ebenfalls die Schlafstätte.

Den Umhang gegen die kühle Morgenluft eng um sich gezogen, folgte sie ihm über die Lichtung. Jamir war unterwegs zu Rheos, der die letzte Wachschicht übernommen hatte. Bei ihm angekommen redete der junge Turmherr sofort eindringlich auf den Zentauren ein. Ihr Näherkommen entging ihm – im Gegensatz zu dem Zentauren.

»Guten Morgen, Sirja«, grüßte Rheos. Der Tonfall in seiner Stimme verriet, dass ihn ihr Erscheinen nicht überraschte.

Jamir drehte den Kopf zu ihr und sah sie streng an. »Warum schläfst du nicht?«

Sie überhörte seinen vorwurfsvollen Tonfall, der sie einmal mehr an ihren Bruder erinnerte. »Was habt ihr beiden zu besprechen?«

Jamir zögerte, dann schien er einzusehen, dass sie sich nicht fortschicken lassen würde. »Gestern Abend habt ihr von Zentaurinnen und von den Steppenzentauren berichtet. Beides gehörte für mich bislang in das Reich der Legenden.«

»Was die Zentauren aus der Steppe betrifft, würde ich dir gerne zustimmen. Doch sie existieren ebenso wie weibliche Zentauren.« Rheos blickte Jamir ernst an. »Dass kaum ein Mensch je eine Zentaurin sah, liegt daran, dass wir sie vor euren Blicken verbergen – wir schützen das, was wir am meisten lieben.«

»Ich habe Zentaurinnen gesehen«, bestätigte Sirja. Das bittere Gefühl, das sich bei der Erinnerung an deren Schönheit in ihr breitmachte, schluckte sie hinunter.

»Die Steppenzentauren sah man zuletzt vor knapp zweihundert Jahren in Eleazan«, fuhr Rheos fort. »Mein Großvater und mein Vater führten unser Volk in die Schlacht gegen sie. Mein Großvater siegte, und sie zogen sich wieder in die Steppe zurück. Seitdem herrscht Frieden zwischen uns. Ihre Niederlage haben die Steppenzentauren jedoch weder vergessen noch überwunden.«

Ohne Vorwarnung umfasste Rheos Hand Sirjas Oberarm. In der Wärme der Gedankenverbindung schossen Bilder in ihren Kopf. Bärtige Zentaurenkrieger mit kahlgeschorenen Köpfen; Fell und Oberkörper mit schwarzer und blutroter Farbe bemalt, in ihren Händen riesige Streitäxte schwingend. Beinahe glaubte sie, ihr Kriegsgeschrei zu hören.

Dann sah sie ein Brandmal an jedem der Steppenzentauren. Zwei sich kreuzende Blitze, handtellergroß. Jeder Krieger trug das Zeichen an einer anderen Stelle: an der Brust, am Rücken oder an der Flanke. Jäh durchfuhr sie Schmerz und der Geruch nach verbranntem Fleisch stieg in ihre Nase.

Rheos löste seinen Griff und die Bilder verschwanden. Das Entsetzen blieb jedoch und eine seltsame Mischung aus Stolz und Hass klang in ihr nach.

Eine schreckliche Ahnung beschlich Sirja. Keuchend sah sie Rheos an. »Wo?«

Er setzte sein rechtes Hinterbein weit nach vorne und gab damit die Sicht auf die Innenseite des Beines frei. Dort prangten zwei Blitze in seinem Fell.

»Ich habe mehrere Jahre bei den Steppenzentauren gelebt«, erklärte er ruhig. Doch das Flackern in seinen Augen verriet ebenso wie seine Gedanken zuvor, dass die Erinnerung daran ihn immer noch aufwühlte. »Sie sind blutdürstige Barbaren. In einer Schlacht machen sie keine Gefangenen, nicht einmal bei ihrer eigenen Rasse.«

Fassungslos sah Sirja ihn an. »Was bringt deinen Onkel dazu, mit diesen Wilden einen Pakt schließen zu wollen?«

»Zarkos glaubt, Einfluss auf sie zu besitzen und sie mit Landrechten zufriedenstellen zu können. Die Steppenzentauren hatten es immer schon auf den Süden Eleazans abgesehen, das war der Grund für den einstigen Krieg zwischen uns. Sie wollten der unwirtlichen Steppe entgehen.«

»Zarkos ist verrückt!«, stieß sie hervor. »Wie kann er so verblendet sein und die Gefahr nicht erkennen?«

Rheos zuckte mit den Schultern. »Mein Onkel ist jünger als mein Vater und kennt die Grausamkeiten der Steppenzentauren nur aus Erzählungen. Die Erfahrung mit den Steppenzentauren war es jedoch, die meinen Vater dazu trieb, den Frieden mit den Menschen zu suchen.« Er lächelte. »Bei einem erneuten Angriff der Steppenzentauren hätte er sogar eine Allianz mit euch in Erwägung gezogen.«

Jamir fuhr sich mit beiden Händen über das Gesicht. »Wie soll ich Neidor klar machen, dass die Gefahr für Tarnem nicht in Eleazan lauert, sondern im Süden?«

»Deshalb müssen wir zu Xiros«, erwiderte Rheos. »Ich brauche seine Unterstützung, um meinem Volk den Wahnsinn, den Zarkos ihnen einredet, wieder auszutreiben.«

»Warum musste diese Räuberbande auch die Zarakinenhöhle entdecken?«, rief Sirja verzweifelt. »Dann wäre uns das alles erspart geblieben!«

»Jammern nützt nichts, nur handeln – und zwar schnell, denn uns bleibt kaum noch Zeit.« Rheos verschränkte die Arme vor der Brust. »Da Zarkos sich zum Te'Ral ernannt hat, hat er vermutlich bereits einen Boten zu den Steppenzentauren geschickt. Der Bote benötigt zwei Tage für den Weg in die Steppe. Bis die Steppenzentauren sich beraten und ihr Heer in Marschbereitschaft versetzt haben, vergehen zwei weitere Tage – und nochmals zwei, bis sie bei uns sind.«

Jamir runzelte die Stirn. »Und wenn Zarkos einen Tarkyr schickt?«

»Eine Nachricht mittels eines Vogels würden die Steppenzentauren nicht ernst nehmen. Das ist in diesem Fall ein Vorteil für uns.«

»Also haben wir eine Frist von sechs Tagen«, erwiderte Sirja düster, »bis ihr Heer in Tarnem eintrifft.«

Rheos nickte. »Sobald ich meine Herrschaftsrechte als Te'Ral zurückerlangt habe, werde ich die Einladung meines Onkels widerrufen.« Er wies auf die aufgehende Sonne. »Es wird Zeit, dass Jamir den Tarkyr an Neidor losschickt.«

Kurz darauf schwang sich der Vogel in den blutroten Morgenhimmel. Seine blauen Federn glänzten im hellen Licht, aus seiner Kehle drang ein stolzes Krächzen. Nach der Zeit in dem engen Käfig genoss es das Tier, wieder seine Schwingen in Freiheit auszubreiten.

Hoffnungsvoll blickte Sirja dem Tarkyr nach. In der Lederkapsel am Bein des Vogels befand sich nicht nur Jamirs Botschaft an den Fürsten, dass sich seine Rückkehr um einige Tage verzögern würde. Die Nachricht enthielt auch die dringende Bitte, mit weiterem Vorgehen gegen die Zentauren bis zu Jamirs Rückkehr zu warten.

Allerdings war es zweifelhaft, ob der Fürst auf diesen Wunsch eingehen würde. Neidor hatte seine Strategie in der Nordfeste nur zu deutlich gemacht – ebenso wie Zarkos, der nun die Befehlsgewalt über die Zentauren von Eleazan besaß. Rheos Onkel verlangte es nach einer Schlacht gegen die Menschen, weder würde er sich im Wald vor Neidors Streitmacht verborgen halten noch Verhandlungen suchen.

Erst recht nicht mit den Steppenzentauren im Rücken.

Sie legten nur die nötigsten Pausen ein. Meonaos hatte wieder die Führung übernommen, der weiße Schweif und die hellblonden Haare des Zentauren wehten wie eine Flagge im Wind.

Während des Rittes sprach Rheos nur wenig, auch Dyrdra wirkte in den wenigen Stopps nachdenklich und in sich versunken. Sirja seufzte. Rheos hielt Abstand von ihr, obwohl sie seine Nähe herbeisehnte. Bei der kurzen Gedankenverbindung in der Frühe hatte er seine Gefühle weitgehend abgeschottet und nur die Empfindungen aus seiner Vergangenheit zugelassen.

Würde es je wieder einen Moment zwischen ihnen geben wie am Abend zuvor in seinem Ordan? Durfte es ihn geben?

Ihr Kopf sank gegen Jamirs Brust, der sie sogleich enger an sich zog. Vielleicht schafften sie es, Rheos Herrschaft wieder herzustellen. Vielleicht auch, Fürst Neidor von der Wahrheit zu überzeugen. Und möglicherweise gelang ihnen sogar ein dauerhafter Waffenstillstand zwischen Menschen und Zentauren. Doch mehr als das würde es nie geben. Es war vermessen, die Götter um eine gemeinsame Zukunft für sie und Rheos zu bitten.

Auf Rheos wartete Kalame und auf sie ein unbekannter Gemahl in Tarm.

Die Sonne stand bereits tief, als der Wald sich lichtete und den Blick auf die Gipfel des Wega-Gebirges freigab. Vor wenigen Tagen war sie schon einmal hier gewesen, doch durch ihr Fieber konnte sie sich kaum erinnern.

Meonaos hatte das Tempo in einen leichten Trab gedrosselt und nicht nur die Pferde schienen dankbar. Der Ritt hatte auch die Reiter an ihre Grenzen gebracht – und Panos.

Bereits am Mittag war Sirja aufgefallen, dass sein gebrochenes Bein geschwollen wirkte. Der schwarze Zentaur hatte es abgestritten, aber Rheos hatte ihn dazu genötigt, dass Dyrdra sich seiner annahm.

Doch trotz der Behandlung der Viehheilerin trat keine Besserung ein. Panos brauchte eine Pause, auch wenn er es nie zugeben würde.

In diesem Moment blieb Meonaos stehen. Jamir hielt seinen Wallach an und die Krieger scharten sich um sie. Aus den Augenwinkeln sah Sirja, wie Panos den Halt nutzte und sein schmerzendes Bein auf der Hufkante abstellte.

Rheos galoppierte zu ihnen an die Spitze. Dabei musterte er jeden Einzelnen von ihnen scharf.

»Vor uns liegt der Pfad zur Halle der Nacht«, erklärte Meonaos. »Setzen wir unseren Weg fort oder warten wir den Morgen ab, Rheos?«

»Es ist besser, wenn wir heute Nacht ...« Rheos Worte erstarben, gleichzeitig verengten sich seine Augen und seine Nasenflügel blähten sich. Ungläubig schritt er auf den Pfad zu, der sich westwärts in Richtung des Wega-Gebirges schlängelte.

Sirja glitt vom Pferd, ehe Jamir es verhindern konnte. Von dem langen Sitzen steif geworden kam sie hart mit den Füßen auf der Erde auf, doch das kümmerte sie nicht. Sie stolperte vorwärts und kam zeitgleich mit Panos und Meonaos an Rheos Seite an.

Ebenso fassungslos wie die drei Zentauren starrte sie auf den staubigen Erdboden. Vor ihnen zeichneten sich Dutzende von Hufabdrücken ab, allesamt mit Eisen beschlagen.

Die Gedanken in ihrem Kopf wirbelten im Kreis. Das Gespräch, das Rheos belauscht hatte. Der geheimnisvolle Ort, den die Räuberbande angreifen wollte. Hektisch rechnete sie zurück, zählte an ihren Fingern nach, um jeden Irrtum auszuschließen. Das Ergebnis drehte ihr beinahe den Magen um. »Heute ist der dritte Tag«, keuchte sie.

Rheos Züge verhärteten sich. »Die Räuber wollen die Halle der Nacht überfallen. Ich muss sofort weiter.«

»Wir müssen sofort weiter«, korrigierte Meonaos ihn. »Panos und ich lassen dich keinesfalls allein.«

»Meine Männer und ich begleiten dich ebenfalls.« Jamir sprang aus dem Sattel und trat zu ihnen.

Rheos Brauen zogen sich zusammen. »Ihr seid alle ermüdet von dem Ritt, Jamir. Es wäre ...«

Jamir ließ ihn nicht weitersprechen. »Du hast selbst in einem menschlichen Körper gesteckt, Rheos. Du weißt, wir sind zäher, als ihr Zentauren das gerne hättet.«

Panos grinste. »Das Gleiche gilt auch für mich.« Er räusperte sich. »Ich meine die Zähigkeit, nicht das Menschsein. Also hör auf, dauernd auf mein Vorderbein zu schielen, Rheos.«

»Sag uns lieber, wie diese Halle der Nacht bewacht ist«, lenkte Jamir Rheos von einer Auseinandersetzung mit seinem Freund ab.

»So gut wie gar nicht. Es ist ein heiliger Ort, Kämpfe sind dort nicht erlaubt.«

»Ich gehe jede Wette ein, dass diese Bande das vorher ausgekundschaftet hat«, erwiderte Jamir. Mit gerunzelter Stirn blickte er auf die Hufspuren. »Es sind ungefähr dreißig Männer.«

Meonaos nickte. »Selbst mit den Wächtern der Halle zusammen werden wir in der Unterzahl sein.«

»Sofern die Wächter noch am Leben sind.« Rheos stieß ein Schnauben aus, dann suchte er Dyrdras Blick. »Wie sieht es aus, Wandlerin, stehst du uns mit deiner Magie bei?«

Dyrdra lenkte ihre Schimmelstute zu ihm. »Zumindest mit meiner Armbrust, Rheos.«

»Ich kämpfe auch mit«, rief Sirja und erntete einen gleichermaßen bösen Blick von Rheos wie von Jamir.

»Du wirst dich mit Dyrdra zusammen versteckt halten und von dort aus schießen«, erklärte Rheos scharf. »Ich kenne eure menschlichen Gebräuche, aber ich lasse weder eine Zentaurin noch eine Frau auf ein Schlachtfeld. Lieber binde ich dich eigenhändig hier an einem Baum fest. Hast du mich verstanden?«

Jamir nickte beipflichtend und ihr blieb nichts anderes übrig als ein gehorsames Ja zu murmeln.

Zufrieden wandte sich Jamir an Rheos. »Kannst du wittern, wie viel Vorsprung die Kerle haben?«

»Ihr Geruch ist nur noch schwach, sie müssen diese Stelle bereits um die Mittagszeit passiert haben. Ich könnte mir jedoch vorstellen, dass sie den Angriff erst in der Dunkelheit beginnen.«

Jamirs Finger trommelten auf seinen Oberschenkel. »Also könnten wir noch rechtzeitig kommen.«

Rheos Blick hob sich zu den Ausläufern des Wega-Gebirges, in dessen sanften Hügeln sich die Halle der Nacht verbarg. »So die Sterne uns hold sind, ja.«

37

Nie war ihm der Weg zur Halle der Nacht länger erschienen. Rheos musste sich zwingen, das Tempo zu mäßigen, um ihre Kräfte zu schonen.

In seine Anspannung mischten sich Schuldgefühle. Hätte er diesen Angriff vorausahnen müssen? Er hatte das Gespräch dieser Kerle belauscht und hätte die Halle der Nacht als mögliches Ziel erkennen müssen. Wütend auf sich selbst presste er seine Zähne zusammen, bis sein Kiefer schmerzte. Es dauerte einen Moment, ehe er bemerkte, dass jemand zu ihm herangaloppiert war.

Jamir.

Rheos wandte den Blick zu ihm, ohne sein Tempo zu drosseln.

»Wenn wir an dieser Halle angekommen sind, übernimmst du den Befehl«, rief Jamir ihm gegen den Wind zu. »Du kennst dich dort aus, zudem bist du ein guter Stratege.«

Überrascht zog Rheos eine Augenbraue hoch. Der erste Grund leuchtete ihm ein, der zweite hingegen ...

Jamir schien seine Frage zu erraten. »Ich kam mit meinen Männern hinzu, als ihr die Ostfeste angegriffen hattet. Ich glaubte an ein leichtes Spiel, da Herdor euch schon mit den Männern der Südfeste zusetzte. Meinen Irrtum habe ich schnell bemerkt.«

Rheos Brauen zogen sich zusammen. »Ihr habt den Sieg davongetragen«, entgegnete er nicht ohne Bitterkeit. Das Letzte, was er brauchte, war die Erinnerung an seine erste große Niederlage als Te'Ral.

Jamir schüttelte den Kopf. »Du hast uns herbe Verluste eingebracht, Rheos. Hättest du deine Truppen nicht zurückgezogen, so hätten wir kapitulieren und euch die Ostfeste preisgeben müssen.« Sein Blick wurde ernst. »Es ehrt dich, dass du deine Leute nicht in einem sinnlosen Gemetzel opferst, sondern eine Niederlage in Kauf nimmst. Unsere Chancen an der Halle der Nacht sind nicht gut, aber ich vertraue deinen Entscheidungen.«

Rheos wollte etwas erwidern, doch der junge Turmherr winkte ab. »Lass uns ein paar Gefangene machen, die wir Neidor und deinem Volk präsentieren können.« Er drückte seinem Wallach die Fersen in die Flanken und stob an ihm vorbei.

Der Kampflärm war schon von Weitem zu hören, ebenso die Schreie. Rheos musste an sich halten, nicht alleine vorzupreschen, sondern unterhalb des Platzes, auf dem die Wohn- und Vorratsordans der Halle der Nacht errichtet waren, auf seine Begleiter zu warten. Schweiß rann ihm in Strömen den Rücken herunter, seine Haare klebten in seinem Gesicht. Die ankommenden Menschen wirkten ebenso erschöpft wie er, doch Kampfeswille stand ihnen ins Gesicht geschrieben.

»Rheos führt das Kommando«, erklärte Jamir seinen Kriegern. Eine Ansage, die widerspruchslos entgegengenommen wurde.

»Dyrdra, Sirja«, wandte Rheos sich an die beiden Frauen, »ihr steigt hier ab, klettert den Hang hinauf und sucht dort Deckung.« Er wartete keine Antwort ab, sondern trabte hinüber zu Jamir. »Als Erstes müssen wir dafür sorgen, dass euch die Hallenwächter nicht für zusätzliche menschliche Feinde halten.«

Er umarmte Jamir und strich mit seinen Händen über dessen Haare und Rücken. »Mein Geruch an euch wird die Zentauren dort oben für einen Moment innehalten und genauer hinsehen lassen.« Rasch wiederholte er seine Handlung bei den übrigen Männern, anschließend zog er sein Schwert und nickte allen zu. »Viel Glück.«

Panos und Meonaos kreuzten die Arme über der Brust. »Für den Te'Ral und die Freiheit Eleazans!« Dann zogen sie ebenfalls ihre Waffen.

Rheos erwiderte den Gruß mit einem grimmigen Lächeln, warf einen letzten Blick auf Sirja, die mit blassem Gesicht neben der

Wandlerin stand, und jagte den Hügel hinauf. Donnernde Hufe und Angriffsschreie folgten ihm.

Auf dem großen Platz zwischen den Ordans tobte die Schlacht, verletzte und gefallene Zentauren und Menschen lagen auf dem Boden. Die verbliebenen Hallenwächter waren an das Bibliotheksordan zurückgedrängt worden, wo sie sich verbissen gegen mehr als zwei Dutzend berittene Angreifer wehrten. Mitten unter den Wächtern erkannte Rheos Xiros, in der Hand einen Speer. Aus der Brust des alten Sterndeuters rann Blut.

»Jamir«, schrie er über den Lärm hinweg. »Greif frontal an. Wir stehen den Wächtern an den Flanken bei.«

Der junge Turmherr nickte und führte seine Männer vorwärts, direkt in den Rücken der Feinde. Voll Befriedigung erkannte Rheos die Überraschung in den Gesichtern der Angreifer, als Jamir und seine Krieger erbarmungslos auf sie einhieben.

»Menschen kennen die Schwachstellen anderer Menschen besser als wir«, hörte er Meonaos anerkennende Stimme neben ihm.

Rheos nickte, während er sich nach Panos umsah. »Suche die Ordans nach weiteren Angreifern ab und erstatte mir Bericht«, wies er ihn an.

Empört sah sein Freund ihn an. »Du lässt mich nicht kämpfen?«

»Du verweigerst meinen Befehl?«

Panos schien widersprechen zu wollen, dann wandte er sich ab und galoppierte davon. Dass er sein gebrochenes Bein nicht mehr aufsetzte, war selbst in der Dunkelheit gut zu erkennen.

Auf den Hinterbeinen fuhr Rheos herum und preschte seitlich an den Angreifern vorbei auf die Bibliothek zu. Meonaos folgte ihm wie ein Schatten.

»Meo, du übernimmst den Schutz von Xiros.«

»Was hast du vor?«

»Ich suche den Anführer der Bande.«

Sein Freund nickte und schoss wie ein Blitz an ihm vorbei auf die verbliebenen Wächter vor dem Bibliotheksordan zu. Seine auffällige Fellfarbe machte Meonaos zu einem leichten Ziel, doch er besaß nicht umsonst den Rang eines Ra'Wens. Schwerthieb um Schwerthieb kämpfte er sich den Weg zu Xiros frei, keilte mit den Hinterbeinen aus, nur um dem nächsten Gegner einen tödlichen Streich mit der Klinge zu verpassen.

Rheos hielt sich noch abseits des Kampfes und suchte in dem Schlachtengetümmel nach dem Anführer. Jamir und seine Krieger hatten sich inzwischen in die Reihen der Angreifer vorgearbeitet, doch die Überzahl der Gegner machte ihnen zu schaffen.

Er kniff die Augen zusammen. Wer gab hier die Befehle? Wen hatte er damals im Wald belauscht? Das Sirren eines Pfeils, dem der Schrei eines der Räuber folgte, ließ ihn aufsehen. Dyrdra und Sirja mussten den Abhang erklommen und eine gute Schussposition gefunden haben.

Hoffentlich hatte die Wandlerin einen Zauber parat, falls einer der Angreifer auf die Idee kommen sollte, nach den Bogenschützen zu suchen! Er unterdrückte die Angst, die einen Moment lang sein Herz umklammert hielt, und konzentrierte sich wieder auf das Kampfgetümmel.

Meonaos hatte es an die Seite von Xiros geschafft. Das Leuchten in den Augen des alten Sterndeuters und der anderen Zentauren bewies, dass sie um ihre Hilfe wussten.

Allerdings war ein Sieg noch weit entfernt. Die Angreifer waren keine Strauchdiebe, sondern ausgebildete Kämpfer, die Jamir und seinen Kriegern erbittert Widerstand leisteten. Die Pfeile von Sirja und Dyrdra kamen nur spärlich, die Gefahr, aus Versehen den Turmherrn oder dessen Männer zu treffen, schien ihnen zu groß.

Rheos gab den Plan auf, den Anführer ausfindig machen zu wollen. Gegen diese Übermacht an Feinden wurde jeder Kämpfer gebraucht. Mit erhobenem Schwert stürzte er sich auf einen der Angreifer.

Mit hasserfülltem Blick parierte der Mann seine Attacke, dann glitt er aus dem Sattel seines Pferdes und seine freie Hand fuhr zu einem Stab an seinem Waffengürtel.

Im fahlen Mondlicht erkannte Rheos drei dornenbesetzte Kugeln, die an einer Eisenkette am Ende des Stabes hingen. Ein Morgenstern. Fluchend sprang er rückwärts und führte den nächsten Schlag aus, doch er war zu langsam. Der Mann tauchte unter seinem Schwerthieb weg und die drei dornenbesetzten Kugeln bohrten sich in das Fell an seinem Bauch. Blut floss warm an seinem Leib herab.

Sein Gegner lachte auf und schwang erneut den Morgenstern.

Rheos Gesichtszüge verhärteten sich. Gegen einen Reiter zu kämpfen war einfach – das Pferd schränkte seine Wendigkeit ein und die Leibhöhe entsprach der eines Zentauren. Ein Mensch auf zwei Beinen war flinker und wendiger. Er ignorierte das Brennen der Wunde und taxierte seinen Gegner.

»Worauf wartest du, Zentaurenbastard?«, höhnte der Mann. »Hast du Angst?«

Rheos näherte sich ihm, das Schwert auf die Höhe des Mannes gesenkt.

Mit kaltem Lächeln ließ sein Gegner den Morgenstern kreisen, wobei er das Gewicht stets von einem auf den anderen Fuß verlagerte, sodass Rheos nicht erraten konnte, in welche Richtung er springen würde. Doch das brauchte er auch nicht.

Er riss das Schwert wie zum Angriffsschlag nach oben. Der Mann sprang gebückt vor und zielte mit dem Dornenstab auf die empfindliche Stelle zwischen seinen Vorderbeinen. Darauf hatte Rheos gesetzt. Er führte den Schwertschlag nicht aus, sondern stieg auf die Hinterbeine. Der Morgenstern streifte sein linkes Vorderbein, doch im nächsten Moment hörte er das Krachen der Knochen des Mannes, die unter der Wucht seiner Vorderhufe brachen.

Röchelnd fielen dem Angreifer Morgenstern und Schwert aus der Hand. Im nächsten Moment schlug er vor Rheos auf den Boden.

Sofort setzte Rheos mit den Hufen auf. Zu spät sah er das auf ihn herabfahrende Schwert seines nächsten Gegners, für einen

Abwehrschlag blieb keine Zeit mehr. Er knickte mit den Vorderhufen ein und warf sich seitlich auf die Erde. Eine gefährliche Position, doch besser als ein Schwert im Rücken.

Siegessicher sprang der Mann aus dem Sattel, bereit den tödlichen Stoß in Rheos ungeschützten Pferdeleib vorzunehmen.

Weder blieb Rheos Zeit aufzuspringen noch konnte er den Mann mit seinem Schwert erreichen. Hastig streckte er seinen freien Arm aus und fuhr mit der Hand suchend über die Erde.

Mit einem hämischen Lächeln holte sein Gegner mit dem Schwert aus. Das Grinsen im Gesicht des Mannes verwandelte sich jedoch in Schmerz, als sich die Dornen des Morgensterns in seinen Unterschenkel bohrten.

Rheos nutzte den Schockmoment seines Gegners. Er ließ den Morgenstern los und sprang wieder auf alle Viere. Noch hielt der Mann sein Schwert in der Hand, der Zweikampf war nicht zu Ende.

Schon führte sein Gegner die nächste Attacke aus. Metall schlug auf Metall, als Rheos sie parierte. Rasch holte Rheos erneut aus, sein Schwerthieb traf den Mann an der Seite. Doch die Klinge traf nicht wie erwartet auf Fleisch und Knochen, sondern auf die Ringe eines Kettenhemdes unter der Tunika des Mannes.

Zischend stieß Rheos den Atem aus. Durch den Schutz des Kettenhemdes würde der Schlagabtausch länger dauern als gedacht ... außer er wandte an, was er durch Sirja wusste!

Rheos parierte den nächsten Hieb des Mannes kraftlos, ließ es zu, dass eine Folge von Schlägen auf ihn niederprasselte, der er anscheinend nur mühsam standhalten konnte.

Wie erwartet sah der Mann seinen Sieg kommen und vernachlässigte seine Deckung. Immer näher kam er, immer schneller wurden seine Attacken, bis er zum todbringenden Hieb ansetzte.

Rheos ließ ihn auf sich zukommen. Als der Mann sein Schwert zum Todesstoß hob, trat er mit dem Vorderbein aus. Sein Huf traf seinen Angreifer mitten ins Gemächt, selbst das knielange Kettenhemd konnte die Wucht seines Trittes nicht abfangen.

Der Mann krümmte sich nach vorne und Rheos schlug ihm das Schwert aus der Hand. Fassungslos sah sein Gegner ihn von unten her an, ehe Rheos Klinge sein Leben beendete.

Rheos wischte sich den Schweiß von der Stirn und sah sich auf dem Schlachtfeld um – und die Befriedigung über seine beiden errungenen Siege schwand. Von Jamirs Kriegern saßen nur noch vier auf ihren Pferden, der junge Turmherr selbst focht vom Sattel aus erbittert gegen zwei Angreifer gleichzeitig. Über Meonaos Haut und Fell liefen blutige Rinnsale, ein letzter der Hallenwächter kämpfte an der Seite des Ra'Wens.

Er umklammerte den Griff seines Schwertes fester. Wenn sie aufgaben, würden diese Männer sie abschlachten. Daher blieb nur ein Weg – kämpfen bis zuletzt. Entschlossen preschte er vor, um Jamir beizustehen.

Er hatte ihn noch nicht erreicht, da sah er, wie einer der beiden Gegner den Turmherrn aus dem Sattel hebelte. Rheos Kampfschrei gellte durch die Nacht, als er sich auf Jamirs Angreifer stürzte ...

38

»Du musst etwas unternehmen, Dyrdra!« Panisch sah Sirja zum Schlachtfeld hinüber. »Drei von Jamirs Kriegern sind tot, fast alle anderen verletzt. Ich kann nicht sehen, wo Panos ist, aber Rheos und Meonaos schaffen das nicht alleine!« Ihre Fingernägel bohrten sich in ihre Handflächen. »Kannst du einen Zauber wirken?«

Die Wandlerin schüttelte den Kopf. »Alles, was ich tun könnte, würde auch Jamir und die Zentauren gefährden.«

»Aber sie unterliegen!«

»Wir können nur weiter versuchen, die Feinde mit unseren Pfeilen zu treffen.«

Aufgebracht sah Sirja sie an. »Unsere Pfeile bewirken nichts!«

»Sei zuversichtlich, sie werden es schaffen.« Der Gesichtsausdruck der Wandlerin strafte ihre Worte Lügen.

Die Angreifer waren stärker als Sirja es für möglich gehalten hätte. Die zentaurischen Wächter der Halle der Nacht waren einer nach dem anderen gefallen, Meonaos kämpfte ebenso wie Jamir und seine Männer gegen mehrere Angreifer gleichzeitig. Es war nur noch eine Frage der Zeit, bis auch sie der Übermacht unterliegen würden.

»Nimm deinen Bogen wieder auf«, hörte sie Dyrdras Stimme, doch Sirja schenkte ihr keine Beachtung. Zwischen den Kämpfenden hindurch sah sie Rheos, der sich seinen Weg zu Jamir freischlug. Der Turmherr schaffte es kaum mehr, seine Verteidigung gegen zwei Angreifer aufrechtzuerhalten.

Rheos hatte ihn beinahe erreicht, da traf eine Klinge Jamir an der Schulter und riss ihn vom Rücken seines Wallachs. Sirja hörte Rheos wutentbrannten Schrei, während er sich auf Jamirs Angreifer stürzte. Im gleichen Moment sah sie den Morgenstern, den ein anderer Angreifer auf Rheos bloßen Rücken niederfahren ließ. Rheos Vorderbeine brachen weg und er fiel zu Boden.

Ohne nachzudenken, warf sie ihren Bogen fort und stürmte auf das Schlachtfeld zu.

»Sirja, nein!«, erklang Dyrdras verzweifelter Ruf hinter ihr.

Sie rannte unbeirrt weiter, nahm das Schwert eines toten Angreifers auf und lief mitten in das Gedränge.

Ihr Kommen blieb nicht unbemerkt. Schon hieb der Erste auf sie ein, drängte sie von der Stelle ab, wo sie Rheos und Jamir zuletzt gesehen hatte. Im ersten Moment irritiert, eine Frau vor sich zu sehen, breitete sich ein anzügliches Grinsen im Gesicht des Mannes aus.

»Ich werde dich nicht töten, Schätzchen«, rief er heiser. »Doch wenn ich später mit dir fertig bin, wirst du dir wünschen, ich hätte es getan.«

Seine Schwertspitze fuhr unter ihre Röcke und zertrennte sie bis zum Knie.

Er lachte auf und Sirja fasste den Schwertgriff fester. Mit Gewalt würde sie nichts gegen ihn ausrichten können. Scheinbar ängstlich wich sie zurück, während er zum Spott sein Schwert vor ihrer Nase herumwirbeln ließ. Einen Moment ließ sie ihn noch im Glauben seines baldigen Triumphs, dann sprang sie an ihm vorbei, wirbelte herum und hackte ihm mit der Klinge von hinten in seine Kniekehlen.

Mit einem Aufschrei fiel er nach vorne und sie wandte sich dem nächsten Gegner zu. Leider tat ihr dieser nicht den Gefallen, sie zu unterschätzen. Er attackierte sie gnadenlos, ohne ein Stück seiner Deckung aufzugeben. Hart trafen seine Schläge ihre Klinge, mit jedem Hieb fiel es ihr schwerer, den Schwertgriff festzuhalten.

»Wenn du dich auf ein Schlachtfeld wagst«, zischte er, »musst du auch kämpfen wie ein Mann, du Miststück.«

Er schlug erneut zu und Sirja flog das Schwert aus den Händen. Hektisch suchte sie den Boden nach einer neuen Waffe ab.

»Beug dich hinunter, und du bist tot.« Der Mann lachte, während er näher kam. »Tust du es nicht, stirbst du trotzdem.«

Sie wich zurück, ohne zu wissen, wohin sie trat. Das Einzige, was sie wahrnahm, war die Klinge seines Schwertes, die unablässig vor ihr herabsauste. Ihr blieb nur noch eine Wahl – sie musste fliehen.

Sirja drehte sich um, doch ihr Stiefel verfing sich im Zügel eines gestürzten Pferdes. Panisch zerrte sie an ihrem Bein, um sich zu befreien.

Das Gelächter ihres Gegners schwoll an, sie spürte den Luftzug, als sein Schwert knapp an ihrer Wange vorbeizischte.

Endlich bekam sie ihren Fuß frei, doch es war zu spät. Mehrere der Angreifer hatten ihren Kampf verfolgt und schnitten ihr jeden Fluchtweg ab. Ein Entkommen war unmöglich.

Mit bebenden Schultern sah sie ihren Widersachern entgegen, sah, wie die Männer ihre Schwerter hoben, blitzende Mordlust in ihren Gesichtern. Sirja schloss die Augen.

Doch statt eiserner Klingen in ihrem Leib spürte sie einen eisernen Griff um ihre Arme. Ihre Füße verließen den Boden und sie hatte das Gefühl zu fliegen.

Und tatsächlich tat sie es. Sie öffnete die Augen. Mit einem gewaltigen Sprung hatte Rheos sie aus dem Kreis der Feinde gerissen.

Ihr Herz hämmerte vor Erleichterung und sie klammerte sich an ihn, als seine Hufe hart auf dem Boden aufsetzten.

Darüber reden wir später, Sirja, erklang seine wütende Stimme in ihrem Kopf, während er sie auf der Erde abstellte. *Der Kampf ist noch nicht vorbei.*

Er hatte recht. Ihre Angreifer hatten sich durch Rheos Erscheinen nicht beirren lassen, mit gezogenen Schwertern umringten die Männer sie wie einst die Wölfe.

Hass durchflutete Sirja. Vor ihr standen die Mörder von Artor, Gerdor und Rheos Vater. Sie durften nicht ungestraft davonkommen, und wenn es das Letzte war, was sie tat!

Klettere auf meinen Rücken!

»Was?«

Hoch mit dir! Ich kann dich nicht tragen, ich brauche freie Hände!

Sirja zögerte nicht. Sie umschlang Rheos Taille und zog sich hoch. Im gleichen Moment, in dem die Männer den Angriff auf sie begannen, setzte das Leuchten ein.

War die Gedankenverbindung zwischen ihr und Rheos das letzte Mal wie flüssige Wärme gewesen, loderte sie nun wie Flammen. Neue Kraft strömte durch sie hindurch und vor Sirjas Augen schloss sich die blutende Wunde an Rheos Rücken, die der Morgenstern ihm beigebracht hatte.

Bei den Göttern, was ist das, Rheos?

Ich habe keine Ahnung, aber es fühlt sich gut an.

Er sprang mit erhobenem Schwert auf ihre Angreifer zu. Sirja fasste seinen Oberkörper fester, um mehr Halt zu finden. Doch es war unnötig. Ihre Beine schmiegten sich an Rheos Pferdeleib, als wäre sie mit ihm verwachsen. Sie hatte nun ebenfalls die Hände frei und könnte Rheos im Kampf beistehen, wenn sie nur eine Waffe hätte ...

Sirja auf seinem Rücken behinderte ihn nicht, sondern gab ihm Stärke. Und durch den Gedankenstrom wusste er, was sie benötigte. Rheos stieg auf die Hinterbeine und schlug dem Mann vor ihm mit dem Huf das Schwert aus der Hand.

Die Waffe flog durch die Luft und er fing sie auf. Noch während er sie nach hinten reichte, streckte sich ihm Sirjas Arm entgegen.

Er konnte ihre Genugtuung in sich spüren, während sie die Klinge mit unglaublicher Schnelligkeit auf ihre Angreifer niederfahren ließ.

Zuerst zu Jamir, dann helfen wir Meo, erklärte er.

Angst durchzuckte ihn – Sirjas Angst. *Lebt Jamir noch?*

Bis ich zu dir eilte, ja.

Er stob in die verbliebenen Angreifer hinein und erkannte den Schrecken auf ihren Gesichtern. Erst jetzt bemerkte er, dass sein Körper weiß-golden glühte.

Bei mir ist es ebenso, Rheos.

Lass uns später darüber nachdenken!

Mit gewaltigen Galoppsprüngen, zu denen er nie gedacht hätte, fähig zu sein, schoss er zu Jamir. Doch der Platz, an dem der Turmherr zuletzt gekämpft hatte, war leer.

Angreifer drängten zu ihnen, er keilte aus, ohne die Suche nach Jamir aufzugeben. Wer dem Schlag seiner Hufe entging, bekam sein Schwert zu spüren – oder Sirjas.

Dort ist Jamir!

Durch Sirjas Augen sah er den Turmherrn am Rande des Schlachtfeldes. Sein rechter Arm hing kraftlos aus seinem Schultergelenk, Blut strömte aus einer Wunde an seiner Stirn. Jamir war kampfunfähig, dennoch wagte keiner der Angreifer sich an ihn heran. Ein drohend schwarzer Schatten hatte sich vor dem Herrn der Nordfeste aufgebaut und hielt die Männer mit Jamirs Schwert auf Abstand – Panos.

Als wäre er ihrer Aufmerksamkeit bewusst geworden, wandte sein Freund den Kopf. Erst stutzte er, dann erschien ein Lächeln auf Panos Gesicht.

Schnell, Rheos, wir müssen zu ihnen!

Sirjas Aufforderung hätte es nicht bedurft. Ehe die Angreifer wussten, was ihnen geschah, waren sie bei ihnen. Sirjas und sein Schwert fuhren durch ihre Leiber, noch bevor die Männer ihres Kommens gewahr wurden.

Panos nickte ihnen zu und Jamir lächelte schmerzverzerrt. Für einen Moment waren die beiden sicher.

Rheos warf sich herum, wohl wissend, dass Sirja fest mit ihm verbunden war. Während er zu Meonaos galoppierte, streckte er alle Gegner zu seiner Rechten nieder, Sirjas Klinge traf die Feinde zu ihrer Linken.

Meonaos, Xiros und ein letzter Wächter standen von vier Angreifern in die Enge getrieben vor dem Eingang der Bibliothek. Rheos stieg auf die Hinterbeine und seine Vorderhufe schlugen einen Mann nieder. Beim Absetzen wendete er sich, sodass die Breitseite von Sirjas Schwert den nächsten der Männer an der Schläfe traf.

Von ihrem Eingreifen irritiert wandten die beiden verbliebenen Angreifer ihre Aufmerksamkeit von Meonaos ab. Die Schwertspitze des Ra'Wen durchstieß das Kettenhemd des einen, der Speer des Hallenwächters das des anderen. Die Männer gingen zu Boden.

Rheos Blick schweifte über den Kampfplatz, dann sprang er mit einem gewaltigen Satz auf die letzten ihrer Feinde zu. Sirja hatte ihre Klinge bereits erhoben. Absprachen waren nicht mehr nötig, ihr Denken war miteinander verschmolzen und eine nicht enden wollende Kraft pulsierte in ihnen.

Die Angreifer hatten keine Chance, ihnen zu entgehen. Einer nach dem anderen fiel unter der Wucht und Schnelligkeit ihrer Hiebe, bis auch der letzte der Männer auf der Erde lag.

Die Schlacht war entschieden, der Sieg auf ihrer Seite.

Rheos galoppierte zurück zum Bibliotheksordan. Keuchend hielt Meonaos dort sein Schwert in der Hand, sein weißes Fell durchzogen mit Blut. Er betrachtete Sirja und ihn in einer Mischung aus Unglaube, Faszination und ... Furcht.

Xiros Lippen hingegen umspielte ein wissendes Lächeln. »Also stimmen die alten Legenden. Der Macht des Am'Harasins kann sich nichts in den Weg stellen.« Der alte Sterndeuter vollführte eine Geste in Sirjas Richtung. »Du kannst nun absteigen, Menschentochter. Die Gefahr ist gebannt – zumindest für heute.«

Wie benommen sah Rheos sich um. Tote Männer und Zentauren lagen am Boden, das Stöhnen der Verletzten drang über den Platz. Panos näherte sich mit Jamir, der Zentaur stützte den verwundeten Turmherrn. Aus ihrer Deckung hinter den Büschen kam Dyrdra hervor und vier von Jamirs Männern stolperten blutverschmiert, aber weitgehend unverletzt, ebenfalls zu ihnen.

Das merkwürdige Leuchten in ihm und Sirja war nur noch schwach zu erkennen, die Grenze zwischen seinem und ihrem Geist wieder stärker. Dennoch spürte er Sirjas Widerwille, die Nähe zu ihm aufzugeben, und auch sein Bedauern darüber war groß.

»Sirja«, wiederholte Xiros freundlich, und doch fordernd.

Sie schwang ihr Bein über seinen Pferdeleib und glitt an ihm herunter. Ein letztes Mal strichen ihre Hände über sein Fell, dann löste sie sich von ihm.

Im gleichen Moment legte sich Einsamkeit wie ein Felsbrocken auf seine Brust. Er sah zu Sirja und erkannte denselben Schmerz in ihren Augen.

Dyrdra trat zu Sirja. Die Wandlerin legte der Turmherrntochter ihren Umhang um die Schultern und stützte sie mit ihrem Arm.

»Ich danke dir, Rheos. Ohne euer Kommen wären wir verloren gewesen.« In Xiros Stimme schwang sowohl Erleichterung als auch Trauer mit, als sein Blick über die Toten schweifte. »Wir haben viel zu besprechen, doch zuvor sollten wir uns um die Verletzten und Gefallenen kümmern.«

»Und um die Angreifer«, erwiderte Rheos. »Wir brauchen so viele wie möglich lebendig.«

39

Es war weit über die Mitte der Nacht hinaus, als sie in dem großen Ordan zusammenkamen, das zur Beherbergung von Gästen diente und in dem Sirja während ihres Fiebers untergebracht worden war. Die verletzten Menschen und Zentauren lagen an der Stirnseite des Langhauses gebettet, die Toten hatten sie in der Kühle eines Lagerhauses aufgebahrt, um sie bei Tagesanbruch zu bestatten.

Dyrdra war zuversichtlich, dass alle Verwundeten überleben würden. Ein Trost, angesichts der hohen Verluste. Vier von Jamirs Kriegern waren getötet worden und beinahe alle zentaurischen Wächter, ebenso waren drei der fünf Sterndeuter gefallen, die mit Xiros zusammen in der Halle der Nacht lebten. Die beiden anderen hatten nur überlebt, weil sie Xiros Befehl gehorcht und sich bis zum Schluss in der Bibliothek versteckt hielten. Von den Angreifern hatten zehn überlebt, ihr Bewusstsein jedoch noch nicht wiedererlangt.

Xiros hatte im vorderen Bereich des Ordans Teppiche, Felle und Kissen rund um eine große Feuerschale ausgelegt. Mit leisen Worten rief er sie nun zusammen.

Sirja tätschelte Karlor, dessen Stichwunde am Arm sie genäht hatte, aufmunternd die Wange, was der ältere Krieger mit einem schelmischen Lächeln erwiderte. Dann ging sie zu den weichen Unterlagen hinüber und ließ sich dankbar darauf nieder. Die Kraft dessen, was Xiros Am'Harasin genannt hatte, war nach und nach gewichen. Inzwischen fühlte sie nur noch eine bleierne Müdigkeit.

Auf dem Teppich neben ihr lag Jamir, eine wärmende Decke um sich geschlungen. Beim Sturz vom Pferd hatte er sich den Arm ausgekugelt, doch Dyrdra hatte das Gelenk wieder eingerenkt und ihm einen schmerzstillenden Saft verabreicht. Der junge Turmherr ruhte mit halb geschlossenen Augen, und zu Sirjas Erleichterung entspannte sich seine Miene zunehmend.

Rheos, der sich mit Panos und Meonaos um die verletzten Zentauren gekümmert hatte, trat mit seinen Freunden in den Kreis. Durch das Am'Harasin hatten sich alle seine Wunden geschlossen, doch die zahlreichen Blutspuren auf seinem Körper waren noch sichtbar.

Nach einem letzten Blick auf die Verwundeten kam auch Dyrdra zu ihnen und ließ sich mit einem erschöpften Stöhnen auf die Teppiche sinken.

Xiros sah Rheos, Meonaos und Panos auffordernd an. »Es ist nicht Sitte, doch die Ereignisse der Nacht haben uns alle an unsere Grenzen gebracht. Wir lassen uns ebenfalls nieder.«

Er knickte mit den Vorderhufen ein und ließ sich dann auf die Felle hinab, den Oberkörper mit den Armen gestützt. Die drei jüngeren Zentauren blickten ihn überrascht an, folgten dann jedoch seinem Beispiel.

Sirja lächelte Rheos zu, der nun – wenn man es so nennen durfte – neben ihr saß. Er erwiderte ihr Lächeln, allerdings wich der düstere Ausdruck nicht, der sich trotz ihres Sieges in seine Augen geschlichen hatte. Schweigend nahm er einige Nüsse und Kerne aus der Schale, die Xiros herumgereicht hatte, und einen Becher mit Wasser.

»Das Am'Harasin«, durchbrach Xiros tiefe Stimme die Stille, »ist Bestandteil einer unserer ältesten Legenden.« Er sah zu ihr. »Ob es auch Teil der menschlichen Geschichten ist, weiß ich nicht.«

Sirja schüttelte den Kopf. »Das Wort habe ich noch nie gehört.«

»Vielleicht aber den Namen Lanjomar von Narma.«

Lanjomar? Dunkel stieg eine Erinnerung in ihr auf, doch Sirja konnte sie nicht greifen. Sie zuckte mit den Schultern.

»Vor langer, langer Zeit«, begann Xiros, »bedrohte ein grausames Reitervolk Eleazan und das damals noch vereinte Reich der Menschen. Doch weder die Zentauren noch die Menschen waren mächtig genug, den Fremden Einhalt zu gebieten, die ihre

Felder und den Wald niederbrannten, ihre Städte und Dörfer plünderten und alle Überlebenden zu Sklaven machten.

Als das Reitervolk die letzte Schlacht ausrief, um die Zentauren und Menschen endgültig zu vernichten, trafen sich Serheos, Te'Ral der Zentauren, und Lanjomar, der Herrscher des Menschengeschlechts, um ihre Streitkräfte zu bündeln und Seite an Seite gegen die Eindringlinge zu kämpfen. Eine ungewöhnliche Tat, herrschte doch seit Anbeginn der Zeit Misstrauen und Feindseligkeit zwischen Zentauren und Menschen.«

Der alte Sterndeuter trank einen Schluck aus seinem Becher, ehe er fortfuhr. »Dennoch konnten die vereinten Heere das Reitervolk nicht aufhalten. Lanjomar erkannte die drohende Niederlage und wollte mit seinen verbliebenen Kriegern fliehen. Da sah er, wie Serheos im Zweikampf mit einem der Feinde stürzte. Er rannte zu dem Zentaurenherrscher, blockte den tödlichen Hieb des feindlichen Reiters ab und reichte Serheos die Hand, um ihm beim Aufstehen zu helfen. In diesem Augenblick, so die Legende, leuchtete das Am'Harasin einem Himmelsfeuer gleich in ihnen beiden auf. Vereint in größter Not, den geschlossenen Bund nicht brechend, kämpften sie mit neuer Kraft und doppelter Stärke gemeinsam weiter gegen ihre Feinde – Lanjomar auf Serheos Rücken sitzend.«

Xiros hob die Hände. »Serheos und Lanjomar siegten und vertrieben das Reitervolk. Für Jahrhunderte herrschte Friede. Woher das Am'Harasin gekommen war, wusste niemand zu sagen. Die Menschen hielten es für ein Geschenk der Götter, die Zentauren für eine Fügung der Sterne. In den folgenden Jahrhunderten des Friedens wurde die Macht des Am'Harasins nicht mehr gebraucht. Es geriet zur Legende und das Wissen darum erlosch.« Der alte Zentaur lächelte. »Bis zur heutigen Nacht, als die Nachfahren der einstigen Herrscher vereint in ihrem Mut und Zorn gegen die neuen Feinde zu kämpfen begannen.«

Er verschränkte die Finger ineinander. »Die Legende berichtet, dass sich das Am'Harasin nur zwischen Lanjomar und Serheos ereignete. Andere Zentaurenkrieger ließen Menschen ebenfalls auf ihrem Rücken sitzen. Doch bei ihnen blieb das Leuchten aus, ebenso wie die Fähigkeit, in Gedanken miteinander zu sprechen.« Xiros blickte zu Rheos. »Die Blutlinie Serheos ist bis heute ungebrochen, du bist ein direkter Nachkomme. Und Sirja muss das Blut Lanjomars in ihren Adern haben.«

Sirja schüttelte den Kopf. »Die Vorfahren meines Vaters stammen aus Tarm und waren nur von niederem Adel. Erst durch seine Verdienste in den Zentaurenkriegen erhob der alte Fürst Onastor Vater in den Rang eines Turmherrn und gab ihm die Südfeste zum Lehen.«

Xiros runzelte die Stirn. »Das ist seltsam. Natürlich ist es nur eine Legende, aber ...«

»Deine Mutter, Sirja!«, rief Jamir, der trotz seiner Müdigkeit Xiros zugehört zu haben schien. »Betont sie nicht bei jeder Gelegenheit, sie stamme aus der ältesten Familie Narmas? Narma war einst der Herrschersitz, bevor sich das Reich im Bruderstreit in drei Teile gespalten hat.«

Sie schlug sich gegen die Stirn. »Wie oft hat Mutter mich Stammbäume herunterbeten lassen! Lanjomar war jeweils der erste Name gewesen!« Irritiert sah sie Xiros an. »Dann hätte mein Bruder Artor ebenfalls die Fähigkeit besessen, das Am'Harasin mit Rheos einzugehen? Und meine Mutter könnte es auch?«

»Ob es alle Familienmitglieder besitzen, oder ob es von einem auf den anderen übergeht, weiß ich nicht«, gestand Xiros. »Wohl aber hängt es damit zusammen, ob Vertrauen zwischen dem jeweiligen Menschen und Zentauren herrscht. Denn erst als Lanjomar Serheos die Hand gab, um ihm zu helfen, begann es.«

Rheos nickte. »Das erklärt, warum wir beide die Verbindung anfangs als kalt und unangenehm empfunden haben. Das Sprechen in Gedanken kam erst in Quran dazu, als unser Vertrauen ineinander schon bestand.«

Aufgeregt sah Sirja ihn an. »Das stimmt nicht. In der Grotte konnte ich einmal deine Gedanken hören – nachdem du mir freundlich zugeredet hattest, mit dem Schnitt weiterzumachen.«

»Ich erinnere mich«, erwiderte er überrascht. »Und während deines Fiebers war kurzzeitig eine Wärme zu spüren. Doch das hast du durch die Krankheit vermutlich nicht mitbekommen.«

»Das waren erste Zeichen«, bestätige Xiros, »und Rheos Freundlichkeit war dabei jeweils der Schlüssel.« Der Sterndeuter wiegte mit dem Kopf. »Auf jeden Fall hat sich nun eines der Rätsel um den Tod von Rheos Vater gelüftet. Durch ihr fehlendes Vertrauen zueinander konnte Ionaos Sirja das Bild, das er ihr gab, nicht erklären.«

Rheos sog scharf die Luft ein. »Vater wusste um das Am'Harasin?«

»Ionaos kannte die alte Legende«, erwiderte Xiros. »Dass Sirja aus der Linie Lanjomars abstammt, konnte er hingegen nicht wissen. Deshalb hat er mit ihr gesprochen. Um die Wichtigkeit seiner Botschaft zu betonen, fasste er sie an – und spürte die Verbindung. Da sein nahender Tod ihm die Kraft zum Reden nahm, dachte er offensichtlich mit aller Macht an das, was hinter dem Überfall steckte, in der Hoffnung, Sirja – und später auch Rheos – würden die Zusammenhänge begreifen.«

»Den Göttern sei Dank für Ionaos Geistesgegenwart«, murmelte Sirja, »sonst hätten wir das Geheimnis um seinen und Artors Tod niemals lösen können.« Sie räusperte sich. »Was geschieht nun mit dem Am'Harasin, Xiros? Hat es sich aufgelöst, da wir gesiegt haben?«

»Probiert es aus.«

Sirja streckte ihre Hand Rheos entgegen und er ergriff ihre Finger. Sofort fluteten Wärme, seine Gedanken und das vertraute Gefühl seiner Nähe in sie hinein, nur das Leuchten blieb aus, wohl da keine Gefahr zugegen war. Ein Lächeln erschien auf ihrem Gesicht.

Xiros schmunzelte. »Die Verbindung ist also noch da.«

»Ebenso wie unsere Feinde.« Rheos Brauen zogen sich zusammen. »Xiros, ich war auf dem Weg hierher, um dich nach der Bedeutung der Gedankenverbindung zu fragen. Doch vor allem, weil ich dich um Unterstützung für das Katkal bitten wollte.« Er holte tief Luft. »Zarkos hat sich zum Te'Ral ernannt.«

Die Miene des Alten wurde ernst. »Ich weiß.«

»Woher?«, fragte Rheos scharf. »Hat mein Onkel bereits Boten geschickt, um dich für ihn einzunehmen?«

Beruhigend hob Xiros die Hand. »Was in den letzten Tagen passiert ist, habe ich von Dyrdra erfahren – auch über deine Zeit als Mensch und die Zarakinenhöhle weiß ich Bescheid.«

Nicht nur Sirjas Kopf flog zu der Wandlerin herum. Neben ihr stieß Rheos keuchend den Atem aus. »Ihr beide kennt euch!«

Xiros nickte. »Es war Dyrdra, die mir mit Rat beiseite stand, um Sirjas Fieber zu lindern.«

»Aber die Wandlerin war doch gar nicht da«, rief Rheos. »Ich habe keinen Menschengeruch wahrgenommen.«

Dyrdra lächelte. »Xiros und ich müssen uns nicht sehen, um miteinander reden zu können.« Sie vollführte eine wellenartige Handbewegung und mit einem Mal kam Wind im Raum auf, der sanft mit Sirjas Haar spielte.

Rheos schlug mit der flachen Hand auf den Teppich. »Warum hast du Xiros dann nicht heute Abend gewarnt, Wandlerin? Du hättest sinnlose Tode verhindern können!«

Es war der Sterndeuter, der an Dyrdras Stelle antwortete. »Dyrdra hat es versucht, Rheos. Doch ich habe es nicht gemerkt, da ich im Bibliotheksordan in astronomische Berechnungen vertieft war.«

»Deine Sterne haben den Überfall nicht vorausgesehen«, stieß Rheos bitter hervor. »Ebenso wenig wie die Anmaßungen meines Onkels.«

Xiros Züge verhärteten sich. »Der Stern deines Onkels hat seit jeher ebenso hell gestrahlt wie der deine. Darauf habe ich dich oft hingewiesen.«

Trotzig sah Rheos ihn an. »Zarkos Stern strahlt so hell, weil er mein Mentor gewesen ist.«

»Nein, Rheos.« Zum ersten Mal mischte sich Panos in das Gespräch ein. »Sein Stern leuchtet stark, weil Zarkos dich von Anfang an für seine Machtinteressen missbraucht hat.« Beschwörend sah der schwarze Zentaur ihn an. »Der Einzige, der von Zarkos eigenmächtiger Ernennung zum Te'Ral völlig überrascht wurde, bist du! Du hast einem Zentauren Vertrauen geschenkt, der dich seit Jahren betrogen hat. Die Sterne haben es dir gezeigt, doch du hast es ignoriert.«

Rheos Augen verengten sich zu Schlitzen. »An Macht ist Zarkos nicht gelegen. Er ist doch nur solange Te'Ral, bis Thanos alt genug ist.«

»Da kennst du deinen Onkel schlecht.« Meonaos schüttelte den Kopf. »Wenn Zarkos es geschafft hat, dich aus dem Weg zu räumen, meinst du, dann ist Thanos noch ein Problem für ihn?«

»Das ist nicht wahr«, zischte Rheos.

»Und wie erklärst du dir deine Gefangennahme durch die Menschen?« Panos wies auf Sirja. »Sie hat bestätigt, dass du kampflos mitgekommen bist, keinerlei Waffen mehr bei dir trugst und wie benommen wirktest. Die Wachen der Südfeste waren dafür nicht verantwortlich – was aber ist mit Zarkos und Thanos?«

»Mein Bruder und mein Onkel haben keine Erklärung für meine Gefangennahme.«

»Oder sie verschweigen sie dir«, entgegnete Meonaos.

»Es reicht, Meo!«, donnerte Rheos.

»Rheos?« Dyrdra, die dem Gespräch aufmerksam gefolgt war, sah ihn bestürzt an. »Kannst du dich erinnern, kurz vor deiner Gefangennahme etwas getrunken zu haben?«

Rheos starrte sie an. »Warum fragst du? Mein Wasserschlauch hatte ein Loch und war ausgelaufen, Zarkos gab mir seinen. Sein Schlauch muss recht alt gewesen sein, denn das Wasser darin hatte einen merkwürdig modrig-süßen Geschmack.«

Die Wandlerin nickte, als hätte sie eine solche Antwort erwartet. Sie stand auf, holte einen Becher von einem der Verletztenlager und reichte Rheos das Gefäß. »Tauch deinen Finger hinein und leck ihn ab.«

Er zögerte, folgte dann aber ihrer Aufforderung und steckte den Finger in den Mund. Im selben Augenblick verzog er das Gesicht. »Genau so hat das Wasser geschmeckt. Was ist das?«

»Gleißkirschensaft. Wir Heiler benutzen ihn, um Patienten für unangenehme Behandlungen ruhig zu stellen. Sie bleiben bei Bewusstsein, handeln aber nach unseren Anweisungen, ohne sie zu hinterfragen. Die Wirkungsdauer verfliegt rasch.«

Sirja sah Rheos neben sich erbleichen. »Warum sollte mein Onkel wollen, dass ich von Menschen gefangen genommen werde?«

»Er hat es nicht auf diese Gefangennahme angelegt«, antwortete Meonaos, »sondern auf deinen Tod. Um das zu erreichen, nahm Zarkos dir deine Waffen und deine Armspange ab, damit du dich nicht wehren oder als hochrangige Geisel zu erkennen geben konntest.«

Mit einem Satz sprang Rheos auf die Beine. »Du behauptest, mein Onkel hätte meine Ermordung billigend in Kauf genommen?«

Meonaos nickte. »Ja, denn es hätte ihm das Katkal erspart und einen weiteren Grund für das Rufen der Steppenzentauren geliefert.« Trocken fügte er an: »Der zweite Te'Ral innerhalb eines Mondes, der von den Menschen abgeschlachtet wurde.«

Wutentbrannt starrte Rheos Meonaos an. Für einen Moment fürchtete Sirja, er würde sich auf seinen Freund stürzen, der immer noch auf dem Boden lag. Doch Rheos stieß ein Knurren aus, wandte sich von ihnen ab und galoppierte aus dem Ordan hinaus in die Nacht.

»Rheos!« Sie sprang auf, und die Zentauren kamen ebenfalls auf die Beine. Verzweifelt sah Sirja die drei Pferdemenschen an. »Rheos liebt seinen Onkel und seinen Bruder. Ich habe es in seinen Gedanken gesehen. Die Vorstellung, dass die zwei ihn hintergangen haben ...«

»Bei Thanos bin ich mir nicht sicher«, erwiderte Xiros. »Er ist leicht beeinflussbar. Was Zarkos betrifft«, er schüttelte traurig den Kopf, »so hat er Rheos Gefühle ausgenutzt.«

»Warum hat niemand es Rheos deutlich gesagt?«, rief sie. »Oder seinem Vater?«

»Beide waren blind für die Wahrheit«, erwiderte Xiros leise. »Ihre Liebe zu Zarkos war größer als ihr Misstrauen.«

Panos nickte. »Auch mir und Meo hat Rheos nie geglaubt.«

»Er will uns auch jetzt noch nicht glauben.« Meonaos seufzte, dann sah er zu Dyrdra. »Wieso hast du nicht gestern Nacht schon deinen Verdacht mit den Gleißkirschen geäußert, als Sirja und Rheos uns ihre Geschichte erzählt haben?«

»Weil ich da noch nicht auf den Verdacht kam.« Ein schuldbewusstes Lächeln erschien auf dem Gesicht der Wandlerin. »Vorhin habe ich den Saft für eine Operation benutzt. Als Panos dann sagte, Rheos wäre benommen gewesen, kam mir erst die Idee.« Sie hob entschuldigend die Hände.

»Ich hole Rheos zurück«, erklärte Sirja. Der Gedanke, dass er alleine draußen stand, gefiel ihr nicht.

»Ich begleite dich«, bot Panos an.

Xiros machte einen Schritt nach vorne. »Ihr bleibt alle hier und schlaft«, widersprach er entschieden. »Ich spreche mit Rheos. Ich muss ihm sowieso noch etwas zeigen.« Er blickte durch den aufgerissenen Vorhang des Ordans hinauf zur Halle der Nacht. »Wobei ich vermute, dass Rheos gerade selbst danach sucht.«

Das Wasser im Becken schimmerte wie ein dunkler See. Seine Hände umfassten die steinerne Brüstung des Pfeilers und er starrte auf die Sterne, die sich durch die Aussparung im Dach im Wasser spiegelten.

Bei der Geburt eines Fohlens erschien ein neuer Stern am Himmel, der erst wieder mit seinem Tod erlosch. Das Becken in der Halle der Nacht war auf die Sterne der Herrscherfamilie ausgerichtet, denn ihre Entscheidungen bestimmten das Schicksal des Volks von Eleazan.

Rheos Augen hefteten sich auf den strahlenden Punkt in der Mitte des Wassers. Sein Stern leuchtete noch in derselben Kraft, die er seit dem Tod seines Vaters angenommen hatte.

»Die Sterne geben uns Hinweise – sie zu deuten, liegt in unserer Hand.«

Xiros betrat die Halle und schritt zu ihm an das Becken.

»Ich habe auf mein Herz gehört statt auf meinen Verstand«, erwiderte Rheos bitter.

Der Sterndeuter begriff sofort. »Die Schande liegt bei Zarkos, nicht bei dir.« Er lächelte. »Ohne dein Herz hättest du niemals das Vertrauen der Menschenfrau und des jungen Turmherrn gewinnen können.«

»Aber es macht mich schwach.«

»Diese Schwäche ist deine größte Stärke, Rheos.« Der Sterndeuter vollführte eine weitläufige Geste. »Du hast es nur noch nicht verstanden.«

Rheos stampfte mit dem Huf auf und der Schlag klang laut auf den Steinplatten. »Zarkos Stern leuchtet heller denn je und berührt meinen fast.« Er sah Xiros herausfordernd an. »Bei dem Katkal wird mir Freundschaft und ein gutes Herz nichts nützen. Ebenso wenig, wie ich damit Fürst Neidor und mein Volk überzeugen kann, mir zu vertrauen.«

»Du bist nicht alleine.«

Rheos Faust schlug auf den Beckenrand. »Was nutzen mir ein Ra'Wen, ein Diener, eine Menschenfrau, eine Wandlerin und ein Turmherr gegen die Streitmacht der Steppenzentauren und die Heere aus Tarm und Narma?«, entgegnete er zynisch.

»Das Schicksal mutet uns nur Aufgaben zu, die wir auch bewältigen können.«

»Das Schicksal lacht über mich und meinen verwirrten Geist!«

Der alte Sterndeuter blickte ihn tadelnd an. »Ich sagte bereits, dass Zarkos die Schuld trifft, nicht dich.«

»Ich rede nicht nur von meinem Onkel«, entfuhr es ihm, ehe er es verhindern konnte.

Xiros hob fragend die Brauen, doch Rheos schwieg. Er wusste nicht, was schlimmer gewesen war: Sirja von Feinden umzingelt auf dem Schlachtfeld zu entdecken oder die Zeit danach, als er sich nicht anmerken lassen durfte, wie gerne er sie in seine Arme gezogen hätte. Doch hätte sie seine Nähe gewollt? Und noch ein Grund hatte ihn zurückgehalten: Jamir. Mochte Sirja auch Gefühle für ihn – Rheos – hegen, durfte er sich keiner Illusionen hingeben. Sie war einzig wegen des Turmherrn auf das Schlachtfeld gestürmt, nicht seinetwegen.

Rheos rieb sich mit Daumen und Zeigefinger über die Augen, ehe er sich wieder über das Wasserbecken beugte. »Ist der neue Stern noch da, dessen Erscheinen ich bei meinem letzten Besuch entdeckt habe?«, wechselte er das Thema.

»Oh ja, deutlicher als zuvor.« Xiros wies auf einen strahlenden Lichtpunkt dicht neben seinem.

»Der Stern ist zu mir aufgerückt.« Rheos runzelte die Stirn. »Was hat das zu bedeuten?«

»Kannst du es dir nicht denken?«

»Im Erkennen von Dingen bin ich wohl eher schlecht«, erwiderte er sarkastisch. Dann weiteten sich seine Augen. »Ist das ... Sirjas Stern?«

Der alte Zentaur nickte. »Ich bin mir absolut sicher. Vor allem nach dem Am'Harasin.«

Rheos sah den kleinen Stern an und die Wehmut in seinem Herzen wurde fast unerträglich. Plötzlich stutzte er. »Ganz nah bei Sirjas Stern ist noch ein weiterer! Allerdings leuchtet er nur schwach.«

»Dieser Stern ist erst seit wenigen Tagen da«, erwiderte Xiros. »Über seine Bedeutung bin ich mir nicht schlüssig. Es könnte sich ebenfalls um den Stern eines Menschen handeln. Seine Nähe zu Sirjas kann ein Hinweis sein, dass es jemand ist, der ihr nahesteht, sie beschützt und für ihre Zukunft eine große Bedeutung besitzt.«

Rheos hörte das Schicksal noch lauter lachen. »Ich weiß, wem der Stern gehört.« Es war schwer, seine Stimme unbeteiligt klingen zu lassen. »Jamir.« Seine flache Hand schlug in das Becken. Das Wasser spritzte nach allen Seiten und die Sternenbilder verschwammen.

40

Stimmen weckten Sirja. Nur langsam kam sie zu Bewusstsein, zu gemütlich war es in den weichen Fellen und angenehm schweren Decken, zu träge ihr müder Körper. Verschlafen blinzelte sie, sah eine hölzerne Dachkonstruktion und kleine, hoch angebrachte Fensterluken, durch die Sonnenlicht hereinfiel.

Der Kampf um die Halle der Nacht!

Mit einem Schlag war sie hellwach. Sie stemmte sich auf ihren Armen in eine sitzende Position auf und sah sich um. Außer ihr ruhte niemand mehr in dem Kreis aus Teppichen und Fellen, auf denen sie sich gestern Nacht niedergelassen hatten.

Hastig wandte sie den Kopf zum hinteren Teil des Ordans. Von den verwundeten Zentauren lag keiner mehr dort, auch die Reihen der Menschen hatten sich gelichtet. Außer zwei von Jamirs Kriegern sowie drei der Angreifer, die den gleichmäßigen Atemzügen nach schliefen, befand sich niemand mehr hier.

Sirja lauschte auf die Geräusche von draußen. Dort schienen Pferde getränkt und gesattelt, Gegenstände hin und her getragen zu werden. Ihre Brauen verengten sich. Der Aufbruch nach Quran stand kurz bevor und niemand hielt es für nötig, sie zu wecken?

Verärgert schlug sie die Decke zurück. Frische Morgenluft umwehte ihren Körper, fröstelnd griff sie nach ihrem Umhang neben dem Lager. Dabei sah sie, dass jemand ihr Frühstück gebracht hatte. Ein Krug mit Wasser und daneben ein Brettchen, auf dem kleine, mit Rosinen versetzte Kuchenstücke lagen. Lächelnd schickte sie einen stillen Dank an Karlors Ehefrau, die sie vor einem zentaurischen Mahl mit geschmacklosem Kerdlos bewahrt hatte. Rasch trank sie einen Schluck Wasser, verzehrte die unerwarteten Köstlichkeiten und erhob sich.

Im Gehen fuhr sie sich mit den Fingern durch ihr Haar und strich den Rock des Kleides glatt. Nicht, dass jemand ihr Äußeres kümmern würde, doch nach der Begegnung mit Kalame wollte sie Rheos gegenüber halbwegs anständig aussehen. Seit gestern Abend hatte sie ihn nicht mehr gesehen, er musste zurückgekommen sein, als sie schon geschlafen hatte. Wenn überhaupt.

Vor dem dichten, buntgewebten Vorhang, der den Eingang des Ordans verschloss, blieb Sirja stehen, schob die beiden Stoffhälften ein Stück weit auseinander und lugte nach draußen.

Jamir und seine Männer kümmerten sich um die Pferde. Eine stattliche Anzahl an Tieren, da auch die der Angreifer dabei waren. Die Männer banden Tragen zwischen jeweils zwei Pferde, sodass die Schwerverletzten liegend transportiert werden konnten. Einige der Krieger trugen Verbände, manche sogar Schlingen um ihre Arme, trotzdem arbeiteten sie mit so gut sie konnten. Sirjas Verärgerung wuchs. Nur sie hatte niemand geholt!

Sie schluckte ihren Unmut hinunter und suchte durch den Spalt im Vorhang den Platz nach Zentauren ab. Doch von den Pferdemenschen war nichts zu sehen.

Wo war Rheos? Es gab so vieles, worüber sie mit ihm sprechen wollte. Aber seit der Flucht aus Quran hatte es keinen abgeschiedenen Moment für sie beide gegeben. Und sie gewann immer mehr den Eindruck, dass er nichts dagegen hatte. Hatte sie in Quran zu tief in sein Innerstes geblickt? Denn seitdem schien er sie zu meiden.

Ihr Blick fiel auf den Eingang der Bibliothek. Der Sandboden davor war getränkt von Blut – menschliches und zentaurisches. Sie biss sich auf die Lippe. Leid und Gefahr um sie herum waren riesig, das Einzige, was im Moment zählte, war, den Krieg zu verhindern. Ihre Gefühle mussten zurückstehen.

Sie trat durch den Vorhang ins Freie und ging auf Jamir und seine Männer zu, die eine weitere Pritsche an zwei Pferden befestigten. Der Turmherr bemerkte sie sofort. Lächelnd kam er auf sie zu, doch in seinen Augen lag der gewohnt sorgenvolle Blick.

»Geh zurück in das Ordan und ruh dich aus, Sirja. Wir rufen dich zum Abmarsch.«

Es fiel ihr schwer, ihren erneut aufkommenden Ärger zu unterdrücken. »Ihr alle seid nicht minder erschöpft wie ich«, entgegnete sie ihm. »Ich will mithelfen.«

»Aber wir sind Männer. Du bist nur eine ...«

»Wage es nicht, diesen Satz zu beenden!«, fiel sie ihm ins Wort. »Wo ist Dyrdra?«

Jamir zeigte auf ein Ordan, das in einiger Entfernung stand. »Sie ist in der Küche und mischt neue Heiltränke. Ihre Vorräte sind beinahe aufgebraucht.«

Sirja nickte. »Dann werde ich ihr zur Hand gehen.« Doch vorher musste sie noch etwas in Erfahrung bringen. »Wo sind die gefangenen Angreifer? Und wo die Zentauren?«

»Die Gefangenen, die bei Bewusstsein sind, wurden in die Bibliothek gebracht. Da es nirgendwo verschließbare Türen gibt, haben wir sie dort an Regale gefesselt.« Jamir zuckte mit den Schultern. »Ob wir den Anführer dabei haben, wissen wir nicht. Die Kerle schweigen wie ein Grab.« Ein grimmiges Lächeln erschien auf seinem Gesicht. »Allerdings hatten wir auch noch keine Zeit, uns ausgiebiger mit ihnen zu beschäftigen.«

Mit der Hand wies er zwischen zwei Gebäuden hindurch. »Die Zentauren bestatten gerade ihre Toten. Hier in den Bergen liegen ihre Begräbnishöhlen. In einer dieser Höhlen werden sie auch unsere Gefallenen beisetzen, in einer anderen die toten Angreifer.« Seine Brauen hoben sich. »Panos kommt zurück. Scheinbar ist die Zeremonie beendet.«

Sirja wandte den Kopf und sah den schwarzen Zentauren auf sie zu galoppieren, eine Wolke Staub hinter sich aufwirbelnd. Ein Stück vor ihnen verfiel er in Schritt und der Sand legte sich.

Panos neigte den Kopf zur Begrüßung, dann sah er Jamir an. »Die anderen versiegeln die Eingänge der Höhlen, danach können wir die Halle der Nacht verlassen.«

»Ist Rheos noch bei den Höhlen?«, platzte es aus ihr heraus.

Panos schüttelte den Kopf. »Er ist mit mir zurückgekommen, aber gleich in die Halle der Nacht hinauf gegangen, um sich für das Katkal zu sammeln.«

Sirjas Blick fiel auf die runde säulengetragene Halle auf einem höhergelegenen Felsplateau. Konnte sie dort Rheos dunkle Gestalt erkennen oder bildete sie es sich nur ein? »Ich bin froh, wenn er dieses Katkal überstanden hat und wir zu den Verhandlungen mit Neidor aufbrechen können«, erklärte sie.

Auf ihre Worte hin tauschten Jamir und Panos einen bedeutungsvollen Blick. Argwöhnisch sah sie die beiden an.

Jamir räusperte sich. »Heute früh haben wir entschieden, dass wir uns trennen. Wir reiten mit den Gefangenen zur Südfeste voraus, da wir durch die Verletzten nur langsam vorankommen werden. Die Zentauren begleiten Rheos zum Katkal und stoßen dann – sofern Rheos gewinnt – an der Südfeste zu uns.«

»Wir begleiten sie nicht nach Quran?«, fragte sie fassungslos.

»Wir nutzen die Zeit, unterwegs die Gefangenen zu verhören und deinen Vater in alles einzuweihen, sofern er die Südfeste noch nicht geräumt hat.«

Jamir lächelte sie beschwichtigend an, aber es nützte nichts. Ihr Blut kochte. »Das habt ihr euch fein ausgedacht, aber ich spiele nicht mit!« Sie konnte sich bildlich vorstellen, welche Freude Rheos und Jamir gehabt haben mussten, über ihren Kopf hinweg zu entscheiden. »Ich werde Rheos begleiten!«

»Du willst in die Zentaurenstadt zurück?« Jamir starrte sie an, als wäre sie verrückt. »Sie wollten dich dort umbringen.«

»Aber jetzt komme ich nicht als Gefangene, sondern als Zeugin. Du weißt selbst, dass feindliche Unterhändler Schutz genießen.«

Er schüttelte den Kopf. »Das wird die Zentauren kaum interessieren.«

»Aber Rheos braucht bei der Gerichtsverhandlung meine Aussage!«

Verwirrung machte sich auf Jamirs Gesicht breit. »Von welcher Verhandlung sprichst du?«

Hatte er gestern einen Schlag zu viel auf den Kopf bekommen? »Ich rede vom Katkal.«

»Das Katkal ist ein Kampf auf Leben und Tod, Sirja. Rheos kann dich dabei nicht gebrauchen.«

Eine eisige Hand griff nach ihrem Herz. »Es ist ein Kampf?«

Aus den Augenwinkeln sah sie, wie Panos wütend die Augen in Richtung Jamir rollte – und begriff. Rheos hatte sie absichtlich über die Bedeutung des Katkals im Unklaren gelassen.

»Sirja, hör zu.« Jamir hatte seinen Fehler bemerkt und legte ihr seine Hand auf die Schulter. »Rheos kann sich besser konzentrieren, wenn du nicht dabei bist und er nicht um deine Sicherheit besorgt sein muss.«

»Aber ich kann ihm helfen, wenn er verletzt wird«, rief sie. »Das Am'Harasin hat gestern Nacht seine Wunden geschlossen!«

Panos trat einen Schritt näher. »Eine solche Hilfe ist nicht erlaubt, Sirja. Sobald das Katkal begonnen hat, darf niemand eingreifen. Zuwiderhandlung wird mit dem Tod bestraft.«

Trotzig sah sie die beiden an. »Ich werde Rheos dort nicht alleine lassen!«

Jamirs Gesichtszüge verhärteten sich. »Er will nicht, dass du mitkommst.«

»Das will ich von ihm selbst hören.« Sie riss sich von ihm los und stürmte mit geballten Fäusten auf den Pfad zu, der zu dem Felsplateau hinaufführte.

41

Rheos stand mit dem Rücken zu ihr am Rand der säulengetragenen Halle. Sein Blick war in die Ferne gerichtet, auf die kargen Täler und Anhöhen des Gebirges und das dunkle Grün Eleazans.

Sirja verharrte einen Moment, fasziniert von der Weite der Sicht. Der Wald erstreckte sich bis zum Horizont – urwüchsig, wild und unerforscht. Ein Meer aus Baumwipfeln, in dem tiefliegende Wolken Schaumkronen bildeten.

»Die Aussicht beruhigt mich, ich habe sie schon als Fohlen geliebt.« Leise, aber eindringlich klang Rheos Stimme durch die Halle der Nacht. »Bist du gekommen, um dich von mir zu verabschieden?«

Natürlich war ihm ihre Ankunft nicht verborgen geblieben. Sirja durchschritt den Säulenbau, vorbei an einem hohen Wasserbecken, das von einem steinernen Pfeiler getragen in der Mitte stand, und stellte sich neben ihn an den Rand der Halle.

»Nein, ich will dir nicht Lebewohl sagen. Im Gegenteil.« Sie verschränkte die Arme, sah ihn aber nicht an, sondern blickte ebenfalls zwischen den Säulen hindurch auf das Land hinaus. »Warum willst du mich nicht mit nach Quran nehmen?«

»Weil es dort zu gefährlich für dich ist. Jamir kann besser auf dich aufpassen als ich.«

Irrte sie sich, oder schwang Bitterkeit in seinen Worten mit? »Und wer passt auf dich auf, Zentaur?«

Er wandte den Blick zu ihr. In seinen waldgrünen Augen lag Schmerz, doch er schüttelte nur stumm den Kopf.

Sein Schweigen machte sie wütender als alles, was er hätte sagen können. »Ich habe dich als Feind kennen gelernt«, stieß sie hervor, »aber spürst du denn nicht, dass die Dinge sich zwischen uns verändert haben? Dass da mehr ist als nur der Wunsch nach Frieden für die Lebenden und Gerechtigkeit für die Toten?«

»In Quran kann ich deine Sicherheit nicht garantieren, Sirja«, wiederholte er stoisch.

»Wäre mir meine Sicherheit wichtig, wäre ich gestern nicht auf das Schlachtfeld gelaufen.«

Er zuckte mit den Schultern. »Du wolltest Jamir retten.«

»Oh, du Sturkopf! Ich ging nicht wegen Jamir, denn du warst bereits auf dem Weg, ihm beizustehen. Doch dann traf dich der Morgenstern und du bist gestürzt – und niemand war da, dich zu retten!«

Seine Augen weiteten sich. »Du hast meinetwegen dein Leben aufs Spiel gesetzt?«

Hilflos hob sie die Hände. »Hast du denn in Quran meine Empfindungen nicht gespürt? Weder kann ich den Gedanken an deinen Tod ertragen noch den, mich von dir trennen zu müssen.« Schmerzlich sah sie ihn an. »Rheos, ich habe keine Ahnung, wie es geschehen ist, aber ich habe mich in dich verliebt!«

Er atmete schwer ein und aus. »Ich bin ein Zentaur, Sirja.«

»Das kümmert mich nicht.« Eine einzelne Träne rann ihr über die Wange.

Er streckte die Hand aus und fing die Träne mit dem Finger auf, ohne ihre Haut zu berühren. Einen Moment lang betrachtete er den Tropfen, in dem sich das Licht des Morgens spiegelte. Als er sprach, war seine Stimme ausdruckslos. »Deine Bestimmung ist es, an der Seite eines Menschen zu leben, nicht an meiner.«

»Wage es nicht, in meiner Gegenwart von Bestimmung zu reden!«, fuhr sie ihn an. »Artors Bestimmung war es, Turmherr der Südfeste zu werden. Und laut meiner Mutter wäre es meine, längst Dutzende von Kindern zu haben und Bordüren an Tischdecken zu sticken.« Sie breitete die Arme aus. »Aber sieh, was geschehen ist: Artor liegt kalt in seinem Grab und ich stehe hier mit dir!«

Er senkte den Kopf, dennoch sah sie das Flackern in seinen Augen. »Ich sah dein Schicksal in den Sternen.«

»Die Sterne interessieren mich nicht, sondern du!« Sie trat einen Schritt auf ihn zu. »Wenn du mich wegschickst, weil dein Herz Kalame gehört, werde ich gehen. Aber wenn ...« Ihre Worte erstarben. Was erwartete sie eigentlich von ihm? Dass er seine Favoritin für eine Menschenfrau aufgab?

»Weißt du noch, warum wir die Zentaurinnen vor den Menschen verstecken?« Rheos hatte den Kopf gehoben und sah sie ruhig an.

Ihre Stimme zitterte, als sie antwortete: »Weil ihr das schützt, was ihr liebt.«

»Wenn ich könnte«, flüsterte er, »würde ich dich vor der ganzen Welt verstecken, an einem Ort, den nur ich kenne. Doch das ist unmöglich.«

»Warum? Lass uns gehen, sobald alles vorbei ist.«

Ein Lächeln umspielte seinen Mund. »Solange würdest du warten?«

Sie sah zu ihm auf. »Ich habe mein Leben lang auf dich gewartet. Auf etwas mehr Zeit kommt es nicht an.«

Er neigte sich zu ihr herab und seine Stirn senkte sich auf ihre. Seine Gedanken und Gefühle flossen zu ihr, ein tiefer, starker Strom an Zuneigung und Sehnsucht.

Sirja schloss die Augen. Sie hatte sich in Quran nicht getäuscht. Rheos empfand auch Liebe für sie.

Eine nie gekannte Zufriedenheit erfüllte sie, Kraft durchströmte ihren Körper. Die Anstrengungen der vergangenen Tage waren wie weggeblasen, ihr Herz klopfte aufgeregt. »Ich weiß nicht, was die Götter sich dabei gedacht haben«, murmelte sie. »Eine Menschenfrau und ein Zentaur?«

Er lachte leise. »Vermutlich haben sie zu viel Wein getrunken.« Seine Finger strichen an ihrem Gesicht entlang und sie spürte Unruhe in ihm aufwallen. »Wir müssen gehen, Sirja.«

Sie öffnete die Augen. »Heißt das, ich darf mit dir kommen?«

Er seufzte. »Wenn du mir einen heiligen Eid schwörst, nicht von Xiros Seite zu weichen.«

»Nur wenn du mir schwörst, das Katkal zu gewinnen.«

Sein Blick wurde ernst. »Dafür muss ich meinen Onkel töten.«

»Zarkos hat es geschafft, dass diese Vorstellung kein Mitleid in mir hervorruft«, erwiderte sie ehrlich. »Aber ich verstehe deinen Zwiespalt.«

»Das ist mehr, als man von Meo und Panos behaupten kann.«

»Sie müssen Zarkos und seine Gemeinheiten auch schon länger ertragen als ich«, verteidigte sie die beiden Zentauren.

Rheos nahm ihre Hände und umschloss sie mit den seinen. »Sollte ich das Katkal nicht überleben, wird Xiros dich zur Südfeste bringen. Ich will dein Wort, dass du dann sofort die Burg von Tarm aufsuchst. Denn lieber weiß ich, dass du Bordüren stickst, als dass du irgendwo kalt in der Erde liegst.« Er drückte fest ihre Hände. »Hast du das verstanden, Menschentochter?«

Sie nickte.

Erleichtert über ihre Zustimmung zog er sie an sich. »Es gäbe einfachere Wege für uns, Sirja.«

»Hast du diese jemals bevorzugt?«

Ein schmerzlicher Ausdruck erschien in seinen Augen. »Nein, aber ich hatte auch noch nie so viel zu verlieren wie jetzt.«

»Gut, dass ihr kommt.« Panos sah sie und Rheos ungeduldig an, als sie von der Halle der Nacht auf den Platz hinunter kamen. »Es ist alles zum Aufbruch bereit.«

Die Krieger, die reiten konnten, saßen schon zu Pferde, ebenso die Überlebenden der Angreifer mit gefesselten Händen. Die schwerer verletzten Männer lagen auf den Tragen. Dyrdra, mit ihrer Schimmelstute an der Hand, unterhielt sich am Rande des Platzes mit Xiros. Die verbliebenen Wächter und Sterndeuter der Halle der Nacht warteten abmarschbereit in der Nähe der menschlichen Reitergruppe.

Jamir trat ihnen entgegen. »Ich habe ein Pferd für dich satteln lassen, Sirja. Wenn alles gutgeht, erreichen wir die Südfeste morgen Abend.«

Sie schüttelte den Kopf. »Ich werde nicht mit euch kommen. Ich begleite Rheos.«

»Wie bitte?« Jamir starrte erst sie an, dann Rheos. »Wir hatten es anders abgesprochen.«

Rheos wich seinem vorwurfsvollen Blick nicht aus. »Sie wird unter Xiros Schutz stehen und in drei Tagen an der Südfeste sein. Mit mir oder ohne mich.«

Eine steile Falte erschien auf Jamirs Gesicht. »Warum willst du dich erneut der Gefahr aussetzen, Sirja?«

Sie atmete tief durch. »Weil ich Rheos nicht alleine lassen möchte.«

Jamir öffnete den Mund, dann schloss er ihn wieder. Sein Blick wechselte zu Rheos und wieder zurück zu ihr. Ein fassungsloser Ausdruck trat auf sein Gesicht. »Sag mir, dass das nicht wahr ist«, sagte er tonlos.

»Doch.« Sie antwortete leise in der Hoffnung, er würde verstehen, dass sie das Gespräch auf einen späteren Zeitpunkt verschieben wollte. Als sie die Wut in seinen Augen sah, wusste sie, zu viel erwartet zu haben.

»Du empfindest Gefühle für einen Zentauren, Sirja?«, rief er. »Das kann nur eine Nachwirkung des Am'Harasin sein.«

»Nein.« Sie sah ihn ruhig an. »Ich liebe ihn.«

»Du scherzt.«

»Es ist mein Ernst, Jamir. Mein Herz gehört Rheos.«

Jamir stieß ein abfälliges Schnauben aus. »Und wie soll ich mir das vorstellen, wenn du mit ihm das Bett teilst?«, erwiderte er zynisch.

Verächtlich blickte sie ihn an. »Bedeutet Liebe für dich nur, dass eine Frau die Beine spreizt?«

Jamir verschränkte die Arme vor der Brust. »Hast du nicht einst gesagt, du würdest dich nie an einen Gemahl binden wollen? Aber jetzt verstehe ich. Du hast den Zentauren gewählt, damit du dich nie einem richtigen Mann stellen musst. Denn du bist längst nicht so stark, wie du dich gibst.«

»Ich laufe vor niemandem davon, Jamir! Rheos ist mehr Mann als du. Er nimmt mich an, wie ich bin – und nicht so, wie er es gerne hätte.« Sie funkelte ihn an. »In Rheos habe ich gefunden, was ich brauche. Und im Namen unserer alten Verbundenheit bitte ich dich, das zu respektieren.«

»Wie könnte ich das!«, zischte er. »Deinem Bruder würde es das Herz brechen, wüsste er, dass du dich einem Zentauren verschrieben hast.«

»Lass Artor aus dem Spiel! Ich war noch nie so, wie die meisten Frauen. Mein Bruder hat das verstanden, und ich hatte gehofft, du als mein bester Freund auch.«

Jamirs Blick flackerte. In seinen Augen erschien ein Ausdruck, den sie noch nie zuvor bei ihm gesehen hatte. »Vielleicht solltest du nicht nur als Freund von mir denken«, erklärte er mit eigentümlich rauer Stimme.

Es dauerte einen Herzschlag lang, bis sie die Bedeutung hinter seinen Worten begriff. Ihr wurde eiskalt. Auch sie war blind gewesen. »Mehr als ein Freund bist du ein Bruder für mich, Jamir«, presste sie hervor.

Die Traurigkeit in seinen Augen schnürte ihr die Kehle zu. »Ich könnte dir ein Leben mit allen Freiheiten bieten.«

Tränen brannten in ihren Augen. »Aber ich könnte dir niemals geben, was du dir von mir wünschst. Verstehe es doch.«

»Das kann ich nicht.« Er atmete tief durch. »Ich werde dich nicht kampflos aufgeben. Denn ich liebe dich, seit ich denken kann.« Hasserfüllt wandte Jamir den Kopf zu Rheos. »In den vergangenen beiden Tagen hat sich meine Meinung über Zentauren verändert. Obwohl du mein Vertrauen in der Nordfeste missbraucht hast, war ich bereit, es dir wieder zu schenken. Doch das ist vorbei.«

Beschwörend sah Rheos ihn an. »Jamir, ich werde Sirja ...«

»Schweig!«, fiel der junge Turmherr ihm ins Wort, seine Stimme flach vor Wut. »Du wirst sie ins Unglück stürzen. Es gibt keinen Platz für euch auf der Welt. Weder in der zentaurischen noch in der menschlichen, und du weißt das.«

»Hör auf, Jamir«, rief Sirja.

»Oh nein! Du musst wissen, worauf du dich mit ihm einlässt.« Sein Gesicht war rot vor Zorn. »Während Rheos hunderte von Jahren leben wird, wirst du alt und gebrechlich werden. Wenn er deiner überdrüssig ist, kehrt er in seine Stadt zurück. Du aber wirst für immer ausgestoßen sein, denn niemand wird der Hure eines Pferdemenschen Obdach gewähren.«

Ihre Hand landete schallend in Jamirs Gesicht. Stand wirklich der Mann vor ihr, für den sie die gleiche Zuneigung empfunden hatte wie für Artor? Sirjas Schultern sackten herab. Wenn selbst Jamir ihre Entscheidung nicht hinnehmen konnte, brauchte sie von niemandem auf Verständnis zu hoffen.

»Ich verstehe deine Besorgnis und respektiere dein Begehren für Sirja, Jamir«, erklärte Rheos. »Doch dies ist nicht der richtige Zeitpunkt. Lass uns den Waffenstillstand sichern und danach weiterreden.«

»Waffenstillstand? Womöglich noch Frieden?« Jamir lachte höhnisch auf. »Wie könnte jemals Einverständnis zwischen uns herrschen, wenn ich weiß, dass du Sirja ins Unglück stürzt.« Seine Hand legte sich auf den Knauf seines Schwertes. »Eine Schlacht ist die bessere Wahl, ehe ihr uns alle unsere Frauen fortnehmt. Und wenn ihr nicht aus dem Wald herauskommt, dann kommen wir zu euch hinein!« Er wandte sich ab und ging auf sein Pferd zu.

»Jamir, warte!« Sirja lief Jamir hinterher und packte ihn am Arm. »Du darfst nicht unser Bündnis auflösen. Wir brauchen dich als Fürsprecher vor Neidor, ebenso wie die Gefangenen und ihre Aussagen.«

»Das hättest du dir früher überlegen müssen«, fuhr er sie an. »Du hast deine Entscheidung getroffen, und ich die meine.« Er riss sich aus ihrem Griff los. »Wenn du mich aufhalten willst, musst du wohl deinen Zentaurenliebhaber auf mich hetzen.«

Wie benommen sah sie zu, wie er sich auf sein Pferd schwang und das Zeichen zum Aufbruch gab. Auch Rheos blickte Jamir mit versteinerter Miene nach, bis die Reitertruppe hinter der Biegung außer Sichtweite war.

»Ich habe alles verdorben«, flüsterte sie.

»Das hast du nicht«, widersprach Rheos, doch sie hörte die Unsicherheit in seiner Stimme. »Dyrdra wird ihn überzeugen, die Zusammenarbeit nicht aufzugeben.«

Erst jetzt bemerkte sie, dass die Wandlerin in den Sattel ihrer Stute gestiegen war. Dyrdra lächelte ihnen aufmunternd zu, dann drückte sie Schneeglanz die Fersen in die Flanken und galoppierte Jamir mit wehendem Umhang hinterher.

Mit einem Mal erfüllte Sirja eine furchtbare Leere. Die hasserfüllten Worte des jungen Turmherrn dröhnten in ihren Ohren, sein gekränkter Blick brannte in ihrer Erinnerung. Sie hatte Artor verloren und jetzt auch noch Jamir.

Das Geräusch von Hufen riss sie aus ihren Gedanken. Sirja blickte auf und sah sich Xiros, Panos und Meonaos gegenüber. Panik überkam sie. Was, wenn die Zentauren sie und Rheos ebenfalls verstießen?

Rheos neben ihr stand völlig ruhig, doch das Zucken an der Flanke verriet seinen inneren Aufruhr. Er war ebenso wie sie nicht sicher, was nun folgen würde.

»Wann hättest du es uns verraten, Rheos?«, fragte Panos. »Wenn wir dich gefragt hätten, warum deine Fohlen nur zwei Beine haben?«

Rheos Hände ballten sich zu Fäusten. »Ich hätte es euch vor dem Katkal gesagt, damit ihr euch noch rechtzeitig auf die Seite meines Onkels hättet schlagen können.« Sein Atem ging stoßweise. »Aber ihr dürft gerne losgaloppieren und es in Quran verkünden. Ich komme alleine zurecht.«

Panos verdrehte in gespielter Verzweiflung die Augen. »Das war ein Scherz, Rheos! Meo und ich hatten den Verdacht schon in Quran. So wie du von Sirja gesprochen hast und ihr Herzschlag sich bei deinem Anblick beschleunigte, überrascht uns eure Liebe nicht, auch wenn wir auf die Umsetzung gespannt sind.« Er grinste.

»Wenn du allerdings statt Sirja die Wandlerin gewählt hättest, hätten wir dir möglicherweise die Gefolgschaft gekündigt.«

Bei Panos Worten fiel Sirja ein Stein vom Herzen, Rheos Brauen zogen sich jedoch zusammen. »Irgendwann hast du wirklich einen Pfeil in deinem Hinterteil stecken, mein Freund!«

Der schwarze Zentaur überging die Drohung. »Ich freue mich schon auf Kalames Gesicht«, fuhr er vergnügt fort und zwinkerte Sirja zu. »Ich konnte sie nämlich noch nie leiden.«

»Und sie dich auch nicht.« Meonaos lachte. »Aber es werden bestimmt viele Zentauren bereitstehen, um Kalames Schmerz zu lindern«, fügte er spöttisch hinzu.

»Ich habe nicht das Gefühl, dass ihr Schmerz groß sein wird.« Rheos zuckte mit den Schultern. Dann wanderte sein Blick zu Xiros und er wurde wieder ernst. »Du hast noch nichts gesagt.«

Der alte Sterndeuter lächelte. »Ich weiß nicht, wie oft sich dein Vater bei mir über deinen Eigensinn beschwert hat.« Er wies auf Panos. »Den Sohn eines Korbflechters zu deinem Freund zu erwählen, traf nicht seine Erwartungen. Von daher wundert es mich nicht, dass auch die Wahl deiner Gefährtin ... ungewöhnlich ist.«

»Ich weiß, dass es für Sirja und mich nicht leicht wird«, entgegnete Rheos. »Ich nehme Jamirs Worte durchaus ernst.«

Xiros strich sich über den Bart. »Mein Rat wäre, deine Verbindung zu ihr vorerst geheim zu halten.«

Rheos Gesicht verfinsterte sich. »Ich will mein Volk nicht belügen.«

Der Sterndeuter hob beschwichtigend die Hände. »Deine Entscheidung für Sirja kann auch eine private sein, wenn du verstehst, was ich meine.«

»Auch das habe ich bereits in Betracht gezogen.«

Verwirrt sah Sirja Rheos an. »Von was redet ihr?«

»Dass ich auf meine Stellung als Te'Ral verzichte. Dann bin ich frei von allen Zwängen.«

»Aber nicht jetzt, oder?«

»Nein. Erst wenn der Waffenstillstand sichergestellt ist, die Räuberbande bestraft und ich die Steppenzentauren in sicherer Entfernung weiß. Daran ändert auch Jamirs Entscheidung nichts.«

Erleichterung machte sich in ihr breit. »Ich habe vergessen, dass du nicht gerne aufgibst.«

»Zumindest nicht kampflos.«

»Dennoch würdest du meinetwegen auf die Würde des Te'Rals verzichten?«

»Verzichten ist eine bewusste Entscheidung, Aufgeben eine Verzweiflungstat.« Er lächelte. »Ich weiß, du an meiner Stelle würdest die gleiche Entscheidung treffen.«

»Aber es bedeutet nicht, dass ich keine Angst habe, dich im Katkal zu sehen.«

Sein Blick richtete sich gen Süden, wo Quran verborgen im Wald lag. »Deshalb sollten wir es schnell hinter uns bringen.«

Sirja sah sich auf dem Platz um. »Jamir hat das Pferd mitgenommen, das ich reiten sollte.«

»Kein Pferd würde das Tempo durchstehen, das ich anschlagen werde. Ich will heute Abend noch in Quran ankommen.« Er vollführte eine einladende Geste. »Du wirst dich mit meinem Rücken bequemen müssen.«

Das war ihr sowieso am liebsten. Sie griff seinen dargebotenen Arm und schwang sich auf seinen Rücken. Ihre Beine schmiegten sich an sein warmes, weiches Fell und sofort wallte die Gedankenverbindung zwischen ihnen auf. Doch nicht als der tosende Sturm des Am'Harasins wie am Abend zuvor, sondern wie ein ruhig fließender Strom.

Halte dich fest!

Ihre Arme schlossen sich um seinen Oberkörper und sie rutschte dicht an seinen menschlichen Rücken heran. Im nächsten Moment stieg Rheos auf die Hinterbeine und sprang mit einem gewaltigen Satz los.

Sirja schnappte nach Luft und verstärkte ihren Griff um seinen Bauch.

Sein Lachen erklang in ihrem Kopf. *Ich sagte doch, du sollst dich festhalten.*

Angeber!, erwiderte sie, was sein Lachen lauter und sein Tempo noch rasanter werden ließ.

Hinter ihnen donnerten die Hufe der anderen Zentauren. Rheos schien zu fliegen, die Ordans der heiligen Stätte lagen bereits hinter ihnen.

Bin ich eigentlich zu schwer?

Du bist leicht wie eine Feder. Dich zu tragen ist keine Last, sondern pure Freude.

Sie lächelte und wusste, dass er es spürte.

Die Landschaft zog an ihnen vorbei, schon erreichten sie die Baumgrenze. Sirja legte ihren Kopf zwischen Rheos Schulterblätter. Seine inzwischen so vertraute Nähe beruhigte ihr aufgewühltes Inneres. Für einen Moment schienen alle Sorgen weit weg.

Ich liebe dich, Rheos.

Seine Antwort strömte einer Liebkosung gleich durch ihren Körper, während er mit ihr auf das dunkle Grün Eleazans zujagte.

42

Sie erreichten Quran bei Sonnenuntergang. Die Zentauren, die ihn sahen, blieben mit verwundertem Gesichtsausdruck stehen. Sein Einmarsch in die Stadt glich einer feierlichen Prozession, nicht der verstohlenen Rückkehr eines verstoßenen Herrschers: Zwei der Hallenwächter schritten mit erhobenen Speeren vor ihm, Xiros und Sirja folgten ihm. Panos und Meonaos bildeten zusammen mit den restlichen Wächtern und den Sterndeutern die Nachhut, die Arme vor der Brust gekreuzt.

Ein kaltes Lächeln umspielte seine Lippen. Sein Onkel würde bald erfahren, dass er wieder da war – und was er wollte.

Vor den mächtigen Palisaden und Wallgräben, die Quran umgaben, hatte er Sirja absitzen lassen. Der Anblick einer Menschenfrau auf seinem Rücken wäre eine zu große Provokation. Xiros schritt neben Sirja und hatte seine rechte Hand auf ihre Schulter gelegt zum Zeichen, dass sie unter seinem Schutz stand. Dennoch wäre es Rheos lieber, sie wäre bei ihm, um sie im Notfall mit seinem Schwert verteidigen zu können.

Er presste die Kiefer zusammen. Ihre Liebe war ein Wagnis, doch das Wissen um ihre Zuneigung erfüllte ihn mit Kraft und Freude, dass er dafür jeden Kampf aufnehmen würde. Das Bild des neuen Sterns, den er am Himmel neben Sirjas gesehen hatte, schob er beiseite. Er und sie würden ihre Schicksale neu bestimmen.

Das Flüstern in der Stadt schwoll an, die Kunde seiner Rückkehr verbreitete sich rasch. Sie hatten die äußeren Ordangemeinschaften, in denen die jungen, unvermählten Krieger lebten, noch nicht passiert, da sah er bewaffnete Zentauren auf sie zu galoppieren. Mitten unter ihnen befand sich Zarkos.

Das Gesicht zu einer höhnischen Grimasse verzogen, hielt sein Onkel knapp vor ihnen an. »Du wagst es, in Quran zu erscheinen, Rheos?«

»Ich bin der Te'Ral«, erwiderte er kühl, »was sollte mich davon abhalten, in meine Stadt zurückzukommen?«

Zarkos lachte auf. »Was dich abhalten sollte? Deine Schwäche, dein Verrat und vor allem die Tatsache, dass dein Volk dich als Herrscher nicht mehr will, sondern mich!«

Rheos zog eine Augenbraue hoch. »Ich sehe an deinem Arm nicht die Spange des Herrschers, sondern nur die des Son'Rals.«

»Dann wird es wohl Zeit, dass du mir die Spange des Te'Rals gibst!«

»Wenn du sie willst, wirst du sie dir holen müssen.«

Einen Moment lang starrte Zarkos ihn an, dann zischte er: »Du willst das Katkal?«

Der Hauch von Unsicherheit in seiner Stimme entging Rheos nicht. »Ja. Ich fordere dich heraus.«

Zarkos musterte ihn prüfend, wie er es so oft getan hatte, um zu entscheiden, ob Rheos als Kriegeranwärter eine Aufgabe gut gelöst hatte. »Du wirst mich töten müssen.«

Rheos hielt seinem Blick stand und ignorierte das Wissen, dass Zarkos sein Onkel war. »Richtig.«

Ein Lächeln umspielte Zarkos Mund, das jedoch nicht seine Augen erreichte. »Dann bringen wir es sofort hinter uns, Neffe.« Er vollführte eine einladende Handbewegung. »Die Arena gehört uns.«

Rheos spürte, wie sein Körper Zarkos gehorchen wollte – so, wie er seinem Onkel all die Jahre gehorcht hatte, ohne seine Befehle zu hinterfragen. Mit aller Macht hielt er seine Hufe am Boden. »Nein.«

Zarkos öffnete den Mund, doch Rheos hieß ihn mit einer Geste schweigen. »Das Katkal beginnt bei Sonnenaufgang, wie es die Tradition verlangt. Mir steht der Rückzug in mein Ordan zu, Essen sowie Unantastbarkeit für mich und meine Begleiter.«

Wut flammte in Zarkos Augen auf. »Wenn du dich hinter Traditionen verstecken willst wie ein Fohlen vor Gewitter, dann soll es so sein«, höhnte er, was seine Überraschung über den unerwarteten Widerspruch jedoch nicht verbergen konnte. »Wir sehen uns bei Sonnenaufgang.« Er wandte sich ab und galoppierte davon.

Ruhigen Schrittes setzte Rheos den Weg zu dem herrschaftlichen Häuserrund fort. Unauffällig suchte er dabei die Umgebung ab. Thanos war nicht bei Zarkos gewesen. War ihm seine Ankunft entgangen? Oder schämte sein Bruder sich, weil er ein schlechtes Gewissen hatte? Rheos atmete tief durch. Seit Dyrdras Verdacht mit dem Gleißkirschensaft versuchte er sich einzureden, dass Thanos davon nichts gewusst hatte.

Vor seinem Ordan angekommen blieb Rheos stehen. Die Feuerschalen neben dem Eingang loderten und zwei Wächter standen davor.

»Geh hinein und entzünde die Feuerschalen im Inneren«, wies Rheos einen der beiden an. Der Krieger neigte den Kopf und verschwand hinter dem Vorhang.

Rheos wartete ab, bis der Wächter wieder herauskam, ehe er selbst eintrat und den anderen bedeutete, ihm zu folgen. Er wusste nicht, was ihn dort drinnen erwartete und wollte niemanden dabei haben, dem er nicht völlig vertraute, wenn er es herausfand.

»Zarkos hat alle Landkarten genommen.« Verärgert wies Meonaos auf die leeren Regale im vorderen Teil des Ordans. »Und den Tisch.«

Doch die Karten und Möbel waren seine geringste Sorge. Hastig schritt Rheos hinter den Ledervorhang, der den privaten Teil des Raumes von dem öffentlichen abtrennte. Die Holzscheite in den Feuerbecken knisterten leise, während er sich umsah. An der Wand hing sein Bogen und auf dem Regal standen seine Bücher neben seiner Mandonlaute. »Den Sternen sei Dank«, murmelte er.

Panos war seinem Blick gefolgt. »Musik und Literatur hat Zarkos noch nie etwas abgewinnen können«, sagte er verächtlich.

»Und an dem Bogen deines Vaters hat er sich nicht gewagt zu vergreifen.«

Und mein Bruder auch nicht, ergänzte Rheos in Gedanken. Er rieb sich über seine brennenden Augen. Er spürte jeden Knochen in seinem Körper und die Müdigkeit drückte bleiern auf ihn. Wann hatte er das letzte Mal eine Nacht lang durchgeschlafen? Er konnte sich nicht erinnern. Auch jetzt würde er keine Ruhe finden, zu vieles musste vorbereitet werden.

Aber nicht von dir!

Er zuckte zusammen. Er hatte nicht gemerkt, dass Sirja ihre Hand auf sein Fell gelegt hatte.

Ein eindeutiges Zeichen, dass du Erholung brauchst.

»Wenn ich das Katkal gewinnen will, brauche ich mehr als nur Erholung«, knurrte er.

»Darum kümmern wir uns.« Meonaos sah ihn streng an. »Panos besorgt Essen und Teppiche zum Schlafen für uns alle, Xiros wird mit dem Ältestenrat sprechen und ich übernehme deine Waffen.«

Verärgert sah Rheos ihn an. »Sprich nicht mit mir, als wäre ich ein Fohlen. Mir geht es gut und ich ...« Er beendete den Satz nicht, sondern stöhnte schmerzvoll auf. Ein spitzer Finger bohrte sich knapp unterhalb seines Schulterblattes in seinen Rücken. Die Wärme, die an dieser Stelle in ihn hineinfuhr, verriet ihm sofort den Täter.

»Verdammt, Sirja, was soll das?«

»Dir geht es nicht gut.« Sie zog ihren Finger zurück und sah ihn triumphierend an. »Deine Muskeln sind steinhart.«

»Sollten sie weich sein wie Brei?«, schnappte er.

Statt einer Erwiderung seufzte sie theatralisch. »Leg dich auf den Boden, Zentaur.«

Argwöhnisch sah er sie an, während seine Freunde und Xiros sich beeilten, das Ordan zu verlassen und die Hallenwächter und Sterndeuter sich diskret in den Vorraum zurückzogen.

»Alleingelassen mit dem zänkischen Menschenweib.« Er verzog das Gesicht, ließ sich aber dennoch auf seiner Schlafstätte nieder. »Was soll ich machen?«, fragte er mürrisch.

»Gar nichts. Überlass dich ganz mir.« Sie ließ sich neben ihm auf die Knie nieder, schob die Haare aus seinem Nacken und legte ihre Hände auf seine Schultern.

Die Wärme der Gedankenverbindung drang in ihn ein und breitete sich angenehm in seinem Körper aus. Dann begannen sich ihre Hände in leichtem Druck über seine Schultern zu bewegen – und nicht nur über seine Schultern. Sirjas Finger strichen seinen Hals entlang, über seinen Nacken und über die Oberarme. In sanften, aber dennoch festen Kreisen arbeitete sie sich über seinen Rücken entlang, knetete, drückte und walkte. Eine Wohltat, wie er sie noch nie erlebt hatte.

»Was, bei den Sternen tust du da?«, keuchte er.

»Das einzig Vernünftige, was meine Mutter mich je gelehrt hat: Ich massiere dich.« Sie kicherte. »Mutter meinte, mein zukünftiger Gemahl wüsste diese Fertigkeit zu schätzen.«

»Damit hat sie vollkommen recht.« Er stöhnte auf vor Genuss.

Ihre Hände wanderten tiefer bis zu seinem Fellansatz. Sanft bearbeiteten ihre Finger auch diese Stelle.

»Wenn du so weiter machst, bin ich morgen so entspannt, dass mir das Katkal egal ist.« Er stemmte seine Hände auf die Teppiche am Boden, um mehr Widerstand zu leisten und ihre Bemühungen damit zu verstärken.

Tatsächlich wirkten ihre Griffe nun noch besser. Erneut entrang sich ein Stöhnen seiner Kehle. »Das ist wundervoll!«

Vor dem Vorhang erklang ein verlegenes Räuspern. »Rheos, Sirja, darf ich reinkommen?«, erklang Panos Stimme. »Oder sehe ich dann etwas, was ich nicht sehen will?«

»Fang nicht an, einen solchen Unfug zu reden wie Jamir«, schnaubte Rheos.

Panos trat ein und blickte sie zögernd an.

»Hast du gefunden, wonach ich dich suchen ließ?«, erkundigte sich Sirja bei ihm.

Panos nickte. »Allerdings nicht in der Küche, sondern bei den vielen Tiegeln und Töpfchen meiner Schwester zur Pflege ihrer Schönheit.«

»Als ob Zentaurinnen das nötig hätten«, murmelte Sirja, entkorkte das dargereichte Fläschchen und roch daran. »Waldrosenöl, das ist hervorragend.«

Ehe Rheos sie fragen konnte, was sie mit dem Öl wollte, hatte sie es in ihren Händen verrieben und trug es auf seinen Rücken auf.

Hatte er gedacht, der Genuss ließe sich nicht mehr steigern, so hatte er sich geirrt. Der betörende Duft der Waldrosen umgab ihn, ihre Finger glitten nun über seine Haut und das Öl verstärkte jede Empfindung. Unglaublich, dass niemals ein Zentaur auf diese Idee der Massage gekommen war. Er schloss die Augen und gab sich völlig ihren Berührungen hin.

Nach einer Ewigkeit strich Sirja entschieden mit ihren Händen auf seinem Rücken von oben nach unten und zog sie dann zu seinem Bedauern fort.

»Xiros ist zurück«, raunte sie ihm zu.

Er erhob sich, wobei er einen Augenblick brauchte, wieder in die Wirklichkeit zu finden.

Der alte Sterndeuter neigte den Kopf. »Ich habe mit dem Ältestenrat gesprochen und ihm auch von dem Überfall auf die Halle der Nacht berichtet. Vor dem Katkal werdet du und Zarkos den Regeln gemäß die Gelegenheit haben, eure Sicht der Dinge darzustellen. Wir müssen überlegen, was von allem du öffentlich preisgibst.«

Rheos nickte. Er hatte nicht vor, Zarkos zu schonen. »Hast du Thanos gesehen?«

»Ja.« Xiros zögerte. »Ich lud ihn ein, mich hierher zu begleiten. Thanos meinte, er käme nur, wenn die Menschenfrau wieder im Pferch sitze, wo sie hingehöre.«

Rheos Brauen zogen sich zusammen.

Xiros hob die Hände. »Morgen wird Thanos die Wahrheit erfahren.«

Er erwiderte nichts. Was, wenn sein Bruder die Wahrheit längst kannte und sich gegen ihn entschieden hatte?

43

Die Sonne erhob sich über der Arena wie ein flammender Ball. Noch waren die Schatten der Nacht nicht verschwunden, doch die Zentauren Eleazans standen dicht gedrängt auf den Rängen. Seit Jahrhunderten hatte es kein Katkal mehr gegeben, und dieses würde nicht nur über einen Te'Ral entscheiden, sondern auch über einen Krieg.

In Begleitung von Meonaos und flankiert von einem Dutzend Krieger schritt Rheos durch das Säulenportal in die Arena hinein. Noch vor Tagen hatte man ihm zugejubelt, jetzt herrschte absolutes Schweigen. Eine seltsame Stimmung, wie er sie nie zuvor in der Arena erlebt hatte. Mit stoischer Miene lief er weiter, und ignorierte die wachsende Anspannung in ihm. Auf dem Kampfplatz befand sich bereits sein Onkel – mit Thanos an seiner Seite.

Wenigstens um Sirja musste er sich keine Sorgen machen, lenkte er sich von der Anwesenheit seines Bruders ab. Sie stand mit Xiros und den Wächtern auf dem Herrscherplateau. Panos hatte er den Befehl gegeben, Mondschatten hinter der Arena bereitzuhalten. Der kraftvolle junge Hengst würde Sirja in Sicherheit bringen, sollte er das Ende dieses Tages nicht erleben.

Die Krieger hielten vor einem Viereck an, das man in der Mitte der Arena mit Holzpfählen abgesteckt hatte. Die Begrenzung auf eine kleine Fläche machte den Kampf schneller – und gefährlicher.

Stumm zogen sich die Krieger an den Rand der Arena zurück. Sein Onkel und er standen sich am Viereck gegenüber. Thanos und Meonaos verweilten je eine Armspanne von ihnen entfernt mit ihren Waffen in den Händen. Nur noch ihre Ansprachen fehlten, dann würden Zarkos und er sich auf der Kampffläche gegenübertreten, um den jeweils anderen zu töten. Die

Widersinnigkeit dieser Situation schnürte ihm beinahe die Luft ab. Hatte er eine Möglichkeit verpasst, ihre Meinungsverschiedenheit im Guten zu lösen?

Hör auf an dir zu zweifeln, hörte er Xiros mahnende Stimme vom Vorabend in seinem Kopf.

Rheos starrte auf den Zentauren, den er ein Leben lang seinen Onkel genannt hatte. Blut von seinem Blut, väterlicher Freund, Lehrer und Vertrauter. Nun stand Thanos neben Zarkos und er war zum Feind geworden, von ihm gebrandmarkt zum Verräter seines Volkes.

Drei schwere Trommelschläge erklangen.

Zarkos trat in das Viereck, drehte sich einmal um sich selbst und verharrte mit dem Blick vor dem Herrscherpodest, an dessen Rand Xiros stand.

»Volk Eleazans, Herr der Halle der Nacht«, hob er an, »hört meine Worte als Te'Ral.« Er ließ den Blick über die Ränge zu beiden Seiten schweifen, ehe er weitersprach. »Ich habe meinen Bruder Ionaos, unseren einstigen Te'Ral, geliebt. Ich habe zugesehen, wie er die Friedensverträge mit den Menschen unterzeichnete. Und ich habe gesehen, wie er durch Menschenhand den Tod fand.«

Zarkos Hand schnellte hervor und er wies auf Sirja, die neben Xiros stand. »Den Menschen ist nicht zu trauen. Den Fehler, ihren Versprechungen zu glauben, werde ich kein zweites Mal begehen. Unsere Brüder aus der Steppe sind gerufen. Denn wem, frage ich euch, können wir mehr vertrauen: ihnen oder den menschlichen Bastarden?«

Das frenetische Scharren hunderter Hufe antwortete ihm und Rheos sah Sirja erbleichen.

Zarkos verließ die Kampffläche, ein zufriedenes Lächeln auf seinen Lippen.

Rheos trat in das Viereck und das Hufgescharre ebbte ab. Für einen Moment verfluchte er Jamir. Wie viel einfacher wäre dies hier, wenn er wenigstens den Turmherrn auf seiner Seite wüsste? Er wollte nicht lügen, und er durfte es auch nicht, wenn er nicht den letzten Rest Vertrauen seines Volkes verspielen wollte.

»Volk Eleazans, Herr der Halle der Nacht«, wiederholte er die rituelle Begrüßungsformel, »hört meine Worte als Te'Ral.« Er atmete tief durch und rief sich die zurechtgelegten Sätze ins Gedächtnis. »Die Wahrheit ist nicht immer leicht zu erkennen, dennoch ist sie wahr – ebenso wie alte Legenden. Ich vertraue der Urteilskraft meines Vaters und folge seinem Streben. Und ich vertraue dieser Menschenfrau dort.« Auch er zeigte auf Sirja. »Zusammen mit ihr und einer Gruppe anderer Menschen habe ich die Angreifer der Halle der Nacht besiegt und das Am'Harasin erweckt.«

Murmeln erhob sich, das er mit dem Heben seiner Hand unterband. »Kein Vertrauen habe ich hingegen zu den Steppenzentauren, in deren Mitte ich jahrelang lebte. Und kein Vertrauen habe ich mehr zu meinem Onkel«, sein Kopf schnellte zu Zarkos herum, »der mich mit Gleißkirschensaft betäubte und so in die Gewalt der Menschen brachte, um meinen Tod herbeizuführen mit dem Ziel, die Macht an sich zu reißen.«

Die ungläubigen Rufe auf der Tribüne nahm Rheos kaum wahr. Es war einzig Thanos Gesicht, das ihn interessierte. Im Gegensatz zu Zarkos verriet es nicht Wut, sondern Unglaube und Entsetzen.

Erleichterung durchlief ihn. Sein Bruder hatte nichts von dem Verrat gewusst. »Die Wahrheit ist nicht immer leicht zu erkennen«, schloss er, »und manchmal ist sie schmerzhafter als jede Lüge. Doch sie ist es immer wert, dafür zu kämpfen.«

Zarkos dunkle Augen funkelten vor unterdrücktem Zorn. Hätte Rheos noch Zweifel an der Schuld seines Onkels gehabt, sie wären nun beseitigt.

Erneut ertönten drei Trommelschläge.

Rheos verließ das Viereck. Vom Rand der Arena traten Krieger mit brennenden Fackeln vor, und befestigten sie an den Holzpfählen der Kampffläche, sodass das Feld von züngelnden Flammen umgeben wurde.

Meonaos reichte ihm die vorgeschriebenen Waffen: einen Dolch und einen runden Schild. Rheos nickte stumm und der weiße Zentaur zog sich zu den Kriegern am Rand der Arena zurück.

Wie drohender Donner erklangen drei weitere Trommelschläge.

Unnatürlich laut knirschte der Sand unter seinen Hufen, als Rheos zwischen den Fackeln hindurch das Viereck betrat. In der aufgekommenen Stille hätte man das Fallen eines Grashalms hören können. Einen Moment lang glaubte er sogar, Sirjas Aufkeuchen zu vernehmen. Dann klärte er seine Gedanken. Das Einzige, was nun sein Denken beherrschen durfte, war Zarkos. Jede Unaufmerksamkeit, jedes Zögern konnte seinen Tod bedeuten.

Lauernd wie Gebirgskatzen standen sie sich gegenüber und warteten auf das Zeichen. Onkel und Neffe. Te'Ral und Te'Ral.

Ein einzelner Trommelschlag zerriss die Totenstille.

Im nächsten Augenblick griff Zarkos an. Die Klinge seines Dolches blitzte in der aufgehenden Morgensonne, als er mit einem gewaltigen Galoppsprung auf ihn zu sprang.

Rheos riss seinen Schild hoch, um den Hieb abzufangen, und machte sich bereit. Kaum schlug das Metall auf, stieg er auf die Hinterbeine und seine Vorderhufe trafen Zarkos Flanke. Sein Onkel strauchelte, doch er fiel nicht. Rasch setzte Rheos seine Vorderbeine wieder ab, um seinen Bauch nicht ungedeckt zu lassen, und warf sich herum.

Zarkos hatte sich ebenfalls gedreht und keilte aus. Sein rechter Huf streifte Rheos hintere Flanke. Rheos sprang vor, hielt knapp vor den Fackeln an und stieg erneut auf die Hinterbeine, seine Vorderhufe schützend in halber Höhe haltend.

Mit dem Dolch in der Hand fuhr Zarkos zu ihm herum. Rheos ließ sich nach vorne fallen, rammte seinem Onkel den Schild gegen die Waffenhand und holte nun seinerseits mit dem Dolch aus.

Zarkos erkannte seine Absicht, wich mit einem Satz zurück und verzog jäh das Gesicht im Schmerz. Der Geruch verbrannter Schweifhaare erfüllte die Luft.

Rheos zögerte, griff nicht an, obwohl Zarkos kurze Abgelenktheit seine Chance gewesen wäre. Eine Rücksichtnahme, für die er sofort bezahlte. Zarkos warf sich zur Seite, galoppierte scharf an ihm vorbei und peitschte dabei mit dem Schweif. Die glimmenden Haarspitzen fuhren über seine Vorderbeine.

»Wie viele Lügen willst du noch erzählen, Rheos?«, höhnte Zarkos und stieg auf die Hinterbeine. »Das Am'Harasin ist ein Märchen.«

Rheos richtete sich ebenfalls auf, sich scheinbar auf einen Schlagabtausch der Vorderhufe einlassend. Im nächsten Moment ließ er sich jedoch wieder auf die Vorderbeine herab, verlagerte das Gewicht, wendete im Schwung der Bewegung und keilte mit den Hinterbeinen aus.

Seine Hufe trafen Zarkos Bauch, doch im Zurückziehen schlitzte die Klinge seines Onkels sein linkes Hinterbein auf. Rheos ignorierte das Brennen und das warme Rinnsal, das zu seinen Hufen hinunterlief, und keilte erneut aus.

Zarkos schien eine andere Attacke erwartet zu haben und konnte den Tritt nicht mehr parieren. Das Brechen einer Rippe an seinem Pferdeleib war deutlich zu vernehmen, aber der Schmerz lähmte ihn nicht lange. Sein Onkel fluchte, warf sich mit dem Oberkörper und ausgestreckten Armen nach vorne und sprang auf ihn zu.

Rheos stand zu dicht an den Fackeln. Zurückweichen war unmöglich, selbst eine Wendung war riskant. Doch er hatte keine Wahl, wenn sich die Dolchspitze nicht in seine Flanke bohren sollte. Er sprang mit den Hinterbeinen seitlich und spürte sofort die sengende Hitze der Flammen. Zarkos hielt weiter auf ihn zu. Rheos wartete noch einen Atemzug, dann sprang er an ihm vorbei in die Mitte.

Sein Onkel wechselte das Messer in die Schildhand und packte mit der nun freien Hand Rheos Schweif. Ein Ruck ging durch Rheos Körper und brachte ihn ins Schlingern.

Von den Rängen drangen Protestrufe. Den Gegner am Schweif zu packen war unter jeder Würde, doch scheinbar legte Zarkos keinen Wert auf einen ehrenhaften Kampf.

Rheos Gesichtszüge verhärteten sich. Mit einem Mal spürte er wieder das Brandmal der Steppenzentauren auf der Innenseite seines Hinterbeins brennen – und den Wunsch, zu töten. Der Hass überflutete ihn und ein kaltes Glitzern trat in seine Augen. Er würde Zarkos nicht länger schonen.

Rheos riss seinen Oberkörper herum und schleuderte den Schild auf seinen Onkel. Zarkos Hände schnellten hoch, um sich gegen die Metallplatte zu schützen, und sein Schweif war frei.

Sofort warf Rheos sich herum, galoppierte auf Zarkos zu, rammte dessen Pferdeleib und stieß seinen Dolch tief in die Seite von Zarkos Menschenkörper. Zarkos schrie auf und stach in blinder Wut mit dem Dolch nach ihm. Rheos drehte ab, keilte aus und traf Zarkos Arm. Knochen splitterten. Zischend zog sein Onkel den Arm eng an den Körper, dann schleuderte Zarkos hasserfüllt sein Messer gegen ihn.

Rheos warf sich zu Boden. Sein Onkel kam ihm nach, stellte sich auf die Hinterbeine, um mit den Vorderhufen auf seinen Bauch und Kopf niederzufahren. In scheinbarer Erstarrung verharrte Rheos im Liegen. Im gleichen Augenblick, in dem Zarkos Vorderhufe auf ihn herabstießen, trat er mit den Hinterhufen gegen Zarkos Hinterbeine und riss sie vom Boden.

Im Fallen schrie Zarkos auf und Rheos rollte sich herum, um nicht unter ihm begraben zu werden. Hart schlug Zarkos Leib im Sand auf, während Rheos aufsprang. Ein Tritt in Zarkos Menschenbauch verhinderte, dass sein Onkel sich wieder aufrichtete. Stöhnend krümmte Zarkos sich zusammen, sein Schild fiel ihm aus der Hand.

Befriedigt sah Rheos auf ihn herab, den Dolch fest in der Hand. Zarkos Arm lag verdreht auf der Erde, Blut rann aus seiner Seite. Sein Onkel war wehrlos.

Rheos hob sein Vorderbein und stellte seinen Huf auf Zarkos Kopf. Die Lust zu töten war groß, mit einem Stampfen könnte er Zarkos den Schädel zertrümmern.

»Tu es endlich«, zischte Zarkos unter ihm. »Nimm deinen Platz als Te'Ral wieder ein und führe unser Volk in die Sklaverei der Menschen.«

Rheos atmete tief durch und brachte die Mordlust und den Zorn in seinem Inneren wieder unter Kontrolle. Die Steppenzentauren hatten ihm das Töten beigebracht, doch er war keiner von ihnen.

»Nein.« Er nahm seinen Huf von Zarkos Kopf. »Du bist immer noch mein Onkel.« Er trat einen Schritt von ihm fort. »Ich verbanne dich, Zarkos«, rief er. »Solltest du jemals wieder nach Eleazan zurückkehren, werde ich keine Gnade mehr walten lassen.«

Mit zum Himmel gestreckten Armen wandte Rheos sich an die Zentauren auf den Rängen. »Ich war euer Te'Ral, und ich bin es wieder. Das Wohl unseres Volkes ist mein Auftrag: Sei es durch Kampf oder durch Verhandlungen, sei es gegen die Menschen oder mit ihnen. Doch immer im Licht der Sterne – und mit der Wahrheit.«

Ein Trommelschlag erklang, und ihm folgte das Scharren der Hufe auf der Tribüne. Einen Moment genoss Rheos seinen Triumph, dann rief er die Krieger zu sich. »Bringt Zarkos vor die Palisaden. Er verlässt Quran auf der Stelle.«

Mühsam richtete sich Zarkos zum Stehen auf. Seine Hand griff nach der Son'Ral-Spange, streifte sie ab und warf sie Rheos vor die Hufe.

»Diesen Tag werden alle Zentauren Eleazans noch bedauern.« Zarkos spuckte vor ihm aus. »Deine Hand ist stark geworden, Rheos, doch dein Herz ist so schwach wie eh und je.«

Rheos wies mit der Dolchklinge auf das Säulenportal der Arena. »Hinaus.«

Mit einem Schnauben trabte Zarkos davon, flankiert von Kriegern, unter denen sich auch Meonaos befand. Gut so. Seinem Onkel zu trauen wäre ein Fehler.

Der Jubel auf den Rängen hielt an. Rheos galoppierte los, sprang über die Fackeln des Vierecks und umrundete die Arena. Der Sieg über seinen Onkel war ein Erfolg, dennoch spürte er einen bitteren Geschmack in seinem Mund. Sein Volk hätte Zarkos ebenso wie ihm zugejubelt, hätte sein Onkel den Kampf gewonnen. Für einen Moment fühlte er sich wie ein Fremder unter Fremden. Dann schüttelte er den Kopf. Zum Sinnieren hatte er keine Zeit. Der Erfolg heute war nur eine Zwischenetappe, die entscheidende Bewährungsprobe stand ihm noch bevor.

Mit den Augen suchte er die Arena nach Thanos ab. Sein Bruder war kein Verräter, ein Gespräch mit ihm dringender denn je. Doch er konnte ihn nicht entdecken, denn von allen Seiten sprangen Zentauren von den Rängen in die Arena und drängten zu ihm. Hände klopften seine Schulter, Finger strichen über sein Fell. Der Glaube, dass eine Berührung des Te'Rals Glück verhieß, war ein starker.

Die Ra'Wene traten vor ihn, überkreuzten die Arme vor der Brust und verneigten sich. Rheos nickte jedem Einzelnen zu. Das Gefühl, nicht zu seinem Volk zu gehören, verschwand.

Nach einer Weile sah er Meonaos, der mit düsterer Miene durch das Säulenportal zurück in die Arena galoppierte. In einiger Entfernung blieb der weiße Zentaur stehen und sah zu ihm hinüber. Rheos presste den Kiefer zusammen. Er musste mit seinem Freund sprechen. Schnell.

»Macht mir den Weg frei«, wies er die Ra'Wene an. »Und ruft die Mitglieder des Ältestenrates zusammen. Ich erwarte sie im Ratsordan, wenn die Sonne im Zenit steht.«

»Welche der beiden schlechten Nachrichten willst du zuerst hören, Rheos?« Meonaos stand im Vorraum des Herrscherordans und sah ihn fragend an. Außer ihm waren Sirja, Panos und Xiros anwesend.

Ihre Gesichter verrieten die Bestürzung, die Rheos selbst nicht zeigen wollte.

»Sprich es aus, Meo«, erwiderte er barsch.

»Die Behauptung deines Onkels, bereits nach den Steppenzentauren geschickt zu haben, war keine Lüge«, begann der weiße Zentaur. »Gestern Morgen hat er zwei Ra'Wene in den Süden geschickt.«

»Wie ich es geahnt hatte.« Rheos verschränkte die Arme vor der Brust. »Der Vorsprung der Boten ist so groß, dass sie nicht mehr einholbar sind. Eine Unterredung mit den Steppenzentauren, die ich gerne verhindert hätte, ist nun unabdingbar.«

»Meine zweite Nachricht betrifft deinen Bruder.« Meonaos seufzte.

Rheos Brauen zogen sich zusammen. »Was ist mit Thanos?«

»Er hat sich Zarkos angeschlossen und Quran verlassen.«

Die Nachricht war wie ein Tritt in den Bauch. Thanos wusste nun um die Machenschaften ihres Onkels und blieb weiterhin auf dessen Seite?

»Warum?«, fragte er tonlos.

Meonaos zuckte mit den Schultern. »Thanos hat sich nicht erklärt. Allerdings soll ich dir etwas geben.« Er streckte ihm seine Handfläche entgegen, auf der Thanos silberne Ra'Wen-Spange lag.

Rheos griff nach dem Abzeichen und seine Finger umklammerten das kalte Metall. Die Botschaft war unmissverständlich: Sein Bruder hatte sich von ihm losgesagt. Von seiner Familie war ihm niemand mehr geblieben.

Der aufsteigende Schmerz war stark, aber er würde sich ihm nicht ergeben. »Meonaos, du wirst zu den Steppenzentauren gehen und den Aufruf meines Onkels in meinem Namen widerrufen. Nimm dir genug Krieger mit. Bevor du gehst, stellst du mir einen Trupp zusammen, der mich zu den Verhandlungen begleitet. Ich werde nach der Besprechung mit dem Ältestenrat aufbrechen – und du auch.«

Mit einem Nicken wandte sich Meonaos dem Ausgang zu, doch Rheos hielt ihn zurück. »Gib mir die Spange an deinem Arm.«

Gehorsam, wenn auch verwundert, streifte sein Freund das Würdezeichen ab und reichte es ihm. Rheos nahm es entgegen und legte es zusammen mit der Spange seines Bruders auf ein Regal. Dann reichte er Meonaos die Spange des Son'Rals, die bis vor kurzem sein Onkel getragen hatte.

Die Augen des weißen Zentauren weiteten sich.

»Hiermit ernenne ich dich zum Son'Ral der Zentauren von Eleazan«, erklärte Rheos, ehe sein Freund Einspruch erheben konnte. »Von nun an bist du mein Stellvertreter und mein Nachfolger, sollte ich den Tod finden.«

»Rheos, ich ... das ist ...«

»Du hast einen Befehl erhalten, Son'Ral«, unterbrach er ihn. Mit einem Lächeln fügte er hinzu: »Geh jetzt, mein Freund.«

Fassungslos verließ Meonaos das Ordan und Rheos wandte sich den anderen zu. »Panos, stelle alles zusammen, was wir benötigen. Xiros, du ...«

Der Sterndeuter hob die Hand. »Ich werde nach draußen gehen und mit den Zentaurinnen und Zentauren dort reden. Viele haben Ängste und Sorgen. Zur Besprechung mit den Ältesten werde ich dazukommen.«

Rheos nickte zum Zeichen seines Einverständnisses, woraufhin die beiden Zentauren das Ordan verließen. Sein Blick fiel auf Sirja, die als Einzige im Vorraum verblieben war. Bisher hatte sie nichts gesagt, geschweige denn, ihn richtig angesehen. Ein Verhalten, das nicht zu ihr passte.

Doch bevor er sie ansprechen konnte, ergriff sie das Wort. »Ich werde mich ausruhen«, erklärte sie knapp und wandte sich in Richtung seiner Schlafstätte in der Ecke des Ordans.

Seine Brauen zogen sich zusammen. »Was hast du?«

Sie erwiderte nichts, sondern schüttelte nur stumm den Kopf und ging weiter.

Mit raschen Schritten war er bei ihr und streckte seinen Arm nach ihr aus. Er streifte sie bloß mit den Fingerspitzen, doch ihre Gefühle und Gedanken sprudelten hell und klar in ihn hinein. Faszination für den Kampf fühlte er in ihr, aber auch Bestürzung und Angst über das, was sie gesehen hatte.

»Ein faires Duell war mit Zarkos nicht möglich«, sagte er leise.

Sie blieb stehen, drehte sich jedoch nicht zu ihm um. »Ich weiß. Zarkos hat es auch nicht anders verdient, dennoch ...« Ihr Blick glitt an seinem Vorderbein herab. »Ich möchte niemals meinen Kopf unter dem Huf eines Zentauren spüren.«

Ihr Herzschlag verriet ihm, wie sehr die Szene sie verstört hatte. »Ein Kampf zwischen Menschen ist nicht weniger brutal«, erinnerte er sie.

»Das ist es nicht.« Sie knetete ihre Hände. »Ein Pferd würde niemals absichtlich den Schädel eines Menschen spalten.«

»Ich bin ebenso wenig ein Pferd, wie ich ein Mensch bin.« Er nahm sie an den Armen und drehte sie sachte zu sich. »Was ist es wirklich?«

Sirja senkte den Blick. Sie schien nicht antworten zu wollen, doch dann stieß sie hervor: »Ich glaubte, dich zu kennen. Doch in der Arena warst du plötzlich ...«

»Wie ein Tier?«, schlug er zynisch vor. »Wie die Bestien, die ihr Menschen immer in uns zu sehen glaubt?«

Ein Zittern rann durch ihren Körper. Rheos spürte ihr *Ja* mehr, als dass er es hörte. Seine Finger lösten sich von ihr. »Ich würde dir niemals etwas antun, das weißt du. Aber ich verstehe deine Abscheu vor mir.« Das Sternenbild schob sich vor sein inneres Auge und der Schmerz in ihm nahm zu. Erst Zarkos, dann Thanos und jetzt Sirja. »Ich werde Panos bitten, Mondschatten zu holen und dich sofort zur Südfeste zu bringen.«

»Nein, schick mich nicht fort!« Sirja riss den Kopf hoch. »Es ... es tut mir leid. Gib mir einen Moment, mit meinen Gefühlen klarzukommen.«

»Weder musst du dich entschuldigen noch musst du dich an eine Kreatur wie mich binden, wenn es genug andere deinesgleichen gibt«, erklärte er bitter. Wie hatte er je an eine Zukunft mit ihr glauben können?

Ihre Schultern bebten. »Aber ich will keinen anderen, ich will dich.« Beschwörend sah sie ihn an. »Ein Leben lang habe ich Lügen über euer Volk gehört. Vorhin schienen sie wahr zu sein, aber das stimmt nicht. Du bist keine Bestie.«

Er schüttelte den Kopf. »Du musst dir nichts einreden – oder mir. Ich habe deine Furcht gespürt.«

»Ich habe einer kindischen Angst nachgegeben. Aber diese Angst ist nicht groß genug, meine Gefühle für dich zu zerstören.« Ein Flehen trat in ihre Augen. »Ich will bei dir bleiben.«

Er atmete tief durch. Gab es doch eine Chance für sie? Zögernd legte er seine Hände auf ihre Schultern. »Ich habe deinen Mut schon immer bewundert.«

»Es ist nicht Mut, es ist Liebe.«

Ihre Worte wurden von flammenden Wogen begleitet, welche die Leere in seinem Inneren füllten. Sirja würde nicht gehen, sondern an seiner Seite bleiben.

»Ich bin sicher, Thanos wird umdenken und zurückkommen«, flüsterte sie, da sie seine Gedanken las.

»Ebenso wie Jamir seine Meinung ändern und sich wieder auf unsere Seite stellen wird?«, erwiderte er zynisch. »Hoffnungen sind trügerisch, Sirja. Es ist gefährlich, sich ihnen zu ergeben.«

»Aber was sind wir ohne Hoffnungen?«

Er lächelte schmerzlich. »Wir sind allein, Menschentochter. Etwas anderes dürfen wir nicht erwarten.«

44

Unermüdlich jagte Mondschatten an der Seite der Zentauren durch die Wälder Eleazans nach Osten. Der junge Hengst schien stolz, mitkommen und Rheos einen Dienst erweisen zu dürfen. Seine Ohren hatten sich aufgerichtet, als Rheos ihm in Quran über die Nüstern gestrichen und ihm seine Aufgabe erklärt hatte: sie zu tragen und im Notfall nach Tarm zu bringen.

Sirjas Finger griffen fester in Mondschattens Mähne. Bei dem hohen Tempo kostete es sie all ihre Kraft, im Sattel zu bleiben. Zweige streiften sie, Wind fuhr ihr ins Gesicht und immer wieder ließen Sprünge über umgestürzte Bäume und Gräben ihren Herzschlag für einen Moment aussetzen.

Rheos gönnte ihnen nur wenig Pause. »Wir werden in der Nacht ausruhen«, hatte er bestimmt. »Ich will heute so nahe wie möglich an die Südfeste herankommen.«

Meonaos war am Mittag mit ihnen aufgebrochen, hatte aber sofort den Weg Richtung Süden eingeschlagen – an seinem Waffengürtel eine lederne Rolle mit einer Botschaft von Rheos an Sorstenan, den Te'Ral der Steppenzentauren. Mochten die Götter ihnen beistehen, dass der Herrscher sein Heer noch nicht in Richtung Eleazan in Marsch gesetzt hatte.

»Die Steppenzentauren sind ein stolzes Volk«, hatte Xiros sie beruhigt, »sie lassen sich nicht rumkommandieren. Zarkos wird ihnen eine Belohnung versprochen haben, doch wenn er sie nun nicht mehr einlösen kann, werden sie sich kaum die Mühe machen, zu kommen.«

»Und wenn doch?« Sirja musste die Frage stellen, auch wenn sie die Antwort nicht hören wollte.

Rheos Blick war kühl geworden. »Dann schicken wir sie zurück.«

Sie presste die Lippen aufeinander. Nach allem, was sie von den Steppenzentauren gehört hatte, würden höfliche Worte sie nicht zu einer Rückkehr bewegen. Sollte Neidor ebenso uneinsichtig sein, würde Rheos gegen zwei Gegner in die Schlacht ziehen müssen.

Die Sorge legte sich wie eine Schlinge um Sirjas Hals. Es musste ihnen gelingen, den Fürsten von Tarnem zu überzeugen!

Mondschatten preschte unter tiefhängenden Ästen hindurch und sie beugte sich weit über seinen Hals. Vor ihrer Abreise hatte Rheos die beiden ältesten Ra'Wene beauftragt, die Truppen bereit zu machen und unter Xiros Führung zur Südfeste zu ziehen.

»Mit einer Streitmacht im Rücken wird Fürst Neidor für meine Forderungen empfänglicher sein«, hatte Rheos erklärt. »Ich will nicht kämpfen, schon gar nicht mit einem kaum mehr schlagkräftigen Heer, doch wir müssen auf alles gefasst sein.«

Sirjas Gedanken wanderten zu Dyrdra. Hatte die Wandlerin Jamir ins Gewissen reden können? Von ihr aus hätte die Viehheilerin ihn in einen Esel verwandeln können, um ihm seine Dummheit zu zeigen. Doch vermutlich würde das Jamirs Starrsinn nur verstärken. Der junge Turmherr würde sich die Liebe zu ihr nicht ausreden lassen, ebenso wenig wie sie ihre zu Rheos.

Wie hatte sie nur all die Zeichen übersehen können? Die aufwändigen Geschenke über die Jahre, sein missmutiges Gesicht, als sie mit Rheos getanzt hatte! Aber Jamir war für sie immer ein Bruder gewesen, seine Aufmerksamkeiten eine Geste geschwisterlicher Zuneigung.

Hättest du mehr Zeit am Fürstenhof verbracht, hättest du Erfahrung darin, wie sich verliebte Männer verhalten!, schalt sie sich selbst. Doch nun war es zu spät. Sie hatte das mörderische Funkeln in Jamirs Augen gesehen. Er wollte Rheos Tod. Nicht, weil er in dem Zentauren einen Feind sah, sondern einen Rivalen um ihr Herz.

Mit Einbruch der Dunkelheit gab Rheos das Zeichen, das Nachtlager in der Nähe eines Baches zu errichten. Mit steifen Gliedern glitt Sirja von Mondschattens Rücken. Ihre Beine waren taub, kaum spürte sie ihre Füße. Hunger hatte sie keinen, doch die Trockenheit in ihrer Kehle war nicht mehr zu ertragen. Wenn ihr Durst schon groß war, musste das Pferd geradezu nach Wasser lechzen.

»Komm mit«, raunte sie Mondschatten zu und führte den Hengst an den Bachlauf. Begierig streckte das Tier seinen Kopf hinunter und trank.

»Der Braune hat gut durchgehalten.« Panos war zu ihnen getreten und klopfte dem Hengst auf die Flanke. »Ich habe noch nie ein schnelleres und ausdauernderes Pferd gesehen.«

Sirja nickte. »Wenn man bedenkt, dass er bis vor ein paar Tagen krank war, ist das umso beachtlicher.«

»Was fehlte ihm?«

»Ich weiß es nicht. Selbst Dyrdra hatte keine Ahnung.« Sie lächelte. »Es war Rheos, der den Hengst im wahrsten Sinne des Wortes wieder auf die Beine gebracht hat.«

Ein wissender Ausdruck erschien in Panos Gesicht. »Der Segen des Te'Rals.«

»Zu diesem Zeitpunkt war Rheos aber ein Mensch.«

»Auch wenn Rheos damals ein Mensch war, war er dennoch der Te'Ral.« Er lächelte. »Um ein Herrscher zu sein, braucht es keine bestimmte Gestalt, oder gar einen goldenen Reifen um den Arm. Es ist eine Haltung, ein Verantwortungsgefühl und die Liebe zu seinem Volk, das aus dem Inneren kommt und alles überstrahlt.« Er wies auf den Hengst. »Mondschatten hat das gespürt. Und ich hoffe, das Volk von Eleazan hat es heute Morgen ebenfalls.«

Sirja erwiderte sein Lächeln. »Du bist Rheos ein guter Freund.«

»Das ist Rheos für mich auch. Sonst würde ich ihm nicht so bedingungslos in die Nähe von Neidors Heer folgen.«

»Es wird alles gut werden.«

Panos lachte auf. »Hat Rheos dir nicht gesagt, dass wir Lügen wittern können?«

Sie senkte den Blick. »Wenn ich alle Hoffnungen aufgebe, wie Rheos es verlangt, werde ich wahnsinnig.«

»Rheos rechnet mit dem Schlimmsten, das ist als Te'Ral seine Pflicht. Anders als Zarkos verbreitet er nicht das Märchen vom einfachen und schnellen Sieg.« Panos trat an sie heran und legte seine Hand auf ihre Schulter. »Ich bin kein Krieger und werde euch morgen nicht zur Südfeste begleiten, sondern hier im Wald auf das Eintreffen unseres Heeres warten. Deshalb bitte ich dich um einen Gefallen.«

Überrascht sah sie den schwarzen Zentauren an. »Was soll ich tun?«

»Bleib an Rheos Seite. Stärke ihn, und pass vor allem gut auf ihn auf.«

Sirjas Hand legte sich auf Panos Arm. »Das werde ich. Ich verspreche es.«

Zwischen den Baumkronen hindurch sah Sirja die Sterne funkeln. Sie lag in Decken gewickelt am Fuße einer Kalwaneiche, müde, mit schweren Gliedern und fand doch keinen Schlaf.

Die Zentauren hatten sich ebenfalls auf den Waldboden niedergelegt, einige wenige hielten Wache. Wo Rheos war, wusste sie nicht. Kurz nach Errichtung des Lagers hatte er sich nach ihrer Befindlichkeit erkundigt, dann hatte sie ihn nicht mehr gesehen.

Voll Anspannung dachte sie an den morgigen Tag: Was, wenn Neidor als Voraussetzung für einen Waffenstillstand sie verlangen würde? Sie wollte eine Schlacht ebenso wenig wie Rheos. Wenn der Fürst diese Forderung stellte, würde sie darauf eingehen müssen.

Unter den Decken ballten sich ihre Hände zu Fäusten. Neidor würde sie an seinen Hof eskortieren und zu den Brautschauen nötigen, in dem Bestreben, einen Ehemann für sie zu finden. Wie konnte sie dem Fürsten – und allen anderen – klarmachen, dass sie längst gewählt hatte?

Ein Geräusch ließ Sirja aufhorchen. Sie hob den Kopf und starrte in die Dunkelheit.

Eine schattenhafte Gestalt beugte sich zu ihr herab und eine Hand legte sich auf ihr Haar. *Bist du noch wach?*

Rheos. *Ist etwas passiert?*

Nein, ich wollte dir etwas zeigen.

Sie schälte sich aus den Decken und zog ihren Umhang über, den sie als Kopfkissen benutzt hatte. Er reichte ihr die Hand und half ihr aufzustehen.

Kaum stand sie, setzte er sich in Bewegung. Ihre Hand ließ er nicht los.

Einer der wachhabenden Zentauren sah zu ihnen hinüber. Rheos nickte ihm zu und schritt weiter vom Lager fort.

Wohin führst du mich?

Ahnst du es nicht? Du bist doch in diesem Teil der Wälder aufgewachsen. Er schob ein paar Äste zur Seite und nun wusste Sirja, wo sie sich befanden.

Wie ein schwarzer Spiegel lag der Waldsee im Schein des Mondlichts vor ihnen. In der Ferne erklang das Rauschen des Wasserfalls.

»Hier hast du mich von dem Giftpfeil befreit. Ohne dich hätte mein Leben in der Grotte geendet.«

»Und ich wäre im See ertrunken, wenn du mich nicht gerettet hättest.« Ihr Blick schweifte am Ufer entlang. »Welch Ironie, wo der Mann doch dich treffen wollte, um mich zu befreien.« Sie schüttelte den Kopf. »Es scheint nicht Neidors bester Krieger gewesen zu sein.«

Rheos erstarrte. »Was, wenn es gar kein Fehlschuss war?«

Sie begriff sofort und keuchte. »Du meinst, es war einer der Räuber – oder ihr Verbündeter in Neidors Reihen?«

»Wir waren nah am Ufer.« Aufgeregt sah er sie an. »Wärst du ertrunken, wäre deine Leiche mit großer Wahrscheinlichkeit an Land gespült worden ...«

»... und man hätte dich für meinen Tod verantwortlich gemacht.« Sie schlug sich gegen die Stirn. »Natürlich! Deshalb hat der Mann eine Steinschleuder benutzt und nicht Pfeil und Bogen – du hattest ja keine Waffen bei dir. Jeder hätte geglaubt, du hättest mich umgebracht, niemand hätte an einen Mord gedacht.«

Rheos lachte bitter auf. »Ein weiteres Zeugnis für die Schlechtigkeit der Zentauren und für die Notwendigkeit des Kriegs, der die Aufmerksamkeit von den Geschehnissen in der Zarakinenhöhle ablenkt.«

Ein Schauder lief Sirja über den Rücken. »Wer immer dahinter steckt, plant blitzschnell und ohne Skrupel.«

»Wir werden diesen Kerl bekommen, das schwöre ich.« Er schlang seine Arme um sie und zog sie fest an sich, fast als sorgte er sich, sie könnten einander verlieren, wenn nur ein fingerbreiter Raum zwischen ihnen wäre.

»Ich habe dich hierher gebracht«, fuhr er eine Weile später fort, »weil es die letzte Nacht für lange Zeit ist, die wir zusammen verbringen werden.«

Sie sog scharf die Luft ein. »Du willst mich schon wieder zurück zu den Menschen schicken?«

»Nein. Aber Neidor wird es wollen, und das weißt du.«

Sie erwiderte nichts. Rheos hatte die gleichen Gedanken gehabt wie sie. Und da sie einander berührten, kannte er ihre Antwort schon.

»Ich werde auf dich warten, Sirja.«

Verzweiflung überkam sie. »Aber es kann lange dauern.«

»Ich liebe dich.« Er lächelte. »Muss ich mehr erklären, Menschentochter?«

Er sah sie an und Sirjas Atem setzte aus. Der Blick seiner waldgrünen Augen war so intensiv wie einst in der Nordfeste - und diesmal war niemand da, der sie stören würde.

Ihr Herzschlag beschleunigte sich, das Blut rauschte in ihren Ohren. Die Sorge um ihre Trennung trat in den Hintergrund, das Einzige, was in diesem Augenblick von Bedeutung war, war Rheos.

Er nahm seine Hände von ihrem Oberkörper und seine Finger umschlossen ihr Gesicht. Seine Berührung war sanft und von einer nie gekannten Zärtlichkeit.

»Sirja«, flüsterte er. Nur ein Wort und doch Frage, Versprechen und Sehnsucht in einem.

Ein Zittern überlief sie. Haltsuchend legten sich ihre Hände auf seine muskulösen Oberarme, während sie kaum merklich nickte.

Rheos beugte sich zu ihr herab - unendlich langsam wie es ihr schien. Seine Augen waren halb geschlossen und sein Atem ging stoßweise. Sie spürte sein Begehren ebenso wie seine nur mühsam gewahrte Zurückhaltung. Aber Zurückhaltung war nicht das, was sie sich in diesem Moment von ihm wünschte. Sie hob den Kopf und streckte sich ihm entgegen.

Sein Mund senkte sich auf den ihren. Rheos Lippen waren warm und weich, sein Verlangen nach ihr nun nicht mehr verborgen. Sirja erschauderte, dann schloss sie die Augen und erwiderte seinen Kuss leidenschaftlich.

Ein zufriedenes Knurren entstieg seiner Kehle. Rheos Hände durchwühlten ihr Haar, immer enger zog er sie an sich. Sein Mund hatte den ihren vollständig in Besitz genommen und gab ihn nicht mehr frei. Nach einer solchen Liebe hatte sie sich ihr Leben lang gesehnt: wild und ungezähmt, gleichzeitig voll Geborgenheit, gegenseitigem Respekt und grenzenlosem Vertrauen.

Eine tiefe Welle der Zuneigung und Dankbarkeit durchströmte Sirja, ihr Geist verwob sich mit Rheos Geist in einem nie erlebten Maße. Ihre körperlichen Grenzen lösten sich auf, ihre Erinnerungen und Gefühle verschmolzen – ein berauschendes Gefühl der Einheit und Lebendigkeit.

Ihre Liebe floss ineinander, mischte sich, schwoll zu einem mächtigen Strom – stärker und stärker, füllte sie ganz aus und ergoss sich in einem Sternenregen in ihrem Inneren.

Kein Anfang und kein Ende.

Er und sie.

Ewiglich vereint.

Mit einem glücklichen Seufzen lösten sich ihre Lippen nach einiger Zeit voneinander und Sirja legte ihren Kopf an Rheos Brust. Das Tosen der Gedankenverbindung nahm ab und glich nun einem ruhigen Fluss.

Seine Hände strichen über ihren Rücken, spielten mit ihrem Haar und erst nach einer Weile merkte sie, dass er leise summte. Vor ihrem inneren Auge erschien die Arena in Quran. Zentauren tanzten dort und Rheos – nein, sie! – mitten unter ihnen.

In seiner Erinnerung war sie er. Der Takt der Musik ergriff ihren Körper. Sie staunte über die Vielfältigkeit der Bewegung, die mit vier Beinen möglich war – und noch mehr darüber, dass sie nicht stürzte. Doch wie von selbst ergaben sich die richtigen Schritte, Sprünge und Drehungen. Sie ließ sich völlig in die Musik fallen, genoss das perfekte Zusammenspiel und das Wissen, ein wichtiger Teil des Ganzen zu sein. Beinah erfüllte sie Trauer, als die Melodie endete.

Rheos legte sanft seine Stirn auf ihre und Sirjas Arme schlangen sich um ihn. Ihre Gedanken eilten in der Zeit zurück, zurück in die Halle der Südfeste, zu Artor und ihrer Mutter. Die unverkennbare Melodie des Silber-Reigens schallte durch das steinerne Gemäuer. Sie stolperte, ihre Mutter schimpfte und Artor lachte sich an ihrer Seite halbtot.

Ihre Erinnerung wechselte. Ein Bankett in der Ostfeste. Die Söhne des dortigen Turmherrn, die sie zum Tanz aufforderten. Ihre Schamesröte, wenn sie auf ihre Füße trat. Der weitere Abend, den sie alleine vor dem Kamin verbrachte. Tuschelnde junge Frauen, die mitleidig zu ihr herüber sahen. Jamir und Artor, die es bemerkten, und sie abwechselnd zum Tanzen holten.

Über ihr erklang ein leises Lachen.

Sirja hob den Kopf und sah Rheos in gespielter Empörung an. »Nicht jeder ist so talentiert wie du.«

»Dann wird es meine Aufgabe sein, mit dir zu üben.«

Ihre Schultern sackten herab. Er war der Einzige, mit dem sie jemals einen Tanz genossen hatte. Aber das war vorbei.

Rheos zog eine Augenbraue hoch. »Wer behauptet das?«

»Ach, dieser Gedankenfluss!« Dass ihre Gedanken die seinen waren, musste sie erst verinnerlichen. Seufzend wies sie mit der Hand auf ihre Füße und seine Hufe. »Wir werden nie mehr zusammen tanzen.«

»Das sagst du.«

Mit den Händen umschloss er ihre Taille wie beim Springvogel. Dann sah er sie auffordernd an.

Zögernd legte sie ihre Hände auf seine Hüften. Genau an der Stelle, an dem seine Haut in das Fell überging. Unter ihren Fingern fühlten sich die kurzen Haare weich und warm an. Sie spürte seine Zustimmung in ihr und strich langsam tiefer. Unter dem Fell nahm sie seine festen Muskeln wahr. Sie fuhr zu seinem Bauch hoch und stutzte. Rheos besaß keinen Nabel, wie ihr jetzt erst auffiel – zumindest nicht an der Stelle, wo er bei Menschen saß.

Sirja hielt inne und seufzte. Sie wusste so vieles über ihn nicht.

»Hab keine Angst«, erklärte er. »Ich werde dir alles sagen, was du wissen musst.« Er begann, sich sanft von einer Seite auf die andere zu wiegen. »Auch ich habe Fragen. Knapp vier Tage als Mensch haben nicht ausgereicht, alles zu verstehen.«

Sie entspannte sich und nahm den Rhythmus seiner Bewegungen an. Wie von selbst bewegten sich ihre Beine. Sie drehte sich, sprang – mal alleine, mal von ihm getragen – nach den Klängen einer Melodie, die nur sie beide hören konnten. Glück durchströmte sie und überwog ihre Furcht vor der Zukunft. Rheos und sie würden ihren Weg finden.

Ihr Tanz wurde ruhiger, glich einem sanften Schwingen. Rheos Wange lag an ihrer, sie spürte seinen Atem an ihrer Haut. Er nahm sie mit in seine Vergangenheit, in seinen Gedanken tollte sie in Bocksprüngen über eine Wiese neben anderen Fohlen. Lachen erklang, zur Vorsicht mahnende Worte der umstehenden Mütter. Sie lächelte. War es in irgendeiner Kultur je anders?

Mutig setzte sie über einen Bach, ihre Hinterbeine landeten im kalten Wasser. Sie sprang den Abhang hoch, wendete und versuchte es erneut. Diesmal flog sie wie ein Pfeil, ihr Körper in perfekter Spannung. Welch herrliches Gefühl! Gab es irgendwo eine breitere Stelle? Sie jagte am Ufer entlang. Da! Andere Fohlen folgten ihr. Die Sonne glitzerte auf dem Wasser. Sie wollte wie ein Vogel fliegen, höher und weiter als es jemals ein Zentaur vermocht hatte ...

Nur am Rande ihres Bewusstseins nahm Sirja wahr, dass Rheos sie hochhob und zurück zu ihrem Schlafplatz trug. Sachte legte er sie auf dem Boden ab, deckte sie zu und strich ein letztes Mal über ihre Wange.

Gute Nacht, meine Geliebte. Mögen die Sterne über deinen Schlaf wachen.

Im Schutz der Morgendämmerung näherten sie sich der Südfeste. Trutzig ragten die grauen Mauern vor ihnen auf – ein vertrauter Anblick, doch der Schein trog. Abgesehen von den Hufschlägen der Zentauren und ihres Pferdes herrschte eine Stille wie auf dem Totenfeld, dabei begann das Tagewerk auf der Burg weit vor Sonnenaufgang.

Enttäuschung stieg in Sirja auf. Ihr Vater hatte die Feste bereits geräumt. Auch von Dyrdra und Jamir war nichts zu sehen – eine Hoffnung, die sie wider besseres Wissen gehegt hatte. Sie hielt Mondschatten an und sah zu Rheos. »Es ist niemand mehr dort.«

»Du irrst dich.« Er blieb neben ihr stehen. Die Ringe seines Kettenhemdes, das er heute früh angelegt hatte, klirrten leise. »Jemand verbirgt sich hinter dem Tor.«

Er zog den Bogen von seinem Rücken und legte einen Pfeil ein. Sein Gesicht wirkte angespannt, ein harter Zug hatte sich um seinen Mund gelegt. Die anderen Zentauren machten sich ebenfalls kampfbereit.

»Bleib hinter mir.« Mit gespanntem Bogen schritt Rheos auf den offenstehenden Flügel des Burgtors zu.

Sirja trieb Mondschatten an, darauf achtend, hinter Rheos in Deckung zu bleiben. Angestrengt lauschte sie auf Geräusche, doch sie hörte nichts. Was immer er vernommen oder gewittert hatte, blieb ihr verborgen.

Ihre Nervosität wuchs. Hatte Neidor hier Späher positioniert? Oder gar eine ganze Einheit, um die Zentauren in eine Falle zu locken?

Zwanzig Schritte vor dem Eingang der Feste blieb Rheos stehen, die Spitze seines Pfeils auf das Tor gerichtet. »Wir wissen, dass du dort bist. Komm heraus!«

Einen Atemzug lang geschah nichts, dann hörte Sirja den Hufschlag eines einzelnen Pferdes. Hoffnung kam in ihr auf. »Ist es Jamir, der sich mit uns aussprechen will?«

»Nein. Aber was die Aussprache betrifft, könntest du recht haben.«

Sie starrte auf die Feste. Im Schatten des Torbogens erschien der muskulöse Oberkörper eines Mannes mit dem Leib eines Pferdes.

Sirja sog scharf die Luft ein. Der Zentaur trat unter dem Torhaus hervor und nun sah sie sein fuchsfarbenes Fell und die rot schimmernden Haare. »Thanos!«

»Mein Bruder, in der Tat«, erwiderte Rheos trocken.

Ihr fiel auf, dass er den Bogen nicht senkte.

»Was willst du, Thanos?«, rief Rheos ihm zu.

Der jüngere Zentaur kreuzte die Arme vor der Brust und neigte den Kopf. »Ich bitte um deinen Schutz, Te'Ral.«

»Was ist mit Zarkos?«

»Wir gerieten in einen Spähtrupp Fürst Neidors.« Thanos Blick flackerte. »Zarkos ist tot.«

45

»Zarkos hat sich im Kampf mit den Menschen geopfert, damit ich fliehen konnte.« Thanos starrte zu Boden. »Das menschliche Heer hat Tarm verlassen und marschiert Richtung Eleazan. Es wird die Ebene von Rihan erreichen, ehe die Sonne im Zenit steht.«

»Dann haben wir keine Zeit zu verlieren.« Rheos senkte den Bogen, nahm den Pfeil von der Sehne und steckte ihn zurück in den Köcher. Sein Bruder war zu ihm zurückgekehrt, so wie er es sich gewünscht hatte. Dennoch wusste er nicht, ob er sich darüber freuen sollte. »Es steht dir frei, dich uns anzuschließen oder deiner Wege zu gehen.«

Thanos hob den Kopf. »Ich hasse die Menschen ohne jede Ausnahme.« Sein Blick streifte Sirja. »Doch du bist mein Bruder, Rheos. Zarkos Handeln an der Südfeste war falsch.«

Rheos Brauen zogen sich zusammen. »Er hat gestanden, mich betäubt zu haben?«

Sein Bruder nickte. »Ich halte Zarkos Ziele für richtig, aber nicht den Weg, auf dem er sie erreichen wollte. Was immer uns trennt, sind wir doch eine Familie.«

»Dein Familiensinn ist dir wieder eingefallen, nachdem Zarkos tot ist?«, fragte Rheos zynisch.

Ein zerknirschter Ausdruck trat in die Augen seines Bruders. »Du kennst mich doch. Es dauert länger, bis ich alles durchdenke und begreife.«

Rheos atmete tief durch. Der Wunsch nach Versöhnung mit Thanos war stark, doch die zurückliegenden Ereignisse verlangten eine klare Grenze. »Du wirst dich meiner Herrschaft unterwerfen müssen, ebenso wie du deinen Hass Menschen gegenüber unterdrücken musst.« Er sah ihn ernst an. »Deinen Rang als Ra'Wen wirst du dir erst wieder verdienen müssen.«

Thanos Flanke zuckte, doch er nickte. »Es wird sein, wie du sagst.«

Das musste vorerst reichen. Sobald der Waffenstillstand geschlossen und Ruhe eingekehrt war, würde er ein längeres Gespräch mit seinem Bruder führen.

Rheos wandte sich zu Sirja und seinen Kriegern. »Wir begeben uns zu der Stelle, wo die Handelsstraße in den Wald hineinführt. Dort warten wir auf Fürst Neidor und sein Heer.«

Mit dem Willen der Sterne würden sie eine Schlacht verhindern können.

Verborgen im Schatten der Bäume sah Rheos auf die Ebene von Rihan hinaus. In dem flachen Grasland standen nur vereinzelt Bäume, in der Ferne konnte man den Rauch eines Dorfes erkennen. Die Handelsstraße, die Tarm mit Narma verband, zog sich wie eine braune Schlange durch die Wiesen. Im Süden ragte der Wald tief in die Ebene hinein, als wolle er sich das Gebiet zurückerobern, das die Menschen ihm vor Jahrhunderten genommen hatten. Im Norden zeichneten sich die letzten Ausläufer des Wega-Gebirges als sanfte Hügel am Horizont ab.

Von dem Heer der Menschen war noch nichts zu sehen. Doch nach Thanos Worten konnte es nicht mehr lange dauern.

Es tut mir leid wegen Zarkos.

Sirja war neben ihn getreten und hatte ihre Hand auf sein Fell gelegt.

Zarkos Ende hat mir meinen Bruder zurückgebracht.

Ihre Finger strichen sanft über seinen Rücken. *Wirst du Thanos vergeben können?*

Er wandte ihr den Kopf zu. *Ich hoffe es.*

»Te'Ral, seht!« Einer der Krieger wies mit der Hand zum Horizont. »Der Fürst und sein Heer.«

Eine Staubwolke zeigte sich an der Stelle, wo Land und Himmel verschmolzen. Sirjas Aufregung floss in seinen Körper, und auch seine Atmung beschleunigte sich.

»Wir lassen sie noch näher herankommen«, befahl er. Sollten die Verhandlungen scheitern, war der Wald ihre einzige Chance, was eine Flucht, als auch einen möglichen Kampf betraf.

Sirja löste sich von ihm und schwang sich in Mondschattens Sattel, die Krieger machten sich bereit.

Ruhigen Blickes beobachtete Rheos das sich nähernde Heer. Wie viel Unterstützung mochte Neidor aus Meratan erhalten haben? Fünfhundert Männer, tausend? Er wusste nicht viel über die Bündnisse zwischen den Herrschern der drei menschlichen Fürstentümer, eine Allianz zwischen Tarnem und Meratan hatte es seinem Wissen nach in den vergangenen Jahrhunderten nie gegeben. Doch die Zeiten änderten sich, die Herrscher wechselten und mit ihnen die Politik.

Seine Finger strichen über die Ringe des Kettenhemdes. Es zu tragen war ihm stets verhasst gewesen, nun löste das Hemd eine wehmütige Erinnerung an sein Menschsein in ihm aus. Er schüttelte den Kopf. Er sollte sich auf seine Aufgabe konzentrieren und nicht etwas nachhängen, das vorbei war.

Mit der Hand umfasste Rheos den Knauf seines Schwertes in seinem Waffengürtel. Der Griff war ihm vertraut, gleich der Stimme eines alten Freundes, doch er zog es nicht. Sein Ziel war eine Verhandlung, nicht der Beginn einer Schlacht.

In der Wolke aus Staub waren die Reiter, Fußtruppen und Katapulte inzwischen gut zu erkennen, gegen die graubraune Landschaft zeichnete sich die rote Flagge Tarnems deutlich ab. Fürst Neidor selbst führte seine Truppen auf seinem Rappen an, flankiert von drei Reitern, denen ebenfalls Fahnenträger voranschritten.

»Das ist mein Vater«, erklang Sirjas tonlose Stimme. »Neben ihm reitet Jamir. Der dritte Mann muss der Heerführer aus Meratan sein.« Sie keuchte. »Bei den Göttern, es ist Prinz Wendor, der Sohn der Fürstin.«

Rheos nickte. »Es wird Zeit, ihnen entgegenzutreten.«

Die Sonne stand hoch am Himmel und die Schwerter, Speere und Kriegsäxte des Menschenheeres funkelten in ihrem Licht. An Sirjas Seite galoppierte Rheos auf den Fürsten und seine Begleiter zu, die Zentaurenkrieger bildeten mit Thanos einen Halbkreis um sie, ihre Bögen schussbereit in der Hand. Sein Schwert steckte noch immer in der Scheide. Und wenn alles gut ging, würde es dort auch bleiben.

Rheos verstärkte seinen Galopp und kam dichter an Mondschatten heran, um zu verdeutlichen, dass Sirja in seiner Hand war. Die Turmherrntochter war der einzige Grund, warum Neidor ihn nicht sofort töten würde. Dass er Sirja niemals etwas antun könnte, sollte man nicht wissen – sofern Jamir seine Liebe zu ihr nicht bereits verraten hatte.

Trotz des Windes konnte Rheos Sirjas Gefühl klar wittern: Angst und Anspannung umgaben sie, aber auch Freude und Hoffnung. Sein Wangenmuskel zuckte. Er würde alles dafür tun, damit sich Letzteres erfüllte.

Der Fürst hatte ihr Herannahen bemerkt und das Heer zum Anhalten gebracht. In ein schweres Kettenhemd gekleidet saß Neidor regungslos auf seinem Hengst. Nur sein schwarzer Mantel flatterte im Wind.

Die Miene des Herrschers von Tarnem war undurchdringlich, ebenso die des Prinzen von Meratan. Herdors Gefühle hingegen waren an seinem Gesicht deutlich abzulesen: froh, seine Tochter lebendig wiederzusehen, gleichzeitig Hass und Furcht um Sirja.

Das Antlitz von Jamir spiegelte ebenfalls seine Gefühle wider. In seinen angespannten Zügen zeigten sich Wut und Eifersucht – der junge Turmherr hatte seine Meinung nicht geändert.

Wunderbare Voraussetzungen für schwierige Gespräche, dachte Rheos ironisch. Ob Jamir Verhandlungen zustimmen würde, wenn er ihm Sirja dafür bot? Der Schmerz, den er bei diesem Gedanken in seiner Brust spürte, war fast unerträglich.

Rheos verlangsamte sein Tempo und ließ seinen Blick über die Reihen der Menschen schweifen. Weder sah er dort Dyrdra noch die gefangenen Räuber. Ein weiteres schlechtes Zeichen.

Zehn Schritte vor dem Fürsten, den beiden Turmherren und dem Prinzen hielt er an. Ein leichter Wind strich über die Ebene, das Schnauben der Pferde erklang, mischte sich mit dem Klirren der Waffen und Rüstungen und dem Krächzen der Raben, die am Himmel ihre Kreise drehten. Über allem aber lag Sirjas Herzschlag, dumpf wie die Trommeln des Katkals.

Rheos richtete seinen Blick auf Fürst Neidor. »Mein Name ist Rheos, Te'Ral der Zentauren von Eleazan. Ich bin gekommen, um Euch Verhandlungen um einen Waffenstillstand anzubieten, Neidor, Herrscher von Tarnem.«

Die Brauen des Fürsten gingen nach oben. »Du bist der Zentaurenbastard, den wir in der Südfeste gefangen hatten«, erwiderte er trocken.

»So war es. Damals wart Ihr nicht bereit für Gespräche, vielleicht seid Ihr es heute.«

Herdor keuchte auf. Im Gegensatz zu Neidor schien Sirjas Vater erst jetzt zu erkennen, wer er war. »Du hast meine Tochter entführt, Zentaur!«, rief er. »Wie kannst du da von Waffenruhe sprechen?«

Rheos wandte ihm den Blick zu. »Ich habe sie entführt, doch inzwischen ist Sirja freiwillig bei mir.«

Jamir sog scharf die Luft ein, schwieg jedoch. Rheos runzelte die Stirn. Sollte Jamir ihre Liebe geheim gehalten haben – peinlich berührt über die Tatsache, dass Sirja einen Zentauren ihm vorzog?

»Freiwillig?« Neidor lachte auf. »Wenn zehn zentaurische Bogen auf sie gerichtet sind?«

Sirja setzte sich gerade im Sattel auf. »Ich bin bei Rheos geblieben, weil wir Ungeheuerliches entdeckt haben. Eine

Räuberbande hat als Kriegstreiber agiert, um ihre eigenen Verbrechen zu tarnen.«

Auf der Stirn des Fürsten erschienen Furchen. »Ihr sprecht doch nicht wieder von dieser Zarakinenhöhle? Ich habe Euch und Jamir doch in der Nordfeste dargelegt, wie falsch eure Vermutungen sind.«

Sirja öffnete den Mund, doch ihr Vater hob die Hand. »Welche Zarakinenhöhle, Neidor? Weder Ihr noch Jamir habt mir davon erzählt.«

»Ich habe Jamir um Stillschweigen gebeten«, erwiderte Neidor. »Solche Nebensächlichkeiten können warten bis nach dem Sieg über die Zentauren.«

»Nebensächlich würde ich eine Höhle voll Zarakinen nicht nennen, Fürst.« Prinz Wendor, der bisher geschwiegen hatte, beugte sich auf seinem Streitross vor. »Diese Höhle liegt vermutlich im Wega-Gebirge. Und das ist Grenzgebiet. Über einen solchen Fund muss meine Mutter, die Fürstin von Meratan, ebenso wie der Herrscher von Dalen benachrichtigt werden.«

»Die Höhle liegt auf Zentaurenland«, entgegnete Neidor. »Räuber haben sie entdeckt. Nach Sirjas und Jamirs Meinung haben diese Kerle, um von sich abzulenken, Morde und Überfälle begangen, die sie als Angriffe der Zentauren tarnten.«

»Welche Taten sollen das gewesen sein?«, fragte Herdor.

»Der Mord an Gerdor«, erwiderte Sirja schnell, ehe ihr der Fürst eine Antwort untersagte. Für den Prinzen setzte sie erklärend hinzu: »Gerdor war Jamirs Großvater und Turmherr der Nordfeste. Des Weiteren sind die Räuber der Zerstörung eines Bauerndorfes schuldig, ebenso eines Angriffs auf Jamir sowie«, sie atmete tief ein, »des Überfalls auf Artor, bei dem auch Rheos Vater starb.«

Neidor stieß ein Schnauben aus. »Unsinn! Ich sagte bereits: Das eine waren dahergelaufene Strauchdiebe, das andere die Zentauren.«

»Nein.« Rheos Huf donnerte auf die Erde. »Für nichts davon sind die Zentauren verantwortlich. Und ehe Ihr fragt, Fürst: Unser Angriff auf die Ostfeste war die Vergeltung für den Tod meines

Vaters und den heimtückischen Mord an wehrlosen Zentaurinnen und ihren Fohlen.« Er verzog spöttisch den Mund. »Letzteres haben Eure Männer den Menschen Tarnems als Angriff auf einen Trupp Zentaurenkrieger dargestellt, wie ich von Sirja und Jamir erfahren habe.«

Fassungslos sah Herdor ihn an. »Dann waren es nicht Zentauren, die meinen Sohn getötet ...?«

Mit einem Knurren fiel ihm der Fürst ins Wort. »Lasst Ihr Euch ebenso von den Lügen eines Zentauren einlullen wie Eure Tochter und der Turmherr der Nordfeste? Scheinheilig fordern die Pferdemenschen einen Waffenstillstand, um uns dann hinterrücks zu überfallen.«

»Die Einzigen, die hinterrücks überfallen, sind die Räuber«, rief Sirja. »An dem Tag, an dem Rheos mich entführte, hat einer von ihnen versucht, mich zu töten, um den Hass zwischen unseren Völkern weiter zu schüren. Und vor drei Tagen haben sie mit dem gleichen Ziel eine heilige Stätte der Zentauren überfallen.«

Das Gesicht des Fürsten färbte sich rot. »Behauptungen, für die es keine Beweise gibt, außer den Lügen eines Pferdemenschen.«

»Aber es ist wahr!«, empörte sie sich. »Ich war dabei.«

Ein mildes Lächeln umspielte Neidors Lippen. »Ihr seid müde, Sirja, und durcheinander von all den Ereignissen. Den Worten einer erschöpften Frau kann niemand Bedeutung beimessen.«

»Gilt das auch für meine Worte?« Jamir trieb seinen Wallach einen Schritt vor. An Stelle von Wut lag nun Empörung in seinen Zügen. »Ich habe an der Seite von Rheos und seinen Kriegern gegen die Räuberbande gekämpft.«

Nie war Rheos froher, dass Menschen keine Witterung besaßen und niemand von ihnen seine Erleichterung bemerkte. Ob Jamir Sirja beispringen, sich nicht als Lügner bezeichnen lassen oder ihm vielleicht sogar helfen wollte, war egal. Hauptsache war, der junge Turmherr sagte etwas.

Auf Neidors geröteter Haut bildeten sich weiße Flecken. »Zum letzten Mal: Es waren Strauchdiebe! Wenn es eine heilige Stätte war, wollten sie bestimmt etwas stehlen.«

»Oder sie wollten das Heiligtum zerstören, um die Zentauren dazu zu bringen, wutentbrannt den Wald zu verlassen und sich dem Menschenheer auf freier Fläche zu stellen«, erwiderte Rheos kalt.

»Eine Behauptung, für die es erneut keine Beweise gibt, Zentaur!«, fauchte Neidor.

»Doch.« Jamir schnippte mit den Fingern und Bewegung kam in die Reihen der Krieger. Die Männer machten Platz für einen Pferdekarren, der halbhoch mit einer Plane bespannt war. Auf dem Bock saß niemand anderes als Dyrdra.

»Was hat die Alte mit der Sache zu schaffen?«, knurrte Neidor.

»Ich war ebenfalls bei dem Überfall zugegen und kann ihn bezeugen.« Die Wandlerin zwinkerte Rheos zu. »Ebenso könnten es die Männer auf dem Wagen.« Sie schlug die Plane zurück und gab die Sicht auf die gefesselten und geknebelten Räuber auf der Ladefläche frei.

Das Hämmern eines Herzschlages drang in Rheos Ohr und er wandte den Kopf von den Gefangenen ab. Diesmal war es jedoch nicht Sirjas Atmung, die sich beschleunigt hatte, sondern Neidors. Auf der Stirn des Fürsten bildeten sich Schweißtropfen, während er auf die Männer im Wagen starrte. Beinahe erweckte es den Eindruck, als suchte der Herrscher von Tarnem unter ihnen jemanden.

»Ich habe eine schlechte Nachricht für Euch, Fürst«, erklärte Rheos. »Die Räuber haben einen Spion in Euren Reihen. Ich habe ein Gespräch belauscht, das ihr Anführer mit einem Eurer Krieger führte.«

»Zeig mir diesen Verräter«, keuchte Neidor.

Rheos Kiefer mahlten. »Ich habe sein Gesicht nicht gesehen«, presste er schließlich zwischen zusammengebissenen Zähnen hervor.

Die Miene des Fürsten hellte sich auf und die Arroganz kehrte in seinen Blick zurück. »Also wieder eine Behauptung, die du nicht beweisen kannst.« Er zog sein Schwert aus dem Waffengürtel.

»Wartet, Fürst!« Jamir hob die Hand und wandte sich dann ihm zu – ihr Streit um Sirja schien für den jungen Turmherrn in den Hintergrund getreten zu sein. »Rheos, auf unserem Weg zur Halle der Nacht hast du gesagt, der Mann hätte erklärt, in Neidors Auftrag unterwegs zur Zarakinenhöhle zu sein.«

Rheos nickte, und Jamirs Augen blitzten. »Dann kenne ich sein Gesicht«, rief er aufgeregt, »denn ich habe ihm den Weg dorthin beschrieben. Es war ein Krieger im Rang eines Hauptmanns.« Er wendete sein Pferd und ritt an der vordersten Heerreihe entlang, in der die niederen Befehlshaber standen.

»Zeitverschwendung«, polterte Neidor. »Jamir, zurück!«

Prinz Wendor schüttelte den Kopf. »Gewährt ihm einen Moment, Fürst.«

»Du da!«, rief Jamir kurz darauf und zügelte seinen Wallach vor einem blonden Mann. »Tritt vor!«

Die Miene des Hauptmanns war beherrscht, doch sein beschleunigter Herzschlag und seine geweiteten Pupillen verrieten ihn.

»Er ist es«, rief Rheos Jamir zu.

Der junge Turmherr trieb den Hauptmann zu ihnen. Rheos machte einen Schritt auf ihn zu, beugte sich ein Stück weit zu ihm herab und blähte seine Nasenflügel. Der Geruch des Mannes sagte ihm nichts, doch er roch deutlich dessen Angst. Allerdings waren die furchterfüllten Augen des Hauptmanns nicht auf ihn oder Jamir gerichtet, sondern auf den Fürsten.

»Du hast meine Pläne an diese Räuber verraten?« Drohend sah der Fürst seinen Hauptmann an. »Dafür gibt es nur eine Strafe.«

Neidor richtete sich an Rheos. »Töte ihn, Herrscher der Zentauren, und nimm es als Teil deiner Rache.«

Der Hauptmann erbleichte. Panisch wechselte sein Blick von Neidor zu ihm. »Verschone mich, Zentaur! Ich habe nur Befehle befolgt.«

»Töte ihn endlich, Pferdemensch«, schrie Neidor, »sonst tue ich es!« Der Fürst holte mit seinem Schwert aus.

Metall klirrte, als Herdors Klinge den Hieb des Herrschers stoppte. »Auf wessen Befehl hin hast du gehandelt, Hauptmann?«, fragte Sirjas Vater scharf.

»Sinnloses Geschwätz!« Wutentbrannt zog Neidor seine Waffe unter dem Schwert seines Turmherrn hervor. »Ihr vergesst Euren Rang, Herdor.«

»Ich hätte die Antwort des Hauptmanns auch gerne gehört«, erklärte der Prinz. Er sah den Hauptmann durchdringend an. »Wer war dein Auftraggeber? Die Wahrheit kann dein Leben retten.«

Jegliche Farbe verschwand aus dem Gesicht des Mannes. »Es war Fürst Neidor, Herr.«

46

Das Entsetzen und der Unglaube, den Sirja empfand, spiegelten sich in den Gesichtern der anderen wider. Rheos, ihr Vater, Jamir, Dyrdra, der Prinz und selbst Thanos starrten den Fürsten fassungslos an: Neidor steckte hinter allem?

Mit einem Mal setzte sich das Bild wie aus lauter Mosaiksteinchen zusammen: Der Angriff auf sie während der Flucht, die Vertuschung, dass Zentaurinnen angegriffen worden waren, Gerdors Misstrauen und zuletzt Neidors Behauptungen, Jamir und sie würden sich irren.

»Ist das wahr, Neidor?«, fragte der Prinz.

Die Augen des Fürsten flackerten, dann nahmen seine Züge einen entschlossenen Ausdruck an. »Seit jeher waren die Zentauren ein Fluch für Tarnem. Ihre Existenz hinderte unser Land daran, groß zu werden. Die Zarakinenhöhle entschädigt uns für all das Leid, welches wir durch sie erfahren haben.« Beschwörend sah Neidor ihren Vater und Jamir an. »Mit den Zarakinen werden wir Tarnem erblühen lassen. Wohlstand und Gesundheit für unser Volk, Bildung, reiche Felder und Handel weit über die Grenzen der drei Fürstentümer hinaus.«

Herdors Augen wurden schmal. »Ihr habt Befehl gegeben, meinen Sohn und Gerdor töten zu lassen?«, stieß er mühsam beherrscht hervor.

Der Fürst vollführte eine wegwerfende Handbewegung. »Wir alle müssen Opfer bringen. Ihr Tod war nicht geplant, zumindest Artors nicht. Gerdor hingegen kam uns auf die Schliche – ebenso wie Ionaos.« Hasserfüllt wandte Neidor den Blick zu Rheos. »In der Südfeste wusste ich vom ersten Moment an, dass du Ionaos Sohn sein musst – deine grünen Augen haben dich verraten. Deshalb wollte ich dich dort töten lassen.« Er zuckte mit den Schultern. »Dein Vater hatte uns an der Höhle entdeckt, auf den Friedensvertrag gepocht und ein sofortiges Unterlassen verlangt. Zum Schein ging ich darauf ein. Unser Angriff traf ihn unvermittelt, der Zentaur glaubte, ich sei ihm nachgekommen, um nochmals mit ihm zu reden.«

Der Schwarze Fürst lachte auf. »Artor und seine Eskorte kamen mitten im Kampf. Sie hätten zu viele Fragen gestellt, und das durfte nicht sein. Die Idee, das Ganze wie einen Zentaurenangriff aussehen zu lassen, war im Nachhinein ein brillanter Einfall von mir.« Er blickte triumphierend in die Runde. »Sirjas Tod hätte die Sache noch beschleunigt und Herdors Widerstand gegen einen erneuten Krieg gebrochen. Wer hätte ahnen können, dass diese Kreatur sie wieder aus dem Wasser zieht?«

Die Kälte, mit der er sprach, war noch erschreckender als seine Worte. Sirja starrte den Mann an, der in ganz Tarnem als Reformer verehrt wurde. »Ihr seid ein Mörder, Neidor«, stieß sie hervor.

»Ich bin der Fürst von Tarnem. Das Wohl aller steht immer vor dem des Einzelnen.«

Ihr Vater sah Neidor verächtlich an. »Ihr seid es nicht Wert, Fürst genannt zu werden. Ihr wart es, der den Frieden gebrochen hat, nicht die Zentauren.«

Neidor brach in schallendes Gelächter aus. »Und wenn ich nicht mehr Fürst bin, wer steht Euch in der Schlacht gegen die Pferdemenschen bei, Herdor? Ihr Heer lauert bestimmt schon hinter den Bäumen.«

»Es gibt keine Schlacht, jedenfalls nicht mit mir.« Herdor wandte sich Rheos zu. »Du hast recht, mit allem was du gesagt hast. Und ich verdanke dir das Leben meiner Tochter. Meine Männer und ich werden nicht gegen euch kämpfen.«

Neidors Brauen zogen sich zusammen. »Ihr verweigert meine Befehle, Turmherr?«

»Ich werde zusammen mit Sirja Tarnem verlassen. Und wenn Jamir und Prinz Wendor klug sind, werden sie das auch.«

In diesem Moment schallte der Klang eines Horns über die Ebene – das Kriegshorn der Zentauren. Doch es war nicht der bedrohliche Ton, der Sirja Furcht einjagte. Es war Rheos Gesichtsausdruck. Mit den Augen folgte sie seinem Blick und ihr Herzschlag setzte aus. Am südlichen Waldrand standen Hunderte von Zentauren mit Bärten, kahlrasierten Schädeln, bloßer Brust und blutrot und schwarz bemalten Körpern.

Steppenzentauren.

»Da seht ihr es«, schrie Neidor. »Eine Waffenruhe war nie das Ziel dieser Bastarde. Lasst uns zusammen kämpfen und Tarnem zu nie gekanntem Ruhm führen, der alle Verluste wert sein wird.«

Sirja hörte ihm nicht zu. »Rheos, was bedeutet das? Die Steppenzentauren können niemals schon so früh hier sein. Zudem hat Meonaos ihnen doch gesagt, dass ...«

Thanos, der die Geschehnisse bisher ruhig verfolgt hatte, sprang mit einem Satz auf sie zu. Sein Arm umschlang ihre Taille und riss sie von Mondschattens Rücken. Ihre Füße kamen auf der Erde zum Stehen und seine Hand drückte ihr die Kehle zu.

»Tötet mich, und die Menschenfrau findet ebenfalls den Tod«, rief Thanos.

»Bruder, was soll das?« Entsetzt sah Rheos ihn an. »Lass Sirja los!«

Thanos reagierte nicht auf den Befehl. »Zarkos hat die Steppenzentauren gerufen, noch bevor du aus der Südfeste nach Quran zurückgekehrt bist. Und was deinen Freund Meonaos anbelangt«, er griff mit seiner freien Hand in den Pfeilköcher auf seinem Rücken und zog einen abgehackten, blutigen Schweif aus weißblondem Haar hervor, »seine Botschaft gefiel unseren Brüdern aus der Steppe nicht.«

Rheos Wangenmuskel zuckte. »Und nun willst du sie in die Schlacht führen?«

»Nein, das übernimmt Zarkos.« Thanos vollführte mit dem Schweif in der Hand eine Geste zu der Spitze des Steppenheeres, wo Rheos Onkel mit einem Schwert in der Hand stand.

»Wie kannst du mich nur so hintergehen?« Rheos Stimme war flach vor Wut.

»Weil Zarkos recht hat! Den Menschen ist nicht zu trauen. Das hier ist ein weiterer Beweis: Ihr Fürst begeht Morde und wird nicht zur Rechenschaft gezogen.« Thanos löste den Griff um Sirjas Hals und hob sie in seine Arme hoch. »Und jetzt entschuldige mich, Bruder, ich muss auf die richtige Seite wechseln.«

Thanos wendete auf den Hinterbeinen und Sirjas Blick fiel auf Fürst Neidor. Statt seines Schwertes hielt der Fürst einen gespannten Bogen in der Hand. Im selben Moment löste sich der Pfeil von der Sehne und schoss auf sie und Thanos zu.

Sirja schrie auf.

Doch bevor das Geschoss sie oder Thanos treffen konnte, schob sich ein dunkler Schatten vor sie beide. Mit einem gewaltigen Sprung setzte Rheos vor ihnen auf und fing mit seinem Leib den Pfeil des Fürsten ab. Wütend zog er den Pfeil am Schaft aus seiner Flanke, warf ihn zu Boden und trat mit dem Huf darauf. »Wegen der Dummheit Einzelner werde ich es zu keinem Kampf kommen lassen!«, rief er. »Gib Sirja frei, Thanos!«

Mit einem kalten Lächeln stieß Neidor seinem Rappen die Fersen in die Flanken. »Dein Bruder hat recht, Te'Ral! Kampf ist der einzige Weg.« Er hatte den Bogen von sich geworfen und schwang sein Schwert drohend in der Luft. »Auf in die Schlacht, Männer!«

Vielstimmiges Kriegsgeschrei erhob sich hinter dem Fürsten, das sein Echo in den Rufen der Steppenzentauren fand. Donnernde Hufe hallten über die Ebene aufeinander zu.

Aus den Augenwinkeln sah Sirja, wie Rheos sein Schwert aus dem Waffengürtel riss und den Kampf mit Neidor begann. Was ihr Vater, der Prinz oder Jamir taten, konnte sie nicht mehr erkennen. Thanos jagte mit ihr dem Heer der Steppenzentauren entgegen.

Furcht überkam Sirja. Sie hatten alle Rätsel gelöst und dennoch eine Schlacht nicht verhindern können. Sobald die Zentauren

Eleazans auf der Ebene eintrafen, würden sie sich ebenfalls in den Kampf stürzen, um ihrem Te'Ral beizustehen.

In diesem Moment tauchte ein Reiter in gestrecktem Galopp neben ihr und Thanos auf. Das Schwert kampfbereit erhoben, schnitt er Rheos Bruder den Weg ab. Jamir!

Thanos stieg auf die Hinterbeine, doch Jamir brachte sein Pferd ebenfalls zum Steigen und die Vorderhufe des Pferdemenschen trafen ihn nicht.

Sirjas Kampfgeist flammte wieder auf. Im Gegensatz zu Rheos und seinen Kriegern trug Thanos kein Kettenhemd. Ein Umstand, den sie ausnutzen würde! Sie wandte ihren Kopf zu Thanos nacktem Oberkörper herum und biss in seine Brust.

Rheos Bruder schrie auf und Jamirs Schwert fuhr auf seine Schulter herab. Sirja wand sich aus Thanos Armen und brachte sich rückwärts stolpernd vor seinen Hufen in Sicherheit – bis eine Berührung am Arm sie herumfahren ließ.

Mondschatten stand hinter ihr. Ohne zu zögern, griff sie in seine Mähne und zog sich in den Sattel. Vom Rücken des Hengstes aus blickte sie sich um. Das Chaos um sie herum war unbeschreiblich. Schreie und Waffengeklirr drangen über die Ebene, Zentauren und Menschen schlugen aufeinander ein, Blut spritzte und Sterbende stöhnten.

»Du musst es beenden, Sirja«, schrie Jamir ihr zu und wich einem Schwerthieb Thanos aus.

Sie schüttelte den Kopf, entsetzt über all das Grauen ringsumher. »Wie soll ich das schaffen? Es ist ...«

Weiter kam sie nicht, denn Mondschatten stob mit ihr davon. Nicht zum Rand des Schlachtfeldes, sondern mitten hinein – dorthin, wo Rheos und Neidor fochten.

Mit einem Mal wusste Sirja, was sie zu tun hatte. »Bring mich dicht zu Rheos!«, befahl sie dem Hengst.

Einem Hindernislauf aus Leibern und Waffen gleich galoppierte Mondschatten auf Rheos zu und kam knapp neben ihm zum Stehen. Sirja schwang ihr rechtes Bein über den Mähnenkamm des Pferdes und kletterte auf Rheos Rücken hinüber.

Die Gedankenverbindung drang in sie mit einer Stärke, wie sie es selbst an der Halle der Nacht nicht erlebt hatte. Rheos Körper quoll über vor Wut, Enttäuschung, Schmerz und Hass. Sie nahm seine Empfindungen in sich auf und öffnete ihren Geist für ihn.

Das Am'Harasin begann. Prickelnd und belebend schoss die Hitze in jeden Winkel ihres Körpers, ersetzte Enttäuschung mit Hoffnung, Wut mit Wille, Schmerz und Hass mit Kraft. Das Strahlen erschien Sirja trotz des Sonnenlichts heller als beim ersten Mal.

Die aufgeregten Rufe der kämpfenden Menschen und Zentauren nahm sie jedoch kaum wahr. Neidor hatte seinen Schrecken schnell überwunden und schlug mit aller Härte auf Rheos ein.

Rheos parierte den Schlag des Fürsten mit unvorstellbarer Wucht und seine Klinge hebelte Neidor das Schwert aus der Hand. Die Waffe flog durch die Luft, die Sonnenstrahlen brachen sich funkelnd auf der tödlichen Schneide. Einer inneren Eingebung folgend beugte Sirja sich zur Seite, ihre Finger bekamen den Griff des Schwertes mit einer ihr unbekannten Geschicklichkeit zu fassen und hielten ihn fest.

»Ergebt Euch!«, schrie Rheos dem Fürsten zu und richtete die Schwertspitze auf ihn.

»Niemals!« Neidor zog ein Messer hervor und holte zum Wurf aus.

Sirja riss einen Dolch aus Rheos Waffengürtel und schleuderte ihn auf den Schwarzen Fürsten. »Für Artor, Herdor, Ionaos und all die anderen!«

Neidor starrte sie an. Der Griff des Dolches ragte aus seiner Brust, das Messer fiel ihm aus der Hand und er begann im Sattel zu wanken. »Verräterin deines Volkes!«, röchelte er.

»Ihr seid der Verräter!«, rief sie. »Ihr habt die Menschen verraten, die an Euch glaubten, und den Frieden. Mögen die Götter Euch verzeihen, ich kann es nicht!«

Neidors Augen weiteten sich und er konnte sich nicht länger im Sattel halten. Er stürzte vom Pferd und sein Körper schlug auf die Erde. Voll Abscheu wandte Sirja den Kopf von dem sterbenden Fürsten ab.

Rheos Befriedigung wallte in ihr auf. Dann fuhr er auf den Hinterbeinen herum, suchte seinen Weg über das Schlachtfeld, hinweg über die Leichen von Zentauren und Menschen.

Sirja wusste, wohin er wollte und machte sich bereit. Dieses Mal würde Rheos seinen Onkel nicht mit dem Leben davonkommen lassen.

Bei ihrer Hast über das Schlachtfeld umgab das Am'Harasin sie wie ein weißgoldener Schein. Wo sie vorbeikamen, hielten die Kämpfer kurz inne, staunend, beinahe ehrfürchtig – nur Zarkos nicht. Mit unverminderter Brutalität hieb Rheos Onkel auf seinen menschlichen Gegner ein, den verletzten Arm verbunden, das Gesicht gezeichnet von Hass und Mordlust.

Rheos setzte zum Sprung an. Sein Schwert wehrte das von Zarkos ab, Sirjas das des Menschenkriegers.

»Du hast dich tatsächlich entwürdigt und vor den Menschen um Gnade gefleht«, rief Zarkos Rheos höhnisch zu und holte mit seiner Waffe zum nächsten Schlag aus.

Rheos kam am Boden auf, fuhr herum und blockte den Angriff ab.

Sirja hielt ihr Schwert auf den Krieger gerichtet. Der Mann sah sie fassungslos an, dann wandte er sich von ihr ab und eilte einem seiner Kameraden zur Hilfe.

»Wenn du denkst, Neffe, dass ich ebenfalls vor dir fliehe, hast du dich getäuscht.« Zarkos wirbelte sein Schwert in der Hand.

Rheos schnaubte. »Du missachtest das Am'Harasin – das Erbe Serheos?«

»Ich missachte dich und deine Feigheit!«, schrie Zarkos. Er hob das Schwert über seinen Kopf, riss es aber im letzten Augenblick nach unten und stieß die Spitze in Sirjas Oberschenkel.

Sirja stöhnte auf. Zarkos Klinge drang tief in ihr Fleisch und der Stoff ihres Kleides färbte sich rot vor Blut.

Der Zorn, der in Rheos aufflammte, ließ Sirja erneut keuchen. Im selben Moment verging der Schmerz jedoch, nur ein leichtes Brennen war noch an ihrem Oberschenkel zu spüren.

Rheos, es heilt!

Das wird meinen Onkel auch nicht mehr retten.

Seine Hände umfassten den Griff seines Schwertes fester und er hieb auf seinen Onkel ein. Zarkos parierte den Schlag jedoch mühelos. Wieder und wieder griff Rheos an, ohne einen Treffer zu landen.

»Ist das alles, was dir Serheos Macht verleiht, Rheos? Ein bisschen Goldglanz und den Gaul für ein Menschenweib zu spielen?« Lachend wehrte Zarkos Rheos Hiebe ab.

Sirja biss sich auf die Lippe. Sie spürte die Macht des Am'Harasins und die damit einhergehende Kraft in ihnen. Rheos hielt sich absichtlich zurück, um seinen Onkel in Sicherheit zu wiegen. Doch wie lange wollte er dieses gefährliche Spiel noch treiben?

Zarkos ging von der Verteidigung zum Angriff über. Rheos wich zurück, seine Abwehr mehr als halbherzig. Feixend trieb Zarkos ihn vor sich her.

»Du hattest noch nie die notwendige Härte, um Anführer zu sein. Aber soll ich dir etwas Tröstendes verraten? Thanos besitzt sie auch nicht.« Zarkos stieß ein heiseres Lachen aus. »Wie gut, dass eine Schlacht die Möglichkeit schafft, sich aller Übel aus der eigenen Familie zu entledigen.«

Aufpassen, Sirja!

Mit einem Sprung war Rheos neben seinem Onkel und stieg auf die Hinterbeine. Zarkos nutzte Rheos ungeschützten Bauch und stach mit dem Schwert zu. Seine Klinge bohrte sich in Rheos

Pferdeleib und ein siegessicherer Ausdruck erschien auf Zarkos Gesicht.

Sirja fühlte Rheos Schmerz in sich aufsteigen, doch er schien mit dem Treffer gerechnet zu haben. Statt zu wanken, richteten sich seine Vorderhufe drohend über Zarkos Kopf, bereit diesen zu zerschmettern. Es war jedoch Rheos Schwert, das den tödlichen Schlag ausführte. In kühler Genauigkeit fuhr seine Klinge auf seinen Onkel nieder und spaltete ihm den Schädel.

Zarkos riss die Augen auf. Seine Beine knickten ein, die Waffe fiel ihm aus den Händen und sein schwerer Leib schlug auf den Boden.

»Das hätte ich gestern früh schon erledigen sollen«, keuchte Rheos. Er setzte seine Vorderhufe wieder ab und im selben Moment schloss sich die Wunde an seinem Bauch.

Sirja starrte auf den toten Zentauren. Rheos hatte Zarkos Haupt zertrümmert, und damit beendet, worauf er im Katkal verzichtet hatte. Aber er hatte es nicht mit den Hufen getan, sondern mit dem Schwert. Ihre Kehle wurde eng. Sie wusste, warum er diesen Weg gewählt hatte.

Ich wollte nicht, dass du mich wieder für eine Bestie hältst.

Ihre Arme schlangen sich um seinen Oberkörper und sie presste ihr Gesicht in sein Haar. Seine Hand umschloss ihre Finger. Für einen Augenblick schien die Welt stillzustehen, nur sie beide, alleine. Das Glühen des Am'Harasins ließ nach, bloß der stete Strom an Empfindungen und Gedanken floss zwischen ihnen.

Es ist noch nicht vorbei, Sirja. Einzig der Te'Ral der Steppenzentauren kann den Angriff beenden.

Weißt du, wo er sich befindet?

Statt einer Antwort galoppierte Rheos los. Wie ein Getriebener jagte er durch das Kampfgetümmel. Kaum nahm Sirja wahr, was rechts und links vor ihr geschah, und sie fragte sich, wie Rheos Sorstenan finden wollte. In dem Lärm, den Schreien und den hektischen Bewegungen konnten ihm auch seine Sinne nicht helfen.

Meine Sinne nicht, aber meine Erfahrung. Der Te'Ral der Steppe überblickt das Kampfgeschehen stets von hinten, Boten bringen seine Befehle zu den Ra'Wenen auf dem Schlachtfeld.

Sie beugte sich zur Seite und sah an Rheos Schulter vorbei in die Richtung, auf die er geradewegs zuhielt.

Am südlichen Waldrand stand ein einzelner Pferdemensch wie eine aus Stein gemeißelte Statue, umringt von schwerbewaffneten Zentaurenkriegern. Von seinem kahlen Schädel fiel ein schwarzer Zopf bis weit über seine bloße Brust. Sein Fell war von hellem Braun, um seinen Hals hing eine Kette mit einem in Gold gefassten Salwen und an seinem Waffengürtel ein Kriegshorn. Die Haut des Zentauren war überzogen von Narben, seine Hände stützten sich auf eine mächtige Breitaxt, deren Schneide auf der Erde ruhte.

Das ist Sorstenan, der Herr der Steppenzentauren.

Sirja erwiderte nichts. Ihr Blick wurde auf das gezogen, was sich hinter dem Te'Ral der Steppe befand.

Meonaos und die Zentauren, die mit ihm als Boten zu Sorstenan unterwegs gewesen waren, standen mit seitlich ausgestreckten Armen zwischen Baumstämmen festgebunden. Ihre Körper waren von Wunden übersät, kein einziger besaß mehr seinen Schweif. Sie hingen in ihren Fesseln, das Gewicht ihrer Körper eine zusätzliche Qual.

Sieh nicht hin, Sirja. Schmerz flutete durch Rheos Körper. *Für die meisten kommt jede Hilfe zu spät.*

Aber Meonaos ist dort! Das weiße Fell des Zentauren war dunkel vor verkrustetem Blut, sein Kopf nach vorne auf seine Brust gefallen. *Er scheint noch zu leben.*

Später.

Das Bild des Schweifes in Thanos Hand blitzte in ihr auf. *Er ist dein Freund! Wie kannst du zulassen, dass er …*

Meinst du, sein Anblick zerreißt nicht mein Herz? Aber erst müssen wir Sorstenan zum Rückzug zwingen, sonst sterben noch viele andere.

Du hast recht. Es tut mir leid.

Mit einem letzten Galoppsprung kam Rheos vor dem Te'Ral der Steppe an. Mit beiden Händen führte er den Griff seines Schwertes vor sein Gesicht, dann vor seine Brust und ließ die Spitze schließlich auf den Boden sinken, sodass er die gleiche Pose innehatte wie Sorstenan.

»Zarkos ist tot«, begann Rheos das Gespräch ohne jede Begrüßung. »Das Blut aus seinem Haupt tränkt die Ebene, zusammen mit dem des Fürsten von Tarnem.«

Nichts in Sorstenans Gesicht verriet eine Reaktion auf diese Nachricht. »Wer führt die Menschen nun?«

»Zwei Turmherren aus Tarnem und der Prinz von Meratan.«

»Was ist mit dem Heer von Eleazan?«

Rheos wies mit der Hand auf den westlichen Waldrand, wo Hunderte von Zentauren in Kettenhemden standen. »Meine Ra'Wene und Xiros warten auf meinen Befehl.«

Zum wiederholten Mal ärgerte Sirja sich über ihr schlechtes Sehvermögen im Vergleich zu Rheos. Dass seine Truppen angekommen waren, hatte sie nicht bemerkt.

»Was hat mein Onkel dir versprochen, Sorstenan?«, fuhr Rheos fort. »Den südlichen Wald?«

»Ja. Zusammen mit fünf Dutzend Zentaurinnen und Fohlen.«

Sirja sog scharf die Luft ein.

Rheos hingegen lachte bitter auf. »Also verhindern die harten Bedingungen in der Steppe immer noch, dass dein Volk so wächst und gedeiht, wie du es dir wünschst?«

Ein kaltes Funkeln trat in Sorstenans Augen. »Im Grün der Bäume Eleazans zu leben steht nicht nur euch zu.« Er schnaubte. »Ich weiß, was du von mir willst, Rheos. Was bietest du mir dafür?«

»Einen freien Abzug.«

Sorstenan riss die Axt hoch. »Wie kannst du es wagen!«

Wut schoss durch Rheos Körper, Furcht durch Sirjas. Das Am'Harasin flammte auf, und der Glanz ihrer Körper blendete selbst sie.

»Verschwinde, Sorstenan!« Rheos Stimme hallte laut und grollend wie Donner. »Oder keiner deiner Zentauren wird das Schlachtfeld lebendig verlassen.« Er stieg auf die Hinterbeine und riss sein Schwert hoch.

Sirja reckte ebenfalls die Waffe gen Himmel und stieß einen Schrei aus, der all ihren Zorn auf das sinnlose Morden enthielt.

Der Herrscher der Steppenzentauren starrte sie an. Vermutlich hatte sich noch niemals in seinem Leben Angst in seinen Zügen gezeigt, doch nun war es so weit.

»Du hast die Macht deiner Ahnen auf deiner Seite«, zischte er. »Sich dem Am'Harasin in den Weg zu stellen, bringt den Tod.«

Rheos setzte seine Vorderhufe wieder auf die Erde auf, ohne dass das Am'Harasin an Kraft verlor. »Hättest du auf meinen Boten gehört, hättest du es gewusst.«

»Zarkos nannte es eine Lüge.«

»Weil er selbst ein Meister der Lügen war.« Mit der Spitze des Schwertes wies Rheos auf das Horn, das an Sorstenans Waffengürtel hing. »Ich warte nicht mehr lange.«

Mit einem vernichtenden Blick griff der Te'Ral der Steppe nach dem Kriegshorn und führte es an seine Lippen. Zwei kurze Töne erschallten, gefolgt von einem langen. Sorstenan hielt inne, dann wiederholte er die Tonfolge.

Das Klirren der Schwerter verebbte. Die Steppenzentauren ließen von ihren Gegnern ab und galoppierten auf den Wald zu.

Sorstenan senkte das Horn. »Wir ziehen ab – für heute.«

»Mein Schwert wird immer bereit sein für eure Rückkehr.« Rheos Stimme war schneidend.

»Schade, dass Zarkos schon tot ist«, knurrte Sorstenan. »Ich hätte das gerne selbst erledigt.« Er warf einen letzten Blick auf die helle Aura, die Rheos und sie umgab. Dann galoppierte er ohne ein weiteres Wort los und verschwand im Wald.

»Den Göttern sei Dank, es ist vorbei.« Mit ihrer freien Hand stützte Sirja sich auf Rheos Rücken ab und sah ungläubig den sich zurückziehenden Steppenzentauren hinterher. Auch Thanos fuchsfarbenes Fell glaubte sie unter den davongaloppierenden Pferdemenschen zu erkennen. Doch wichtiger als Thanos war jetzt Meonaos. »Wir müssen Meonaos losschneiden, Rheos«, rief sie.

»Das geschieht bereits. Wir beide haben anderes zu erledigen.«

Rheos drehte sich, sodass sie freie Sicht auf die Bäume hatte. Krieger Eleazans waren gekommen und schnitten die Fesseln der Gefangenen durch. Meonaos war bereits befreit und lag auf der Erde. Ein schwarzer Zentaur flößte ihm behutsam Wasser ein.

»Panos«, stieß sie erleichtert aus.

Rheos Freund wandte den Kopf zu ihnen. »Meo lebt noch. Ich kümmere mich um ihn.«

Kaum hatte Sirja zustimmend genickt, preschte Rheos los. In der Mitte des Schlachtfeldes erwartete man ihr Kommen bereits. Ihr Vater, Jamir und Prinz Wendor sahen ihnen mit ernsten Gesichtern entgegen.

47

Sirja glitt von Rheos Rücken und flog ihrem Vater in die Arme. Herdors Kleidung war zerrissen, das Kettenhemd hatte Scharten und blutige Kratzer durchzogen sein Gesicht. Doch er lebte, und das war alles, was zählte.

»Tochter«, sagte er rau und drückte sie fest an sich. Für einen Moment war sie wieder das kleine Mädchen, das in den Armen ihres Vaters Schutz vor allem Bösen der Welt fand.

Das Stampfen eines Hufes holte sie zurück in die Wirklichkeit des Schlachtfeldes. Rheos Miene war ernst. Noch war die Gefahr nicht gebannt. Sirja löste sich von ihrem Vater und stellte sich zwischen ihn und Rheos.

»Ich stelle meine Frage nach einem Waffenstillstand erneut«, erklärte Rheos. »Der Verräter in euren Reihen ist tot, der in unseren ebenfalls.«

Seine Stimme klang kühl und unbeteiligt. Sirja wusste, dass es in seinem Inneren anders aussah. Mehr noch als Zarkos Verrat hatte ihn der seines Bruders getroffen.

Mit einem Mal kehrte die Erschöpfung zurück. Das Am'Harasin war erloschen, und ebenso die Kraft, Zuversicht und Stärke, die es mit sich gebracht hatte. Auch Rheos wirkte angeschlagen, von seiner Stirn rannen Schweißtropfen.

Prinz Wendor, der ranghöchste Mann auf dem Platz, verschränkte die Arme vor der Brust. »Was wirst du tun, Zentaur, wenn wir weiterhin nicht gewillt sind, mit dir zu verhandeln?«

Rheos zuckte nicht mit der Wimper. »Im Wald wartet mein Heer, ausgeruht und stark. Dann setzen wir die Schlacht fort.«

Der Prinz sah zum Waldrand hinüber, wo die Kettenhemden und Schwerter der zentaurischen Krieger silbern schimmerten. Seine Lippen verzogen sich zu einem Strich.

Der Kampf gegen die Steppenzentauren hatte die Menschen ausgelaugt und ihre Reihen gelichtet. Einer neuen Auseinandersetzung würden sie nur schwer standhalten können. Selbst mit seinem dezimierten Heer ständen Rheos Chancen auf einen Sieg unter diesen Umständen nicht schlecht, dachte Sirja.

»Was sind deine Forderungen, Te'Ral?«, entgegnete der Prinz zähneknirschend.

»Die Achtung der alten Grenzen sowie die Auslieferung der Räuber, die für den Tod so vieler Zentauren verantwortlich sind.«

»Diese Männer haben sich auch gegen das Volk Tarnems schuldig gemacht.« Der Prinz wies auf Herdor und Jamir. »Die Turmherren haben ebenfalls ein Recht auf ihre Bestrafung.«

Jamir hob die Hand. »Schuldig war vor allem Fürst Neidor, und der ist bereits tot. Ich verzichte auf mein Recht, die Räuber bestrafen zu wollen. Sie in die Hände der Zentauren zu geben, genügt meinem Wunsch nach Vergeltung.« Er blickte zu Herdor.

»Ich bin deiner Meinung«, erwiderte ihr Vater. »Eine größere Strafe als den Zentauren ausgeliefert zu werden, kann es für diese Männer nicht geben.«

Rheos nickte, setzte zu einer Erwiderung an – und keuchte. Ein Zittern überlief seinen Körper, das im nächsten Moment jedoch wieder verschwunden war.

Sirja runzelte die Stirn. Gerne hätte sie Rheos gefragt, ob er Schmerzen hatte, oder ihm einfach ihre Hand aufgelegt. Doch in Gegenwart der anderen wollte sie ihn weder bloßstellen noch durch ihre Nähe zu ihm die Gemüter erhitzen, die sich gerade erst zu beruhigen begannen.

»Wenn die alten Grenzen wieder gewahrt werden«, hob der Prinz an, »muss die Handelsstraße durch Eleazan wieder sicher für Reisende sein.«

»Das wird sie.« Rheos atmete mehrmals tief durch, ehe er weitersprach. »Dass wir auf diesem Schlachtfeld stehen, ist das Ergebnis von Kriegstreiberei um reiner Machtgier willen. Die Wiederherstellung des Friedens ist ein weiterer Schlag ins Gesicht dieser Verbrecher.«

Herdor sah ihn nachdenklich an. »Herrschte in den Jahren seit dem Krieg denn jemals wahrhaft Friede zwischen den Zentauren und Menschen?«

»Nein.« Rheos fuhr sich mit der Hand über das Gesicht, das unnatürlich bleich war. »Mein Vater sprach zwar stets von Frieden mit den Menschen, doch selbst für mich war mehr als ein Waffenstillstand bis vor kurzem nicht denkbar. Ich habe damals im Krieg mitgekämpft und meine Vorurteile über Menschen waren ebenso groß wie die euren über uns.« Er lächelte Sirja zu, ehe er wieder zu Herdor blickte. »Deine Tochter und ich haben lange gebraucht, um zu merken, wie falsch wir mit unseren Meinungen über den jeweils anderen lagen.« Er machte eine Pause, um Luft zu holen.

Sirjas ungutes Gefühl wuchs, doch sie schwieg, da die Männer Rheos gebannt zuhörten.

»Ich habe auch erfahren«, Rheos wies mit der Hand auf Jamir, »dass die Menschen Interesse an zentaurischen Bögen haben.«

Jamir errötete, nickte dann aber. »Ihr wart nie zum Handel bereit.«

»Das wird sich ändern.« Sein Körper schwankte leicht, und er trat von einem Vorderbein auf das andere, um es auszugleichen. »Wir Zentauren bewundern die menschliche Schmiedekunst, seien es Schwerter oder Kettenhemden.«

Die Brauen des Prinzen zogen sich zusammen. »Ein Schwert ist weit mehr wert als ein Bogen, selbst wenn dieser zentaurischer Bauart ist. Wie wollt ihr zahlen?«

»Mit Zarakinen.«

Sirja war ebenso verblüfft wie der Prinz. Wann war Rheos diese Idee gekommen?

Nachdem Prinz Wendor seine Fassung wiedergewonnen hatte, nickte er. »Ich werde die Kunde nach Meratan bringen, dass die Zentauren fortan zum Handel bereit sind.« Sein Blick schweifte von Rheos zu ihr und wieder zurück zu dem Zentauren. »Was war das vorhin für ein Leuchten, das dich und die Tochter Herdors umgab, als sie auf deinem Rücken saß?«

»Die alten zentaurischen Legenden nennen es Am'Harasin«, erwiderte Rheos. »Es entsteht ...« Es dauerte einen Moment, bis seine nächsten Worte kamen, als ob es ihm schwerfiele, sich zu konzentrieren. »... es entsteht wenn ein Mensch und ein Zentaur – beide Abkömmlinge aus den ältesten Herrschergeschlechtern – in Freundschaft zueinander finden um gemeinsam ...«, sein Atem ging rasselnd, »um gemeinsam gegen einen Feind zu kämpfen.«

»Meine Mutter ist eine Nachfahrin Lanjomars«, rief Sirja, um eine Erklärung zu liefern, was es mit ihrer herrschaftlichen Abstammung auf sich hatte. Aber auch, um Rheos zunehmende Schwäche zu überspielen. Etwas stimmte ganz und gar nicht mit ihm.

Sie streckte die Hand nach Rheos aus, doch in diesem Moment legte ihr Vater seinen Arm auf ihre Schultern und zog sie an sich.

»Ja, der Stammbaum meiner Frau reicht weit zurück. Eine Tatsache, auf die sie nicht müde wird, uns hinzuweisen.« Er zwinkerte ihr verschwörerisch zu. »Nun wissen wir diesen Umstand endlich zu schätzen.«

Sirja lachte gezwungen über den Scherz ihres Vaters, ihre Besorgnis wuchs mit jedem Atemzug.

»Etwas ist mir noch unklar«, hob der Prinz an. »Wer waren diese Zentauren, die uns angriffen? Sie sahen ganz anders aus.«

In Gedanken verfluchte Sirja Wendor für seine Fragen. Rheos konnte sich kaum mehr auf den Beinen halten. »Es waren Steppenzentauren, die Rheos Onkel gerufen hatte, um Rheos Herrschaft zu stürzen«, erklärte sie hastig und blickte sich unauffällig nach Dyrdra um.

»Die gleichen Verhältnisse wie bei uns Menschen.« Der Prinz schüttelte den Kopf und steckte sein Schwert zurück in die Scheide. »Der heutige Tag wird in die Chroniken eingehen. Bis zu einem wirklichen Frieden zwischen unseren Völkern wird es ein langer Weg sein, doch ich bin bereit, diesen neuen Pfad zu beschreiten.«

Wendor trat auf Rheos zu. »Mit der Macht, die mir meine Mutter, die Fürstin von Meratan, übertragen hat, und in Abwesenheit eines Herrschers auch stellvertretend für das Volk von Tarnem, gehe ich den Waffenstillstand mit den Zentauren Eleazans ein und erkläre den alten Friedensvertrag für wieder in Kraft gesetzt.« Er streckte Rheos die Hand entgegen. »Möge fortan Frieden herrschen zwischen eurem Volk und den Menschen Meratans und Tarnems.«

Rheos ergriff die Hand des Prinzen. »Ich, Rheos, Te'Ral der Zentauren Eleazans, gehe den Waffenstillstand mit Tarnem und Meratan ein. Ich sichere euch unbehelligtes Geleit durch unseren Wald sowie die Bereitschaft zum Handel und ...« Er stöhnte auf. Seine Hinterbeine brachen ein und rissen ihn zu Boden. Mit ausgestreckten Vorderbeinen lag er auf dem Schlachtfeld, seinen Oberkörper mühsam mit den Armen abgestützt.

Sirja schüttelte die Hand ihres Vaters ab. »Was bei den Göttern ist los mit dir?«, rief sie und fiel vor ihm auf die Knie.

Rheos antwortete nicht. Schweiß lief ihm in Strömen über das Gesicht, seine Lippen waren wie vor Kälte blau gefärbt.

Sirja wartete nicht länger und legte ihre Hand an seine Wange. Seine Haut war eiskalt, der Gedankenstrom ein einziges Durcheinander. Doch durch das Chaos hindurch fühlte sie etwas in ihm – etwas Fremdes, Todbringendes.

»Rheos blutet an der Flanke.« Jamir, der seinen Groll gegen Rheos abgelegt zu haben schien, kniete sich neben sie und wies auf die Wunde an Rheos Pferdeleib.

Neidors Pfeil. Rheos, der ihn herauszog. Aber warum hatte das Am'Harasin diese Verletzungen nicht geheilt? Der Verdacht, der in ihr aufkam, ließ Sirja erbleichen. Sie starrte Rheos an. »Welche Farbe hatte die Befiederung des Pfeils, den der Fürst auf dich schoss?«

Rheos senkte den Blick und ihr gefror das Blut in den Adern. »Du verdammter Narr! Du weißt doch, dass das Gift tödlich ist!«

Sie sprang auf, zog ein Messer aus Rheos Waffengürtel und ließ sich zwischen seinen Vorder- und Hinterbeinen nieder. Vorsichtig untersuchte sie die Einschussstelle. Durch die Widerhaken hatte sich die Pfeilspitze beim Herausziehen vom Schaft gelöst und steckte fest in seinem Körper. Die Spitze zu entfernen würde kompliziert werden – sie brauchte Hilfe von jemand, der von Operationen mehr verstand als sie.

»Holt Dyrdra!«, schrie sie. »Und geht zu den Zentauren und fragt nach Xiros.«

»Ich suche den Sterndeuter.« Jamir stand auf, klopfte ihr auf die Schulter und lief davon.

Ihr Vater gab den umstehenden Kriegern den Befehl, die Viehheilerin herzubringen. Sirja hörte es kaum. Panisch blickte sie auf Rheos, dessen Hinterbeine das Gift bereits gelähmt hatte. Das Am'Harasin hatte die tödliche Wirkung aufgehalten, doch nun strömte das Gift wieder durch seine Blutbahnen.

Behutsam legte sie eine Hand auf sein Fell. *Du musst durchhalten.*

Sie erhielt keine Antwort.

Hastig legte sie die andere Hand ebenfalls auf ihn. Doch weder vernahm sie seine Stimme im Geiste noch spürte sie die Kraft, die sie bei jeder Berührung durchströmte.

Ungeduldig glitten ihre Finger durch sein Fell, doch die inzwischen so vertraute Wärme stieg nicht in ihr auf. Sirja löste eine Hand und berührte seinen Arm. Für einen Moment spürte sie ein warmes Rieseln in sich. Erleichtert atmete sie auf. Das Gift schien noch nicht in den menschlichen Teil seines Körpers – und damit in seinem Herzen – angekommen zu sein.

Sie nahm ihre Hand von seinem Fell, rutschte zu seinen Vorderbeinen und umklammerte seinen Arm mit beiden Händen. »Du bleibst bei mir, Zentaur. Hast du mich verstanden?«

Ein schwaches Lächeln umspielte seine Lippen, doch er erwiderte nichts.

»Leg dich hin«, erklärte sie, da er seinen Oberkörper immer noch mit den Armen aufrecht hielt. »Alles andere ist zu anstrengend.« Sie ließ ihn los, um ihren Umhang von den Schultern zu nehmen und unter ihn zu betten, doch ihr Vater kam ihr zuvor.

Herdor nahm ihr den Umhang ab, breitete den Stoff auf der Erde aus und griff Rheos an den Schultern. »Ich helfe Euch beim Hinlegen, Te'Ral.«

Widerstandslos folgte Rheos der Aufforderung ihres Vaters. Ein Umstand, der mehr als alles andere seinen Zustand verriet.

Sirja biss sich auf die Lippe, stieg über Rheos Vorderbeine und kniete sich vor ihn. Sein Gesicht hatte mittlerweile eine wächserne Blässe angenommen. Ihre Finger schoben sich unter seine Wange, mit der anderen Hand ergriff sie seine Hand. »Du hast das Pfeilgift schon einmal überlebt«, beschwor sie ihn, »du wirst es wieder schaffen.«

Rheos Lider flatterten, seine Stimme war nicht mehr als ein Hauch. »Trauere nicht um mich, Menschentochter.«

»Ich werde nicht trauern, denn du wirst nicht sterben!« Sie wusste, dass ihr Vater und der Prinz hinter ihr standen, doch es kümmerte sie nicht. »Ich liebe dich und will dich nicht verlieren.«

»Es ist ... die Entscheidung der Sterne, nicht die unsere.«

»Die Götter haben mir Artor genommen, ich lasse nicht zu, dass sie mir auch noch dich wegnehmen!«

Rheos Finger drückten kraftlos die ihren. Seine waldgrünen Augen hatten jeden Glanz verloren, sein Gesicht war mittlerweile weiß wie frisch gefallener Schnee.

Sirja kannte diese Vorboten des Todes, doch alles in ihr weigerte sich sie hinzunehmen. »Du hast gesagt, du gibst nie kampflos auf!«, schrie sie und spürte sofort die besänftigende Hand ihres Vaters auf der Schulter.

Müde sah Rheos sie an. »Was ich erreichen wollte, habe ich geschafft. Führe mein Vermächtnis fort, Sirja.«

»Und was ist mit uns?« Tränen flossen über ihr Gesicht.

Er starrte auf den Boden. »Vielleicht hatte Jamir recht, und es hat nie eine Zukunft für uns beide gegeben.«

Ihr Gesicht verzog sich im Schmerz. »Mach es dir nicht so einfach, Rheos. Wir hätten einen Weg gefunden. Es gibt immer einen Weg, wenn man nur will.«

Jemand strich das Haar aus ihrem Gesicht und sie vernahm ein Flüstern an ihrem Ohr. »Wir sind da, Sirja.«

Sie hob den Kopf und sah aus tränenverschleierten Augen Dyrdra und Xiros, die neben ihr standen. »Dyrdra, du musst ihn retten!«, schluchzte sie.

Die Wandlerin schüttelte bedauernd den Kopf. »Gegen das Pfeilgift gibt es kein Heilmittel.«

»Aber du kannst doch bestimmt mit deiner ...« Sie verstummte und verkniff sich in der Gegenwart ihres Vaters und des Prinzen das Wort Magie.

»Am Tod endet auch mein Können.« Dyrdra ließ sich neben ihr auf die Knie nieder. »Es tut mir leid, Sirja.«

Nein. Das durfte nicht sein. Sirja riss ihren Kopf zu Xiros herum. »Wir können ihn nicht einfach aufgeben!«

Ein trauriges Lächeln erschien in dem zerfurchten Gesicht des alten Zentauren. »Jemanden loszulassen, den man liebt, ist die schwerste Prüfung, die einem die Sterne auferlegen können.«

Ihr Körper begann zu zittern. »Warum bleibt für mich immer nur der Tod?«

»Du wirst nicht lange alleine sein, Sirja«, erwiderte Xiros. »Die Sterne haben für dich das Leben an der Seite eines Mannes vorausgesagt.«

»Aber ich will Rheos! Er soll mir nicht unter den Händen wegsterben.« Weinkrämpfe schüttelten sie, ihre Finger schlossen sich eisern um Rheos kalte Hand. Seine Augen waren geschlossen, seine Atmung flach. Die Verbindung zwischen ihnen kaum mehr spürbar.

Ich ... muss ... Dyrdra ... sprechen ...

Sirja keuchte auf und sah zu der Wandlerin. »Rheos will mit dir reden.«

»Ich bin hier und höre dich, Rheos«, sagte die Wandlerin laut.

Er hob mühsam seine Lider. »Im Stall der Nordfeste«, röchelte er, »hast du mir eine Zusage gemacht ...« Er atmete schwer. »Gilt sie noch?«

Furchen erschienen auf Dyrdras Stirn. »Ja, aber es ist riskant. Du bist schwach.«

Rheos Mundwinkel zuckten im Anflug eines Lächelns. »Sterben würde ich sowieso. Und ein Teil des Gifts verschwände dabei, oder?«

Die Wandlerin zögerte. »Vielleicht.«

»Dann bitte ich dich, es zu tun.« Er blinzelte vor Anstrengung. »Doch zuvor ... Sirja ...«

Sie beugte sich zu seinem Gesicht hinunter, da seine Stimme kaum mehr hörbar war.

»Ich werde kämpfen ... für uns.« Ein Zittern durchlief ihn. »Meine Geliebte.«

Er schloss die Augen.

Die Verbindung zwischen ihnen erlosch.

48

Sirja ließ den Trubel im Burghof hinter sich und trat durch das Tor der Südfeste hinaus in die Stille der sternklaren Nacht. Der Wind strich kühl über die abgeernteten Felder. Sie schlug die Kapuze des Umhangs über ihren Kopf und zog den warmen Wollstoff eng um ihren Körper. Hinter ihr im Innenhof erklang heitere Musik aus Flöten, Trommeln und Lauten. Gleich würde sie in das fröhliche Lärmen zurückkehren und tanzen, essen und sich unterhalten. Gleich ...

Sirja hob den Blick zu den Sternen. Beinah zwei Monde waren seit der Schlacht auf der Ebene von Rihan vergangen. Vieles hatte sich zum Guten gewendet, aber längst nicht alles. Zumindest nicht für sie.

»Herrin, geht es Euch gut?« Einer der Torwächter kam zu ihr und sah sie besorgt an.

Auf ihr Nicken hin begab sich der Mann wieder auf seinen Posten. Sirja seufzte. Sie sollte ebenfalls zurückgehen. Ihre Mutter war von ihrem Besuch in Narma heimgekehrt und legte strenger denn je Wert auf angemessenes Verhalten. Zudem wollte ihr Vater noch eine Ansprache halten und es war ihre Pflicht, gemeinsam mit ihrer Mutter an seiner Seite zu stehen – auch wenn es sie an einen ganz anderen Ort zog.

Erneut entfuhr ihr ein Seufzen. Anfangs hatte sie viel Zeit dort verbracht, ihren Erinnerungen nachgehangen und ihren Hoffnungen. Doch das Leben ging weiter, es nahm keine Rücksicht auf sie und forderte ihre gesamte Aufmerksamkeit.

Sie unterstützte ihren Vater nun nach ganzen Kräften, denn seine Aufgaben als Turmherr waren gewachsen. Oft war sie in seinem Namen am Hofe in Tarm gewesen, um die Ereignisse der

Vergangenheit zu klären und die Belange der Gegenwart zu regeln. Nur nachts erlaubte sie sich, ihrem Kummer nachzugeben, zu trauern und zu träumen.

Aber irgendwann würde sie mit der Vergangenheit abschließen müssen. Schmerz flammte in ihrer Brust auf, wie jedes Mal, wenn sie an Rheos dachte. Die Sehnsucht nahm ihr fast den Verstand, im Wehen des Windes glaubte sie sogar seine Stimme zu hören.

Führe mein Vermächtnis fort, Sirja.

»Das tue ich«, flüsterte sie verzweifelt, »doch es füllt nicht die Leere in meinem Inneren.« Sie hielt den Atem an und lauschte wider besseren Wissens auf eine Antwort.

Doch statt Rheos Stimme erschall hinter ihr im Hof Gelächter. Ihr Vater hatte eine Gauklertruppe zur Erheiterung eingeladen und scheinbar hatte ihre Vorstellung begonnen. Hineinzugehen und herzhaft mitzulachen wäre gut für sie, ebenso wie mehr zu essen. Ihre Kleider schlackerten, doch sie verspürte keinen Appetit. Die mahnenden Blicke der anderen entgingen ihr nicht, doch es änderte nichts. Wie konnte sie Lebensfreude vortäuschen, wenn ihre Welt zum zweiten Mal zerbrochen war?

Der Wind frischte auf und trieb raschelnd Blätter vor sich her. Dem Herbst würde bald der Winter folgen. Reisen würden beschwerlicher werden, der Handel auf Monde zum Erliegen kommen. Lange Abende standen ihr bevor. Abende zusammen mit ihren Eltern und den Burgbewohnern – und doch einsam. Sie würde eine Beschäftigung für sich finden müssen, um nicht verrückt zu werden.

Oder sie musste ihre Hoffnungen aufgeben und sich für ein neues Leben entscheiden. Sirja drehte sich um und blickte in den hell erleuchteten Hof der Feste. Was sie dort sah, war vielversprechend. Eine Zukunft, deren Teil sie sein und die sie mit aufbauen konnte. Rheos Vermächtnis, das sie erfüllen wollte.

Sie schritt durch das Tor, blieb stehen und sah zum Herrschaftsgebäude hinüber. Ein einziges Fenster im ersten Stock war erleuchtet. Unter den Ritzen der Holzläden drang Kerzenschein spärlich hindurch.

Die Versuchung, hinaufzugehen, war groß. Doch die anderen erwarteten ihre Rückkehr. Sie musste zu den Lebenden gehen und sich nicht mehr in der Vergangenheit verlieren. Was immer sie damals gehofft hatte, sie hatte sich geirrt. Und Rheos ebenfalls.

Entschlossen straffte sie die Schultern. Vielleicht sollte sie den neuen Anfang wagen, ehe der Winter kam. Sie wollte weitergehen, doch das Rauschen des Windes hielt sie zurück. Er war stärker geworden und tanzte wild über die Stoppelfelder und Wiesen vor der Burg.

»Schließt die Tore«, wies sie die Wächter an, ehe der Wind durch den Innenhof fegen konnte.

Gehorsam folgten die Männer ihrem Befehl. Rumpelnd bewegten sich die Torflügel und gleich darauf erklang das Geräusch des schweren Holzriegels, der sich in die Verankerung legte. Merkwürdigerweise spürte sie den Wind immer noch. Er spielte mit dem Saum ihres Umhangs, wirbelte um ihren Körper herum, hinauf bis zu ihrem Kopf und riss ihr die Kapuze herunter.

Verärgert zupfte sie Strähnen aus ihrem Gesicht und glättete ihr Haar, doch immer noch ließ der Wind nicht nach. Er strich über ihre Wangen – nicht kalt und rau, sondern warm und einer Liebkosung gleich. Dann ließ er von ihr ab, stob in einer Ecke altes Laub auf, nur um sofort wieder zu ihr zurückzukehren. Wispernd. Drängend.

Sirja stockte der Atem. Der Wind lockte sie – und sie wusste, wohin er sie führen wollte. Ehe sie darüber nachdenken konnte, trugen ihre Füße sie zum Herrschaftsgebäude.

Sein Geist erwachte aus seiner Benommenheit. Die Dunkelheit wich. Schwarz verwandelte sich in Grau. Grau ging über in schwaches goldenes Schimmern.

Er lag regungslos.

Wer war er? Wo war er?

Er versuchte, sich zu erinnern. Da war nichts. Keine Bilder, keine Gefühle, keine Worte. Er wartete, lauschte auf sein eigenes Atmen.

Gedulde dich.

Sein Geruchssinn kehrte zurück. Er roch abgestandene Luft, Bienenwachskerzen und Lavendel. Ungewohnte Düfte, dennoch ... vertraut.

Er wollte die Augen öffnen, doch seine Lider gehorchten ihm nicht.

Ein knarrendes Geräusch erklang. Obwohl er es nicht einordnen konnte, kam es ihm bekannt vor.

Schritte näherten sich. Müssten es nicht Hufe sein?

Verzweiflung überfiel ihn. Tief in seinem Inneren wusste er, dass es eine Erklärung für alles gab. Sie fiel ihm nicht ein.

Ein Lufthauch streifte ihn.

Seine Nasenflügel blähten sich. Der Duft erfüllte ihn, brachte seine Erinnerung zurück – und seine Sehnsucht.

»Sirja?«

»Bei den Göttern, du bist wach!«

Ihre Stimme war Lachen und Weinen gleichzeitig. Ihre Finger strichen über sein Gesicht, schlossen sich fest um seine Hände.

»Durst ...«

Sie ließ ihn los, entfernte sich und er vernahm das Plätschern von Wasser.

Endlich hoben sich seine Lider. Der Schein einer Kerze erhellte das Zimmer.

»Trink das.« Sirja nahm auf einem Stuhl Platz, stützte seinen Kopf und setzte ihm einen Becher an die Lippen. »Es ist mit Kräutern versetztes Wasser, das dich stärken wird.«

Der Trank rann durch seine Kehle, befeuchtete seinen ausgedörrten Rachen und belebte seinen Geist. Sirja nahm ihm den geleerten Becher ab und stellte ihn auf einen Tisch.

»Wie fühlst du dich?« Sorge lag in ihren grauen Augen.

»Kraftlos.« Er lächelte, um ihr die Furcht zu nehmen. »Aber jetzt, da ich wieder weiß, wer ich bin und wo ich bin, zunehmend besser.«

Erleichterung zeichnete sich in ihrem Gesicht ab, doch die Besorgnis in ihrem Blick verschwand nicht ganz. »An was erinnerst du dich?«

»Ich habe Dyrdra gebeten, ihr Wort zu halten.«

»Sie hat es getan.«

»Und ich habe überlebt.«

Sirja nickte stumm.

Er hob seine Hand und legte sie auf ihr Knie. »Was hast du?«

»Ich habe so lange auf diesen Tag gewartet und jetzt ...« Sie knetete hilflos ihre Hände. »... jetzt kann ich es kaum fassen.«

Eine dunkle Ahnung stieg in ihm auf. »Wie lange habe ich geschlafen?«

»Die Schlacht auf der Ebene von Rihan ist über zwei Monde her.«

Er stieß den Atem aus, den er unbewusst angehalten hatte. Und plötzlich dämmerte ihm noch mehr. »Mein Volk weiß von meiner Verwandlung?«

»Ja. Xiros und einige der Ra'Wene haben dich in deiner Menschengestalt auf dem Schlachtfeld gesehen.«

»Wie haben sie reagiert?«, platzte es aus ihm heraus, obwohl er diese Frage nicht hatte stellen wollen. Trotz des Gifts in seinem Körper waren ihm damals die Folgen seiner Entscheidung bewusst gewesen.

Sirja lächelte. »Sie waren über deine neue Gestalt ebenso überrascht wie mein Vater, Prinz Wendor und Jamir. Obwohl es Jamir am wenigsten hätte erstaunen dürfen.«

»Ich meine nicht die Wandlung, ich meine ...« Er presste den Kiefer zusammen und schwieg. Die Meinung seines Volkes sollte ihm eigentlich gleichgültig sein. Er war nicht mehr einer der ihren.

Sirja erriet seine Gedanken. »Du willst wissen, was die Zentauren über deine Entscheidung denken, lieber zum Menschen zu werden, anstatt als Zentaur zu sterben?« Ihre Finger strichen an seiner Wange entlang. »Dein Volk kennt die alten Legenden. Für sie hast du Großes vollbracht und stehst unter dem Schutz deiner Vorfahren. Vor allem, nachdem sie gehört haben, was Zarkos Sorstenan für seine Hilfe versprochen hatte. Die gefesselten Zentauren, die noch lebten und bei Bewusstsein waren, haben unser Gespräch mit angehört.« Sie schüttelte den Kopf. »Deinem Volk ist die Hingabe an deinen Onkel äußerst peinlich. Auch ohne das Am'Harasin würden sie dich als Helden und einzig wahren Te'Ral verehren.«

Fassungslos sah er sie an. »Sie erwarten meine Rückkehr?«

Sie nickte. »Ich habe dem Ältestenrat versprochen, Bescheid zu geben, sobald du erwachst oder ...«

Er hob eine Hand. »Die Bekanntgabe meiner Genesung hat Zeit.«

Sirja erwiderte nichts. Sie stand auf, schenkte frisches Kräuterwasser in den Becher und reichte ihm diesen. Der Kummer in ihrem Blick verstärkte sich wieder. Verheimlichte sie ihm etwas?

»Wie geht es Panos und Meonaos?«, erkundigte er sich nach dem Trinken.

»Meo hat sich gut erholt, auch wenn ihn der Verlust seines Schweifes sehr trifft. Panos hat sich um ihn gekümmert.«

Eine erleichternde Nachricht, die ihm dennoch einen Stich versetzte. Um sein Wohlergehen hatte sich Panos – und später auch Meonaos – scheinbar nicht gesorgt.

Sirja bemerkte seine Niedergeschlagenheit und schmunzelte. »Die beiden haben dich nicht vergessen, Rheos. Meonaos ist durch seine neue Stellung als Son'Ral sehr beschäftigt, aber Panos hätte dich am liebsten täglich besucht. Wir haben es ihm jedoch nur einmal erlaubt.«

Seine Augen weiteten sich. »Panos war in diesem Zimmer?«

»Frag nicht!« Sie stöhnte theatralisch auf. »Einen Zentauren eine Treppe hinauf zu bringen ist ein Kraftakt, dabei war es nicht einmal eine Wendeltreppe. Und er war nicht der Einzige.«

Er stützte sich vorsichtig auf seine Unterarme auf. »Wer kam noch?«

»Thanos.«

»Warum?« Seine Stimme klang frostiger als beabsichtigt.

Sie seufzte. »Er floh mit den Steppenzentauren, kehrte jedoch schnell zurück. Ich habe lange mit ihm gesprochen. Euer Onkel hat ihn ebenso getäuscht wie dich. Thanos wusste nicht, dass Zarkos Sorstenan neben Waldgebieten auch Fohlen und Zentaurinnen versprochen hatte.«

Seine Lippen wurden schmal. »Thanos hat uns eiskalt belogen, warum sollte er das nicht wieder tun?«

Sirja schüttelte den Kopf. »Erinnerst du dich noch, was Xiros uns über das Am'Harasin erklärte? Durch deine Verwandlung zum Menschen ist es auf Thanos übergegangen. Ich habe ihn berührt und seine Gefühle gespürt. Er bereut seine Taten zutiefst. Scham und die Hoffnung auf deine Vergebung überfluteten mich beinah.«

Sie sah ihn durchdringend an. »Die zurückliegenden Ereignisse haben deinen Bruder reifen lassen. Auch wenn er dich nur einmal sehen durfte in all der Zeit, so kam er regelmäßig in die Südfeste, um sich nach deiner Genesung zu erkundigen.«

Er atmete tief durch. »Wo ist er jetzt?«

»Bei Xiros in der Halle der Nacht. Da alle sich von Zarkos täuschen ließen, ist dein Volk sehr nachsichtig mit Thanos und sperrte ihn nicht in den Pferch.« Sie legte die Handflächen aneinander. »Der Ältestenrat würde ihn trotz seiner jungen Jahre zum Son'Ral ernennen, auch Meonaos befürwortet das. Allerdings werden sich alle deinem Urteil beugen.«

Rheos drehte seinen Kopf von ihr fort und sah zur Tür. Es war offensichtlich, dass Sirja Thanos vergeben hatte. Ob er es ebenfalls konnte, wusste er nicht.

»Wer herrscht nun über Tarnem?«, wechselte er das Thema und sah wieder zu ihr.

»Neidors Frau bis zur Volljährigkeit ihres Sohnes.« Sie zuckte mit den Schultern. »Ich war mehrmals am Hof in Tarm gewesen.

Angeblich hat die Fürstin nichts von den heimtückischen Plänen ihres Mannes gewusst. Sie will seine Reformen weiterführen, was ohne den Reichtum aus der Zarakinenhöhle allerdings viel langsamer vonstattengehen dürfte.«

»Das ist das Einzige, was ich Neidor zugutehalte: Er hat mit dem Reichtum nicht geprasst, sondern ihn für gute Zwecke eingesetzt.«

»Doch selbst edle Ziele rechtfertigen keine kaltblütigen Morde. Zudem zielten seine Maßnahmen auch darauf ab, die alten Adelsfamilien in Tarm in ihrer Einflussnahme zu beschränken und sich eine neue, loyale Anhängerschaft aus den unteren Schichten heranzuziehen.«

Er dachte an seine beiden Begegnungen mit dem Fürsten. »Neidor war ein ebenso scharfsinniger wie gefährlicher Mann.«

»Er stand deinem Onkel in nichts nach. Bösartigkeit hat nichts mit der Rasse zu tun, Heimtücke und Machtgier gibt es überall.«

Er seufzte. »Ich bezweifle, dass sich diese Erkenntnis jemals in den Köpfen unserer Völker festsetzen wird.«

Ein Funkeln trat in Sirjas Augen. »Oh, da bin ich ganz zuversichtlich.« Sie erhob sich, ging zum Fenster und öffnete die Läden.

Frische Nachtluft strömte herein, aber noch etwas anderes. Stimmengewirr, Lachen und ... Musik. Der Springvogel!

Er lauschte erfreut, doch sogleich machte sich Verwirrung in seinem Gesicht breit. Die Melodie war die des Springvogels, aber der Rhythmus hatte sich verändert und die Instrumente. Eindeutig erklang das Saitenspiel einer zentaurischen Mandonlaute! »Was ist im Hof los?«, keuchte er.

»Wir feiern das Fest des Laubfalls. Eure und unsere Musikmeister haben versucht, einen gemeinsamen Tanz zu entwickeln.« Sirja lachte. »Das Ergebnis ist noch nicht ausgereift, und ich bin auch noch unsicher in den Schritten. Aber dem Ra'Wen, mit dem ich tanzte, war es egal, dass ich ihm dauernd auf die Hufe trat.«

Er starrte sie an. »Zentauren sind hier?«

»Ja. Gestern und heute haben wir einen gemeinsamen Markt abgehalten und heute Abend findet das Fest statt.«

Er riss die Decke von sich und stemmte seinen Oberkörper auf.

»Rheos, was soll das?«

Sein Finger wies zum Fenster. »Ich muss es sehen.«

Sie öffnete den Mund, dann kam sie jedoch zu ihm und packte ihn am Arm. »Aber ganz langsam.«

Vorsichtig schob er seine Beine über die Bettkante. Erst jetzt fiel ihm ein, zu prüfen, ob er Kleidung trug. Zu seiner Erleichterung bedeckte eine lange weiße Tunika seinen Körper bis zu den Oberschenkeln. Er rutschte zum Rand des Bettes und stemmte sich nach oben. Prompt ergriff ihn Schwindel, Schleier schoben sich vor seine Augen und einzig Sirjas Griff verhinderte, dass er umfiel.

»Du hast lange Zeit gelegen«, drang ihre Stimme wie durch Nebel in seinen Kopf. »Auch ohne deine neue Gestalt würde dir das Schwierigkeiten bereiten.«

Rheos atmete mehrmals tief durch. Der Schwindel in seinem Kopf ließ nach und seine Sicht klärte sich. Er spürte in seinen menschlichen Körper hinein. Bei seiner ersten Verwandlung hatte er ihn gehasst, doch nun war es anders. Es war wie eine Rückkehr an einen Ort, der eine besondere Bedeutung hatte.

»Wagen wir es«, erklärte er, hob einen Fuß und setzte ihn ein Stück weit wieder auf. Mit den Zehen tastete er die Unebenheit des Steinbodens, spürte die Kälte an der Sohle. Er lächelte. Empfindungen, mit denen er dieses Mal umzugehen wusste. Entschlossen machte er den nächsten Schritt.

»Das ist viel besser als das letzte Mal.«

Er lächelte. »Ich kann mich auch daran erinnern, wie es geht.« Trotzdem war er froh, als er an der steinernen Brüstung des Fensters ankam und sich dort anlehnen konnte.

Sirja stellte sich dicht neben ihn und stützte ihn mit ihrem Körper. Mit kritischem Blick betrachtete sie die aufgerichteten

Härchen auf seinem Unterarm. »Du frierst. Komm unter meinen Umhang.« Sie warf ihm die Hälfte des Stoffes über die Schultern.

Angenehme Wärme breitete sich über seinem Rücken aus. Doch seine Aufmerksamkeit galt dem Geschehen im Hof. Seine Sehfähigkeit hatte sich wie erwartet verschlechtert, aber durch die Fackeln entlang der Mauern konnte er die Geschehnisse im Innenhof dennoch gut erkennen.

Der Tanz hatte aufgehört. Menschen und Zentauren standen auf dem Platz und unterhielten sich. Zwei Zentauren trugen einen Schaukampf aus, zwei der menschlichen Krieger führten einen Ringkampf vor. Der Duft von gebackenem Brot zog durch den Burghof und aus allen Ecken erklang fröhliches Gelächter.

Sein Blick fiel auf einen schwarzen Zentauren, der mit einer Menschenfrau sprach. Er blinzelte, denn er konnte kaum glauben, was er sah. Aber es war eindeutig Panos, der sich mit der älteren Frau unterhielt und dabei etwas aß, das er selbst auf die Entfernung als nicht zentaurisch erkennen konnte.

»Schmalzkringel«, sagte Sirja grinsend, die seinem Blick gefolgt war. »Durch seine häufigen Besuche hat Panos seine Leidenschaft für das Gebäck entdeckt. Obwohl es seinem Magen nicht bekommt, isst er trotzdem immer eine kleine Menge davon – sehr zur Freude unserer Köchin, die dies als Lob ihrer Backkünste versteht. Seitdem experimentiert sie ständig mit dem Rezept, um die Schmalzkringel für ihn bekömmlicher zu gestalten.«

Kopfschüttelnd blickte Rheos sich weiter um und stutzte erneut. Neben drei bunt gekleideten Männern, die auf zwei merkwürdigen Stecken durch eine Ecke des Hofes liefen, standen zwei kleine Zentauren.

»Es sind auch Fohlen mitgekommen?«, fragte er fassungslos.

»Die Kinder der Zentaurin, die mir in Quran etwas zu essen gegeben hat. Die beiden waren doch so neugierig auf Menschen.« Sie lächelte. »Heute Morgen haben sie mit den Burgkindern Fangen gespielt. Ihre Mutter hat sich in der Zeit in den ebenerdigen Wohnungen der Burg umgesehen. Vor allem der neugeborene Sohn des Schmiedes und seiner Frau hat es ihr angetan. Sie hat den Säugling ewig in ihren Armen gewiegt.«

»Das ... das glaube ich alles nicht.«

Sirja lachte. »Warte nur ab, wenn die Kinder morgen wieder mit den Fohlen das Treppensteigen üben und es überall in der Feste poltert. Oder der Zentaurenjunge den Buben das Bogenschießen zeigt und seine Schwester den Mädchen das Knüpfen komplizierter Teppichmuster. Die Menschenkinder schimpfen dabei furchtbar laut, weil es ihnen nicht einmal ansatzweise so gut gelingt wie den Fohlen.«

Sie wandte den Kopf vom Innenhof ab und sah ihn an. »Die Zeit der Feindschaft ist vorbei, Rheos. Der Wunsch deines Vaters nach wahrem Frieden hat sich erfüllt.« Trotz dieser wunderbaren Nachricht trat ein trauriger Ausdruck in ihre Augen. »Morgen Mittag verlassen die Zentauren die Südfeste. Du kannst dich ihnen anschließen und in Ehren – und auf vier Beinen – nach Quran heimkehren.«

Verständnislos blickte er sie an.

»Dyrdra ist auch hier«, erwiderte sie. »Sie wird die Rückverwandlung vornehmen, sobald du dafür bereit bist.«

Er zog eine Braue hoch. »Warum sollte ich wieder ein Zentaur werden wollen? Ich sagte doch, dass ich für uns kämpfen werde.«

»Zuvor hast du erklärt, dass du nicht an eine gemeinsame Zukunft für uns glaubst.«

Sein Gesichtsausdruck wurde streng. »Aber jetzt bin ich ein Mensch.«

»Aber wirst du es auch bleiben?«, stieß sie hervor. »Du hast alles für dein Volk getan, und nach deinem Sieg willst du es aufgeben für Krankheit, schlechte Sinne und einen frühen Tod?«

Er legte seine Hände an ihre Wangen und zwang sie ihn anzusehen. »Ich gebe es nicht auf, ich verzichte darauf – weil ich dich liebe, Menschentochter.«

Sie senkte den Blick und mit einem Mal legte sich Kälte um sein Herz. »Oder hast du jemand anderen gefunden und möchtest, dass ich gehe?«, fragte er. »Jamir vielleicht?«

»Nein!« Unglücklich blickte sie ihn an. »Jamir hat sich damit abgefunden, dass mein Herz für dich schlägt. Er bedauert seine Worte an der Halle der Nacht und würde sich gerne mit dir aussprechen. Übrigens erreichten er und Dyrdra Neidor erst kurz vor der Schlacht und hatten deshalb keine Gelegenheit mehr, dem Fürsten von den gefangenen Räubern zu berichten.«

Sie hielt inne, ihre Finger nestelten am Stoff ihres Kleides. »Rheos, ich weiß doch, wie wichtig dir dein Volk und dein Titel sind«, fuhr sie schließlich fort. »Ich habe Angst, dass du es dir in ein paar Monden anders überlegst und mich verlässt.« Ihre Augen schwammen in Tränen. »Als ich auf dem Schlachtfeld das Gift in deinem Körper spürte, dachte ich, ich hätte dich verloren. Ein zweites Mal stehe ich das nicht durch.«

Er schlang seine Arme um sie und zog sie an sich. Für einen Moment genoss er es, dass ihre Körper nun perfekt zueinander passten. »Ich wollte nie Te'Ral um der Macht willen sein, sondern um meinem Volk zu dienen«, erklärte er ernst. »An deiner Seite kann ich diese Aufgabe gut erfüllen.« Er vollführte eine Geste zum Geschehen im Burghof. »Uns beiden werden sowohl die Menschen als auch die Zentauren vertrauen. Welch bessere Voraussetzung gäbe es für einen dauerhaften Frieden?«

Ein Hoffnungsschimmer glitt über ihr Gesicht. »Aber wer wird über die Zentauren Eleazans zukünftig herrschen?«, fragte sie unsicher.

Er lächelte. »Hast du mir nicht indirekt schon meinen geläuterten Bruder vorgeschlagen?«

Jetzt erschien ein Strahlen in ihrem Gesicht. »Du willst wahrhaftig als Mensch bei mir bleiben?«

»Ich will dich sogar heiraten und gerne auch eines dieser zweibeinigen Fohlen in die Welt setzen.« Er zwinkerte ihr zu.

»Kaninchen in Zwiebelsoße, Badezuber und Wein sind natürlich ebenfalls entscheidende Argumente.«

»Du Schuft!« Sie schlug ihm leicht auf die Brust, nur um sich ihm im nächsten Moment entgegenzustrecken. »Küss mich, Zentaur.«

Ihre Lippen waren zart und einladend. Wärme schoss durch seinen Körper, und mit ihr die Liebe, die er für Sirja empfand. Sein Platz war an ihrer Seite, als Mann konnte er ihr alles geben, was sie brauchte.

»Rheos?«

»Was ist?«, knurrte er und gab widerwillig ihren Mund frei.

Sirja kicherte. »Deine Sinne haben wirklich nachgelassen.« Sie zeigte hinab in den Hof. »Wir sind entdeckt worden.«

Er sah aus dem Fenster hinaus auf eine schweigende Menge aus Menschen und Zentauren im Hof. Ihr Kuss konnte ihnen unmöglich entgangen sein.

»So wie es aussieht, kann ich ihnen bereits heute Abend meine Entscheidungen mitteilen«, erwiderte er trocken.

»Um eine Reise nach Quran wirst du trotzdem nicht herumkommen.«

»Ich weiß. Aber ich kehre so schnell wie möglich zurück.« Er nahm Sirjas Hand und streckte ihrer beiden Arme durch die Fensteröffnung in Richtung Sternenhimmel.

Noch einen Wimpernschlag hielt die Stille an, dann erklang das Scharren von Hufen. Es hallte von den Burgmauern wider, vermischte sich mit dem Klatschen der Menschen und den Jubelrufen aus unzähligen Kehlen.

»Du hast recht, Sirja«, raunte er ihr zu. »Eine neue Ära bricht an.«

Danksagung

Um ein Kind zu erziehen, braucht es ein ganzes Dorf, sagt ein afrikanisches Sprichwort. Bei einem Buch verhält es sich nicht anders. Für mich als Autorin ist jeder Roman wie ein Kind, an dem mein Herz hängt, und so möchte ich allen für ihre Unterstützung danken, diesen Roman nicht nur auf die Welt, sondern auch auf den richtigen Weg gebracht zu haben:

Susanne, die ein Vier-Gänge-Menü lang mit mir über das beste Ende für die Geschichte diskutiert hat (und dem geduldigen Kellner, der vermutlich glaubte, dass wir das Restaurant niemals mehr verlassen);

Diana, Holger und meiner Mutter, die sich durch die Rohfassung gekämpft, gestrichen und kritisiert haben sowie entscheidende Tipps gaben (der nächste Roman wird kürzer, ich verspreche es);

meiner Lektorin Daniela Pusch, die mich bereits in der Entstehungsphase beraten und bestärkt hat und die ein großes Gespür dafür besitzt, was wichtig ist und was nicht (17%, mehr muss ich nicht sagen);

meinen Kolleginnen Nikola, Kira, Marah, Emily, Hannah, Eileen, Ivonne und Katrin, mit denen ich vom Plot bis Cover alles diskutieren kann (sei es beim Inder in Leipzig oder auf Facebook);

Angela, die unermüdlich nach letzten Rechtschreibfehlern sucht und sie auch findet (für jeden Fehler, der jetzt noch in diesem Buch steckt, bin ausschließlich ich verantwortlich);

meinen Designerinnen Carolina und Anja, die mit ihren Arbeiten wesentlich zum Eindruck des Buches beitragen;

und natürlich meiner Familie, die nach den vergangenen vierzehn Monaten das Wort »Zentaur« vermutlich nicht mehr hören kann!

Über die Autorin

Dana Graham, Jahrgang 1975, studierte Pädagogik und unterrichtet an Grund- und Förderschulen. Seit ihrer Kindheit denkt sie sich gerne spannende Geschichten aus, zum Schreiben ist sie jedoch erst gekommen, seit sie selbst Kinder hat. Die Autorin veröffentlichte bereits mehrere Romane und lebt mit Mann und zwei Töchtern in der Nähe von Frankfurt am Main.

Sie möchten keine Neuerscheinung von Dana Graham verpassen? Dann tragen Sie sich auf der Homepage **www.danagraham.de** für den Newsletter der Autorin ein, um per E-Mail über neue Romane informiert zu werden.

Besuchen Sie Dana Graham auch auf ihrer Facebook-Seite:
www.facebook.com/danagraham.de

Bücher von Dana Graham

Greystone Saga (1)
Mit Schwert und Feder

Der Anfang der Greystone Saga, der Beginn einer großen Liebe.

Historischer Liebesroman
Taschenbuch, 396 Seiten
Auch als E-Book erhältlich

Ian, zu Unrecht verstoßener Sohn eines Barons, rettet den Earl of Greystone und dessen Schwester Joanna aus ihrer verunglückten Kutsche. Zum Dank lädt der Earl ihn auf seine Burg ein, in der er eine Akademie für junge Adlige führt. Dort wird für Ian nicht nur der Unterricht in Schwertkampf und Philosophie zur Herausforderung, sondern vor allem Joanna, in die er sich vom ersten Augenblick an verliebt hat.
Auch Joanna spürt bald, dass sie mehr als nur Freundschaft für Ian empfindet - doch der Earl of Greystone drängt auf eine Hochzeit mit einem standesgemäßen Mann. Joanna muss sich entscheiden: Beugt sie sich den Wünschen ihres Bruders oder folgt sie dem Ruf ihres Herzens?

Greystone Saga (2)
Das rote Band

Die Greystone Saga um Joanna, Ian, Jake & Galad geht weiter!

Historischer Liebesroman
Als Taschenbuch und E-Book erhältlich

Greystone Saga (3)
Der Schatten im Spiegel

Liebe, Freundschaft und Verrat – der packende Abschluss der Greystone Saga.

Historischer Liebesroman
Als Taschenbuch und E-Book erhältlich

Sophias Krieger

Er kämpft um ihr Leben
und ihre Liebe.

Historischer Liebesroman
Als Taschenbuch und E-Book erhältlich

13165683R00287

Printed in Poland
by Amazon Fulfillment
Poland Sp. z o.o., Wrocław